Si solo una hora tuviera

CAROLINE MARCH

Editado por Harlequin Ibérica.
Una división de HarperCollins Ibérica, S.A.
Núñez de Balboa, 56
28001 Madrid

© 2015 Silvia González Flores
© 2015 Harlequin Ibérica, una división de HarperCollins Ibérica, S.A.
Si solo una hora tuviera, n.º 200

Todos los derechos están reservados incluidos los de reproducción, total o parcial.
Esta edición ha sido publicada con autorización de Harlequin Books S.A.
Esta es una obra de ficción. Nombres, caracteres, lugares, y situaciones son producto de la imaginación del autor o son utilizados ficticiamente, y cualquier parecido con personas, vivas o muertas, establecimientos de negocios (comerciales), hechos o situaciones son pura coincidencia.
® Harlequin, TOP NOVEL y logotipo Harlequin son marcas registradas por Harlequin Enterprises Limited.
® y ™ son marcas registradas por Harlequin Enterprises Limited y sus filiales, utilizadas con licencia. Las marcas que lleven ® están registradas en la Oficina Española de Patentes y Marcas y en otros países.
Imágenes de cubierta utilizadas con permiso de Dreamstime.com.

I.S.B.N.: 978-84-687-6710-9
Depósito legal: M-27975-2015

*Para Myriam,
porque perder un avión con destino a Tailandia
hace trece años fue una de las mejores cosas
que me pudieron suceder en la vida.*

PRÓLOGO

Il Professore Piero Neri se acercó caminando lentamente hasta la ventana de su despacho de la Facultad de Teología de la Univerzita Karlova. Una vez frente a ella, se cruzó de brazos y entornó los ojos, como si le costara percibir con claridad la imagen que se mostraba ante él. En realidad, el paisaje cercano resultaba anodino, un simple aparcamiento apenas cubierto de automóviles, sin embargo, todo cambiaba una vez que, elevando los ojos, distinguías al fondo la bella ciudad de Praga, con los tejados inclinados destellando al reflejo de las luces artificiales emitidas por farolas antiguas, deslizándose el agua por ellos de forma sinuosa y, recortadas en el horizonte, las numerosas cúpulas religiosas que se erguían desafiantes al cielo oscuro. Llovía con fuerza, no era una simple tormenta, sino el anuncio de que el verano se retiraba vencido, como un amante despechado, ante el arrollador ímpetu del otoño checo. Mientras su mirada se perdía en la vista melancólica de la hermosa Praga, sus recuerdos encontraron refugio en una persona, aquella que ocupaba todos sus pensamientos conscientes, su *Madonna*. Se alejó de la ventana con un suspiro cansado y se sentó en la sencilla mesa cubierta de papeles y libros abiertos. Se inclinó para abrir el único cajón cerrado con llave y sacó un pen drive que conectó a su ordenador. Seleccionó la carpeta y ante él aparecieron una sucesión de fotografías que amplió hasta que llenaron por completo la pantalla. Conectó los altavoces y de ellos brotó *Nessun Dorma* de Puccini. Llevaba haciéndolo de igual forma siete años, siete largos años.

El cielo crepuscular se oscureció de repente ocultando el débil brillo diurno, cubriendo de tinieblas la habitación. Solo una luz brillaba sobre todas las demás, la de su *Madonna* mirándole desde la pantalla del ordenador. Observó las instantáneas una y otra vez. Y finalmente se detuvo en su preferida, una en la que ella estaba en la playa, con el pelo rubio revuelto y el rostro girado hacia él, con esa media sonrisa pícara y atrevida en su rostro de ángel. En sus ojos color miel solo un reflejo, el del fotógrafo aficionado que había atrapado el momento. Un momento de felicidad plena, raptando su alma junto con su rostro.

Estuvo unos minutos sin pestañear fijando la imagen en su mente, aunque la recordaba perfectamente. A lo largo de los años había recurrido muchas veces a ese pequeño álbum de recuerdos para intentar saciar su anhelo sin conseguirlo. Con un hondo gemido se pasó la mano por el pelo moreno y abrió otra vez el cajón para sacar una serie de recortes de periódicos y revistas. Los revisó uno a uno, sonriendo a medias. Lo había conseguido, su pequeña *Madonna* había llegado muy lejos en la vida. Vio sus éxitos académicos expuestos en el papel impreso y cómo su rostro angelical iba cambiando con el transcurso del tiempo. Sus ojos dulces se habían vuelto fríos y algo tristes, pero quizá solo fuera la imagen tomada siempre en términos profesionales. Releyó los artículos con una grata sonrisa. Era muy buena en su trabajo, la requerían de las mejores universidades, algo que ella siempre deseó. Y él había sido el artífice de todo ello. Él había sido Pigmalión y ella su Galatea. Él la convirtió en todo lo que ella era ahora. Su princesa, su secreto. «*Sobre tu boca lo diré temblando y mi beso romperá el silencio que te hace mía*», susurró en italiano a la vez que la voz de Pavarotti declamaba en el altavoz.

Con un sordo quejido emitido por su alma herida, guardó los recuerdos en el cajón y cerró con llave. Apoyó los codos en la mesa, se sujetó la cabeza con las manos y su fuerte cuerpo se convulsionó en amargos sollozos.

CAPÍTULO 1

Gabriela

Gabriela miró con un gesto que no disimulaba su disgusto al Decano de la Facultad de Historia donde trabajaba, pero él la estaba ignorando, revolviendo unos papeles sobre la mesa del despacho. Sabía que su actitud el año anterior no había sido del todo adecuada, había recibido quejas tanto de profesores como de algunos alumnos, y por ello se encontraba ahora sentada frente al Decano, como una niña que espera una reprimenda de sus padres. Pero no era una reprimenda lo que iba a recibir, sino un castigo. Y eso ella aún lo desconocía.

—Gabriela. —El Decano hizo una pausa y suspiró—. Tengo al Departamento de Estudios Medievales revolucionado por tu causa. Todos están preocupados, molestos, y temen que tu extraño comportamiento se repita este semestre y nos salpique a todos. No quiero enfrentarme al Rector para tener que explicarle por qué razones te propuse como Directora del Departamento, cuando has demostrado que quizá no estés preparada para un puesto de tanta responsabilidad.

Lo que había dicho él, ella ya lo sabía, pero tenía la firme intención de que ese semestre todo se calmara. Ella estaba más calmada. Había comenzado a ir a terapia otra vez, después de abandonarla intermitentemente durante los últimos siete años. Su yo interior parecía estar en consonancia con su yo exterior. Y eso fue lo que intentó explicarle al Decano. No quería que un despido manchara su impecable expediente académico. Sin embargo, no tuvo ocasión de hacerlo. Antes de que comenzara a hablar, él la interrumpió.

—Nos ha llegado la oferta de un seminario de seis semanas en la Univerzita Karlova de Praga, sobre el papel de la mujer en la Edad Media y sus conflictos con la religión católica. Entiendo que es un tema que te interesa especialmente, después de la tesis que presentaste hace cinco años. —Hizo una pequeña mueca. La tesis había levantado ampollas en casi todos los sectores académicos, en especial en la Facultad de Teología, sin embargo había sido calificada *Cum laude*—. Creo que es una gran oportunidad para tu carrera. Te proporcionará un mérito más para que puedas acceder a la plaza de Directora que tanto deseas. Ya sabes que hay cierto profesor que te pisa los talones. Y él no se ha dedicado el último año a perder el tiempo como tú.

Gabriela asintió levemente. Era una oportunidad que no debía perder; sin embargo, odiaba Praga, odiaba esa ciudad con toda su alma, la odiaba por la simple razón que sabía que *él* estaba allí. Se preguntó con algo de desesperación si durante seis semanas podría evitar verlo. La ciudad era bastante grande, pero el ambiente académico demasiado pequeño. El corazón comenzó a latirle deprisa, tanto que pensó que el Decano podía estar escuchando el repiqueteo dentro de su caja torácica. No obstante, su gesto no cambió. Había aprendido a disimular su estado de ánimo en cualquier circunstancia, y aquella no iba a ser diferente.

El Decano la examinó fijamente tras las gafas de pasta. Gabriela era una mujer que adoraba y lo asustaba a partes iguales. Había rumores corriendo por la universidad de que había seducido tanto a profesores como a alumnos. Pero de momento eran tan solo eso, rumores. Aunque tenía la certeza de que había mantenido una relación amorosa con un profesor casado. Su propia esposa había acudido a él suplicándole que intercediera, amenazándolo incluso con un escándalo si no la despedía. Intentó calmar a la mujer y habló con Gabriela antes del verano. Desconocía lo ocurrido, pero el profesor había pedido una baja médica y ese semestre no se había reincorporado a su puesto de trabajo.

Él tenía ya sesenta y dos años y tres nietos, pero sabía lo que era sentirse tentado por el pecado. Y Gabriela era el pecado. Observó su rostro concentrado en algún punto de la pared, decidiendo si aceptaba la oferta. Su gesto decidido, su mirada dulce como la miel y su pelo rubio, cayendo de forma desordenada, alrededor del óvalo de su cara de ángel, en mechones rizados. Pero no era eso lo que atraía a los hombres de Gabriela, que caían como polillas quemadas por una luz demasiado intensa, era su fragilidad escondida tras una estudiada frialdad. Era la necesidad de protegerla, de cuidarla, de hacer que sus ojos brillaran con alegría y apartaran esa enorme tristeza que, aunque lo intentara, era lo único que no podía ocultar a los demás.

—Acepto —dijo finalmente Gabriela volviendo su rostro hacia él.

El Decano se sobresaltó, tanto por sus pensamientos no demasiado decorosos, como por la extraña voz enronquecida de su profesora preferida. Gabriela era el pecado hecho carne. No tenía ninguna duda. Acomodándose en el sofá de cuero, esbozó un amago de sonrisa.

—Está bien —asintió—, enviaremos tu inscripción.

Gabriela solo hizo una pregunta más, en un tono académico y descuidado.

—¿Quién va a dar el seminario?

—El profesor Michael Wallace, de Oxford. ¿Lo conoces?

—He leído un libro suyo —fue lo único que contestó antes de salir por la puerta. En realidad, no era cierto. Le habían enviado por correo hacía varios años un manuscrito escrito por el famoso erudito, y no había podido pasar de la página cinco, de tan pedante e irrisorio que le pareció.

El Decano se sintió tan afortunado de que, por lo menos durante seis semanas, su problema se trasladara a miles de kilómetros que no se percató del suspiro de alivio que emitió Gabriela y en cómo se relajaron todos sus músculos.

«*Gracias a los dioses del Olimpo, en especial a Afrodita, que habéis decidido que él no sea el tutor del seminario*», recitó en silencio Gabriela mientras recorría el pasillo hasta su despacho.

Una vez dentro, se sentó de forma desmadejada en la silla junto a su mesa. Se inclinó peligrosamente hacia atrás y miró al techo, coronado con varios halógenos. Estuvo así unos minutos, hasta que su corazón comenzó a latir de una forma acompasada. Se inclinó sobre la mesa y abrió el único cajón cerrado con llave. Sacó un pequeño libro, el *Cantar de los Cantares*, y lo abrió justo donde buscaba. Cogió la foto que llevaba allí escondida siete años y la miró con intensidad. Un hombre joven, de pelo moreno y ojos negros, la miraba directamente sonriéndole con confianza. Sabía que esa sonrisa estaba dirigida únicamente a ella. Pero eso no era ningún consuelo. Escondió la foto en el libro y guardó el mismo en el cajón, que cerró cuidadosamente con llave.

De repente se sintió cansada, más cansada de lo que había estado nunca. Se apoyó en la mesa y dejó caer la cabeza sobre los brazos, llorando como hacía mucho tiempo que no hacía.

Tres días después, y una vez que hubo dejado preparado el trabajo pendiente de las próximas seis semanas, Gabriela cogió su coche y se dirigió a Madrid. Conectó el manos libres del teléfono y llamó a su hermana. No estaba muy segura de si dirigirse a casa de sus padres o pernoctar en un hotel.

—Gabi, ¿qué tal?

Gabriela hizo una mueca. Nadie excepto su hermana la llamaba así. Algo que ella odiaba, pero era su hermana adorada, así que se lo perdonaba todo, incluso la forma que tenía de destrozar su nombre.

—Bien, Adriana, voy camino de Madrid. —Hizo una pausa y suspiró—. ¿Están los papás en casa?

Adriana hizo una mueca casi idéntica a la que había mostrado su hermana a kilómetros de distancia. Nadie excepto ella la llamaba por su nombre completo. Para todos era simplemente Adri. Pero a ella, a su hermana adorada, se lo perdonaba todo, incluso la forma que tenía de imponer distancia solo con la simple pronunciación de su nombre completo.

—No, ya les dije que venías. —Se quedó en silencio un momento pensando en la forma más delicada de decírselo—. Ellos quieren aprovechar unos días más en la playa. Ya sabes que luego a mamá le resulta muy largo el invierno, y como sigue haciendo tan buen tiempo...

La explicación le pareció vaga y escasa. Sabía perfectamente que no había engañado a Gabi.

—Lo entiendo —contestó Gabriela con voz fría. La relación con sus padres había sido excelente durante los mejores años de su vida, pero después de lo sucedido siete años atrás se había roto definitivamente. Solo se reunían en contadas ocasiones y siempre en presencia de terceras personas, como si ninguno de los implicados tuviera el coraje de enfrentarse al otro en soledad. Ignorando el sollozo que amenazaba con estrangular su garganta, carraspeó y recuperó el control del volante fijando la vista y el pensamiento solo en la carretera.

—¿Te quedarás conmigo entonces? —El tono de su hermana tenía implícito el de súplica.

—Claro, Adriana, llegaré en unas dos horas si no pillo el atasco de las siete. —Su voz sonó como siempre, pero a su hermana jamás había podido engañarla.

—Está bien, te esperaré. Ten cuidado. Te quiero —se despidió Adriana.

—Lo tendré —afirmó Gabriela ignorando las dos últimas palabras. Cortó la comunicación, subió el volumen de la música y sintió que lágrimas ardientes se deslizaban por sus mejillas.

Finalmente llegó casi a las diez de la noche, había quedado atrapada por el atasco y por un accidente en la M-40. Aparcó en el garaje de sus padres, subió en ascensor los cinco pisos del edificio situado en el centro de Madrid, cerca del paseo de la Castellana, y llamó a la puerta.

Adriana la recibió con una gran sonrisa y un abrazo que a Gabriela le costó unos instantes responder. No estaba acostumbrada a tanta efusividad, y eso la seguía poniendo un poco nerviosa.

—Pasa. Como he visto que tardabas, he encargado comida china —exclamó dirigiéndose a la enorme cocina con muebles encastrados de madera maciza—. ¿Quieres algo de beber?

—Una cerveza estaría bien —contestó Gabriela. Se sentía cansada por el viaje y le empezaba a doler la cabeza. Solo deseaba acostarse temprano, pero no quiso defraudar a su hermana.

Ambas cogieron las cervezas, las cajas de comida china y, dirigiéndose al salón, se sentaron en el sofá de piel marrón frente al televisor de plasma. Fuera seguía haciendo mucho calor para estar casi a mediados del mes de septiembre, pero dentro de la casa, con el aire acondicionado conectado, se disfrutaba de una agradable temperatura. Comenzó a relajarse cuando llevaba media cerveza bebida. Apenas probó nada de la comida. Se limitó a estar echada sobre el sofá observando y escuchando a su hermana, que hablaba sin parar. Hubo un tiempo en que ambas lo habían compartido todo, e incluso se pisaban las frases la una a la otra. Pero ese tiempo ya había pasado.

—¿Cuánto tiempo vas a estar fuera? —preguntó Adriana.

—Seis semanas.

—No veas cómo te envidio. ¡Otoño en Praga! Mientras yo sigo aquí encerrada con este calor. Adoro Praga, me encantaría acompañarte. Quizá pueda escaparme un fin de semana y visitarte.

—Eso sería estupendo.

De repente Adriana se quedó en silencio y la miró fijamente.

—¡Mierda! *Él* sigue allí, ¿no? Por eso estás tan seria.

Gabriela no contestó. Cogió lo que quedaba de su cerveza y la apuró de un trago. Luego, no pudiendo resistirlo más, sacó un paquete de tabaco del bolso y se encendió un cigarrillo.

—¡Puaj! —Adriana hizo un gesto de asco apartándose la

nube de humo que se formaba a su alrededor—. Sabes que eso mata, ¿no?

—Lo sé, solo estoy acelerando el proceso. —Gabriela hizo una mueca, pero no apagó el cigarro.

Su hermana cabeceó, aunque no dijo nada. Se había dado cuenta demasiado tarde de lo que suponía ese viaje para Gabriela.

—¿Lo verás?

—Espero que no.

—No vayas a buscarlo. Por favor.

—No tengo ninguna intención.

—Papá y mamá están preocupados por ti.

—¿Ah, sí? —Gabriela enarcó una ceja en señal de escepticismo.

—Sí, después de lo que pasó en mi despedida de soltera.

—No quiero hablar de ello. Además, es mi vida y ellos dejaron muy claro que se iban a mantener al margen de ella.

—Sí, pero es que fue un escándalo. Y ya sabes cómo se pone mamá con estas cosas. Se preocupa demasiado de lo que piensen los demás.

—Mamá solo se preocupa de lo que piensen los de fuera, no de lo que sentimos los de dentro.

Adriana se quedó callada un momento, en cierta forma le estaba dando la razón a su hermana. Pero aun así tuvo que insistir.

—Reconoce que fue un despropósito acostarte con el prometido de mi mejor amiga, y encima la misma noche que ambas celebrábamos nuestras respectivas despedidas de soltera.

—En mi defensa tengo que decir que no creo que yo fuese la primera. En realidad, le hice un favor —replicó algo hastiada Gabriela. Apenas recordaba nada de aquella noche, todo se había difuminado en su mente, arrinconándolo junto con otros recuerdos no demasiado agradables.

—¡Joder, Gabi! Se iban a casar este mes. —Adriana golpeó de forma enfática con un puño un pequeño cojín de satén granate.

—Espero que no hubieran entregado la fianza del restaurante —fue lo único que contestó Gabriela.

—Pues sí, lo habían hecho, y también habían mandado todas las invitaciones. Ella ya tenía el vestido de boda y además su novio es hijo de uno de los mejores amigos de papá. ¿Te das cuenta de lo que hiciste?

—Sí, me acosté con un hombre que quería acostarse conmigo y no con su prometida. No me arrepiento, si es eso lo que me preguntas.

—Gabi, Gabi, ¿cuándo volverás a ser la de siempre?

—Nunca —contestó.

Se levantó despacio. Apagó el cigarrillo en el cenicero de cristal de Bohemia de su madre y se despidió de su hermana con un beso en la mejilla. Por esa noche ya había tenido suficiente. Jamás le confesaría que en realidad nunca llegó a acostarse con ese extraño, que se quedó dormido totalmente ebrio, roncando, y ella desapareció de la habitación apenas veinte minutos después de haberse registrado.

Entró en el baño y se apoyó con ambas manos en la fría y marmórea estructura del lavabo. No levantó la vista, pocas veces lo hacía, lo que su imagen le mostraba provocaba que se retrajera con un gemido angustioso. Lo sucedido hacía siete años la había destrozado, le había desgarrado el alma hasta convertirla en un desecho sin personalidad propia. No la había herido, la había convertido en una mujer rota. Y ella era plenamente consciente de ello, por eso se había alejado de todos cuantos amaba para no dañarlos con su simple presencia, porque no soportaba el dolor reflejado en sus miradas. Vivía de forma ermitaña, centrándose solo en su actividad profesional, evitando el contacto con la gente que la rodeaba. Porque tenía miedo, un miedo aterrador que la asolaba en sus pesadillas recurrentes. La culpa, se culpaba una y otra vez por algo que nunca debió culparse. Pero no hay peor juez que uno mismo, aunque eso Gabriela era algo que todavía no sabía.

Finalmente, en un acto de valentía, alzó la cabeza y observó sus enormes ojos ambarinos llenos de tristeza. Apretó con decisión la mandíbula y se obligó a seguir viviendo. Sin embargo, había dejado de vivir hacía siete años, desde aquella fecha solo se limitaba a sobrevivir, y de una forma que la estaba destrozando como persona.

«—*No me abandones, ahora no. Sin ti ya no me queda nada* —*le había suplicado con lágrimas en los ojos.*

Él cerró los suyos como si solo mirándola estuviera sintiendo un profundo dolor.

—*Me dijiste que me amabas, que nada cambiaría eso* —*lo intentó de nuevo ella.*

—*Todo ha cambiado. Ahora vete* —*masculló él apretando la mandíbula, y alargó una mano para acariciarle con el nudillo una lágrima furtiva. La retiró al instante, arrepintiéndose de su contacto, y se giró para no ver el gesto angustiado de ella*».

Gabriela miró una última vez su reflejo en el espejo, ahora nublado por la humedad que corrompía sus ojos. Suspiró hondo y tragó saliva con fuerza luchando con la oclusión que le cerraba la garganta. Finalmente se giró y caminó lentamente hacia la cama, donde se acostó temblando, con la extraña sensación de que el mundo estaba conteniendo la respiración para soltarla en forma de tormenta.

Adriana se quedó un rato más viendo la televisión, pero sin seguir ningún programa en concreto. Estaba muy preocupada por su hermana. A veces parecía que la antigua Gabi resurgía, su carácter extrovertido, su energía vital y contagiosa, la empatía inherente a su alma, y de repente, todo se volvía a descontrolar. Adriana era una mujer dulce y considerada, pero había jurado hacía muchos años que si tuviera frente a ella al hombre que destruyó a su hermana lo mataría con sus propias manos. Jamás le confesaría a su hermana que ella conocía la verdadera historia del prometido de su amiga, que llorando arrepentido había confesado la verdad. Gabi mantenía aquel episodio escabroso haciendo alarde de su carácter cínico e indiferente, cuando en realidad ella sabía perfectamente cómo era su hermana. Y por milésima vez juró vengarse del hombre que destrozó el alma de Gabi hasta que la convirtió en un despojo humano. Apagó la tele dando un golpe brusco con el mando sobre la mesa y se acostó.

Al día siguiente una llamada de teléfono despertó a Gabriela.
—Gabriela, cielo, ¿estás en Madrid? —Era la voz de Elena, una colega que también acudía al mismo seminario de ella.
—Lo estoy —contestó Gabriela con la voz demasiado ronca por el sueño.
—¿Puedes venir a buscarme a la estación de Atocha? Llego en una hora. Tengo hasta las cuatro de la tarde libre, si quieres que nos tomemos algo por ahí antes de que salga mi vuelo.
—De acuerdo. Allí estaré.
Gabriela se levantó despacio y entró en el baño. Se dio una larga ducha y se vistió con un vestido de lino color bronce y unas sandalias en el mismo tono. Apenas se maquilló. Se tomó un café solo en la cocina y vio la nota que le había dejado su hermana:

Gabi, te he visto tan dormida que no he querido despertarte. Desayuna lo que quieras. Te espero para comer. Salgo a las tres, pero intentaré escaparme un poco antes. Tenemos que hablar de la boda. Tengo muchas cosas que contarte. Te quiero.

Gabriela suspiró pensando en la tarde que le quedaba junto a su hermana. La iba a volver loca con detalles del vestido, de las flores, de los invitados, del viaje y de una larga relación de cosas que a ella apenas le importaban. Pero era su hermana y estaría allí con ella, porque se lo debía. Ella nunca la abandonó cuando todos los demás sí lo hicieron.

Aparcó el coche en un subterráneo cercano a la estación de tren y esperó fuera fumándose un cigarro hasta que vio salir a Elena, cargada con una enorme maleta y dos bolsos. Esbozó una pequeña sonrisa y no pudo evitar observar que las miradas de los hombres se dirigían hacia ella como un imán. Elena se denominaba a sí misma «una depredadora sexual» y todo en ella, desde la forma sinuosa de caminar, hasta el modo en que se apartaba la melena de color negro azabache de su rostro moreno, lo señalaban, como si tuviera flechas de neón sobre su cabeza. Sin embargo, era una compañera divertida, sobre todo si ibas a pasar seis semanas en una ciudad desconocida, durmiendo en hoteles y con la única compañía de tu ordenador portátil.

Llevaron las maletas al aparcamiento subterráneo y salieron al caluroso día de septiembre, caminando tranquilamente en busca de una cafetería donde almorzar.

—¡Dios! No me puedo creer la suerte que he tenido de conseguir plaza en este seminario, con lo solicitado que estaba. He tenido que devolver algún favor, tú ya me entiendes. Pero seis semanas en Praga, con todos los gastos pagados y con el profesor Michael Wallace como tutor, lo merecían —exclamó Elena completamente entusiasmada—. ¿Cómo lo has conseguido tú?

Gabriela, ignorando el entusiasmo de Elena y también las miradas dirigidas a ellas de cuantos hombres se encontraban por el camino, solo contestó:

—Me lo ofrecieron y tuve que aceptarlo.

Lo que no mencionó fue que se vio entre la espada y la pared, obligada a acudir al odioso seminario.

—Se parece a Henry Cavill.

—¿Quién? —preguntó Gabriela desconcertada. No sabía a quién se refería.

—El profesor Wallace. Está buenísimo. Tengo unas ganas tremendas de conocerlo, y sobre todo, ya sabes, pues bueno, que has estado en más seminarios como este. Todos estaremos en el mismo hotel y una cosa puede llevar a otra y...

Gabriela la estaba mirando con una mezcla de sorpresa e incredulidad en su mirada. En lo que menos estaba pensado ella era en algo como eso. Pero, claro, la fama de Elena era de sobra conocida. Era una mujer impresionante, de casi cuarenta años, alta y robusta pero con curvas donde había que tenerlas. Imponía tanto a hombres como a mujeres.

—Pero si es inglés, y de Oxford, un *Dons**—afirmó Gabriela, como si ello fuera sinónimo de algo desagradable—. Seguro que también es un *Old Etonian***.

—Desde luego, ¿es que no has leído su biografía? ¿No has visto nunca una foto suya?

—Pues no.

—Te mandaré una al móvil. Ya verás que tengo razón.

Gabriela cabeceó sin fiarse para nada de los gustos de su amiga.

—Llevará chaquetas de tweed con pajarita y calcetines a cuadros. ¡Oh! Y también pantalones de pana marrón desgastados en las rodillas.

Elena rio con ganas.

—Se peinará con raya a un lado y se engominará bien el pelo, para que ninguno ose salirse del orden perfecto de un caballero inglés. Usará gafas de pasta y seguro que hasta fuma en pipa.

—¡Pero Gabriela! ¿Con cuántos profesores de Oxford te has topado?

—Con bastantes, y a cuál más aburrido e insulso que el anterior.

Elena siguió riendo y de repente se quedó seria y la miró.

—Oye, ¿no lo querrás para tu colección?

—¿Quién? ¿Yo? Nada más lejos de la realidad. ¿Es que no has escuchado nada de lo que te he dicho? —replicó Gabriela algo ofendida.

—Bueno, pues las manos quietas, angelito, que este a mí no se me escapa.

---

* Término por el que se conoce en el mundo académico a los profesores de la Universidad de Oxford.

**Que proviene del prestigioso colegio Eton.

—¿Ah, no?
—No, aunque lo tenga que atar con cuerdas a la cama.
—Cuidado, Elena.
—¿Por qué?
—Creo que se te acaban de caer las bragas al suelo.
—No seas vulgar, Gabriela, ese no es tu estilo.
—No, tienes razón. Es el tuyo. —Pero Gabriela no lo decía con maldad. Elena la divertía y seguro que iba a ser un grato espectáculo ver al modosito profesor inglés intentar escapar de las garras de una loba como ella.

Todavía seguían riendo cuando entraron en la cafetería.

Un joven camarero de no más de veinte años se dirigió a ellas, que se habían sentado en una mesa junto a la cristalera que daba al exterior. Ambas se volvieron a mirarlo y él súbitamente se ruborizó. Las dos mujeres ocultaron una sonrisa similar y cruzaron sus miradas. El camarero apuntó el pedido y se dirigió detrás de la barra a prepararlo pensando que aquel sí que era un día con suerte.

CAPÍTULO 2

Michael

El profesor Michael Wallace paseaba con un papel en la mano, en su amplio despacho del Balliol College, parando de vez en cuando de forma ausente, repasando la lista de sus alumnos, todos profesores como él, del seminario en la Univerzita Karlova de Praga al que se había comprometido a asistir como ponente. En el exterior, se extendía un jardín que se perdía en un pequeño bosque decorado con ocres otoñales; sin embargo, no era un hombre dado a perder el tiempo observando las excelentes vistas de que disfrutaba a diario. Se detuvo un momento en el centro de la estancia con gesto concentrado. Creía conocer a casi todos, tres mujeres y siete hombres. Solo uno de ellos le era desconocido, el profesor Gabriel A. Ruiz de Lizárraga. Se acercó al ordenador y buscó información en la red. Esperó unos segundos pero no obtuvo respuesta. Ese hombre parecía no existir. Pensó que se lo habían endosado en el último momento para llenar el cupo. El nombre era pomposo y antiguo. Supo al instante que sería un pedante profesor con ínfulas de semidiós. Le gustaba conocer y estudiar los trabajos de sus alumnos antes de comenzar sus clases, así jugaba con la ventaja de saber cuáles eran los intereses de cada uno. Se pasó una mano por el pelo castaño oscuro desordenándolo de tal modo que quedó como un revoltijo de ondulaciones sobre su rostro serio. Suspirando apartó el ordenador y se centró en preparar sus clases.

Cuando le ofrecieron el seminario en Praga no tuvo ninguna intención de aceptar. Tenía todo el trimestre *Michaelmas** completo y se había comprometido a supervisar el postgrado de tres alumnos. Ese seminario iba a suponer una carga adicional cuando regresara, sin embargo una serie de acontecimientos externos a sus intereses académicos le había obligado en cierta manera a aceptar. Uno de ellos estaba entrando en ese mismo momento por la puerta.

—Cariño, ¿te pillo en mal momento? —le preguntó una cabeza morena de pelo largo asomándose cuidadosamente tras la jamba de madera.

—Para ti siempre tengo tiempo —se obligó a contestar el profesor Wallace.

—¿Cuándo te vas? —inquirió la joven haciendo un mohín.

—Dentro de dos días —contestó él observándola con atención. Era una mujer atractiva, muy atractiva. Una joven profesora adjunta del Departamento de Literatura Inglesa. Se habían conocido unos meses atrás en una fiesta organizada por su College. Sin duda tan tediosa como las *High Tables***, pero ella contribuyó a animarlo desde que la vio. Y desde ese mismo momento la profesora Phillips decidió que ese hombre iba a ser el definitivo. Sin embargo, no había contado con la opinión de la otra parte, que prefirió durante meses compartirla con otras mujeres. Algo que, por supuesto, ella desconocía.

—Será mucho tiempo separada de ti —suspiró ella volviéndose y cerrando la puerta del despacho con llave.

Él enarcó una ceja y la miró interrogante. Sabía lo que se proponía. No era la primera vez que lo hacían. Le tendió una mano

---

* Denominación en Oxford del primer trimestre académico.

** Reuniones habituales del profesorado de Oxford.

y la acercó a su cuerpo. Ella lo empujó contra la pesada mesa de madera maciza y se arrodilló frente a él. Michael esbozó una sonrisa burlona y seductora, mientras se dejaba desnudar por la joven profesora. Ella apresó entre las manos su miembro y lo acarició con habilidad, haciendo que él echara la cabeza hacia atrás y emitiera un pequeño gruñido de placer. Cuando Michael sintió que su pene estaba en la boca de ella tuvo que sujetarse al borde de la mesa. Ella succionó y presionó con los dientes con firmeza pero sin dañar, de una forma experta y condenadamente sexual. Michael respiró de forma agitada mientras su placer se centraba en su miembro palpitante. A punto de perderse, la sujetó de los brazos y la levantó hasta dejarla casi a su altura. Con una mano rápida le levantó la falda y tanteó entre sus piernas desnudas. No llevaba ropa interior. Ahogó una risa de satisfacción en su hombro. Aquella mujer sabía perfectamente sus gustos, y no dudaba en aplicarlos cada vez que estaban juntos. Desabotonó su blusa con la única mano que tenía libre y atrapó un pezón con los labios, haciendo que ella gimiera. Sin perder más tiempo se giró y la sentó sobre la mesa acercándola a su pene erguido, penetrándola con fiereza. Ella se sujetó a las solapas de su traje gris de Armani dejándose llevar y moviendo las caderas al ritmo que él impuso. Michael esperó a sentir el estallido del placer de ella, que se desplomó contra su pecho apenas sin respiración y solo entonces se dejó llevar cogiéndola por su estupendo trasero.

 Fueron unos simples minutos. Unos minutos de gratificante sexo para el profesor Wallace, y unos minutos de completa entrega para la profesora Phillips. Michael sabía que durante los meses que llevaban de encuentros sexuales había hecho de todo por seducirlo y atraparlo entre sus redes, pero él era un hombre libre, y quería seguir siéndolo. Finalmente la besó en la punta de la nariz y le sonrió. Ella le devolvió la sonrisa con dulzura, pero él se apartó bruscamente. Juraría que había visto el brillo de un diamante reflejado en el iris de sus ojos marrones. Y él no estaba preparado para eso. Con esa mujer no. De hecho, con ninguna mujer. Pero el sexo entre ellos era muy bueno, y el profesor Wallace no dejaba escapar ninguna oportunidad en su vida, fuera de la índole que fuera.

Y la oportunidad de escapar a los problemas que lo acuciaban en Inglaterra era el seminario en la Univerzita Karlova, donde podría tener el tiempo necesario para solucionarlos. Y así el ser tutor de un seminario sobre el papel de la mujer en la Edad Media durante más de un mes en una ciudad como Praga se tornó de repente una idea muy atractiva.

CAPÍTULO 3

No lo hagas, Gabriela...

Gabriela adoraba volar, en el cielo se sentía libre y hasta se imaginaba flotando entre las nubes como un pájaro. Nada la relajaba más que eso. Sin embargo, esa vez fue diferente. A medida que se alejaba de España atravesando el cielo de Europa se iba sintiendo cada vez más intranquila, su fuerza, su seguridad conseguida con gran esfuerzo a través de los años, se iba difuminando dejándola con un sentimiento de debilidad que la asustaba. Los recuerdos del miedo y la soledad con que había abandonado Praga siete años antes se abrieron paso en su mente como un tren de alta velocidad, arrollándolo todo a su paso. Se dio cuenta de que respiraba agitadamente y de que no podía pensar con claridad. Aferró sus manos al asiento del avión y comenzó a contar despacio, intentando dejar su mente en blanco. No lo consiguió. No era su recuerdo lo que la atormentaba, eran los sentimientos que este provocaba en ella. La dejaba aturdida y desesperada, como si estuviera cayendo por un precipicio que no tenía final. Las luces rojas del avión se encendieron indicando que se abrocharan los cinturones, pero ella, con los ojos firmemente cerrados, ni siquiera se percató. Cuando el avión entró en una zona de bajas presiones y bruscamente descendió unos cientos de metros, fue cuando abrió los ojos y emitió un grito agudo, que sobresaltó a todos los que la rodeaban.

—Lo... lo siento —murmuró a nadie en particular, sintiéndose completamente avergonzada.

—No se preocupe, querida —la tranquilizó una mujer mayor que iba sentada a su lado, dándole unos golpecitos en el brazo, completamente tenso—, a todos nos da miedo volar. Sobre todo cuando el avión se bambolea de este modo.

La mujer hizo una mueca y ella misma se sujetó con fuerza al asiento.

—Tengo que volver. No puedo hacerlo. No puedo. —Gabriela hablaba con voz ahogada, como si algo le estrangulara las cuerdas vocales, mirando fijamente la bandeja de plástico cerrada frente a ella.

—Tranquila, joven —volvió a decir la mujer sentada a su lado—. ¿Quiere que avise a la auxiliar de vuelo? ¿Necesita algo?

—¿Qué? —Gabriela la miró asegurándose de que esa persona fuera real y no fruto de su imaginación.

Pero la mujer ya estaba revolviendo algo en su bolso y con un gesto triunfal le entregó una pequeña pastilla blanca.

—Tómesela —le instó suavemente—, solo es un producto homeopático para el nerviosismo. Le hará bien.

Gabriela la cogió mecánicamente entre sus manos y se la tragó sin esfuerzo. La mujer le hablaba como lo haría a una hija o un paciente, y ella se aferró a esa cálida sensación de confianza, con la desesperación de un náufrago a un salvavidas.

La pastilla blanca homeopática era en realidad un narcótico bastante fuerte, pero la mujer con aspecto de matrona entrada en la tercera edad y gesto amable había trabajado casi treinta años como enfermera y viendo el estado de su compañera de viaje, temiéndose un ataque de nervios, y que esa pobre muchacha quedara en evidencia frente a todo el pasaje, porque eso era lo que iba a suceder si ella hubiese tardado un poco más en entregarle la medicación, se apiadó e hizo uso de sus poco escrupulosos métodos médicos. Lo que no podía conocer aquella mujer era que Gabriela no metabolizaba precisamente bien las drogas, cualquier tipo de ellas, porque en realidad nadie excepto su terapeuta y Narcóticos Anónimos conocían las adicciones de Gabriela.

Por esa razón cuando aterrizaron en el Aeropuerto Ruzyne de Praga, Gabriela se sentía como si estuviese flotando todavía en el cielo, volando cual pájaro, y todas las preocupaciones que la habían atrapado ahogándola en el reducido espacio del avión ahora eran solo virutas de bruma dispersas en su mente totalmente embotada.

Cogió un taxi y le dio la dirección del hotel. Todavía algo atontada, se fijó en el nombre detenidamente y se dio cuenta demasiado tarde de que aquella dirección no era la misma que le había indicado Elena. Por lo visto iba a ser la única de todo el seminario que estaría en otro hotel. Mascullando en voz baja e ignorando la mirada sorprendida que le dirigió el taxista por el espejo retrovisor, pensó si habría sido idea del Decano, previendo futuros problemas, o simplemente que debido a que fue la última en apuntarse no había plaza en el hotel que todos compartirían. Se inclinaba por la primera opción. Y había acertado, porque si hubiera visto al Decano de su facultad en ese momento, le hubieran dado ganas de propinarle un puñetazo.

Con una gran sonrisa el Decano comprobó la hora en su reloj de oro, regalo de su esposa por sus bodas de plata, y suspiró con satisfacción. A esa hora Gabriela ya habría aterrizado en Praga. Sacó una botella de brandy escondida detrás de unos libros y se sirvió una generosa cantidad en un vaso de plástico. Se bebió la mitad de un trago y mientras disfrutaba del calor que la bebida le proporcionaba, sintió un inmenso alivio. Seis semanas. Seis largas semanas sin problemas frente a él. Tarareando una cancioncilla apuró el licor y salió del despacho dirección a su casa.

El taxista dejó a Gabriela frente al hotel media hora después. Ella dirigió su vista hacia el impresionante edificio de piedra. Estaba cerca del casco histórico, podría visitar el centro de la ciudad caminando. Entró al vestíbulo y suspiró extasiada aspirando el quedo olor a madera recién pulida y a flores frescas. Gabriela odiaba los hoteles modernos, donde todo era blanco o de acero. Aquel, sin embargo, todavía guardaba en sus rincones y en su esencia el recuerdo del Imperio Austrohúngaro.

Una placa dorada cerca de las puertas giratorias señalaba que había sido un palacio en el siglo XVIII, posteriormente reconstruido como hotel. A la izquierda, se abrían unas puertas que daban a un bar, donde un pianista vestido con esmoquin tocaba una melodía cadenciosa sobre una tarima. Frente a ella se encontraba la pequeña recepción de madera noble. Detrás de ella, los casilleros. Pudo ver que había pocas habitaciones. A ella le habían asignado una suite simple en el primer piso. Cogió el ascensor, que en realidad era un montacargas restaurado y que se cerraba con un enrejado metálico de color bronce, y subió a la habitación con una sonrisa en los labios.

Una vez dentro de la habitación comprobó su sencillez, y también su comodidad. Amueblada con una cama individual, una mesilla y un pequeño armario disimulado en la pared tapizada en tela en diversas tonalidades crema. Deshizo apenas las maletas y encendió el teléfono móvil, esperando a que este se conectara a la señal del satélite de la República Checa.

Se sentó en la cama y cogió el dossier del seminario: *La mujer en la Edad Media, la historia contada a través de la Iglesia Católica*, rezaba el título. Comenzó a leer y paró en un párrafo en concreto: *La Iglesia tenía reservadas para la mujer dos imágenes en una sociedad, cada vez más compleja y difícil de controlar. La primera de ellas es Eva, que surgió de la costilla de Adán y su traición hizo que ambos fueran expulsados del Paraíso. La segunda es María, en representación de la virginidad, la abnegación como madre y el ideal como esposa.*

Y los recuerdos la inundaron de nuevo turbando su mente, como si hubieran estado esperándola a que ella regresara a la ciudad que acabó destruyendo toda su existencia. Se levantó lentamente y caminó hasta la ventana, observando la pequeña calle-

Si solo una hora tuviera

juela de piedra canteada con la mirada perdida. «No podré soportarlo. Otra vez no», pensó, sintiendo cómo la rodeaban las arenas movedizas haciendo que su estabilidad física y mental se tambaleara peligrosamente. Se sentía vulnerable y vulnerada. Se volvió como si algo dentro de su bolso la llamara en quedos susurros y lo abrió. Sacó un pequeño papel arrugado, lo desdobló y lo miró con cautela. No debió hacerlo. Pero su mente castigada no le dio otra opción. Sus dedos volaron sobre el teléfono y marcó el número señalado en el papel. Había caído de nuevo, de forma cobarde, en un precario intento de huir de su recuerdo.

—¿Cyrill Novotný?

—¿Quién eres? —preguntó una voz de hombre en checo.

Gabriela, aunque no sabía una sola palabra en ese idioma, entendió perfectamente el significado de la pregunta.

—Me envía Alexsej. Me ha dicho que tú me facilitarías lo que te pidió —contestó en inglés.

El hombre se quedó callado unos instantes. Finalmente le dio una dirección tan rápido que a Gabriela apenas le dio tiempo a memorizarla.

Una hora después estaba frente a un edificio viejo y algo desvencijado del barrio judío. Cualquiera se hubiera vuelto atrás, cualquiera hubiera visto que aquella zona era peligrosa, sobre todo para una mujer sola, joven y frágil. Pero eso a Gabriela le era indiferente, porque el dolor físico no tenía comparación con el dolor del alma, y por eso, haciendo honra a su despreocupado interés por su propia vida, entró en el edificio con decisión. Buscó la puerta del apartamento que le habían indicado y llamó. Un hombre joven vestido solamente con un pantalón de chándal completamente cubierto de manchas le abrió la puerta, y del apartamento salió el olor, picante y dulzón, inconfundible del hachís. Cuando el hombre le dejó entrar comprobó que el olor también brotaba de él como si lo emanase por cada poro de su cuerpo en volutas invisibles, mezclado con sudor seco y restos de comida.

—Pasa, preciosa. —El joven hizo un gesto de admiración con sus ojos examinándola de arriba abajo.

Gabriela ignoró su mirada y la paseó por el oscuro apartamento, donde todo estaba sucio y desordenado. Varias cajas de pizza a medio comer descansaban sobre una pequeña mesa de madera en el centro de la habitación, y en un sofá de terciopelo verde raído roncaba otro hombre.

—¿Tienes lo mío?
—Sí. ¿Quieres tomar algo de beber? Solo tengo cerveza.
—No quiero nada. ¿Dónde está?

El joven parpadeó sorprendido por su voz ronca y su gesto serio, y se giró a buscar algo en un cajón de un pequeño aparador antiguo de madera bastante estropeado, como si hubieran jugado con él a clavarle dardos. Quizás en alguna borrachera hubiera sido eso lo que en realidad sucediera.

Gabriela no se movió de su sitio junto a la puerta, hasta que el hombre le entregó dos bolsas de plástico cerradas herméticamente. En una había una provisión abundante de hachís, y en la otra varios gramos de coca.

Cogió la de coca, la abrió y con un dedo que impregnó levemente con el polvo blanco se lo pasó por las encías comprobando su calidad. Era buena.

—¿Quieres probarla?

El joven se volvió y sacó del bolsillo de su pantalón una bolsa casi idéntica y esparció un poco sobre el aparador de madera. Con manos habilidosas utilizó una tarjeta de crédito para preparar dos líneas simétricas.

Gabriela era perfectamente conocedora del error que estaba cometiendo. Pero su angustia, su desesperada ansia por huir de la realidad, la empujó con una mano invisible hasta acercarse a lo que ella consideraba su salvación. Pensó de forma absurda que quizás así dejara de sentir la extraña sensación de levitación que la había acompañado desde que ingirió la pastilla ofrecida por la amable señora del avión. Así podría recuperar algo de estabilidad y pensar con claridad. Pero no se había dado cuenta, aturdida su mente, de que hacía ya siete años que no pensaba con claridad, alternando episodios en los que estaba completamente perdida y otros en los que la culpa la sumía en depresiones tan profundas que no conseguía despertar del todo.

Gabriela no había tomado drogas en toda su vida, ni siquiera un simple cigarrillo en sus años adolescentes. Siempre lo había odiado, porque odiaba a las personas débiles, a las personas que se dejaban guiar por sus instintos y no por su mente. Y ella tenía una mente brillante y un futuro que refulgía esperando ser atrapado. Sin embargo, después de aquello que la marcó a fuego hacía siete años, todo cambió. Le recetaron antidepresivos y somníferos, que abandonó porque no conseguía concentrarse lo suficiente para llevar a cabo su trabajo como becaria y a la vez conseguir terminar su tesis. Meses más tarde un compañero le ofreció una raya de coca, y le dijo que con eso podría soportar las largas horas de estudio e investigación. Y tenía razón. Además, tenía otro beneficio añadido. Le daba una asombrosa claridad a la hora de escribir, las palabras fluían de su mente con vida propia y se aferraban a la pantalla del ordenador, creando lo que a ella estando sobria no se le ocurriría. De ese modo pudo terminar su tesis mucho antes que los demás estudiantes, y escandalizar al mundo académico con sus teorías. Lo que no sabían los sesudos catedráticos que la habían examinado era cómo lo había conseguido. Si lo supusieran, seguro que no la hubieran calificado *Cum laude*. Cuando estaba en ese estado ausente de realidad podía olvidarse de lo que tanto dolor le producía, y solo por eso, las drogas eran una parte muy importante de su vida. Una parte oculta a todos, pero ella tenía muchos secretos, y ese solo era uno más de ellos.

Sin pensarlo más se inclinó, enrolló un billete y aspiró con fuerza por la nariz.

—Ahhh —exclamó sintiendo hormiguear la droga dentro de sí, aprisionando y liberando cada músculo en tensión como el apretón de manos de un viejo amigo.

El hombre hizo lo mismo que ella y la miró directamente.

—¿Quieres quedarte, guapa? —Le hizo un guiño que pretendió ser seductor, pero sin embargo solo consiguió bizquear como un búho.

—No —contestó Gabriela dejando encima del aparador el dinero acordado y saliendo por la puerta sin mirar atrás.

Cuando pisó la calle tuvo que entrecerrar los ojos ante tanta luz, sin embargo el día estaba nublado. Sabía que era un efecto producido por la droga. Llevaba sin consumir tres años, pero la necesidad había ganado a la culpa. *Él* se había filtrado en su mente como una corriente silenciosa rompiendo todas las defensas construidas a lo largo de los años, y la sensación de estar hundiéndose en arenas movedizas había regresado con mucha fuerza. Y ella necesitaba algo a lo que aferrarse, y se había aferrado a lo único que había supuesto un pequeño consuelo los últimos siete años.

Caminó despacio hasta el hotel siguiendo las indicaciones del GPS instalado en el teléfono para no perderse en los callejones adoquinados de la señorial Praga. Atravesó la plaza de la Ciudad Vieja llena de turistas, con sus cafeterías y restaurantes que desplegaban sus terrazas cubiertas a la espera de algún espectáculo nocturno. Pasó por delante de la Iglesia de Nuestra Señora de Tyn y se abrió espacio entre la pequeña muchedumbre que esperaba al pie de la torre del Ayuntamiento a que el reloj astronómico diera la señal, recordando a todos los mortales que les quedaba una hora menos de vida. Siguió caminando por las calles esquivando gente hasta que llegó a la puerta del hotel. Entró en el cálido vestíbulo y estaba a punto de coger el ascensor cuando lo pensó mejor. Todavía no le apetecía encerrarse en la habitación. Necesitaba tomar algo, así que se giró y entró caminando lentamente al bar, donde el pianista seguía tocando algo suave y adormecedor al fondo.

CAPÍTULO 4

Por supuesto, Gabriela... ¡tampoco hagas eso!

El profesor Michael Wallace odiaba volar. Odiaba volar porque se mareaba en cualquier medio de transporte que él no condujera y, por el momento, pilotar un avión no estaba dentro de sus numerosas habilidades.

Antes de embarcar sacó una pastilla blanca del bolsillo de su pantalón vaquero y la sostuvo en la mano un momento. Odiaba las drogas, cualquier tipo de ellas. Y en especial a los que las consumían. Nunca las había probado, pero sabía lo que podían llegar a producir. Lo sabía de un modo muy cercano y certero. Era otro de los motivos por los que aceptó a duras penas el seminario. Dudó unos instantes, antes de enfrentarse a la infernal máquina que lo iba a transportar de Londres a Praga. Finalmente, con un gesto brusco, se la tomó. El médico le había comentado que era simplemente un relajante muscular y que ello le permitiría dormir, en vez de estar encerrado con la cabeza metida en el inodoro del avión todo el trayecto. Por ello, cuando aterrizó en el Aeropuerto Ruzyne, a mitad de la tarde, todavía sentía una extraña sensación de entumecimiento en todo su cuerpo, y su mente estaba demasiado cerca del cielo y no del suelo, que era donde debía estar.

Cogió un taxi y le indicó la dirección del hotel. Había solicitado un hotel diferente al del resto de los integrantes del seminario por una única razón; ya había estado en demasiados y sabía lo que acabaría pasando. Reuniones en el *lobby* del hotel hasta que lo cerraban, demasiada bebida y alguna estudiante demasiado encandilada y dispuesta a que él la llevara a su habitación. Y eso era algo que él no deseaba. Había ido a Praga a intentar solucionar los problemas que lo acuciaban en Londres, y lo que menos le interesaba en ese momento era meterse en más líos.

Cuando el taxi paró frente al hotel, lo miró hastiado. Odiaba los hoteles antiguos, él era doctor en Historia Medieval, y cuando salía de la ciudad medieval de Oxford, lo que más apreciaba eran los hoteles modernos, blancos y de acero, donde pudiera escapar aunque fuera unos pocos días de todo lo que le rodeaba normalmente.

Se acercó al mostrador de *check in* y cogió la llave de la habitación que le habían reservado. La suite del ático. La mejor, según le dijo la amable recepcionista, que le sonrió con candidez y le instó a que pidiese cualquier cosa que deseara. Haciendo hincapié en la palabra «cualquier». Él enarcó las cejas, le dio las gracias y subió a la habitación. Una vez allí deshizo las maletas, ordenó cuidadosamente en el armario y en la cómoda toda su ropa y, viendo que todavía era demasiado temprano y seguía teniendo la cabeza demasiado embotada, bajó al bar del hotel a tomar algo antes de cenar.

Michael se encontraba sentado en una mesa cerca de la ventana, frente a la puerta, leyendo en su tablet el archivo que le había enviado su profesor adjunto. Era un resumen de la tesis del misterioso profesor Gabriel A. Ruiz de Lizárraga. Cogió el vaso de whisky y se lo llevó a los labios. Enarcó una ceja, sorprendido ante lo que estaba leyendo. Tenía que reconocer que el profesor tenía coraje, nadie en sus cabales se hubiera atrevido a exponer así sus teorías sobre el conflicto de la Iglesia Católica con la mujer, y en especial tomando en consideración y como ejemplo la discutida virginidad de la Virgen. Se preguntó qué demonios estaría haciendo ese profesor en este seminario, cuando estaba claro que sus intereses académicos no estaban dirigidos a lo que él se proponía desarrollar durante esas seis semanas.

En ese momento algo lo distrajo, un soplo de aire suave y cálido sobre su nuca descubierta, una nota discordante que provenía del piano, el súbito silencio de los murmullos del resto de la gente sentada en mesas a su alrededor. Levantó la vista. Y en ese instante la vio.

Un rayo brillante de luz que se había filtrado tímido entre dos nubes iluminó a la joven que entraba en ese momento en el bar, caminando como si flotara. Su pelo dorado atrapó la luz solar y creó destellos crepitando como pequeñas estrellas a su alrededor. Ella giró hacia las mesas dudando si sentarse o permanecer en la barra. Pudo observar su rostro de formas delicadas, sus ojos almendrados, de un tono claro, aunque no pudo distinguir a esa distancia cuál era su color, y cómo se mordió un labio carnoso dudando. Finalmente se decidió por la barra.

Antes de que se sentara en un banco alto, un camarero pasó a su lado mirándola embelesado y tropezó, dejando caer una caja de servilletas que llevaba en la bandeja. Ella le sonrió y se agachó antes que él a cogerla, y entonces pudo apreciar la perfecta forma de su trasero enfundado en unos vaqueros negros que se ajustaban a su cuerpo como una segunda piel. Pero no era eso lo que lo había sorprendido, sino la sonrisa de la joven, que tenía el poder de derretir un iceberg si se lo propusiera. Michael parpadeó varias veces y se dio cuenta de que se había quedado con la boca abierta, que cerró con un fuerte golpe de mandíbula. Sintió una punzada en la entrepierna y tuvo que acomodarse de nuevo en la silla. A su mente acudió un recuerdo de sus años de estudiante, *«era una doncella enguirnaldada de un brillante esplendor»*, esa era la descripción de Galadriel, la reina de los elfos realizada por J.R.R. Tolkien. Con algo de estupor, se preguntó si debajo de la americana negra escondería unas alas de suave algodón y plumas blancas.

La joven se sentó y pidió una bebida. Él siguió observándola, como la mayoría de los que estaban en ese momento en el bar. Hasta el pianista pareció afectado y comenzó a tocar *Claro de luna* de Debussy. Ella se giró hacia la música y cerró los ojos con una expresión muy parecida al éxtasis. Michael se volvió a remover inquieto en su asiento. Aprovechando que el camarero pasaba a su lado, le pidió otra copa.

—¡Qué curioso! —le comentó este—. La señorita que está sentada en la barra acaba de pedir lo mismo que usted. Es extraño que ambos hayan coincidido, ¿no cree?

Michael lo miró sin contestar. No sería demasiado extraño si no fuera porque él había especificado la marca de whisky puro de malta que siempre tomaba en Inglaterra, Lagavulin, su preferida, y era extraño más que nada porque lo estaba bebiendo una mujer. Era difícil encontrar una mujer que disfrutara del seco y abrasador whisky.

Animado por ese dato, cerró la tablet y se olvidó del profesor Gabriel A. Ruiz de Lizárraga por completo, para centrarse en la reina de los elfos que tenía frente a él.

—Sírvamelo en la barra, y sírvale otro a la joven de mi parte —ordenó al camarero.

Este hizo una inclinación de cabeza y se dirigió detrás de la barra.

Michael se levantó con gesto decidido y se sentó en el banco más próximo a la joven rubia. Ella ni siquiera notó su presencia. Sujetaba entre las manos el vaso de whisky girándolo con expresión ausente, lo que le dio la oportunidad a él de observarla con más atención. Tenía un perfil digno de retratar, la nariz con un arco perfecto, las mejillas algo sonrosadas sobre una piel casi traslúcida. No era muy alta. No creía que llegara al metro setenta. Frente a su altura de un metro noventa, podía considerarse pequeña. Fijó la atención en su muñeca, que sobresalía de la americana, admirando su delgadez y la línea recta de los huesos que terminaba en una mano de dedos largos, sin anillos. Suspiró, no lucía alianza. Aunque eso tampoco indicaba que no estuviese comprometida.

El camarero puso otro vaso de whisky frente a ella, y esta levantó la vista.

Si solo una hora tuviera

—La invita el caballero que está sentado a su izquierda —fue lo único que dijo, con una sonrisa cómplice.

Si Michael esperaba que ella lo mirara, no lo consiguió. Frunció el ceño y fijó su vista en ella.

Gabriela se bebió lo que quedaba del primer vaso de whisky y lo dejó cuidadosamente sobre la barra. Haciendo un esfuerzo por no ser demasiado grosera, después de unos instantes volvió la vista con gesto serio hacia el hombre que estaba sentado a su lado.

—Gracias —pronunció en inglés pero con un acento que Michael no supo identificar—. Es usted muy amable. —Y dicho lo cual volvió a fijar la vista en el vaso de líquido ambarino.

La reina de los elfos lo había mirado como si él fuese un orco de Mordor.

Michael parpadeó asombrado. No tenía nada que hacer. Sin embargo, había conseguido ver el color de sus ojos. Unos ojos dorados, que reflejaban a la perfección el color de la bebida que sujetaba con tanta fuerza entre las manos. Unos ojos de ángel, unos ojos extraños, unos ojos exageradamente tristes.

Pero Gabriela no había contado con que Michael fuera un hombre acostumbrado a obtener un rechazo.

—¿Está en Praga haciendo turismo? —inquirió él mirándola con intensidad. Sabía que no era una pregunta muy original, pero el relajante muscular y el whisky no le dejaban pensar con demasiada claridad.

Ella contestó sin volver su rostro.

—No.

—Pero no es checa, ¿no? Su inglés es impecable, aunque no reconozco el acento —insistió él.

—No, no soy checa —contestó Gabriela, esta vez mirándolo. Su voz enronquecida le produjo otro tirón en la entrepierna, que él disimuló con un gesto de triunfo. Por lo menos tenía su atención, aunque fuera por un instante.

—Y ¿le gusta Praga? —Michael esbozó una media sonrisa, que solía dar buenos resultados con todas las mujeres. Pero el resto de las mujeres no eran Gabriela.

—No. La odio —afirmó Gabriela.

Michael se mostró sorprendido por su respuesta y estaba a punto de replicar cuando ella se giró a coger algo del bolso. Sacó el teléfono móvil y lo depositó en la barra. Este vibró agitándose sobre la fría capa de mármol.

—Discúlpeme —musitó ella cogiendo el teléfono en su mano derecha y desplazando el pulgar sobre la pantalla con habilidad. Utilizó solo ese dedo para seleccionar lo que estuviera buscando.

Michael hizo un gesto con la mano en señal de entendimiento, pero fue en vano, ya había perdido toda la atención de la reina de los elfos.

Gabriela había recibido un mensaje de texto. De un número desconocido. Con manos temblorosas depositó el teléfono otra vez en la superficie de la barra, dudando si abrirlo o no. Se bebió todo el whisky del vaso de una sola vez, ante la mirada de completo asombro del hombre sentado a su izquierda. En el fondo de su alma sabía de quién era, pero no quería que fuera de *él*... ¿o sí? Sí, Gabriela deseaba más que nada en el mundo que fuera de *él*. Sin pensarlo más, lo abrió.

Sé que ya has llegado, ¿podríamos quedar para tomar algo? Me gustaría hablar contigo. Conozco el hotel en el que te hospedas, estaré allí en un cuarto de hora.

Comenzó a temblar como una hoja. Su respiración se volvió agitada y algo estranguló sus pulmones hasta el punto que creyó que se iba a desmayar. Desesperada giró la cabeza alrededor buscando una salida. Y la encontró. La encontró en el hombre de pelo castaño y ojos azules que la miraba con preocupación a su izquierda.

—¿Quieres subir a la habitación? —le insinuó con voz ronca y susurrante.

Por un instante Michael creyó que no había entendido bien y la miró entrecerrando los ojos, dudando si era buena idea hacerle repetir la pregunta, por si se arrepentía. Finalmente solo dijo:

Si solo una hora tuviera

—¿Cómo?

—¿Quieres acostarte conmigo? —volvió a insistir ella. Esa vez había un tono de angustia en su voz, y no dejaba de mirar a la puerta una y otra vez.

—Yo... —Michael ni siquiera sabía lo que iba a decir a continuación.

—Vamos —le contestó ella cogiéndolo del brazo—. Hoy es tu noche de suerte. No te cobraré nada.

Su reina de los elfos se había convertido en Sherezade «aquella que reina y domina». Con una última mirada desesperada a la puerta de entrada del hotel, lo arrastró hacia el ascensor con demasiada fuerza para ser una mujer tan delicada.

—¿En qué piso está tu habitación? —preguntó Gabriela cuando se cerró la puerta.

—En el ático —contestó Michael algo despistado.

Ella pareció aliviada al sentir cómo el ascensor subía piso a piso. Pero ¿por qué?, se preguntó Michael. ¿De qué huía? ¿De algún novio peligroso?

Gabriela intentó calmar su acelerado corazón. «Vamos, vamos», le instó al ascensor mentalmente. «¡Mierda!, ¿cómo se habrá enterado *él* de dónde estoy?», pensó con desesperación. Por primera vez miró al hombre que la acompañaba. Este se había apoyado en la pared frente a ella indolentemente, con los brazos cruzados, y la observaba con curiosidad. Por lo menos era un hombre atractivo. Aunque sus sentidos no estaban todavía alineados, eso podía apreciarlo. Alto, quizá demasiado para ella, que se sintió de repente pequeña en comparación. Le llegaba justo a la mitad del pecho. De pelo castaño y algo revuelto, que se ondulaba en las puntas, un rostro varonil, de facciones marcadas y unos preciosos ojos azules tormentosos. Sí, tenía unos ojos azules verdaderamente bonitos, enmarcados en unas pestañas oscuras y unas cejas que se arqueaban con una pregunta sin contestar. Pero eso ahora daba lo mismo. Solo había una idea en su mente. Huir. Huir de *él*.

El ascensor llegó al último piso con un quejido de protesta. Él abrió las puertas de bronce y la dejó pasar. Se dirigió con paso firme a la única puerta que había en el descansillo, la abrió, introdujo la tarjeta en el casillero de la derecha y la habitación se iluminó por completo. Se hizo a un lado para dejarla pasar. Ella cogió la tarjeta y la arrancó del sistema eléctrico. La dejó sobre una mesa y se volvió hacia él.

—Sin luces —fue lo único que dijo.

Michael no protestó. Las cortinas estaban abiertas y la luz de las farolas se filtraba en la habitación creando un ambiente bastante acogedor. Esperó con curiosidad a ver cuál iba a ser su siguiente movimiento. No tuvo que esperar demasiado. Ella se acercó a la ventana y se asomó al exterior. Lo que vio pareció tranquilizarla. Se volvió hacia él, que seguía de pie en el centro de la habitación y, mirándolo, comenzó a desnudarse.

En unos instantes se quedó en ropa interior, su silueta recortada contra la luz que se filtraba por la ventana. Michael se dio cuenta de que le costaba respirar. Su reina de los elfos, su ángel, su Sherezade, tenía el cuerpo de una diosa. Ni siquiera pensó que podía ser una prostituta de lujo, ninguna prostituta tendría ese gesto tan dulce y a la vez tan triste. Y con pasmosa claridad se dio cuenta de que no quería acostarse con ella, solo abrazarla y consolarla durante toda la noche. Pero no eran esas las intenciones de Gabriela. Ella necesitaba consuelo, pero no de ese tipo.

Se acercó a él y comenzó a desabotonar su camisa, despacio, pero sin detenerse una sola vez. Lo hacía de forma metódica, sin distraerse en la piel que esta tapaba. Se la arrancó de la cintura de los vaqueros y la tiró a un lado de la habitación. Michael se inclinó sobre ella e intentó besarla.

—No me beses —prohibió Gabriela apartándose.

—¿Por qué? —preguntó Michael más sorprendido que ofendido.

—Porque esto es solo sexo —respondió ella simplemente y siguió desnudándolo. Él la ayudó quitándose de un golpe los zapatos y los calcetines. Ambos se quedaron en ropa interior.

Gabriela pasó la mano por el torso de él acariciándolo. Tenía un bonito cuerpo. Eso lo podía admitir, delgado pero musculoso, con apenas una pequeña mata de vello castaño rizado entre los pectorales. Bajó deslizando las manos hasta la cinturilla del boxer, dando gracias de que por lo menos no fuera uno de esos horteras con slips ajustados. Y de un solo movimiento se los bajó hasta los tobillos. Michael ahogó una exclamación, pero se dejó hacer. Lo empujó sobre la cama y él quedó tendido frente a ella. Se apoyó sobre los codos y la miró intensamente. Por una vez le gustaba que ella llevara el control, era estimulante. Pero solo por esa vez. Las siguientes le demostraría quién era él. Ella se deshizo de su ropa interior con rapidez y se quedó completamente desnuda frente a él. Michael inspiró fuertemente, no se había dado cuenta de que por un momento había dejado de respirar.

—El preservativo —exigió Gabriela con voz ronca.

—En mi cartera. En los pantalones. —Hizo el amago de levantarse para cogerlos, pero ella fue más rápida y le tiró la cartera sobre la cama.

Michael se lo puso con la habilidad adquirida después de muchos años haciendo lo mismo y la atrajo hacia él, sorprendiéndose de estar ya totalmente dispuesto. En realidad, pensó, asombrándose del hecho en sí mismo, estaba dispuesto desde que la había visto por primera vez. Quiso tumbarla bajo su cuerpo, pero ella se resistió y se situó sobre él. Michael intentó acariciarla. Necesitaba tocarla. Saber que era real. Estaba empezando a creer que todo era fruto de un sueño producido por el maldito relajante muscular y el whisky. Pero ella no lo dejó. Con un gemido entrecortado se situó sobre él y lo guio a su interior. Él gruñó de forma entrecortada ante los movimientos pausados de ella, que poco a poco fueron adquiriendo velocidad. Se esforzó en pensar en algo no muy agradable, o su sueño iba a acabar en una corta pesadilla. Le sujetó la estrecha cintura con ambas manos, dándose cuenta por primera vez de lo pequeña y delicada que era entre sus grandes manos. Le recorrió el vientre y circundó un tatuaje que tenía justo sobre la cadera derecha. El Sagrado Corazón, un corazón sangrante rodeado de espinas. ¿Sería una ferviente católica? No lo parecía.

—Bonito tatuaje —murmuró con voz entrecortada.
—Es una advertencia —contestó ella mirándole por primera vez.
—¿De qué?
—Nadie puede acercarse a mi corazón sin resultar herido. —Su voz fue un lamento lleno de dolor. Y él quiso incorporarse y abrazarla con fuerza en un impulso desesperado. Ella lo impidió, apoyó ambas manos en su pecho y lo mantuvo quieto sobre la cama.

Gabriela se movió con más intensidad deseando perderse en los instantes de placer que conseguían hacer desaparecer sus recuerdos. Se concentró solo en eso. El hombre que le estaba dando placer era solo un instrumento. Un instrumento muy atractivo, pero solo eso.

Con un gemido se arqueó hacia atrás y él emitió un gruñido casi animal cuando se perdió con ella. Siguieron unos instantes más en esa postura hasta que ambos consiguieron hacer que sus corazones dejaran de retumbar en todo su cuerpo con pequeñas descargas eléctricas.

Gabriela se levantó con cuidado y se tendió en la cama, cerca de él, pero no junto a él. Michael se retiró el preservativo y le ató un nudo dejándolo en el suelo. Más tarde ya se desharía de él. Ahora necesitaba saber.

Se inclinó sobre ella.

—¿Cómo te llamas?
—¿Y eso qué importa ahora?
—A mí me importa. Me gusta saber por lo menos el nombre de las mujeres con las que me acuesto.

Ella enarcó una ceja.

—¿Para qué? ¿Tienes una lista o algo así?
—No —contestó él algo ofendido.
—Si no sabes mi nombre, te costará menos olvidarme —aseguró ella girándose y dándole la espalda.

Michael se quedó un momento mirando su espalda desnuda, la curva de su trasero y sus piernas, y su miembro volvió a palpitar dolorosamente. Alargó la mano y la posó con cuidado sobre su cintura. Ella se puso tensa al instante. Pero él no la apartó.

Si solo una hora tuviera

Gabriela emitió un suspiro lleno de intenciones, cogió la mano de él y la depositó con cuidado, demasiado cuidado, sobre la cama, entre ellos. Le estaba mandando un mensaje, un claro mensaje. No quiero más.

Michael no era un hombre que solía aceptar un no por respuesta, pero apretó los puños sobre su cuerpo y él también se giró, a la vez que los tapaba a ambos con la colcha de la cama. Sabía que aquella mujer era diferente y eso estaba empezando a desquiciarlo por momentos. Suspiró fuertemente y se obligó a dormir, esperando que la luz del día le ofreciera alguna aclaración sobre la mujer misteriosa que parecía se había quedado dormida junto a él.

Pero Gabriela no dormía. De hecho, se mantuvo alerta hasta que escuchó la respiración acompasada de su amante ocasional. Solo entonces se levantó en silencio. Se vistió y salió furtivamente de la habitación. Bajó hasta la suya. Se quedó en ropa interior y se metió en la cama. Todo le daba vueltas, la combinación del barbitúrico con la coca y luego el whisky le estaba pasando factura. ¿Se acababa de acostar con un desconocido? Hasta para ella eso era sobrepasar el límite. Con un gemido deseó borrar esa noche, como tantas otras en el pasado. Si lo pensaba bien, ya apenas se acordaba del rostro de ese hombre. Esperaba que al despertar ya no recordara nada. Escuchó el timbre del teléfono y se incorporó asustada. ¿Sería *él* otra vez? Con manos temblorosas lo buscó en el bolso y pulsó la tecla para activar el mensaje. Respiró aliviada. Era Elena, le había mandado una foto. La abrió y se quedó mirándola con gesto horrorizado. Luego leyó el texto de debajo.

Lo prometido es deuda, este es Henry Cavill. ¿A que está bueno? Estoy deseando que llegue mañana para verlo de cerca. Dulces sueños.

—¡Joder y mil veces joder! —Gabriela golpeó con un puño el colchón de la cama. El rostro de la foto la miraba sonriendo desde su teléfono. Un rostro muy, muy parecido al que acababa de dejar dormido en la habitación del ático.

CAPÍTULO 5

El pasado siempre vuelve...

Michael se despertó cuando las primeras luces del amanecer se filtraron por la ventana, que todavía permanecía con las cortinas abiertas. Se sintió en el cielo. Junto a él dormía la mujer más hermosa que había conocido nunca. Y además estaba desnuda. Dobló las piernas y comprobó que tenía una erección considerable. Se obligó a tranquilizarse. No quería que se asustara al despertarla. Todos los propósitos de mantenerse alejado de las tentaciones, con los que había viajado a Praga, desaparecieron de su mente en el mismo momento en que su mirada se posó sobre aquel ángel. Esperó unos momentos más maravillándose de la sensación de ingravidez que tenía, completamente extraña para él. Y entonces se giró con cuidado, queriendo observarla mientras dormía, con el pelo rubio extendido sobre la almohada y ese rostro delicado que lo invitaba a acariciarlo.

Parpadeó varias veces mirando el hueco vacío de la cama a su lado. ¿Dónde estaba su ángel? Desvió la vista a la puerta del baño con el deseo de creer que ella estaba allí, pero la puerta estaba semiabierta y las luces apagadas. Se incorporó en la cama con un movimiento brusco. ¿Se había ido? Eso no podía haber ocurrido. Circundó la habitación con la mirada, se levantó y se dirigió al pequeño salón que se escondía tras una puerta tapizada en tela os-

Si solo una hora tuviera

cura. Nada. Ella no estaba. Se había volatilizado. ¿Había sido un sueño provocado por el relajante muscular y el whisky? Ahora ya no estaba tan seguro. En su mente todavía no se había filtrado la idea de que ella lo había abandonado. Recordó su cuerpo moviéndose sobre el suyo, y la expresión de completo abandono cuando emitió el último gemido. Había sido real, ¿no? Recordó el tatuaje del Sagrado Corazón y cómo había pasado un dedo sobre él. «Es una advertencia» le había dicho ella. No, no había sido un sueño.

Se sentó en la cama y se pasó ambas manos por el pelo haciendo que este se le revolviera sin remedio. Maldijo en cuantos idiomas conocía, y eran bastantes, hasta que se calmó lo suficiente para pensar con claridad. Su ángel lo había abandonado, había huido de él amparada en la oscuridad de la noche, y escudada en la confianza que él había depositado en ella. Lo había utilizado. Lo había utilizado y luego lo había desechado como si fuera un pañuelo de usar y tirar. Se sintió mal, muy mal. Y su enfado fue subiendo en graduación a medida que se daba cuenta de que era la primera mujer que le había hecho algo así en toda su vida. Y el ser conocedor de que aquel misterioso ángel le había dado a probar de su propia medicina hizo que le hirviera la sangre. Todavía maldecía en alto cuando se duchó, siguió maldiciendo cuando se vistió y aún lo hizo mientras bajaba en el ascensor al restaurante del hotel a desayunar, solo que esta vez lo hizo mentalmente para no asustar a la gente de su alrededor. Sin embargo, su gesto, por lo general amable y sonriente, se tornó hosco y enfadado y siguió así mientras iba de camino a la Univerzita Karlova, escuchando en su iPod *Adagio en g menor* a todo volumen, en un intento de calmar su frustración con las dulces notas de Albinoni.

Gabriela se había quedado dormida. No había escuchado la alarma de su móvil. Había sido una noche larga. Los efectos de la droga y del alcohol en su torrente sanguíneo, así como el conocimiento de que se había acostado con la única persona que no tenía que hacerlo en Praga, bueno, la segunda, pero ahora no estaba pensando en *él*, la habían desvelado por completo hasta casi el amanecer. Cuando las primeras luces del alba se filtraron por la ventana junto con los sonidos del despertar de la vieja ciudad, cerró los ojos y durmió por fin.

Se despertó cuando una camarera entró en la habitación con intención de arreglarla. Abrió los ojos asustada, incorporándose de repente en la cama y masculló algo incoherente, todavía demasiado aturdida para comprender dónde estaba. La camarera agachó la cabeza, se disculpó y salió cerrando la puerta con suavidad. Por un momento Gabriela no recordó nada de la noche anterior, solo una idea se deslizó en su mente demasiado cansada. Llegaba tarde. Llegaba tarde el primer día del seminario. Se levantó corriendo, se metió en la ducha antes de que esta emitiera agua caliente y salió a los pocos minutos. Mientras se vestía dejó que su pelo se secara al aire, rizándose sin ningún tipo de orden. Se lo desenredó con los dedos mientras se maquillaba y con un suspiro de frustración salió de la habitación olvidándose de desayunar. Ya tenía un taxi esperando en la puerta. Se metió en él y le dio la dirección de la Univerzita Karlova. Conectó su iPod y puso a todo volumen *Bitter Sweet Symphony*, susurrando «no podré cambiar, no cambiaré» junto con The Verve. Y solo entonces se acordó de con quién había pasado la noche anterior. Y deseó tener el poder de convertirse en un bicho bola, en uno de esos ciempiés que cuando ven el peligro se giran sobre sí mismos hasta hacerse una pelota perfecta que puede rodar al infinito y desaparecer en cualquier alcantarilla. En ese momento su teléfono pitó sobresaltándola todavía más y lo abrió temiendo encontrarse otro mensaje de *él*. Pero era uno de Elena.

—¿Dónde estás?
—En el infierno, ahora llego.

Elena miró sorprendida la respuesta de Gabriela, y luego dirigió la vista a los hombres con los que estaba conversando en el hall de la Facultad de Teología y tecleó una rápida respuesta.

—Pues yo, cariño, estoy en el cielo, entre los dos hombres más guapos que he visto en mucho tiempo.

Si solo una hora tuviera

Pero Gabriela no llegó a leer el último mensaje, puesto que ya estaba bajando del taxi y corriendo hacia la puerta de la Facultad de Teología de la Univerzita Karlova, temiendo caerse a causa de los tacones de casi diez centímetros de sus botas negras de piel. Si lo hubiera leído, habría huido tan rápidamente que hubiera pulverizado la plusmarca de atletismo olímpico.

Entró deprisa, y una vez en el hall se paró sin saber muy bien adónde dirigirse. Una voz familiar la llamó desde un extremo.

—Gabriela, estamos aquí —exclamó Elena ofreciéndole una sonrisa y sacando pecho, haciendo que el hombre de ojos azules enarcara una ceja en su dirección. El hombre moreno la ignoró por completo, girándose hacia la joven que aceleró el paso para reunirse con ellos.

Gabriela levantó la vista del suelo una vez que se aseguró de que no iba a tropezar con los altos tacones, y se detuvo solo a un par de metros del pequeño grupo. Si alguna vez tuvo la sensación de que podía sufrir un infarto de miocardio, fue en ese instante. Palideció de repente y creyó que su corazón había dejado de latir. Asió con fuerza el maletín que llevaba en la mano derecha como si aquel simple gesto le fuera a evitar caer al suelo. Aun así se tambaleó peligrosamente.

El hombre moreno se acercó a ella e intentó sujetarla por un brazo. Ella, en un acto reflejo, dio un paso atrás como si el contacto le quemara. Ya tenía la atención de las otras dos personas fijas en su rostro.

—Gabriela, cielo, ¿te encuentras bien? —preguntó Elena observando el gesto descompuesto de su compañera.

Gabriela no contestó. Su mirada se había quedado fija en el rostro del hombre moreno. Él, a su vez, la miraba con algo parecido a la adoración. El mundo dejó de girar por un instante, haciendo que todo parpadeara como en un cortocircuito a su alrededor. Los dos eran completamente ajenos a las miradas de Elena y del hombre de ojos azules. El hombre que había vuelto a maldecir en cuantos idiomas conocía en silencio.

«¿Qué demonios hace mi ángel aquí?», se preguntó Michael

mirándola fijamente. Y un poco más tarde: «¿Por qué demonios no puede apartar la vista del profesor Piero Neri?». Y unos segundos después: «¿Por qué demonios el profesor Piero Neri parece que acaba de ver una aparición de la Virgen?». Al menos una de las preguntas iba a tener una pronta respuesta.

—Gabriela, te presento al profesor Michael Wallace —dijo Elena, completamente ajena a la pequeña tragedia que se estaba desarrollando a su alrededor.

Gabriela se obligó a separar su mirada del profesor Piero Neri y la fijó en Michael. Este a su vez la miró con intensidad, entrecerrando los ojos, pero ella lo miraba sin ver.

—Mucho gusto —contestó Gabriela tendiéndole la mano. Michael se la cogió de forma mecánica. «¿Es que no me recuerda?», pensó volviendo a maldecir en silencio. No podía creerse que, además de haberlo abandonado esa noche, ni siquiera lo recordara. Su orgullo estaba siendo machacado como si se tratara de picadillo de carne para hacer hamburguesas.

—Profesor Wallace, ella es la profesora Gabriela A. Ruiz de Lizárraga. Estoy segura de que ha oído hablar de ella, bueno, en realidad, de su controvertida tesis sobre... —Las palabras de Elena se perdieron en la brusca maldición en ¿alemán? que pronunció en ese momento Michael.

¿Profesora? ¿Gabriela? Malditos fueran el autocorrector de Word, los asistentes despistados y los profesores adjuntos incompetentes. Abrió y cerró los puños como preparándose para un asalto y respiró agitadamente. Un poco tarde se dio cuenta de que tenía tres pares de ojos que lo miraban con algo parecido a la estupefacción en sus rostros y compuso el gesto.

—Lo siento —dijo a nadie en particular. Pero no explicó la razón de su disculpa.

Los demás, educadamente, no preguntaron. Gabriela dejó de mirarlo y volvió otra vez su vista al profesor Piero Neri con un gesto extraño, como de temor y adoración a la vez. Como si luchara contra Dios y contra el demonio en su interior. De hecho, era lo que estaba haciendo, pero los demás no tenían por qué saberlo.

Si solo una hora tuviera

—Gabriela, él es el profesor Piero... —Por segunda vez en pocos minutos Elena no pudo terminar la frase.

—Lo sé. Ya lo conozco —contestó Gabriela enlazando su mirada de color miel con la oscura del profesor—. Padre... Me alegro de volver a verle —pronunció en voz alta y clara.

Elena ahogó un gemido y Michael hizo otro repaso por orden alfabético de todos cuantos insultos se le ocurrieron en unos segundos.

El padre Piero Neri se mantuvo en silencio y se limitó a observar a Gabriela como si llevase una eternidad en el purgatorio y por fin hubiera ascendido al reino de los cielos. Gabriela cerró los ojos ante la vehemencia de su mirada oscura y solo susurró una sola palabra más.

—¿Entramos? —Se deslizó entre ellos como si se tratara de un hada que flotara sobre el suelo y entró en la sala donde iba a comenzar el seminario.

El padre Piero Neri se pasó una mano por el pelo y se dio cuenta de que esta le temblaba, así que apretó el puño y la escondió en el bolsillo de su pantalón.

Michael la siguió con la mirada admirándose de su esbelto cuerpo cubierto por un abrigo de paño negro abotonado hasta el cuello, que marcaba cada curva, y bajó la vista hasta las botas de piel negra con unos tacones de aguja, que hacían que se contoneara al ritmo de las pisadas sobre el marmóreo suelo. Y en ese momento decidió que la tendría otra vez en su cama, aunque fuera lo último que hiciera en toda su vida.

Elena, ajena a todo, se encaminó detrás de Gabriela y entró junto a ella a la sala.

Gabriela se sentó en un pupitre casi al fondo de la sala, ignorando a los otros ocho alumnos que esperaban, deseando poder chasquear los dedos y desvanecerse como el humo. «Malditos sean los dioses del Olimpo, que cuando más los necesito han decidido hacer una bacanal y olvidarse de su creyente más devota».

Michael y el padre Piero entraron en la sala y se situaron detrás del estrado de madera, esperando a que los murmullos cesaran. Finalmente un impaciente Michael dio unos golpecitos sobre el micrófono, que casi tumbaron al pobre instrumento de voz, y les llamó la atención, con la mirada fija en Gabriela, pero esta seguía mirando al sacerdote. Michael se volvió al padre Piero instándole a que presentara el seminario, ya que le correspondía a él como anfitrión, y tuvo que darle un pequeño toque en el hombro, porque estaba igualmente perdido en la mirada de Gabriela. Algo despistado, se volvió hacia él recomponiendo el gesto y comenzó a hablar.

Gabriela cerró los ojos al volver a escuchar la voz escondida en sus recuerdos, y sintió ganas de llorar. Todo lo que había intentado olvidar había vuelto a inundar su mente con el simple sonido de su voz profunda, con un ligero acento italiano, que casi había perdido con los años viviendo fuera de su país. Cuando la voz se silenció abrió los ojos sin percatarse de la extraña mirada que le dirigía Michael. El padre Piero se levantó y se despidió, dejando una hoja para repartir a un alumno de la primera fila donde había un pequeño plano de la Univerzita, las indicaciones de su despacho, el del profesor Wallace y la biblioteca, por si necesitaban alguna aclaración posterior.

Michael comenzó a hablar, atrayendo la atención de todos cuantos estaban en la sala, menos de la que él deseaba, ya que Gabriela seguía perdida en sus propios pensamientos, con la mirada fija en la vista que tenía del aparcamiento desde la ventana a su izquierda.

El profesor Wallace era un narrador ameno e interesante. Él lo sabía, y por eso no entendía cómo, por más que se esforzara, Gabriela lo ignoraba como si simplemente no existiera. Algo extrañado percibió que ella y su compañera morena se estaban pasando un folio entre las dos. Sin embargo, no le dio mucha importancia y siguió explicando cuál iba a ser el desarrollo del seminario, haciendo hincapié en los temas a tratar y en la evaluación que les haría la última semana. Michael también sabía que era un profesor duro, pero su fama ya le precedía. Sus alumnos solían ser los que estaban mejor cualificados y considerados, básicamente porque él no admitía nada mediocre en su vida.

El cura queda descartado. Pero ¿qué te parece Henry?

Si solo una hora tuviera

Elena deslizó con disimulo el folio escrito sobre el pupitre de Gabriela.

Ella ahogó un pequeño gemido. Pero aunque Elena creyó que era por el efecto de su profesor, se debía a la primera frase del texto. Un recuerdo lejano destelló en su mente:

«—¿Me amas? —preguntó ella.

—¿Cómo podría no amarte? —contestó él sonriéndole con sus ojos negros».

Gabriela sujetó con demasiada fuerza el bolígrafo, tanta que el pobre casi quedó estrangulado en su propia tinta.

Pasable. ¿Qué esperabas si es inglés?, escribió Gabriela obligándose a olvidar.

¡PASABLE! Pero si está buenísimo, ¿no te has fijado en sus ojos? Además, viste con traje, creo que de Armani, y corbata. Y dudo mucho que fume en pipa, aunque no le he visto los calcetines. Ahí puede que tengas razón, pero yo le puedo perdonar unos simples calcetines a cuadros.

Elena escribió apresuradamente y deslizó el folio hacia Gabriela.

No tiene nada excitante, garabateó Gabriela pensando en otra cosa.

Eso tiene solución. Ya me ocuparé yo de excitarlo si es necesario.

Elena se mordió un labio y se apartó el pelo del hombro.

Creo que será un trabajo improductivo, contestó Gabriela haciendo una mueca mientras escribía.

¡Bah! Ya te lo contaré. ¿Cómo crees que lo tendrá?, escribió Elena apresuradamente.

¿El qué?, redactó Gabriela reprimiendo una sonrisa.

El pene, ¡joder!, ¿qué va a ser? ¿Has visto el tamaño de su pie? Si es cierto lo que dicen... va a ser un seminario muy divertido.

Elena le pasó la hoja a Gabriela.

Creo que el tamaño de su pene es inversamente proporcional al tamaño de su ego. Así que, si las leyes de la Física no engañan, seguro que será ínfimo, transcribió Gabriela sintiéndose como una niña cometiendo una travesura.

Ninguna de las dos se dio cuenta de que el profesor Wallace se había posicionado a su lado y había dejado de hablar hacía unos minutos.

Ambas levantaron la vista con la misma expresión de inocencia en sus ojos que tendría un águila con un ratón en su pico.

—Profesora Mendoza, profesora Ruiz de Lizárraga, ¿no creen que son un poco mayores para andar con estos juegos, pasándose notitas por debajo de la mesa? —preguntó una voz grave y bastante furiosa sobre ellas.

Gabriela ni siquiera lo miró, algo había llamado su atención en el aparcamiento. Michael miró en esa dirección y vio al padre Piero saliendo de la facultad y caminando con paso firme. Entrecerró los ojos y volvió su vista a las dos jóvenes.

—Nunca se es demasiado mayor para determinados juegos, profesor Wallace —contestó Elena con voz melosa. Lo que hizo que algunos alumnos, profesores como ella, y también uno o dos de bastante más edad, contuvieran la risa. Solo una profesora, la señorita Applewhite, una mujer de mediana edad que provenía de la Universidad St. Andrews, emitió una pequeña protesta ante tanta insolencia, además de un comentario nada halagador sobre el carácter español de sus dos colegas.

Si Elena pensaba que iba a sorprender a Michael, tendría que cambiar de opinión. Este le arrebató el papel de las manos, lo dobló con cuidado y se lo metió en el bolsillo de su pantalón.

—Eso depende siempre, profesora Mendoza, de si su compañero está dispuesto a seguirle el juego —afirmó Michael a Elena, pero mirando a Gabriela, que por supuesto seguía ignorándolo. Lo que provocó más risas contenidas, un súbito rubor en el rostro de Elena y una especie de ahogo en la profesora Applewhite.

Michael se giró y, dirigiéndose a todos, anunció:

—Por hoy ya hemos terminado. Les dejo sobre la mesa la lista de libros a consultar sobre los temas que he explicado. —Hizo una pausa y miró a Gabriela, que seguía completamente ajena a todo lo que la rodeaba—. Si necesitan alguna aclaración al respecto pueden acudir a mi despacho. Estaré allí hasta media tarde. Gracias a todos.

Si solo una hora tuviera

Salió por la puerta caminando con paso decidido en dirección a su despacho. No conocía la Facultad de Teología, pero las indicaciones del padre Piero lo guiaron sin pérdida al despacho que le habían asignado en el piso superior. Entró con la llave que le habían entregado y tiró de forma descuidada su maletín de piel negra sobre la mesa vacía. Esperó unos momentos ansiando escuchar un taconeo por el pasillo, que no se produjo. Se dirigió a la ventana y comprobó que daba al mismo aparcamiento que la sala del seminario. Vio salir a Gabriela, junto con Elena y otro hombre. Era el profesor Laroche, de la Universidad de Lyon. Enarcó una ceja cuando este se acercó a su ángel rubio y le cogió el maletín ofreciéndose a llevarlo él. Pronunció un insulto tan desagradable en ruso, que si lo hubiese escuchado, y entendido, la profesora Applewhite se hubiera desmayado. Luego se desahogó mascullando todo tipo de adjetivos dirigidos al carácter francés en general y al profesor Laroche en particular, que hubieran hecho enrojecer de vergüenza a Marianne, símbolo de la República Francesa.

Se sentó tras la mesa y sacó el material de estudio del maletín, con el único propósito de imbuirse en la siguiente lección. Había decidido comenzar con Juana de Arco, la primera de una serie de mujeres con influencia en la Edad Media. Tampoco había muchas para elegir, y esa había sido siempre su favorita. Al acomodarse en la silla de madera, nada cómoda, algo crujió en el bolsillo de su pantalón y recordó el papel que había confiscado a las dos profesoras. Lo sacó y lo desdobló con curiosidad. Entendía y hablaba el castellano. No tan bien como el francés, el italiano o el alemán, pero sí para comprender lo que habían escrito. Deseó no saber ni una sola palabra en español. De hecho, deseó que el idioma de Cervantes desapareciera de la faz de la Tierra.

Al principio no comprendió muy bien a qué se referían. ¿Henry? ¿Quién demonios era Henry? Siguió unas líneas más abajo y la furia comenzó a correr por sus venas como ríos de lava ardientes cuando averiguó a quién se hacía referencia. Hasta su temperatura corporal subió dos o tres grados. Pero ¿qué idea tenía Gabriela sobre él? ¿Cómo pensaba que iba a ir vestido? Se miró su traje gris de Armani y la impecable camisa blanca. Cabeceó varias veces y su temperatura corporal bajó de repente cinco o seis grados cuando la lava de sus venas se convirtió en hielo. Leyó una vez más creyendo que se había equivocado: «Creo que el tamaño de su pene es inversamente proporcional al tamaño de su ego. Así que, si las leyes de la Física no engañan, seguro que será ínfimo». Entrecerró los ojos ante la elegante escritura curvada de su ángel, y en un acto reflejo se llevó la mano a la entrepierna comprobando su estado. ¿Pequeño? Y de su boca salió un gemido estrangulado. Desde luego, nunca se había puesto a comparar su tamaño con el de los demás hombres, pero sabía que estaba por encima de la media. ¿Pequeño?, repitió su mente riéndose de él. ¿Con qué hombres se había relacionado Gabriela? Y en ese momento la imagen del padre Piero se coló en su cerebro con un destello de reconocimiento. Al momento lo descartó. No. Era imposible. Él era un sacerdote. Pero ¿y si fuera cierto? Volvió a negar con la cabeza. Bajó la vista y un zapato de piel negra con cordones sobresalió de debajo de la mesa. Solo en ese momento sonrió. La profesora Mendoza tenía razón, las leyes de la Física no engañaban, el tamaño de su pene era directamente proporcional al tamaño de su pie. Y él calzaba un cuarenta y siete. Se observó el pie detenidamente sonriendo más ampliamente, olvidándose de que bajo el zapato se escondía un divertido y esclarecedor calcetín a cuadros escoceses. El que en la nota la profesora Mendoza demostrara claramente sus intenciones de acostarse con él en ese momento le era indiferente.

Ni Gabriela, ni ningún otro profesor acudió en toda la tarde, lo que le dio tiempo a preparar la clase siguiente. Y también a pensar. Y él no quería pensar. Cerró el ordenador, lo guardó en su impecable maletín de piel negra y salió de la Facultad de Teología en dirección al hotel. Cuando llegó todavía le quedaba algo de tiempo para tomarse una copa mientras esperaba a que abrieran el restaurante. Se dirigió al bar, donde lo recibió la cálida música del piano y el susurro de la gente conversando tranquilamente. Circundó la sala buscando una mesa libre y vio a Gabriela sentada en una mesa, ligeramente recostada en la silla, leyendo un libro, mordisqueando el bolígrafo y tomando notas, cuando algo le llamaba la atención, en una pequeña carpeta extendida a su lado. Sin pensarlo demasiado se dirigió a ella.

—Gabrielle.

Gabriela soltó el bolígrafo, sorprendida, y levantó el rostro hacia él.

—Profesor Wallace.

El tono frío y distante de ella no lo desanimó.

—Puede llamarme Michael. Ahora no estamos en el seminario.

—Está bien... Michael —concedió ella después de unos instantes.

—¿Puedo acompañarla?

—Estaba a punto de subir a la habitación —contestó ella.

Michael miró el plato que tenía a su izquierda con un sándwich apenas sin tocar y un vaso de cerveza mediado y supo al instante que le mentía. Se estaba intentando deshacer de él otra vez. En un acto reflejo y obviando su desprecio, se sentó en la silla frente a ella.

Gabriela volvió a centrar su mirada en el libro y lo ignoró. Michael apretó la mandíbula con tanta fuerza que hasta le dolió. Estaba siendo grosera y lo sabía.

—¿Qué hace? —inquirió mientras se quitaba la americana y se aflojaba la corbata, atrayendo la mirada de dos jóvenes de una mesa cercana.

Gabriela miró a las dos jóvenes y luego al hombre sentado frente a ella.

—Poniéndome al día. Juana de Arco —respondió con algo de aburrimiento.

—¿No le gusta Juana de Arco?

—No especialmente.

—¿Ah, no? Yo creo que tiene algo espiritual. He leído su tesis y parece encajar en sus estudios anteriores. ¿A quién hubiera elegido usted? —le preguntó con sincera curiosidad.

—Leonor de Aquitania es bastante más interesante. Incluso

Leonor de Castilla, la esposa de Eduardo I. Me fascina su abnegación y lealtad hacia su marido, siguiéndole incluso a Las Cruzadas. Es como si estuvieran presos de un hechizo de amor —contestó Gabriela con una extraña expresión soñadora en su mirada, que recobró seriedad cuando lo enfocó a él.

Un camarero interrumpió la mirada fija de Michael sobre Gabriela, acercándose a preguntar si deseaban tomar algo.

—¿Podría cenar aquí? —preguntó él.

—Lo siento. El restaurante está al fondo del pasillo, detrás del ascensor.

Michael sacó su cartera y le entregó un par de billetes doblados.

—Veré qué puedo hacer —murmuró el camarero dirigiéndose a la barra, donde disimuladamente miró la propina y comprobó con una sonrisa que, si fuera por él, ese hombre podría cenar en el bar las noches que quisiera.

—¿Está incómoda? —inquirió Michael dirigiendo la vista otra vez a Gabriela, que se había vuelto a concentrar en su libro.

—¿Yo? ¿Por qué iba a estarlo?

—Bueno, ya sabe... —Él se pasó una mano por el pelo revolviéndolo—. Lo que sucedió anoche entre nosotros.

Gabriela lo miró directamente a los ojos y luego los bajó hacia el libro haciendo que sus pestañas crearan dos semicircunferencias de sombra sobre sus mejillas. Michael la miró intensamente. ¿Lo haría a propósito? En ocasiones le hablaba con tanto descaro que le costaba asimilar un momento sus palabras, y en otras mostraba tanto recato que resultaba adorable. Gabriela levantó la vista.

—¿Conoce el final del Titanic?

—Por supuesto —afirmó él, confiado.

—Aquel en el que el capitán consigue esquivar el iceberg y llegan sin incidentes a Nueva York.

—Eso no sucedió —respondió él perplejo.

—Exacto —contestó ella—, como nuestro encuentro de anoche.

—Entiendo —masculló él.

Si solo una hora tuviera

Y sin pensarlo demasiado volvió a hablar.

—Podríamos ser amigos.

«¿Amigos?», pensó justo en el momento en el que pronunció esas palabras y ya cuando era demasiado tarde. Solo recordaba una sola vez en la que le había propuesto a una mujer ser amigos. Él no debía tener más de nueve o diez años, ella uno o dos menos. Era la hija de unos amigos de sus padres. Se llamaba Caitlin, y como respuesta ella le soltó un bofetón en el rostro que todavía le dolía en el orgullo, y que por supuesto no entendió a qué venía.

Afortunadamente el camarero los interrumpió y le entregó la carta a Michael. Este fingió estudiarla con atención, aunque en su cerebro solo tenía el rechazo de Gabriela a su encuentro de anoche y la cara de absoluto asombro al preguntarle si quería ser su amiga.

Se decidió por un bistec con verduras, una cerveza y se arriesgó otra vez.

—¿Le gusta el chocolate?

Gabriela lo miró sin entender.

—¿Que si me gusta el chocolate?

Michael no le dejó responder.

—A todas las mujeres les gusta el chocolate —dijo en un susurro afirmativo y le señaló el postre al camarero en la carta.

Se desabrochó los dos primeros botones del chaleco y luego lo pensó mejor y se los volvió a abrochar. Gabriela lo miró con curiosidad.

—¿Piensa que voy a sacar un monóculo dorado del bolsillo interior? —preguntó él enarcando una ceja.

—No, no lo había pensado. —Ella sonrió y él por un instante se perdió en su sonrisa—. Pero lleva calcetines a cuadros.

Michael se sorprendió, pero lo disimuló frunciendo el ceño. Para ser una mujer que parecía estar ausente la mayor parte del tiempo era bastante atenta.

—Son un regalo de mi madre. Me los pongo siempre que comienzo un curso nuevo. Son algo así como un amuleto —explicó él sin mudar el gesto serio.

Ella retrocedió hacia atrás impulsada por lo brusco de su respuesta.

—¿Le doy miedo? —inquirió él entrecerrando los ojos, con lo que su expresión se hizo todavía más peligrosa.

—No, pero podría dejar de fruncir el ceño constantemente. Le hace parecer mayor, y enfadado con el mundo —contestó ella.

—Bueno, soy mayor que usted, y su profesor además. Y si estoy enfadado, le aseguro, Gabrielle, que tengo mis motivos.

Ella tuvo la decencia de ruborizarse levemente, y él se asombró de su parecido con los ángeles que pintaba Boticelli.

—Balliol, Wallace, calcetines a cuadros... ¿es escocés?

—No, solo tenía familia escocesa. Elegí Balliol College porque es una tradición familiar, nada más —lo dijo de nuevo bruscamente, como si le molestara recordar algo en particular.

Ella se mantuvo callada observándolo con curiosidad y pensando qué hacía que ese hombre tuviera siempre el gesto hosco.

—¿Quién es Henry? —exclamó él sobresaltándola nuevamente.

—Henry Cavill, el actor inglés, ¿lo conoce? —preguntó con desidia, cerrando el libro y dándose cuenta por fin de que no iba a poder estudiar nada.

—Sí —afirmó él dando un sorbo a su cerveza—. He coincidido un par de veces con él. Pero ¿qué tiene que ver conmigo?

—¿Lo conoce? —Gabriela estaba ahora prestándole toda la atención.

—Sí, mi hermano también es actor.

—¿Ah, sí?

Michael masculló algo desagradable interiormente. La sola mención de la profesión de su hermano provocaba siempre esa reacción en las mujeres. Había creído que Gabriela era diferente.

—Sí —contestó simplemente él.

—¿Es la oveja negra de la familia entonces?

Con un suspiro de alivio comprobó que el interés de Gabriela no iba en la dirección que él pensaba.

Si solo una hora tuviera

—No. En realidad, los dos somos las ovejas negras de la familia.

—¿Por qué? Usted es un profesor muy reconocido. No lo entiendo.

—Eso es porque no conoce a mi padre. Es un hombre de negocios, y el que uno de sus hijos se dedique a enseñar Historia y el otro a representar las obras de Shakespeare es toda una deshonra para él y todos sus conocidos. No era precisamente lo que tenía en mente para nuestro futuro.

—Lo entiendo —murmuró ella con algo de tristeza en sus dulces ojos.

—No lo creo. Usted debe ser un orgullo para sus padres.

Gabriela se atragantó con la cerveza que estaba bebiendo y tosió sin disimulo alguno.

—No —dijo carraspeando—. Yo también soy la oveja negra de la familia.

—¿Por qué? Tiene un expediente académico excelente. ¿Acaso algún hermano suyo tiene alguna cualidad más loable?

—Mi hermana trabaja en la banca.

—Eso es muy aburrido.

—Lo sé, pero a mis padres les encanta presumir. Ya es directora de una sucursal, y tiene cuatro años menos que yo. —En su tono se dejó ver el cariño y la admiración que sentía por su hermana pequeña.

—Entonces, ¿qué tiene usted de malo? —Michael se inclinó sobre su filete y lo cortó en pedacitos, juntando con el tenedor un trozo de carne, otro de verdura y una pequeña patata.

Gabriela no pudo reprimir una sonrisa ante tanta meticulosidad a la hora de ingerir un simple filete. Ciertamente era un inglés de Oxford y un *Old Etonian*. Ella había tenido razón desde el principio.

—Mi trabajo no es el problema. Lo es mi vida. —En cuanto lo dijo se arrepintió. Había hablado demasiado.

Él levantó la vista y la miró con intensidad, pero ante el gesto de temor que vio en ella, tuvo la prudencia de no comentar más.

Se preguntó qué hacía que esa mujer tuviese siempre ese gesto tan triste.

—¿No va a cenar? —Intentó desviar la conversación hacia un tema más neutral.

—Ya lo he hecho —contestó ella dirigiendo su mirada hacia el plato con el sándwich apenas mordisqueado en los extremos.

—¿Eso? —inquirió él horrorizado—. Si solo es un simple tentempié.

—No tengo hambre.

—Debería alimentarse mejor. Está demasiado delgada.

—Está hablando como un hombre de las cavernas. ¿Qué va a hacer? ¿Salir a cazar un mamut?

—Lo haría si fuera necesario. Pero como no lo es, puedo invitarla a cenar.

—No, gracias —masculló ella.

Gabriela estuvo a punto de preguntar cómo sabía él que estaba demasiado delgada, pero cerró la boca a tiempo. Lo sabía porque la había visto desnuda y ella, aunque tenía recuerdos algo borrosos de la última noche, se temía que el profesor Wallace los tenía perfectamente claros. Se preguntó por primera vez si habría hecho alguna estupidez que no recordara.

En ese momento dejaron el plato con el postre en una esquina de la mesa. Un gran pedazo de tarta de chocolate adornada con dos bolas de nata en los extremos.

Gabriela se dio cuenta al instante de que era tarta Sacher y, aunque de chocolate, estaba rellena de confitura de fresa, pero no dijo nada. Con la escrupulosidad del profesor Wallace, no quería meter en problemas al pobre camarero.

Michael apartó el plato vacío y puso delante de él el enorme trozo de tarta. Partió con cuidado un trozo de la esquina y miró a Gabriela. Esta le devolvió la mirada con curiosidad inocente. Él no lo pudo resistir. Alargó su mano y le sujetó la barbilla. Ella, demasiado asombrada, no se apartó. Le obligó a abrir la boca y le metió el tenedor con el trozo de tarta de chocolate en la boca.

Gabriela se quedó quieta, incapaz de mover un solo músculo.

Nadie, que ella recordara, la había alimentado desde que sabía coger los cubiertos por ella misma.

—Puede masticar —le dijo Michael sonriendo, haciendo que su dentadura blanca refulgiera en su rostro serio.

«Debería sonreír más a menudo, tiene una sonrisa preciosa», pensó Gabriela, y se obligó a tragar la tarta.

En ese momento Michael se inclinó sobre ella. Ella parpadeó sorprendida con la mirada fija en sus ojos azules.

—Tiene un poco de chocolate en la comisura de los labios —murmuró. Y cuando ella comenzó a levantar la servilleta para limpiarse, le sujetó la mano y susurró junto a su boca—: Yo se lo quitaré.

A Gabriela no le dio tiempo a reaccionar. Michael posó sus labios sobre los suyos y deslizó su lengua por la comisura del labio superior, deteniéndose más de lo estrictamente necesario para retirar la valiente viruta de chocolate que había tenido el atrevimiento de posarse en el rostro de su ángel.

Gabriela sintió un escalofrío que le recorrió todo el cuerpo y se levantó bruscamente. Recogió el libro, la carpeta y se giró a Michael, que se había vuelto a sentar en su silla, con una clara sonrisa de satisfacción en su rostro.

—Profesor Wallace —expuso tranquilamente—, puede que tenga razón con la suposición de que me guste el chocolate, pero tengo que decirle que odio las fresas. Buenas noches.

Gabriela salió con paso apresurado del bar, con toda la dignidad que fue capaz de reunir, aunque no entendía muy bien por qué le temblaban las piernas.

Michael la observó mientras se alejaba y volvió a fruncir el ceño. Luego se acordó de que ella le había dicho que parecía mayor e intentó separar sus cejas, haciendo una mueca absurda en su cara. Frustrado, clavó el tenedor en el centro justo de la deliciosa tarta Sacher, que se tambaleó peligrosamente herida de muerte por la agresión. Ella, pobre tarta, que no tenía culpa de nada.

CAPÍTULO 6

Y, con el pasado, regresan también los recuerdos...

Gabriela se concentró en dos cosas los días siguientes: la primera, en evitar tanto al profesor Wallace como al padre Neri; la segunda, en preparar el primer trabajo que les habían ordenado entregar ese viernes. Lo primero lo consiguió a medias. Era obvio que tenía que asistir a las clases, pero procuraba sentarse al fondo y prestar atención solamente a las explicaciones de Michael. Le gustaba su forma de dar clase, en cuestión de segundos atraía la atención de todos los presentes, que se imbuían sin remedio en el curso de la narración. Hacía las pausas suficientes para que no resultase tediosa la explicación, lo que demostraba la pasión del profesor por su trabajo. Eso le gustó, por lo menos decía algo a favor del enfadado y circunspecto inglés, y le demostraba que sus ojos azules podían brillar con intensidad cuando se apasionaba por algo. Con algo de extrañeza comprobó que el seminario iba a resultar interesante y bastante productivo, académicamente hablando, claro. Al padre Neri no lo vio durante esos días, tampoco la llamó ni le escribió más mensajes, con lo que las arenas movedizas dejaron de agitarse y pudo escarbar hasta salir a tierra firme.

Su segundo objetivo resultó mucho más sencillo de cumplir. Le gustaba estudiar e investigar y pasaba largas horas por las tardes escondida en la enorme biblioteca de la Facultad de Teología, sintiéndose verdaderamente en paz solamente con la compañía tranquila y silenciosa de los libros, que no la juzgaban ni la miraban con reproche. No era la primera vez que pensaba que podría compartir su vida solo con un gran número de libros que la rodearan. En definitiva, apenas necesitaba nada más.

El viernes, después de entregar sus trabajos, salió con Elena y algún otro compañero a comer a un restaurante cercano a la facultad. Allí, entre cerveza checa deliciosamente fría y abundante comida especiada, decidieron hacer una excursión a Karlovy Vary ese sábado. Se mandaron mensajes unos a otros y finalmente se apuntaron los diez integrantes del seminario. Alquilar dos coches sería suficiente. Con el ánimo tranquilo, y algo emocionada por la excursión del día siguiente, se encaminó dando un paseo hasta el hotel. Praga era una ciudad hermosa, que se erguía como un viejo caballero medieval resistiéndose a perder el encanto de siglos pasados. Mentalmente iba repasando los lugares que le gustaría visitar en las siguientes semanas cuando llegó, casi al anochecer, al hotel.

Entró rápidamente y lanzó una mirada furtiva al bar por si estaba allí el profesor Wallace, pero no lo vio, así que con un suspiro de alivio pasó por las puertas abiertas y se encaminó al ascensor. Una voz familiar, que maldijo en un idioma que ella no entendió, hizo que girara la cabeza hacia un pequeño cubículo escondido cerca de la puerta del montacargas.

El profesor Wallace estaba en cuclillas recogiendo lo que parecían varias monedas esparcidas por el suelo, frente a una máquina expendedora de refrescos y algún refrigerio, en forma de bolsas de frutos secos y chocolatinas. Por un momento se quedó mirándolo como si esa imagen le fuera familiar. Él estaba de espaldas a ella y no la podía ver. En el momento que él hizo amago de levantarse, Gabriela, como una chiquilla a la que han pillado haciendo algo que no debiera, corrió al ascensor, que en ese mismo momento acababa de abrir sus puertas. Se metió respirando agitadamente y las cerró. Se apoyó en la pared sintiendo que había algo flotando en su mente y que no lograba recordar, con la sensación que se tiene cuando uno se olvida del último escalón de la escalera. Y antes de que se volvieran a abrir las puertas lo recordó, y lamentó haberlo hecho.

Siete años atrás, una Gabriela con veintiún años, todavía menos peso que ahora y claramente descompuesta, se encontraba frente a una máquina expendedora en el Aeropuerto Ruzyne. Llevaba sin comer más de un día y estaba a punto de desfallecer. Contó las coronas checas que tenía en la mano derecha. No estaba muy segura de si le iba a alcanzar siquiera para una chocolatina. Pero sentía que, si no comía algo pronto, iba a desmayarse. Con una mano temblorosa comenzó a meter las monedas en la ranura, escuchando el golpe que hacían al caer, como el eco del pozo en el que se había convertido su alma. En ese momento un coro de risas de un grupo de jóvenes sentados a pocos metros a su derecha la despistó e hizo que las pocas monedas que tenía cayeran al suelo tintineando y rodando, hasta que una de ellas se coló debajo de la máquina. Con un suspiro, porque no tenía ánimo para más protesta, dejo su mochila negra a un lado y se arrodilló a intentar recuperar la moneda. De improviso, una sombra se cernió sobre ella tapándole la poca luz artificial del aeropuerto. Levantó el rostro y vio a un joven alto y delgado, con pelo castaño revuelto y ojos azules que asomaban por debajo de sus gafas de sol Ray Ban, que se quitó en ese momento para dejarlas colgadas de su camiseta con el logotipo del Balliol College de Oxford University. Un león rampante y coronado en fondo azul en una mitad, y la otra rojo carmesí con una cinta blanca bordeando el escudo.

—¿Te ayudo? —preguntó con acento de presentador de la BBC y, sin esperar respuesta, se acuclilló junto a ella y metió su largo brazo debajo de la máquina recuperando la moneda perdida.

El joven se la entregó y la ayudó a levantarse.

—Una joven como tú no debería estar nunca de rodillas —dijo esbozando media sonrisa.

Gabriela siguió callada observándole.

Si solo una hora tuviera

—¿No hablas inglés? —preguntó él mirándola a los ojos—. No, claro que no. Ya veo —siguió diciendo él dándolo por supuesto—. ¿Qué es lo que quieres? —expuso indicando con la mirada la mercancía expuesta.

Gabriela señaló con el dedo una chocolatina.

—¡Ah! Chocolate. A todas las mujeres les gusta el chocolate —exclamó sonriendo. Introdujo la moneda, pero vio que no era suficiente. Luego la observó cuidadosamente. Su mochila gastada en el suelo, su pantalón vaquero demasiado grande y su jersey deportivo que parecía prestado y comprendió que aquella joven no tenía más dinero. Revolvió en su bolsillo y sacó más monedas. Esperó a que la máquina vomitara la chocolatina y se la entregó. Luego, pensándoselo mejor, abrió su cartera y le entregó un par de billetes.

Gabriela negó con la cabeza, pero él, más alto, más fuerte y claramente más terco que ella, le abrió una mano y depositó los billetes en la palma, cerrándosela después. Luego, con una leve inclinación de cabeza, se giró dirigiéndose al grupo de jóvenes que lo acompañaban, que comentaban algo riéndose a carcajadas.

—¡Eh, Michael! ¿Es esa la conquista número siete? Todavía nos queda un buen rato antes de embarcar, creo que hasta a ti te dará tiempo —gritó uno de ellos, haciendo que los demás se rieran con más ganas.

El joven se dio la vuelta observando a Gabriela solo un instante más, viendo que esta seguía parada junto a la máquina sin mudar el gesto.

—¿Esa? No merece la pena, ¿no la veis? Parece una vagabunda —contestó el joven llamado Michael.

Gabriela se encogió un poco más en su jersey, que en realidad sí era prestado, y sintió ganas de llorar. En veinticuatro horas la habían despreciado dos veces. Y comenzó a sentir que las arenas movedizas la atrapaban ahogándola y asfixiándola. Se tambaleó ligeramente y se dio la vuelta con gesto cansado, buscando la puerta de embarque a Madrid.

Era cierto, ese joven era claramente mayor, más fuerte, más terco y desde luego mucho más imbécil que cualquiera que hubiera conocido hasta entonces.

Gabriela entró en la habitación y cerró la puerta con un brusco golpe que hizo que esta retemblara del susto, y eso que llevaba más de cuarenta años en su puesto, inmune a cualquier cosa. Tiró el bolso sobre la cama y se sentó. Luego se lo pensó mejor y se puso a caminar en el espacio reducido, llegando a la ventana, respirando fuertemente y girándose otra vez hacia la puerta, que ya comenzaba a estar intimidada por su furia.

—¡Será idiota! —exclamó gritando—. ¡Vagabunda! Me llamó vagabunda. ¡Egocéntrico! ¡Pretencioso! ¡Inglés!

Añadió eso último como el mayor de los insultos conocidos. Pero es que Gabriela no tenía el dominio lingüístico de su profesor en cuestión de palabras malsonantes. En realidad, cuando estaba enfadada recurría a las palabrotas en castellano y cuando estaba verdaderamente enfadada recurría a los insultos expresados en las otras lenguas de su país. En ese momento se paró y se quitó uno de los botines de tacón y lo lanzó contra la puerta deseando que fuera la cara de su profesor, gritando una palabra malsonante en gallego, que sonó como música celestial a sus oídos.

Michael, después de esperar un buen rato el ascensor, se decidió a subir caminando los cuatro pisos que lo separaban del ático. En el primer piso escuchó a alguien discutiendo a gritos y se paró frente a la puerta de donde provenía el sonido. ¿No era esa la habitación de Gabriela? Se acercó un poco más y escuchó con atención. Un fuerte golpe en la puerta lo hizo retroceder un paso, con la chocolatina a medio camino de su boca abierta. Después del golpe vino un insulto en un idioma que no conocía pero que le pareció bastante melodioso. Cerró la boca, que se había quedado abierta por la sorpresa, e hizo un amago de acercarse otra vez y llamar. Otro golpe acompañado por una maldición hizo que se lo pensara mejor. Y alejándose, se alegró mucho de no ser él el causante del enfado de su ángel rubio.

La puerta se volvió a estremecer al sentir a Gabriela acercarse, y si hubiera tenido patas hubiera salido corriendo, sin embargo la joven apoyó la frente en ella y comenzó a llorar en silencio mojando con sus cálidas lágrimas la vieja madera, haciendo que ella, que había resistido estoicamente casi medio siglo de viajeros indómitos, deseara tener brazos para consolar tanta tristeza.

Al día siguiente, después de tomar un copioso desayuno, Michael salió al exterior y comprobó la luz. Estaba nublado, pero tímidos rayos de sol se filtraban entre las nubes grises, haciendo que las fotografías que estaba tomando desde la esquina del hotel tuvieran una calidad perfecta. No era un fotógrafo aficionado. Era un experto, pero poca gente lo sabía. Había publicado un libro de instantáneas de sus viajes, que se vendía solo en librerías especializadas, y bajo un seudónimo. Le gustaba su trabajo, pero adoraba ser fotógrafo. Era otra de las cosas que mantenía en el anonimato.

En ese momento, y desde una esquina de la calle, observó como salía Gabriela del hotel. Se había vestido con unas mallas negras y botas planas de piel. Llevaba un jersey en tonos negros con dibujos geométricos blancos que le caía descuidadamente sobre un hombro dejándolo al descubierto. En un brazo sujetaba un chaquetón y el bolso. Estaba preciosa, parecía mucho más joven de lo que en realidad era. Michael ajustó el objetivo y comenzó a disparar a una ajena Gabriela, que sacó un cigarrillo del bolso y lo encendió con la mirada perdida, mientras esperaba a que vinieran a recogerla para la excursión a Karlovy Vary.

Un coche paró frente a ella y de él salió el profesor Neri. Michael tenía una visión perfecta de los dos detrás del objetivo de su cámara. Ella pareció asustada y tiró bruscamente el cigarrillo al suelo, aplastando la colilla con demasiada fuerza. Su rostro había cambiado, estaba alerta y expectante, pero no pronunció una palabra. El profesor Neri se acercó a ella y alargó una mano en su dirección. Ella se retrajo como si le hubieran pegado y su rostro mostró temor y algo más que Michael no supo identificar. Michael se movió intentando captar también el rostro del padre Neri. Estuvo a punto de soltar la cámara. Sus ojos negros miraban a Gabriela con un deseo tan patente que hasta a él le llegó con demasiada intensidad, abrasándole. Un sacerdote no debería mirar de ese modo a ninguna mujer, fue lo único que pensó. Unos segundos más tarde se dio cuenta de que el padre Neri no miraba así a ninguna mujer que no fuera Gabriela. Vio que los labios del padre Neri se movían, creyó entender que pronunció un nombre. ¿María? ¿Por qué llamaba María a Gabriela? ¿Sería su segundo nombre? Gabriela, o María, ahora ya no estaba muy seguro, mostró tanto dolor en sus ojos al escuchar esa palabra que Michael, soltando la cámara, se encaminó decidido hacia ambos, como si fuera un caballero medieval protegiendo el honor de su dama.

Cuando estuvo junto a ellos tuvo que carraspear varias veces antes de que los dos se giraran y lo observaran, deshaciendo el nudo en el que se habían entrelazado sus respectivas miradas. El padre Neri entornó los ojos y no disimuló su disgusto. Michael lo miró con la misma fiereza, frunciendo el ceño, fulminándolo con los ojos fríos como el hielo. Gabriela parpadeó varias veces intentando salir a flote de la sensación de ahogo que estaba sufriendo.

—Michael —dijo finalmente ella con la voz demasiado ronca.

—Gabrielle. —Él se volvió a ella y le sonrió con dulzura o, bueno, con lo que él consideraba dulzura, ya que seguía frunciendo el ceño—. Padre Neri. —Se giró hacia este con voz brusca y remarcando claramente la palabra «padre».

—¿Qué está ocurriendo? —preguntó Gabriela, todavía no muy segura de si quería saberlo.

—He venido a recogerte para llevarte a Karlovy Vary —contestó el padre Neri.

—¿Tú? —exclamó ella con la voz estrangulada.

Michael apretó los puños y sintió muchas ganas de pegar un puñetazo en el hígado al maldito sacerdote, aunque no sabía muy bien por qué.

Si solo una hora tuviera

—Sí, yo. También va a acompañarnos el profesor Wallace —se volvió hacia él—, creo.

—Sí, yo también voy —afirmó este soltando aire bruscamente.

—¡Oh, dioses del Olimpo, en especial Heres, dios de los viajes!, pero ¿qué te he hecho yo para merecer esto? —aulló Gabriela en castellano. Como ambos hombres conocían el idioma la miraron con idénticos gestos de sorpresa en sus atractivos y enfadados rostros.

—Tu compañera Elena me invitó ayer, ¿no te lo había dicho? —dijo Michael sintiéndose por enésima vez rechazado.

—A mí también —afirmó el padre Neri—. Consideró que era una buena posibilidad para estrechar lazos.

—¿Lazos? —inquirió ella con gesto enfadado—. El único lazo que se me ocurre estrechar ahora es uno alrededor de su bonito cuello.

Ambos hombres cruzaron una mirada algo cómplice ante el comentario de Gabriela y luego volvieron a lucir un gesto enfadado.

—Bien, vamos ya. Cuanto antes empiece, antes terminará —masculló ella dirigiéndose a la puerta del coche.

—¿Vamos a ir en eso? —preguntó despectivamente Michael.

Tanto el padre Neri como Gabriela lo miraron con expresiones de disgusto. El vehículo en cuestión, y que tanto había ofendido al profesor Wallace, era un Mercedes antiguo, tanto que probablemente no había caído el muro de Berlín cuando sus piezas fueron ensambladas.

—¿Echas de menos tu Jaguar? —inquirió Gabriela.

—¿Cómo sabes que tengo un Jaguar? —preguntó a su vez Michael entornando los ojos con suspicacia.

—Eres inglés —contestó simplemente ella dando por zanjada la conversación. Lo que no mencionó fue que era un prepotente inglés, malcriado y egocéntrico y que por lo tanto un Jaguar era la única opción posible.

—Gabriela, ¿te sientas conmigo delante? —casi suplicó el padre Neri.

Ella no lo miró y abrió la puerta trasera.
—No.
Michael se encogió de hombros y rodeó el automóvil para sentarse junto al padre Neri. De lo que no se acordó Michael, demasiado entusiasmado por pasar un día entero con Gabriela, aunque la tuviera que compartir con otras diez personas, era que él se mareaba en cualquier tipo de vehículo que tuviera motor. Sin salir de la ciudad ya empezó a sentir como su estómago protestaba por los vaivenes del coche, al que le faltaba claramente una revisión de la suspensión. Intentó distraerse con el paisaje, pero no lo consiguió, así que intentó fijar su vista en el espejo retrovisor para observar a Gabriela, pero eso tampoco lo consiguió, porque el padre Neri tenía monopolizado ese pequeño trozo de cristal y dirigía más miradas hacia el asiento trasero que a la carretera. De ahí que la conducción no fuera... no venía a ser demasiado firme.

A los pocos kilómetros Michael no pudo soportarlo más.
—¡Pare! —ordenó con voz estrangulada.
El padre Neri pareció dudar.
—Hazlo, Piero —pidió Gabriela desde atrás con voz suave.
«¿Piero? ¿Le ha llamado Piero?». Una punzada desconocida en el estómago, que no fue fruto del mareo, pero que contribuyó mucho a su malestar, hizo que una vez que el coche estuvo parado en el arcén, Michael saliera disparado de él con dirección a ninguna parte. Se agachó y, apoyándose con ambas manos en sus rodillas, vomitó todo el copioso desayuno con violentas arcadas.

Escuchó unos pasos a su espalda y una mano delgada le tendió un pañuelo, que él recogió con rapidez, mientras notaba como otra oleada de náuseas le sobrevenía. Sintió que unas manos cálidas se posaban con suavidad, pero con firmeza, sosteniéndole la cabeza, una en su frente, otra en su nuca. Sintió un súbito estremecimiento.

—Shhh, tranquilo —le pareció que susurraba el viento o quizás era su ángel sujetándolo antes de que cayera al suelo.

Pasado un rato, el viento volvió a susurrar.
—¿Te encuentras mejor?

Si solo una hora tuviera

Él se limpió la boca con el pañuelo, tragando bilis y evitando escupir en su presencia, y se irguió en toda su estatura. Buscó en su bolsillo un caramelo de menta y se lo introdujo en la boca engulléndolo. Ella lo miraba con gesto preocupado. El padre Neri no había bajado del coche, pero los observaba con atención.

—Lo siento. Esto ha sido del todo inapropiado, yo...

Gabriela no lo dejó terminar.

—Solo has vomitado. No tiene importancia. Aunque deberías haber dicho que te mareas. —En su tono había algo de reproche.

—Verás, Gabrielle, no es algo de lo que me guste ir presumiendo por ahí. —El profesor Wallace volvía a tener todo su aplomo, ocultando su vergüenza en un escudo de indiferencia.

Ella lo ignoró y emitió un quedo suspiro.

—¿Prefieres ir detrás? Quizá te sientas mejor si te recuestas en el asiento.

—Sí, será lo mejor —contestó, aunque en realidad hubiera preferido ir andando, o de rodillas incluso, antes que volver a introducirse en ese monstruo con ruedas.

—Toma. —Ella le entregó su pequeño iPod—. Te ayudará a relajarte.

Ambos entraron en el coche y siguieron camino. Michael se recostó con la cabeza hacia atrás, cerró los ojos y se puso a escuchar la música de Gabriela con franca curiosidad. El «Coro de esclavos» de la ópera *Nabucco* lo ayudó a relajarse, y sonrió ante el gusto tan delicado de su alumna, pero la siguiente canción lo sobresaltó. ¿Britney Spears? ¡Qué demonios! Pulsó con el dedo para avanzar una más y volvió a relajarse, la banda sonora de *La misión* de Ennio Morricone, tarareó y disfrutó de la melodía. Empezaba a encontrarse mejor y abrió los ojos. La mano del padre Neri, denominado por Gabriela como Piero, se había deslizado del cambio de marchas y se había posado en la mano delgada y blanca de su ángel. Frunció el ceño, pero no hizo ningún movimiento. Bajó el volumen y escuchó.

—No me toques, Piero —susurró Gabriela con voz ronca.

—No puedo evitar tocarte —contestó el padre Neri, mientras Michael repasaba mentalmente todos los adjetivos que se le ocurrieron desagradables dedicados a los malditos papistas.

—No me toques, por favor. No te acerques a mí —suplicó Gabriela.

—¿Por qué? —La voz del padre Neri fue un suspiro entrecortado.

—Porque me duele. Me duele demasiado. —Había tanta angustia en el tono de su ángel rubio que Michael estuvo a punto de saltar hacia delante y estrangular al conductor. Algo que no hubiera sido buena idea, porque él seguía teniendo el volante entre las manos.

Un brusco movimiento del vehículo ante la respuesta de Gabriela hizo que su estómago volviera a protestar inquieto y enfurecido.

—¡Pare!

—¿Otra vez? —El padre Neri parecía bastante fastidiado. Pero Michael ya se había olvidado cuando salió corriendo del coche hasta pararse bajo una arboleda a la vera del camino.

Gabriela salió detrás de él y le sujetó la cabeza como la primera vez.

Cuando Michael se pudo incorporar se lo agradeció. Aunque le pareció lógico, tratándose de un ángel.

—Eres muy amable.

—No hay de qué. ¿Te encuentras mejor?

—No. Creo que voy a morirme.

—Nadie se muere de un simple mareo.

—Yo podría ser el primero, ¿no crees? —Lo dijo con tanta angustia en la voz que Gabriela prorrumpió en carcajadas. Michael la miró maravillado, su risa cristalina llenó el vacío del campo checo y hasta los pájaros callaron su piar para escucharla.

—Anda, vamos. Iré contigo detrás —aseguró cogiéndolo del brazo.

Se sentó junto a él y le instó a que se recostara en sus piernas. Michael no lo pensó dos veces, hasta agradeció a su inoportuno

Si solo una hora tuviera

malestar que le permitiera ese acercamiento. Por primera vez en su vida se alegró del desajuste de equilibrio de su cuerpo.

—¿Cómo sabes tanto de mareos? —preguntó él sintiendo el calor y la firmeza de las piernas de Gabriela bajo su rostro.

—Mi hermana siempre se ha mareado. Mucho. Lo ha probado todo, pero finalmente solo le ayudaba el tumbarse. Yo le acariciaba el pelo hasta que se dormía —dijo con voz soñadora, recordando algo perdido en sus recuerdos.

Michael estuvo a punto de preguntar si también lo iba a acariciar a él, pero no quería sufrir otro rechazo, sobre todo en la posición de inferioridad en la que se encontraba en ese momento, así que se puso otra vez el iPod y se concentró en la música de Gabriela. Ella le pasó un pequeño frasco bajo la nariz. Él aspiró con fuerza, olía a algodón de azúcar, a nata recién batida, a canela, era el olor que debería tener un ángel si viviera en la Tierra. Era su perfume, lo supo al instante, como si llevara toda su vida anhelando su olor. Giró la cabeza hacia ella con gesto interrogante.

—Te calmará. Seguro que el olor del interior del coche y la gasolina te marean. ¿O me equivoco?

—No. Tienes razón. —Michael no dijo más y se volvió a acomodar sobre sus piernas.

Con un brusco movimiento, que demostraba claramente el enfado del conductor, reanudaron el camino.

Al poco rato, cuando Michael estaba comenzando a adormecerse, notó un dedo tímido en su sien, que comenzó a trazar círculos con suavidad, mientras los otros dedos se internaban curiosos entre su pelo peinándolo con tanta delicadeza que le pareció estar soñando. Y con la canción *Nothing's Gonna Stop Us Now* de Starship se quedó profundamente dormido en brazos de su ángel.

Despertó cuando notó que el coche se había parado. Abrió los ojos algo desconcertado, no sabiendo muy bien dónde se encontraba, pero con una extraña sensación de calidez rodeándolo.

—Ya está. Prueba superada —murmuró Gabriela.

Michael se giró y la miró. Ella estaba inclinada sobre él sonriéndole. Él no tuvo más remedio que devolverle la sonrisa. Y deseó quedarse en esa postura todo el día.

El sonido de la puerta al abrirse y el golpe de aire fresco, que entró con violencia dentro de su refugio, hizo que recompusiera el gesto y se incorporara bruscamente. Gabriela emitió un quedo quejido al notar libres sus piernas, que flexionó cuidadosamente.

—Perdona. —Michael alargó la mano hacia las manos de ella, pero Gabriela ya estaba saliendo al aparcamiento. Ni siquiera lo escuchó. Michael la siguió un momento después. Una vez fuera sintió que su precario equilibrio volvía a fallarle y se maldijo porque un simple mareo lo dejara siempre en una situación tan vulnerable.

—¿Necesitas apoyo? —Gabriela se giró hacia él con gesto preocupado.

—La verdad, no me importaría... —dijo acercándose a ella con la intención de cogerla por los hombros. Ella se apartó un poco.

—Padre Neri, ¿te importaría ayudar al profesor Wallace? Creo que está todavía algo descompuesto.

El padre Neri emitió algo parecido a un bufido y sujetó a Michael por el brazo, mientras salían en dirección al pequeño bosque que los separaba del centro de la ciudad. Michael miró de soslayo a Gabriela y casi pudo jurar que vio una sonrisa de satisfacción en su dulce rostro.

Atravesaron el bosque por un pequeño camino de tierra, en silencio. Los tres iban perdidos en sus propios pensamientos, amparados por la cobertura de los altos árboles que a su paso crujían y susurraban con el viento.

—¿Para qué serán esas construcciones metálicas redondas? ¿Es algún tipo de escenario? —preguntó Gabriela señalando una especie de glorietas que sobresalían cada pocos metros, como si fuesen setas metálicas.

—Eran para el descanso de los enfermos. No olvides que esta es una ciudad de reposo. Ahora solo se utilizan para que los turistas las fotografíen —explicó el padre Neri.

Si solo una hora tuviera

Michael aprovechó para soltarse de la sujeción del sacerdote y sacó su cámara, que llevaba colgada al hombro.

—¿Te gusta la fotografía? —inquirió Gabriela mirando su cámara profesional.

—Sí. —Michael sonrió sinceramente—. ¿Quieres que te haga una foto?

Ella pareció retraerse levemente.

—No.

—¿Por qué? —interrogó él con curiosidad—. ¿Crees que puedo arrebatarte el alma y dejarte atrapada conmigo para siempre? —Sonrió porque todavía había algunas culturas que tenían esa creencia.

—Eso sería del todo imposible, profesor Wallace. Porque yo ya no tengo alma —afirmó bruscamente ella.

Michael dejó de sonreír y el padre Neri la miró tan intensamente, que él supo quién le había arrebatado el alma.

Unas risas y voces familiares los alcanzaron.

—Hola, ya habéis llegado. ¿Qué tal el viaje? —Elena se acercó sonriendo y entrelazó su brazo con el de Gabriela.

—Bien. Ha sido muy tranquilo —respondió ella sonriéndole.

Michael le agradeció enormemente que no mencionara su malestar.

Conversando animadamente cruzaron el puente sobre el río Teplá, y se adentraron en la ciudad siguiendo el curso del mismo, parándose cada poco a comentar la belleza de la arquitectura romana, renacentista y rusa de los edificios, en su mayoría blancos o de colores claros.

—¿Cómo se te ha ocurrido invitarlos? —Gabriela bajó la voz para que los demás no las escucharan.

—Me pareció perfecto. Ya sabes, para ver cómo se desenvuelve el profesor Wallace fuera del ambiente académico. Si no lo tengo en mi hotel, algo tendré que hacer para que no se me escape. Aunque todavía es pronto, quedan varias semanas. ¿Lo ves? Si se ha puesto vaqueros. —Observó al mencionado profesor, que iba unos pasos por delante de ellas conversando con la profesora Applewhite—. ¡Qué culo tiene! ¿Crees que practicará algún deporte?

—Por lo menos, por lo menos... esgrima. Y puede que hasta se ponga pajarita para ello —masculló Gabriela siguiendo la vista de Elena y fijándola a su pesar en el trasero del profesor Wallace.

Elena se rio y luego se giró bruscamente.

—Por cierto, todavía no me has explicado por qué estás en el hotel del profesor y no en el nuestro. Y dicho sea de paso, tampoco me habías comentado que conocías al padre Neri.

—Para lo del hotel no tengo explicación. Simplemente, me lo asignaron. Yo hubiera preferido estar con vosotros. Es claramente más divertido. —Emitió un hondo suspiro y su tono de voz cambió levemente—. El padre Neri fue mi profesor hace bastantes años. Apenas lo recordaba cuando lo vi el otro día.

—Pues vaya, guapa, me voy a apuntar a todos los seminarios a los que asistas. Desde luego, tienes bastante suerte con los profesores. Hay que reconocer que el cura está que cruje. —Gabriela la miró y suspiró fuertemente, pero Elena la ignoró y continuó—. Sí, ya sé que es un sacerdote, pero una también tiene ojos en la cara.

—¿Es que siempre estás pensando en lo mismo?

—Sí, ¿tú no?

—Pues no —contestó Gabriela levemente ofendida.

—Mentirosa —masculló entre dientes Elena, lo que hizo que ambas se miraran y se echaran a reír como dos niñas.

Michael iba escuchando una aburrida disertación sobre los beneficios del agua termal, probablemente sacada de alguna guía de viaje, de la profesora Applewhite, que estaba sinceramente emocionada por probar cada una de las trece fuentes, deseando fervientemente estar en el grupo de detrás, claramente más animado. Observó al padre Neri, que delante de ellos lanzaba miradas subrepticiamente a su espalda buscando a Gabriela, a la vez que parecía mantener el mismo interés que mostraba él por su compañero de conversación.

Hicieron una parada para que la profesora Applewhite comprara sendas tazas de porcelana para cada uno de los integrantes del ecléctico grupo, con la clara intención de que todos probaran las famosas aguas.

—Gracias, pero prefiero la cerveza —contestó Elena cuando recibió su jarrita envuelta en papel marrón.

Gabriela contuvo una risa, que disimuló carraspeando al ver el gesto contrariado de la profesora.

—Gracias —exclamó ella cuando le tocó su turno—. Pero yo prefiero el whisky.

Varios rieron ante el comentario de Gabriela, incluyendo el profesor Wallace, que pareció recordar algo muy agradable.

—Si al final te va a gustar más lo inglés de lo que creías —le dijo Elena.

—El whisky es escocés, Elena. Creo que el Lagavulin se sentiría ofendido si lo escanciara en esta jarra. Lo inglés sigue resultándome desagradable —aseveró ella notando la mirada fija de Michael sobre su rostro. Este frunció el ceño y lo mantuvo así un buen rato, sin importarle que le hiciera parecer claramente mayor de lo que era.

—Bueno, yo no creo que la cerveza tenga tantos escrúpulos, así que... me la quedo —afirmó Elena sin darse cuenta del intercambio de miradas entre Michael y Gabriela.

Comenzaron la peregrinación por las fuentes. Solo unos pocos se atrevieron a probar las aguas, que tenían un tono marrón, emitían un fuerte efluvio a azufre y aumentaban su temperatura a medida que avanzaban. Mientras, iban comentando para lo que servía cada una. Francamente curiosos se plantaron frente a la que proclamaba que era el sustituto termal de la Viagra, lo que proporcionaba una vigorosidad increíble en los hombres que la probaran. Solo en esa la profesora Applewhite se contuvo de probar.

—Vamos, François, deberías comprar una botella, seguro que tu mujer se alegra a la vuelta de descubrir que has resucitado algo que estaba muerto. —Todos sonrieron ante el comentario que pronunció Elena. Incluso el susodicho François. Michael emitió una disculpa a Marianne, por haber insultado el carácter francés no hacía muchos días, porque el profesor Wallace era ante todo un hombre educado, y un agradecimiento a Dios por que ese hombre estuviera casado. Ya tenía bastante con las miradas del padre Neri, por lo menos François no suponía ninguna amenaza añadida.

Antes de visitar la última fuente, en realidad un géiser, protegido por una cúpula de cristal, decidieron buscar un lugar para comer. Como el día, aunque fresco, estaba bastante despejado, pararon en una de las terrazas cubiertas situadas junto al río Teplá. Michael intentó sentarse junto a Gabriela, pero esta lo esquivó y acabó junto a la profesora Applewhite otra vez. El padre Neri tampoco tuvo suerte y acabó sentado al otro lado de la mencionada profesora.

Después de un par de cervezas checas y de una abundante comida, el ánimo de Michael había mejorado bastante, e incluso se puso a tararear una cancioncilla que se le había metido en el cerebro como el durazno de un melocotón maduro.

—¿Qué es lo que tararea? No reconozco la melodía —preguntó educadamente la profesora Applewhite.

—Bueno, en realidad no sé qué canción es, la he escuchado esta mañana y ahora no puedo quitármela de la cabeza —respondió él observando a Gabriela, que estaba sonriendo.

—Es *Nothing's Gonna Stop Us Now* de Starship —aclaró ella.

—¿Cuál? —inquirió la profesora Applewhite.

—¿La de la película *Maniquí*? —Elena dejó su jarra de cerveza con un golpe sobre la mesa.

—Sí, esa.

—¿Qué película dice? —volvió a preguntar la profesora Applewhite ajustándose las gafas.

—¡Bah! No creo que la conozca. Sus gustos no van en esa dirección —respondió Elena.

—¿Y qué dirección es esa? —inquirió molesta la profesora Applewhite.

—Una equivocada —aseguró Elena, pero no la miraba a ella, sino que se había vuelto a Gabriela.

—¿Te acuerdas...?

Si solo una hora tuviera

—No. —Se rio—. Prefiero olvidarlo.

—Venga, sí. Yo te haré los coros, hasta la percusión si quieres —exclamó Elena con decisión, y volcó su plato cogiendo un cuchillo. Golpeó el plato demostrando su pericia.

—¿Ves?

—No voy a cantar —masculló Gabriela sintiendo cómo se ruborizaba.

—¿Sabes cantar? —preguntó claramente sorprendido Michael.

—Sí —contestó en su lugar el padre Neri—. Lo hace muy bien. Venga, Gabriela, anímate, hace mucho tiempo que no escucho tu voz.

Varios rostros se volvieron hacia el sacerdote, que lamentó haber hablado tanto.

Gabriela se quedó muda y su rostro palideció de repente.

Elena se inclinó sobre ella entrecerrando los ojos.

—Vamos, cielo. Que estos sesudos profesores vean cómo nos divertimos las españolas —murmuró—, y luego me cuentas qué diablos le cantabas tú a un cura.

El grupo pareció animarse e instaron a Gabriela a cantar. «Oh, dioses del Olimpo, a ti Atenea, diosa de las artes, ¿os estáis divirtiendo?», susurró mentalmente. Cerró los ojos concentrándose en la letra, intentando vencer la vergüenza que aquello le producía y, recordando la melodía, comenzó a cantar. Al principio fue solo un susurro que hizo que todos los componentes de la mesa se inclinaran para escuchar mejor, lentamente fue subiendo la voz a medida que avanzaba el ritmo de la canción y finalmente todos acabaron haciéndole los coros y cantando con ella, ya que la mayoría reconoció la famosa canción: «*... y podemos construir este sueño juntos, nada va a detenernos ahora, y si este mundo se queda sin amantes, todavía nos tenemos el uno al otro, nada nos va a detener, nada nos va a detener...*». Todos menos la profesora Applewhite, que confesó posteriormente que no había escuchado aquella melodía en su vida.

Cuando Gabriela terminó hizo una pequeña reverencia y recibió una salva de aplausos de sus compañeros, algún silbido de aprobación de las mesas colindantes y de los camareros que esperaban en la puerta del restaurante. Ella sonrió y se sentó completamente sonrojada.

Michael temió haberse quedado con la boca abierta. Otra vez. Gabriela había cantado con una voz ronca que invitaba a todo lo indecente que se le ocurría hacer a él con una mujer. Sintió una molesta erección que hizo que tuviera que acomodarse en la silla estirando la tela de sus vaqueros. Giró la vista al rostro de la profesora Applewhite, que lo observaba con franca curiosidad, y la erección se le bajó en un solo instante. Frunció el ceño. Otra vez. Y observó a Gabriela, que miraba al padre Neri, con un mutuo entendimiento en sus miradas. E intentó fruncir el ceño de nuevo, pero le fue imposible, porque sus cejas ya se habían unido para formar un gesto adusto y peligroso.

Un camarero salió del restaurante y les invitó a todos a un chupito de Becherovka, un licor propio de Karlovy Vary y bastante fuerte, a costa de la casa, y gracias a la amable señorita que les había amenizado la velada. A Gabriela le regaló una botella del mismo licor.

—No es whisky, pero seguro que es mucho mejor que las aguas termales —exclamó Elena. Todos sonrieron animados, sin duda por la alta graduación del Becherovka. Incluso la profesora Applewhite, que se había atrevido a probar solo un sorbito, por si acaso...

Después de la comida, el grupo se dispersó, algunos se quedaron tomando café y otros siguieron explorando la ciudad amparados por el día, que se había tornado claro y luminoso.

Michael se separó del grupo haciendo numerosas fotografías y buscando con la mirada a Gabriela, que parecía haber desaparecido. Decidió subir el paseo empedrado hasta llegar a la cima de la colina para visitar la Iglesia Ortodoxa de San Pedro y San Pablo. Estuvo unos minutos fotografiando las torretas en colores turquesa y dorados, y luego se dirigió hacia una pequeña planicie cubierta por césped cuidado y todavía de un verde brillante que estaba situada a la derecha del templo. Entonces los vio.

Si solo una hora tuviera

Gabriela y el padre Neri estaban sentados a la sombra de un álamo. Ella con las rodillas apretadas junto a su cuerpo, como protegiéndose, y él a su lado, con las piernas extendidas y los brazos detrás de su cuerpo. Enfocó el objetivo y comenzó a disparar desde una prudente distancia, para que no le sorprendieran. Él parecía estar explicándole algo, y ella negaba con la cabeza a punto de llorar. El padre Neri se inclinó sobre Gabriela y esta se retrajo un poco más. El sacerdote agachó la cabeza y se pasó la mano por el pelo moreno, luego, pensándoselo mejor, la atrajo a sus brazos, la inclinó sobre el suelo con suavidad y la besó en los labios. Michael sujetó con demasiada fuerza la cámara, hasta que esta emitió un crujido de protesta. Gabriela no se separó de su beso, en cambio extendió su delgado brazo por la espalda del sacerdote y le atrapó el pelo, haciendo que el beso fuera más intenso. Michael emitió algo parecido a un gruñido animal, que sobresaltó a una pareja de ancianos que paseaba bajo los árboles, y soltó la cámara dándose la vuelta. La estaba besando. A él no le había dejado besarla. «Es solo sexo», le había dicho. ¿Qué era entonces lo que acababa de ver? ¿Amor? Sí, Profesor Wallace, era amor, un amor prohibido y oculto, escondido y temeroso de ser descubierto, un amor desenterrado de la culpa y la traición, un amor que nunca debió existir, porque en realidad no era amor.

Era una obsesión, una locura, una perdición.

Era un pecado.

Con paso furioso bajó a trompicones la colina y se dirigió hacia la cúpula de cristal que cubría la última fuente. La de más temperatura, la más furiosa, la que sobresalía del centro de la Tierra con ímpetu cada pocos minutos en forma de géiser luchando por su libertad.

Cuando entró sintió al instante el ambiente húmedo y caluroso, como si estuviera en una sauna finlandesa, y creyó que no podría respirar sin ahogarse. Pero no estaba muy seguro de que fuera fruto del lugar, sino de la persona. Se acercó al círculo metálico que protegía el chorro de agua y se quedó allí, con la mirada perdida, todavía sin reaccionar a lo que acababa de ver.

—¿Se encuentra bien, profesor Wallace? Parece que acabara de ver un fantasma —comentó Elena, que se posicionó a su lado.

Él la miró sin verla realmente. ¿Ella lo sabría? Pensó. No, nadie lo sabía, excepto ellos dos y ahora él. Se obligó a recomponer el gesto.

—En realidad, he visto al demonio —dijo.

—¿Cómo? —preguntó ella algo sorprendida.

—Nada. Déjelo. Es una tontería.

La observó fijamente, sus intentos de acercarse a él habían sido insistentes desde el primer día. Bajó la vista hacia la camiseta blanca, completamente empapada por la humedad del lugar, tan pegada a su piel que podía ver hasta el color más oscurecido de sus pezones. Pero no sintió nada. Y deseó sentirlo. Era el tipo de mujer que a él le resultaba atractiva, morena, de pelo largo y con un cuerpo increíble. Tenía la convicción de que en la cama sería experta y placentera. Pero siguió sin sentir nada. Y deseó sentirlo. Desesperadamente.

—¿No le parece curioso? —preguntó ella, consciente de las miradas que le dirigía él.

—¿El qué?

—El géiser.

—¿Y eso?

—Tiene gran similitud a un falo gigante expulsando... —Lo miró con coquetería y él retuvo un momento esa mirada en sus pupilas azules.

—Hola, ¿qué estáis observando? —La ronca voz de Gabriela los sobresaltó a ambos. Michael se puso tan tenso que, si lo llegan a golpear en ese momento, se hubiera partido en dos mitades.

—Un falo gigante —contestó él con el tono frío como el hielo.

Gabriela se fijó en la mirada de deseo de Elena y el gesto de Michael, y tuvo la decencia de enrojecer levemente, aunque pudo ser causado por las altas temperaturas del interior de la cúpula.

—Ya veo —murmuró simplemente. Y en ese momento el géiser reventó expulsando agua hirviendo con toda su fuerza y los tres se volvieron hacia él atrapados por su intensidad.

Cuando Michael apartó la mirada del chorro de agua, Gabriela había vuelto a desaparecer. De nuevo.

Gabriela salió al exterior y agradeció el aire fresco. Era media tarde y pronto tendrían que regresar, así que emprendió el camino hacia el aparcamiento bordeando el río, notando el tenue olor a azufre y óxido de los numerosos puentes. Sin embargo, su mirada estaba perdida, no iba admirando el bello paisaje del atardecer en las montañas, porque en su mente bullían los recuerdos confundiéndose con el presente. Y eso la estaba mareando.

Lo había besado.

Había jurado que no lo volvería a hacer.

Lo había besado.

Después de la comida se alejó paseando sola hacia la iglesia ortodoxa y decidió descansar un momento bajo la sombra de un árbol, arrullada solo por el murmullo de la gente a su espalda y el piar de los pájaros, molestos por tanta interrupción. Pero *él* la había seguido. Quería hablar, le dijo. Quería explicárselo. Pero ella no quería escuchar.

—Mi María.

—No me llames así. Lo odio.

—Antes te gustaba.

—He cambiado, ¿es que no lo ves?

—No, sigues siendo la de siempre. Solo yo puedo ver dentro de tu alma, porque eres mía, María. Mi *Madonna*.

—Aléjate, Piero, no soporto estar cerca de ti.

—No lo voy a hacer, porque lo que verdaderamente deseas es estar junto a mí. Porque solo yo sé quién eres en realidad.

—¿Ah sí? ¿Y quién soy?

—Eres mía. Siempre fuiste mía y siempre lo serás.

Y la besó.

Y ella respondió a su beso.

Sintió su peso sobre ella, tan familiar, tan lejano, tan deseado. Su olor como a especias picantes, que le recordaban el incienso de los santuarios religiosos, el peligro a ser descubiertos, la emoción de otros besos escondidos hacía ya mucho tiempo. Y todo volvió a ella en un instante, como si acabara de suceder, como si los últimos siete años no hubieran existido. La sensación de saltar al vacío la consumió y se agarró con fuerza a su cuerpo, absorbiéndolo, estremeciéndolo. Nunca había dejado de amarlo. Nunca. Y eso casi la destruye.

No se dio cuenta de que había comenzado a correr, esquivando a los turistas en la calle, de forma desesperada, huyendo de *él*, cuando realmente no quería huir. Llegó jadeando al bosque y se escondió en una de las glorietas más apartadas, refugiándose en el silencio y en la soledad del lugar. Algo místico la rodeaba, quizá las almas de los enfermos ya fallecidos en aquel lugar. Pero ella no tenía miedo a los fantasmas, porque sabía que era uno de ellos, llevaba siéndolo siete años. Siete años de condena por su pecado. El pecado de un amor que nunca tuvo que producirse. Y el precipicio se abrió frente a ella, mostrando el vacío, y saltó perdiéndose en la sensación de estar flotando en la nada, cayendo deprisa, sintiendo el aire atravesándola como lenguas afiladas que raspaban su carne herida. Y llegó al final parando bruscamente entre llamas que ardían a su alrededor, y supo dónde se encontraba.

Estaba en el infierno.

Condenada por su pecado.

—Gabrielle, ¿estás bien?

—¿Qué? —Ella abrió los ojos y miró al hombre que tenía frente a ella de rodillas.

—Gabrielle. —Le hablaba suavemente, casi susurrando. La voz le llegaba de un lugar lejano, un lugar fresco y seco, donde no había llamas ni dolor.

—Quiero irme. Quiero irme de aquí.

—Claro. Déjame que te ayude.

Michael ayudó a Gabriela a levantarse, claramente preocupado por su estado. Le hubiera gustado saber si había tenido otro

Si solo una hora tuviera

encuentro con él después de verla en el géiser. Su rostro estaba tan pálido que parecía traslúcido, y temblaba como una hoja.

Varios compañeros los vieron y se acercaron.

—¿Qué sucede? —preguntó François a Michael.

—Creo que no le ha sentado bien la comida —inventó él.

—Ha tenido que ser el Becherovka. Seguro. Esa bebida parece sacada del mismo infierno —expuso la profesora Applewhite.

Un gemido brotó de los labios de Gabriela.

Michael sujetó con más fuerza su frágil cuerpo y miró a los cinco integrantes de su seminario. No tuvo otra elección.

—Profesora Applewhite, ¿le gustaría acompañarme en el viaje de regreso? Esta mañana su conversación ha sido muy amena, y me gustaría reanudarla en el tedioso camino de vuelta. —Sonrió a la mujer.

—¡Oh! ¡Claro! ¡Claro! ¡Cómo no! —La aludida se sonrojó por primera vez en toda su vida.

—François, ¿te importa acercar a Gabrielle a su hotel? —No era una petición, era claramente una orden.

—No hay problema —contestó este—. Vamos, Gabrielle. —La cogió de la cintura y se la llevó hacia el coche.

Michael los observó hasta que se perdieron de vista cuando salieron del pequeño bosque. Solo entonces, con un suspiro de resignación, se giró hacia su nueva acompañante de viaje, que dudaba mucho le fuera a acariciar el pelo hasta que se durmiese.

CAPÍTULO 7

Juzgando a una condenada

Gabriela pasó el domingo encerrada en la habitación. Se tomó dos barbitúricos y se bebió media botella del Becherovka. Sabía que no estaba bien, que había sido un error viajar a Praga. Y no paró de mortificarse, una y otra vez. Durmió todo el día y casi toda la noche.

Se despertó tres veces en la oscuridad, la primera completamente desorientada creyendo por un instante que estaba en casa de sus padres, con su hermana durmiendo en la cama de al lado, y se sintió feliz y arropada, cayendo en un sueño tranquilo arrullada por nubes de algodón blanco que la acunaban como un balancín; despertó por segunda vez gimiendo sobresaltada por el recuerdo de unas llamas abrasándola en forma de un cuerpo moreno desnudo sobre ella, acariciándola con ardiente fuego ofreciéndole placer y consuelo a su alma torturada, y la tercera se despertó girándose en la cama para encontrarse con un par de ojos azules fríos como el hielo ártico que la acusaban en silencio. Su pasado, su presente, su futuro. Cerró los ojos otra vez. Estaba sola. Completamente sola, y se encogió bajo las mantas y aulló como un animal herido, mientras los restos de sus pesadillas se perdían en su mente confundida y maltratada.

Si solo una hora tuviera

* * *

Michael, después de un largo, larguísimo viaje de vuelta, en el que milagrosamente no se mareó, ¿sería a causa de la charla incesante de la profesora Applewhite?, subió a su habitación por las escaleras y se detuvo frente a la puerta de la habitación de Gabriela. No se escuchaba nada. Probablemente ya estuviera descansando. No la quiso molestar. Llegó al ático y se acostó. Dio muchas vueltas en la gran cama, hasta que acabó totalmente envuelto en las mantas, que no supusieron ningún consuelo a lo que acababa de descubrir. Al filtrarse las primeras luces del alba, cayó dormido completamente agotado.

Despertó a media mañana y con la sana intención de pasar todo el día corrigiendo los trabajos de sus alumnos. Sin embargo, lo que hizo fue descargar en el ordenador las fotografías que había sacado el día anterior y las repasó cuidadosamente una y otra vez. Finalmente creó una carpeta con las de Gabriela y el padre Piero y se obligó a verlas castigándose con las imágenes de su amor prohibido. No maldijo, ni pronunció ninguna palabra malsonante. Ninguna le parecía suficientemente fuerte.

Al cabo de un rato de estar con la mirada fija en una instantánea en la que ambos se estaban besando, utilizó un programa de corrección de imperfecciones y cambió la cabeza del padre Neri por la de *Saturno devorando a su hijo* de Goya. Solo en ese instante sonrió con satisfacción. Luego, en un arrebato de furia, buscó el correo electrónico de Gabriela que la universidad le había suministrado y le escribió un mensaje, adjuntando en un archivo todas las fotografías.

Profesora Ruiz de Lizárraga:
Adjunto al presente, remito estas fotografías que seguro serán de un gran interés para usted.
Disfrútelas.
Profesor Michael Wallace

***

El lunes amaneció oscuro y lloviendo copiosamente. Tanto Michael como Gabriela abrieron los ojos al tímido amanecer, que no llegó a lucir en todo el día, con sendos dolores de cabeza, producidos por dos cosas distintas, pero básicamente iguales. La culpa de Gabriela, el enfado de Michael.

No se vieron en el desayuno, solo se encontraron en el aula, y ambos se ignoraron. Gabriela porque no tenía fuerzas para enfrentarse a su mirada. Michael porque se sentía tan furioso y decepcionado que decidió que el mejor modo de demostrárselo era simplemente obviar que ella estaba allí.

Al final de la clase, Michael les entregó a cada uno el trabajo debidamente corregido, indicándoles que había añadido unas aclaraciones en la parte posterior de la última hoja que les ayudarían a comprender la calificación y lo que esperaba de cada uno de ellos.

Gabriela cogió su trabajo agachando la cabeza y volvió las hojas grapadas en una esquina. En la parte posterior había un párrafo escrito con pluma negra, con una caligrafía inclinada y elegante. Y leyó:

Un trabajo claramente mediocre. Esperaba bastante más de sus conocimientos sobre el tema tratado. Si no demuestra en los próximos días su verdadero interés en este seminario, debería plantearse abandonarlo y dejar su plaza a algún alumno más capacitado.

«Lo sabe. ¡Maldita sea! Lo sabe».

Gabriela apretó el folio arrugándolo en una esquina y levantó la vista hacia el profesor Wallace, que estaba sentado detrás de la tarima, observando algo con mucho interés en la pantalla de su portátil. Apretó fuertemente la mandíbula y esperó a que Michael levantara la vista. Pero este no lo hizo. Apagó su ordenador y se despidió de todos sin mirar a ninguno directamente.

—¿Qué te ha puesto? —La cabeza de Elena se inclinó peligrosamente sobre el párrafo de Michael.

Si solo una hora tuviera

—Nada de interés —contestó Gabriela tapando con su mano la odiosa crítica—. ¿Y a ti?

Elena se volvió a ella y le enseñó el dorso de su trabajo con una sonrisa de satisfacción.

Excelente. Es un honor tenerla en este seminario. Siga así y conseguirá lo que se ha propuesto.

Gabriela ahogó un gemido que intentó brotar de su garganta y se perdió entre sus labios sin llegar al espacio exterior.

—¿Crees que significa lo que creo que significa? —preguntó Elena.

Y esa vez Gabriela contestó sinceramente.

—Lo creo, Elena, lo creo.

Gabriela pasó el resto de la semana prácticamente encerrada en la biblioteca. Solo allí conseguía la suficiente paz como para concentrarse. Estudió e investigó el tema de la semana esperando realizar esa vez un trabajo lo suficientemente bueno para las altas exigencias del profesor Wallace. Siempre había creído que era buena en su trabajo, Michael le había dejado claro que no lo era. Quizá el Decano de su facultad tenía razón y no estaba preparada para un puesto de tanta responsabilidad como el de Directora del Departamento de Estudios Medievales. Se aferró con fuerza a la posibilidad de cambiar, de ser mejor en su trabajo. Porque eso era lo único que le quedaba. Si perdía su carrera profesional, lo habría perdido todo. Llegaba muy tarde al hotel, cuando era ya de noche y había pasado la hora de la cena, solo se molestaba en coger unas bolsas de frutos secos y un botellín de agua de la máquina expendedora y subía a su habitación a seguir estudiando. Con el paso de los días creyó que el padre Neri también había abandonado sus insistentes atenciones hacia ella, y poco a poco fue respirando con tranquilidad. Su corazón bombeó sangre al resto de su cuerpo en consonancia con su espíritu y no claramente asustado, como lo había estado desde que llegó a Praga.

***

Michael pasó el resto de la semana a intervalos enfadado y a intervalos, menos frecuentes, sintiendo una especie de sensación de arrepentimiento totalmente ajena a él y que apenas pudo reconocer como tal. Sabía que no había sido justo al calificar a Gabriela, y tampoco al calificar a su compañera Elena. Lo que no percibía el profesor Wallace era que a una la había calificado con su corazón dolido y a la otra con su pene erecto. Aunque ambas sensaciones eran únicamente producidas por la misma persona. Esperó todas las tardes en su despacho a que Gabriela acudiera a pedirle explicaciones por su calificación, pero ella no acudió. Sin embargo, sí lo hizo Elena. Cada día. Y aunque al principio intentó disimular su disgusto, poco a poco se dio cuenta de que a través de ella podía conseguir información de Gabriela de forma sutil.

—¿Cree que la profesora Ruiz de Lizárraga se encuentra bien? Parece estar algo pálida estos días.

—¿Gabriela? No, ese es su color natural. Es normal si pasa todo el día encerrada en la biblioteca. Con todo lo que se puede hacer en esta ciudad. —Elena le guiñó un ojo y Michael hizo una mueca.

«Así que es ahí donde se esconde», pensó. Estaba preocupado. No la había visto ningún día en el hotel, y hasta se había preguntado si no se habría mudado a otro.

—Estoy escribiendo un pequeño resumen de cada alumno; ¿es María el segundo nombre de su compañera?

—No. Solo Gabriela. La A a continuación de su nombre es su primer apellido. Lo utiliza desde antes de que yo la conociera. No sé muy bien por qué. Creo que tiene que ver con su padre. Ella no habla mucho de ello. Bueno, en realidad no habla nunca. —Elena mordió la punta de su bolígrafo—. La verdad es que ninguno sabemos mucho de su pasado. Yo ni siquiera sabía que conocía al padre Neri. Salvo algún cotilleo que se cuela de vez en cuando en el mundillo académico, el resto de su vida parece no existir.

—¿Cotilleo? —Michael intentó mostrar no demasiado interés en la pregunta, centrándose en un libro abierto frente a él.

Si solo una hora tuviera

—Sí. Estuvieron a punto de despedirla este año. Por lo visto, se lio con un profesor casado. La mujer montó un escándalo. Pero quién sabe lo que pasó en realidad. El profesor en cuestión no ha vuelto a trabajar. Dicen que está de baja médica, aunque ha pedido un cambio de destino a otra universidad.

—Entiendo —contestó Michael sujetando el libro con tanta fuerza que a este casi se le saltan lágrimas de tinta. ¿Hombres casados? ¿Sacerdotes? ¿Es que su reina de los elfos no tenía límites?

—En realidad es muy buena compañera. Siempre está dispuesta a ayudarte en lo que sea. Y sobre todo es muy divertida. Nadie conoce como ella los mejores lugares para salir de cada ciudad. Claro que yo también puedo ser muy divertida, mucho más que ella. —Elena se mordió el labio inferior y lo miró con una media sonrisa que explicaba todo lo que le gustaría hacerle.

Por un momento, Michael fijó su mirada en la de ella, pero la apartó de improviso, cerrando el libro y dando por terminada la tutoría. Elena hizo un mohín de disgusto que Michael se obligó a ignorar.

Una noche, cuando salió de cenar en el restaurante del hotel y estaba esperando a que el ascensor llegara a la planta baja, escuchó una maldición en un idioma melódico y pronunciado por una voz ronca muy familiar. Sin poder remediarlo se asomó cautelosamente al hueco donde se encontraba la máquina de refrescos y observó a Gabriela arrodillada metiendo el brazo delgado debajo de la máquina buscando algo. Probablemente una moneda perdida. Avanzó un paso para acercarse a ella y ayudarla. Y en ese mismo momento, un recuerdo hacía muchos años olvidado destelló en su mente. Y no avanzó, en vez de eso corrió escaleras arriba sin esperar el ascensor, cuidándose mucho de que ella no lo viera.

Siete años atrás, Michael y cinco amigos habían terminado por fin el curso de postgrado. Habían pasado un verano infernal encerrados en el Balliol College, enterrados en cientos de libros. Ahora había llegado el momento de disfrutar.

—Viaje a Praga —sugirió uno de ellos.

—¿Por qué? —preguntó otro.

—Porque las checas están buenísimas.

Ninguno puso objeción a aquello.

En el viaje de ida hicieron una apuesta. Al que consiguiera acostarse cada noche con una mujer distinta, le pagarían el viaje los demás. Todos estuvieron de acuerdo.

Michael tenía recuerdos borrosos de aquel viaje. En realidad, le sobrevenían en los momentos más inoportunos, como aquel mismo. Desde que llegaron al hotel se habían dedicado a beberse hasta el agua de los floreros, y se pasaron seis días en un completo estado etílico.

Todavía estaba ebrio cuando vio a una joven rubia agachada junto a una máquina de refrescos buscando las monedas que parecía se le habían caído. No pudo resistirse a acercarse, como si aquella joven tuviera un imán que lo atrajera sin remedio. Se quitó las gafas de sol, aunque tampoco tenía una vista muy clara sin ellas. La joven era casi una niña, con el cabello rubio rizado sobre sus hombros, con un rostro de ángel y unos ojos que reflejaban tanta tristeza que Michael, por un momento, creyó que era fruto de un sueño. Parecía perdida y no entendía su idioma. No obstante, la ayudó y le entregó dinero. Tenía la sensación de que no había comido en días. Cuando le depositó unos billetes en su mano sintió una corriente eléctrica que lo dejó algo atontado. Era tan pequeña y delicada... Pero sus compañeros estaban detrás de él riéndose ante su repentino ataque de amabilidad. Y él no pudo por menos que volverse y dejar a la joven, que parecía un ángel al que hubieran arrancado las alas, sola en medio del tumultuoso aeropuerto. Recordaba vagamente que comentó algo sobre que ella no merecía la pena, que parecía una vagabunda. En el mismo momento que lo mencionó, se sintió como un imbécil. Nunca había despreciado así a ninguna mujer antes. Pero sus compañeros se reían de él sin remedio, viendo la expresión de ausencia que mostraba desde que sus ojos se posaron en la joven rubia.

Entonces se volvió. Y la vio allí parada, con tal gesto de dolor en los ojos, que sintió como si le clavaran una lanza en el corazón, y al sacarla se le quedara la punta de la flecha justo en el centro, haciendo que esta lo desangrara. Les hizo una mueca de disgusto a sus compañeros y se sentó con gesto hastiado y frunciendo el ceño. Algo que con los años posteriores se convirtió en una costumbre. Volvió la vista hacia la máquina de refrescos, pero la joven ya había desaparecido. El viaje de vuelta lo pasó observando roncar a sus compañeros y mortificándose por su estupidez.

No obstante, finalmente el viaje le salió gratis.

Cuando llegó a su habitación se paró frente a la ventana. Una furiosa tormenta se desarrollaba en el exterior. La gente corría a refugiarse como podía en los quicios de las puertas y las cubiertas de los balcones. Los rayos hacían refulgir el cielo oscuro con destellos de violencia amarilla. Y creyó merecer uno de esos rayos dirigido a su propia persona. ¿Ella se acordaría? Casi estaba seguro que no. Él era bastante joven entonces, llevaba el pelo más largo y estaba más delgado. Costaba bastante identificar al joven estudiante con el profesor exigente en que se había convertido. ¿Qué hacía ella en Praga sola? Una idea estalló en su mente como un reflejo de los rayos en el cielo. Estaba allí con *él*, por *él*. Pero ¿por qué parecía tan triste? ¿Habían estado esos siete años juntos ocultándoselo a todos los que los rodeaban? Sintió que una mano invisible estrangulaba su garganta hasta casi asfixiarlo. Probablemente sí. Por ello la vida de Gabriela había sido ocultada por ella con tanto ahínco. Entonces sí que se le ocurrió un adjetivo dirigido al elegante y educado padre Neri: «rompebragas». Eso es lo que era, un maldito «rompebragas», un seductor de adolescentes, de jóvenes inocentes y delicadas como su reina de los elfos. Y nunca hasta ese momento sintió tanto odio dirigido hacia una persona.

* * *

En otro hotel, bastante más alejado del centro, la profesora Applewhite se decidió por fin a abrir su ordenador y comprobar su correo. Odiaba esos malditos cacharros electrónicos. Ni siquiera tenía móvil. Básicamente porque no sabía cómo funcionaban, sobre todo esos que parecía que con solo deslizar un dedo podían hasta cantarte *La traviata*. Con la única idea en su mente obsoleta de que los ordenadores eran una pérdida de tiempo, ya que no se podía razonar con una máquina, abrió un correo del profesor Wallace, sintiendo con ello una pequeña punzada de excitación en el estómago. Era tan atento y tan educado... Y sobre todo estricto. Todos los profesores debían ser así. Leyó el mensaje y no lo comprendió. «Profesora Ruiz de Lizárraga». ¿No era una de las españolas? ¿Por qué tenía ella un mensaje dirigido a otra profesora? Era obvio. Esos cacharros no eran de fiar. ¿Fotos? ¿Qué fotos? Y con gran curiosidad, una curiosidad morbosa y maliciosa, abrió el misterioso archivo, y a medida que iba pasando las fotografías su expresión se transformó de asombrada a horrorizada. Se inclinó peligrosamente hacia atrás en la silla y acabó cayéndose con un brusco golpe contra el suelo, del que se levantó todavía con la mirada fija en la pantalla del ordenador. La joven española, la profesora Ruiz de Lizárraga estaba en una posición muy comprometedora con el encantador padre Neri. Ella era católica y ese sacerdote era el paradigma de la honestidad y la inocencia sacramental. Lo había comprobado en las ocasiones que tuvo de conversar con él. Y odió a la joven rubia, no sabía muy bien por qué, si porque era joven, porque era rubia, porque era guapa, porque cantaba bien o porque estaba besando al único hombre que le estaba prohibido. Y una sola palabra acudió a su mente: «Pecadora». Y se sonrojó al pensarlo. Ella que jamás había pronunciado un insulto en toda su vida. Aquel le pareció el mayor de todos.

—Pecadora —pronunció en voz alta regodeándose en el sonido de su propia voz.

Si solo una hora tuviera

Cerró el ordenador y se acostó en su cama pensando cuándo sería el momento adecuado para poner en conocimiento del claustro académico lo que el profesor Wallace había tenido el detalle de enviarle, para su conocimiento.

El jueves por la tarde la profesora Applewhite abordó a Michael cuando este salía de su despacho con dirección al hotel. Este disimuló su disgusto con una sonrisa torcida.

—Profesora Applewhite, ¿qué se le ofrece?

—Profesor Wallace, quería proponerle un cambio en el programa para este viernes.

—¿Cuál? —Ya tenía toda la atención de Michael en ella.

—Verá, sé que me estoy adelantando en comentárselo, ya que es un tema que pretende tratar en la última semana, pero me ha parecido adecuado sugerírselo, dado el mutuo entendimiento que compartimos.

«¿Mutuo entendimiento? ¿A qué diablos se refiere esta mujer?», pensó Michael mirándola con más atención.

—¿A qué tema se refiere?

—Creo que sería adecuado que expusiera la concepción del pecado original aplicado a las mujeres en la Edad Media, teniendo en consideración las posibles repercusiones y castigos del mismo.

—No creo que sea el tema adecuado a tratar ahora, profesora Applewhite —respondió él, algo molesto por tener que cambiar su cuidada planificación del seminario.

—¡Oh! Yo creo que sí, profesor Wallace. Estoy segura de que ahora es el momento adecuado. —Y diciendo eso le dio unos golpecitos en el brazo en señal de complicidad y se giró caminando deprisa, amortiguados los pasos por sus zapatos planos de suela de goma.

Michael llegó al hotel pensando en la curiosa conversación con la profesora Applewhite. Finalmente había decidido que ese tema lo trataría de forma residual al final del seminario. No era algo que le interesara especialmente y dudaba mucho que a ninguno de los alumnos le fuera de utilidad. Abrió los ojos levemente. Excepto a uno. La profesora Ruiz de Lizárraga. Tal vez no fuera tan mala idea un cambio de temario. Quería ver la reacción de Gabriela y así comprobar qué tipo de relación mantenía con el padre Neri. Lo que no pensó el profesor Wallace era que, si quería saber, lo mejor era preguntar y no arriesgarse a levantar la tapa de la caja de Pandora.

Gabriela entró el viernes a la última clase del seminario de esa semana con ojeras. Estaba cansada y deseando que llegara la tarde para pasarse el resto del fin de semana solo durmiendo. Había pasado parte de la noche corrigiendo su trabajo y suplicando a Apolo que le enviase a una de sus musas, Clío en concreto, la musa de la Historia para que la inspirara. Se sentó de forma desmadejada en el último asiento de la fila junto a Elena e intentó mostrar algo de interés por la disertación del profesor Wallace.

Michael miró desde la tarima a Gabriela y se preocupó al ver su rostro, que mostraba grandes marcas violáceas debajo de sus bonitos ojos. Por un instante, solo por un instante, pensó en cambiar la clase que pensaba dar. Pero solo fue un instante, que se le olvidó cuando vio que ella levantaba los ojos y lo miraba con frialdad. Michael carraspeó y comenzó a hablar.

—Hoy he decidido hacer un pequeño cambio en el temario. Trataré el tema del pecado original trasladado a la mujer en la concepción de la Edad Media y como consecuencia al mismo, el castigo y la condena.

Gabriela se encogió en el asiento. ¿Qué pretendía? Varios rostros se miraron entre sí, pero no comentaron nada. Solo uno sonreía con plena satisfacción, el de la profesora Applewhite.

—Como todos ustedes conocen, el Génesis describe la caída de Adán y Eva. Ella fue seducida por la serpiente e hizo que Adán comiera de la manzana. Ambos fueron amonestados por Dios, quien dijo a Eva: «Multiplicaré tus sufrimientos en los embarazos. Con dolor darás a luz a tus hijos, necesitarás de tu marido y él te dominará».

—Pero, este, ¿de qué coño va? —susurró Elena a una Gabriela cada vez más pálida.

Gabriela no contestó.

—Posteriormente, Tertuliano de Cartago expuso: «Cada mujer debiera estar... caminando como Eva, acongojada y arrepentida, de manera que por cada vestimenta de penitencia, ella pueda expiar más completamente lo que ella obtuvo de Eva, el estigma, el primer pecado y aborrecimiento (atado a ella como la causa) de la perdición humana. ¿No saben que cada una de ustedes es una Eva? La sentencia de Dios en el sexo de ustedes viven en estos tiempos: la culpa debe existir también por necesidad».

Michael hablaba con voz calma y tranquila y evitó mirar a Gabriela en ningún momento. Pero Gabriela ya sabía que el discurso estaba dirigido a ella.

—En la Edad Media el sentimiento se recrudeció. El *Decreto de Graciano* de 1140 en el cual la Ley de la Iglesia se basaría hasta el 1917, tomó partido del juicio del *Ambrosiaster*: «Las mujeres deben cubrirse sus cabezas, porque ellas no son la imagen de Dios. Ellas deben hacer esto como signo de sumisión a la autoridad y porque el pecado entró al mundo a través de ellas. Sus cabezas deben estar cubiertas en la iglesia, para honrar al sacerdote. De igual manera ellas no tienen derecho a acercarse a un hombre santo, porque son la personificación de Cristo, porque con el pecado original pueden tentar la virtud de la misma iglesia».

Gabriela había estudiado el *Decreto de Graciano* y no decía exactamente eso, al menos en la última parte. «Me está enviando un mensaje, un maldito mensaje», pensó con la ira bullendo por su pequeño cuerpo. Apretó los puños con fuerza y sintió que la invadía una furia desconocida. «Me está juzgando. Me está juzgando sin conocerme. Me está juzgando delante de todos mis colegas. Me está culpando a mí», y el reconocimiento de esa idea hizo que temblara de furia contenida.

—Profesor Wallace, creo que está equivocado. El texto al que hace referencia cita textualmente: «¿Puede una mujer levantar una acusación contra un sacerdote? Tal parece que no, porque como dice el papa Fabián, no pueden levantar queja ni testimonio contra los sacerdotes del Señor aquellos que no tienen, y no pueden tener, el mismo estatus que ellos». Por lo que queda claro que se inclina por la concepción de que las mujeres no pueden optar al sacerdocio.

—¿Usted cree, profesora Ruiz de Lizárraga? Yo tengo textos aclaratorios al mismo en mi despacho que se refieren a lo que he destacado en el expositivo anterior, y no a lo que usted proclama. Puede acudir a mi despacho y se los mostraré —contestó Michael claramente iracundo por la interrupción.

—No pienso acudir a su despacho en lo que parece una maldita caza de brujas.

—¿Caza de brujas? Profesora Ruiz de Lizárraga, se ha adelantado usted a mi siguiente explicación. —El tono de Michael era contenido, pero todo en su actitud tensa mostraba claramente lo contrario.

Gabriela fue a protestar otra vez, pero fue acallada por la fuerte voz de barítono del profesor Wallace.

—Bien, como iba diciendo, *El primer toque de trompeta* de Juan Knox lo explica de esta forma: «Por cuanto antes tu obediencia debió ser voluntaria, ahora será por represión y necesidad; y porque has engañado a tu hombre, no serás más dueña de tus propios gustos, de tu propia voluntad o deseos. Porque en ti no hay razón ni discreción que sea capaz de moderar tus afectos, y por tanto, ellos estarán sujetos al deseo de tu hombre. Él será amo y señor no solo sobre tu cuerpo, sino también de tus deseos y voluntad».

—Tiene razón, profesor Wallace, ¿no es entonces cuando comenzaron las persecuciones y castigos a las mujeres pecadoras? —preguntó con voz demasiado interesada la profesora Applewhite.

Michael asintió levemente en su dirección.

—Esta tía es imbécil. —La expresión de Elena fue solo un murmullo expresado en castellano, pero que llegó perfectamente a todos los integrantes de la sala, aunque solo los que conocían el idioma cabecearon afirmativamente pero en silencio.

—El odio hacia la mujer no se quedó en palabras. Para demostrar esto, consideren un libro católico, *El martillo de las brujas (Malleus Maleficarum),* escrito por dos teólogos dominicos, Jakob Sprenger OP y Heinrich Kramer OP. El libro fue avalado y recomendado por el Papa Inocencio VIII en 1484, y fue usado por siglos. Causó que miles de mujeres fueran quemadas en la hoguera. «Qué puede ser una mujer, sino la enemiga en la amistad, un castigo inescapable, un mal necesario, una tentación natural, una calamidad deseable, un peligro doméstico, un detrimento deleitable, un mal de la naturaleza, pintada de bellos colores».

—¿Cree acaso, profesor Wallace, que las mujeres somos la tentación del hombre, el peligro de la castidad de un sacerdote? —exclamó Gabriela de pronto con voz demasiado ronca y respirando de forma agitada, sintiendo hervir en su interior una cólera desconocida.

Michael se volvió tranquilamente hacia ella, cruzó los brazos y entrecerró los ojos.

—¿Acaso tiene otra teoría que exponer, profesora Ruiz de Lizárraga?

—Una muy simple. Los sacerdotes también llevan pantalón debajo de la sotana. Aunque no tengo ningún escrito que avale mis palabras sacado de una serie de argumentos obsoletos y retrógrados, y por supuesto claramente misóginos.

«¡Mierda!», pensó Gabriela una vez pronunció esas palabras. «¡Lo estoy defendiendo! ¡Lo estoy defendiendo a *él*!».

La clase se había dividido entre los partidarios del profesor Wallace y los de la profesora Ruiz de Lizárraga, y todos estaban disfrutando de lo que creían era una simple discusión académica. Pero era mucho más que eso.

«¡Joder!», pensó Michael en cuanto escuchó las palabras de Gabriela. «¡Lo está defendiendo! ¡Lo está defendiendo! ¡A *él*!».

—Me he limitado a exponer la concepción católica del pecado concebido por la mujer. Todos somos profesores de Historia, si no me equivoco, profesora Ruiz de Lizárraga.

—No, profesor Wallace, no ha hecho eso. Lo que ha hecho ha sido prejuzgar algo que cree conocer, pero que no conoce en realidad. Y como tal, no tiene ningún derecho a opinar sobre ello. Usted menos que ninguno, haciendo uso de su posición de superioridad desde la tarima.

Ahora todos los integrantes del seminario estaban comenzando a darse cuenta de que detrás de todas las explicaciones académicas y discursos teológicos había algo más que no acababan de comprender y que iba dirigido a la profesora Ruiz de Lizárraga en particular.

—Se está usted sobrepasando en sus conclusiones, profesora Ruiz de Lizárraga. —El tono de Michael era hosco y había subido varios grados en vehemencia.

—¡Y una mierda! Es usted el que lo está haciendo.

Todos se volvieron a una a observar a la normalmente callada y dulce profesora Ruiz de Lizárraga, a la que no habían escuchado pronunciar una palabra por encima de otra desde que la habían conocido.

—¿Qué demonios está pasando? —le susurró Elena a Gabriela. Esta la ignoró.

—A mi despacho, ¡ahora mismo!, profesora Ruiz de Lizárraga. Eso ha sido del todo...

—¿Inapropiado, profesor Wallace?

—Exacto.

—Pues espere sentado, porque no me arrepiento de nada de lo que he expresado. Es usted, profesor Wallace, el que tiene que pedir disculpas.

—¡¿Yo?! No pienso pedir disculpas por un hecho que es de sobra conocido por todos los que estamos aquí.

Si solo una hora tuviera

—¿Todos, profesor Wallace? O ¿quizá por unos más que otros?

Michael apretó los puños y en su mano derecha se quebró un lápiz de la fuerza con la que hizo presión. Las puntas astilladas se clavaron en la palma de su mano, pero no sintió dolor, porque la furia era tal que se lo impedía.

—Profesora Ruiz de Lizárraga, no consiento que ponga en duda mi profesionalidad. Si no se disculpa me veré en la obligación de expulsarla de la sala.

—¿Expulsarme? —preguntó Gabriela—. No es necesario. Abandono.

Y dicho lo cual se levantó con calma, y completamente erguida, se dirigió a la salida ante la mirada de estupor de todos los compañeros, excepto la de la profesora Applewhite, que había conseguido lo que se proponía.

—Profesora Ruiz de Lizárraga. —Gabriela lo ignoró—. ¡Espere! —bramó Michael, lo que hizo que ella se volviera justo en la puerta—. Le advierto que su presencia en este seminario pende de un hilo muy fino que está a punto de romperse.

—Pues sea tan amable de romperlo, profesor Wallace, porque no he venido aquí a que nadie me juzgue. Yo ya fui juzgada y condenada hace varios años. Llega tarde —contestó con voz demasiado suave y, ante la mirada atónita de todos los presentes, incluida la de Michael, cerró la puerta tras ella.

Una vez fuera, Gabriela comenzó a correr sin saber muy bien adónde dirigirse. Se detuvo frente al despacho del padre Neri como si un camino invisible la hubiera llevado hasta allí. Puso una mano extendida en la puerta dudando si entrar o no. Finalmente empujó el picaporte y este cedió con un pequeño crujido. Entró sin pensarlo más. El padre Neri estaba sentado detrás de la mesa leyendo un libro. Levantó la vista hacia ella y suspiró.

—María.

—Piero.

—¿Qué ha sucedido? —preguntó él levantándose y viendo el estado tembloroso de ella.

Gabriela negó con la cabeza.
—Ahora no. No.
—¿Puedo hacer algo?
Ella observó su rostro moreno y atractivo y esos ojos oscuros tan amados.
—Sí. Bésame.
Piero se acercó a su rostro y lo cogió con las manos obligándola a mirarlo.
—Te he esperado tanto tiempo...
Posó sus labios sobre los de ella como si bebiera del néctar de la vida. Su lengua acarició los labios entreabiertos de Gabriela con suavidad, tanteando. Ella emitió un quedo suspiro y él introdujo su lengua en la boca de ella con decisión, mientras la apoyaba en la pared. Su beso se hizo más intenso y profundo. Ambos abrieron sus bocas y se devoraron con la pasión que llevaban negando siete años.

Piero le quitó la americana, que dejó extendida sobre una silla supletoria, luego se centró en desabrochar cada botón de su blusa, despacio, acariciando con los dedos la suave piel que cubría la tela de seda. La deslizó por sus brazos y la lanzó en la misma dirección que la chaqueta. Gabriela estaba quieta, sin moverse, respirando de forma agitada y con los ojos cerrados. «¡No!», quería gritar. «¡Esto está mal! ¡No debe suceder!». Sin embargo, su cuerpo expresaba exactamente lo contrario. Piero deslizó un tirante del sujetador por el hombro y posó los labios justo donde comenzaba su pecho. Escuchó el latir fuerte y acelerado de su corazón y emitió un hondo suspiro. Le desabrochó el sostén y dejó sus pechos libres. Se apartó un poco para observarlos, llevaba tanto tiempo deseando volver a verlos... Gabriela seguía con los ojos cerrados y los brazos extendidos a lo largo de su delgado cuerpo, con las palmas apoyadas en la pared. Solo cuando sintió los labios de Piero sobre uno de sus pezones erguidos, los levantó y le sujetó el pelo con fuerza, instándolo, invitándolo a seguir.

Se escuchó el sonido metálico de la cremallera de la falda de Gabriela deslizándose y la prenda cayó a sus pies con un susurro.

Si solo una hora tuviera

Se quedó frente a él solo con las bragas de encaje negro, unas medias de seda hasta medio muslo y los zapatos de tacón de aguja. Su cuerpo tembloroso estaba cargado de deseo y anhelo. Piero suspiró llenando el silencio del despacho. Gabriela tuvo conciencia de donde estaba y lo que estaba haciendo. Abrió los ojos y se perdió en la mirada oscura de su amante. Le quitó la camisa con dedos torpes y le desabrochó la cinturilla del pantalón, que cayó hasta los tobillos. Piero se acercó más a ella y la volvió a besar. Ella notó claramente la erección de él presionando junto a su estómago. Metió las manos por detrás del calzoncillo y se lo bajó hasta liberar su miembro regodeándose en la dureza de sus nalgas tensas.

Piero gruñó y con dedos expertos apartó la tela de encaje de su ropa interior para tantear en la suavidad de su carne. Acarició en círculos su botón pulsante de deseo y sintió cómo ella se estremecía entre sus brazos, introdujo un dedo y ella abrió más las piernas. Jugó con su excitación presionando delicadamente primero, con fuerza después cuando comprobó que Gabriela le correspondía. Con un movimiento rápido le deslizó las bragas hasta el suelo y ella sacó solo un pie, levantando una pierna para aproximarse a su sexo.

—Ahora —rogó.

Piero la levantó sujetándole ambas piernas y la apoyó sobre la mesa, con una urgencia que llevaba demasiado tiempo esperando, la penetró y ella se arqueó ante la intrusión. Pero él ya no podía parar. La locura los había vencido a ambos. Gabriela se abrió más para recibirlo por completo y Piero se inclinó sobre ella haciendo que la penetración fuera más profunda. Embistió una y otra vez hasta que ambos sellaron un grito mutuo. Sus cuerpos y sus almas se habían reconocido.

Y allí, entre estanterías llenas de libros que hablaban de Dios, de la pureza y de la santidad, se amaron.

Allí, entre manuscritos sagrados, volvieron a pecar.

CAPÍTULO 8

Toda historia tiene siempre un principio...

Dos horas más tarde, Gabriela se encontraba en el suelo del baño de la habitación del hotel, llorando.
Lo había perdido todo.
La habían expulsado del seminario y con ello se habían esfumado las posibilidades que le quedaban de conservar su trabajo.
Y se había entregado a Piero cuando nunca debió hacerlo.
Lo había amado con desesperación y después de su ruptura siguió haciéndolo, buscando en otros hombres lo que solo había encontrado en él. Se lio un cigarro de hachís y lo fumó despacio, dejando que la droga se filtrara en su cuerpo, en su torrente sanguíneo, produciéndole algo de sosiego, una sensación de olvido momentáneo.
Bebió de la botella de Becherovka casi vacía que tenía a su lado, en el suelo, tirada de cualquier modo. Todo estaba perdido. Ella estaba perdida. Después de amarla, Piero quiso hablar, pero ella se lo impidió. Necesitaba salir de allí. Deprisa. Y no volver nunca. Cerró los ojos y recordó. Recordó cuándo empezó su descenso a los infiernos:

***

Si solo una hora tuviera

—Gabi, Gabi... ha llegado... —exclamó una emocionada Adriana saltando con un sobre cerrado proveniente de la Universidad Pontificia de Comillas.

—Trae aquí. —Gabriela se levantó de la mesa de la cocina, donde estaba desayunando con sus padres, y salió en pos de su hermana, que reía mientras intentaba esquivarla.

—Gabi, Adri —las reprendió su madre sin demasiado entusiasmo—. Comportaos, que ya no sois unas niñas.

Ambas rieron y acabaron tropezando la una con la otra. Gabriela alzó su brazo y le arrancó el sobre. Volviéndose de espaldas a todos, lo rasgó y leyó el contenido. Se quedó un momento quieta, asimilando la noticia.

—Bueno... ¿qué? —preguntó Adriana por fin.

Ella se volvió despacio y miró a sus padres y a su hermana.

—Me la han concedido. Me voy dos meses a Comillas.

Su madre sonrió con dulzura. Aunque la iba a echar de menos durante todo el verano, se lo merecía, había estudiado muy duro durante todo el año para conseguir la beca.

—Lo sabía —afirmó su padre, y se levantó para darle un beso en la coronilla—. Sabía que mi princesa lo iba a conseguir.

—¡Puaj! —exclamó su hermana—. Todo el verano estudiando. No entiendo dónde le ves la emoción. Y mientras me dejas a mí el verano sola con los carcas.

—Adri —volvió a reprenderla su madre—, ese vocabulario.

Pero nada podía empañar la felicidad de Gabriela. Con ese curso de verano tenía muchísimas más posibilidades de quedarse como becaria del Departamento de Estudios Medievales de la universidad. Casi lo tenía en sus manos. Y era algo que había deseado siempre. Aunque todo el mundo se extrañó por que se decidiera por una carrera que «claramente no tenía ninguna salida, porque hija, eso no da de comer», como decía su padre. Ella había amado siempre la Historia, desde que era una niña. Cuando iban de vacaciones, los dejaba en la playa y se iba a investigar, a perderse entre iglesias y edificios históricos. Había nacido para ello, y su sueño por fin iba cobrando forma.

***

El padre Neri siempre quiso ser sacerdote y entregar su vida a Dios. Porque el padre Neri, cuando era simplemente Piero, un niño de once años que dormía en la casa de su abuela en Roma, había visto a la Virgen. A su *Madonna*. Ocurrió cuando se despertó una mañana al sentir los primeros rayos de sol acariciándole el rostro, filtrándose por entre las rendijas de la vieja persiana de madera. Ella estaba allí, junto a la ventana, su silueta perfectamente recortada era lo único que impedía a la luz del sol entrar con libertad y calentar la pequeña habitación de Piero. Pero no importaba, ya que Ella era la luz en sí misma. Brillaba con tanta intensidad que el niño tuvo que entrecerrar los ojos para poder observar. No sintió miedo, sino una paz que lo envolvió como el canto de una nana susurrada. Ella giró su rostro hacia él, y pudo verla con claridad. Siempre se imaginó que la Virgen tenía que ser morena y de ojos negros. Pero Ella era rubia, con rizos dorados que le enmarcaban el rostro delicado y levemente sonriente. Sus ojos eran claros, pero no azules o verdes, sino de un tono miel extraño, como si hubieran querido pintarlos de marrón y no les quedaran más colores. Le sonrió y él alargó su mano para alcanzarla. Entonces desapareció. Y la luz inundó la habitación por completo. Y los sonidos del patio de vecinos se mezclaron unos con otros, porque en los instantes en que Ella estuvo con él, solo existió el silencio. Y él supo lo que tenía que hacer con su vida. Dedicarla a Dios y a su Virgen. Porque era de él. Ya nadie podría quitársela.

Casi veinte años después se encontraba en las escalinatas principales de la Universidad Pontificia de Comillas, una estructura promovida por el marqués de Comillas como «una obra pía para ganarse el cielo». Se construyó siguiendo el modelo de los primeros encargados de la enseñanza, los jesuitas, reuniendo los diferentes apartados del colegio en torno a dos patios porticados, dotada de un eclecticismo gótico-mudéjar muy ornamentado al principio, para pasar después a una decoración más modernista de amplios espacios. Estaba construida en la cima de una colina, desde la que se tenían las mejores vistas del pequeño pueblo pesquero.

Frente al imponente edificio, en la lejanía, podía ver cómo se erguía el palacio de Sobrellano, residencia del marqués, desde la que este había podido observar la creación de su mayor obra. El palacio recogía varios estilos, desde el gótico civil inglés hasta pinceladas de los palacios venecianos, destacando los relieves mocárabes y sobre todo su fachada gótica, retando en belleza clásica al edificio de la universidad y dando la impresión a todos los que se encontraban allí de estar rodeados de un aura de historia atesorada y palpitante en cada esquina del pueblo modernista.

El padre Piero se enamoró al instante del lugar, y se alegró de que lo hubieran invitado como profesor de Teología al curso de verano de ese año. Observó al ecléctico grupo que conversaba en los bancos de piedra y apoyados en las barandillas de hierro del mirador, y entonces sintió que todo su mundo se tambaleaba. Parpadeó varias veces y finalmente se sentó en las escalinatas de mármol, creyendo que se iba a desmayar. El sonido exterior se apagó. Las conversaciones dejaron de escucharse. El viento susurrando entre los árboles se quedó inmóvil. Solo existía el silencio rodeándolo. Frente a él, escondida entre el resto de los alumnos, sin que nada la distinguiera como especial, salvo la luz que emanaba de ella como un aura invisible, estaba su *Madonna*. En ese instante, ella se volvió y le sonrió de forma cálida con esos extraños ojos claros. Él no reaccionó, siguió observándola escudado en el numeroso grupo de alumnos, temiendo dejar de respirar en cualquier momento. Y supo que toda su vida había estado dirigida a encontrarse con ella. En aquel momento. En aquel lugar.

El primer día de clase, Gabriela estaba más concentrada en el rostro del padre Neri que en sus explicaciones, y eso que tenía que reconocer que, con su ligero acento italiano y su voz grave, hacía que quedaras atrapada al momento por su narración. Nunca se había sentido atraída por ningún profesor, con el típico enamoramiento adolescente, quizá porque nunca había tenido un profesor tan atractivo como lo era el padre Neri. Porque tenía que reconocer que parecía más un deportista que un sacerdote. Más de un metro ochenta, cuerpo delgado pero musculoso, vestía con ropa de calle, informal. Solo una cosa indicaba que era sacerdote: el alzacuellos blanco bajo su camisa negra de manga corta. Aun así resultaba demasiado atractivo para ser un sacerdote. Los curas, según su escasa experiencia, tenían que ser bajitos, rechonchos, ancianos y con gesto agrio, ¿no? Pues debía ser que no. Porque él era completamente diferente a esa descripción. Su pelo moreno corto y sus ojos marrones oscuros enmarcados en unas pestañas tupidas y largas le daban más el aspecto de un pirata que el de un sacerdote.

Cuando llegó por la tarde a su apartamento compartido con una joven griega que estudiaba otro curso diferente al de ella, se dio cuenta de que no se había enterado de nada en toda la mañana. Miró sus folios con apenas escritas unas frases, la mayoría sin final, y no comprendió qué le había sucedido.

El padre Neri, aquel mismo día, desde el refugio de su pequeña habitación en un piso alquilado, se preguntó qué le había ocurrido esa mañana. Apenas recordaba nada de sus explicaciones sobre el nacimiento de la Iglesia Católica en Occidente. Esperaba no haber dicho ninguna tontería. Estuvo toda la clase perdido en la mirada inocente y algo enfurruñada de su alumna, Gabriela Andrade Ruiz de Lizárraga. No paraba de tocarse el alzacuellos. Aquella vez fue la primera vez que le molestó llevarlo puesto, como si no le perteneciese, como si no fuese merecedor de su condición de sacerdote. Se dio una ducha, comió algo y decidió ir a misa de ocho en una iglesia cercana. Solo allí podía pensar en paz. Pero esa vez la paz no le llegó, porque ni siquiera pudo concentrarse en la homilía sin que la imagen de su *Madonna* apareciera a cada momento destellando en su mente como si siempre hubiera estado allí, escondida y esperando a mostrarse.

Pasaron los días y el trabajo de Gabriela se fue acumulando en su pequeño escritorio de madera. Habían transcurrido dos semanas en las que tanto el padre Neri como ella se observaban a hurtadillas, temerosos de descubrirse mutuamente. La consecuencia fue que Gabriela tenía tres libros pendientes de leer y un trabajo de más de cincuenta folios en el que solo había conseguido poner su nombre en el encabezamiento. Decidió que aquel día después de las clases se quedaría en la biblioteca, estudiando y preparando el trabajo con calma. Todos sus compañeros habían decidido bajar a la playa, hacía un día perfecto para disfrutar del sol y de las frías aguas del mar Cantábrico. No había una sola nube en el cielo, completamente azul, y aunque soplaba un suave viento del norte, eso solo invitaba a salir al exterior más que a quedarse encerrada entre cuatro paredes cubiertas de libros. Gabriela examinó con la mirada la biblioteca completamente vacía. Suspiró. Ella no tenía otra opción, o se ponía al día o acabaría suspendiendo. Cogió uno de los libros, abrió una carpeta a su lado y comenzó a leer.

El padre Neri observó por la ventana de su despacho cómo los alumnos salían y comenzaban a bajar el camino de tierra que rodeaba la colina sobre la que se erguía la universidad. Pero no estaba Gabriela, lo que quería decir que seguía dentro del edificio. Sentía su presencia como si la tuviera justo a su lado. Supo al instante que estaría en la biblioteca, ¿dónde si no? Les había propuesto varios libros de lectura y encargado un trabajo bastante complejo. Era un curso avanzado, para los mejores de cada facultad, y Gabriela era una de ellos. Con paso decidido se encaminó hacia allí. Entró y al principio no vio a nadie. Se preguntó si su suposición había sido correcta. En ese momento escuchó un pequeño suspiro y volvió a mirar con más atención. Gabriela se había situado en una pequeña mesa al fondo, escondida entre dos estanterías de madera cubiertas de libros. Estaba de espaldas a él, y pudo observarla sin temor a que lo descubriera. Su espalda recta y la cabeza ligeramente inclinada sobre un libro. Mordisqueaba la punta del bolígrafo y de vez en cuando tomaba notas. No supo cuánto tiempo pasó así, vigilándola, memorizando en su mente cada rasgo, cada pequeño movimiento de su delicado cuerpo. Ni siquiera recordaba cómo tuvo el valor de avanzar hacia ella. Solo recordaba haberse situado justo a su espalda.

Gabriela sintió que una mano le apartaba el pelo que le caía sobre el hombro derecho y supo que era él. Se quedó inmóvil y casi sin respirar. No quería hacer ningún movimiento que provocara que él se apartara. Un dedo le recorrió desde el lóbulo hasta la clavícula con delicadeza, marcándola. Le apartó el tirante de la camiseta y lo dejó caer sobre su brazo. Gabriela emitió un pequeño gemido y su corazón aleteó nervioso. Sin embargo, siguió quieta. Él producía ese efecto sobre ella. Temía moverse porque temía que él desapareciese. Su mano cálida se posó en su hombro y bajó hasta el comienzo de su pecho, le apartó un poco más la camiseta y dejó suficiente espacio para que un dedo curioso se deslizara entre la tela de su sujetador y la piel. El dedo rozó levemente su pezón y este se irguió protestando tan poca atención, así que el dedo llamó a otro y entre los dos acariciaron su tibia redondez hasta que esta se convirtió en un botón duro y anhelante. Solo entonces, Gabriela levantó la vista.

—Piero —susurró.

—María —dijo él.

E inclinándose sobre su rostro la besó con calidez en los labios. Ella abrió la boca y exigió más. Él se lo concedió. Gabriela apenas podía respirar, ni pensar. Solo podía sentir. Sentía frío. Sentía calor. Quería que la acariciase suavemente. Quería que la tomase con fuerza. No sabía lo que quería. Pero sí lo que deseaba. Lo deseaba a él.

Un golpe de la puerta de la biblioteca al cerrarse hizo que los dos se apartaran asustados y respirando entre jadeos. Solo se escuchaba el sonido del atardecer del verano en el exterior, el zumbido de una abeja, el grito lejano de algún bañista traído por el viento. Ambos permanecieron un momento estáticos, mirándose, pero sin pronunciar palabra alguna.

—Padre Piero, ¿es usted? —La voz del bedel de la universidad se alzó haciendo estallar el silencio.

—Ahora salgo. Solo estaba consultando unos documentos. —Piero se asombró de que su voz sonara del todo normal.

—No te vayas —suplicó Gabriela susurrando.

Él la miró un momento y, respirando bruscamente, se volvió.

—Espere. Voy con usted.

Piero no volvió la vista atrás. Si lo hubiera hecho, no habría tenido fuerzas suficientes para apartarse de ella.

Durante los tres días siguientes el padre Neri no dio las clases, su lugar lo ocupó otro profesor adjunto, claramente menos capacitado que él. Se le notaba nervioso y no estaba acostumbrado a expresar sus ideas frente a un grupo numeroso de gente. Hablaba en voz baja y la mayoría de las veces masculiando. Con lo que todos los alumnos acabaron frustrados y con la sensación de que había sido una pérdida de tiempo. Gabriela la que más. «¿Se está escondiendo de mí?», se preguntó angustiada. «¿Será que le resulto tan repelente que no soporta verme ni siquiera en clase?». Su ánimo, normalmente alegre y dispuesto, fue decayendo hasta que casi le costaba hilar una frase con otra al mantener una simple conversación.

Al siguiente día por la tarde comenzó a llover, y lo que en principio parecía una simple tormenta de verano atraída por el calor de los últimos días, se convirtió en un pequeño temporal. Los alumnos habían abandonado ya la universidad en dirección a sus respectivos alojamientos y ella se había quedado en la biblioteca, esperando con ansia que él volviera a aparecer. No lo hizo.

***

Piero pasó tres días en el infierno, literalmente. El torbellino de emociones que despertaba su *Madonna* en él lo tenía desconcertado y claramente excitado durante la mayor parte del tiempo. Se había sobrepasado. Con una alumna. Él no era un hombre libre. Era un sacerdote. Estaba casado con el Altísimo. Había entregado la vida a su servicio. Lo que había sucedido con Gabriela no tenía que volver a ocurrir. Nunca. Jamás.

Salió al exterior y caminó bajo la lluvia sin protección alguna, dejando que el agua fresca le calmara y arrastrara parte de su culpa con él, cayendo en charcos oscuros que la tierra seca tragaba en instantes, haciendo que pequeñas volutas de vapor se evaporaran nada más alcanzar la libertad. Cuando bajó la colina y llegó a la calle, se dirigió con paso firme por la carretera en dirección a la playa, con el único pensamiento consciente de alejarse de Gabriela. Allí, a la izquierda, se elevaba en un promontorio el cementerio, donde la impresionante escultura del Ángel Exterminador, realizada por Llosep Limona, y construida sobre los restos de la antigua iglesia del siglo XV, dominaba buena parte del cielo de Comillas. Subió con paso furioso hasta pararse justo debajo de la escultura intimidatoria, incluso más ahora con el cielo oscurecido y una furiosa tormenta girando a su alrededor. No había ningún turista fotografiando la escena, todos habían huido de las inclemencias del tiempo, por ello le extrañó escuchar pasos sobre la grava del antiguo cementerio. Entró en el sagrado lugar y dobló la esquina tropezando con una joven de frente. A esta se le cayó la mochila que llevaba precariamente sujeta sobre un hombro y él, mascullando una disculpa, se agachó a ayudarla.

—¡Gabriela!
—¿Piero?
—¡Señor! ¡Estás empapada!
—Tú también.
—¿Qué haces aquí?

—Me gusta venir aquí. A pensar. Este lugar tiene algo místico que no sabría explicar. ¿Y tú?
—He venido a lo mismo.
—¿A qué?
—A pensar cómo puedo alejarme de ti.

Gabriela lo miró con tanto dolor en los ojos que Piero se arrepintió al instante de sus palabras.

—¿Y? —Ella pareció recuperar algo de ímpetu con esa única sílaba.
—He descubierto que es imposible.

Gabriela abrió los ojos desmesuradamente y un cercano trueno retumbó sobre sus cabezas.

Piero no lo pensó más, porque teniéndola frente a él no cabía la posibilidad de pensar con claridad.

—Vamos —le exigió cogiendo su mochila y a ella de un brazo—. Si no te secas pronto, cogerás un buen resfriado.

El Ángel Exterminador observó cómo se alejaban y, aunque nadie pudo verlo, una lágrima silenciosa se deslizó por su rostro marmóreo perdiéndose entre la lluvia.

Ella se dejó arrastrar sin mostrar ningún tipo de resistencia. De hecho, si alguien menos preocupado en no mojarse por la incómoda lluvia se hubiera fijado, se habría dado cuenta de que la joven casi levitaba al lado del hombre moreno que la sujetaba con demasiada fuerza, como si temiera que ella fuera a salir huyendo.

Llegaron en pocos minutos al centro del pequeño pueblo, Piero se paró en una antigua casa de piedra de dos alturas, abrió una pequeña puerta de madera que daba a la calle y le indicó que pasara. Ambos subieron el primer tramo de escaleras de terrazo levemente canteadas por el uso y llegaron a un rellano con dos puertas.

—¿Dónde estamos?
—En mi apartamento —contestó él.

Entraron en lo que parecía un recibidor con suelo de granito. Una puerta abierta frente a ellos mostraba un pequeño salón, con un sofá tapizado en tela marrón y una televisión antigua sobre una mesa. Al fondo, un escritorio y un ordenador portátil. La puerta de la izquierda era el dormitorio de Piero. La hizo pasar allí. Era una habitación sencilla, con una cama individual y un Cristo en madera tallada sobre ella. No había más adornos. Era la celda de un sacerdote. Dentro había una puerta que comunicaba con el baño.

Gabriela había comenzado a temblar, por el frío, por el súbito cambio de temperatura o por el calor que sentía junto a él. No lo tenía muy claro.

—¡Estás temblando! Ven. —La empujó al baño—. Date una ducha con agua muy caliente, si no enfermarás.

Y dicho lo cual, se volvió y cerró la puerta tras él.

Gabriela se quedó mirando de forma algo estúpida la puerta cerrada no sabiendo muy bien qué hacer a continuación. Finalmente y con un resignado suspiro, se desnudó con dificultad despegando su ropa mojada de la piel y se metió en la ducha.

Piero se dedicó a pasear en su pequeña habitación de un lado a otro frotándose el pelo con desesperación varios minutos. «¿Pero qué estoy haciendo?». «Nada bueno», le pareció que susurraba el Cristo sobre su cama. Lo miró detenidamente y por un momento sintió el impulso de descolgarlo y esconderlo en un cajón. No le dio tiempo, Gabriela salió del baño solamente envuelta en una enorme toalla blanca bajo sus brazos, con el pelo todavía húmedo goteando sobre su pecho. El corazón de Piero se saltó un latido, luego dos, luego tres y después, como si hubiera estado esperando a coger velocidad, se desbocó en su pecho.

—No tengo nada que ponerme —se excusó ella algo atemorizada por la mirada que le había dirigido Piero.

—*Mio Dio, mi perdoni per quello che faccio* —susurró él mientras se acercaba a ella.

Se paró frente a Gabriela respirando con dificultad y apretó los puños contra su cuerpo. Evitó mirarla, pero cuando lo hizo y vio el gesto sorprendido y algo atemorizado de su *Madonna*, ya no tuvo opción. Estaba perdido.

Si solo una hora tuviera

Le cogió el rostro acalorado con las manos, lo levantó hacia él y la besó. La besó como no había besado a ninguna mujer en su vida. Y Gabriela fue besada como nunca antes la había besado ningún hombre. Ella entreabrió la boca y dejó que Piero tanteara cuidadosamente con su lengua, pero al instante comprobó que la intensidad de él era más fuerte que un simple beso. La arrastró cuidadosamente y la tendió en la cama, todavía envuelta en la toalla.

Él se arrancó el alzacuellos con furia y lo tiró a una esquina de la habitación, donde quedó tambaleándose en el suelo de granito. Se deshizo de su camisa negra y se quitó los pantalones de vestir del mismo color, a la vez que empujaba con los pies para quitarse los calcetines y los zapatos. Se quedó frente a ella en ropa interior. Se detuvo justo cuando sus dedos rozaron la cinturilla de los calzoncillos, ante la mirada de horror de Gabriela. Y entonces lo comprendió todo. Y se asombró de no haberlo averiguado antes. Ella era su María, su *Madonna*, y como tal era virgen.

—Nunca has estado con un hombre, ¿verdad?

Ella negó con la cabeza, porque temió que las palabras no brotaran de su boca. Había visto algún compañero desnudo e incluso había tenido una o dos relaciones antes, que no habían pasado de algún beso y alguna mano curiosa bajo su camisa. Pero ante ella tenía a un hombre. Un hombre de verdad, con el pecho firmemente cincelado, con una mata de pelo negro que se perdía en el escondite de su ropa interior. Y sintió que un rubor la cubría por completo, y se avergonzó de ser tan timorata.

—Lo siento —logró decir.

Él sonrió con ternura.

—No tienes por qué sentir nada. Es el mejor regalo que podías hacerme.

—¿Por qué? —preguntó ella ahora con curiosidad. Había creído que a los hombres les gustaban las mujeres experimentadas.

—Porque tú eres María, mi *Madonna*. No podía ser de otra forma.

—Pero... —se atragantó levemente y carraspeó—, no sé cómo hacerlo. Vamos, en teoría sí, pero yo... yo...

Piero se sentó en la cama junto a ella y, mientras le abría la toalla con cuidado, acariciando su piel al hacerlo con dedos firmes y cálidos, susurró:

—No tienes por qué hacer nada. Solo siente. Siénteme a mí. Yo te guiaré. Seré tu maestro. Seré tu Pigmalión y tú mi Galatea.

—¿Galatea? —No entendía la comparación y así lo expresó con la mirada.

—Sí, yo te moldearé hasta convertirte en mujer, solo entonces despertarás a la vida y serás mía, para siempre.

Gabriela ya estaba completamente desnuda frente a él, y sin embargo no sentía ninguna vergüenza, era como si toda su vida hubiera estado destinada a ese único momento, a ser amada por Piero.

Él se levantó un momento y se quitó los calzoncillos observándola con cuidado. El quedo gemido que emitió Gabriela y sus ojos completamente abiertos con las pupilas dilatadas le dio fuerzas para continuar.

—No debes temer nada de mí. Seré paciente y cuidadoso. No te haré daño. Lo prometo.

—No tengo miedo, Piero, en realidad estoy deseando que...

—¿Que te haga mía?

—Creo que ya lo soy.

—Tienes razón. Siempre lo fuiste.

Ya no hubo más palabras. El silencio de la habitación los envolvió durante las siguientes horas, hasta el murmullo de la lluvia al caer en el exterior y el repiqueteo de las gotas sobre los cristales quedaron acallados por el amor que comenzó a crearse en la pequeña y oscura celda del sacerdote, bajo la atenta mirada del Cristo crucificado.

Piero acarició su piel con delicadeza, cada centímetro de ella fue besado y susurrado con su boca hambrienta. Le deslizó los dedos siguiendo el contorno de su rostro, y bajó por su cuello besándola donde su vena latía cada vez con más intensidad.

Si solo una hora tuviera

Siguió el descenso acariciando sus brazos largos y delicados, deleitándose en la fragilidad de ella. Besó el comienzo de su pecho y sus costillas, que se mostraban en finas protuberancias sobre su torso desnudo, siguiendo las líneas curvas hasta llegar al ombligo, que se estremeció ante su contacto. Gabriela emitió un suspiro entrecortado y abrió las piernas de forma instintiva, deseando que él la acariciara donde latía su deseo.

Pero él solo pasó las manos con los dedos tan suaves como alas de mariposa sobre el contorno de sus caderas hasta seguir por las largas y firmes piernas de ella. Le flexionó una y le acarició detrás de la rodilla, produciendo con ello un estremecimiento que recorrió todo el cuerpo de Gabriela. Solo entonces se inclinó y le abrió la carne palpitante entre las piernas, acariciándole el pequeño montículo ardiente. Ella gimió con más fuerza e intentó acercarse a él. Quería tocarlo, sentirlo, acariciarlo como lo hacía él. Pero se obligó a seguir quieta, con los ojos cerrados, perdida en el tumulto de sensaciones que le recorrían cada poro de la piel. Piero le besó un pezón y lo acarició con su lengua haciendo que este se irguiera deseando más. Succionó con fuerza y suspiró un aliento cálido entre sus pechos. Solo entonces una mano inquisidora se aventuró en su interior. Un dedo cauteloso comprobando su disposición. Ella se arqueó ante la intromisión y abrió los ojos de golpe, para encontrarse el rostro algo enrojecido y con el pelo revuelto de Piero sobre ella. No habló, pero sus ojos le dijeron que estaba a salvo. Con él siempre estaría a salvo. Él le empujó las piernas con la rodilla para situarse sobre ella y sintió su pene erecto rozándole la carne excitada entre las piernas. Y con ese simple roce ella estalló en un grito entrecortado y sintió que sus músculos se contraían y extendían sin que tuviera ningún control sobre ellos. En ese momento Piero la penetró, despacio, calculando la presión y la intensidad. Pero ella solo lo sentía a él y se abrió para recibirlo en toda su plenitud. Sin miedo. Sin rechazo. Completamente entregada. Con un empujón un poco más fuerte Piero rompió su barrera y ella gritó e intentó apartarse. Él se quedó quieto, pero no salió de su cuerpo. Se tendió sobre ella y le susurró al oído palabras tranquilizadoras. Luego le fue besando el cuello hasta alcanzar un pezón, que friccionó con suavidad hasta tenerla otra vez completamente excitada. Entonces comenzó a moverse en su interior.

Gabriela se dio cuenta de que sus brazos tendidos a lo largo de su cuerpo se habían deslizado a la espalda de él y que su cuerpo se movía debajo de él guiándole e instándole. Ya no había dolor, solo otra ola de placer que la recorrió como una corriente eléctrica por todas sus extremidades estallando en un eco de su corazón, repiqueteando como campanas en sus tímpanos. Se arqueó con fuerza, le sujetó las nalgas tensas y lo obligó a poseerla con más fuerza. Solo entonces Piero se dejó llevar y, levantándose apenas sobre sus brazos, gruñó como si le hubiesen arrebatado el alma. Porque su alma fue robada en ese mismo momento, por su joven *Madonna* tendida bajo él.

Algún rato después, cuando ella estaba tendida sobre su ancho pecho, con un brazo rodeándola por la espalda, se atrevió a preguntar.

—¿Cómo...? —Carraspeó para aclararse la garganta aunque su voz siguió sonando ronca—. ¿Cómo sabías lo que tenías que hacer?

Su pecho retumbó en una risa que no llegó a brotar bajo el rostro de Gabriela, que enrojeció de repente.

—No soy virgen, si es eso lo que preguntas. Tuve una novia durante varios meses antes de tomar los hábitos.

—¿Por qué te hiciste sacerdote entonces?

—Porque amaba más a Dios que a ella.

Gabriela no se atrevía a hacer la siguiente pregunta, que flotaba entre los dos queriendo ser atrapada.

—Y a mí, ¿me amas? —preguntó casi susurrando.

Él se volvió a mirarla y la abrazó con fuerza.

—¿Cómo podría no amarte?

—¿Por qué?

Si solo una hora tuviera

—Porque siento que siempre te he amado. Que te he esperado sin saber qué era realmente lo que esperaba hasta que te encontré.
—¿Piero?
—¿Sí?
—Creo que yo siento lo mismo.
—¿El qué?
—Te amo.
—Lo sé, mi *Madonna*, lo sé.

Al día siguiente despertaron con los cuerpos entrelazados, cálidos del sueño que se negaba a abandonarlos. Cuando Gabriela abrió los ojos, tenía la mirada oscura de Piero fija en ella. La besó con ternura. Y ella se abrazó más a él. Pero Piero se apartó con cuidado.
—No.
—¿Por qué?
—Porque estás algo dolorida. Ahora deberíamos descansar un par de días por lo menos.
—No me duele. Estoy bien —protestó ella.
—Eso es lo que crees, pero si intento hacerte el amor ahora sentirás dolor. Y no quiero que eso ocurra. No quiero que sientas dolor conmigo, solo quiero darte placer. Solo quiero amarte.
—Pero besarme puedes, ¿no? —insistió ella con el deseo recién descubierto y decidida a disfrutarlo todo lo que pudiese.
—Puedo hacer eso y otras cosas —sonrió él. Y bajando el rostro le besó el cuerpo haciendo que ella volviera a estremecerse. No una, sino dos veces más.

Las horas pasaron comiéndose a los días y estos a las semanas. Piero y Gabriela vivieron su amor prohibido entre clases y tardes a solas en la biblioteca, escondiéndose entre las estanterías de libros y amparándose en los recovecos del bello edificio de la universidad, entre columnas, esquinas y despachos cerrados. Por las noches ella abandonaba su apartamento protegida por la oscuridad del verano, que cada día les daba unos minutos más de tiempo para estar juntos y amarse en la pequeña cama de la celda del padre Neri. Si alguien lo supo, fue fiel a su amor y se mantuvo en silencio.

Sus compañeros algunas tardes bajaban a la playa e incluso una o dos veces Piero les acompañó, disfrutando de estar junto a ella sin esconderse, aunque ocultando sus sentimientos.

—A los curas les tendría que estar prohibido estar tan buenos —exclamó una compañera viendo cómo Piero se lanzaba de cabeza al agua cuando una ola llegaba lamiendo la orilla con furia contenida.

Gabriela no contestó, pero observó detenidamente a su amor prohibido, deleitándose en su esbelto cuerpo y su atractivo rostro cubierto por el agua salada del frío mar Cantábrico. Tenía razón, debería existir una ley que lo prohibiera. Su compañera no notó nada inusual, ella estaba observando con la misma intensidad al padre Neri.

No habían hablado del futuro. Ambos se concentraron solo y exclusivamente en disfrutar de sus encuentros furtivos y robados al tiempo. Lo que ambos no sabían era que no hablaban del futuro porque no había un futuro para ellos.

Algún fin de semana salió con sus compañeros a tomar unas copas, pero siempre desaparecía la primera, aduciendo el cansancio de la semana, e iba corriendo y cuidando de que no la descubrieran al apartamento de Piero.

Una noche él la reprendió:

—Mi *Madonna*, tienes que salir más, debes disfrutar con tus compañeros en vez de estar encerrada aquí conmigo.

—Podrías venir con nosotros alguna vez —propuso ella.

—Eso es imposible. Además de las clases tengo otras obligaciones y lo sabes. Incluso soy demasiado mayor para seguiros el ritmo.

—¿Cuántos años tienes? —preguntó de improviso Gabriela. Ni siquiera se le había ocurrido pensarlo.

Si solo una hora tuviera

—Treinta y siete. Podría ser tu padre.
—No, yo tengo veintiuno.
—Podría. Créeme.
—¡Ah! Entiendo. —Y ella enrojeció profundamente.
—Vamos, mírame —exigió él volviéndola para encararla directamente—. No ha habido ninguna mujer desde que me ordené. Y no habrá ninguna más después de ti.
—¿Qué vamos a hacer, Piero? Cuando el curso termine y tú vuelvas a Roma y yo a Madrid. ¿Qué va a ser de nosotros?
—No lo sé, mi amor. No lo sé. Solo sé que no dejaré que te separen de mí —aseveró, y la abrazó con fuerza. Pero ni él mismo sabía qué iba a ocurrir en el futuro, que se acercaba peligrosamente.
Piero notó la desazón que había comenzado a crecer en Gabriela.
—¿Te gusta bailar?
—Sí, creo que sí, como a todos, ¿no? ¿Por qué?
—Porque no puedo ofrecerte una cena en un restaurante, ni una salida romántica a un bar de copas, ni a una discoteca, pero puedo ofrecerte un baile, ¿quieres?
—Sí.
Piero conectó su iPod a los altavoces y seleccionó una canción. La voz ronca de Zucchero cantando *Il Volo* inundó la pequeña habitación. Él la cogió en sus brazos y, abrazándola con cariño, giró con ella en el espacio reducido. No hizo falta luces de neón ni gente a su alrededor, ellos dos se bastaban.
—¿Entiendes lo que dice? —susurró él a su oído.
—Apenas.
Entonces él comenzó a traducir suavemente, con cuidado de no sobrepasar la grave voz de Zucchero: «*Te di mi amor y no lo olvides, mi corazón y mi alma... cuando el amor te implore abrázalo, abrázalo... este amor tan inmenso te doy, abrázalo...*».
A partir de entonces aquella preciosa melodía se convirtió en su canción, y Gabriela se sorprendía a sí misma cantándola a todas horas, tanto en presencia de otras personas como en soledad.

Pero sobre todo se la cantaba a él, en las noches oscuras, en las que compartían todo lo que eran, todo lo que tenían.

Quedaba una semana para que acabara el curso. El cálido verano estaba desapareciendo dejando paso a días cada vez más cortos y frescos, y el pequeño pueblo se fue vaciando de estudiantes y turistas para retomar el ritmo tranquilo del otoño. Gabriela subió las escaleras que daban al apartamento de Piero y entró con la llave que él le había facilitado. Lo encontró haciendo las maletas.

—¿Qué ocurre? —preguntó sobresaltando a Piero, que dio un respingo y se enderezó de repente.

—Me han llamado. Tengo que acudir a Roma. Creo que nos han descubierto. —El tono de él era preocupado, pero su rostro estaba sereno.

—¿Cómo...?

—Creo que no hemos sido del todo discretos. Puede que no conozcan toda la historia, pero lo principal lo saben. Eres mi alumna, yo soy tu profesor, pero además estoy casado, mi *Madonna*. Estoy casado con Dios.

—¿Qué vas a hacer? —Gabriela expresó la pregunta con temor.

—Intentaré solucionarlo.

—¿Cómo vas a hacerlo? —Ella estaba crispada, nunca conseguía una respuesta certera de Piero.

—Como mejor pueda.

—Pero ¿volverás?

—¿A qué te refieres?

—¿Colgarás los hábitos? A eso me refiero —dijo ella cruzando los brazos sobre su delgado cuerpo.

Piero se pasó la mano por el pelo y soltó un hondo suspiro.

—Lo haré, Gabriela. Lo haré si eso es lo que tú deseas. Pero no tengo nada que ofrecerte. Ni siquiera sé si podré encontrar un trabajo como profesor después de esto.

Si solo una hora tuviera

No fue lo que expresó lo que asustó a Gabriela, sino que utilizara su nombre real.

—No me importa que no tengas nada. Solo te quiero a ti. No deseo nada más.

Él se acercó y la abrazó con fuerza.

—Prométeme que volverás. Prométemelo.

—Te lo prometo, mi amor. Nunca te dejaré.

Cuando Gabriela despertó por la mañana, Piero ya se había ido.

Se concentró como pudo en las últimas clases y terminó el curso con excelentes calificaciones. Cuando volvió a Madrid, Piero no había regresado. Intentó llamarlo varias veces, pero su teléfono siempre le daba apagado o fuera de cobertura, y comenzó a odiar con mucha intensidad la voz grabada que le indicaba que su amor no quería contestar a sus llamadas.

En el mismo instante en que Gabriela cruzó las puertas de su casa en Madrid recibiendo todo el cariño de su familia arropándola, rompió a llorar sin poder soportar un momento más el estar separada de él. Todos se volcaron en ella, su madre, en un esfuerzo inútil, le preparó día tras día su comida favorita y su padre volvía antes del trabajo, pero ella no contó nada a nadie. Solo explicó vagamente que había conocido a un chico y que ahora él se había ido a su ciudad. Solo su hermana, la que compartía las noches con ella y escuchaba hora tras hora en la oscuridad el quedo lamento de Gabriela consiguió descubrir lo que verdaderamente había pasado. Solo a ella se lo confesó, porque entre ellas nunca había habido secretos. Y su hermana se convirtió en el consuelo de sus noches solitarias, mientras lloraba con amargos sollozos y dejaba que Adriana le acariciara la cabeza y la espalda hasta que se dormía en sus brazos. Cuando conseguía que Gabriela por fin descansara, ella se tumbaba en su cama con un solo pensamiento en la cabeza.

—Lo mataré. Si algún día lo tengo frente a mí, juro que lo mataré.

* * *

A miles de kilómetros de distancia, en la minúscula pero poderosa Ciudad del Vaticano, en uno de los múltiples despachos de la curia dos hombres discutían en italiano gesticulando y enfrentando sus miradas con furia.

—¿Cómo has podido ser tan imbécil de dejarte seducir por una jovencita? —exclamó el obispo Neri.

—No me he dejado seducir por nadie. La amo —respondió Piero.

—¡Olvídate de esas palabras!

—No lo haré. Quiero la secularización. Volveré a España y buscaré trabajo como profesor.

—¿Crees que lo conseguirás? Siempre te consideré un hombre juicioso. Pero estás actuando como un estúpido. No sabes el daño que hará eso a tu familia. Todos teníamos grandes esperanzas puestas en tu futuro. El Papa, ¡bendito sea!, está enfermo y pronto habrá cambios. Sabes perfectamente que yo mismo te eduqué para que hicieras carrera en la Iglesia.

—No quiero ser un político de Dios. Para eso ya estás tú, querido tío —respondió con amargura Piero.

El obispo Neri cambió de táctica viendo la terquedad de su sobrino favorito.

—¿Crees que a ella le estás haciendo un favor? Mírate, eres un hombre de casi cuarenta años, y ella solo una niña. Le destrozarás la vida. ¿De verdad crees que ella se lo merece?

—Ella me ama. Me ama. Lo sé —afirmó furioso Piero.

—Eso es lo que te ha dicho, pero los jóvenes son volubles. En cuanto empiece su nuevo trabajo encontrará a un hombre de su edad, se enamorará y si Dios lo quiere formará una familia con él. Seguro que ya apenas te recuerda. Para ella solo has sido la aventura excitante del verano.

—No hables así de ella. —Piero apretó los puños y dio un golpe fuerte sobre la mesa de madera maciza, que se tambaleó ligeramente por el impacto.

—Si no sigues los dictados de la Iglesia, yo mismo me aseguraré de que ninguno de los dos tengáis futuro. ¿Es eso lo que quie-

Si solo una hora tuviera

res? Me has dicho que es una joven de brillante futuro. Me has dejado claro que no te importa perder el tuyo, pero ¿arriesgarías el de ella?
—¿Me estás amenazando?
—¡No me insultes, Piero! Un obispo nunca amenaza.
—Ahora lo estás haciendo. Me dices que, si no la dejo, te encargarás de arruinar su futuro, ¿me equivoco?
—Piensa lo que quieras. Ya eres adulto para saber cómo funciona esto.
—¡Maldito seas! ¡Ojalá te pudras en el infierno! —soltó abruptamente Piero saliendo de la estancia.
Pero el obispo Neri no reaccionó ante el insulto. Él era obispo de Roma, y por lo tanto estaba seguro de que tras su muerte le esperaba el reino de los cielos.

Dos días después Gabriela recibió la última llamada que le haría Piero en siete años. Ella contestó con tanta ilusión que creyó que su emoción traspasaría las ondas y le llegaría a Piero como una caricia.
—¿Gabriela?
—¿Sí?
—Verás. Las cosas se han complicado. No voy a poder regresar a España. Es difícil de explicar. Finalmente he aceptado un puesto de profesor en la Univerzita Karlova de Praga para el próximo año. —Piero se había negado a seguir carrera política y lo único que pudo conseguir para huir de Roma fue la plaza en Praga. Le pareció un sitio lo suficientemente lejano para que la tela de araña que estaba tejiendo su tío, el obispo Neri, no lo alcanzara ni a ella ni a él.
—No me importa. Iré allí. Ya me buscaré algo. Puedo decir que necesito un año sabático o algo así —contestó Gabriela sin entender todavía el propósito de la llamada.
—No. No quiero que vengas. —Piero creyó que se atragantaba al pronunciar esas palabras.

—¿Por qué?
—Porque no.
—¿Me estás dejando, Piero? —Gabriela lo susurró con tanto dolor en su voz que él sintió la necesidad de alargar su mano y tocarla. Sin embargo, respiró hondo y pronunció su condena y su castigo.
—Sí.
—Pero... —Las palabras se perdieron en el teléfono, que indicaba que la comunicación había sido cortada.
Gabriela intentó recuperar la llamada, pero el teléfono siguió señalando una y otra vez, día tras día, con la insidiosa voz de la operadora, que se encontraba apagado o fuera de cobertura.
Y todo terminó.
Y Gabriela en ese mismo momento perdió algo que nunca llegaría a recuperar del todo.
Su vida.

CAPÍTULO 9

El descenso a los infiernos...

El profesor Michael Wallace paseaba furioso, esa misma tarde, en el despacho de la Univerzita Karlova de un lado a otro. Había sido un estúpido. Había caído en la trampa de la profesora Applewhite, dándole con eso la oportunidad, a esa odiosa mujer, de vengarse de algo que él todavía no comprendía, y de paso arruinar la carrera de Gabriela. Se mesó el pelo con las manos revolviéndolo y finalmente pegó un puñetazo contra la pared de yeso blanco dejando un pequeño hueco en la superficie, con lo que solo consiguió que sus nudillos protestaran con dolor, y su enfado se quejara a causa de tan ínfimo desahogo.

Finalmente, viendo que allí no conseguiría nada fructífero, recogió sus cosas y se encaminó al hotel. Subió por las escaleras dispuesto a disculparse con Gabriela y a ofrecerle su readmisión en el seminario. Ya se le ocurriría cómo. Normalmente para todo tipo de ocasiones tenía siempre un pequeño discurso preparado, pero esa vez era diferente, ella era diferente, así que improvisaría.

Se paró frente a la puerta de Gabriela y estaba a punto de llamar cuando escuchó una melodía bastante alta que sobresalía por los resquicios del viejo edificio. Creyó reconocerla, una canción italiana, una balada italiana que hablaba de amor. Se acercó un poco más. ¿Era Zucchero cantando *Il Volo*? Cuando llegó al estribillo comprobó su acierto. Torció el gesto y volvió a fruncir el ceño. Por lo visto Gabriela no estaba tan afectada, hasta era posible que estuviera dentro con *él*. Con el maldito padre Neri. Si la llamaba ahora, quedaría como un idiota. Girándose bruscamente, se dirigió con paso rápido a su habitación. Se dio una rápida ducha, se cambió el traje por unos vaqueros oscuros y un jersey negro de cuello vuelto y salió del hotel. Necesitaba respirar aire fresco y pensar, y tomar algo fuerte, y dejar de maldecir en todos los idiomas que conocía. Bueno, eso en realidad no, ya que contribuía bastante a relajarlo.

Gabriela había puesto el modo repetición en los altavoces de su iPod con una canción que se había negado a escuchar durante los últimos siete años. Ahora era incapaz de oír otra cosa que no fuera Zucchero cantando al amor, al amor que Piero y ella habían compartido. Recordó cómo solía cantársela a él cada noche. «Cantas muy bien, hace mucho tiempo que no escucho tu voz», había dicho Piero en Karlovy Vary. Y ella allí volvió a cantar para él. Solo para sus oídos. «¡Maldito seas, Piero! ¡Maldito seas por hacerme sentir así otra vez!», pensó apretando los párpados cerrados con fuerza.

Con la mente confundida y algo turbada se dio una ducha. Se resbaló cuando intentaba alcanzar el champú y cayó de rodillas golpeándose la mejilla con el grifo. Gritó de dolor, pero la música acalló sus quejidos. Terminó de ducharse y salió de la bañera con paso tambaleante, demasiado tambaleante. Se miró frente al espejo y comprobó los daños. Seguramente al día siguiente tendría un bonito moratón en la mejilla derecha, de momento solo una leve rojez indicaba que esta había sido golpeada. Se vistió rápidamente, con un vestido negro ajustado de profundo escote, y se calzó las botas de piel hasta la rodilla. Necesitaba salir de allí, necesitaba respirar aire fresco y necesitaba otra cosa desesperadamente, si no se perdía en el callejero de Praga.

* * *

Si solo una hora tuviera

Michael estaba sentado en una de las terrazas cubiertas de la Plaza Vieja, tomándose un vaso de Lagavulin, pero ni aun así conseguía algo de calma en su espíritu. Rechazó un par de proposiciones de unas jóvenes para unirse a ellas y siguió con la mirada perdida en la plaza, que poco a poco se iba llenando de gente y de ambiente festivo. Le pareció distinguir entre la muchedumbre a Gabriela. Entrecerró los ojos para ver con más claridad y se inclinó hacia delante en la silla de metal. Observó a una mujer delgada cubierta por un abrigo negro abotonado hasta el cuello en forma de chimenea y con unas botas altas de piel de tacones vertiginosamente altos. Se preguntó cómo era posible que pudiera caminar tan erguida en esos tacones sobre el suelo canteado. Era ella, sin duda, y se dirigía decidida a algún sitio. Estaba bellísima, con su pelo rubio contrastando con el negro de su vestimenta y el rostro pálido, solo ligeramente maquillado. Ella se aproximó más a él sin verlo. Y Michael pudo percibir que llevaba los labios pintados de granate. Unos labios para pecar. Una frase le vino a la mente: «... y Eva mordió la manzana...». La desechó con furia. Ella no era Eva, era un ángel y su reina de los elfos, aunque ella misma se empeñara con cada acción que llevaba a cabo en desmontar su teoría inicial. Estaba levantándose para llamarla cuando pasó justo a su lado mirando al frente sin verlo. «¿Me está ignorando? ¡Joder!», maldijo en silencio. Depositó un par de billetes sobre la mesa y se dispuso a seguirla, como una pantera a su presa.

Gabriela no conocía el lugar al que iba a acudir. Lo había encontrado en la red, en un foro sobre BDSM. Hablaban bastante bien de él. Era un local con clase, sin ningún tipo de peligro. Íntimo y discreto. No le gustaba el sado, nunca se había sentido sumisa y, menos, dominadora de nadie. Entendía que las relaciones se medían de igual a igual. El que la golpearan la hacía sentirse frágil y lastimada. Y eso era lo que pretendía esa noche. Quería ser castigada. Castigada por volver a pecar. Y no se le ocurrió un lugar mejor al que ir.

Sentía que volaba sobre el suelo, apenas notaba la piedra clavándose en la delicada suela de las botas de piel. Los sonidos se habían atenuado a su alrededor envolviéndola como susurros exclamados a través de una cascada de agua, escuchaba murmullos de gente conversando, música que brotaba de los bares con la puerta abierta y el tenue discurrir del río Moldava a sus pies. Los olores, en cambio, despertaban sus sentidos, era capaz de husmear como un sabueso, percibió el aroma floral demasiado intenso de una mujer que la rozó al pasar, el de la comida filtrándose por las ventanas de los edificios bajos y hasta su mismo olor almizclado mezclándose con otras esencias. Se dio cuenta con claridad de que hasta la culpa tenía un olor determinado, un olor a incienso y especias orientales. El olor de *él*. Miró alrededor de repente asustada. «¿Estaría cerca?», pensó de forma desesperada.

No se dio cuenta de que un hombre, que la seguía a pocos pasos de distancia, estuvo a punto de chocar contra ella, inmóvil en una callejuela de Praga, rodeada de gente que bullía a su alrededor y aspirando con fuerza hasta que le llegó a sus fosas nasales un aroma familiar y muy agradable. Un olor que le inspiraba paz, un olor que le recordaba a su juventud, un olor fresco y seco. Giró la cabeza desorientada, pero no pudo discernir de quién provenía. La luz era tan intensa que hasta las débiles farolas de la noche la deslumbraban. Siguió su camino creyendo que era una ensoñación y bajó las escaleras que descendían hasta la ribera del río. Un poco apartado, casi al fondo de un camino, vio las luces brillantes del rótulo de neón. El Club Infinity. Aquel era su destino. Apretó el paso y se perdió entre la gente.

Michael se detuvo justo a medio metro detrás de ella respirando agitadamente. «¿Me habrá visto?», se preguntó. Entonces ella giró la cabeza como buscando algo y le pasó la mirada por su cuerpo sin reconocerlo, aspiró con fuerza y siguió caminando. «¿Cómo es que no me ha visto?», masculló en un susurro y reanudó su camino tras ella para no perderla. Cuando la vio descender las escaleras hacia el río y dirigirse a una especie de bar al fondo de un camino, una mano lo sujetó del jersey.

—Profesor Wallace, qué alegría encontrarlo aquí —exclamó Elena.

Él se volvió con el ceño fruncido e intentó suavizar su expresión.

—Profesora Mendoza —saludó con una inclinación de cabeza fijándose con más atención en que iba acompañada por alguno de los integrantes de su seminario.

—¿Qué tal? ¿Se anima a tomar una copa con nosotros? —insistió Elena.

—Lo siento, he quedado con alguien —se disculpó él con una sonrisa.

—¿Ah, sí? —El tono de Elena era de clara decepción.

—Sí. —Él ignoró su tono centrándose en lo que le preocupaba—. ¿Está con ustedes la profesora Ruiz de Lizárraga?

Pensó que quizás había quedado con ellos en el bar en el que había entrado.

—¿Gabriela? No. La he intentado avisar, pero tiene su teléfono desconectado. Probablemente esté en el hotel bastante afectada por lo sucedido esta mañana. No pensará expulsarla del seminario, ¿no? —inquirió ella.

—¿Por qué no habría de hacerlo? Todos han visto su falta de respeto y su propia renuncia —Michael contestó algo furioso.

—Porque, si lo hace, destruirá su oportunidad de conseguir un ascenso y es muy probable que, cuando regrese a España, tenga serias dificultades para mantener su puesto de trabajo. Nunca la he visto tan afectada como esta mañana. Pero es una buena profesora. No sé lo que le ocurre. Mañana intentaré hablar con ella. Debería pensarlo con calma, profesor Wallace, para usted es una simple decisión. Dentro de cuatro semanas no volverá a verla, pero a ella puede que le arruine su futuro —contestó Elena.

Michael apretó los dientes hasta que su mandíbula crujió. Todo lo que había dicho Elena él ya lo sabía, pero también sabía que Gabriela se había propasado con su insolencia y que por lo menos debía ofrecer una disculpa, que pensaba con total certeza que no iba a conseguir.

—Lo meditaré este fin de semana —expuso vagamente.

—Otra cosa, profesor Wallace.

—¿Sí? —Michael tamborileó con su zapato de piel negra en el suelo con impaciencia.

—La profesora Applewhite es una arpía. No sé lo que tiene en contra de Gabriela, pero desde luego nada bueno. No debería alentarla demasiado.

—¿Me está diciendo cómo debo dirigir mi seminario, profesora Mendoza?

—Nunca se me ocurriría, creo que usted es demasiado inteligente como para haberse dado cuenta de ello. —Sonrió falsamente Elena.

Michael masculló en silencio una maldición en polaco.

—Tengo que irme. Me esperan —dijo bruscamente.

—Otra cosa, profesor Wallace.

Michael se volvió pero no contestó. Su grado de crispación estaba llegando a cotas de un verdadero huracán.

—¿Seguro que no le apetece una copa? Suelo ser muy convincente cuando me lo propongo —le susurró ella con voz ronca.

—Pues no se lo proponga en la dirección que usted cree, porque está equivocada. —Sonrió mecánicamente y dejó a Elena con la boca semiabierta y claramente enfadada en el centro de la calle.

En el transcurso de la conversación entre Michael y Elena, Gabriela había entrado al club. La recibió una joven rubia con un tatuaje de una tela de araña en su blanco y largo cuello. Iba vestida con un mono de cuero de pies a cabeza y muy escotado, si se asomaba sobre sus altos tacones podría verle hasta los pezones.

—¿Qué desea? —le preguntó en inglés.

—Que me castiguen —contestó Gabriela.

—Ha venido al lugar adecuado —aseguró ella. Le cogió el dinero de la entrada y le puso un sello fosforito en el dorso de la

Si solo una hora tuviera

mano—. Una mano preciosa, delgada y suave, ¿es usted pianista? —susurró la mujer acariciándola.

—No —contestó Gabriela retirando la mano bruscamente.

La joven dio un pequeño respingo que disimuló con una sonrisa.

—Pase a la sala principal. Allí alguien irá a buscarla. —Le abrió los cortinajes de terciopelo negro que cubrían la sala y Gabriela entró creyendo que eran las puertas al infierno. Tal vez no estuviera tan equivocada.

Un rato después Michael cruzó las puertas del Club Infinity. Curioso nombre, fue lo primero que pensó. Lo segundo que pensó, al ver a la mujer embutida en un mono de cuero negro y con un tatuaje en el cuello en forma telaraña fue: «¿Dónde me he metido?». Por un momento creyó que se había equivocado de lugar. Pero tenía que intentarlo. Algo le decía que Gabriela lo iba a necesitar, una sensación de peligro como el pellizco de un mosquito de verano en su cuello descubierto.

—Buenas noches, ¿qué desea? —preguntó la mujer observándolo de arriba abajo.

Michael tardó unos instantes en adecuar su vista a la oscuridad del local, del que provenía una música de cánticos gregorianos de una sala escondida tras unos cortinajes de terciopelo negro.

—Estoy buscando a alguien —dijo y se acercó a la mujer—. ¡Joder! —masculló entre dientes. «¡Le estoy viendo los pezones!».

La mujer sonrió ante la reacción de ese hombre tan atractivo y lamentó ser solo la recepcionista y no una de las chicas que trabajaban atendiendo a los clientes.

—¿Hombre o mujer? —preguntó ella con una cándida sonrisa.

—¿Cómo? —contestó él a su vez, obligándose a apartar la mirada de tan tentadora visión.

—¿Hombre o mujer?

—Mujer, claro, por supuesto —afirmó como si no fuese suficiente con una sola vez.
—¿Viene de caza entonces?
Michael pensó cómo era posible que un simple mortal atrapara a la reina de los elfos, pero se mantuvo en silencio.
—No trae nada consigo, ¿quiere que le prestemos algo? —sugirió ella.
Michael se miró las manos vacías preguntándose qué demonios tenía que haber llevado.
—No necesito nada, gracias —contestó algo desconcertado.
—¡Oh! Ya veo que tiene las manos grandes, eso servirá —afirmó ella y le puso un sello fosforito en el dorso de su enorme mano.
Michael se abstuvo de preguntar para qué diablos le iban a servir sus grandes manos. Si lo hubiera hecho, probablemente se habría girado y salido en ese mismo momento del Club Infinity. O quizá no, porque su reina de los elfos seguía dentro.
La mujer desplazó lo suficiente las cortinas negras y le dio paso a la sala.
Por un momento Michael no supo adónde dirigirse y se quedó de pie junto a las cortinas, otra vez cerradas. La sala estaba todavía más oscura que el recibidor, solo alumbrada por halógenos discretamente engarzados en las paredes con la luz dirigida al techo. Se sentó en un sofá de terciopelo rojo cercano a las cortinas y observó. Era un salón circular, no tenía barra de bebidas, y eso fue lo primero que le extrañó. Lo segundo fue que al fondo había una especie de potro donde estaba inclinada una mujer desnuda a la que un hombre bajito y vestido solo con unos pantalones la estaba azotando con un látigo de siete cuerdas. Parpadeó varias veces y se quedó con la boca abierta. Con una pasmosa claridad se dio cuenta de que desde que estaba en Praga se había pasado más tiempo con la boca abierta que en los últimos diez años. Comprendió todavía asombrado que estaba en un maldito club de BMSD. Nunca había entrado en uno, y por un momento la curiosidad desplazó a la necesidad de encontrar a Gabriela.

Si solo una hora tuviera

—¿Qué va a tomar? —Una mujer joven vestida únicamente con un corsé negro y un tanga se acercó a él.

—Lagavulin —acertó a contestar él.

—Enseguida se lo traigo. —La mujer se alejó, dándole a Michael la oportunidad de observar su trasero desnudo con total libertad.

Se retrajo un poco más en el sofá de terciopelo y observó con más atención. Había otra pareja cerca de él, semidesnudos, besándose. El resto eran hombres solos y alguna mujer, que no supo distinguir si trabajaban en el local o eran clientas. Un par de ellas le hicieron señas para que se acercara, pero Michael las ignoró. La música casi mística de los monjes gregorianos cantando junto con el intenso olor a almizcle y sexo lo estaba mareando. Pero seguía sin ver a Gabriela.

La joven camarera se acercó y le entregó el vaso con la bebida. Él la cogió como si fuese un salvavidas y la apuró hasta el fondo. Solo entonces, cuando el cálido licor le abrasó la tráquea y se aposentó cómodamente en su estómago, se atrevió a preguntar:

—¿No hay algún sitio más privado? Ya sabe, donde...

Ella no le dejó terminar.

—¿Quiere mirar?

—Ummm... sí, creo que sí —contestó él. Tenía que encontrar a Gabriela. Si para ello tenía que buscar de habitación en habitación, lo haría.

Ella lo acompañó, haciéndolo salir por una puerta disimulada en la pared, y lo condujo por unas estrechas escaleras de caracol hasta el piso de arriba. Le indicó una puerta y le dijo que entrara.

—Ahí tiene acceso a las otras salas, pero me temo que esta noche solo una de ellas está ocupada. Disfrute del espectáculo.

—Gracias —respondió, pero la joven ya había cerrado la puerta.

Se sentó en el centro de un habitáculo circular rodeado de cristales y entonces se corrió una cortina frente a él, dando paso a una imagen que le costaría muchos años olvidar. Y volvió a quedarse con la boca abierta. Otra vez.

Frente a él se encontraba su ángel, su reina de los elfos, atada con unas correas de piel a una cruz de San Andrés, con los brazos y piernas abiertos, completamente desnuda. Solo el tatuaje del corazón carmesí destacaba sobre su piel casi traslúcida, perlada de sudor. Un hombre joven, rubio y que parecía tener los músculos de un jugador de rugby la estaba azotando con algo que parecía una pala de madera para amasar pan. Ella estaba con la cabeza inclinada. «¿Se habrá desmayado?», pensó él. Pero descartó esa idea cuando un fuerte golpe sobre las nalgas blancas y bien formadas de Gabriela hizo que esta agitara la cabeza y gimiera de forma aguda. Michael no necesitó más señal que esa. Salió de la habitación y se dirigió a oscuras y tropezándose con las paredes a lo que creyó que era la maldita sala de torturas. Pensando que la puerta estaba cerrada, empujó con tanta fuerza que casi la atravesó. Tropezó, pero mantuvo el equilibrio una vez estuvo dentro.

—¿Qué coño haces, tío? Esta es una sala privada. Espera tu turno. Ahora este caramelito es todo mío.

—¿Caramelito? ¿Eres imbécil? —Para el dominio que tenía Michael de los insultos en diferentes idiomas se estaba conteniendo bastante.

—Lárgate —contestó el hombre girándose y levantando la pala otra vez en dirección al cuerpo inerte de Gabriela.

Michael le sujetó el brazo y se lo retorció detrás del cuerpo.

—Como la toques una sola vez más, te mato, ¿entendido? —le susurró al oído broncamente.

Gabriela gimió otra vez e intentó girar la cabeza. Michael vio horrorizado que no podía hacerlo, tenía un collar de cuero con puntas metálicas alrededor del cuello que se lo impedía.

El hombre dejó caer la pala y se giró hacia Michael levantando el puño. Él fue más rápido y esquivó el puñetazo, lo que le dio la ventaja suficiente para asestarle un golpe en el hígado, que hizo que el hombre se doblara en dos. Se quedó un momento de rodillas tambaleándose por el impacto. Michael aprovechó la oportunidad y le asestó un rodillazo en la cara, con tanta fuerza que el hombre cayó desmayado hacia atrás, quedando amortiguado el sonido de la caída por la moqueta negra de la sala.

Michael no perdió el tiempo. Desató a Gabriela, que cayó entre sus brazos claramente perdida.

—Gabrielle. —Le dio unos pequeños toques en el rostro.

Ella no respondió. Estaba en el subespacio, en otro mundo, en un mundo lejos de todo y de todos, donde solo existía el dolor, su castigo.

—Gabrielle, por favor, respóndeme. Tengo que sacarte de aquí.

Ella murmuró algo ininteligible y volvió a perder el conocimiento.

Michael masculló entre dientes una maldición y buscó alrededor su ropa. Estaba sobre un pequeño sillón en una esquina. La tendió en el suelo e intentó vestirla. Con algo de frustración se dio cuenta de que era considerablemente más sencillo quitar un sujetador que intentar ponerlo, sobre todo si la dueña estaba inerte. Finalmente lo abrochó como pudo y le puso el vestido y el abrigo, sin olvidarse de calzarla y de coger el bolso. Las medias y el ligero quedaron como un recuerdo obsceno de lo que había tenido lugar en aquella habitación maldita. La cogió en brazos y, con cuidado de no desplomarse con ella por las estrechas escaleras de caracol, llegó a la sala principal. Allí, más firme, la sujetó con más fuerza entre sus brazos, asombrándose de lo ligera que parecía, y se encaminó a la salida.

—Veo que la caza no le ha ido muy bien esta noche —afirmó la mujer con el tatuaje en forma de tela de araña en la puerta.

—¿Cómo? —preguntó Michael, creyendo que no había escuchado bien.

—Esa —exclamó señalando a una Gabriela desmayada en sus brazos— no le servirá de mucho esta noche.

Michael no se molestó en contestar. Salió al frío y la humedad de la noche en Praga. Sin soltar a Gabriela y evitando mezclarse con la gente, buscó un taxi. La introdujo dentro, se sentó junto a ella y dio la dirección del hotel al conductor.

CAPÍTULO 10

Soy el que te salvará

Llegaron al hotel en pocos minutos. Gabriela descansaba sobre su hombro y parecía que se había quedado dormida. No intentó despertarla hasta que entró en su habitación del ático. La tendió en la cama y le quitó el abrigo.
—Gabrielle —susurró.
Ella intentó girarse para acomodarse en la cama. Michael se lo impidió. Le abrió el ojo derecho con dos dedos y pudo ver su pupila completamente dilatada y ausente de todo lo que la rodeaba. Maldijo en silencio.
—Gabrielle, vamos, despierta. Necesito saber qué has tomado. —El tono de Michael era de urgencia.
Ella intentó levantar un brazo como protesta, pero ni siquiera llegó a elevar la mano un palmo por encima del colchón.
Maldiciendo esa vez en voz alta, Michael la volvió a coger en brazos y la llevó hasta el baño. La puso de rodillas frente al inodoro y le sujetó la cabeza como ella había hecho días antes, cuando él se mareó en el trayecto a Karlovy Vary.
—Tienes que vomitar. Vamos, Gabrielle, ¡hazlo!
Ella pareció despertar de repente e intentó deshacerse de la sujeción. Alguien la estaba sosteniendo con mucha fuerza, pero

¿quién?, pensó totalmente confundida. Solo quería dejarse caer y alguien se lo impedía. Manoteó asustada.
—No —exclamó roncamente.
—¡Oh! Sí. Lo harás.
Michael desplazó una de sus enormes manos de su frente a la boca de Gabriela, se la abrió, pese a sus protestas, y le introdujo dos dedos hasta el fondo de la garganta. Ella, ante la intrusión, boqueó desesperada y contuvo las náuseas. Él insistió más inclinándola sobre el hueco blanco de cerámica, hasta que ella no pudo resistir las violentas arcadas y vomitó sobre aquella mano todo el contenido de su estómago. Cuando ya no le quedaron más fuerzas, se deslizó hacia un lado y quedó tendida en el frío suelo de granito del baño, perdiendo otra vez la consciencia.

Despertó sintiendo que se ahogaba, agua cayendo a su alrededor, cubriéndola. No podía respirar, se estaba ahogando, intentó abrir la boca pero fue un error, tragó agua y se atragantó, escupiendo y tosiendo. Estaba recuperando la consciencia, pero no del todo. Giró la cabeza y vio a un hombre vestido con una camisa clara remangada hasta los codos que la sujetaba y la volvía a poner bajo el chorro de agua.

—¿Qué...? —Quiso protestar, pero no llegó a decir lo que pensaba, porque el pensamiento huyó de su mente y esta de su cuerpo. Volvió a desmayarse.

Michael comprobó una vez más el pulso de Gabriela, que estaba tendida sobre la cama, y respiró aliviado. Ya casi parecía latir con normalidad, lento y fuerte. Le abrió delicadamente un ojo y observó su pupila, que poco a poco estaba recuperando su tamaño normal. Solo entonces se duchó, se puso un pantalón de pijama de algodón negro y se sentó en una silla frente a la enorme cama, donde Gabriela parecía dormir, justo en el centro. Se asombró de que fuera tan pequeña, o quizá fuera el efecto del tamaño de la cama frente a su delicado cuerpo doblado en posición fetal. Cogió un libro, apagó todas las luces excepto un pequeño foco que le iluminaba lo suficiente para poder leer y se dispuso a pasar la noche velando su sueño. Tenía miedo de que en algún momento de la noche, si él se quedaba dormido, ella tuviera un ataque o vomitara otra vez. Sabía, en cuanto la vio en el Club Infinity, que estaba drogada, lo sabía porque ya habían sido varias las veces que se había visto obligado a hacer lo mismo que había hecho con Gabriela esa noche, evitando que otra persona muy querida para él acabara con su vida en una noche de borrachera y drogas. Lo que no sabía era qué clase de drogas había tomado, si era solo una mezclada con alcohol o varias. Y eso era lo que le asustaba, la posible reacción a una mezcla letal. Debería haberla llevado al hospital, pero eso habría supuesto descubrirla otra vez, y si esa mañana no lo había impedido, esa vez lo haría. Esa vez la protegería.

Gabriela tenía una pesadilla, estaba de rodillas en una habitación blanca, toda ella, las paredes blancas, el suelo blanco, hasta ella estaba vestida con una túnica blanca, rodeada de rostros sombríos, y los rostros se acercaban a ella con rapidez, a veces apenas rozándola, con mucha lentitud otras, hasta tenerlos solo a unos centímetros de su cara, oscureciendo con sus sombras la luz y creando un efecto tétrico de máscaras venecianas con ojos huecos.

—¡Puta! —gritó un hombre, y una bofetada golpeó su rostro. Ella cayó al suelo, pero no sintió dolor, solo el frío del marmóreo suelo blanco. Y quedó allí tendida con los brazos extendidos en forma de cruz, haciendo penitencia.

—¡Dejadla! —La voz dulce de su hermana la sacó del ensueño helador de su tumba de mármol.

—¡Vete! —quiso gritar Gabriela para protegerla de los demonios, pero no tenía fuerzas para hablar.

Y los demonios fueron acercándose. Hombres vestidos de negro rodeándola hasta que absorbieron todo el oxígeno de su mausoleo.

—Pecadora, pecadora, pecadora. —Una voz cascada de mujer repetía como en un soneto una y otra vez la misma palabra. Su

Si solo una hora tuviera

sonido le llegaba tan claro que traspasaba el umbral de sus oídos y se clavaba como puntas de alfiler en su cerebro.

Y el frío de su tumba se convirtió en calor, vio como las llamas se filtraban entre los resquicios de las baldosas del suelo intentando alcanzarla y giró sobre sí misma. Pero no podía escapar, sintió la quemazón en la piel y de repente comprobó que ella misma estaba en llamas. Se puso de pie y los miró a todos con ojos inyectados en sangre.

—Esto es lo que queríais, ¿no? Ya lo tenéis —gritó, y riendo como una loca giró y giró sintiendo cómo las llamas le lamían la piel, que fue desapareciendo hasta que pudo ver el hueso blanco sobresaliendo de sus brazos. Se convirtió en un esqueleto mientras las sombras observaban, y rio una última vez totalmente desquiciada antes de caer como un montículo de cenizas en el prístino suelo.

Abrió los ojos aterrorizada. Frente a su rostro, de rodillas, estaba un hombre, un hombre con gesto serio y ojos azules. Unos ojos azules como el amanecer del invierno, oscuros, casi violeta. No sabía quién era, pero él no ardía, no sentía temor, solo paz.

—¿Quién eres?

—Soy el arcángel Miguel, el Jefe de los Ejércitos de Dios, soy el Príncipe de la Luz, el que te librará de la oscuridad, el que romperá tus cadenas para que puedas ser libre, el que destruirá tu miedo y tus dudas, el que demostrará que no se puede luchar contra el amor, porque algo puro no puede ser destruido. —Su voz era profunda y grave, pero gratamente tranquilizadora.

—Ayúdame.

—Estoy aquí para eso.

Y el arcángel Miguel desplegó sus alas blancas, que surgieron de su espalda desnuda y se alzaron hasta el techo de la habitación con un susurro que atrajo la mirada anhelante de Gabriela, y le trajo un lejano recuerdo de juegos infantiles, del cálido calor del sol sobre su piel desnuda, del frescor del agua cristalina de un río, el sentimiento de estar en un lugar fresco y seco, sin llamas, sin dolor. El arcángel

Miguel la cogió entre sus brazos y levantándola apenas le besó en los labios febriles. Solo entonces ella cerró los ojos y acunada por la suavidad de un suave aleteo sobre ella durmió sin pesadillas.

Gabriela entreabrió los ojos despacio, como si una fuerza invisible mantuviera sus párpados unidos. Intentó enfocar la vista y sintió una fuerte punzada en la nuca. Finalmente vio a Michael sentado en una silla frente a ella. Él parecía estar ajeno a su presencia. Estaba leyendo un libro. Gimió levemente.

—¿Gabrielle? —Michael elevó el rostro y la miró intensamente. Ella se había despertado varias veces esa noche, a veces gritando, otras peleándose con alguien invisible, y la última y más desconcertante cuando le había pedido su ayuda y había extendido sus delgados brazos hacia él con desesperación. Ahora no estaba muy seguro de que ella hubiera despertado del todo, o que por lo menos fuera consciente de estar despierta.

—Ummm —musitó ella y se removió inquieta.

Michael se acercó y se sentó en un lateral. Cogió su muñeca entre dos dedos y volvió a comprobar el pulso por undécima vez esa noche. Era normal. Luego le abrió un ojo y vio que su color miel había ganado la batalla al oscuro de sus pupilas dilatadas.

—¿Qué haces? —exclamó Gabriela con voz ronca abriendo bruscamente los ojos.

—Comprobar tu estado —contestó él con voz tranquila.

—¿Dónde estoy?

—En mi habitación.

—¡Ah! —murmuró ella. Todavía no era capaz de pensar con claridad.

—¿Cómo te encuentras?

—Como si me hubiera arrollado un tren de mercancías.

Escuchó una suave risa de Michael y abrió solo un ojo para mirarlo con dureza.

—La verdad es que me alegro. Te lo merecías. Me diste un susto de muerte.

Si solo una hora tuviera

—¿Qué ocurrió anoche? —preguntó Gabriela mordiéndose un labio con temor.
—¿Qué recuerdas?
—Yo... —Vaciló un momento y de repente le vino a la mente un ángel con alas desplegadas hasta el techo y miró hacia el mismo con algo de sorpresa, ante la atenta mirada de Michael—. En realidad no recuerdo nada —dijo finalmente desviando la vista.
—Prefiero que lo hayas olvidado —fue la cauta respuesta de Michael.
Ella lo miró directamente.
—Nos acostamos, ¿no es así? —soltó bruscamente.
—No.
—Estoy desnuda.
—Lo sé. Yo te desnudé.
—¿Por qué?
—Porque tenía que hacerlo, aunque antes te vestí. ¿Sabes lo difícil que resulta poner un sujetador? Sobre todo si la dueña no coopera demasiado —exclamó de repente, mirándola con algo de alivio en sus ojos azules.
—¿Qué demonios pasó anoche, Michael? —increpó Gabriela.
—Luego hablaremos. Tienes mucho que explicar. Ahora voy a pedir que nos suban el desayuno. Ambos tenemos que comer algo.
—No tengo hambre.
—¿Qué prefieres, té o café? —inquirió él ojeando la carta e ignorando su contestación.
Ella se quedó en silencio observándolo. Él, sin levantar la mirada del papel plastificado, dijo:
—Pediré un poco de todo. Así estará bien. —Cogió el teléfono y comenzó a dictar órdenes. Que por lo visto era lo que mejor se le daba.
Ella intentó levantarse.
—¿Adónde crees que vas? —le espetó él sujetándola del brazo.
—Necesito ir al baño. ¿También me vas a acompañar? —Gabriela enarcó una ceja en su dirección.
Michael valoró la respuesta.

—No —dijo finalmente—, pero procura no caerte. No creo que estés todavía en condiciones. Si necesitas mi ayuda, llámame.

—No lo haré —masculló ella rebelde, y arrancando con fuerza la sábana se la puso alrededor del cuerpo y se levantó. Demasiado deprisa. Y tuvo que sentarse otra vez en el borde de la cama, bajo la atenta y algo divertida mirada de Michael. Ella frunció los labios y lo intentó una vez más, despacio y caminando con cautela. Llegó al baño arrastrando los pies por la moqueta y apoyándose en las paredes de la habitación.

Antes de que cerrara la puerta tras de ella le pareció escuchar una maldición y algo referido a la terquedad de las mujeres en general y de ella en particular, pero lo olvidó en cuanto vio el estado del baño. Su vestido negro estaba tirado junto a su ropa interior en una esquina, había restos de vómito, y aunque parecía que alguien los había limpiado, no lo había hecho con mucho esmero. Pequeños charquitos de agua rodeaban la superficie de la bañera.

—¡Maldita sea! —exclamó en voz alta—. ¿Qué diablos hice anoche? —Lo último que recordaba era estar tirada en el suelo del baño de su propia habitación. Pero viendo las pruebas alrededor, comprobó que había salido a la calle, aunque seguía sin averiguar adónde fue ni qué hizo.

Se miró en el espejo y se asustó al ver un enorme cardenal que le cubría el lado derecho de la cara.

—¡Dioses del Olimpo!

Y entonces recordó adónde había ido. Dejó caer la sábana al suelo y se giró. Su espalda y sus nalgas estaban cubiertas por marcas que pronto dejarían paso al morado de unos enormes verdugones.

—¡Mierda! ¡Mierda! —masculló, y otro recuerdo le vino a su mente desestructurada, como si le faltaran piezas de un puzle. ¡Se había acostado con Piero! Cerró los ojos con fuerza y apretó la mandíbula. Al sentir el dolor de su mejilla magullada abrió la boca de golpe. ¡Y la habían expulsado del seminario! Michael la había expulsado del seminario. No recordaba lo que había pasado des-

Si solo una hora tuviera

pués del Club Infinity, pero estaba segura de que, si Michael estaba implicado, no la volvería a admitir en sus clases en la vida.

Dejó correr el agua del grifo y de repente giró la cabeza hacia la bañera. Él la había desnudado y la había bañado. Gimió encogiéndose en sí misma. Se lavó la cara con agua fresca y se enjuagó la boca pastosa. Se volvió a enrollar en la sábana y salió a enfrentarse con su destino.

El agradable aroma del café la recibió en cuanto abrió la puerta. Michael había vuelto a sentarse en la silla y estaba abriendo bandejas dejándolas en exposición frente a ella. Pero Gabriela tenía el estómago tan revuelto que solo el olor del beicon frito y los huevos escalfados hicieron que volviera a tener náuseas. Se sentó en el suelo junto a la puerta del baño apoyándose en la pared.

Michael la miró con curiosidad. Por su gesto pudo ver que ella ya recordaba algo, aunque no sabría decir el qué realmente. Le preparó una taza de café.

—¿Azúcar?

—No.

—¿Seguro? Te vendrá bien para recuperar fuerzas.

—Odio todo lo dulce.

Michael abrió los ojos sorprendido.

—Eres la primera mujer a la que escucho decir eso. Bueno, en realidad eres la primera a la que creo cuando lo dice —dijo entregándole una taza de café ardiendo y sin azúcar—. ¿No te vas a sentar para desayunar? ¿Quieres que te sirva algo en la cama? —insistió él, solícito.

—No. Prefiero estar en el suelo. —Gabriela sabía que se estaba comportando como una niña, pero estaba tan avergonzada que no se atrevía a enfrentar la mirada de Michael.

Estuvieron unos momentos en silencio. Gabriela dio pequeños sorbos del café, que su estómago maltratado agradeció enormemente. Michael dio buena cuenta de casi todo lo que contenían las bandejas.

—Bien —dijo finalmente inclinándose en la silla hacia su dirección—. ¿Desde cuándo te drogas?

Gabriela olvidó su vergüenza y lo miró a los ojos con algo parecido al desafío. La había pillado por sorpresa.

—Eso no es de tu incumbencia.

—Lo es si me obliga a sacarte de un antro de sado, drogada, desmayada y a punto de cometer la mayor estupidez de tu vida.

Ella lo miró asombrada. ¿Que había hecho qué?

—Nadie te dijo que lo hicieras —exclamó furiosa.

—Es cierto, pero no me gusta dejar que abusen de una mujer, y menos en mi presencia. Así que por lo menos deberías estar agradecida.

Ella no contestó. Bajó la cabeza y la enterró entre sus piernas dobladas. Ya estaba todo perdido, qué más daba, pensó.

—Siete años.

Michael hizo un cálculo rápido. Tenía veintiún años cuando comenzó a consumir. Tarde, normalmente todos los que conocía perdidos en ese mundo, ya lo hacían en la adolescencia. Supo al instante que algo grave, lo que llevaba ocultando tanto tiempo, era lo que la había empujado a algo que quizás estuviera latente en su cuerpo esperando a atraparla.

—¿Cuáles?

—Coca, hierba en su mayoría, alcohol... ¿eso cuenta?

—Sí cuenta. ¿Sintéticas?

—No. Nunca. Bueno, una vez una pastilla, pero no me gustó la experiencia.

—¡Ah! No te gustó. ¿Y te gusta cómo te hace sentir el resto de la mierda que te metes? —Su tono fue brusco y certero.

—No. Lo odio. —Su respuesta fue sincera y tranquila.

—¿Sigues algún tipo de terapia? —Michael se había levantado y estaba paseando frente a ella.

Gabriela observó que llevaba una camiseta negra y un pantalón de algodón. Le pareció mucho menos intimidatorio que vestido con un traje. Cambió de opinión en cuanto vio su rostro con el ceño fruncido y la mirada furiosa.

—Sí. Llevaba sin consumir nada tres años. Hasta que llegué aquí.

—¿Qué te hizo volver? —Con un destello en su mente se vol-

Si solo una hora tuviera

vió a mirarla—. ¿Fui yo expulsándote del seminario? —preguntó casi atragantándose.

Ella no lo miraba, seguía con los ojos fijos en el suelo enmoquetado.

—No.

Él respiró algo aliviado. Y luego se dio cuenta de algo.

—La noche que te conocí, ¿habías consumido?

—Sí.

—¿Recuerdas algo de aquella noche?

—Tengo vagos recuerdos. Nada realmente concreto.

Michael masculló algo en varios idiomas, lo que hizo que Gabriela se volviera para mirarlo.

—Es por el padre Piero, ¿verdad? —Su tono se había suavizado.

—Sí.

—¿Desde cuándo sois amantes? —Sabía que había cosas que no tenía derecho a preguntar, pero necesitaba saber.

—Llevaba sin verlo siete años.

—¿Entonces?

—Ayer me acosté con él. —Gabriela suspiró y sujetó con más fuerza la taza de café mediada en su mano.

Michael se paró frente a ella y se mantuvo inmóvil hasta que Gabriela lo miró a los ojos.

—¿Él te hizo eso? —señaló el golpe en el rostro.

—No, me caí en la bañera antes de salir. Estaba un poco... confundida.

—Ya. ¿Te forzó? —Michael intentó sonar tranquilo, pero su sangre hervía en las venas como la lava de un volcán.

—¿Cómo? —Gabriela parecía indignada—. No, claro que no.

—¿Por qué te volviste a acostar con él si la relación ya había terminado? —Michael lamentaría muchos años haber hecho esa pregunta.

—Porque lo amo. Lo he amado siempre —respondió Gabriela mirándolo con ojos tristes.

Michael descubrió en ese momento cómo unas simples palabras de amor podían producir un daño físico intenso. Sintió como si un puño de metal se le clavara en el estómago oprimiéndole hasta que le faltó el aire.

Y no necesitó preguntar si él la amaba a ella, porque ya tenía la respuesta. Recordó el rostro del padre Piero cuando la vio y cómo la miraba cada vez que ella entraba en su radio de acción.

Apretó los puños contra su cuerpo y sintió la necesidad de golpear algo muy fuerte, pero se contuvo al ver que Gabriela había comenzado a llorar, de forma silenciosa, no histéricamente como solía observar en el resto de las mujeres que había conocido.

Se arrodilló junto a ella y le ofreció un pañuelo de papel con el emblema del hotel. Quiso abrazarla, pero supo que ella lo rechazaría, y él no podría soportar otro rechazo más.

—¿Estás mejor? —preguntó pasados unos minutos.

—Sí, gracias —contestó ella ya con los ojos secos.

—Gabrielle, ¿por qué fuiste al Club Infinity? —Se quedó un momento callado y carraspeó—. ¿Te gusta... te gusta que te azoten?

Michael se preguntó si él estaría dispuesto a azotar su cuerpo si ella se lo pidiera. Negó con la cabeza y con la mente. No, no podría. Jamás dañaría su cuerpo y su piel así. Jamás la pondría en una posición tan vulnerable como lo que había visto la noche anterior. Quizás un azote con su mano, o dos, si ella se lo suplicaba mientras hacían el amor. Su mente le estaba traicionando. O atarla, atarla sí que podría, pero no de esa manera, la ataría a la cama mientras... Negó otra vez con la cabeza y frunció el ceño. Ni siquiera tenía derecho a pensarlo. Ella amaba a otro hombre.

—¿Qué estás haciendo? —inquirió ella observándole girar la cabeza y gesticular en el aire.

Él se volvió algo avergonzado.

—Nada. Dime, Gabrielle, no me has contestado —dijo desviando la atención hacia su persona.

—No. Odio que me azoten. No siento placer, si es eso lo que

te preguntas. En realidad, era la segunda vez que iba a un sitio como ese.

—¿Por qué lo hiciste entonces?

—Porque necesitaba que me castigaran, que me hicieran daño. Necesitaba sentir dolor físico para dejar de sentir el dolor en mi alma, ¿lo entiendes? —En el tono de Gabriela había algo de súplica.

Él asintió levemente.

—Sí, creo que sí.

Ella levantó sus delgados brazos y se apartó el pelo que le caía descuidadamente por el rostro, recogiéndoselo en la nuca.

—¡Joder! —exclamó Michael y se arrodilló junto a ella—. ¿Qué es esto? —Cogió uno de sus brazos y observó las finas marcas de cortes casi difuminadas en la delicada piel de su antebrazo.

Ella se soltó de su mano y escondió el brazo en su pecho.

—A veces no es suficiente con que otros me castiguen. También tengo que hacerlo yo misma.

—¡Dios mío, Gabrielle! ¿Qué te hizo ese hombre? Dime algo que me impida ir a buscarlo ahora mismo y matarlo con mis propias manos —soltó él bruscamente.

Gabriela, sin embargo, sonrió levemente.

—Mi hermana es de tu misma opinión. Pero no es algo que os incumba a ninguno de vosotros. Es mi vida. La que yo elegí en su momento y por la que estoy pagando las consecuencias. No quiero hablar de él, resulta demasiado doloroso. ¿Respetarás mi silencio?

—Sí, claro que lo haré —contestó Michael, y en ese momento le importó un bledo que ella lo rechazara. La cogió en sus brazos, levantándola, y la abrazó con fuerza. Y curiosamente Gabriela no se apartó, sino que se apoyó en su pecho y dejó que él la acunara durante unos minutos.

—¿Me expulsarás del seminario? —preguntó Gabriela con el rostro enterrado en su pecho.

—¿Crees que me has dejado muchas más opciones? —susurró él sobre su coronilla rubia.

—Yo... está bien, lo entiendo. —Hizo presión para separarse, pero Michael se lo impidió.
—No has entregado tu trabajo esta semana. Eso se considera falta grave.
Gabriela levantó el rostro y miró justo debajo de su barbilla.
—Está en mi maletín, en la habitación.
—Lo corregiré esta tarde y veremos. Si es tan bueno como el primero, no creo que haya problemas.
—Dijiste que era mediocre. —El tono acusatorio de Gabriela era claramente palpable.
—¿Eso puse? —Él la miró con intensidad—. Bueno, a veces puedo ser... bastante exigente.
—Yo diría que imbécil sería la expresión adecuada. —Gabriela no apartó la mirada ni una sola vez.
—Profesora Ruiz de Lizárraga, ¿olvida que entiendo su idioma? —Su tono era divertido.
—Profesor Wallace, si no hubiera querido que lo entendiera, habría utilizado otro que no conozca. —Gabriela estaba casi sonriendo.
—Eso será difícil, profesora Ruiz de Lizárraga, no conoce usted el dominio de las lenguas que yo tengo. —La miró fijamente.
Ella le sostuvo un instante más la mirada y se apartó bruscamente, dejando a un sorprendido Michael, que de repente se sintió vacío sin nada entre sus brazos.
—Voy a darme una ducha. —Gabriela se giró y se metió en el baño.
Michael se quedó mirando la puerta cerrada con una extraña expresión en el rostro. La vida de Gabriela estaba llena de dolor, era una mujer herida, una adicta y él sabía mejor que nadie lo que significaba compartir la vida con una persona así. Sin embargo, debajo de aquella capa de sufrimiento, él percibía que había luz, que solo había que escarbar un poco para encontrarla y liberarla. En realidad, ella no consumía por costumbre o por necesidad, consumía cuando sentía que todo a su alrededor se derrumbaba

Si solo una hora tuviera

y él estaba dispuesto a evitar que ello sucediera. Todavía no lo entendía del todo. Pero sabía que tenía que ayudarla. Nadie más lo haría. Y nadie más sabía como él a lo que se enfrentaría en las semanas siguientes.

Gabriela salió de la ducha envuelta en una enorme toalla de rizo americano en color amarillo. Michael dejó el móvil que tenía en la mano sobre la mesilla y la miró.

—No tengo nada que ponerme.

Michael sonrió levemente y rebuscó algo en uno de los cajones de la cómoda. Sacó una camiseta y se la lanzó, esperando que, con el movimiento de cogerla, la toalla se le deslizara al suelo. Gabriela la atrapó al vuelo con la mano izquierda con bastante facilidad y sonrió a medias desafiándolo. Luego observó la camiseta, hizo una mueca que mostró su desagrado y finalmente torció el gesto demostrando claramente el asco que sentía por la misma. Michael la miró sorprendido por su reacción.

—Es lo más pequeño que tengo. El resto es demasiado grande para ti.

Ella lanzó con furia su camiseta del Balliol College que tenía casi veinte años sobre la cama y negó con la cabeza.

—No me pienso poner eso.

Ambos enfrentaron sus miradas.

«Lo sabe», pensó Michael.

«¡Maldito idiota!», pensó Gabriela.

—¡Me llamaste pordiosera! —exclamó Gabriela de repente, levantando un dedo acusador.

—Vagabunda, no pordiosera. Hay bastante diferencia —se excusó él pasándose la mano por el pelo.

—¿Ah, sí? Pues a mí me parece exactamente lo mismo.

—En realidad, las diferencias semánticas de los dos adjetivos son...

—¿Me estás dando una clase de lingüística? —Gabriela lo miraba con estupor.

—Como te decía... —Michael lo intentó otra vez. Nunca se había disculpado y se dio cuenta de que en realidad era porque no sabía ni cómo hacerlo.

—¡Oh! ¡Cállate! —dijo ella cogiendo por fin la camiseta, que pasó por su cabeza y, cuando le cubrió lo suficiente, dejó caer la toalla al suelo, privando con eso de ver su cuerpo desnudo a Michael—. Me largo de aquí. —Se giró y se dispuso a salir por la puerta. Entonces vio la bandeja del desayuno justo sobre la mesa al lado de la puerta y no lo pensó más. Agarró con fuerza una pequeña taza y se la lanzó directamente al pecho. Esta rebotó y cayó al suelo rodando hasta quedar bajo la cama.

—¿Me acabas de lanzar una taza? —Michael la miraba con incredulidad.

—No tengo ninguna piedra a mano. —Gabriela apretó los dientes y lo miró con furia.

—Tienes muy mala puntería. —Él cruzó los brazos sobre su pecho y mostró claramente su superioridad.

—No. En realidad no la tengo. —Gabriela se volvió tan deprisa que a Michael no le dio tiempo a prevenir el siguiente golpe, que llegó de un plato de porcelana que se estrelló justo en medio de su frente, rompiéndose en mil añicos y dejando un pequeño reguero de sangre que goteó por su ceja y le tapó por un instante la visión de un ojo.

—Pero ¿¡qué demonios has hecho!? —Michael se llevó la mano al ojo herido y la miró furioso con el otro entrecerrado.

—Lo que te debía desde hace siete años. —Y girándose salió por la puerta con toda la dignidad de una reina.

Una vez en el descansillo respiró fuertemente y sonrió con satisfacción. Solo entonces se dio cuenta de que iba vestida con una simple camiseta que le tapaba justo lo imprescindible, y eso solo si se mantenía en posición vertical y quieta como una estatua.

—¡Maldita sea! —masculló, se volvió a la puerta y llamó con los nudillos suavizando la voz—. Michael, ¿me abres?

Michael había ido al baño a lavarse la cara en cuanto se cerró la puerta, demasiado enfadado como para pensar en otra cosa.

Si solo una hora tuviera

Con la cara limpia de sangre, cogió una pequeña toalla de mano y presionó con ella el corte sobre su ceja izquierda, todavía asombrado de que aquel pequeño ser tan delicado tuviera tanta furia acumulada y sobre todo tan buena puntería.

Cuando salió escuchó su voz tras la puerta instándole a que se la abriera. Sonrió maquiavélicamente.

—No.

—¿Por qué no? —El tono de Gabriela era de sorpresa.

—Discúlpate primero.

—No.

—¿Por qué no? —preguntó él con voz ronca.

—Porque no te lo mereces. —Gabriela cruzó los brazos sobre su pecho y, dándose cuenta de que eso hacía que la camiseta se le levantara exponiendo más carne de la que quería enseñar, los dejó caer a ambos lados de su cuerpo.

—Si no te disculpas, no abriré la maldita puerta —abroncó Michael desde dentro.

—Está bien. Solo pásame la llave de mi habitación por debajo de la puerta. —Gabriela intentó mostrarse conciliadora.

«¡Y una mierda!», pensó Michael. Todavía no había tenido tiempo de bajar a su habitación y deshacerse de las drogas. No iba a dejar que ella se acercase a menos de veinte metros de su habitación.

—No. Discúlpate y entrarás.

Se escuchó un puñetazo en la puerta y una maldición mascullada en voz sibilante, pero no hubo más contestación.

Michael se quedó a la espera. ¿Tendría el suficiente valor como para bajar así vestida a la recepción y pedir otra llave? ¡Seguro que sí! Estaba a punto de abrir la puerta cuando la volvió a escuchar.

—Michael, abre, ¡vamos! ¡Está subiendo alguien!

Él sonrió con altanería y apoyó una mano en el pomo de la puerta.

—Ya sabes lo que quiero.

—¡Michael! ¡Estoy casi desnuda!

—Tienes un cuerpo bonito, no creo que disguste a nadie.

Gabriela se apartó de la puerta un instante y escuchó el sonido de dos hombres acercándose por la escalera. Sintió que un rubor le crecía desde el pecho hasta el nacimiento del pelo.

—Está bien, ¡maldita sea! ¡Perdona! —Casi se atragantó al pronunciar la última palabra.

En un segundo Michael abrió la puerta y alargó un brazo para introducirla en el interior de la habitación, todavía sosteniendo la toalla sobre su ojo.

Ambos se quedaron mirándose con idénticas expresiones de odio unos momentos. El sonido de dos voces de hombres en el exterior se perdieron cuando estos entraron en la sala de la caldera, situada frente a la puerta de la habitación del ático.

Gabriela fue la primera en suavizar el gesto.

—Déjame que vea qué te he hecho.

—No es nada. Un simple corte. —Él se apartó un poco.

Ella se estiró y en puntillas consiguió alcanzar la toalla y quitársela del rostro. Él solo le dejó hacer porque desde su altura tenía unas estupendas vistas de su trasero desnudo debajo de la corta camiseta.

—Deja de asomarte. Te estoy viendo.

Michael parpadeó y fijó la vista en su rostro. Quiso fruncir el ceño pero el corte se lo impidió.

Ella apretó los labios disimulando una sonrisa.

—¿Te duele?

—No.

—Tus alumnos me lo agradecerán.

—¿Por qué?

—Durante unos días no podrás fruncir el ceño. —Ahora sonreía abiertamente, claramente relajada al ver que no era una herida que necesitara puntos.

Y él, como no podía hacer su gesto más característico, se conformó con apretar la mandíbula y entrecerrar los ojos, lo que hizo que la sonrisa de Gabriela se convirtiera en una pequeña carcajada.

Si solo una hora tuviera

—Lo siento —exclamó abruptamente él—. No tenía ningún derecho a tratarte como lo hice.

—Está bien. No pasa nada. En realidad me compraste una chocolatina. Y me diste dinero. Hasta es probable que pareciera una vagabunda.

—No, jamás parecerás una vagabunda, ni aunque fueras vestida con un saco de arpillera.

—Déjalo, ya no me acordaba.

—¿Cuándo lo recordaste?

—Hace unos días te vi cogiendo algo de la máquina de refrescos y de repente lo recordé.

—A mí me ocurrió lo mismo. La verdad es que no tengo muchos recuerdos de aquel viaje.

—¿Por qué no? —preguntó Gabriela, deseando poder tener su facilidad para olvidar ese viaje en concreto.

—Me pasé seis días completamente ebrio.

—¿Tú? —El tono de Gabriela era de incredulidad.

—Sí, yo también tengo un pasado. —Michael hizo una mueca.

—¿A qué os referíais con lo de que yo podía ser la séptima?

Michael inspiró fuertemente y se sentó en la cama. Gabriela lo miró enarcando una ceja.

—Habíamos hecho una apuesta. Seis noches en Praga. Seis mujeres distintas. El que lo consiguiera tendría el viaje gratis. Los demás se lo pagarían.

—Ya veo —dijo Gabriela frotándose la barbilla—. Al final lo conseguiste.

—¿El qué?

—Las dos cosas. El viaje gratis y la séptima, siete años después.

—Vaya, no lo había pensado de esa forma.

—Espero que no se te ocurra informar a tus colegas del Balliol College de la buena nueva.

—Jamás haría eso —contestó Michael lamentando que realmente fuera cierto.

* * *

En ese momento Hugh y Robert, dos de los amigos de Michael que lo habían acompañado a Praga en aquel viaje, estaban tomando sendas pintas de cerveza en un pub de las afueras de Londres, esperando a que comenzara un partido del Manchester United, mientras disfrutaban de un breve pero ansiado descanso de sus respectivas vidas maritales.

—¿Has avisado a Michael? —preguntó Hugh dando un largo trago a su cerveza rubia.

—No. Está en Praga dando un seminario. Estará allí varias semanas.

—¡Ah! No lo recordaba, últimamente me cuesta bastante concentrarme. Los gemelos no dejan de llorar en toda la noche y estoy más muerto que vivo.

Hugh respiró hondamente.

—¿Te acuerdas de aquel viaje? —inquirió Robert.

—¡Como para olvidarlo!

—¿Crees que Michael conseguirá a la séptima?

—¡Ummm! No estoy muy seguro de que se arriesgue, su hermano me dijo que está medio enganchado a una profesora de Literatura de Oxford.

—¡Bah! Eso no hace más que añadir emoción a la caza. Michael jamás cambiará. Nunca se dejará atrapar con un anillo y un montón de promesas para el resto de su vida.

Ambos se perdieron un momento en sus propios pensamientos, deseando por un instante tener la libertad que disfrutaba su amigo Michael, aunque pronto volvieron a la realidad. Aquellos fueron otros tiempos, y esos ya pasaron, ahora tenían otra vida. La vida que ellos mismos habían elegido.

—De todas formas, se lo voy a recordar —dijo Robert cogiendo el teléfono móvil.

—¿Qué estás haciendo? —preguntó Hugh observando cómo tecleaba rápidamente su compañero.

—Esto —dijo el otro y le enseñó la pantalla a Hugh.

Ambos hombres rieron un momento y luego se centraron en la pantalla de plasma observando el partido.

Si solo una hora tuviera

* * *

Michael y Gabriela se sobresaltaron al escuchar el pitido del teléfono del primero. Michael se inclinó, lo cogió y abrió el mensaje de su amigo Robert con una sonrisa, que se le congeló en el rostro.

Vamos Michael, hazlo por nosotros. ¡A por la séptima!

Michael masculló una maldición en rumano y borró el mensaje.

Mientras tanto Gabriela se había separado de él y rebuscaba algo en su bolso. Sacó la llave de su habitación con un suspiro. Por un momento creyó que hasta la había perdido.

—¿Qué haces? —preguntó Michael viendo como ella se enrollaba una toalla a la cintura y se disponía a salir por la puerta.

—Me voy a mi habitación. Aquí ya no tengo nada que hacer.

—De eso nada. —Michael se levantó de un salto y se paró entre ella y la puerta—. No vas a ningún sitio.

—¿Cómo? —Gabriela parecía más sorprendida que asustada.

—Te vas a quedar aquí el resto del tiempo que estemos en Praga.

—¡¿Qué?! ¡Ni lo sueñes!

—Eres una adicta, Gabrielle, no pienso dejar que vuelvas a tu habitación. Estarás aquí, donde pueda vigilarte.

—¿Me vas a encerrar? —Su tono demostraba su escepticismo.

—Cuando yo no esté aquí contigo, sí. No voy a dejar que vuelvas a drogarte y que te conviertas en el guiñapo que recogí anoche.

—¿Guiñapo? ¡Vete a la mierda! Tengo casi treinta años, sé perfectamente cuidarme sola.

—¿Eso crees? Permíteme dudarlo.

—No puedes estar hablando en serio. Esto es un secuestro, incluso podría denunciarte —dijo ella, aunque seguía sin sentirse intimidada.

—Hagamos un trato —propuso él.

—¿Cuál? —Gabriela entrecerró los ojos, desconfiando.

—Yo te readmito en el seminario, sin mediar disculpas por tu parte —Gabriela bufó—, y tú aceptas quedarte aquí para que pueda ayudarte a salir del maldito embrollo en el que te has metido.

—No me gusta compartir mi espacio con nadie. Esto no funcionará —contraatacó.

—A mí tampoco, pero creo que debo ayudarte.

—¿Por qué?

—No debí exponerte como lo hice ayer delante de todos tus colegas. En parte me siento culpable de lo que hiciste después. —Cogió la llave que sujetaba Gabriela en las manos, se calzó unas deportivas y se dirigió a la puerta.

—No funcionará, Michael. Hazme caso, solo por una vez —suplicó ella junto a la puerta.

—Eso no lo sabremos si no lo intentamos, Gabrielle —afirmó él y cerró la puerta tras de sí, asegurándose de utilizar la llave manual y dejando encerrada a la reina de los elfos en el ático de un hotel de Praga.

Michael bajó despacio las escaleras pensado en si funcionaría su precario acuerdo. No estaba muy seguro, pero debía intentarlo, por ella, y también por él, aunque de eso todavía no se había percatado. Llegó a la puerta de la habitación y dio gracias mentalmente a que Gabriela se hubiera acordado de colgar el cartel de *No molesten* en la manilla. Temía que al abrir la puerta se iba a encontrar un escenario que no le iba a gustar nada. Pero Gabriela no había sido quien colgó el cartel, si no un hombre moreno de ojos oscuros que, desesperado por volver a verla, había acudido anoche al hotel, y claramente frustrado porque su *Madonna* no le abría la puerta, giró la cartulina con la sana intención de que por lo menos la dejaran descansar hasta que ella se despertara.

Michael abrió la puerta y suspiró fuertemente. Era bastante peor de lo que se había imaginado. Varias prendas de ropa estaban desperdigadas de cualquier manera sobre la cama y el suelo. La enorme maleta abierta en el centro de la habitación. ¿Es que en dos semanas no había encontrado tiempo para guardar sus pertenencias? Parecía que la hubiese mantenido así con la intención de salir huyendo sin perder un minuto. Respiró fuertemente. En realidad era así, pensó. Estaba esperando la oportunidad para huir. Guardó la ropa en la maleta y la examinó a fondo buscando algún resquicio donde pudiera esconder la droga. Se había vuelto un experto en descubrir todo tipo de escondrijos de ese tipo. Salvo un paquete de tabaco no encontró nada. Luego se dirigió al baño y ahogó un gemido. ¡Joder! Parecía el escenario de una batalla. Las toallas tiradas en el suelo, junto con más ropa, una botella vacía de Becherovka y sobre el mueble del lavabo, una bolsa de hierba y una más pequeña con polvo blanco. ¡Maldita sea! Había tenido mucha suerte de que no hubiera entrado el personal de hotel, si no ahora mismo estaría en las dependencias de la policía teniendo que explicar muchas cosas. Se deshizo de la droga tirándola por el inodoro y recogió su neceser. Luego salió y cogió su maletín y el portátil, que descansaba de cualquier manera en el suelo al lado de su cama. Cargado como un serpa subió a su habitación individual del ático, ahora convertida en doble por los avatares del destino.

Gabriela, en cuanto escuchó la puerta cerrarse, pegó la oreja a la misma y escuchó. Cuando no oyó nada intentó abrir la puerta. Era cierto, la había dejado encerrada. Frustrada y claramente enfadada se puso a pasear por la habitación. «Pero ¿cómo demonios he llegado hasta aquí?». «Haciendo el idiota», le respondió su mente con la voz de su hermana. ¿Qué se proponía Michael? No entendía nada. En realidad apenas podían soportarse, y dudaba mucho que tras un día o dos juntos en la habitación, los platos fueran suficiente arma arrojadiza. Con una claridad pasmosa y odiosa se dio cuenta de que no tenía otra opción, se lo había buscado sola y él se había ofrecido a ayudarla. Esperaba que aquello no los terminara de hundir a ambos en el fango. Finalmente, cansada de pensar, se sentó en la cama a esperar.

Un minuto después entró Michael cargado con sus pertenencias. Las dejó caer en el suelo sin decir una palabra. Parecía enfadado. ¿Por qué? Porque había encontrado las drogas, le respondió otra vez su mente torturada. Una cosa era contarlo y otra verlo con tus propios ojos, y los ojos de su profesor estaban claramente furiosos... y decepcionados.

Michael abrió el enorme armario y le hizo hueco apartando su ropa.

—Puedes guardar aquí tus cosas. En aquella bolsa cerrada he metido lo que creo que deberías bajar a la lavandería. En el salón hay un escritorio lo suficientemente espacioso como para que puedas colocar tu ordenador y trabajar allí. Yo me quedaré aquí corrigiendo los trabajos. Pero antes pediré algo para comer. ¿Qué te apetece? —expresó de forma monótona.

Gabriela abrió la boca para protestar por la diatriba, claramente consciente de que era una reprimenda por su desorden y claramente molesta por la meticulosidad inglesa de su compañero de habitación, pero lo pensó mejor y la cerró.

—Cualquier cosa —dijo finalmente y se dirigió al baño a vestirse.

Una vez allí se puso ropa interior, un pantalón corto y, mirándose en el espejo, decidió dejarse la camiseta del Balliol College. ¿Por qué? Ni ella misma lo sabía.

Michael la miró enarcando una ceja cuando salió. Se había sentado en la cama, apoyado en el cabezal y con las largas piernas extendidas con los pies cruzados. Tenía a su alrededor los diferentes trabajos.

—Has decidido dejártela puesta.

—Sí.

—¿Por qué?

—Porque huele a... —Se calló, iba a decir «a ti», pero no le pareció prudente, se encogió de hombros—. Huele a fresco. Me gusta el olor.

Si solo una hora tuviera

Michael agachó la cabeza, concentrándose en el trabajo del profesor Laroche, para que Gabriela no le viera sonriendo.

—En realidad te queda mejor a ti que a mí —dijo en un murmullo que solo los folios pulcramente mecanografiados escucharon.

Les llevaron las bandejas de comida y ambos se sentaron en el sofá tapizado en tela satinada en color granate del salón frente a la televisión de plasma con el canal internacional encendido, dispuestos a comer. Gabriela levantó la cobertura de sus bandejas y frunció los labios. Una ensalada y un pescado a la brasa. Miró la bandeja de Michael: un solomillo cubierto con salsa, patatas fritas y verduras asadas como cobertura. Y sintió envidia, mucha envidia. Pero no dijo nada. Se distrajo en deshacer el lomo del pescado y picotear algo de la ensalada.

—Deberías comer más —instó él disfrutando de su solomillo sangrante—. Eso te ayudará a recuperarte con más rapidez.

—¿Por qué me has pedido pescado y ensalada? ¿Piensas que estoy a dieta? —exclamó ella de pronto.

Él pareció sorprendido y paró su tenedor a medio camino de la boca.

—Bueno, siempre que como con mujeres os limitáis a mirar la carta como si os estuviera insultando y acabáis pidiendo una mísera ensalada. He creído que era poco, así que he añadido el pescado —contestó él de forma benévola.

Ella, en un impulso, le arrebató el tenedor y se metió en la boca el trozo de carne emitiendo un gemido de placer y cerrando los ojos. Cuando los abrió Michael la estaba mirando con la boca abierta y lo observó removerse en el pequeño sofá como si de repente estuviera incómodo.

—¿Me lo cambias? —propuso ella ignorando su gesto—. Tú mismo has dicho que tenía que alimentarme mejor.

—Claro, por supuesto, yo... —A Michael no le dio tiempo a terminar la frase cuando ya tenía el plato de ensalada debajo de sus narices.

—Me gusta la carne, poco hecha, y las patatas fritas y las hamburguesas dobles, y las pizzas de pepperoni y beicon, no esas insulsas de piña. Y odio el pescado, cualquier tipo de pescado, y sobre todo las ensaladas.

—Y el dulce —añadió él.

—Sí, el dulce también. Bueno, los panecillos de leche me gustan bastante, ¿entran en la categoría de dulces?

—Sí, creo que sí —contestó él mirando su ensalada como si fuese un plato marciano—. ¿Nunca te han dicho que tienes gustos bastante masculinos?

Ella meditó un momento la respuesta mientras masticaba una patata frita, que Michael miró con deseo apenas reprimido.

—En realidad nunca he intimado tanto con alguien como para que lo supiera. Bueno, nadie excepto...

—Entiendo.

Michael no le dejó terminar y, frustrado, se centró en masticar lo que era claramente comida para vacas y no para humanos.

Después de unos minutos, Michael volvió a hablar.

—¿Cómo te encuentras?

—Bien, ¿por qué? —Ella lo miró fijamente.

—Ya sabes, ¿necesitas...?

—No. Bueno, no me importaría fumarme un cigarro, pero creo que te molestaría y no lo voy a hacer.

—Nunca has consumido a menudo, ¿verdad?

—No, en realidad no. Solo en ciertas épocas de mi vida en que la presión era demasiada. Ahora no siento esa necesidad, al menos en este momento.

—¿Sabes el porqué?

—Creo que es por tu presencia. Me intimidas. Me molestas. Podría decirte que incluso me caes mal. —Él intentó fruncir el ceño pero no pudo—. Pero también me calmas, en cierta forma. Es una sensación extraña. No sabría muy bien cómo explicarlo.

—Lo comprendo —dijo él, pero no entendía nada, aunque no se lo iba a reconocer a ella. «¿Le molesto? ¿Le caigo mal? ¡Joder!». Nunca nadie hasta ahora había sido tan odiosamente franco con él.

—Michael, has hecho esto antes, ¿verdad?

—Sí —contestó bruscamente él.

Gabriela quiso replicar, pero vio su gesto y se abstuvo de preguntar más.

Terminaron la comida en silencio y por la tarde cada uno se centró en su trabajo, no sin que antes Gabriela recibiera instrucciones de Michael.

—Deberías llamar a tu amiga Elena, ayer la vi y parecía preocupada. Yo me he encargado de comunicar a la Univerzita que estás enferma, y vas a faltar por lo menos una o dos semanas. Te traeré el material de estudio. Trabajarás mientras yo esté en el seminario, y solo cuando yo regrese podremos salir, juntos y no precisamente de bares. Ya pensaré algo. Si sientes la necesidad de consumir o me necesitas por cualquier otra cosa te dejo aquí apuntado mi teléfono. Dejaré orden en el hotel de que te suban la comida y la carguen a mi cuenta. Por lo demás, deberías evitar el contacto con el resto de tus compañeros. Solo contacto telefónico o vía correo electrónico, ¿me has comprendido?

—A la perfección, profesor Wallace, creo que el sentido del oído no lo he perdido en las últimas horas —contestó ella sarcásticamente.

—Está bien, profesora Ruiz de Lizárraga, voy a corregir tu examen.

Michael intentó suavizar el tono pero no lo consiguió del todo. Sabía que los siguientes días serían los peores y había estado a punto de comunicar a la Univerzita que él también estaba enfermo, pero eso habría sido demasiado sospechoso, y después de lo ocurrido el viernes, mucho se temía que la espada de Damocles estaba pendida de un hilo sobre la hermosa cabeza de Gabriela.

—Michael —llamó ella, y él se giró antes de entrar en la habitación—, no me has dicho qué tengo que hacer con Piero.

Gabriela lo estaba preguntando sinceramente. Necesitaba una

opinión externa que la guiara, porque ni ella misma sabía lo perdida que volvía a estar.

Michael suspiró fuertemente y se pasó la mano por el pelo revolviéndolo.

—Gabrielle, eso solo depende de ti —pronunció demasiado bruscamente y cerró la puerta que comunicaba el salón con la habitación.

En diferentes salas ambos expulsaron el aire como si llevasen horas conteniéndolo. Luego se centraron en el trabajo que tenían por delante. Michael se sentó en la cama y cogió el abultado fajo de folios escritos por Gabriela. Ella abrió el ordenador y se centró en terminar lo que había dejado pendiente la noche del jueves. Pero no conseguía concentrarse, una idea iba y venía por su mente buscando un lugar donde finalmente aposentarse. Se levantó y se acercó a la ventana. Observó como el cielo crepuscular iba ganando terreno a la precariedad del luminoso día, mientras seguía con la mirada a los transeúntes en la calle adoquinada. Desde ese piso se percibía la excitación del fin de semana, los rostros de la gente no eran cansados ni circunspectos, deseando llegar a sus casas después del trabajo, sino que se habían vuelto alegres y sonrientes. No recordaba cuándo fue la última vez que salió un sábado. Y un hormigueo en sus dedos la instó a correr hasta el baño para cambiarse y salir a la calle a disfrutar de la noche. Pero no podía hacerlo. Estaba encerrada. No le gustaba estar encerrada. Nunca le había gustado demasiado estar en su casa, un pequeño apartamento alquilado, al que ni siquiera se había molestado en colgar algún cuadro o comprar algún pequeño objeto de decoración que lo identificara como suyo. Su casa era un lugar de paso. En realidad era muy parecido a un hotel, impersonal y fácilmente olvidable. El único lugar en el que no le importaba pasarse horas encerrada era en una biblioteca, fuera la que fuera, y estuviera en el lugar que estuviera. Dejó vagar la mirada sobre el pequeño saloncito anexado a la habitación. Se parecía muy poco a una biblioteca. «¡Esto va a ser

Si solo una hora tuviera

un infierno!», pensó con desesperación. Frustrada, se sentó otra vez en la silla frente al ordenador y se dedicó a buscar en la red la imagen que se negaba a dejarse atrapar volando en su mente.

Estaba tan concentrada que no escuchó a Michael entrar. Él se quedó un momento observándola atentamente. Se había sentado en la incómoda silla de madera con las piernas cruzadas y miraba fijamente una imagen en la pantalla. Se acercó hasta situarse a su espalda.

—¿Qué estás mirando con tanta intensidad?

—¿Qué? —preguntó ella sobresaltándose—. ¡Ah! Eres tú.

—Sí, soy yo —contestó él algo molesto por su tono.

—Es *Psique reanimada por el beso del amor*, de Antonio Cánova —explicó ella ignorándolo.

—Lo sé. La conozco. Está en el Louvre, ¿no?

La imagen de la escultura en mármol blanco destacaba bajo un fondo negro en el centro de la pantalla del ordenador. En ella Psique estaba tendida en el suelo y Cupido a su espalda, con las alas completamente extendidas, y de rodillas la sostenía en sus brazos, acercando su rostro inclinado al de ella, que vuelto esperaba la promesa de un beso.

—Me recuerda algo. Un sueño que tuve anoche. Pero no logro recordar qué exactamente, solo sé que tiene que ver con un ángel con las alas extendidas.

Ella no pudo ver la sonrisa de Michael a su espalda.

—Bueno, Cupido no es exactamente un ángel.

—Cierto, pero ahí —señaló a la escultura— se le parece mucho. En fin, será solo una tontería. ¿Has terminado? —se giró hacia él.

—Sí. Toma. —Michael le entregó su trabajo corregido. Ella lo cogió frunciendo los labios, volteó la última hoja y leyó.

Un trabajo impecable. Denota la investigación previa que ha llevado a cabo para exponer con un lenguaje claro y directo sus con-

clusiones. Fresco y sin adornos ni florituras lingüísticas de escaso valor. Excelente.

Si Michael esperaba una sonrisa de satisfacción no lo consiguió.
—¿«Florituras lingüísticas de escaso valor»? Pero mira que eres cursi —dijo ella en cambio.
—¿Cursi yo? —preguntó incrédulo.
—Sí. No sé si es porque eres inglés, o porque estudiaste en Oxford. Fuiste a Eton, ¿no?
—Sí —contestó él sin entender la relación.
—Pues tiene que ser eso sin duda. Aunque me imagino que tus alumnas se desintegrarán literalmente cuando leen estas críticas tan floreadas de sus trabajos. No me quiero imaginar qué pondrás cuando califiques un examen de verdad.
—¿Lo dices en serio? —inquirió él sabiendo que era verdad.
—Sí. ¿No te vale simplemente con calificar como bueno, malo o necesita mejorar? Para ser un admirador del lenguaje directo utilizas bastante las florituras lingüísticas.
—¿Eso haces tú con tus alumnos?
—Sí, en la mayoría de los casos, sí. Tú mismo has dicho que tengo un lenguaje claro, conciso y fresco. No hace falta mucha explicación para decir si algo es bueno o no.
—¡Maldita sea! No puedo entender que estés criticando mi calificación a tu trabajo. Creí que estarías orgullosa. Voy a darme una ducha. —Y girándose se dirigió al baño y cerró dando un portazo.
Gabriela sonrió. En realidad sí estaba orgullosa y le había encantado su calificación. Pero jamás se lo diría, eso solo contribuiría a que su ego alcanzara cotas estratosféricas y ya era demasiado alto.

Michael salió un rato después del baño vestido solo con unos bóxer negros. Dirigió su vista hacia Gabriela, pero esta ni siquiera lo miró, concentrada como estaba en escribir algo de forma muy rápida en el teclado del ordenador. Carraspeó levemente llamando su atención, pero Gabriela siguió con la mirada fija en la pantalla.

—Ummm —murmuró ella, pero no iba dirigido a nadie en particular.

Estaba escribiendo un correo a Elena diciéndole que creía haber pillado la gripe y que estaría ausente unos días del seminario. No había querido llamarla por temor a que ella descubriera su mentira. Le dio a enviar y notó una mirada fija en ella. Se volvió hacia la puerta abierta que comunicaba la habitación con el salón. Allí, de pie, estaba Michael observándola. Vestido solo con unos bóxer negros. «¿Qué demonios querrá ahora?», pensó con hastío. Las largas horas, encerrada en ese reducido espacio, estaban haciendo que sus nervios estallaran a la mínima provocación. Entonces, cuando él comprobó que ella lo miraba, se giró dándole la espalda.

—¡Joder! —exclamó de pronto levantándose de un salto—. Pero ¿qué coño tienes en la espalda, Michael?

Michael sonrió levemente, pero no se volvió hacia ella.

—Dos palabras malsonantes en una sola frase, Gabrielle, debo haberte dejado bastante impresionada. —Su tono denotaba diversión.

—Sí. Lo has hecho. —Él notó la cercanía de su voz y supo que estaba justo a su espalda. Se quedó quieto. Esperando.

—¿Puedo tocarlo? —preguntó ella suavemente.

—Sí.

Y Gabriela deslizó sus delgados dedos siguiendo la imagen tatuada que cubría toda la espalda de Michael. Un ángel con las alas extendidas que llegaban hasta sus omoplatos. Un ángel vestido solo con un pantalón de cuero y con los brazos cruzados en su pecho desnudo y musculoso. Un ángel con un rostro enmarcado en un pelo oscuro y ojos azules tormentosos, muy parecido al que lo llevaba tatuado. Un ángel como el de sus sueños.

Siguiendo un impulso absurdo lo besó justo en el centro de la espalda, donde él sabía que estaba el rostro del ángel. Michael se estremeció, primero por el delicado contacto de sus dedos recorriéndole la espalda y después por el beso en el que sintió sus labios cálidos posados en la piel de su espalda, fresca después de la ducha.

Gabriela lo notó y se apartó un metro.

—Lo... lo siento. No debí hacerlo. Ha sido algo estúpido.

—No tiene importancia, Gabrielle. Quería que lo vieras, creo que tiene relación con tu sueño de anoche.

—¿Quién es?

—El arcángel Miguel, el Jefe de los Ejércitos de Dios

—No lleva espada ni armadura —señaló ella.

—Bueno, es un arcángel más moderno. Y nada cursi.

—No. Eso desde luego que no. ¿Te dejan ser profesor de Oxford llevando algo así tatuado en la espalda? —inquirió, todavía demasiado sorprendida como para pensar con claridad.

—En la entrevista no me pidieron que me desnudara, así que no lo saben. —Él sonrió todavía de espaldas a ella. Sabía que no podía apartar la mirada de su tatuaje. Desde que se lo hizo cinco años atrás había sido testigo de muchas reacciones, las de sus amigos de sorpresa y luego admiración, la de su hermano de comprensión, la de su padre de rechazo y las de las mujeres que, o bien sonreían encantadas, o lo miraban con repulsión. En realidad, no tenía término medio. Solo ella parecía sentir algo diferente, ya que lo había tocado casi con veneración.

—Es... no sé... demasiado intenso. Creo que no tengo palabras para definirlo. La verdad es que es la primera vez que me sorprendes. No sabía que bajo esa capa de inglés estirado y prepotente se escondiera algo tan bello —murmuró Gabriela como si hablara consigo misma.

Entonces él se volvió, lo que rompió el hechizo de la mirada de ella a su espalda.

—¿Gabrielle?

—¿Sí? —contestó ella obligándose a levantar el rostro y mirarlo a la cara.

—¿Es que eres incapaz de alabar algo de mí sin tener que incluir uno o dos velados insultos entre medias?

—¿Eso hago? —preguntó ella abriendo los ojos.
—Sí. No obstante, me alegro que te guste.
—Es muy especial para ti, ¿verdad?
—Lo es.
—¿Por qué te lo hiciste? O más bien, ¿por quién te lo tatuaste?

Michael suspiró fuertemente. Nadie excepto su hermano sabía la verdadera razón.

—Fue por mi madre. Ella solía llamarme «mi arcángel Miguel». Me lo tatué cuando ella murió hace cinco años.
—Lo siento. Debiste amarla mucho.
—Lo hice. Pero finalmente no pude salvarla. —Los ojos de Michael se habían oscurecido de repente. Gabriela lo miró fijamente y notó su dolor. No pudo reprimirlo. Se acercó a él y le rodeó el cuerpo con sus brazos. Él suspiró y se apoyó con la barbilla en su coronilla.

—No todos los hijos hacemos lo que se espera de nosotros, Michael.
—Sí, pero todas las madres aman a sus hijos.
—No. No todas. —Gabriela se apartó bruscamente.
—¿Gabrielle? —Michael pronunció su nombre con preocupación y la sujetó por los hombros.

Ella cerró los ojos ante la intensidad de su mirada. Estuvo así unos instantes. Finalmente los abrió.

—Mi madre jamás me perdonará lo que hice. Ni ella ni mi padre.
—¿Qué sucedió, Gabrielle? ¿Qué es lo que te hace tanto daño?

Ella se quedó en silencio y frunció los labios.

—Está bien. Cuando necesites contarlo estaré aquí para escucharte, ¿de acuerdo? —Cedió él finalmente.

Ella asintió levemente. Pero estaba convencida de que una vez se lo contara huiría como todos los que había amado en su vida. «Solo son cuatro semanas más», pensó con algo de desesperación. «Solo tengo que soportar cuatro semanas más y todo habrá acabado. Una vez más».

Michael notó su incomodidad y se giró para ponerse el pijama, dejándola tranquila.

—¿Pedimos la cena? —sugirió cambiando de tema.

—Bien —contestó ella, pero su tono se había apagado y sus ojos, que antes habían brillado emocionados, ahora estaban fríos y tristes.

—¿Hamburguesa? —él sonrió.

—Como quieras —dijo ella, y se dirigió otra vez al escritorio, donde se sentó y se quedó con la mirada perdida en la pantalla parpadeante.

Cenaron en silencio. Pero Michael se dio cuenta de que apenas había tocado la hamburguesa. Gabriela solo se había dedicado a picotear las patatas fritas, a las que por cierto había llenado de tomate, mostaza y mayonesa a partes iguales. ¡Era tan diferente a las mujeres con las que él se relacionaba! Se había sentado en el sofá con los pies descalzos cruzados bajo las piernas. De hecho, había estado todo el día descalza. Y tenía unos pies bonitos. Delgados y elegantes. ¿Los pies podían ser elegantes? Los de ella sí. Michael intentó despejar su mente. Estar todo el día encerrados también le estaba pasando factura a él, además estaba terriblemente cansado, no había dormido en toda la noche anterior.

—Creo que me voy a acostar —dijo levantándose.

—Está bien. Buenas noches, Michael.

—¿No vienes? —Él pareció decepcionado.

—No. Dormiré en este sofá. No parece muy cómodo, pero estaré bien. Tú descansa, no has dormido en toda la noche.

—No dejaré que duermas aquí. La cama es muy amplia. Cabemos los dos perfectamente.

—No pienso dormir contigo, Michael. Y no me mires así —lo reprendió ella—. No es por ti. Es que no me gusta compartir la cama con nadie. Me gusta dormir sola. No descanso bien si tengo a alguien a mi lado roncando.

—Yo no ronco.

Si solo una hora tuviera

—¡Bah! —ella agitó la mano—, eso dicen todos. En serio, Michael, si voy a la cama, no dormiremos, ni tú ni yo.

Michael valoró la respuesta y le pasaron miles de escenas nada decorosas por su mente calenturienta. Finalmente la cogió en brazos, pese a las protestas de Gabriela, y la llevó hasta la cama.

—Si no duermes conmigo, seré yo el que no descanse. Y creo que me merezco por lo menos eso.

—Está bien. Está bien. Dormiré contigo, maldito terco.

Michael sonrió con burlona suficiencia.

—¿Lado derecho o izquierdo? —preguntó señalando la cama.

—Centro —contestó ella con una sonrisa entre dientes.

Él la miró con los ojos entornados peligrosamente.

—Ya te advertí que esto no iba a ser fácil —apostilló Gabriela y se dirigió al baño.

Cuando salió del baño con el camisón puesto, él ya estaba dentro de la cama. Con el torso desnudo. Ella masculló algo muy desagradable que Michael no alcanzó a escuchar. Se había quedado mudo mirando su camisón, donde Heidi cubría todo su cuerpo y le saludaba guiñándole el ojo. El resto de la tela de algodón estaba cubierto por pequeños Nieblas que corrían desperdigándose por el cuerpo de Gabriela.

—¿Qué demonios llevas puesto? —exclamó él incorporándose.

—Un camisón. ¿Es que nunca has visto ninguno? ¿O quizá pensabas que iba a dormir desnuda y con dos gotas de Chanel número 5, como lo hacía Marilyn Monroe?

—Nunca he visto uno como ese. Y no me gusta el olor del Chanel número 5, es demasiado empalagoso. ¿Es Heidi? —preguntó él dudando.

—Sí, me lo regaló mi hermana. Me gusta mucho Heidi. ¿Algo que objetar? —Lo miró desafiándolo con su metro sesenta y cinco de estatura, descalza y vistiendo un camisón de algodón de talla infantil hasta medio muslo, adornado con unos volantes en el bajo.

—¿No eres demasiado joven para recordar a Heidi? Esos dibujos son de cuando yo era niño.

—Lo sé. Fue el primer libro que conseguí leer por mí misma. El ver en una pantalla del televisor que mi libro había cobrado vida fue algo increíble. Finalmente tuvieron que comprarme los vídeos y los veía una y otra vez, completamente encandilada. Me gustan mucho, me recuerdan tiempos felices, los Alpes, el abuelo, Clara, Pedro y Niebla, todo es bonito, como si en aquel lugar solo existiera la paz. Lo único discordante era la señorita Rottenmeier. Ahora que lo pienso —se rascó la barbilla—, tú me recuerdas algo a ella.

—¿Cómo?

—Tan estirada, tan amargada, como si le hubieran metido un palo por el... —Se silenció completamente avergonzada. Había visto el gesto de Michael y no auguraba nada bueno.

Gabriela agachó la cabeza y se dirigió en silencio al otro costado de la cama, se metió y se aproximó lo más que pudo al borde. Luego apagó la luz y cerró fuertemente los ojos.

A continuación sintió un fuerte brazo que la arrastró justo al centro de la cama y la sujetó con fuerza contra un pecho desnudo y ¡oh dioses del Olimpo! también unas piernas desnudas.

—¿Qué haces, Michael? —susurró como si en la completa oscuridad de la habitación y estando ambos dormidos algo la impulsara a bajar la voz.

—A mí también me gusta dormir en el centro de la cama —contestó él susurrando a su vez contra su coronilla.

—¡Suéltame! No soporto que me abracen.

—No. —Michael se asombró de su respuesta. En realidad, él odiaba dormir abrazado a nadie. Sus encuentros con mujeres demasiado subyugadas como para abrazarse a él al caer dormidas solían acabar con él con los ojos abiertos, hasta que el sueño de su compañera era lo suficientemente profundo como para que él, separándose, no las despertara.

Gabriela intentó deshacerse del brazo que Michael había pasado alrededor de su cintura. Pero fue como intentar mover una viga de hormigón. Pataleó y le dio un golpe en la espinilla. Él como respuesta pasó una de sus largas piernas sobre las suyas atrapándola por completo.

Si solo una hora tuviera

—¡Suéltame!

—¡Cállate, Gabrielle! Y ponte a dormir de una maldita vez —abroncó él.

Y Gabriela se calló. Y se obligó a dormir. Pero no podía. Su cercanía. Su calor. Su piel desnuda la estaba poniendo nerviosa. Demasiado nerviosa. Ella nunca se ponía nerviosa. De hecho, estaba acostumbrada a llevar el control de la situación. Después de sus encuentros amorosos siempre se las arreglaba o bien para irse o bien para despachar a su acompañante. Pensó con algo de desesperación si con un fuerte empujón conseguiría tirarlo de la cama. Él, como si le hubiese leído el pensamiento, afirmó su sujeción un poco más. «¡Oh dioses del Olimpo, en especial tú, Zeus, ¿serías tan amable de mandarme un rayo y fulminarme sin más sufrimiento?». Pero Zeus, obviamente, tenía mejores cosas de las que ocuparse.

Después de lo que a Gabriela le pareció una eternidad, en la que intentó dejar la mente en blanco sin conseguirlo, intentó contar Nieblas saltando en los prados de los Alpes, donde se perdió alrededor del número ciento cincuenta e intentó tararear alguna canción, sin recordar ninguna. Se acomodó lentamente y solo cuando dejó de tensar sus músculos y su cuerpo acogió la forma del hombre que la rodeaba con los brazos, se quedó profundamente dormida.

Michael no la soltó en ningún momento. En cierto modo le divertía la forma que tenía de intentar separarse de él. ¡Como si pudiera! Ajustó su cuerpo al suyo, más pequeño y, delicado y deseando ser Pedro y no la señorita Rottenmeier, cayó en los brazos de Morfeo.

CAPÍTULO 11

¿Sabes lo que es amar, Michael?

Michael despertó porque algo le hacía cosquillas en la nariz. Se lo intentó apartar con una mano, todavía demasiado dormido como para darse cuenta de dónde estaba y sobre todo con quién estaba. Cogió entre los dedos un mechón de pelo rubio y entornó la mirada sin reconocerlo. Gabriela se removió inquieta pero no se despertó. Michael abrió los ojos, ya completamente despierto. Ella había rodado hasta situarse con la cabeza sobre su pecho y lo circundaba con los brazos. Intentó mover una pierna y ella protestó algo entre sueños. También tenía una pierna suya entrelazada con las de él. Y Michael sonrió. Sonrió con tanta satisfacción que si lo llega a ver Gabriela le lanza un cuchillo y no un plato de cerámica.

Se quedó completamente inmóvil, observando el cambio de luces que se reflejaban en el techo de la habitación, pasando de la oscuridad a la tenue claridad del amanecer que se filtraba por las pesadas cortinas cerradas. No quería despertarla. Y además se sentía extraordinariamente bien con su pequeño cuerpo sobre el suyo. Ella respiraba acompasadamente, podía notar en su costado cómo su estómago se pegaba y se despegaba de su piel al ritmo que marcaba su corazón. Y cerró los ojos, y se concentró solo en la sensación de euforia que le producía el cuerpo cálido por el sueño

Si solo una hora tuviera

junto al suyo. Entonces Gabriela emitió un pequeño gemido y se apretó más contra él. Y Michael volvió a abrir los ojos y la observó con curiosidad. Su rostro antes completamente relajado, ahora parecía tenso, como si algo la incomodara. Entreabrió los labios de un tono rosado oscuro y gimió suavemente otra vez, levantando más la pierna para entrelazarla con la suya. Luego deslizó una mano que descansaba justo en uno de sus pectorales y la posó descuidadamente sobre su abultada entrepierna. Michael se obligó a pensar en algo sumamente desagradable, pero no podía pensar. Solo podía sentir. Sentir esa mano extendida de forma despreocupada sobre su miembro. Su miembro dolorosamente palpitante y necesitado de más atención. Gabriela gimió otra vez, más fuerte, y apretó la mano justo donde no debía hacerlo. La respiración de Michael se volvió agitada y creyó que el golpeteo de su corazón iba a despertarla, ya que su rostro descansaba justo sobre él. «¿Tendrá una pesadilla? ¿Debería despertarla?», pensó.

Gabriela tenía un sueño. Un bonito sueño. Un sueño excitante. Un sueño que en realidad era un recuerdo de cuando verdaderamente fue feliz.

La luz del verano inundaba el despacho de Piero, rodeándolo de un aura dorada, mientras la besaba con intensidad. Ambos jugaban a entrelazar sus lenguas y luego las soltaban para devorar sus labios. Unos pasos los interrumpieron.

—¡Shhh! Viene alguien —susurró él y la empujó contra la pared. Piero se quedó a su lado junto a la puerta observando. Los pasos siguieron su camino y se perdieron por los amplios pasillos de la universidad.

Piero se volvió hacia ella y continuaron el beso interrumpido. Pero el teléfono vibrando en el bolsillo de él reclamó su atención. Lo cogió con una mano y comprobó de reojo quién lo llamaba.

—Es el Rector. Tengo que cogerlo —masculló.

Ella asintió en silencio, sintiendo su boca levemente abandonada. Pero Piero la miró con media sonrisa burlona en su rostro moreno y, mientras mantenía una conversación relajada con su superior, bajó la mano que tenía libre y acarició sus piernas desnudas. Subió deslizándose por un muslo y apartó con la mano la delgada minifalda de lino que llevaba Gabriela. Se paró justo en su entrepierna cubierta por unas finas braguitas de algodón blanco. Ella gimió levemente.

—Sí, lo entiendo. Claro que me parece importante destacar ese tema en concreto —seguía diciendo él por teléfono mientras la mano inquisidora acariciaba con el pulgar su carne henchida y cubierta todavía por la ropa interior.

Gabriela abrió las piernas, pegada a la pared, deseando tener las fuerzas suficientes como para deslizar su ropa interior hasta el suelo y dejarle el camino libre a su interior. Pero era demasiado joven todavía para saber realmente qué hacer y estaba demasiado perdida en las sensaciones que el dedo de Piero le producía. Notó la humedad que mojaba su ropa. «¿Él lo notará?», se preguntó. Una mirada de él, oscurecida por la pasión, le confirmó que así era.

—Por supuesto. Yo también me he dado cuenta. Y no entiendo cómo es posible que unos licenciados universitarios puedan cometer semejantes faltas de ortografía —continuó él con un tono de voz que traslucía serenidad.

«¿Cómo puede estar así de tranquilo cuando yo estoy retemblando de deseo? Si apenas podría pronunciar una palabra coherente si tuviera que hablar», pensó Gabriela.

Los dedos de Piero se abrieron paso por debajo de su ropa y alcanzaron la carne desnuda. Gabriela sintió que su corazón se desbocaba y ahogó otro gemido.

Piero se puso un dedo en los labios, todavía con el teléfono en la mano, con lo que a ella le llegó claramente la voz del Rector quejándose del bajo nivel de ortografía de algunos alumnos. Lo que hizo que curiosamente se excitara todavía más. Sintió como él introducía un dedo dentro de sí, luego otro y los volvía a sacar, haciendo círculos concéntricos, jugando a torturarla.

Si solo una hora tuviera

—Sí. De acuerdo. Retomaré el tema la semana que viene a lo más tardar. —Él mantenía la conversación sin modificar el tono neutro de su voz.

Con la misma mano en la que tenía el teléfono, Piero le deslizó el tirante de la blusa y dejó un pecho al aire, cuyo pezón se irguió frente a él, reclamando su atención. Él volvió a sonreír y lo besó con delicadeza, olvidándose por un momento de con quién estaba hablando.

Gabriela se retorció de deseo, pero no se atrevía a moverse, a gemir, a susurrar, por temor a que el Rector los descubriera. Piero seguía insistiendo, un dedo, dos dedos. Sintió un pequeño pellizco en su parte más sensible, claramente henchida, y no lo pudo soportar más. Él averiguó solo por su turbación lo que estaba a punto de hacer ella, y en un acto reflejo soltó el teléfono y le tapó la boca, de la que surgió un grito agudo amortiguado por su ancha mano. Respirando agitadamente y con deliciosos calambres que brotaban de su vientre dejándola aturdida, Gabriela le mordió la mano. Él rio sin voz y la besó en los labios. Se agachó y cogió el teléfono.

—Sí. Lo siento. Se me ha caído el teléfono. Lo entiendo. Sí, la próxima semana. De acuerdo. Bien. Adiós —se despidió Piero.

Luego dejó cuidadosamente el teléfono sobre la mesa, se giró y la observó.

—Casi —dijo.

Gabriela sonrió. «¡Dios mío!», pensó Piero observando su rostro arrebolado. «¿Ella se da cuenta de lo seductora que resulta?». «Gracias», pensó después. «Gracias porque ella es toda mía».

—Ven —exclamó acercándose, la levantó en brazos y la depositó contra la mesa. Ella rio en su hombro.

Michael seguía estático sin atreverse a mover un solo músculo. Gabriela, sin embargo, estaba bastante agitada a su lado. Lo sujetaba con fuerza y rozaba su entrepierna sin ningún pudor contra su cadera. Michael maldijo en cuantos idiomas conocidos e inventados conocía. Aquello era una tortura. Entonces Gabriela emitió un hondo gemido y pronunció un nombre. Y la tortura se hizo realidad.

—¡Piero!

Michael apretó la mandíbula y los puños a la vez.

—No. Soy Michael. ¿Decepcionada?

Gabriela abrió los ojos y lo miró sin reconocerlo. Sin embargo, siguió quieta sobre él, respirando jadeante. Cerró los ojos ante la mirada escrutadora de él y no contestó. Flexionó una mano y se dio cuenta de dónde la tenía posada, la retiró bruscamente y, sin saber muy bien qué hacer con ella, la dejó sobre el pecho de Michael, que subía y bajaba al ritmo de una respiración rápida.

—¿Has estado alguna vez enamorado? —preguntó con voz ronca.

Ella notó su sorpresa expuesta en su cuerpo, que se tensó de repente.

—Ummm... sí, supongo que sí —contestó no sabiendo bien lo que se proponía ella.

—No, Michael. No lo has estado. Porque, si fuera así, no dudarías. Yo me refiero a un amor que te consume desde dentro. Que te impide dormir porque eso te quita tiempo para estar junto a la persona que amas. Que cuando despiertas es en lo único que piensas, y que durante el día, si en algún momento algo distrae tu mente y de repente lo vuelves a recordar, una sonrisa estúpida y feliz cruza tu rostro. Que cuando estás junto a él no puedes evitar mirarlo, tocarlo, sentirlo, atraparlo, entregarte a él sin condiciones. Un amor que te abrasa y que sin embargo cuando se aleja sientes un vacío tan intenso que crees que nunca volverás a ser una persona completa. —Respiró hondo buscando fuerza en su confesión—. Eso es lo que yo siento por Piero —afirmó con la voz rota.

Michael la dejó hablar en silencio observando los cambios de su rostro y cómo lágrimas silenciosas comenzaron a deslizarse

Si solo una hora tuviera

por sus mejillas, y levantó un brazo para abrazarla, pero ella estaba tan concentrada que no lo percibió.

—Creo que él siente lo mismo por ti, Gabrielle —dijo finalmente, apreciando que algo invisible le estrangulaba la tráquea.

—No. Él no me ama.

—¿Cómo puedes pensar así?

—Porque él mismo me lo dijo —contestó de forma monótona, y se giró levantándose de la cama para encerrarse en el baño.

Michael escuchó el agua de la ducha correr mientras se quedaba en la cama mirando fijamente la puerta cerrada del baño. «¿Que le dijo que no la amaba? ¿Por qué?», pensó mesándose el cabello. Él nunca había estado enamorado, pero eso no significaba que no pudiese reconocer el amor en otras personas, y tenía la certeza de que el padre Piero amaba a Gabriela.

Gabriela entró en la ducha y abrió el grifo con todo el caudal del mismo, con la única intención de que el ruido amortiguara sus sollozos bajo el agua. Hacía muchos años que no tenía sueños como aquel. Al principio fueron constantes y la dejaban tan exhausta que durante el día se convertía en algo muy parecido a un fantasma. Luego, poco a poco, fueron desapareciendo. Ese había sido tan real que sentía que las arenas movedizas la atrapaban y la ahogaban otra vez. Y no podía permitirlo. No podía dejar que la destrozara otra vez. Sintió un deseo irremediable de liarse un porro de hachís y olvidar. Y lloró por ser tan débil, hasta que ya no pudo más y salió de la ducha temblando. Se secó y abandonó el baño, una vez se puso de nuevo el camisón, con la intención de disculparse con Michael.

Michael estaba sentado en el salón con las bandejas del desayuno frente a él, pero por deferencia a ella no había comenzado. En cuanto la vio, supo que había estado llorando y que el deseo de huir y de olvidar se había instalado de nuevo en ella. Recompuso el gesto y sonriendo le preguntó:

—¿Desayunamos?

—Está bien —contestó ella y se sentó a su lado.
Él le preparó un café solo y le ofreció panecillos de leche. Ella sonrió, se había acordado. Cogió uno y comenzó a mordisquearlo.
—Michael. Lo siento. No tenía que... lo de esta mañana ha sido del todo...
—¿Inapropiado? —sugirió él.
—Sí. —Ella lo miró con ojos tristes.
—No tiene importancia, Gabrielle, nadie puede controlar sus sueños. Aunque he de reconocer que me hubiera gustado escuchar mi nombre y no el suyo.
Ella abrió los ojos y lo miró directamente.
—Sabes que eso nunca ocurrirá. Solo serán cuatro semanas y después no nos volveremos a ver. Me habías dicho que era un acuerdo, que confiara en ti. No hagas que me arrepienta tan pronto.
A Michael el golpe del plato de cerámica le dolió bastante menos. Frunció los labios y suspiró fuertemente.
—Tienes razón, Gabrielle —afirmó—. ¿Qué te parece si salimos a dar un paseo? Creo que necesitas tomar aire fresco.
—Sí, me parece buena idea. Estoy empezando a sentir que aquí me ahogo.
«¿Por mí?», quiso preguntar Michael, pero no lo hizo. Ya tenía suficiente por toda la mañana.
Terminaron de desayunar en silencio y se vistieron de forma informal, con vaqueros, jersey él y cazadora ella.
—¿No tendrás frío? —preguntó Gabriela, observando lo atractivo que resultaba con unos simples vaqueros desgastados y un jersey de cuello de pico en tonos azules, fiel reflejo del color de sus ojos.
—¿Yo? —Se miró extrañado el jersey—. Si es de lana. Incluso puede que tenga calor.
—¡Ah! Ya —murmuró ella sonriendo ante su gesto de sorpresa, recordando que en Inglaterra cuando el termómetro pasaba de los cinco grados si no ibas en manga corta es que obviamente no eras inglés.

Si solo una hora tuviera

Salieron del hotel y caminaron en silencio unos minutos. Gabriela respiró con fuerza en un intento desesperado de absorber todo el oxígeno posible de cara a su encierro de los próximos días.

—¿Adónde vamos? —inquirió.

—A un parque cercano que descubrí hace unos días. Seguro que te gusta, tiene hasta una pequeña arboleda.

«¿Parque?», pensó Gabriela horrorizada. «¿Esos espacios en los que las madres y padres retozan con sus retoños?». Los odiaba. Normalmente hasta daba un rodeo antes de cruzar uno de ellos.

Llegaron a los pocos minutos y se sentaron en un banco de madera. En realidad se trataba de una explanada con unos columpios y algunos juegos infantiles en un lateral, el resto era campo abierto y una pequeña arboleda al fondo, donde una pareja sentada bajo un árbol reía. La joven estaba tumbada sobre las piernas de él. Gabriela dejó la mirada perdida en los dos jóvenes. «¿Cuánto me he perdido estos años?», pensó con tristeza. «En realidad, todo», le contestó su mente cansada de tanta disertación.

En ese momento una pelota llegó rodando hasta parar en los pies de Michael. Este la recogió y esperó a que el niño de unos cuatro o cinco años se acercara lo suficiente como para lanzársela. El pequeño, algo temeroso, se aproximó y él le ofreció la pelota con una mano extendida. Cuando el niño recuperó el valor y la cogió, Michael le revolvió el pelo descuidadamente sonriendo. Gabriela gimió en voz alta sin pretenderlo, observando la tierna escena. Y revolvió en su bolso buscando el paquete de tabaco, parco consuelo para su súbita desesperación.

Michael la miró fijamente y, notando su tristeza, intentó distraerla.

—¿Por qué odias tanto a los ingleses? —preguntó sobresaltándola.

Ella lo miró recordando y sonrió por primera vez aquella mañana. Él la miró embobado. Cuando sonreía, hasta el sol parecía brillar con más intensidad.

—Porque me tiraron a la vía de un tren de cercanías.
—¿¡Cómo!? —Michael se inclinó hacia delante como si tuviera delante a aquellos delincuentes.

Ella rio llenando el silencio con su risa franca, interrumpiendo incluso el piar de los pájaros y atrayendo la mirada de algún caminante solitario.

—Mis padres me enviaron cuando tenía trece años un verano a estudiar a Inglaterra. A una casa nativa. Llena de niños. Cinco. Tenían cinco niños desde los dos años a los dieciséis. Todos ellos de piel blanca como la leche, ya sabes, como si hubieran nacido antes de tiempo y les faltara la última cocción —Michael la miró entornando los ojos, pensando si se estaría dando cuenta de que estaba hablando con uno de esos ingleses de piel blanca como la leche, pero ella no lo miraba a él—, y un perro. Un enorme perro al que no caí precisamente bien. Bueno, en realidad, creo que no caí bien a ninguno de los habitantes de aquella casa. Lo único que querían era el dinero que mi estancia les proporcionaba. Me encontraba sola y no entendía apenas una palabra. Los primeros días intenté ser valiente, pero finalmente llamé a mi padre y le comuniqué mi decisión de regresar.

—¿Y?

—Me dijo que no. Que aprovechara la oportunidad que otros no tenían. Que ya no era una niña y que tenía que empezar a comportarme como una adulta. Así que lo intenté. Tenía que coger todos los días por la mañana un tren que me llevaba a una población cercana para acudir a una academia. Cerca de la estación había un pub donde se reunían los jóvenes del pueblo. Siempre me gritaban algo cuando pasaba, que no entendía, por supuesto, y que seguramente hubiera preferido no entender. Un día me siguieron y de repente uno de ellos me empujó y caí a la vía del tren.

—¿Que hicieron qué? Los denunciarías, ¿no?

—En realidad, no se me pasó por la cabeza. Aunque intentaba comportarme como una adulta, era todavía una niña. No había peligro, quedaban todavía unos minutos antes de que llegara el tren, y el golpe físico no fue demasiado fuerte. El que recibió mi orgullo sí lo fue.

—¿Por qué?

—Porque llevaba un vestido corto y al salir todos me vieron la ropa interior.

Michael se quedó callado un momento, la miró viendo lo compungida que parecía y de repente estalló en una carcajada. Gabriela se volvió sorprendida.

—¿Me estás diciendo que unos delincuentes adolescentes te tiraron a la vía de un tren, pero que no fue grave porque lo verdaderamente importante es que te vieron las bragas? —Michael no podía parar de reír.

Finalmente ella lo miró y comenzó a reír con él.

—Es estúpido, ¿verdad?

—No. Me imagino que con trece años no lo sería. ¿Y nos has guardado rencor desde entonces?

—Más o menos sí.

—Desde luego que me gustaría dar un puñetazo a cada uno de esos jóvenes, pero creo que en realidad les gustabas y era su forma de llamar tu atención sobre ellos.

—¿En serio?

—Creo que sí. Los hombres, sobre todo cuando estamos en la peligrosa edad previa a la madurez, solemos ser bastante imbéciles en cuestión de faldas... y de bragas. —Rio otra vez.

—Algunos siguen siendo imbéciles también cuando llegan casi a los cuarenta —dijo ella frunciendo los labios.

Michael calló de repente, dándose por aludido.

—¿Y este humilde inglés puede ofrecer una disculpa por su país que hirió tu orgullo de una forma tan miserable? —susurró súbitamente serio, aunque le brillaban los ojos con una clara diversión.

Ella lo meditó un momento.

—Bueno, podríais empezar por devolvernos Gibraltar.

Él puso los ojos en blanco.

—Pero ¿qué demonios os pasa a todos los españoles con ese trozo de roca?

—Que es nuestra. Ladrones —contestó ella con dignidad.

—Verás, Gabrielle, según el Tratado de Utrech firmado el trece de julio de 1713, se cede la soberanía de Gibraltar a Gran Bretaña, cito textualmente el artículo X: «El Rey Católico, por sí y por sus herederos y sucesores, cede por este Tratado a la Corona de la Gran Bretaña la plena y entera propiedad de la ciudad y castillo de Gibraltar, juntamente con su puerto, defensas y fortalezas que le pertenecen, dando la dicha propiedad absolutamente para que la tenga y goce con entero derecho y para siempre, sin excepción ni impedimento alguno...» y bla... bla... bla...

Gabriela ya no lo escuchaba.

—¿Michael?

—¿Sí?

—¡Cállate! Me das dolor de cabeza.

Él la miró con gesto enfurruñado.

—Pero puedes reírte cuanto quieras, eso sin embargo me gusta —afirmó Gabriela levantándose—. ¿Vamos a almorzar?

Michael se levantó detrás de ella. «¿Le gusta mi risa? ¿O le gusto yo cuando río?», pensó con una sonrisa estúpida bailándole en el rostro. En realidad le era indiferente, ya que ambas opciones le levantaron el ánimo.

Buscaron un restaurante tranquilo y comieron en animada conversación, tratando temas del trabajo y disertando sobre lo que a ambos más les apasionaba, la Historia. Michael le explicó en qué consistiría su trabajo de la próxima semana y ella ofreció un par de sugerencias que fueron bien recibidas por su profesor. Antes de que Gabriela pudiera ofrecerse a pagar, Michael ya había dejado el dinero sobre la mesa. Ella enarcó una ceja en su dirección.

—Somos amigos, ¿no? Supongo que dejarás que te invite.

—Sí, somos amigos. —Ella sonrió pensando lo bien que sonaba esa frase. Hacía mucho tiempo que no tenía verdaderamente un amigo con el que se sintiera tan cómoda. Era probablemente porque ambos compartían los mismos intereses académicos. ¿No?

Si solo una hora tuviera

Cuando llegaron a la habitación del ático, Gabriela estaba exhausta. Los últimos días habían sido agotadores mental y físicamente, y miró la cama con absoluto deseo.

—¿Te importa si me acuesto un rato?

—No. Claro que no. Descansa. Yo me quedaré en el salón trabajando un poco. —Sonrió.

Gabriela despertó al atardecer. No había ni rastro de Michael. La puerta del salón seguía cerrada. Se levantó sin hacer ruido y entró sigilosamente en el salón, creyendo que él se habría quedado dormido en el pequeño sofá.

Michael había intentado trabajar un poco en el ordenador, pero demasiado cansado, optó por conectar la televisión y buscar algo que lo mantuviera alerta. Finalmente se decidió por comprobar qué películas de pago ofrecía el hotel. Dudó entre algunas que no había visto todavía, pero sin que fuera consciente del todo acabó seleccionando una que le llamó la atención, solo porque la actriz tenía cierto parecido con su ángel rubio, que dormía plácidamente en la sala de al lado.

Gabriela observó atentamente a Michael, que tenía la mirada fija en algo que emitía la pantalla, y se acercó un poco a examinar qué era lo que lo mantenía tan concentrado. Sonrió y se mordió un labio.

—Curiosa postura —exclamó observando a una mujer rubia que gemía profundamente mientras la penetraban dos hombres—. Siempre me he preguntado qué se sentirá.

—¡Joder!

Michael saltó en su asiento y cogió un pequeño cojín tapándose su entrepierna claramente abultada.

—Vamos, vamos. —Sonrió ella dándole unos golpecitos en la rodilla cuando pasó para sentarse a su lado—. No te vayas a sonrojar, que ya eres mayorcito.

—¡Mierda! —contestó él buscando el mando con la mirada y evitando el contacto con el rostro de Gabriela.

—¿Buscas esto? —Gabriela sostenía entre sus dedos el pequeño mando negro.
—Sí —masculló él—. ¡Dámelo!
—No, no —dijo ella negando con la cabeza—. La verdad, estoy bastante interesada en ver cómo se desarrolla el argumento de tan interesante película. ¿Con cuál se quedará? ¿Tú qué crees, Michael? Yo apuesto que con los dos.
—Gabrielle —gruñó él—, esto es del todo...
—¿Inapropiado?
—Sí, ¡maldita sea!
—¡Uy, si te has puesto rojo como un tomate! ¿Es que es la primera vez que ves porno?
—¡Claro que no! —Michael bullía de furia, que aumentaba a medida que veía cómo se divertía Gabriela.
—Entonces no creo que te importe que la vea contigo —aseguró ella recostándose sobre el sofá.
—De eso nada. —Él saltó de improviso sobre Gabriela para alcanzar el mando. Ella se retorció intentando huir y acabaron los dos en el suelo. Forcejearon unos instantes, pero él tenía más fuerza y era bastante más grande, así que la pelea acabó pronto. Todavía encima de ella, apretó con fuerza el botón de apagado del mando y este, pobre mando que no tenía nada que ver en la pelea, casi se quebró del impacto.
—No lo vuelvas a hacer —susurró broncamente Michael sobre ella.
—¿El qué? —inquirió Gabriela de forma inocente.
—Desafiarme.
—¿Por qué?
—Porque la próxima vez quizá no te guste el resultado final.
Ambos se sostuvieron las miradas a unos centímetros de distancia. Michael pensó: «La tengo tan cerca...». Pero no, las palabras de ella esa misma mañana «ese es el amor que siento por Piero», los separaron. Se levantó bruscamente y salió encerrándose en el baño.
Gabriela se quedó un momento aturdida en el suelo. Se había

Si solo una hora tuviera

sobrepasado. Había actuado con él como si fuera un amigo, pero en realidad no lo era, era su carcelero y su profesor. Se sintió francamente mal.

Al poco rato salió Michael. Se había duchado y puesto el pijama. Cogió un libro y se sentó en la cama a leer sin dirigirle ni una sola mirada.

Ella se acercó y se sentó junto a él.

—¿Estás enfadado?

—No.

—Pues lo parece.

—Déjalo, Gabrielle, soy mayorcito para estas tonterías.

—Lo siento, Michael. Yo solo quería que pasáramos un rato divertido.

Él tosió y carraspeó fuertemente.

—¿Pasar un rato divertido? ¿Viendo porno contigo? ¿Qué es lo que te propones? ¿Volverme loco?

—Esas son demasiadas preguntas. En realidad te vi tan avergonzado que solo quise hacerte comprender que...

—No me avergüenzo de ver porno, Gabrielle, soy un hombre adulto. ¿A ti te gustan? —Su tono había cambiado de enfadado a curioso.

—A veces las veo. No es que me apasionen, pero en ocasiones pueden resultar hasta divertidas.

—Y, por lo que me has señalado, tienes curiosidad por saber lo que se sentiría si dos hombres te poseyeran, ¿no?

Gabriela valoró la respuesta.

—No es que sea una de mis fantasías, pero sí, siento curiosidad. Tú ya lo has probado, ¿verdad?

—Sí. Pero no lo volvería a hacer.

—¿Por qué no?

—No me gusta compartir nada con nadie, y menos a una mujer.

—¡Ah! Pero has estado con dos mujeres, ¿o me equivoco?

Michael sonrió con suficiencia.

—Sí.

—¿Y?

—La experiencia fue mucho más agradable, pero también mucho más... agotadora.

—Entiendo —masculló Gabriela, y una imagen de él con dos mujeres desnudas le inundó el cerebro e hizo que se sintiera de repente enfadada—. ¿Y con un hombre?

—¡¿Qué?!

—¿Has estado con un hombre?

—Jamás. Ni estaré nunca.

—¡Ah!

Y de repente a Michael se le ocurrió algo.

—¿Y tú? ¿Has estado con una mujer?

Ella lo miró y desvió la mirada.

—Sí.

—¿Y?

—Fue... diferente. Tuvimos una relación intermitente durante varios meses. Nada serio. Hace varios años.

Michael se quedó con la boca abierta por... ¿undécima vez en dos semanas? Y una imagen, que le provocó un calambre en su entrepierna, de Gabriela desnuda entrelazada con otra mujer le estalló en el cerebro.

—¿Te gustan las mujeres? Quiero decir... ¿eres bisexual? —Michael se atragantó con la última palabra. Ni siquiera había pensado que como rival podría tener a otra mujer.

—No, no creo. O, por lo menos, me gustan mucho más los hombres. Aquello fue algo excitante, pero ya pasó.

Ambos se quedaron callados unos minutos. Michael con la imagen, que dudaba mucho pudiera olvidar en mucho tiempo, de Gabriela con otra mujer, y Gabriela con la imagen, que dudaba mucho pudiera olvidar en mucho tiempo, de Michael con dos mujeres, bailando en sus cerebros.

—Creo que es la conversación más sincera sobre sexo que he tenido con una mujer en toda mi vida —pronunció él finalmente.

—Eso es porque yo no soy una mujer. Soy tu amiga —dijo

Si solo una hora tuviera

Gabriela y le dio un beso en la frente, para a continuación levantarse y dirigirse al baño—. Me voy a duchar, ¿pides algo de cena?

—Claro —acertó a contestar Michael con la marca de sus labios en la frente. La idea de ser amigos ya no le parecía tan atractiva. «Me ha dado un beso en la frente, ¡joder!, en la maldita frente», masculló en silencio.

Ella regresó al poco rato con el pelo todavía húmedo y un aroma que le llegó claramente a sus fosas nasales de nata batida y algodón de azúcar. Rebuscó algo en el armario bajo la atenta mirada de Michael.

—Dime, querido, los calzoncillos están ordenados alfabéticamente, ¿no? En los Calvin Klein, ¿qué va primero, la c o la k? —expresó con voz gangosa imitando el acento inglés de la clase alta.

—Por la k, querida, siempre el apellido primero que el nombre, ¿acaso no lo recuerdas? —contestó él dejando que su acento educado fluyera libremente.

Ella se giró y lo miró. Ambos se echaron a reír a la vez.

—¿Cómo puedes ser tan meticuloso incluso con la ropa interior? —preguntó ella con una sonrisa.

—Me educaron así. Recuerda que me he pasado más de media vida en internados. Y tú, ¿cómo puedes ser tan condenadamente desordenada?

—Supongo que lo llevo en los genes. Aunque mis padres intentaron corregir esa costumbre, la impronta genética siempre ha sido más fuerte.

—Lo solucionaremos con armarios independientes —finalizó él levantándose de la cama para coger las bandejas de la cena. Ni siquiera se dio cuenta de las connotaciones de esa simple frase, que dejó a Gabriela con la boca abierta por primera vez desde que lo conocía. Si Michael la hubiera mirado en ese momento, ciertamente se hubiera alegrado de sorprenderla, al menos por una vez.

* * *

Se acostaron temprano. Michael tenía que madrugar al día siguiente y fue el primero en meterse en la cama. Se quedó en un lado, tendido de espaldas, con los brazos cruzados bajo su nuca. Ella se acostó un momento después en el otro lado, y se hizo un ovillo. Alargó una mano y apagó la luz, dejando la habitación envuelta en tinieblas.

Por un momento, Michael quiso girarse para atraparla con su cuerpo, pero lo pensó mejor. «Los amigos no se abrazan», se convenció mentalmente.

Gabriela se quedó un instante esperando que él la atrajera contra su cuerpo. Al ver que eso no ocurría, se giró y se apoyó en su pecho, rodeándolo con los brazos. Los amigos se abrazan, ¿no?, se convenció mentalmente.

Michael sonrió con satisfacción y posó una mano en su espalda, dibujando círculos invisibles con un solo dedo.

—Lo conocí en un curso de postgrado hace siete años. Él era mi profesor. Yo no lo seduje, ni siquiera hubiera sabido cómo hacerlo. Ni él tampoco me sedujo a mí. Simplemente nos encontramos, como si toda nuestra vida hubiera estado destinada a encontrarnos. Al principio nos rehuíamos con miedo a lo que podíamos sentir, pero en realidad todo fluyó con naturalidad. Demasiada naturalidad. Nos hicimos amantes a los pocos días. Él fue el primero. Me enamoré de él sin remedio, y creía que él también estaba enamorado de mí. Poco antes de terminar el curso lo llamaron de Roma. Dijo que nos habían descubierto, pero que intentaría solucionarlo todo para que pudiéramos estar juntos. Yo a esas alturas ya no podía imaginarme la vida sin él. Volví a Madrid y esperé totalmente desquiciada a que viniera a buscarme. No lo hizo. Llamó una tarde y me dijo que ya no me amaba, que todo había sido un error. Que lo olvidara y siguiera con mi vida. Pero no pude seguir, porque con él perdí parte de lo que era, y jamás volví a ser o sentir como antes de conocerlo. —Gabriela se quedó en silencio y respiró hondamente. Sentía que algo la estaba ahogando y temía la reacción de Michael. No se atrevió a mirarlo.

Si solo una hora tuviera

Michael exhaló el aliento que llevaba conteniendo desde que ella comenzó a hablar y recorrió su espalda con una mano fuerte y cálida.

—Tranquila, Gabrielle, todo aquello ya pasó. Ahora te has convertido en una mujer inteligente, decidida y fuerte. Sabrás qué es lo que tienes que hacer cuando llegue el momento. Me tienes a mí para ayudarte.

—Gracias, Michael —suspiró ella.

—¿Por qué?

—Por ser mi amigo. ¿Sabes? Hace mucho tiempo que no tengo un amigo de verdad.

—Me complace tener ese honor —barbotó él, aunque en realidad no le parecía para nada complaciente.

Cerró los ojos fuertemente y le dio un beso en la coronilla cubierta por rizos rubios, pensando que Gabriela no necesitaba saber cómo seducir a ningún hombre, era algo que llevaba impreso en los genes, igual que su desorden o su forma de sonreír de forma ladeada. También sabía que algo tuvo que ocurrir en Roma que impidió a Piero regresar a buscarla, porque él seguía amándola, aunque ella no lo creyese así. Y renunciando a sus propios intereses se decidió a averiguarlo y conseguir que Gabriela fuese otra vez feliz. Si tenía que ser con otro hombre, sería un mal menor, solo por ver brillar otra vez la luz en sus ojos tan tristes.

CAPÍTULO 12

Cuando Michael enseña y... aprende

El lunes fue un día infernal para ambos.

Michael despertó antes de que sonara el despertador sin haber conseguido dormir apenas nada, dándole vueltas a cómo encarar el tema con el padre Piero. Se vistió en silencio y, dejándola dormida, bajó a desayunar al restaurante del hotel.

Una vez en la Univerzita tuvo que soportar el interrogatorio de varios compañeros acerca de la ausencia de Gabriela. Explicó que había recibido un correo electrónico ofreciéndole disculpas por su comportamiento del viernes y que en él le comunicaba su ausencia, ya que se encontraba enferma. Todos parecieron creerlo, excepto Elena, que lo miró con tal mezcla de desprecio e incredulidad, que él se puso a la defensiva al instante. La profesora Applewhite parecía extrañamente decepcionada de que Gabriela no hubiera sido expulsada del seminario, y él por primera vez se preguntó en serio qué tenía esa mujer en contra de Gabriela. Tomó nota mental de concertar una reunión con ella para intentar averiguarlo, aunque no le apetecía lo más mínimo.

Al salir de sus clases, donde normalmente disfrutaba, respiró con alivio. Hasta para él habían resultado tediosas, y se dio cuenta de que le faltaba el rostro de Gabriela al fondo de la sala para que estas fueran más agradables. Se dirigió a su despacho y se en-

Si solo una hora tuviera

contró de frente con el padre Neri. Se paró frente a él, haciendo un esfuerzo de contención, intentando de forma infructuosa que no notara la furia reflejada en sus ojos azules.

—Profesor Wallace.

—Padre Neri. —Hizo hincapié en la palabra «padre».

—¿Tiene un momento?

—¿Qué quiere? —Sabía que estaba siendo brusco, pero era todo lo que podía ofrecerle, cuando en realidad quería darle una paliza.

—¿Ha tenido noticias de la profesora Ruiz de Lizárraga?

—Sí. He recibido un correo en el que me informa que estará ausente unos días. Algo relacionado con una gripe estomacal. Creo.

—¿Enferma? —inquirió extrañado el padre Neri. Michael se preguntó si este sabría que Gabriela era adicta.

—Sí —contestó escuetamente observando el rostro del padre Neri.

—¿Podría hacerme un favor?

—¿Cuál? —preguntó Michael sin comprometerse a nada en concreto.

—Ya que están en el mismo hotel, ¿podría acercarse a su habitación y comprobar que ella está realmente bien? Estoy algo preocupado.

—¿Y eso por qué?

—Porque hace muchos años fuimos buenos amigos —respondió él haciéndole un gesto de despedida con la mano, para dirigirse a una clase en la que le esperaban.

«¿Amigos? ¡Y una mierda!», pensó Michael con hastío. Estaba empezando a odiar esa palabra, que últimamente aparecía en cada conversación. Con gesto cansado y deseando volver ya a su habitación del ático, se dirigió a su despacho a cubrir el resto de las horas lectivas, sabiendo que iban a ser otra pérdida de tiempo.

Gabriela despertó cuando llamaron a la puerta y una voz anunció que era el servicio de habitaciones. Se quedó quieta en la cama y una camarera entró con una bandeja que depositó en la cómoda al lado de la puerta. Dándole los buenos días, salió y cerró la puerta con llave. Por fuera.

—¡No me lo puedo creer! Ha dado orden al personal del hotel de que me encierren —exclamó en voz alta. En ese momento le comenzó a hervir la sangre, que no dejó de subir de temperatura en todo el día.

Totalmente aburrida porque Michael no le había entregado todavía el material de estudio de esa semana, se encerró en el aseo y se dio un largo baño. Después se hizo la manicura, la pedicura y, en un alarde de tiempo que no sabía con qué llenar, se alisó el pelo. Lo que le llevó más de una hora. Vio su reflejo en el espejo y hasta ella se asombró del cambio. «Vaya, tendría que hacerlo más a menudo», pensó. Luego se maquilló un poco, disimulando el cardenal de la mejilla, que había adquirido tonalidades amarillentas.

Salió y vio la bandeja de la comida sobre la mesa. No tenía hambre. Sintió que apenas hacía un rato había desayunado. Era como estar en una habitación de hospital, en la que no tienes nada más que hacer que estar tumbado en la cama y comer. Así que, olvidándose de la bandeja, se dirigió al salón a comprobar sus correos electrónicos.

Tenía alguno de la universidad donde trabajaba, que contestó en unos minutos. Otro de Elena, que leyó con una sonrisa en los labios:

Mira, guapa:
Eso de que estás enferma no se lo cree nadie. Cuéntame ahora mismo qué es lo que has hecho este fin de semana, que seguro que es lo que te mantiene encerrada en tu habitación del hotel. Esto es muy aburrido sin ti. El profesor Wallace está cabreado, por lo visto tus disculpas no fueron lo suficientemente creíbles.

Gabriela paró de leer. ¿Disculpas? Mira que será creído, masculló entre dientes.

Si solo una hora tuviera

Su clase de esta mañana ha sido tan tediosa que hasta la profesora Applewhite, normalmente encandilada con nuestro guapo profesor, parecía disgustada. Esa mujer es la palabra amargura hecha realidad en un cuerpo de vieja apergaminada.

Gabriela rio sin proponérselo.

Me he tropezado con el padre Neri, me ha preguntado por ti. Hay muchas cosas que presiento no me has contado, y estoy deseando que empieces a desembuchar. Parecía bastante preocupado. Solo le he dicho lo que pienso, que seguro que te fuiste de juerga este fin de semana y que todavía estás de resaca. Él ha puesto un gesto de lo más extraño.

«¡Maldita sea!», pensó Gabriela ahora sin sonrisa alguna.

Por cierto, conecta el puñetero teléfono móvil, que para eso están.
Besos, cielo.
P.D. Por si es cierto que de verdad estás enferma, ¡cuídate!

Había otro mensaje en la bandeja de entrada. Uno que Gabriela no quería abrir. Se levantó y paseó por la habitación parándose en la ventana a observar a la gente transitar en la calle, sin pensar en nada concreto. Se giró, conectó el teléfono y comprobó sus llamadas perdidas. Había varias de Elena, otras de su hermana y cuatro de Piero. Gimió en alto sin proponérselo. Finalmente se sentó frente al ordenador y abrió el correo parpadeante. Tenía fecha del sábado por la tarde.

Gabriela:
Tenemos que hablar de lo sucedido. Hasta ahora dudaba que tú tuvieras los mismos sentimientos que yo, pero me lo has confirmado. Tengo que explicártelo todo, hay muchas cosas que desconoces y deberías saber. Por favor, no me rehúyas más. Si todo sale bien,

dentro de poco tiempo podremos estar juntos, para siempre, y hacer lo que siempre deseamos, formar una familia.

Te amo, te he amado siempre, cada día, siempre fuiste lo primero en que pensaba al despertarme y lo último antes de dormir. Y te amaré siempre, porque podré ser libre para quedarme a tu lado. Sobre todo ahora que sé que tú también me amas. No importa lo que haya ocurrido estos últimos siete años. Sé que has seguido tu vida y que has estado con otros hombres, pero también sé que al único que amas es a mí.

Por favor, ahora que está todo tan cerca de solucionarse, no te alejes.

Ti amo, *mi* Madonna

Estaba sin firmar. No hacía falta.

Gabriela notó lágrimas ardientes quemándole las mejillas. «¿Por qué ahora, Piero?», pensó. «¿Por qué ahora cuando ya es demasiado tarde? Nunca podremos recuperar los años perdidos, porque no fueron solo tiempo, fue vida, y hay cosas que no pueden volver atrás, que no pueden recuperarse, porque ya desaparecieron».

No contestó. Apagó el ordenador y cerró la tapa con un golpe que hizo que las teclas, de repente aprisionadas, casi se estrangularan en sus pequeños enganches metálicos, recibiendo un castigo dirigido a otro ser.

Cogió un libro y se dispuso a leer en la cama. Al poco rato, cansada de estar en la misma posición y de no conseguir pasar de las dos primeras frases, se deslizó hasta el suelo, se apoyó en sus brazos y lloró hasta que no le quedaron más fuerzas, quedándose finalmente dormida.

Estaba en esa posición cuando Michael la encontró. Por los altavoces del iPod sonaba la canción de Damien Rice *The Blower's Daugther*, recitando una y otra vez: «*No puedo apartar mis ojos de ti, ¿dije que te detesto? ¿Dije que te quería? No puedo dejar de pensar en ti...*». Supo que le había sucedido algo grave. Algo relacionado con el padre Piero, sumado a la situación de ansiedad por el síndrome de abstinencia y por estar encerrada en la habitación. Se preocupó y se inclinó sobre ella. Al principio creyó que se había desmayado o caído, pero observó cuidadosamente su respiración acompasada y se dio cuenta de que en realidad estaba dormida. En el suelo. «¿Es que no había otro sitio más cómodo en toda la habitación?», pensó absurdamente. Estaba situada boca abajo, con el rostro apoyado en sus manos y todo el pelo extendido a su espalda. Michael no pudo resistirse y, poniéndose en cuclillas a su lado, cogió uno de sus mechones completamente lisos, de tonalidades que iban del rubio nórdico hasta el castaño claro. Estaba preciosa y diferente. Y deseó verla desnuda tendida en la cama con todo ese cabello extendido a su alrededor. Y luego se arrepintió de desearlo. Ella no lo amaba. No lo amaría nunca. Y él tenía que encontrar la forma de ayudarla a recuperar al maldito padre Neri. Le apartó el pelo del rostro para despertarla y se puso tenso. Había marcas de lágrimas en sus mejillas. ¿Qué habría pasado? No le dio tiempo a pensar más. Ella se giró y con un pequeño quejido exclamó:

—Michael, ¿ya has llegado?

—Sí, ¿cómo estás?

—Mal. Muy mal. Odio estar encerrada. Estoy nerviosa. Cansada. Aburrida. Y tengo unas ganas tremendas de... —Calló al observar el ceño fruncido de él—. Lo siento. Tú has preguntado.

—Nadie dijo que fuera a ser fácil, más bien al contrario.

—Ya lo sé. Pero no está resultando difícil, sino imposible. No sé cómo podré resistir así toda la semana.

—Lo harás, Gabrielle.

—¿Por qué estás tan seguro?

—Porque confío en ti.

Ella se quedó en silencio. «Confío en ti». Nadie le había dicho eso en mucho, muchísimo tiempo. Y además sus palabras parecían sinceras.

—Sí, pero yo no confío en mí misma.

—Pues tendrás que comenzar a hacerlo, si quieres recuperar

tu vida. Porque, Gabrielle, lo que llevabas hasta ahora no era vida.

—¿Y es vida esto, Michael? —exclamó furiosa señalando a su alrededor la lujosa habitación del ático—. A mí me parece que no.

—Lo sé. Solo es el paso previo a recuperarla. —Michael le contestó de forma calmada y tranquilizadora.

Ella bufó y se levantó de un salto, haciendo que por el impulso Michael casi cayera hacia atrás. Miró la hora en su reloj y se dirigió corriendo al salón.

—¿Qué ocurre? —inquirió él siguiéndola.

—Es la hora del Skype con mi hermana. Si no me conecto es capaz de presentarse aquí mañana. Lleva todo el fin de semana intentando localizarme —explicó ella.

—De acuerdo. Te dejo sola. Voy a darme una ducha —dijo cerrando la puerta tras él.

Cuando Michael salió de la ducha, vestido con ropa deportiva, escuchó murmullos que provenían del salón. Con algo de curiosidad se acercó a la puerta cerrada. En realidad no quería escuchar. Le parecía infantil, pero una palabra pronunciada en un tono más alto le llamó la atención y finalmente se apoyó de forma descuidada en el panel que separaba una sala de la otra.

—Sigue siendo un cretino, pero un poquito menos.

«¿Quién es el cretino?», se preguntó Michael. «¿El padre Neri?».

—¿Un poquito menos, Gabi? ¿Qué te ha hecho cambiar de opinión?

—Que tiene una sonrisa preciosa, cuando sonríe claro, que es casi nunca. Se le marca un hoyuelo en la mejilla derecha muy gracioso.

—¡Maldita sea! Yo soy el cretino —masculló Michael. El cretino con un hoyuelo gracioso, que en ese momento se estaba acariciando bajo la superficie cerdosa de su barba sin afeitar. Y no supo si sonreír o enfadarse.

Si solo una hora tuviera

Se escucharon risas saliendo del altavoz del ordenador.
—Ya veo. Ya veo. O sea que al final no se viste con chaquetas de tweed, pantalones de pana, ni fuma en pipa, ¿no?
—No. Eso no. Pero a veces lleva unos calcetines a cuadros realmente espeluznantes. Deberías verlos. Te dan ganas de salir corriendo y tirarte por un puente ante semejante insulto a la moda.
Ahora sí que estaba empezando a enfadarse. ¿Chaquetas de tweed y pantalones de pana? Él jamás había vestido así. Pero ¿qué imagen tenía Gabriela de él? Michael apretó los puños contra su cuerpo en un acto claramente defensivo.
Más risas por parte de su hermana.
—Bueno, cariño, ¿cómo estás realmente? Me tenías preocupada, has estado tres días desconectada del mundo.
—Estoy bien, Adriana. Creo.
—Yo no estoy tan segura. Se te ve pálida y nerviosa. ¿Qué ha ocurrido? ¿Lo has visto?
—Sí.
—¿Y?
—Sigue tan guapo como siempre. Le han empezado a salir canas, pero eso solo hace que resulte más interesante. Su mirada es...
—¿Su mirada?
—Su mirada me hace estremecer y siento que estoy como al principio.
—¿Como al principio de qué? Porque yo no recuerdo nada bueno.
—Como cuando nos amábamos.
Se escuchó un hondo suspiro de ambas hermanas.
—¿Lo amas, Gabi?
—Sí, creo que sí, que jamás dejé de hacerlo.
—Te has acostado con él, ¿no?
—Sí. —El tono de Gabriela era de lástima.
—Gabi, Gabi, por Dios. Me lo habías prometido.
—Lo sé. Lo siento. Creo que desde que estoy aquí no paro de fastidiarlo todo una y otra vez. Me ha escrito un mensaje. Dice

que me sigue amando y que pronto será libre y podremos formar una familia.

Su hermana masculló algo que Michael no alcanzó a entender.

—¿Se lo has contado?

—No. Tengo miedo a que me rechace. No lo podría soportar.

«¿Qué es lo que oculta Gabriela?». Michael supo con certeza que algo mucho más grave que su relación con el padre Neri seguía estando escondido.

—Por favor, Gabi. Aléjate de él. No quiero perder a mi hermana otra vez.

—Yo... lo siento. No puedo prometer nada —dijo finalmente Gabriela.

—Bueno. No me has dejado más opción. Este viernes Marcos y yo iremos a Praga. Tengo que ver con mis propios ojos qué es lo que está ocurriendo realmente.

—¿No vendréis a vigilarme? Sabes que no lo soporto.

—No. Solo voy a ver a mi hermana, a la que más quiero.

—Claro. Es la única que tienes.

—Cierto, pero también es la que más quiero.

Michael dejó de escuchar y se alejó para pedir la cena con la mente bullendo como un caldero al fuego.

Un rato después salió Gabriela del salón y él la observó con cuidado. Parecía algo más relajada. Hablar con su hermana ciertamente le hacía bien.

—Michael.

—Ummm.

—Mi hermana y su novio vendrán este viernes. ¿No pretenderás tenerme encerrada aquí?

—Ummm —contestó él y, viendo la mirada furiosa que se estaba formando en su ángel, circundó la habitación buscando posibles objetos voladores. No vio ninguno a su alcance así que se relajó.

—Lo estoy diciendo en serio, Michael.

Si solo una hora tuviera

—Está bien. Veremos cómo transcurre el resto de la semana —concedió finalmente él.

Poco después, una vez que hubieron cenado y comentaron el material que le había llevado Michael para su trabajo de la próxima semana, se acostaron. Y como la noche anterior, él se quedó quieto esperando a que ella se acercara. Finalmente estaba a punto de quedarse dormido cuando de forma tímida y sigilosa ella alargó una mano y la pasó por su torso, luego se acercó un poco más y posó la cabeza sobre su pecho. Solo entonces, Michael cerró los ojos, feliz, y se durmió.

El martes fue peor, mucho peor que el lunes. Cuando Gabriela se despertó, Michael ya se había ido. Se asombró de que fuera tan sigiloso. Se giró en la cama y su rostro aplastó un papel. Lo cogió y leyó.

Gabrielle, espero que hayas tenido dulces sueños. Me gusta que me utilices de almohada, es gratificante para un cretino como yo. Espero que avances en el trabajo, si no vas a estar algo retrasada. Nos vemos esta tarde. M.

—Será... cretino. Sí, pero cretino con mayúsculas —masculló ella arrugando el papel con furia.

Cerró los ojos y volvió a quedarse dormida. Unas punzadas en el vientre la despertaron. Encogió las piernas y se abrazó a ellas. Se levantó y fue al baño a recoger su neceser, rebuscó de forma furiosa, tirando varios objetos al suelo, sin encontrar lo que buscaba. Porque lo que buscaba se había quedado en un cajón de su baño en España. «¡Maldita sea! ¿Y ahora qué hago?», pensó emitiendo un sordo quejido. Le dolía tanto que rebuscó desesperada en el pequeño botiquín que había llevado consigo. Con una mirada de incredulidad se dio cuenta de que Michael lo había registrado y le había dejado únicamente unas tiritas. Ningún analgésico, ni una simple aspirina. «Pero ¿qué demonios piensa que soy? ¿Es que cree que me voy a colgar con una aspirina?». Estaba empezando a estar dolorida y muy furiosa y le entraron ganas de golpear algo fuertemente, a ser posible la cara de su profesor inglés.

Cogió el teléfono y lo llamó. Comprobó la hora. Todavía estaría en clase, pero no le importó. Llamó hasta doce veces. Michael percibió que su teléfono vibraba dentro del maletín, pero creyendo que no era importante no lo miró hasta que terminó su clase. Cuando ya estaba en el despacho comprobó las llamadas y se asustó. Se asustó mucho.

—¿Gabrielle? —murmuró con un hilo de voz cuando escuchó el tono de llamada.

—¡Qué! —El sonido rebotó en su oído y de tan fuerte salió despedido por el otro.

—¿Qué ocurre? —Su tono seguía siendo preocupado.

—Necesito salir a comprar algo. Ya puedes ir llamando a recepción y que me abran la puerta o soy capaz de bajar escalando desde la ventana.

—De eso nada. No vas a salir sola a la calle. ¿Qué es lo que tienes que comprar? —lo preguntó con clara desconfianza.

—Unas cosas privadas.

—¡Ya!

—¡Maldita sea, Michael! No es lo que crees.

—¿Y qué se supone que tienes que comprar en concreto?

—Unos... artículos de higiene femenina.

—¡Ah ya! ¿Champú, gel... alguna crema en especial? Dime lo que necesitas y yo te lo llevaré al hotel —se ofreció de forma solícita.

«Está bien, tú te lo has buscado», pensó Gabriela con una sonrisa maquiavélica en su rostro dulce.

—Tampones y compresas. Sin alas, por favor. Y extrafinas.

Y Michael se quedó con la boca abierta. Por... ya nadie conseguía llevar la cuenta.

Si solo una hora tuviera

—Y ¿dónde puedo encontrar esos... esos... objetos?
—¿No eres profesor de Oxford? Pues apáñatelas, tío listo.
—Está bien —contestó furioso Michael a punto de colgar.
—¡Espera!
—¿Qué? —preguntó él temiéndose algo peor.
—Y chocolate. Necesito chocolate. Mucho.
—Pero si a ti no te gusta el dulce.
Escuchó mascullar algo entre dientes a Gabriela.
—El chocolate no entra dentro de la categoría de los dulces. El chocolate es... CHOCOLATE y punto.

Gabriela apagó el teléfono con tanta ira que la pantalla retembló de miedo.

Michael se quedó mirando el teléfono con gesto incrédulo. Nunca la había escuchado tan enfadada. Y no tenía ni idea de dónde, ni qué comprar exactamente. Había caído en la trampa como un niño ante una piruleta de fresa. Nunca había estado lo suficiente con una mujer como para intimar de esa manera. Normalmente, cuando llamaba para concertar alguna cita con alguna de sus compañeras sexuales y estas no podían, solía escuchar como excusa algo así como: «Lo siento cielo, esta noche no, ya sabes, cosas de mujeres». Él llamaba a la siguiente de la lista y con eso resolvía el problema. Y no entendía de cosas de mujeres, y en especial de una mujer en concreto. Con gesto algo angustiado salió de la Univerzita en busca de su encargo.

Entró en un supermercado camino del hotel. Cogió una pequeña cesta y buscó por los pasillos sintiéndose como Patton explorando el desierto. Finalmente lo encontró, y no supo qué hacer. Frente a él se extendía una estantería de cinco baldas desde el suelo hasta su cabeza llenas de cajas de artículos de higiene femenina. Y él no sabía ni por dónde empezar. Estuvo unos minutos observando cuidadosamente, cogiendo una caja y dejándola a continuación.

Dos cajeras lo observaban de forma curiosa.

—¿Crees que será algún tipo de fetichista raro de esos? —comentó la más joven a la otra.

—No creo. No tiene pinta. Yo más bien me inclino por que su mujer le ha enviado a comprar algo que ni siquiera sabe lo que es.

En ese momento, Michael, como no se decidía por ninguna, porque todas las cajas le parecían iguales, optó por lo que hacía siempre: elegir la más cara. Aun así, dudando, cogió el móvil y le sacó una foto a la caja en cuestión. Escribió un mensaje y se lo envió a Gabriela con una gran sonrisa de satisfacción adornándole el rostro.

Gabriela cogió su móvil al recibir un mensaje. Lo abrió y se quedó mirando la foto con gesto incrédulo a la par que enfadado. Debajo de una fotografía de una caja de compresas para pérdidas de orina había un texto: *Estas te sirven, ¿no?*

Michael abrió el mensaje de respuesta y su gesto sonriente cambió de forma radical: *¡Como me traigas ESO te lo comes!*

Las cajeras habían dejado de atender sus tareas para observarlo todavía con más curiosidad.

—¿Acaba de hacer una foto?

—Eso creo —contestó su homóloga.

Ambas escucharon maldecir a Michael muchas veces y en muchos idiomas. Finalmente la mayor de las dos, con gesto resignado, se levantó y se dirigió hacia él.

—¿Necesita ayuda?

—¿Cómo dice?

—¿Qué es lo que busca exactamente?

Y Michael, tragándose su orgullo y con las orejas totalmente rojas, respondió de forma apresurada:

—Tampones, y compresas extrafinas. Y sin alas. —Y luego, acordándose de ser educado, añadió—: Por favor.

La cajera se agachó y cogió varias cajas sin dudar ni un solo momento. Las dejó caer en la cesta con habilidad.

—Su mujer, ¿verdad?

—Ummm.

Ella rio.

—¿Necesita algo más?

Si solo una hora tuviera

—Sí. Chocolate.

—Está al fondo del segundo pasillo. ¿Quiere que lo acompañe?

—No será necesario. Gracias —contestó Michael alejándose rápidamente.

Pero frente al stand del chocolate volvieron a asaltarle las dudas. «¿Cómo es posible que haya tantas variedades? Si el chocolate es chocolate y ya está». Ahí no lo pensó mucho, cogió una tableta de chocolate con leche, otra de almendras, otra de pistachos, otra rellena de fresa... «No, esa no, que no le gusta». La dejó y la cambió por otra rellena de naranja. «¿Le gustará la naranja? Bueno, si no ya me lo comeré yo». Y otra rellena de menta. «Esta seguro que sí le gusta». Y como no le pareció suficiente compró una caja enorme de bombones. Por lo menos así tendría donde elegir.

Pagó todo bajo la sonrisa cómplice de ambas cajeras y se dirigió con paso rápido al hotel.

Gabriela ya lo había visto llegar por la ventana, así que lo estaba esperando en el centro de la habitación. Michael entró y se la quedó mirando. Abrió los ojos desmesuradamente. Su pelo, otra vez rizado, estaba recogido en una especie de moño sobre la cabeza, sujeto con dos lápices que sobresalían como los cuernos de un demonio. Su rostro estaba pálido y tenía profundas ojeras bajo los ojos. Y temblaba, temblaba de furia porque apretaba contra ella los pequeños puños como si estuviese pensando en estrangularlo.

—Aquí tienes —farfulló Michael tendiéndole la bolsa, pero sin acercarse demasiado a ella. Por un momento se preguntó si sería todos los meses así. Pero no, no era todos los meses así, y Michael lo iba a averiguar en un momento.

—¿Quién te has creído que eres? —preguntó ella arrancándole la bolsa de las manos.

—¿Yo? —inquirió él dudando.

—Sí, tú. ¡¡Cómo te atreves a registrar mi neceser y mi bolso y quitarme todas las pastillas que llevaba encima!?

—Porque es lo que tenía que hacer —respondió él sin avergonzarse en absoluto. Lo que hizo que Gabriela apretara más los puños y gruñera.

«¿Ha gruñido?», se preguntó Michael desconcertado. Frente a él tenía a Medusa con un ataque de furia y estaba empezando a darse cuenta.

—¿Crees que me voy a colocar con una aspirina?

—Yo... no estaba muy seguro, así que tiré todo.

—¿Todo? Yo te mato. ¿Sabes por lo que estoy pasando?

—Ehhh... En realidad no. ¿Es muy duro? —preguntó él rascándose la barbilla.

—¡Arggg! ¡Hombres! ¿Te han dado alguna vez una patada en los testículos?

Michael abrió los ojos y luego los entrecerró frunciendo la boca.

—Sí —afirmó mascullando y recordando cómo dolía.

—Pues yo me siento exactamente así, y no tengo ningún analgésico. Nada. Nada. Por tu culpa.

—No pienso darte ninguna pastilla, Gabrielle, pero dime si puedo hacer algo que te alivie —aventuró intentando calmarla.

—Sí, puedes hacer una cosa.

—¿El qué?

—Desaparecer de mi vista. Para siempre —contestó ella con la bolsa firmemente sujeta entre las manos. Y entró en el baño cerrando con tanta fuerza la puerta que hasta tembló la pared.

Michael no pensaba desaparecer, porque sabía cómo se sentía ella. Estaba mal, bastante mal, y estaba empezando a acusar el encierro y la falta de drogas. Y no le iba a fallar, así que se dirigió al salón, sacó su iPod del maletín y lo conectó a los altavoces. Estaba siguiendo un antiguo y sabio consejo: la música amansa a las fieras. Y Gabriela ahora mismo era una pantera enjaulada. Se quitó la chaqueta del traje, se deshizo de la corbata y se quedó esperándola escuchando su música preferida.

Si solo una hora tuviera

Gabriela salió del baño e, ignorándolo, se sentó en el sofá, rebuscó en la bolsa, sacó el chocolate y bufó al hacerlo. «¿Naranja? Pero mira que será remilgado. ¿Menta? ¡Bah! No hay nada más cursi». Desechó por completo la caja de bombones y atacó la más simple y la única que en realidad le gustaba, la de chocolate con leche. Porque Gabriela, aunque Michael todavía no lo sabía, era una mujer de gustos sencillos, por lo menos en cuestión de comida. De hombres... eso ya era otra historia. Empezó a comer y al momento notó que se tranquilizaba, por lo menos lo suficiente como para volver a mirarlo.

—Veo que no te has ido.
—No lo pienso hacer.
—¿Por qué?
—Porque prometí ayudarte. Y eso es lo que voy a hacer.

Gabriela volvió a gruñir y fijó su vista en un punto cualquiera de la pared. Luego cerró los ojos y escuchó.

—¿Vangelis? —preguntó.
—La banda sonora de *Miami Vice*.
—No fastidies.
—No. Es verdad. Aunque tú eres demasiado joven como para recordarla. —Él sonrió.
—Es muy bonita. Relajante incluso —dijo terminándose la tableta ante la mirada divertida de Michael.

La música cambió y por los altavoces sonó la melodiosa voz de Loreena Mckennitt.

Ella lo miró ahora más detenidamente.
—Tienes buen gusto para la música.
—También para otras cosas, Gabrielle.

Ella ignoró su comentario.
—¿Cuál es? No la reconozco.
—*Never Ending Road.*
—Es preciosa.
—Ven —exigió él acercándose y levantándola.
—¿Qué haces?
—Bailar. ¿No has bailado nunca?

—No. Sí. No desde... —Dejó la frase sin terminar y él adivinó por qué.

Michael la cogió y la abrazó con fuerza, con demasiada fuerza. Ella intentó pasar los brazos por su cuello, pero no llegó.

—Inclínate, Michael, eres demasiado alto.

Él sonrió y miró sus pies desnudos.

—Súbete.

—¿Dónde?

—A mí —afirmó él, y la alzó en brazos hasta posarla en sus zapatos. Ella se tambaleó un momento y se sujetó con más fuerza. Ahora sí que llegaba a su cuello. Con un suspiro se dejó caer sobre su pecho. Y él susurró a su oído como otro hombre había hecho hacía ya mucho tiempo: «*Todos los caminos conducen a ti, este es un viaje que no tiene final... Aquí está mi corazón y te lo doy a ti...*». Gabriela sintió que lágrimas ardientes asomaban a sus ojos, y no supo si era por el pasado o por el presente. Las manos de Michael le acariciaban la espalda con ternura y ella se deslizó hacia un estado de semiinconsciencia, que se vio bruscamente interrumpido cuando la canción terminó y cambió a otra completamente diferente. Ella lo aprovechó y se separó de él. Compuso el gesto y lo miró. Michael la estaba observando intensamente con los ojos súbitamente oscurecidos y ella no supo muy bien cómo reaccionar.

—¿ABBA? —preguntó.

—Sí —contestó él perdido en su mirada.

—¿*Chiquitita*? Por los dioses del Olimpo, Michael, a veces eres extremadamente...

—¿Cursi? —él terminó su frase.

—Sí. —Sonrió ella. Pero él no le devolvió la sonrisa. Se giró y se encaminó hacia la ventana. Se quedó de espaldas a ella observando el cielo cambiante de Praga refulgiendo sobre los tejados frente a ellos.

—¿Qué ocurre? —Gabriela se acercó y se quedó justo a su espalda.

Michael suspiró fuertemente.

Si solo una hora tuviera

—Esta canción me la cantaba mi madre al acostarme. Primero a mí y luego también a mi hermano. Él tiene solo dos años menos que yo. Me recuerda a ella. Cantaba realmente mal, pero para mis oídos era música celestial. Aunque la canción estaba dirigida a una mujer, eso no me importaba. La letra siempre me pareció adecuada para cualquiera. Pero eso ocurría solo en las escasas ocasiones en las que no estaba aquejada de uno de sus numerosos dolores de cabeza.

—¿Tu madre estaba enferma?

—Sí. No. En realidad, era alcohólica. O como lo definía ella, era una bebedora social. Todavía recuerdo estar asomado a la barandilla de la escalera de madera viendo cómo recibía a sus invitados y cómo bailaba y reía. Yo era demasiado pequeño para entenderlo, a mí me parecía preciosa. Era muy alta, rubia, con ojos azules y siempre tenía la atención de varios hombres sobre ella. Creo que eso fue lo que atrajo a mi padre. Ella provenía de una familia aristocrática pero empobrecida, escocesa, cerca de Inverness. Nunca había vivido en Londres hasta que se casó con él, y sin embargo se adaptó a la vida en la ciudad como una verdadera cosmopolita.

—¿Qué ocurrió? —Gabriela habló susurrando, temiendo interrumpirlo. Michael tenía la mirada perdida en el exterior y hablaba sin dirigirse a nadie en particular.

—Al principio solo era en las fiestas o los cócteles, luego comenzó a beber a diario. Una copita de jerez, decía, antes de las comidas. Un martini, después. Un combinado por la tarde. Y al final de la noche alguien siempre tenía que acostarla. No estoy seguro de por qué lo hacía. En cierto modo creo que fue porque no era feliz, aquella no era su vida, mi padre estaba siempre fuera en viajes de negocios, y mucho me temo que la engañaba, y ella lo sabía. Nunca lo llegué a saber a ciencia cierta. Quizá ninguno de nosotros la hacíamos feliz. Cuando ya era lo suficientemente mayor como para comprender ciertas cosas, me alejaron de la casa familiar para internarme en Eton y de allí pasé directamente a Oxford. La veía en las vacaciones escolares, y aunque ella se esforzaba por estar sobria, yo ya me daba cuenta de que en realidad tenía la mirada perdida de todos los alcohólicos, como si ya nunca fuese la misma persona. Mi madre había desaparecido dejando paso a un fantasma, a una carcasa hueca que se esforzaba en atendernos, al menos el tiempo que estábamos con ella, pero que respiraba aliviada cuando volvíamos al colegio. Murió hace cinco años. Ya te lo dije.

—Sí. Lo recuerdo. Pero ¿por qué dices que no pudiste salvarla? Tú eras solo un niño, ¿qué podías hacer?

Un gemido brotó de la garganta de Michael, sobresaltando a Gabriela.

—Cuando fui lo suficientemente adulto la llevé a un centro de desintoxicación. Era obstinado y terco, pero no contaba con que, para que ese tipo de terapias funcionen, la persona tiene que quererlo, desearlo incluso, porque de otro modo son inútiles. Ella no lo quería, y al poco de salir recaía. Una y otra vez. Los últimos años quedaba con ella los jueves de cada semana para almorzar juntos. Por lo menos, aunque no viviera en casa de mis padres, quería estar al tanto de cómo se encontraba. Aquel jueves ella no acudió y yo estaba demasiado enfadado pensando que había vuelto a emborracharse y olvidarse de acudir, como ya había hecho otras veces. Así que, en vez de ir a buscarla, decidí por mi cuenta y riesgo olvidarme del tema, creyendo que así le daba una pequeña lección.

Michael hizo una pausa y suspiró profundamente.

—Pero la lección la recibí yo. La encontró al día siguiente el ama de llaves tirada en el suelo, rodeada por un charco de sangre. Se había caído por la escalera golpeándose la cabeza. Estaba borracha, sí, pero también estaba vestida para salir a nuestro encuentro de los jueves. Si hubiera ido a buscarla la habría salvado. Pero no lo hice. Estaba harto de tanta excusa y de sentirme abandonado frente a una silla vacía. —El tono de Michael estaba tiznado de dolor, pero en él también estaba implícita la culpa que nunca desaparecería del todo.

Gabriela lo abrazó rodeando su amplio pecho con sus delga-

Si solo una hora tuviera

dos brazos y apoyó el rostro en la espalda de él, justo sobre el tatuaje del arcángel Miguel. Él sacó las manos del bolsillo de su pantalón del traje y se las cogió entre las suyas.

—Lo siento, Michael. No sabes cuánto lo siento. He sido una tonta todo este tiempo. Perdóname. Lo intentaré. Lo prometo. Dejaré de hacer tonterías.

Él no contestó, pero se llevó sus manos a la boca y las besó con cariño. Y a Gabriela no se le ocurrió otra forma mejor de consolarlo que haciendo una de las cosas que mejor sabía. Y titubeando al principio, y con más fuerza a medida que iba recordando la letra, cantó a su espalda la bonita canción *Chiquitita*, solo para él: «*Chiquitita, tú y yo sabemos, que las penas vienen y van y desaparecen, otra vez vas a bailar y serás feliz como flores que florecen. Chiquitita, no hay que llorar, las estrellas brillan por ti allá en lo alto. Quiero verte sonreír, para compartir tu alegría, chiquitita...*». Cuando terminó, Gabriela notó que el cuerpo de Michael temblaba y lo abrazó con más fuerza, apoyando otra vez el rostro en su espalda, sintiendo su calor y su fuerza. De la garganta de él brotó un ronco sollozo. Se volvió hacia Gabriela, le levantó el rostro y mirándola entre lágrimas le dio un beso en los labios.

—Gracias —murmuró. Y salió del salón para ir a encerrarse en el baño.

Michael se quedó unos instantes mirando su reflejo en el espejo. Odiándose a sí mismo. Y a la vez sin entender por qué ella no lo odiaba también. Desde que murió su madre había recibido palabras de consuelo de todos los que lo rodeaban, pero nunca nada tan sincero como lo que le había ofrecido ella. Una idea cruzó su mente como un destello. «Ella es como un ángel. No hay nada malicioso en todo su pequeño cuerpo». Y se dio cuenta de que iba a ser muy difícil separarse de ella dentro de cuatro semanas. Porque ella no lo amaba. Nunca lo amaría. Y eso era mucho más doloroso que la culpa que lo ahogaba desde hacía cinco años, y de la que había intentado huir desde entonces. Nunca había contado a nadie lo que sucedió realmente, y no llegaba a entender del todo cómo había podido sincerarse con ella. Pero había surgido de forma natural, porque con ella era así, no había dobles sentidos ni estrategias.

Tenía el día del funeral de su madre grabado a fuego en su mente. Había acudido toda la sociedad londinense a rendirle el último tributo. Falsos e hipócritas, chismorreando entre susurros el suculento cotilleo que había supuesto su muerte. Michael apenas pudo soportarlo. Recordaba haber apretado los puños con tanta fuerza que creyó partirse los dedos en el esfuerzo de no agredir a nadie. Cuando todos los asistentes por fin abandonaron la casa familiar, él se dirigió a la cocina y se sirvió un vaso largo de whisky. Se lo tomó de un sorbo y tiró el vaso contra la pared haciendo que este se rompiera en mil pedazos. En ese momento entró su hermano y se quedó mirándolo con una expresión ausente que él reconoció al instante.

—¿Cómo te atreves a presentarte en el funeral de mamá drogado, Raefer? —le dijo bruscamente.

—¿Quién eres tú para juzgarme? Ah, sí, el famoso y admirado catedrático de Oxford. Perdona, tu aura por un momento me había deslumbrado —contestó su hermano a su vez.

—Vete a la mierda, gilipollas —exclamó Michael hastiado.

—Ahí es donde estoy desde hace algún tiempo. Lo que tú no paras de señalar.

—¿Es que no te das cuenta de lo que estás haciendo? ¿No ves cómo ha terminado mamá? —Michael intentó suavizar el tono.

—Sí, lo sé. Como también sé que ese día había quedado contigo y que tú no viniste a buscarla. Si lo hubieras hecho quizá no tendríamos esta conversación. Pero claro, tú eres tan perfecto, que ver cómo otras personas no están a tu altura no lo puedes soportar, es eso, ¿no? —inquirió su hermano ceceando ligeramente—. ¡Oh! ¡Claro que es eso! Sabes que podías haberlo evitado y no lo hiciste.

Si solo una hora tuviera

A Raefer, en un estado en el que la realidad que lo rodeaba le era tambaleante y dispersa, no le dio tiempo a ver cómo el puño de su hermano mayor se dirigía justo a su cara. Solo cuando este estalló en su rostro le dio tiempo a farfullar algo incoherente, antes de caer al suelo, golpeándose con la mesa de mármol siciliano.

—¡Joder! —aulló. Se levantó de un salto y arremetió contra su hermano de cabeza, hincándosela justo en el estómago y haciendo que Michael retrocediera por el impacto hasta golpearse contra una vitrina donde guardaban la cristalería de Bohemia, que estalló en mil pedazos e hizo que ambos cayeran al suelo en un revoltijo de cuerpos y cristales rotos.

Su padre, ante el estruendo, entró rápidamente en la cocina. Se acercó a ellos y los intentó separar utilizando toda su fuerza.

—¿Es que ninguno de los dos tenéis respeto por vuestra madre? —gritó.

Ambos se levantaron sacudiéndose la ropa, en la que habían quedado prendidos pequeños trozos de cristal como lágrimas de diamante.

—¿La tuviste tú, padre? —abroncó Michael de repente.

—No te atrevas a hablarme así.

—Hablaré como me dé la gana. Ya no soy un niño al que puedas mandar lejos de aquí para que no vea lo que está sucediendo.

Su padre boqueó y enrojeció de repente.

—¡Fuera de aquí! ¡Los dos! ¡Ahora mismo!

—Con mucho gusto, padre —contestó Michael con voz tranquila. Ayudó a su hermano y lo arrastró fuera del domicilio familiar. Una enorme casa en las afueras de Londres, que había sido la tumba de su madre en vida. Aquella vez fue la última que Michael volvió allí, y también la última que tuvo contacto con su padre.

En el jardín ambos hermanos se miraron.

—Lo siento, Mike, no tenía derecho a decir lo que dije —se disculpó Raefer.

—No importa, Raefer. Sé que no eres tú mismo. Sabes que necesitas ayuda, ¿verdad? —afirmó Michael.

Su hermano comenzó a llorar calladamente.
Michael lo atrajo hacia él y lo abrazó.
—Ya está —le dijo—. Entre los dos buscaremos esa ayuda, ¿de acuerdo?
Su hermano asintió con la cabeza. Luego se separó un poco y lo miró a los ojos.
—Joder, Mike, era mamá, era mamá, ¿lo sabes?
—Lo sé —contestó simplemente Michael.

Michael se frotó furioso el pelo con una toalla cuando salió de la ducha, dejándoselo la mayoría de punta, y se puso unos boxer grises como única ropa. Esa noche nada le importaba. Abandonó el baño y vio a Gabriela esperándolo en la cama.
—Ven —le instó ella.
Él se acercó y se tendió a su lado.
—Abrázame —pidió Gabriela.
Él lo hizo sin rechistar y siguió en silencio.
Gabriela apagó la luz y se acomodó junto a su cuerpo. Michael le puso una de sus enormes manos justo en su vientre plano y ella posó la suya, mucho más pequeña, sobre la de él.
—Necesito tu calor. Necesito tu contacto —le dijo.
Y ambos se abandonaron al sueño.

CAPÍTULO 13

Yo sé perfectamente lo que le gusta
a Gabriela... ¡No, Michael, no lo sabes!

Michael despertó antes del amanecer y se deslizó con cuidado fuera de la cama para no despertar a Gabriela que, con un suspiro, apretó la almohada junto a su pecho como sustituto de su cuerpo. Él no tuvo más remedio que sonreír, y en un impulso tonto le dio un beso en la frente. Ella se removió, pero no llegó a despertarse. Creyó que esa noche no iba a ser capaz de dormir, sin embargo había tenido un sueño largo y reparador entre sus brazos. Sacudió la cabeza. No. No tenía derecho a pensarlo. Se vistió y la dejó dormida para dirigirse a la Univerzita Karlova. A solas en su despacho pensó en cómo abordar al padre Neri. ¿Qué demonios le iba a decir? Ni siquiera estaba seguro de que su intervención no empeorara las cosas. Agradeció no encontrárselo cuando a media tarde abandonó la facultad para dirigirse al hotel.

Cuando Gabriela abrió finalmente los ojos ante la claridad del día, Michael ya se había ido, esa vez sin dejar ninguna nota. Desayunó con calma y se centró en el trabajo de esa semana, encerrándose en el saloncito. Pronto no se acordó de otra cosa. Ni siquiera escuchó al servicio de habitaciones entrar para retirar la bandeja del desayuno, dejar la de la comida y adecentar algo la habitación y el baño. Se negaba una y otra vez a mirar el correo de Piero. Él no la había vuelto a llamar, estaba esperando una respuesta por su parte. Pero ella no estaba preparada para dársela. Todavía no. «¿Por qué?», se preguntó mirando fijamente la pantalla parpadeante del ordenador. «Porque habían pasado demasiadas cosas en esos siete años que dudaba mucho que él pudiese entender», le respondió su subconsciente. Necesitaba más tiempo. Más tiempo para calmarse y para ordenar sus ideas.

A Michael le dieron la bienvenida a la habitación del ático los dulces acordes de Smetana en *Má Vlast Moldau*. Entró con una sonrisa y se dirigió directamente al salón, donde surgía la música de los altavoces del ordenador. La había echado de menos, y eso que solo habían estado separados unas horas. Examinó la sala con detenimiento y no la vio. Frunció el ceño y se rascó la barbilla, a punto de girarse para volver a la habitación.

—Hola —le saludó una voz ronca que provenía de una esquina del salón.

Él miró hacia allí y solo vio unas piernas desnudas, que se elevaban siguiendo el cadencioso ritmo cruzando y descruzando los pies, escondidas detrás del sofá. Se acercó con curiosidad y la observó tendida boca abajo, tomando notas de un libro abierto junto a ella.

—¿Es que siempre tienes que estar tirada en el suelo? —preguntó con una sonrisa.

—Es bastante más cómodo que esa silla de madera, que parece sacada de algún tipo de tortura practicada por la Inquisición —respondió ella girándose y quedándose frente a él—. ¡Caramba! ¡Qué alto pareces desde aquí!

—Eso es porque soy muy alto —contestó él y le alargó la mano, que ella recogió para que la ayudara a levantarse.

—También tienes la cama, Gabrielle —sugirió cuando la tuvo de pie a su lado.

Si solo una hora tuviera

—La cama es para dormir. Además si tú no estás... resulta... no sé... ¿aburrida? —Pareció tan sorprendida por su comentario, que arrancó una carcajada a Michael.

—Me lo tomaré como un halago. Creo —dijo mirándola intensamente.

Pero ella ya había desviado la atención de su mirada para dirigirla a su teléfono móvil, que vibraba sobre el escritorio. Se acercó despacio, temiendo que fuera Piero. Cuando vio el remitente respiró.

—Hola, Elena —saludó y le hizo un gesto con el dedo índice sobre sus labios a Michael, indicándole que guardara silencio. Él asintió levemente.

—¿Dónde estás? Vamos, si puede saberse, porque acabo de estar en tu habitación y parece ser que está vacía.

—¿Vacía? —acertó a decir Gabriela, y pulsó el manos libres para que Michael escuchara.

—Sí, pero en realidad no importa. Las oportunidades solo se presentan una vez en la vida, así que, como estoy en el mismo hotel que el profesor Wallace, voy a aprovechar mi oportunidad.

—¿Qué? —Gabriela casi gimió.

Michael masculló algo ininteligible.

—¿Estás con alguien?

—¿Yo? ¡No! —Hasta para ella sonó falsa la respuesta.

—Está bien, ya me contarás. Te dejo. Voy a llamar a las puertas del amor —afirmó Elena y colgó.

En ese momento se oyeron unos golpes en la puerta de la habitación. Gabriela miró alrededor pensando dónde esconderse. Finalmente, y antes de que le diera tiempo a reaccionar a Michael, corrió al baño, se metió en la bañera y cerró las cortinas. Lo escuchó carraspear y la puerta se deslizó sinuosamente sobre la moqueta.

—Profesora Mendoza. —La voz profunda y grave de Michael parecía mostrar sorpresa.

—Profesor Wallace, ¿puedo pasar? —La voz de Elena, en cambio, sonaba como la melaza, dulce y pegajosa.

—¿Qué se le ofrece?

—¡Oh! Muchas cosas, profesor Wallace. Creo que algunas ya las debe conocer.

—Realmente no. ¿Quiere decirme a qué ha venido a mi habitación? Esto resulta del todo...

—Inapropiado —masculló Gabriela desde la bañera. ¿Es que no sabía decir otra cosa?, pensó cabeceando y emitiendo un suave resoplido.

—Inapropiado —terminó Michael.

—Yo creo que entre adultos no hay nada inapropiado, mientras ambos estén de acuerdo.

—Profesora Mendoza, usted misma lo ha dicho: mientras ambos estén de acuerdo.

—Profesor Wallace, ya va siendo hora de que encaremos esto de otra forma. Ninguno de los dos somos niños y he podido ver cómo le resulto atractiva, y desde luego usted también lo es para mí. Creo que estamos perdiendo un tiempo precioso para convertir este tedioso seminario en algo divertido.

—¿Tedioso?—Michael parecía enfadado.

«Este hombre es tonto», pensó Gabriela. Después de lo que le había dicho y solo se preocupaba por lo que pensaba Elena de sus clases. Escuchó movimiento desde su refugio y el golpe de algo contra el suelo, pero no supo muy bien qué era.

—¿Qué está haciendo? —preguntó un furioso Michael.

—Poniéndome más cómoda. Aquí hace demasiado calor. Vamos, Michael, no te hagas el estrecho ahora. He visto cómo me miras.

—¿Cómo la mira? —susurró Gabriela, que no se dio cuenta de que estaba apretando los puños con fuerza.

—Mire, profesora Mendoza, si alguna vez le he dado la errónea señal de que deseaba otro contacto con usted que el de mero profesor-alumna, le pido disculpas —explicó Michael con serenidad. Pero Gabriela notó que su enfado iba subiendo grados en la medida en que el tono de su voz se volvía más ronco.

—No soy ninguna idiota, sé interpretar perfectamente las señales —contestó Elena.

Si solo una hora tuviera

Hubo un silencio que cortó el aire de la habitación.

—¿Adónde va? —El tono de Michael era de urgencia.

—A refrescarme un poco. No me impedirá también entrar en el baño, ¿no? —exclamó Elena, retornado su inglés educado y formal.

—Yo no. Sí. ¡Maldita sea!

Y Gabriela no escuchó más palabras, sino una especie de gemidos entrecortados que emergieron de la boca de Elena. Se dio cuenta de que se estaba mordiendo un puño, y rápidamente lo soltó.

—¿Ves como yo tenía razón, Michael? —Elena volvió a hablar con tal tono de satisfacción que a Gabriela le dieron ganas de propinarle una patada en la espinilla.

—No le he dado permiso para que me tutee. Para usted sigo siendo el profesor Wallace —contestó Michael respirando fuertemente.

«¿Tiene la respiración agitada?», se preguntó Gabriela desde la bañera, y por un instante deseó que la puerta del baño tuviera mirilla para poder observar con total impunidad lo que estaba sucediendo en la habitación.

—Si usted lo prefiere, lo haremos así. No dude que tendré mucho gusto en gritar «¡Oh, profesor, mi profesor!» cuando llegue el momento.

Gabriela gimió y se tapó la boca con la mano.

—¿Hay alguien en el baño? —preguntó con extrañeza Elena.

—No. Es el ruido del cuarto de calderas.

—¡Ah! —Elena no parecía muy convencida, pero modificó de nuevo el tono de voz—. ¿Continuamos, profesor Wallace? —susurró con voz ronca y engolada.

—No. Estoy esperando a alguien.

—¿A quién?

—Eso a usted no le incumbe.

—¿No será a Gabriela?

—¿Quién? No. No sé dónde está la profesora Ruiz de Lizárraga. —Michael sabía mentir mucho mejor que ella. Gabriela se preguntó dónde habría adquirido esa habilidad, y enseguida lo averiguó: deshaciéndose de una mujer para encontrarse con otra. Y volvió a morderse el puño.

Finalmente escuchó el crujido de la puerta al abrirse.

—Está bien, profesor Wallace. Pero esto no quedará así, le aseguro que tenemos muchas más cosas de que hablar... y que hacer.

—Eso no lo dudo, profesora Mendoza. Que tenga un buen día.

Michael cerró la puerta y respiró hondamente. Luego corrió hacia el baño, donde Gabriela ya estaba saliendo de la bañera. Se quedó mirándola un momento, ella parecía estar realmente enfadada. Su rostro arrebolado y la tensión de su pequeño cuerpo se lo transmitían como si pudiese emitir ondas eléctricas.

—¿La has besado? —preguntó ella.

—Sí —contestó él sin avergonzarse lo más mínimo. «¡Joder! Ella se ha acostado con el padre Neri y se atreve a juzgarme a mí», pensó de forma furiosa. Y un segundo más tarde, entornó los ojos y la observó con detenimiento preguntándose: «¿Por qué le molesta tanto?».

—¡Oh! Muy bien —respondió de forma sarcástica ella.

—Bueno, en realidad, sí. Ha estado muy bien. Tu compañera Elena es bastante... habilidosa.

—¿Habilidosa? —Gabriela entrecerró los ojos y, al percibir una rápida respuesta de Michael, levantó una mano—. ¡Déjalo! No quiero saber nada. Es tu vida y la de ella. Total, estoy segura de que Elena me lo va a contar con todo lujo de detalles.

En ese momento sonó el teléfono de Gabriela. Ella comprobó quién era y sonrió sardónicamente.

—¿Ves? —le dijo mostrando la pantalla—. Ya está aquí —afirmó aceptando la llamada.

—¡Gabriela, cielo! ¿A que no sabes a quién le acabo de meter la lengua hasta la campanilla? —soltó Elena.

Gabriela intentó mostrarse calmada.

—Déjame que lo adivine, ¿a tu profesor preferido?

Si solo una hora tuviera

—Sí. ¿Tienes un rato? Tengo muchas cosas que contarte...

Gabriela se dirigió al salón y cerró la puerta en las mismísimas narices de Michael, que se quedó en la habitación con el ceño fruncido, como era su costumbre. Elena era una mujer atractiva y desde luego no podía negar que se sentía en parte atraído por ella, y además parecía bastante desinhibida. Quizá fuera un bonito premio de consolación, ya que su ángel rubio estaba destinada a otro. «Pero», pensó de nuevo pasándose la mano por la incipiente barba, «¿por qué le ha molestado tanto que la besara? ¿Es que no se ha dado cuenta de que era para que Elena no la descubriera en el baño? ¡Mujeres! ¡Jamás llegaré a entenderlas!». Con un suspiro resignado, se giró y se dirigió a darse una ducha bien fría al baño.

Aquella noche, cuando él salió del baño, ella ya estaba acurrucada en una esquina de la cama y había apagado la luz. Era obvio que seguía enfadada, pero él seguía sin entender por qué. Habían cenado en un incómodo silencio, y luego ella se había dado un baño del que tardó más de una hora en salir. Estaba claramente evitándolo. Pero eso se iba a acabar. Alargó un brazo y la atrajo hacia él en la oscuridad.

—Déjame —protestó ella sin mucha energía.

—No.

—¿Por qué?

Él se mantuvo en silencio un momento.

—Porque lo necesito para dormirme —dijo finalmente, asombrándose de que fuera cierto.

Ella bufó. Literalmente. Él la ignoró.

—¿Cómo te encuentras?

—Bien.

—¿No hay dolor? ¿Estás ansiosa o nerviosa?

—No. En realidad, estoy enfadada.

—Ya lo he notado. Pero no entiendo por qué.

—Yo tampoco, Michael. Limítate a dormir, ¿vale? Y deja de intentar analizarme a cada instante. Me molesta.

—Lo hago porque me preocupo por ti.
—Lo sé, pero creo que ya no es necesario. Empiezo a necesitar estar sola.
—No pienso dejarte regresar a tu habitación.
Ella se revolvió hasta quedarse frente a él. La habitación estaba en penumbra, pero distinguía sus rasgos recortándose contra la tenue luz de las farolas de la calle que se filtraba por las cortinas.
—Creo que te estás excediendo.
—No. No lo creo.
—No pienso volver a esconderme en la bañera mientras tú te acuestas con Elena en nuestra cama.
Él rio. «Así que es eso», pensó aliviado.
—Eso no será necesario.
—¿Por qué no?
—Porque no tengo ninguna intención de acostarme con Elena en nuestra cama. Este lugar es solo nuestro, tuyo y mío, de nadie más.
—De acuerdo, Michael. No soy quién para decirte lo que tienes que hacer con tu vida sexual.
«Sí lo eres, Gabriela, sí lo eres», pensó Michael, pero no pronunció una sola palabra más.
Gabriela se giró y dejó que él la acomodara contra su cuerpo. Antes de dormirse tuvo un único pensamiento: él no le había dicho que no pensara acostarse con Elena, sino que no lo iba a hacer en la cama que compartían. Cerró los ojos con fuerza y una lágrima solitaria se deslizó por su mejilla sin saber muy bien por qué su cuerpo la traicionaba de esa forma tan cruel.

El viernes llegó deprisa. Muy deprisa. Michael estaba cerrando su ordenador en el despacho de la Facultad de Teología a media tarde con una extraña sensación de tristeza. Ya había pasado una semana, y en vez de estar pensando en cómo disfrutar del fin de semana con Gabriela, estaba lamentando que su hermana fuera a visitarla. Era cierto que se alegraba por ella, la excitación

Si solo una hora tuviera

de Gabriela era palpable desde el comienzo de la mañana, incluso se había despertado antes que él, y eso solo en sí mismo ya era toda una proeza. Pero no estaba muy seguro de que lo quisiese a su lado durante los dos días siguientes. Comprendía que quisiera estar a solas con su hermana. También se sentía muy orgulloso de su pequeño ángel. Llevaba una semana sin consumir, en realidad no parecía que la hubiera afectado demasiado, quizá, como afirmaba ella, no fuera una persona acostumbrada a depender de las drogas. Si bien era cierto que casi todos los días había notado cierto aroma a tabaco en la habitación, que ella había intentado disimular utilizando su perfume como ambientador, tampoco era como para reprochárselo. Un suspiro de alivio llenó el silencio del despacho. Y pensó en cómo recompensarla. «Le compraré un regalo, un bonito regalo, solo para ella». Y con el ánimo más decidido se encaminó a la calle Parizska, donde sabía encontraría las tiendas más exclusivas de la ciudad.

Caminó durante un rato recorriendo la calle empedrada, parándose en varios escaparates, pero sin decidirse por nada en concreto. Finalmente se quedó quieto frente a Tiffany, donde un expositor de cristal blindado mostraba las más exquisitas joyas que la marca tenía. Pero todo le pareció demasiado sencillo para ella. Unos pendientes de diamante, no, le pareció poco. Quizá una pulsera de oro blanco. No, jamás la había visto con pulseras. ¿Un reloj? Eso era algo útil y hermoso a la vez. Lo descartó, ella llevaba un reloj de plata, sencillo pero elegante, como ella. Comprarle algo más caro sería como insultarla.

Siguió caminando sin rumbo fijo hasta que un escaparate, mucho menos adornado que los anteriores, le llamó la atención, y entró sin pensárselo dos veces en el espacio de un anticuario muy reconocido en la ciudad. El hombre mayor, casi calvo y con gafas, observó al joven vestido de traje y con maletín que se deslizaba entre su mercancía cogiendo algún objeto y volviéndolo a dejar, sin que al parecer nada le interesara en concreto. Sin embargo, el anticuario, con más de cuarenta años de experiencia, se dio perfecta cuenta de que ese hombre no era un simple aficionado, ni alguien que había entrado a curiosear. Parecía reconocer algunos objetos y sus ojos brillaban con admiración ante las antigüedades expuestas. Lo dejó elegir sin inmiscuirse en su decisión. Él finalmente se detuvo frente a una vitrina en la que, casi escondidas, tenía sus mejores joyas. Y algo pareció llamarle la atención definitivamente. Entonces el anticuario se acercó.

—¿Puedo ayudarle?

—Ummm. Sí. Me gustaría ver ese broche —contestó Michael señalando un broche de ágata rosácea con el grabado de una joven rubia y con rostro de ángel enmarcado en una serie de filigranas entrelazadas de oro viejo.

—¿El camafeo?

—Sí —Michael asintió. En cuanto lo vio supo que tenía que ser para ella. Era lo suficientemente especial, distinto, singular, como lo era ella. Estaba seguro de que Gabriela no tendría nada ni remotamente parecido.

Sí, en eso Michael estaba completamente en lo cierto.

El anticuario abrió el expositor y, poniéndose unos guantes de algodón, se lo mostró en su mano extendida.

Michael lo observó cuidadosamente. La mujer retratada vestía como a finales del siglo XVIII, y lo observaba desde su grabado con una mirada clara y directa, y sin embargo dulce, como ella, como Gabriela. Siempre le habían fascinado los retratos antiguos, cómo el pintor había sabido captar la esencia de ese personaje, que un día fue real, y que por un instante cada vez que otro ser lo observaba volvía a cobrar vida.

—¿Finales del siglo XVIII? —aventuró Michael.

—Primera decena del XIX, ha estado cerca, joven. —El anticuario sonrió.

—¿Alemán?

—Austriaco. Tengo el certificado de autenticidad, si quiere comprobarlo.

—No será necesario —contestó Michael.

—Ya veo que es usted un entendido.

—No. Un simple aficionado. Solo soy profesor de Historia

Si solo una hora tuviera

—afirmó Michael por primera vez en toda su vida con algo de humildad.

—¿Es un regalo?

—Sí —Michael sonrió.

—¿Para su madre o su abuela?

A Michael se le borró la sonrisa.

—No. Para una amiga. Joven. Más joven que yo.

—¡Ah! Lo siento. Yo supuse... —La disculpa murió en los labios del anticuario, a la vez que pensaba que aunque ese hombre entendiera de Historia, de mujeres estaba claro que no.

—Ella también es profesora de Historia. Estoy seguro de que le gustará. De hecho, le apasionará —aseguró Michael intentando convencerse a sí mismo.

—Quizá tenga razón. No obstante, una joya será siempre una joya —comentó el anticuario dirigiéndose al mostrador a envolver el preciado camafeo que atesoraba más de doscientos años de antigüedad.

—Espere. —El tono brusco de Michael lo detuvo.

—¿Algo más, caballero?

—Sí —dijo él, y señaló una tiara de oro blanco tallada en delicadas hojas que se entrelazaban con pequeños diamantes que centelleaban ante las luces de los halógenos de la vitrina—. También me llevo la tiara.

—¿La tiara? —El anticuario se mostró sorprendido—. ¿Se va a casar?

—¿Yo? No, ¿por qué?

—Bueno, en ocasiones se suelen utilizar para sujetar los velos de novia. En realidad es una pieza rusa, de los años previos a la Revolución, rescatada por una duquesa, que la cosió al dobladillo de sus faldas cuando huyó de Rusia. Era su tiara de boda.

—Entiendo. Bueno, quizá ella la utilice algún día para eso. —Michael suspiró.

—¿Es para la misma joven? ¿Su amiga?

—Sí.

—Pues, si me permite un comentario, quizá esa joven no sea

una simple amiga, ¿no cree? La tiara es la mejor pieza de mi colección —señaló el anticuario, haciéndole ver que en realidad costaba una fortuna.

—No. Es solo una amiga. Y sí, me llevo las dos cosas —asintió Michael, entregándole la tarjeta de crédito que sabía no tenía límite.

El anticuario se entretuvo unos momentos preparando los dos paquetes, mientras le mostraba los certificados de autenticidad y le tomaba los datos. Con gesto decidido, Michael recogió sus regalos y se encaminó con paso firme en dirección a su hotel.

Gabriela estaba emocionada. Inquieta. Y nerviosa. Por dos cosas claramente diferenciadas. Por un lado iba a ver a su hermana y, por el otro, Michael antes de irse le había entregado la llave de su habitación y la del ático. No había explicado nada, pero su gesto le demostraba con solo una mirada que por fin era libre. Y sin embargo no salió en toda la mañana. La simple idea de su libertad ya era suficiente. Se centró en terminar su trabajo y lo dejó en el escritorio a la espera de que él se lo corrigiera ese fin de semana. Comprobó la hora. Tenía el tiempo justo para ducharse, arreglarse y bajar a esperar a su hermana y a Marcos, su prometido. En ese momento llamaron a la puerta. Ella la abrió y vio a la joven que normalmente estaba en recepción.

—Señora, esta mañana ha venido un caballero y ha dejado un paquete para usted. Quería subirlo a su habitación, pero como he supuesto que él quizá no sabía que usted se había trasladado, lo he recogido con la promesa de entregárselo cuando la viera. —Habló de forma apresurada, como temiendo una reprimenda.

—Está bien. Gracias. Ha sido muy amable —dijo Gabriela sonriéndole, recogiendo el paquete de su mano y ofreciéndole una propina a cambio.

Cerró la puerta tras ella y se quedó mirando el paquete envuelto en papel de regalo. Era una pequeña caja, no más grande que su puño. «¿Quién me ha dejado un regalo?», pensó con desconfianza. Probablemente alguien que no supiera que ella odiaba las sorpresas que venían envueltas en papel satinado. Lo abrió sin más preámbulos y un gemido entrecortado brotó de su garganta. El aire de la habitación de repente desapareció dejando paso a la ya familiar sensación de estar ahogándose y cayendo por un precipicio. Tuvo que sentarse en el borde de la cama, y las lágrimas volvieron a brotar de sus ojos.

—Me gusta el color de tu piel a la luz del sol. Es como si centelleara y saltaran pequeñas estrellas alrededor de ti. —La voz grave de Piero se había vuelto de repente ronca.

Gabriela se giró para mirarlo con detenimiento. Él estaba tumbado de costado, con la cabeza apoyada en su brazo doblado, y la miraba con intensidad. Demasiada intensidad. Ella rodeó con los ojos el pequeño espacio escondido en los jardines de la Universidad Pontificia, donde se habían recluido esa tarde amparados por los parterres de flores que los mantenían ocultos de miradas indiscretas. Podía notar el frescor de la hierba bajo su cuerpo, el calor de los últimos rayos de sol de la tarde de verano, el olor de la tierra mojada y sobre todos ellos, el fuerte y vibrante aroma de las rosas que los envolvían.

—¿En qué estás pensando, Piero? —susurró.

—En ti. Siempre estoy pensando en ti —contestó él alargando una mano morena para levantarle la delgada blusa de gasa y posar los dedos en la curva de su vientre.

Ella se estremeció ante su contacto.

—No podemos. Aquí no. Nos puede ver alguien.

—Lo sé. Pero no puedo dejar de tocarte si estás a mi lado. La sensación es tan fuerte que me duelen los dedos si no rozo tu piel, aunque sea solo un instante.

Ella suspiró y se acercó a él, que la recogió en sus brazos, la tumbó bajo él y la besó con pasión apenas contenida. Ella gimió y se apretó más a él. Piero por un momento siguió besándola, para parar de repente apartándose bruscamente.

—Mi *Madonna*, me estás volviendo loco. Por un momento he olvidado dónde estábamos.

Su gesto mostraba tal frustración que ella rio, con esa risa cristalina que parecía acallar los sonidos que había a su alrededor. Por un momento Piero pensó que hasta los pájaros que volaban de un árbol a otro en los últimos cantos del crepúsculo se habían silenciado para escucharla. Se volvió y arrancó una rosa roja, que todavía guardaba en el interior de sus pétalos gotas del rocío de la mañana, y con una pequeña reverencia se la entregó.

—¿Y esto? —preguntó simplemente ella, mirándolo con curiosidad.

—Soy un hombre pobre, *mio amore*, solo puedo ofrecerte una rosa, aunque te prometo que algún día te compraré una joya que brille como lo hace tu piel acariciada por el sol.

—No necesito joyas, Piero. Tú eres todo lo que necesito. Lo demás no importa —dijo ella cogiendo la rosa y, acercándosela a la nariz, aspiró su profundo aroma.

—*Ti amo*, lo sabes, ¿verdad?

—Lo sé —contestó ella volviendo su rostro hacia él—. ¡Ay! —exclamó de pronto.

—¿Qué ocurre? —él se incorporó rápidamente.

—Nada. Me he clavado una espina —respondió ella algo avergonzada.

—Déjame ver —exigió Piero, y le cogió entre las manos el dedo, del que brotaba una sola gota de sangre carmesí. Lo acarició y finalmente se lo metió en la boca chupando con delicadeza y firmeza a la vez.

Gabriela gimió.

—Vámonos a casa —susurró roncamente ella.

—Sí —dijo él soltando el dedo como si le doliera—. Te prometo, *mio amore*, que algún día te regalaré una rosa que no tendrá espinas.

La cogió entre sus brazos para levantarla y, caminando depri-

Si solo una hora tuviera

sa, flotando entre ellos la excitación palpable y el deseo del contacto físico, se dirigieron al santuario que era el apartamento de Piero, donde se amaron sin temor a que los descubrieran, toda la noche.

Gabriela dejó caer al suelo enmoquetado de la habitación del ático de su hotel de Praga un colgante de oro, con una rosa delicadamente tallada, que sujetaba entre sus pétalos un pequeño diamante. Se inclinó peligrosamente hacia delante temiendo ser engullida otra vez por los recuerdos y lloró de forma amarga y doliente. Ni siquiera se percató de que dentro de la caja forrada de terciopelo, donde estaba refugiada su rosa sin espinas, había una pequeña nota, que se deslizó flotando hasta quedar medio escondida debajo de la cama.

Una vez llegó al hotel, Michael se quedó inmóvil en el hall, sin saber muy bien qué hacer. Se asomó descuidadamente al bar y vio a Gabriela. La observó con cuidado sin percibir que él también estaba siendo observado. Estaba preciosa, se había vestido con unos pantalones negros ajustados, unos botines de tacón y una blusa de seda suelta y solo abotonada hasta el comienzo de su pecho. Su sencillez solo remarcaba más sus atributos, los rizos caían de forma descuidada enmarcando su rostro y reía por algo que su acompañante había comentado. Frunció el ceño y se rascó la barbilla sin saber si entrar y saludar, o subir a la habitación y mandarle un mensaje esperando que ella decidiera.

—Tú debes ser Michael —escuchó una voz a su derecha.

Él se volvió sorprendido a la mujer que había hablado. Una joven muy alta, de pelo castaño claro liso y ojos marrones.

—¿La conozco? —preguntó él todavía frunciendo el ceño.

—No. Pero yo a ti sí. Soy Adriana, la hermana de Gabriela.
—Ella sonrió por primera vez y él se dio cuenta del parecido. Te-

nían el mismo rostro, solo que el de Gabriela parecía mucho más dulce, o a él le parecía que era así.

—¿Cómo sabías quién era yo? —Intentó sonreír pero solo consiguió una mueca.

Ella rio, con una risa muy parecida a la de Gabriela.

—Porque estás frunciendo el ceño y miras a mi prometido como si quisieras estrangularlo.

—No estoy haciendo eso. —Él intentó defenderse.

Ella volvió a reír.

—¡Oh! Sí lo haces, y por lo visto muy frecuentemente, por lo que dice mi hermana.

—¿Te ha hablado de mí? —Michael intentó que su voz no transmitiera la curiosidad que sentía.

—Sí. Mucho. La verdad. Aunque no creo que ella se haya dado cuenta.

—Espero que no todo haya sido malo —dijo él acordándose del retazo de conversación que había escuchado solo unos días antes.

—No. Todo al menos, no. —Ella se quedó un momento observando a su hermana—. ¿Cómo está, Michael? Dime la verdad. Sé que hay algo entre ella y tú que no alcanzo a comprender. Solo sé que la estás cuidando y eso ha hecho que estos últimos días no haya podido dormir demasiado.

—Creo que ahora está bastante bien. Deberías preguntárselo a ella.

—Te lo estoy preguntando a ti —replicó ella directamente, como solía hacer Gabriela—. ¿Ha vuelto a consumir?

—¿Cómo? —Michael se atragantó y carraspeó inquieto.

—Veo que lo sabes. ¿Lo ha hecho, Michael?

—Sí. Pero ¿cómo lo sabes tú? Ella me dijo que nadie lo sabía.

—Soy su hermana. Puedo ver cosas aunque ella no me las cuente.

—Deberías hablarlo con ella. Yo... intento ayudarla y creo que va por el buen camino, pero no sé si será suficiente. De todas formas, creo que esta conversación está siendo algo... —Adriana no le dejó terminar la frase.

Si solo una hora tuviera

—¿Inapropiada? —sugirió ella. Michael la miró entornando los ojos y ella volvió a reír—. Te lo había dicho, ella me ha contado muchas cosas de ti.

Al escuchar una nueva carcajada proveniente de Gabriela, ambos se giraron a observarla.

—Le he comprado un regalo —soltó de pronto Michael.

—¿Ah, sí? —Adriana parecía verdaderamente interesada.

—Sí.

—¿Puedo saber qué es?

—Un camafeo del siglo XIX, tiene un retrato de una joven rubia y está enmarcado en filigranas de oro viejo —explicó él con una grata sonrisa de satisfacción en su rostro.

—¡¿Qué?! —exclamó Adriana horrorizada.

Él la miró sin comprender.

—Es una antigüedad de mucho valor —se defendió él sin entender por qué lo estaba haciendo.

—Y dime, Michael, ¿ves algo antiguo o recargado o que te recuerde al siglo XIX en mi hermana?

Él volvió a observar a Gabriela. ¿Eran pequeñas calaveras esos dibujos del pantalón?

—No —dijo finalmente—. No. —Y masculló en varios idiomas, lo que hizo que Adriana lo mirara de forma incrédula.

—Vaya, así que eso también es cierto. Por lo que veo, dominas muchos idiomas, Michael.

—Sí, pero no domino el arte de hacer regalos, ¿no?

—Bueno, desconozco qué tipo de regalos has hecho a otras mujeres, pero desde luego, una cosa debes saber: Gabriela odia los regalos, las sorpresas, todo lo que venga envuelto y dirigido a ella. Lo debe llevar impreso en los genes, como lo de ir siempre descalza. —Hizo una pausa y lo miró directamente—. Ya veo que te resulta familiar. Pero también te digo una cosa, si ella no huye horrorizada cuando le entregues el camafeo, te la habrás ganado.

—También le he comprado una tiara rusa, de oro blanco y diamantes, de antes de la Revolución —barbotó él.

Esa vez fue Adriana la que se atragantó y tosió sin disimulo alguno.

—¿Y para qué demonios iba a querer mi hermana una tiara rusa?

—El anticuario que me la ha vendido me dijo que se solían utilizar en las bodas... Ummm... para sujetar el velo —explicó Michael. Lo que no explicó fue que cuando vio la tiara expuesta sintió la necesidad de comprársela a Gabriela, porque le recordó muchísimo a la corona de la reina de los elfos, y en realidad estaba deseando vérsela puesta. Solo la tiara, sin nada más sobre su cuerpo.

—Michael —dijo ella cogiéndolo del brazo—, deberías hacértelo mirar por un especialista. Anda, vamos, que seguro se están preguntando dónde nos hemos metido.

Y Michael siguió a Adriana, agradeciendo que fuera ella la que decidiera por él, aunque solo fuera por una vez en la vida.

Gabriela se volvió a ellos cuando los vio acercarse sonriendo. «¡Tiene una sonrisa preciosa!», pensó Michael sintiéndose súbitamente azorado, lo que no le sucedía muy a menudo. Bueno, en realidad, nunca.

—Veo que ya os habéis conocido —dijo ella.

—Sí —contestó Adriana, luego se giró hacia Michael, que seguía con la mirada perdida en el rostro de Gabriela—. ¿Entiendes el castellano?

—¿Qué? —murmuró él reaccionando—. Sí. Bueno, no lo hablo perfectamente, pero puedo seguir una conversación.

—Entonces no se hable más. Vamos a cenar. Y conversaremos en castellano. Marcos no entiende una sola palabra de inglés —explicó Adriana. El susodicho se encogió de hombros y le tendió la mano a Michael. Este se la estrechó con fuerza y esbozó una sonrisa sincera.

Los cuatro salieron a la fría noche checa. Michael se acercó a Gabriela y en susurros le habló:

Si solo una hora tuviera

—¿Estás segura de que quieres que vaya? Si quieres estar con ellos a solas, puedo quedarme perfectamente en el hotel.

Ella se giró y le sonrió con calidez.

—Vamos, tonto. —Entrelazó un brazo por el suyo—. ¿Cómo voy a querer dejarte encerrado en la habitación? Aunque, ahora que lo dices, parece una idea tentadora... Sería mi pequeña venganza por esta semana de tortura.

Él sonrió y dobló su brazo para que ella se apoyara con comodidad. Caminaron en agradable conversación hasta llegar a un pequeño restaurante de comida típica checa. Se sentaron en una mesa cuadrada, dejando a Gabriela y Adriana juntas, que no paraban de parlotear.

—¿Es siempre así? —preguntó Michael a Marcos.

—¡Buf! ¡Y peor! Muchas noches se llaman por teléfono y son capaces de estar lo que dura un partido de la liga de fútbol charlando. Cuando por fin cuelgan el teléfono, yo educadamente le pregunto a Adriana de qué han estado hablando y su respuesta es siempre: «De nada en concreto, cariño, solo tonterías». ¿Te lo puedes creer? Dos horas hablando de nada, ¡nada! —Meneó la cabeza recordando alguna escena en particular.

Michael rio y eso atrajo la mirada de Gabriela, que le guiñó un ojo algo despistada, para proseguir a continuación la conversación con su hermana. En ese instante Michael vio el colgante que pendía justo en el hueco entre el nacimiento de sus pechos. Entrecerró los ojos para observarlo con claridad, una rosa con un pequeño diamante en el centro. Le pareció bonito, sencillo y elegante. Algo que Gabriela podría llevar siempre puesto sin desentonar. «¿Se lo habrá traído su hermana? Seguro que sí», pensó, él no se lo había visto hasta ese momento. Y deseó estar de vuelta en el hotel para poder darle su regalo.

Cenaron envueltos en una charla amigable y rieron comentando anécdotas de cuando Gabriela y Adriana eran pequeñas. Michael se sorprendió al sentirse tan a gusto. En un momento de la cena alargó la mano y cogió la de Gabriela, que lo miró sorprendida pero no la apartó. Comenzó a trazar círculos en su palma con suavidad, mientras permanecía atento a la conversación de la mesa.

Llegaron al hotel bastante tarde, entraron en la habitación caldeada y envuelta en tinieblas. Gabriela se dirigió directamente al baño, pero Michael la detuvo a medio camino y encendió la pequeña luz de la mesilla.

—¿Qué sucede? —preguntó ella viendo su ceño fruncido otra vez. Creía que se lo había pasado bien esa noche. Algo había cambiado.

—Quiero darte algo —explicó él y apretó los dientes. «Pero ¿qué me pasa? ¿Es que soy incapaz de darle un regalo a una mujer?», masculló mentalmente. «A una mujer no, Michael, a Gabriela».

—¿El qué? —inquirió ella con curiosidad.

—Un regalo.

—¿Por qué? —Ella entrecerró los ojos y Michael recordó las palabras de su hermana. «Gabriela odia los regalos».

—Porque esta semana ha sido muy dura y la has superado con nota. Digamos que te mereces un premio.

Ella no contestó y se limitó a observarlo mientras sacaba el pequeño paquete envuelto de su maletín de piel negra.

—Toma —dijo simplemente él mientras contenía la respiración al ver que ella no sabía muy bien qué hacer—. Vamos, ¡ábrelo! No muerde —sugirió con voz demasiado brusca, lo que hizo que Gabriela diera un respingo y rasgara el delicado papel de seda que lo cubría.

Abrió la caja de terciopelo color vino con manos temblorosas y se quedó con la boca abierta. Jamás, nunca en toda su vida había visto nada tan... horroroso como aquello.

—¿Y bien? ¿Qué te parece? —preguntó Michael balanceándose sobre sus pies con los brazos cruzados sobre el pecho.

—Es... realmente... es... yo... esto... nunca... nunca había visto... nada tan... tan... hermoso —murmuró finalmente. Michael sonrió y volvió a recordar las palabras de su hermana: «Si no sale huyendo, te la habrás ganado».

Si solo una hora tuviera

«Mentirosa, mentirosa, mentirosa... te va a crecer la nariz...», le susurró una vocecita interior a Gabriela.

—¿De verdad te gusta? —Michael quería asegurarse.

—¡Oh, desde luego! —contestó ella sorprendiéndose de resultar tan convincente.

«Mentirosa, mentirosa, mentirosa... te está creciendo la nariz...», volvió a susurrar la vocecita dentro de Gabriela.

—Es un camafeo de principios del siglo XIX, austriaco. Tengo el certificado de autenticidad —expuso Michael orgulloso.

—¡Ah! ¡Vaya! —murmuró ella sin poder apartar la vista del camafeo. Podía incluso imaginarse a su última dueña, una matrona robusta, vestida de negro de pies a cabeza, con el gesto agrio y el camafeo prendido en el centro de su voluminoso pecho—. Lo guardaré con mucho cariño —terminó y salió huyendo en dirección al baño.

Michael sonrió con satisfacción. ¡Le había gustado! De hecho, por su entusiasmo podía decir que ¡hasta le había encantado! Sabía que él tenía razón, el camafeo era algo único, distinto, creado solo para ella. De lo que no se dio cuenta fue de que, en realidad, Gabriela sí que había huido, pero como no podía hacerlo de la habitación, no tuvo más remedio que esconderse en el baño.

Gabriela volvió a observar con detenimiento el camafeo antiguo entre sus manos y luego se lo prendió en la blusa. Con un gesto de repulsa al ver su imagen en el gran espejo del baño se lo quitó. Pero sin embargo, no pudo reprimir una pequeña sonrisa al recordar el gesto de satisfacción de Michael. A veces resultaba tan dulce... Pero desde luego, aunque tuviera un gran gusto por la música y en ocasiones con la ropa, lo de las joyas ya era otra historia... Se preguntó con curiosidad con qué clase de mujeres se relacionaría en Inglaterra. Meneó la cabeza en un gesto de negación. No, ni siquiera tenía derecho a pensarlo. Suspirando comenzó a desvestirse para ponerse el camisón.

Michael, todavía sonriendo, se sentó en la cama y se agachó para descalzarse. Le pareció ver un papel tirado bajo la cama, y lo recogió pensando que sería alguna de las notas de Gabriela, que normalmente solían estar desperdigadas por toda la habitación. Sin pensarlo mucho lo desdobló y leyó. Y la sonrisa que tenía en el rostro desapareció.

Mio amore, hace mucho tiempo que te prometí regalarte una rosa sin espinas. Algo hermoso que hiciera honor a tu belleza. Solo te pido una cosa: póntelo y si te veo con él sabré que estos años no se han perdido, que sigues siendo mía.

Michael arrugó el papel en la mano y dio un puñetazo en la cama.

—¡Soy un gilipollas! ¡Un maldito gilipollas! —masculló con voz ronca. Y supo que su regalo no le había gustado, que en realidad lo odiaba y le resultaba horrendo. Y se sintió... pues como él lo había definido perfectamente: ¡un completo imbécil! Recompuso el gesto en cuanto vio que ella salía del baño y se guardó la nota arrugada en el bolsillo del pantalón.

Gabriela ni siquiera lo miró, se dirigió al enorme armario, abrió el cajón de su ropa interior, obviamente sin ordenar alfabéticamente, de hecho sin ningún tipo de orden, y empujó la caja con el camafeo hasta el fondo del cajón, donde esperaba que se quedara allí para siempre, cerca de la tierra que lo creó. Luego se volvió y sonriendo a Michael le dijo:

—¿Nos acostamos? Mañana será un día largo, mi hermana y Marcos quieren explorar Praga.

Él la miró sorprendido y a la vez dolido porque seguía viendo el colgante de oro prendido a su cuello.

—¿Queréis que os acompañe?

—Claro. Yo... bueno... en el caso de que tú quieras. No se me había ocurrido que quizá tienes otros planes.

—No. No los tengo. Estaré encantado de pasar con vosotros el día completo. De hecho, tu familia es encantadora.

Ella sonrió.

—¡Ja! Eso es porque no conoces a mis padres.

—Espero conocerlos algún día —contestó él sin pensarlo de-

Si solo una hora tuviera

masiado. Luego vio el gesto de ella y se arrepintió. «¡Soy un imbécil!», volvió a reprenderse mentalmente y se quedó en silencio.

—No creo que eso suceda nunca, Michael —suspiró ella.

—Sí, lo sé. Ya me va quedando claro. Voy a darme una ducha. No me esperes —exclamó bruscamente y se levantó para encerrarse en el baño.

Para cuando salió, Gabriela se había dormido. Se metió en silencio en la cama y se acercó a ella, que gimió levemente y se giró para acomodarse a él. Suspiró con la boca entreabierta y apoyó el rostro en su pecho completamente dormida. «¡Soy un gilipollas!», volvió a pensar Michael. Pero la recogió en sus brazos y atesoró en sus recuerdos esos pequeños momentos que solo ellos dos compartían en la habitación del ático.

CAPÍTULO 14

Explorando Praga y... descubriendo sentimientos

—¿Adónde vamos a ir? —preguntó Michael acomodándose la cinta de la cámara a su fuerte cuello y mirando el cielo para comprobar la luz.

El día era frío, había nubes oscuras a lo lejos y probablemente algún banco de niebla en el río que se iría levantando a lo largo de las horas. Si tenía suerte, las fotografías que sacara serían estupendas.

Gabriela lo observó detenidamente, fijándose en el movimiento de su nuez de Adán moviéndose en su cuello y en cómo se pasaba la mano por el mentón sin afeitar mientras observaba el cielo. Era un hombre muy guapo, ¿cómo no se había fijado antes? Negó con la cabeza. «No, no tengo derecho...».

Michael bajó la mirada y se encontró con los ojos de Gabriela mirándolo con el ceño fruncido.

—¿Qué ocurre? ¿Tengo mantequilla en la cara? —inquirió volviendo a frotarse la mandíbula.

—No. —Ella sonrió—. No te has afeitado. Eso te hace diferente. Más amenazador incluso.

Él abrió los ojos sorprendido.

—¿Todavía te doy miedo?

—Ummm —contestó ella y de repente se acordó de algo—. ¿Cuántos años tienes, Michael?

Si solo una hora tuviera

Él sonrió.
—¿A qué hora naciste, Gabrielle?
—¿Yo? Creo a las ocho o las nueve de la noche.
—Pues tengo exactamente nueve años y ocho horas más que tú.
—¿Naciste el seis de febrero? ¿Eres Acuario? Ahora lo entiendo todo —masculló ella.

Por lo visto, el que hubieran nacido el mismo día no era lo suficientemente importante, ni que tuviera nueve años más, sino que fuera Acuario. «¿Y eso qué demonios significa?», pensó Michael.
—¿Puedes explicármelo? —pidió él.
—Tu carácter. Eres el típico Acuario. Son personas complejas e incluso impredecibles, poco emocional, lo que quiere decir que te cuesta mucho entender las emociones de los demás. Muchas veces pueden resultar desconcertantes y nunca perdonan una infidelidad —explicó ella.
—Y todo eso, ¿cómo lo sabes? —preguntó Michael dándose cuenta de que lo acababa de describir perfectamente.
—Porque yo también soy Acuario —respondió simplemente ella—. Vamos, seguro que ya estarán esperándonos.

Ambos caminaron en silencio por las calles empedradas de Praga, que se comenzaban a llenar de turistas, perdidos en sus propios recuerdos.

—Venga, Michael, cariño, sopla las velas y pide un deseo —suplicó su madre viendo a su hijo mayor con el entrecejo fruncido observando la tarta con las trece velas encendidas como si fuera un insulto.
—Ya soy lo bastante mayor como para tener una tarta con velas, mamá —replicó él enfurruñado.
—No, no lo eres. Nunca se es demasiado mayor para celebrar el día que naciste —expuso su madre calmadamente.
—Mike, ¿qué deseo vas a pedir? —Su hermano pequeño se asomó por detrás y observó al pequeño grupo reunido. Su padre, como siempre, estaba demasiado ocupado en sus negocios para

acudir, pero su madre se las había arreglado para que asistieran algunos de los amigos de ambos.

Michael sonrió sardónicamente y con suficiencia.

—Deseo... —pareció pensarlo y miró alrededor— una chica rubia, de ojos claros del color del ámbar, delgada, no demasiado tonta, y con unas grandes tetas. —Explotó de repente soplando las velas y apagando a la vez el murmullo reprobatorio que se extendió como la pólvora entre los asistentes.

Solo su madre parecía no haberse inmutado.

—Mike, si lo dices en alto, no se cumple —protestó su hermano, todavía demasiado pequeño como para entender algo en concreto.

—Michael —su madre le sonrió—, ten cuidado con lo que deseas, puede que se haga realidad. —Se acercó a él y le dio un beso en la frente.

A miles de kilómetros de allí, la pequeña Gabriela cumplía cuatro años y lo estaba celebrando rodeada de toda su familia frente a una gran tarta de chocolate y con una corona rosa que rezaba: *FELICIDADES, PRINCESITA.*

—Vamos, cielo —la animó su madre—, sopla fuerte y pide un deseo.

Gabriela miró las cuatro velas rosas sobre su tarta preferida y sonrió a todos los presentes, encandilándolos. Hasta su hermana la observó con arrobo sobre las piernas de su padre, y eso que solo tenía tres meses.

Entonces sopló y pronunció una palabra claramente:

—Cretino.

—¿Qué ha dicho? —preguntó su madre inclinándose ante ella, mientras todos reían alrededor.

—Creo que ha dicho «cretino» —contestó su padre. Su hermana pequeña parpadeó y lanzó el chupete, mirándola con los ojos muy abiertos.

—Cariño, ¿dónde has escuchado esa palabra?

Si solo una hora tuviera

Gabriela los miró a todos de repente desconcertada. Ella quería pedir un unicornio rosa que tuviera alas para volar y sin embargo, antes de que pudiera pensarlo, esa palabra que no conocía destelló en su cerebro infantil.

—No lo sé, mami —barbotó a punto de echarse a llorar.

—Tranquila, cielo —su madre se acercó y le dio un beso en la frente—, probablemente se la habrás escuchado a algún adulto imprudente —explicó, mirando a su padre. Este se encogió de hombros. Él, que supiera, nunca había utilizado esa palabra en concreto, aunque sí algunas mucho peores.

—Mami —Gabriela parecía no tener consuelo—, ¿entonces... entonces... no se me va a cumplir el deseo?

—Claro que sí cielo. Si lo has deseado fuertemente, seguro que se cumple. —Su madre le sonrió con dulzura.

Tenía razón, finalmente se había cumplido.

El cretino caminaba a su lado.

Llegaron en pocos minutos al hotel donde se hospedaban Adriana y Marcos, que los estaban esperando en la puerta.

—Y bien, ¿adónde vamos? —inquirió Michael, ya que su pregunta formulada anteriormente había quedado sin respuesta.

—Al castillo. No lo conocemos —dijo Adriana.

—¿No comentaste ayer que habíais estado en Praga? —Michael la miró con curiosidad. El castillo era probablemente una de las cosas que primero se visitaban.

—Sí —contestó Gabriela en su lugar—, pero mi hermana siempre dice que cuando visitas una ciudad que te gusta hay que dejar algo sin conocer, porque así te verás obligada a regresar.

Michael observó a las dos hermanas sonriendo y cabeceando, en una imagen muy parecida a la que tenía Marcos en ese momento.

—Entonces, cojamos el tranvía, que el día pasa rápidamente —los exhortó Adriana.

—¿Tranvía? —preguntó desconcertado Michael.

Ambas hermanas rieron. Hasta Marcos, con su rostro de facciones cuadradas, y normalmente serio, sonrió.

—Sí —exclamó Gabriela contenta—. Te vas a mezclar con la plebe. —Y siguió riendo mientras cogía el brazo de su hermana y se dirigía a coger el tranvía Prazsky Hrad, línea 22.

Alcanzaron uno de los primeros del día, así que estaba casi vacío, con lo que pudieron sentarse el corto trayecto que los llevaría a la colina desde la que se alzaba el castillo de Praga, construido en el siglo IX y el más grande del mundo, compuesto por un conjunto de hermosos palacios y edificios conectados por pintorescas callejuelas.

Michael aprovechó la distracción de sus acompañantes y buscó algo en su iPhone, conectándose a la red. A medida que leía le iba cambiando la cara: *Las mujeres Acuario son independientes, impredecibles y poco convencionales.* Vaya, tenía que darle la razón a quien lo hubiera escrito. *Pero suelen ser de las más atractivas y seductoras del zodiaco.* Sí, sí que estaba en lo cierto. *Si deseas conquistar a una Acuario debes mantener en tu mente la idea de la amistad y no la del amor.* ¡Joder! La amistad otra vez. *Puede funcionar ser único y excéntrico.* Bueno, él lo era, ¿no? *Nunca seducirás a una Acuario tratándola como si ella fuera tu futura esposa, intenta ser frío con ella, tomarle el pelo pero con estilo y prudencia.* «¿Tomarle el pelo? Ummm», pensó Michael, corría el riesgo de que ella le lanzara algo volador en respuesta. De todas formas tuvo que reconocer que quien lo hubiera redactado había descrito a Gabriela como si la conociera.

Gabriela aprovechó que estaba sentada detrás de Michael y que este no podía ver lo que estaba haciendo. Sacó su iPhone del bolso y se conectó a la red buscando algo concreto: *Conquistar a un hombre Acuario suele ser de lo más difícil, ya que es un signo de amistad y no de amor. Envuelto generalmente en sus estimulaciones y juegos mentales, su pareja no debe esperar apasionamientos ni muestras emotivas. Si deseas seducir a un Acuario déjale creer que eres su mejor amiga y respetar su ámbito de independencia. Para tratarlo en el terreno del amor hay que ser bri-*

llante, poco convencional e inteligente. Y nunca hay que olvidar que a los Acuarios les gusta poner el amor a prueba. Gabriela masculló algo muy desagradable en voz baja y se desconectó de la red. «Pero ¿qué demonios estoy haciendo? Brillante, poco convencional e inteligente... bla, bla, bla... les gusta poner el amor a prueba... bla, bla, bla... déjale creer que eres su mejor amiga... bla, bla, bla...». Guardó el teléfono en el bolso y miró distraída por la ventanilla, y de repente se dio cuenta de que no sabía cuál era la fecha de nacimiento de Piero. Abrió los ojos con sorpresa y apretó los puños. «¿Cómo es posible que ni siquiera sepa cuándo es su cumpleaños?». El tranvía los dejó cerca de la explanada principal junto al castillo y a ella no le dio tiempo a pensar más.

Recorrieron el conjunto de edificios con calma, comenzando por la Catedral de San Vito, que albergaba las joyas de la corona y era el lugar de coronación de los reyes de Bohemia. Admiraron sus impresionantes vidrieras, mientras Michael les iba explicando lo que él recordaba de la historia del lugar, con alguna interrupción de Gabriela, que era aceptada con sonrisas por parte de él. Siguieron por la Basílica y el Convento de San Jorge, y posteriormente descubrieron las diferentes Torres, la Torre Dalivorka, la Torre Blanca y la Torre Negra, todas prisiones, esa última llamada así por un incendio que ennegreció la piedra y la última y más conocida, la Torre de la Pólvora, que acabó siendo un laboratorio para los alquimistas del Rey Rodolfo II. Finalmente entraron en el Antiguo Palacio Real parándose en el salón Vladislav, donde la amplia escalinata hizo posible en el pasado que los caballeros llegaran a ella montados en sus corceles. En un momento dado, Michael y Gabriela, situados en el centro, comenzaron a discutir acaloradamente sobre los restos romanesco ocultos entre el predominante estilo gótico de su bóveda.

Adriana y Marcos se alejaron un poco y los miraron con franca curiosidad.

—¿Crees que se darán cuenta si nos vamos? —preguntó Marcos.

Adriana observó a su hermana dar una pequeña patada al suelo y señalar con intensidad algo en el techo, que parecía ser el objetivo principal de la discusión, mientras Michael frente a ella, como un gigante, cruzaba los brazos sobre su pecho y fruncía el ceño.

—No, no lo creo. Vamos, ya nos encontrarán —contestó ella y salieron de la mano riéndose.

Al poco rato y con la discusión zanjada, Michael miró alrededor.

—Creo que nos han abandonado.

—Lo sé —afirmó Gabriela, pero sonreía—. Me solía pasar a menudo. A veces me emociono bastante cuando algo me gusta. Muchas veces me he encontrado sola en alguna iglesia románica preguntándome dónde demonios se habrán ido todos.

Él rio a carcajadas ofreciéndole una sonrisa burlona a continuación.

—Vamos, sé dónde están —dijo cogiéndola del brazo y la sacó atravesando el callejón de Oro, con sus curiosas casitas en colores llamativos, que fueron residencia de los orfebres y artesanos, hasta llegar a una pequeña explanada interior donde había una cafetería con algunas mesas metálicas en el exterior.

Adriana y Marcos sonrieron cuando los vieron acercarse.

—¿Un café? —sugirió Marcos.

—Sí —aceptó Gabriela—. No, no te levantes. Michael invita.

—No es necesario —expuso él algo confundido.

—Oh, sí que lo es. Ha perdido la apuesta. Hoy nos invitará a todo. Yo tenía razón. Hacia 1135 el rey Sobeslav reconstruyó el palacio original convirtiéndolo en un sólido palacio de piedra de estilo romanesco, del que solo quedan restos en el subsuelo. Carlos IV, sin embargo, fue el que le confirió el estilo gótico predominante que...

Pero ya ninguno la escuchaba, así que ella se sentó y frunció el ceño.

Si solo una hora tuviera

—Gabi —le dijo su hermana sonriéndole—, ¿te das cuenta de que estás frunciendo el ceño? Tiene que ser cierta la frase de que dos que duermen en el mismo colchón se vuelven de la misma condición.
—¿Cómo sabes tú...?
—Soy tu hermana —respondió brevemente ella.
—Nosotros no...
—Lo sé. Eso también lo sé.
—¿Por qué?
—Porque él también frunce el ceño muy, muy a menudo —rio Adriana, provocando que Gabriela la mirara enfurruñada otra vez.

Pasearon por las callejuelas de Praga el resto de la mañana, parándose cada poco rato a esperar a Michael mientras este fotografiaba cualquier cosa. De hecho, todo en realidad.

Pararon en un pequeño restaurante del centro a comer y allí decidieron que volverían a los hoteles a cambiarse para salir a conocer la noche de la famosa ciudad. Michael no estaba muy convencido de dejar a Gabriela tan cerca de las tentaciones, pero bueno, lo tenía a él para protegerla, así que tampoco puso objeción.

Cuando Gabriela terminó de prepararse, Michael ya se había vestido, había repasado todas las fotos que había sacado ese día, había puesto música y llevaba más de veinte minutos mirando por la ventana de la habitación del ático. Se volvió al escuchar un carraspeo a su espalda y se quedó con la boca abierta, lo que ya se había convertido obviamente en una costumbre.

—Estás preciosa —acertó a decir y cogió la cámara.
—¿Qué haces? —preguntó ella algo asustada.
—Voy a fotografiarte —contestó él—. Y esta vez me dejarás —siguió con un tono que no admitía discusión.

—Pero yo... yo... ¿qué tengo que hacer? —balbuceó finalmente.

—Nada —dijo él, y comenzó a disparar, recreándose en el delicado cuerpo de su ángel, vestido solamente con un corto vestido negro ajustado que dejaba la espalda al aire. No llevaba las botas, en cambio se había puesto unos altísimos zapatos de tacón de aguja. Se preguntó, observándola ruborizándose a través del objetivo, cómo sería fotografiarla solo con esos zapatos y la tiara sobre la cabeza coronada de rizos rubios. Negó con la cabeza. Eso jamás ocurriría.

Dejó la cámara con un suspiro sobre el escritorio. Ella la cogió.

—¿Puedo sacarte una foto? —preguntó—. Tú también estás muy guapo.

Él la miró claramente sorprendido. Que él recordara, hacía mucho, mucho tiempo que nadie le sacaba una foto.

—¿Sabes cómo utilizarla? —inquirió dudando.

—Creo que se aprieta este botón, ¿no? —contestó ella con una sonrisa maliciosa brillándole en los ojos.

—Básicamente sí, pero esta es una cámara que...

—¡Oh! Déjalo, Michael, y relájate —rebatió ella y, mordiéndose el labio inferior ante la mirada de repente oscurecida que le dirigió él, la cogió con habilidad, ajustó el enfoque y comenzó a disparar, observando cómo su rostro cambiaba ante tal intromisión de su intimidad. Cruzó los brazos sobre su pecho en actitud defensiva y le dirigió una mirada que hubiera detenido en seco a un batallón de infantería. Gabriela se concentró y disparó una ráfaga, admirando su cuerpo fibroso bajo la camisa gris de finas rayas blancas, combinada con un pantalón vaquero negro que se le ajustaba perfectamente a las piernas musculosas y...—. Gírate, Michael. —Y a su trasero respingón. «¿Trasero respingón? ¡Qué cursi me estoy volviendo!», pensó sonriendo. Enfocó los ojos y se perdió en esa mirada de ojos azules como el cielo tormentoso, que invitaba a perderte en su profundidad, como un lago de aguas turbias y revueltas. Terminó y dejó la cámara con

Si solo una hora tuviera

cuidado donde la había cogido, con la respiración súbitamente agitada.

—No me habías dicho que también eres fotógrafa —expresó él cuando se vio fuera de su escrutinio.

—Bueno, hay muchas cosas que no sabes de mí. De hecho, solo soy una aficionada, tengo una réflex, pero bastante más sencilla que la tuya. Y me gusta mucho la fotografía, aunque nunca termino de revelarlas, se quedan siempre almacenadas en el ordenador —explicó ella girándose para buscar su abrigo en el armario, a la vez que intentaba recuperar el ritmo de sus latidos.

Michael, mientras tanto, echó una mirada curiosa a las fotografías que ella había hecho, y tuvo que reconocer que era buena, con mucha facilidad había captado las posibilidades de la cámara. Observó su rostro y se asombró de lo furioso que parecía. ¿Era así normalmente? No le extrañaba que a ella la asustara un poco. Se prometió intentar cambiar el gesto a partir de esa noche. Lo que no sabía era que iba a resultar muy, muy difícil.

Cenaron en un japonés bastante exclusivo y después caminaron hacia la zona del río buscando un lugar donde tomar una copa. Gabriela comenzó a sentirse nerviosa al reconocer la zona, aunque no tenía recuerdos concretos de la noche del sábado de la semana anterior. El sonido de la gente alrededor y de los olores que la rodeaban hizo que se tensara y sujetó la mano de Michael sin proponérselo. Él la apretó entre sus dedos.

—Tranquila, Gabrielle, ahora estás conmigo.

—Sí, lo sé. Yo... solo... es que temo caerme con estos zapatos —explicó de forma apresurada, pero se sujetó con más fuerza.

Entraron en un local con una pista de baile central, donde estaba situada la barra, y tras subir un pequeño tramo de escaleras se hicieron con una pequeña mesa alejada del bullicio y en la cual podían conversar con más tranquilidad. Al poco comenzó a sonar por los altavoces *The Time of my Life*, la banda sonora de *Dirty Dancing*. Adriana aplaudió emocionada.

—Vamos, Gabriela, la pista nos espera.
—No... no —intentó protestar ella, pero fue en vano.
Ambos hombres se miraron y pusieron los ojos en blanco.
—¿Has visto la película? —preguntó Marcos.
—¿Y quién no? —respondió Michael con una mueca. Lo que hizo que Marcos riera.
—Son muy buenas. Ya lo verás —señaló él dirigiendo la mirada a la pista.
Y Michael recordó el baile final.
—No pensarán hacer el salto, ¿no? —inquirió de repente asustado.
—No creo que lleguen a tanto, aunque Adriana me ha comentado alguna vez que cuando eran más jóvenes sí que lo hacían.
—¿Es su película favorita? —Michael sentía verdadera curiosidad, como si tuviera que ir escarbando en cada recuerdo o mención de Gabriela, y nunca quedara satisfecho.
—Creo que no. Me parece que es una de la II Guerra Mundial, aquella de Spielberg, ya sabes, en la que tienen que buscar a un soldado. Los diez primeros minutos son espectaculares. Recuerdo haberla visto con ella y Adriana una vez. Gabriela no podía apartar los ojos de la pantalla y Adriana estaba tapada con un cojín gimiendo cada vez que escuchaba un estruendo. Si te imaginabas que Gabriela es de las que sueñan con Richard Gere y llora al final de *Pretty Woman,* vete cambiando de idea. Tiene una gran colección de películas de acción y guerra. Hasta a mí me da envidia. Luego, por supuesto, cuando finaliza la película, la analiza y resalta cada error histórico o licencia artística que se han permitido los autores, con tanta intensidad que da miedo —explicó Marcos.
—¿*Salvar al soldado Ryan*? —sugirió Michael sonriendo. Él también hacía lo mismo cuando veía alguna película de corte histórico.
—Sí. Resulta curioso observándola, ¿no crees? Parece... tan frágil.

Si solo una hora tuviera

—Creo que es más fuerte de lo que todos pensamos —replicó Michael. Estaba descubriendo cosas de ella que lo fascinaban y asustaban en igual medida.

Michael las observó mientras giraban en la pista. Gabriela hacía de Baby y su hermana, de Johnny. También observó que los demás bailarines les habían hecho un círculo y las jaleaban con entusiasmo. Frunció el ceño cuando vislumbró a varios hombres acechando cual pantera a su presa.

Cuando finalizó la canción, ambas rieron y siguieron bailando la siguiente. Un par de hombres aprovecharon la ocasión y se acercaron a ellas. Michael comenzó a ponerse nervioso. Cuando uno de ellos sujetó a Gabriela por la cintura, se levantó de un salto.

—Es hora de intervenir —dijo a nadie en particular.

Marcos sonriendo se levantó tras él. «Amigos, ¿eh?», pensó riendo en silencio.

Michael bajó las escaleras de dos en dos y se presentó en la pista, situándose de barrera entre uno de aquellos hombres y Gabriela. Con solo una mirada de furia consiguió que el otro se apartara levantando los brazos en señal de rendición. No perdió oportunidad y la cogió en sus brazos. La música cambió a una melodía un poco más lenta y la abrazó rodeándola por completo. Notó la piel desnuda de su espalda y la acarició suavemente. Entonces vio de soslayo que Marcos abrazaba a su hermana y la besaba con pasión, haciendo con ello que el resto de los moscones se retiraran. Y pensó: «¿Por qué no?». Dirigiendo su mirada directamente a ella, le cogió la barbilla con una mano, levantó su rostro, se inclinó y la besó. Sintió su boca dulce y cálida junto a la suya e intentó profundizar el beso abriéndole los labios con la lengua. Entonces Gabriela se quedó rígida como una estatua de bronce entre sus brazos, y hasta sus labios se volvieron fríos. Se apartó bruscamente y lo miró con tal mezcla de tristeza y decepción en sus ojos que Michael se sintió como si le hubieran asestado un puñetazo en el hígado. Gabriela se volvió en silencio hacia la mesa donde estaba su abrigo y su bolso y, cogiéndolos, salió corriendo por la puerta.

Él la siguió solo un segundo después. Sin despedirse. No había tiempo.

Una vez fuera, circundó con su mirada la calle llena de gente y maldijo al no encontrarla. Se empinó levemente y la vio caminando apresurada hacia la parada de taxis. Corrió tras ella y llegó cuando se estaba metiendo en el primer automóvil. Se sentó junto a ella, se pasó la mano por el pelo de forma brusca y abrió la boca para exigirle una explicación. Gabriela levantó la mano y cerró los ojos con fuerza.

—No —fue lo único que pronunció en voz ronca y susurrante.

Michael frunció el ceño y cruzó los brazos sobre su pecho con idéntica expresión de disgusto. A los pocos minutos pararon en la puerta del hotel. Ella salió dejando que él pagara. Cuando llegó al ascensor, ya había cerrado las puertas. Sintió cómo su sangre hervía y comenzó a resoplar con fuerza. Subió las escaleras de dos en dos y llegó a la habitación del ático justo cuando ella acababa de entrar. Cerró la puerta tras él y la sujetó del brazo haciendo que ella girara bruscamente.

—¿Se puede saber qué te ocurre? ¡Joder! Solo ha sido un beso, ¡un maldito beso! —bramó Michael completamente furioso—. Y bastante malo, por cierto —añadió como al descuido.

Ella lo miró y abrió los ojos lanzando destellos con su mirada.

—Confiaba en ti. Creía que eras mi amigo —contestó dejando brotar la decepción que sentía en esas simples palabras.

—¿Tu amigo? No lo era cuando me abordaste y me arrastraste a la habitación la noche que nos conocimos. —Michael hablaba deprisa, sin pensar realmente lo que iba a decir a continuación.

—Eso fue un error y lo sabes —masculló ella intentando zafarse de la garra que apresaba su brazo.

—¿Un error? ¡Claro! Para ti solo soy un maldito consolador, y lo he sido no solo una vez, sino dos veces, cuando utilizaste mi cuerpo para restregarte pensando en otro —escupió mirándola fijamente.

Si solo una hora tuviera

—Ya te pedí disculpas por aquello. No pienso volver a hacerlo —respondió ella girándose para huir de nuevo. Él la volvió a atrapar y la obligó a mirarlo, zarandeándola con brusquedad.

—¿Qué es lo que hay de malo en mí, Gabrielle? ¿Es porque soy inglés? ¿O porque no soy un maldito cura italiano? —La observó atentamente mientras su rostro se ruborizaba ante sus palabras—. Es eso, ¿no? Es eso lo que te excita de un hombre, ¿verdad? Lo prohibido, lo pecaminoso. Quizá si yo estuviera casado hubiera supuesto un reto para ti, pero como no lo estoy, no sientes nada.

Ella abrió los ojos de forma repentina, respirando con pequeños jadeos, pero siguió en silencio.

—Sí, lo sé, sé que te gustan los hombres casados, ¿qué pasa contigo, Gabrielle? Te excita que un hombre esté ligado a otra cosa más importante, para que tú puedas sentir algo por él. ¿Disfrutas destrozando la vida de otras personas? ¿De tu sacerdote? ¿De la familia de ese hombre casado? —Michael, ante la sorpresa de ella, le sujetó una mano y se la puso sobre su entrepierna, claramente abultada—. ¿Es esto lo que quieres? —preguntó restregando su mano fuertemente mientras ella intentaba apartarla—. Así he estado desde que te vi por primera vez, pero claro, yo no te susurro palabras dulces en italiano, ni te hago regalos como este.

Soltó su mano y sujetó con fuerza el delicado colgante que llevaba prendido a su cuello. Ella intentó apartarse y la delgada cadena se partió haciendo que la rosa de oro cayera al firme enmoquetado entre los dos. Ninguno la miró una vez que estuvo en el suelo.

—¿Cómo sabes que me la regaló Piero? —preguntó ella, apretando los puños frente a su delgado y tembloroso cuerpo.

—Porque te aseguraste de dejar la nota a mi vista, en la que tu amante te declaraba su amor. ¿A qué esperas, Gabrielle? ¿Por qué dudas? Destroza su vida, igual que la de los hombres que te has follado estos años, buscando a tu sacerdote en ellos sin encontrarlo. Porque eres incapaz de sentir algo por un hombre al que no arrastres contigo al infierno. —Michael se pasó la mano por el pelo con gesto furioso y la miró duramente.

—Te estás sobrepasando, Michael. Esto es del todo... —intentó defenderse ella sintiendo que sus palabras se clavaban en su alma como alfileres ardiendo.

—¿Inapropiado, Gabrielle? No utilices mis palabras. Porque yo ahora voy a utilizar las tuyas. Te he querido follar desde que te vi por primera vez. Sí —continuó él viendo cómo sus ojos se abrían desmesuradamente—. ¿He sido lo suficientemente claro? ¿O quieres que siga utilizando un lenguaje conciso y directo? Pues lo haré. Te has contoneado frente a mí desde ese día, con mi camiseta del Balliol College, con tus pantalones cortos, paseándote casi desnuda por la habitación día tras día, durmiendo junto a mí con un maldito camisón que apenas te tapa. Y ¿sabes lo que yo he pensado cada día? He pensado en tumbarte y echarme sobre ti y follarte hasta que solo puedas pronunciar mi nombre una y otra vez, y te olvides del maldito sacerdote. Arrancarte la ropa y tirarte en el suelo, sobre el sofá, en la maldita cama, ¡donde sea! y follarte cada minuto, cada hora del día hasta que tiembles tanto entre mis brazos que no recuerdes quién eres.

Michael se calló bruscamente y enfrentó su mirada.

—No estoy enamorada de ti —murmuró ella brevemente apartándose un paso.

—¿Y eso qué más da? ¿Te ha importado acaso con tus anteriores amantes? Yo tampoco lo estoy de ti, ¿qué creías? ¿Que iba a caer rendido a tus encantos como lo han hecho otros antes que yo? No me conoces de nada, Gabrielle. No necesito amarte para desear follarte, eso me da igual. Nunca he necesitado conquistar a una mujer para tenerla en mi cama. Nunca. Ni hacerle estúpidos regalos como los que te hace tu sacerdote.

Ella retrocedió, pero se mantuvo en silencio. Michael la observó atentamente intentando calmarse. Gabriela parecía estar ausente, como si todo lo que estaba escuchando le fuera indiferente. Lo que hizo que a Michael le hirviera tanto la sangre que

Si solo una hora tuviera

sintió un fuerte deseo de sujetarla por los hombros y sacudirla para conseguir ver algo de brillo en su mirada.

—Nunca había sido nadie tan sincero contigo, ¿verdad? Nadie se había atrevido hasta ahora. Pues déjame ser el primero, por lo menos en eso. Eres la mujer más fría que conozco, afirmas amar, pero eres incapaz de sentir nada por nadie. Haz lo que quieras con tu vida, destrózala y destruye la de los demás que intentan ayudarte por el camino, porque llegará un momento en que te verás tan sola, que no tendrás a nadie a quién recurrir, porque todos habrán visto lo que de verdad eres, y ya no podrás escudarte en tu rostro de ángel ni tu sonrisa dulce —exclamó Michael respirando agitadamente.

—No sigas, Michael. Por favor, no sigas. No sabes lo que estás diciendo. No sabes nada de mí, salvo lo que yo te he contado —susurró Gabriela con voz suave, y una lágrima silenciosa se deslizó por su mejilla y cayó justo al lado de la rosa dorada en el suelo.

—Sé lo suficiente como para desear no volver a verte. Busca a tu sacerdote y olvídame —contestó él girándose hacia la puerta. Lo último que escuchó antes de cerrar la puerta fue una frase de Gabriela pronunciada en voz firme.

—Eso será muy sencillo, Michael.

Él gimió hondamente una vez fuera y cerró la puerta con la llave manual, dejándola encerrada. Otra vez. Paseó por el descansillo de un lado a otro, totalmente desquiciado. «Pero ¿qué he hecho?», pensó desesperado. Ella no se merecía mis palabras.

—¡Joder! —maldijo en voz alta—. ¿Y ahora qué diablos voy a hacer?

El profesor de Literatura Inglesa Jorge Alemany releyó la carta otra vez. Le habían concedido el cambio de destino y en vez de estar contento se sintió profundamente angustiado. No la volvería a ver, a ella, a Gabriela. Luego se giró y observó a su mujer, que ayudaba a su hijo de diez años con los deberes. Y recordó la primera vez que la vio. Estaba en la cafetería de la universidad tomando un café y creyó que había visto un ángel, un hermoso ángel rubio y de mirada clara. Entonces ella levantó la vista y le sonrió. Él se acercó temeroso y ella se levantó y le hizo una seña para que se sentara en la silla de al lado.

—Hola, ¿eres el nuevo fichaje? Soy Gabriela, profesora de Estudios Medievales, creo que coincidimos en el mismo curso. Ya lo verás, hay algunos alumnos que son terroríficos.

Y entonces rio, llenando la concurrida cafetería con su risa cristalina, haciendo que hasta los murmullos de la gente conversando a su alrededor se acallaran. Y supo que estaba perdido.

Cuando por fin se atrevió a sugerirle que podía haber algo más entre ellos que una simple amistad, ella solo puso una mano en su mejilla y sonrió con tristeza.

—Jorge, eso es imposible. Estás casado. Olvídate de mí, solo soy un capricho. Lo verdaderamente real es lo que te espera en casa. No destruyas tu familia, no sabes lo afortunado que eres al haber creado algo tan preciado como eso.

Luego se giró y desapareció en el pasillo taconeando con premura.

Sin embargo, él no la olvidó, y una noche en la que había quedado para tomar unas cervezas con alguno de sus compañeros, Gabriela salió en la conversación. Y él no pudo contenerse y confesó algo que nunca llegó a suceder. Les dijo que se había acostado con ella, que era dulce, tierna y muy pasional en la cama. Los demás asintieron con la envidia brillando en sus ojos. Y él se sintió triunfante.

El rumor corrió como la pólvora por la universidad, hasta que llegó a los oídos de Gabriela, que comenzó a recibir notas obscenas de sus alumnos, pegadas en la puerta de su despacho y en el parabrisas de su coche. Y él comenzó a sentir miedo por su mentira.

Sin embargo, ella calló. No dijo nada. No lo desmintió ni lo afirmó. Simplemente, se mantuvo en silencio y evitó todo contacto con él.

El último día de clases antes del verano la fue a buscar al despacho. Cuando entró, Gabriela lo miró con infinita tristeza en sus ojos de ese color tan extraño.

—¿Por qué lo has hecho? —preguntó.

—Porque te amo —respondió él, deseando poder besarla en ese momento y que sus ojos destellaran con alegría por una vez.

—Olvídate de mí, Jorge. Todos los que me aman resultan heridos. Vuelve a tu casa, con tu mujer y tu hijo, y olvida que una vez me conociste —afirmó ella, y bajó la vista hacia el libro que estaba leyendo.

Él recordaba haber apretado los puños con fuerza, pero no hizo ningún movimiento más. Fue a su casa y redactó una solicitud de cambio de destino. Presentó su baja al Rector y esa noche le hizo el amor a su esposa, pensando en ella, en Gabriela.

Gabriela se quedó en el centro de la habitación escuchando cómo giraba la llave por fuera. La había encerrado. Otra vez. Y se sintió mal. No, se sintió furiosa. Muy furiosa, como nunca antes. Su mente bullía de un pensamiento a otro peor sin descanso. «¿Cómo se ha atrevido a decirme todo eso? No sabe nada de mí». ¿Hombres casados? ¿Cómo era posible que ese maldito rumor hubiera llegado también a sus oídos? Solo en una cosa había tenido razón: había buscado en otros hombres a Piero, sin encontrarlo. Pero jamás destruyó una familia. Ni jamás había intentado seducirlo. ¿Lo había hecho? Ahora ya no estaba tan segura. Se había sentido cómoda con él. Demasiado, y quizás se había dejado llevar. Ella tenía razón desde el principio. Su acuerdo no iba a funcionar. Y estaba claro que no había funcionado.

Con gesto furioso se dirigió hacia la ventana y, todavía vestida con el abrigo, buscó en su bolsillo el paquete de tabaco, abrió la ventana de par en par y encendió un cigarrillo. Lo fumó apresuradamente, taconeando en la mullida moqueta deseando que la cabeza de Michael estuviera bajo sus zapatos. Finalmente, sin mirar, arrojó la colilla ardiente a la calle y cerró la ventana.

* * *

Michael bajó las escaleras despacio y entró en la habitación que había sido de Gabriela. Aspiró con fuerza y le pareció reconocer su perfume entre el aroma aséptico a habitación de hotel. Retrocedió gimiendo y salió en dirección a la calle. Estaba pasando por debajo de su ventana cuando una colilla ardiendo le cayó justo en la cabeza, produciendo un súbito chisporroteo. Él se inclinó y se sacudió el pelo. Miró hacia arriba furioso, justo a tiempo de ver que ella cerraba los postigos de madera. «¿Me ha tirado una colilla encendida?», pensó algo desconcertado. «¡Maldita sea, sí!», confirmó cuando vio la prueba en el suelo. Pero no lo lamentó ni se sintió furioso, porque en realidad sabía que se merecía mucho más. Se dirigió al primer bar abierto que vio, pensando que si hubieran vivido en la Edad Media, ella con toda seguridad le hubiera arrojado una antorcha de brea.

Gabriela se cambió de ropa y se acostó. Dio vueltas y más vueltas en la cama sin conseguir dormir. Le faltaba algo, pero ¿el qué? «Me falta él», pensó cuando la luz iluminó su cerebro cansado. Y entonces se abrazó a la almohada y lloró con sollozos que le ahogaban la garganta. «No puede ser. No puede ser. Yo amo a Piero. Lo he amado siempre. Él ha sido el único en mi vida. Él ha sido mi vida». Pero ¿y si ya no lo era?, susurró una vocecita desde su interior.

—Cállate —exclamó en voz alta, pero su voz interior la ignoró y siguió torturándola un rato más, hasta que se levantó, se sentó en el escritorio, encendió el ordenador, y por fin escribió una respuesta al correo de Piero.

Piero:
Tenemos que hablar. Hay muchas cosas que no conoces y que quizá nos separen para siempre. Pero antes de todo tienes que saber que yo sigo amándote, que nunca dejé de amarte, aunque lo intenté

Si solo una hora tuviera

de muchas maneras. No he podido encontrarme contigo porque el profesor Wallace me mantiene encerrada en la habitación. Literalmente. He estado así toda la semana, y ya no lo soporto más.
Te espero.
Tuya siempre. G.

Pero el padre Piero no llegó a leer el mensaje, porque en ese momento se encontraba sobrevolando el cielo europeo con dirección a Roma. Su tío, el Obispo Neri, se estaba muriendo. Con una sonrisa, observó la oscuridad a través de la pequeña ventanilla del avión, y por primera vez en siete años se sintió libre de las cadenas que lo habían mantenido atrapado y separado de ella. Y allí volando entre las nubes, estuvo más cerca que nunca de Dios en vida. Y supo que Él aprobaba lo que iba a hacer. Porque su amor fue real. No fue algo que había que esconder. No fue un pecado. Solo unos días más y su condena habría acabado. Por fin.

CAPÍTULO 15

Cuando Michael descubre que el amor duele

Adriana y Marcos salieron de su hotel, arrastrando la pequeña maleta que llevaban, en dirección a la cafetería que había a la vuelta de la esquina. Ambos se pararon en la puerta observando al hombre alto que estaba sentado en un portal frente a ellos, con la cabeza metida entre las piernas, con gesto rendido y agotado.

—¿Ese es Michael? —preguntó Marcos.

—Lo es —contestó Adriana, sintiendo que la sensación de que algo no iba bien, que tenía desde la noche anterior, cobraba realidad.

Michael, al escuchar movimiento en la puerta del hotel, levantó el rostro. Llevaba más de dos horas sentado allí, esperando poder encontrarse con la hermana de Gabriela. Había estado toda la noche de bar en bar, hasta que cerró todos. Cuando ya no le quedó dónde acudir, se dejó caer en el portal de la vieja casa de piedra y esperó.

Adriana sintió un estremecimiento al ver el rostro desencajado de Michael. «¿Ha estado llorando?», se preguntó, acercándose a él. Sin embargo, fue otra cosa lo que preguntó.

—Michael, ¿estás borracho?

Michael se levantó con dificultad y se limitó a asentir levemente con la cabeza para despejársela del todo.

Si solo una hora tuviera

Adriana se asustó. Que un inglés afirmara que estaba borracho era ya todo un problema.

—¿Dónde está mi hermana? —inquirió apretando los puños junto a su cuerpo. El mismo gesto que hacía su hermana.

Michael la observó y gimió.

«¿Ha gemido?», se preguntó Adriana, y se sintió verdaderamente asustada.

—Está en el hotel. La dejé en el hotel. Encerrada. No habrá podido ir a ningún sitio —contestó él con la voz demasiado ronca. Se sentía igual que su voz, gastado y roto.

—¿Qué ha ocurrido? —interrogó Adriana y se acercó a observarlo con curiosidad. Marcos hizo lo mismo y, al ver que aquel hombre enorme y que normalmente destilaba seguridad y confianza en sí mismo por cada uno de los poros de su cuerpo estaba a punto de derrumbarse, lo sujetó con fuerza por los hombros.

—Vamos, Michael, creo que necesitas un café. Entonces nos cuentas qué ha sucedido. —Y diciendo eso lo llevó a rastras hacia la cafetería, mientras Adriana caminaba tras ellos mascullando entre dientes algo acerca de la estupidez de los hombres en general y de Michael en particular.

Entraron en la pequeña cafetería y se sentaron en una de las mesas que daba a la calle. Esperaron en silencio hasta que Michael, reconfortado por el fuerte café, se recompuso lo suficiente como para comenzar a hablar.

—Lo he estropeado todo. Todo. —Sujetó con tanta fuerza la taza, que la pobre cerámica crujió del esfuerzo por no romperse.

—¿Qué ha sucedido? —preguntó Adriana de nuevo, mirándolo seriamente. No sabía si golpearlo con algo o abrazarlo y consolarlo.

—La besé.

—¿Y?

—Ella me rechazó. En realidad, salió huyendo. Jamás ninguna mujer había huido de mí cuando yo...

—Está bien, ¿y qué más?

—Discutimos. No, en realidad discutí yo. Dije cosas que... dije cosas que no tenía que haber dicho. La acusé de intentar seducirme, cuando en realidad sé que mi sola presencia le molesta, que yo le molesto. Le dije que era la mujer más fría que había conocido nunca y que no sabía lo que era amar. Y ahora me odiará y no soportará verme otra vez.

Adriana sonrió levemente, pero Michael no la vio, concentrado como estaba en estrujar la pobre taza de porcelana, que se estaba asfixiando.

—Mi hermana es la mujer menos fría que conozco —afirmó—. Es capaz de derretir un iceberg cuando te mira y consigues una sonrisa suya.

—Lo sé —confirmó él—, pero es que a mí pocas veces me sonríe —masculló entre dientes, como si eso justificara su actitud.

Adriana se mordió un labio reprimiendo una carcajada y lo encaró de nuevo.

—¿Por qué lo hiciste, Michael?

Él levantó la vista y la miró directamente. Algo en sus ojos castaños y en su rostro parecido al de Gabriela le dio fuerzas para confesarlo todo finalmente.

—Porque la amo —pronunció esas simples palabras como si al hacerlo le arrancaran el alma.

—Pues tienes una forma muy curiosa de demostrárselo. La insultas y luego la dejas encerrada en el hotel. —Su crítica era patente en el tono frío de Adriana.

—Lo sé. Pero no se me ocurrió otra forma de asegurarme de que ella estará allí cuando yo vuelva. —Se quedó callado un momento y suspiró—. No sabía que el amar a alguien fuera tan doloroso.

Marcos habló por primera vez.

—No es doloroso si es correspondido.

Adriana lo miró entrecerrando los ojos y él se calló concentrándose en un panecillo de crema.

—¿Qué te dijo ella?

Si solo una hora tuviera

—Que no me amaba. En realidad, ya lo sabía. Está enamorada del maldito sacerdote italiano. —La taza se quebró entre sus manos muriendo en mil pedazos y haciendo que saltaran pequeños trozos de porcelana mezclados con sangre, que comenzó a brotar de la mano de Michael.

Él ni se dio cuenta. Adriana cogió una servilleta y le sujetó la mano limpiándole la sangre con cuidado. Él se dejó hacer con gesto indiferente.

—Quizá Gabriela no fue del todo sincera —aventuró descuidadamente Adriana.

Michael volvió a levantar la vista y algo brilló en sus ojos cansados.

—¿Tú crees? —preguntó aferrándose a un hilo de esperanza.

—No. En realidad no lo creo —masculló atrapando un pequeño trozo de porcelana clavado en la palma de su mano—. Pienso que está confundida. Que tú le gustas y eso no sabe cómo manejarlo. Toda su vida de adulta ha girado en torno a Piero, y ahora está desbordada.

—Ella odia todo lo inglés. Me lo dijo —suspiró Michael.

—Eso es cierto. Gabriela es una persona que necesita el sol para vivir. Inglaterra es un país del que no tiene buenos recuerdos, siempre que habla de ello se queja del clima, de la gente, de la comida. Bueno, en general de todo. Para ella significa tristeza.

—Yo soy inglés —dijo Michael.

—Sí, y Piero es italiano. Para ella representa todo lo que ama, la historia, la luz, el sol, la alegría. Hasta la comida italiana es su preferida.

—Lo suponía —susurró simplemente él.

—Pero Piero también significa dolor, mucho dolor para ella.

—Lo sé, me contó cómo la abandonó. Y la verdad, no lo entiendo —murmuró Michael hablando para sí mismo.

—No, no lo sabes todo. No fue el abandono lo que hizo que Gabriela se convirtiera en lo que es ahora. Fue algo que sucedió después, bastante más grave que un simple rechazo.

—¿Qué ocurrió? ¿Le hizo algo más? —preguntó Michael, deseando tener frente a él al padre Neri para romperle todos los dientes que adornaban su atractivo rostro.

—No soy yo quien debe contártelo. Si ella confía en ti, te lo dirá.

Y Michael volvió a recordar la conversación que había escuchado unos días antes: «Si se lo digo, tengo miedo a que me rechace...». Y gimió otra vez.

—No sé qué hacer para que me perdone. He pensado hablar con el padre Neri e intentar arreglar las cosas entre ellos.

—¿Cómo? Me acabas de decir que la amas y ¿piensas lanzarla en brazos de Piero? —Adriana estaba empezando a enfadarse.

—Yo solo quiero hacer que ella sea feliz. Se lo merece.

—Déjame ofrecerte un consejo. Piero no la hará feliz, aunque ella lo crea. Y si es verdad lo que me has dicho, que la amas, lucha por su amor, y no permitas que ese hombre se acerque a ella. —Adriana habló más de lo que debía, porque había visto cómo su hermana había sufrido por Piero, pero, como todos, solo conocía parte de la historia.

Marcos los interrumpió carraspeando.

—¿Qué? —Adriana se volvió hacia él entornando los ojos.

—Si no salimos ya, perderemos el avión —explicó encogiéndose de hombros, demasiado acostumbrado a las miradas de furia de su prometida.

Adriana masculló algo que ninguno de los hombres entendieron, y asintió con la cabeza.

—Está bien. Michael, memoriza en tu teléfono mi número directo. Si ocurre algo que yo deba saber, no dudes en llamarme, y si necesitas algo, también. Me caes bien, creo que tras esa capa de estudiada frialdad late un corazoncito que está despertando, y eso me gusta —dijo dirigiendo la situación con la eficacia de un general a sus tropas.

Michael hizo lo que le había indicado, obviando que, como su hermana, había introducido una crítica velada en una alabanza hacia su persona.

Los tres salieron a la calle y Michael se quedó con ellos hasta que llegó el taxi a recogerlos.

Si solo una hora tuviera

—Una cosa más —insistió Adriana antes de meterse en el vehículo.
—¿Sí?
—Intenta ser menos... inglés.
Michael dio un respingo. Luego afirmó con la cabeza, aunque no tenía ni la más remota idea de cómo podía hacerlo. Después se fue caminando despacio pensando en cuál sería el mejor discurso para disculparse con un ángel encerrado en la habitación del ático. Todo ello sin ser demasiado inglés, claro.

En el taxi, Marcos se giró hacia Adriana.
—¿Qué está maquinando esa bella cabecita tuya?
—En realidad no lo sé. Tengo la sensación de que Michael puede ser el hombre adecuado para mi hermana, pero creo que hay demasiadas cosas entre ellos que los separan, y Gabriela también se ha dado cuenta de eso. ¿Por qué no puede ser todo como en una novela romántica? —respondió ella con la mirada perdida en el exterior.
—Porque esto es la vida real —contestó Marcos. Pero ella no lo escuchaba.
—Creo que intentaré darles a ambos un empujoncito —musitó como pensándolo para sí misma.
Marcos la observó con intensidad y posteriormente levantó los ojos al techo del taxi, suplicando ayuda al espacio exterior.
—Cuidado, Adri, no vaya a ser que con el empujoncito caigamos todos por el precipicio.
Pero ella, concentrada como estaba en ayudar a su hermana, ni siquiera escuchó el último comentario.

Michael abrió la puerta de la habitación temeroso de ver algún objeto volando hacia él. Lo que no sucedió. Miró la cama vacía y revuelta y no escuchó nada. Todo estaba en silencio. Se dirigió al salón y vio a Gabriela hecha un ovillo dormida sobre el pequeño sofá. Se había puesto un jersey de deporte y unos pantalones holgados. Hasta llevaba calcetines. Masculló en varios idiomas. Ahora había perdido hasta la oportunidad de verla con ese camisón tan gracioso de Heidi. «¿Gracioso?», pensó absurdamente. Sí, en realidad era bastante gracioso.

Se arrodilló ante ella y la observó respirar calmadamente. Tenía miedo de despertarla y así despertar también su furia y su desprecio. Suspiró en silencio y se sentó junto a ella a esperar. Completamente agotado, acabó apoyando la cabeza junto a su rostro y se quedó dormido.

Gabriela despertó porque algo le hacía cosquillas en la nariz e intentó apartárselo sin recordar dónde estaba. Finalmente alargó la mano y rozó con sus dedos un mechón corto de pelo grueso y suave color castaño oscuro. Abrió los ojos. Y escuchó un pequeño resoplido del hombre que estaba sentado a su lado. «Así que ha vuelto», pensó apretando los dientes. Se incorporó con cuidado de no despertarlo y lo observó con curiosidad. En realidad estaba fijándose en qué parte de su cuerpo podía golpear con más facilidad, pero algo en su postura y en su rostro, que aunque dormido mostraba una expresión angustiada, la retuvo.

Michael notó movimiento a su lado y despertó bruscamente sacudiendo la cabeza. Luego giró el rostro y vio a Gabriela observándolo con interés. Pero no vio furia, como pensaba encontrar en su mirada, sino algo parecido a la decepción y la tristeza. Eso le dolió todavía más. Y deseó que ella le lanzara algo y así se desahogara con él, pero no parecía ser esa su intención.

—Así que has vuelto —dijo ella simplemente.

—Es mi habitación —replicó él con voz ronca.

«Vaya, Michael, si es así como pensabas comenzar tu discurso de disculpa, vas mal, muy mal encaminado», le susurró una voz interior.

—Eso tiene fácil solución. Devuélveme la llave de mi habitación. Creo que anoche ya quedó claro lo que piensas de mí. Y no tengo intención de estar aquí ni un minuto más —explicó de forma extraordinariamente serena.

Si solo una hora tuviera

—Ni lo sueñes. Dije que cuidaría de ti y lo voy a hacer —explotó él sintiendo que la perdía.

—Michael —susurró ella como si él fuera un niño pequeño—, ya te advertí que este acuerdo no iba a funcionar. Quedó muy claro anoche. No puedo estar contigo si sé que piensas todo lo que dijiste. Lo mejor es que cada uno retomemos nuestras vidas donde se quedaron hace una semana.

Con gesto cansado se levantó y se dirigió a la habitación. Él la siguió y vio que sacaba su maleta y comenzaba a guardar su ropa.

«¡Haz algo, Michael! ¡Haz algo!», le gritó su voz interior. Y él lo hizo.

Comenzó a sacar la ropa de la maleta y a tirarla descuidadamente en el armario. Él, todo un paradigma del orden.

—Pero ¿qué estás haciendo? —preguntó Gabriela dejando de recoger para observarlo con los brazos cruzados sobre su pecho.

—Ya te he dicho que te vas a quedar aquí. Conmigo —aclaró.

—No.

—Sí.

—He dicho que no.

—Y yo he dicho que sí.

—Pero ¿se puede saber qué te ocurre? —inquirió Gabriela, más divertida que enfadada.

Él la miró y por fin supo qué hacer. Se acercó a ella y la sujetó por los hombros. Apoyó su frente en la de ella y susurró algo.

—¿Qué has dicho? —murmuró apartándose un poco y levantando la cabeza para mirarlo.

Michael respiró profundamente y lo intentó otra vez.

—Lo siento.

—¡Ah, ya! ¿Y qué sientes exactamente, Michael?

—Todo.

—¿Todo?

—Sí, ¡maldita sea! Tenía preparado un discurso para disculparme y ahora no recuerdo nada.

—¿Un discurso? —preguntó extrañada Gabriela—. Pues para

ser profesor de Oxford está claro que te faltan las palabras. Igual deberías pensar en cambiar de profesión.

—¿Y cuál sería la adecuada, Gabrielle? —rebatió él, enfadado porque su disculpa no había sido bien aceptada.

—Podrías dedicarte a ser un capullo profesional. Se te da bastante bien.

Michael abrió la boca para contestar, y luego la cerró. Y luego, pensándoselo mejor, la volvió a abrir.

—Tienes razón. Me lo merezco. No debí decir nada de lo que dije anoche. No te lo merecías. Yo no tengo ningún derecho a inmiscuirme en la clase de vida que quieras llevar, y no debo juzgarte cuando yo también tengo un pasado. Aunque hay algunas cosas, que aunque no las expresé con la debida educación, sí fueron sinceras.

—¿Qué cosas? —Gabriela lo miró entrecerrando los ojos.

—Yo... —Michael pareció avergonzado—. No debí decir que quería follarte. A ti jamás te follaría, eso suena demasiado obsceno. Pero sí que te haría el amor. Muchas veces. A todas horas. En realidad...

Gabriela levantó un brazo mandándole callar, y él por primera vez en su vida obedeció.

—Nunca pretendí seducirte. Siento que pensaras que era así.

—Lo sé —murmuró él mirando su nuevo atuendo tapada de pies a cabeza—. Me gustas más con mi camiseta del Balliol College y en pantalón corto, y no me importa que vayas descalza, si a ti te gusta. Prometo no intentar besarte otra vez. No debí hacerlo. Sé que tú no sientes lo mismo.

Si Michael esperaba que Gabriela lo contradijera, no lo consiguió.

—¿Qué es lo que sientes, Michael?

—Yo... nada, ¡déjalo! Supongo que fue la noche, tu vestido, la música... no sé. No lo volveré a hacer y punto.

—Lo siento.

—¿Te estás disculpando? —Michael la miró con sorpresa.

—Sí. —Ella sonrió—. Supongo que yo también tengo parte

Si solo una hora tuviera

de culpa. En realidad, me gustaba bastante tener toda tu atención sobre mí. Pero ya sabes que amo a otra persona, y jamás sentiré otra cosa por ti que no sea agradecimiento y amistad. Si estás dispuesto a aceptarlo, me quedaré.

A Michael no le quedó otra opción y asintió con la cabeza.

—¿Amigos? —sugirió.

—Amigos —aceptó ella y le tendió la mano.

Él la cogió como si fuera un salvavidas. «Por lo menos tengo esto», pensó con tristeza.

—Michael.

—¿Sí? —preguntó él temeroso de alguna reprimenda.

—Desconozco qué te han contado, pero jamás he estado con un hombre casado. Jamás destrozaría la vida de una familia. Pero sí tienes razón en una cosa: durante años busqué en otros hombres a Piero, y no lo encontré. Y no lo amo porque para mí signifique algo prohibido o excitante. Lo amo porque sí. Creí que tú lo entenderías. Nunca he sido tan sincera con una persona como lo he sido contigo y por eso me dolió tanto que tergiversaras mis palabras para volverlas contra mí —dijo Gabriela suavemente.

Michael se acercó a ella y la abrazó dejando que Gabriela se apoyara en su pecho.

—Lo siento. De verdad, no sabes cuánto lo lamento. No quise hacerte daño. En realidad era yo el que me sentía dolido por tu rechazo. Yo... si me dices cómo puedo remediarlo, aunque solo sea un poco...

Ella se apartó y lo miró con una sonrisa.

—Podrías empezar por darte una ducha. Tienes un aspecto espantoso, y hueles fatal. ¿Se puede saber qué has estado haciendo toda la noche?

Él sonrió por primera vez en todo el día.

—Bebiéndome todas las existencias de alcohol de Praga —respondió dirigiéndose al baño.

* * *

Pasaron el resto del día como compañeros de habitación, aunque a veces se observaban subrepticiamente sin saber muy bien cómo reaccionar. Gabriela estuvo toda la tarde viendo películas frente al televisor y comiendo chocolate, lo que hizo que una sonrisa comenzara a brotar en el rostro cansado de Michael, que estuvo corrigiendo trabajos hasta que, agotado después de cenar, se acostó.

Vio que ella se metía en la cama y se acurrucaba en una esquina. Se giró y apretó los dientes.

—¿Puedo abrazarte, Gabrielle? Siento que duermo mejor si estás a mi lado.

Ella se volvió sorprendida. No por la sugerencia, sino porque era la primera vez que lo preguntaba.

—Yo... Creo que sí. En realidad, también me estoy acostumbrando.

Él la arrastró con un solo brazo hasta acomodarla junto a su cuerpo y al poco rato escuchó su respiración acompasada. Michael inclinó la cabeza y la besó en la coronilla rubia.

—Te amo, Gabrielle, aunque nunca me lo escucharás despierta.

Pero Gabriela no estaba todavía dormida, y lo oyó con total claridad. Comenzó a tensarse sin pretenderlo y la sensación de estar ahogándose la inundó por completo. Otra vez. Suspiró hondo y aspiró el aroma a fresco, seco y madera de Michael. Y entonces todo cambió. Se sintió relajada. En completa paz, incluso. Abrió los ojos con sorpresa en la oscuridad de la habitación y percibió el cálido cuerpo de Michael a su espalda, sujetándola, protegiéndola. Luego los volvió a cerrar sintiendo cómo era arrastrada por su fuerza vital. Y escuchó su voz interior susurrándole «y yo también», pero antes de que pudiera pronunciar esas palabras, se quedó dormida olvidándolas.

—Vamos, Gabrielle, despierta. —La voz de Michael y la firmeza de su mano sacudiéndola levemente hicieron que Gabriela abriera los ojos lentamente.

Si solo una hora tuviera

—¿Qué hora es? —preguntó con voz ronca. Nunca como desde que estaba en la habitación del ático había dormido tanto. En realidad, normalmente le bastaban unas cinco o seis horas de sueño interrumpido por bastantes despertares. Allí tenía la sensación de que podía competir con una marmota y le ganaría. «Será el clima checo», pensó. La niebla, las nubes grises, la lluvia, la melancolía implícita en cada rincón de Praga. «Sí, tiene que ser eso, sin duda», afirmó mentalmente, mientras se levantaba de la cama sin poder disimular un enorme bostezo.

—Tienes media hora para cambiarte y desayunar —contestó Michael observándola cuidadosamente mientras su cara iba pasando del más profundo sueño al medio despertar que parecía acompañarla últimamente hasta media mañana.

—Vaya, ¡qué tarde es! —exclamó ella viendo que él ya estaba vestido, afeitado, peinado y oliendo a... —Se acercó a él y lo pasó casi rozando camino del baño. Oliendo a... fresco, seco, cálido. En realidad no sabía muy bien a qué exactamente, pero le gustaba mucho.

Él la esperó pacientemente hasta que salió vestida con un traje de chaqueta negro, de falda tubo hasta la rodilla, y se calzó las botas. Llevaba el pelo ligeramente alborotado y Michael se preguntó si realmente conseguía peinárselo alguna vez, aunque no le importó, el efecto era encantador. Una nube con olor a nata y algodón de azúcar le llegó a sus fosas nasales y sonrió.

—Bajemos a desayunar —afirmó cogiéndola de la mano, a lo que ella respondió con una mirada extraña a su mano, como si no le perteneciera, pero no la soltó.

Desayunando le devolvió la llave de su habitación y le dio una copia de la suya. Ella las aceptó en silencio y se las guardó en el bolso. Michael no pudo reprimir una pregunta.

—¿Estarás en mi habitación cuando regrese esta tarde?

—Estaré —ella levantó la mirada del plato y le sonrió—, aunque tardaré. Me gustaría quedarme un rato investigando en la biblioteca.

—De acuerdo —asintió él y experimentó un profundo alivio.

Gabriela se sintió culpable y agachó otra vez la cabeza. En realidad no deseaba ir a la biblioteca. Tenía intención de acudir al despacho de Piero y hablar con él de una vez por todas. Pero creyó que era mejor no mencionárselo.

Cogieron diferentes taxis para que no les vieran llegar juntos y ella entró dos minutos después que él en la clase, recibió preguntas acerca de cómo se encontraba en tono de familiaridad y apreció por primera vez en ocho días que todo volvía a la normalidad. Se sentó junto a Elena y se concentró en su profesor. Únicamente en su profesor, mirándolo en realidad por primera vez, mientras este se centraba en las explicaciones sobre el tema de esa semana. Admiró su estilo de narrador profesional y cómo se le ajustaba el traje a su cuerpo, que ella sabía lo bien formado que estaba bajo esas capas de tela. Tenía una elegancia innata. Gabriela supuso que no era adquirida con los años de internado, sino que en realidad había nacido así. Siempre había sido un líder, un estudiante brillante, un profesor de éxito y un protector para su familia. Y con algo de sorpresa se dio cuenta de que ahora ella también estaba incluida en ese círculo protector.

—Profesora Ruiz de Lizárraga, ¿la estoy aburriendo? —El cambio de tono en la voz de Michael hizo que ella parpadeara sorprendida.

—No. En absoluto —acertó a decir, y pudo ver cómo él, antes de girarse, sonreía levemente.

Nadie se dio cuenta, excepto la profesora Applewhite, que no les quitaba la vista de encima, más atenta a sus reacciones que a la explicación sobre Leonor de Aquitania que estaba teniendo lugar. Y supo por qué Gabriela no había sido expulsada definitivamente del seminario, porque había seducido con sus artimañas a su adorado e íntegro profesor Wallace. Decidió en ese momento retomar lo que había dejado aparcado hacía una semana. No podía permitir que una mujer así pervirtiera a sacerdotes, profesores y seguramente a alumnos. Esa mujer tenía que ser destruida. Constituía toda una deshonra para su honorable profesión. Era un demonio con vestimentas de seda. Y algo más calmada, mientras una idea en su mente malvada iba cobrando forma, se centró en escuchar al profesor Wallace.

—Parece que está más contento —susurró Elena a su oído.

—¿Quién? —preguntó Gabriela.

—¿Quién va a ser? Nuestro Henry.

—¡Ah! No sé. A mí me parece como siempre. —Ella se fijó en Michael, que en ese momento las observaba y comenzaba a fruncir el ceño.

—¿Crees que tendrá que ver con esa mujer misteriosa con la que había quedado el otro día?

—No tengo ni idea.

—¡Oye!, ¿y tú dónde te has metido todo el fin de semana? —inquirió entrecerrando los ojos con suspicacia.

—He estado con mi hermana. Ha venido con su prometido a hacerme una visita.

—¡Oh! —Elena pareció más tranquila—. Yo... es que por un momento había pensado...

—Deja de pensar, Elena, estás completamente equivocada. —Gabriela le sonrió dulcemente, pero en sus pensamientos se coló la imagen de los ojos de Michael al ser fotografiado, y ruborizada, agachó la cabeza.

Terminó la clase y tanto Elena como Gabriela se despidieron de Michael con un simple adiós. La primera se fue a comer con sus compañeros y Gabriela, viendo que Michael no salía detrás de ella, se encaminó al piso superior, al despacho de Piero.

Llegó jadeando, y sin embargo no había subido corriendo. Se apoyó con una mano en la puerta y notó su corazón latiendo aceleradamente dentro del pecho. «Tengo que hacerlo», se dijo. «Tengo que hacerlo. Tengo que contárselo y así sabré definitivamente si él me ama o todo ha sido una quimera estúpida estos años». Pero no tenía fuerzas, el dolor de su rechazo, de la última vez que lo vio tras los cristales de su apartamento aquella tarde en Praga, bajo un intenso frío y una lluvia que caía lentamente tapando sus lágrimas, fue tan intenso que hizo que retrocediera bruscamente. Tropezó con alguien a su espalda y se volvió disculpándose.

—Profesora Ruiz de Lizárraga, ¿busca a alguien? —La voz gangosa y algo aguda de la profesora Applewhite la sacó de su ensoñación.

—Sí, al padre Piero —contestó ella de forma sincera.

La profesora Applewhite se llevó la mano al pecho como si sufriera un ahogo.

—¿Se encuentra bien? ¿Quiere que la acompañe a refrescarse? —preguntó Gabriela solícita y alargó su mano hacia ella.

—¡No me toque! —exclamó la profesora Applewhite retrocediendo un paso.

Gabriela pareció sorprendida, pero no dijo nada. Hizo amago de girarse y llamar al despacho de Piero. Entonces la profesora Applewhite habló.

—No está. Ha viajado a Roma. Su tío el Obispo Neri está muy enfermo y lo ha mandado llamar.

Gabriela se volvió sorprendida por dos cosas: la primera, por qué a ella Piero no le había dicho nada y la segunda, por qué lo sabía la profesora Applewhite. Por primera vez se dio cuenta de que esa mujer, en apariencia inofensiva, una simple profesora universitaria de mediana edad, soltera y dedicada única y exclusivamente a su profesión, podía ser muy peligrosa. Y Gabriela no tenía ni idea de qué era lo que la incomodaba tanto de ella. Es más, creía que guardaba algo en su interior muy parecido al odio, que hasta podía ver brillando en sus ojos oscuros y pequeños bajo unas gafas de aumento.

—¿Decepcionada, profesora Ruiz de Lizárraga?

—No, ¿por qué iba a estarlo? —contestó Gabriela a la defensiva.

—Aunque supongo que esta semana encontrará otras cosas más atractivas en las que entretenerse.

Lo dijo con tanta malicia que Gabriela dio un respingo sin pretenderlo.

Si solo una hora tuviera

—En realidad, creo que estaré bastante ocupada preparando el trabajo sobre Leonor de Aquitania, para entretenerme en cosas atractivas. Eso se lo dejo a usted, profesora Applewhite, que parece tener mucho más tiempo libre que yo —expresó con voz calmada y se dirigió a las escaleras, dejando a la susodicha profesora boqueando como un pez al que hubieran arrancado de las profundidades del mar.

Llegó al hotel todavía pensando en la conversación con la detestable profesora Applewhite, sabiendo que en todos los grupos siempre había una manzana podrida, y dándole la razón a Elena: esa mujer era imbécil, como muy bien la había definido su compañera.
Se cambió de ropa, se sentó ante el escritorio, conectó el ordenador y comprobó los mensajes. Había uno de su hermana, agradeciéndole lo bien que se lo habían pasado y diciéndole que agradeciera también a Michael su amabilidad, que era un hombre encantador. «¿Un hombre encantador? Pero ¿qué le ha hecho Michael a mi hermana?». Aun así no pudo reprimir una sonrisa. Buscó con más atención, pero no había respuesta de Piero, ni siquiera la pequeña constancia de que hubiese recibido su mensaje. Bueno, solo tenía que esperar una semana. Tampoco era tanto, ¿no? Luego se centró en los libros que le habían prestado de la biblioteca, y al poco rato ya no recordó nada más. Ni siquiera se percató de que Michael estaba apoyado descuidadamente en el quicio de la puerta del saloncito observándola. Hasta que escuchó el sonido de su teléfono móvil. Entonces se volvió sorprendida hacia él y mostró una reluciente sonrisa.
—Ya has llegado.
—Sí —afirmó él mirándola fijamente, y sacó el móvil de su bolsillo. Comprobó el remitente y maldijo en voz alta en un idioma que ni Gabriela reconoció.
—¿Qué sucede? —inquirió preocupada.
—Tengo que cogerlo. Es importante —murmuró Michael mirando en derredor.

Ella comprendió su gesto y de forma silenciosa cogió la llave de la habitación y se dirigió a la puerta.

—No. —La paró él sujetándola del brazo—. No quiero que te vayas.

Ella asintió y se sentó en la cama a esperar.

Michael suspiró audiblemente y conectó la llamada.

—Dan, ¿qué sucede?

Comenzó a fruncir el ceño al escuchar al otro hombre y Gabriela lo observó con curiosidad.

—Sí, lo entiendo. Ya sé que llevas varias semanas retrasándolo y que te están presionando. Solo dame un poco más de tiempo.

Michael había comenzado a pasear por la habitación olvidándose por primera vez desde que estaba en Praga de que Gabriela estaba a su lado.

—Lo sé. Lo sé. Déjame que hable con él primero. No puedes hacerlo. Eso lo destrozará, a él y a su carrera. Y no lo permitiré. ¿Me has entendido, Dan? No lo permitiré. —Luego suavizó el tono ante la réplica de su interlocutor—. Solo dame unos días más. Solo te pido eso.

Se pasó la mano por el pelo y gruñó.

—De acuerdo. En tres días tendrás una respuesta. Adiós. Y gracias, Dan.

Cortó la comunicación y se quedó de pie en medio de la habitación con la mirada perdida. Gabriela no quiso interrumpirle. Su rostro había cambiado, estaba preocupado. No, angustiado sería más exacto. Finalmente él se giró hacia ella y se sentó a su lado.

—¿Qué ocurre, Michael? ¿Puedo ayudarte en algo? —preguntó suavemente.

—¡Ojalá pudieras, Gabrielle! Pero esto es algo que escapa de tu alcance, y lamentablemente también del mío —exclamó bruscamente. Luego la miró y, al ver su gesto dulce y comprensivo, se volvió al móvil y rebuscó entre los archivos, lo seleccionó y se lo mostró a ella.

Gabriela abrió los ojos e intentó que la sorpresa no la delatara.

Si solo una hora tuviera

Frente a ella estaba Michael con otro hombre, al que tenía inclinado sobre una mesa de billar. Ambos estaban desnudos de cintura para abajo, y la fotografía, aunque no era de muy buena calidad, mostraba claramente lo que estaban haciendo.

—¿No dices nada, Gabrielle? —inquirió súbitamente serio Michael. Quizá se había excedido mostrándole la fotografía.

—Yo... esto... Estoy un poco desconcertada. Creí que tú me habías dicho que no... ¿El de la foto es el tal Dan? ¿Es tu amante?

—¿Mi amante? —replicó Michael sin entender nada—. No, Dan es un antiguo compañero de Oxford. Ahora trabaja como redactor jefe en prensa amarilla, bastante popular en Inglaterra.

—¡Ah! —dijo ella simplemente, sin entender realmente mucho de lo que estaba sucediendo.

Michael se giró hacia ella y le cogió la barbilla con una mano.

—Fíjate bien. Ya me has visto desnudo. ¿Crees que soy yo?

—Yo... En realidad no te recuerdo muy bien. ¿Quién es entonces?

—Mi hermano Raefer.

—¿Tu hermano es homosexual?

—Yo creía que no. Pero a las pruebas me remito. De todas formas, lo importante de la foto no es realmente él, sino con quién está. Es uno de los solteros de oro de Inglaterra, un jugador de la selección inglesa de fútbol, conocido por sus conquistas y por pasearse con las modelos más atractivas del panorama mundial en todas las alfombras rojas.

—Ya veo. ¿Y has hablado con él? ¿Con tu hermano?

—No. Dan me envió la foto pocos días antes de aceptar dar el seminario en Praga y le pedí tiempo para poder solucionarlo. Pensé que aquí podría pensar con calma cómo hacerlo. Pero en realidad me había olvidado hasta ahora. A Dan no le dan más tiempo, saldrá publicado este fin de semana. No puedo permitirlo. Como ya has escuchado, eso destrozará a Raefer y su carrera.

—Puede que no sea tan malo. Estas cosas suelen olvidarse con la misma facilidad con que aparecen, solo es necesario que otro cotilleo posterior las tape.

—No es eso, Gabrielle, Raefer es... él es adicto, como tú. —Michael notó que ella se ponía tensa a su lado—. Bueno, en realidad creo que tiene más problemas con las drogas que tú. Sé que lleva limpio bastante tiempo, pero también conozco lo suficiente a mi hermano como para saber que algo como esto hará que recaiga. Y no puedo permitirlo.

—Lo sé, Michael. Eso ya lo has dicho. ¿Has pensado en algo?

—Bueno, en realidad se me han ocurrido ideas de lo más variopintas, desde prenderle fuego a las oficinas del periódico donde trabaja Dan, hasta contratar un *hacker* que destruya el archivo de las fotografías. Pero sinceramente, lo único algo coherente que he hecho hasta ahora ha sido pagar una fortuna para retrasar que esas fotografías salgan a la luz. ¿Qué opinas?

—Bueno. —Gabriela pensó la respuesta agradeciendo que él confiara en ella—. Yo en realidad no tengo mucha idea de cómo puede funcionar eso. Pero creo que lo mejor es que hables cuanto antes con Raefer, él es el más implicado, y deberíais poneros en contacto con el otro hombre, quizá él tenga más influencia que vosotros. También deberías confiar más en tu hermano. Si se parece en algo a ti, creo que es bastante más fuerte de lo que tú piensas. ¿No podríais recurrir a vuestro padre?

—No, eso no. Ni Raefer ni yo nos hablamos con él desde que murió nuestra madre. No quiero inmiscuirlo en este problema.

—Vaya, Michael, eres como una gallina clueca protegiendo a todos sus polluelos. —Ella rio y consiguió que Michael por lo menos dejara de fruncir el ceño y esbozara una pequeña mueca, que murió antes de convertirse en sonrisa.

—Nunca me habían dicho nada tan insultante, ni a la vez tan sincero como eso. Solo tú podías hacerlo.

—Supongo que también lo llevo en los genes. —Ella se encogió de hombros.

Él cabeceó, pero no dijo nada.

—Necesito darme una ducha y refrescarme un poco. A ver si

consigo pensar con claridad —dijo finalmente, levantándose con gesto cansado.

En cuanto cerró la puerta del baño, Gabriela cogió el móvil de Michael y buscó el teléfono de Raefer. Cuando lo tuvo en pantalla lo pensó un momento, pero convencida de que hacía lo correcto pulsó la tecla de llamada. Michael necesitaba ayuda, y eso era lo menos que le podía ofrecer ella.

—Mike, hermano, ¿cómo va todo por Praga? ¿Ya ha caído la séptima? ¿O vamos aumentando cuota? —escuchó Gabriela con una voz muy parecida a la de Michael.

—La séptima sigue resistiéndosele y desconozco si ya ha pasado a las siguientes de la lista. Por cierto, soy Gabriela, no Michael —le espetó algo enfadada porque el tema de sus conquistas siguiera coleando tan presente.

—¿Cómo? ¿Dónde está mi hermano? ¿Está bien? —Y un poco más tarde—: Y tú ¿quién eres?

«Vaya», pensó Gabriela, «en realidad se parecen mucho».

—Soy una amiga de tu hermano. Él está bien. Ahora mismo se está dando una ducha.

—¿Una amiga? ¿Y qué haces en su habitación? ¿Y qué haces llamándome a mí desde su teléfono?

—Necesito que me hagas un favor —solicitó Gabriela ignorando las preguntas anteriores.

—¿Qué favor? Dile a mi hermano que se ponga.

—Creo que necesita tu ayuda, aunque es demasiado terco como para reconocerlo. Necesitáis hablar de algo importante. ¿Podrías estar mañana aquí?

—¿En Praga? —preguntó desconcertado Raefer—. ¿Le ha ocurrido algo?

—Sí, venir a Praga, ¿podrás? Y no, no le ha sucedido nada. Solo que hay un tema importante que tenéis que solucionar. Ambos.

Se escuchó una maldición en ruso. ¿Ruso?

—¿Hablas ruso? —inquirió Gabriela totalmente sorprendida.

—Sí, supongo que tantos años escuchando a Michael se me habrá pegado algo.

Gabriela rio. Y por un momento, Raefer se quedó inmóvil junto al teléfono escuchando esa risa tan cristalina que atravesaba las ondas y lo rodeaba como si todo se hubiera silenciado junto a él.

—Estaré allí mañana. Cuando encuentre un vuelo os avisaré —afirmó sin pensárselo dos veces. Tenía que conocer quién era esa misteriosa mujer que estaba en la misma habitación de su hermano y tenía esa risa tan hermosa.

—No, espera. Apunta mi teléfono. Avísame a mí. Él no debe saber nada de esto. Es una sorpresa.

—No conoces muy bien a mi hermano. Odia las sorpresas.

—Lo sé. Pero también sé que esta sorpresa es inevitable. Te espero mañana —dijo Gabriela. Le dio la dirección del hotel, el número de habitación y colgó el teléfono.

Michael salió del baño con la misma expresión de cansancio con la que había entrado, aunque algo más despejado, si bien todavía no sabía cómo encarar el tema con su hermano. Empezar con un «¿Qué tal, Raefer? No sabía que te decantabas por los traseros peludos» no le parecía muy buena opción.

—He pedido la cena. Pensé que preferirías cenar aquí en vez de bajar al restaurante —sugirió Gabriela observándolo con atención.

—Una idea excelente —asintió él y se dirigió al saloncito, donde ambos se sentaron en el sofá frente a sus bandejas mientras ella cambiaba una y otra vez de canal.

—¿Buscas algo en concreto? —preguntó él mientras atacaba su hamburguesa.

—Sí, creo que ponen *El paciente inglés*. La he visto un montón de veces, pero no me importaría verla otra vez.

Él masculló algo en voz baja.

—¿No te gusta?

Si solo una hora tuviera

—Creo que podré soportarla —afirmó finalmente, suspirando frente a las tres horas de tortura que le quedaban por delante. Por lo menos podría dejar la mente en blanco y pensar en cómo solucionar el problema de su hermano. De lo que no se daba cuenta era de que, a veces, los problemas los tenían que solucionar quienes los habían provocado.

Sin embargo, no pudo dejar la mente en blanco, porque estuvo las tres horas que duró la película, de la que apenas pudo seguir nada del argumento, pendiente de las reacciones de Gabriela, que pasó de la emoción a la tristeza y posteriormente al desconsuelo en cuestión de minutos. Acabó apoyada en sus piernas llorando a moco tendido y diciendo entre hipidos como si fuera un mantra: «Siempre lo he llevado porque siempre te he querido, siempre lo he llevado porque siempre te he querido», haciendo referencia al colgante que le regala el protagonista a su amada, cuando le confiesa su trágico y verdadero amor.

«¡Ja!», pensó con una sonrisa burlona en el rostro. «Acción y guerra, ¿eh?». Estaba convencido de que entre toda su colección de películas se escondía en el fondo la más importante y delatadora de todas: *Pretty Woman*. Aunque, y esa vez la sonrisa cambió a un rostro iracundo, se la imaginaba soñando con Richard Gere, solo que ese, en vez de traje, llevaba sotana.

No obstante, olvidó sus tenebrosos pensamientos y la consoló lo mejor que pudo, le entregó unos diez pañuelos de papel, que acabaron arrugados y mojados a su alrededor, y le acarició el pelo y la espalda con ternura. Y se sorprendió pensando que le gustaría pasar así muchas más noches, en vez de salir a cenar fuera con una mujer casi desconocida con el único propósito de llevársela a la cama después. Aunque con un final diferente, claro, si le dejara que él la consolara, digamos de otra forma. «No», negó con la cabeza. «No tengo derecho a pensarlo».

CAPÍTULO 16

Y Gabriela finalmente... confiesa

Al día siguiente a Gabriela le dolía la cabeza, mucho, tenía una terrible migraña y apenas podía abrir los ojos.

—Gabrielle, ¿estás bien? —susurró Michael a su lado cuando fue a despertarla, una vez que él ya estaba vestido.

Ella gimió.

—No, me duele la cabeza. A veces me sucede. No muy frecuentemente. Lo siento, no podré asistir hoy a las clases. Va a ser imposible que pueda abrir los ojos. —Habló en susurros, de forma apresurada y en voz baja, como si le molestara el simple sonido de su voz.

—¿Puedo hacer algo? ¿Aviso a un médico? —preguntó un cada vez más preocupado Michael, observando la palidez de su piel.

—No —Gabriela volvió a gemir—, solo necesito estar tumbada y a oscuras. Se me pasará en unas horas. Seguro que cuando regreses ya estoy repuesta.

Michael se volvió en silencio y entró en el baño. Empapó una de las toallas en agua fría, la dobló y se la puso a Gabriela en la frente. Ella dio un respingo y estuvo a punto de levantarse.

—¿Qué es esto? —exclamó tocándose la toalla que le cubría casi toda la cara.

Si solo una hora tuviera

—Te hará bien. Ahora duerme. —Y Michael, solícito, le dio unos golpecitos en el dorso de la mano.

Ella abrió un solo ojo y lo observó.

—¿No necesitas ningún analgésico? —inquirió él curioso.

—No tengo ninguno. Gracias a ti. ¿Recuerdas?

—Está bien. —Michael parecía sentirse culpable—. Volveré después de las clases. Si necesitas algo, llámame. Pasaré también por una farmacia. No creo... no creo que sea muy malo que tomes algo para el dolor de cabeza. —Pero no parecía del todo convencido.

Gabriela cerró el único ojo que tenía abierto y suspiró audiblemente. Él no dijo nada más, pero cuando estuvo fuera de la habitación, en un acto reflejo cerró con la llave manual. Por si acaso, solo por si acaso.

Gabriela, todavía sobre la cama, se apartó de un golpe la toalla mojada y se incorporó. «¿Me ha vuelto a dejar encerrada? Será cretino... ¿Qué piensa que voy a hacer?». No obstante, sonrió. Se le veía tan preocupado... «Los hombres a veces son tan ingenuos...», pensó mordiéndose un labio. Se levantó de un salto y se metió en el baño a darse una ducha. Salió vestida con un pantalón vaquero y la camiseta del Balliol College, que el día anterior le habían devuelto de la lavandería. Ya no le gustaba tanto, el fuerte detergente había borrado todo el aroma que antes la impregnaba. Se dio cuenta de que no tenía nada que desayunar y decidió atacar la única tableta de chocolate que le quedaba, la que estaba rellena de crema de menta. Al principio la masticó con algo de duda, pero comprobó que le gustaba mucho. Y la engulló entera. Y luego pensó: «¿Dónde estará la rellena de naranja?», oteando el pequeño salón como si el chocolate se le fuera a mostrar de forma milagrosa ante su deseo. Pero ella nunca llegaría a saber que aquella tableta viajaba cómodamente instalada entre dos libros de historia dentro del maletín de Michael, que había descubierto una nueva afición culinaria.

Se dedicó a esperar hasta que su teléfono vibró con un mensaje.

Acabo de aterrizar, en media hora estaré en el hotel. R.

Estoy en la habitación del ático. Espera a que entre el camarero con la bandeja de comida. Entonces aprovecha y cuélate dentro.
Raefer leyó el mensaje algo desconcertado.
¿Es que no puedes abrirme tú misma?
Gabriela suspiró audiblemente.
No. Tu hermano me ha dejado encerrada. No preguntes.
Raefer abrió los ojos al leer el mensaje y cabeceó. Cada vez estaba más intrigado y deseando llegar al hotel.

Raefer esperó pacientemente en el descansillo del ático hasta que vio llegar a un joven camarero con un carrito, portando una bandeja de comida. Si al camarero le pareció extraño que un hombre joven y solo estuviera plantado en la puerta de la habitación, no hizo comentario al respecto. Todo el personal del hotel comentaba desde hacía días la extraña relación de los dos profesores que se hospedaban allí. Ahora entraba un nuevo personaje en acción. Tendría un buen cotilleo cuando regresara a las cocinas.

El camarero dio unos suaves golpes en la puerta, anunció su llegada con un claro «Servicio de habitaciones» y abrió la puerta con la llave manual, todo ello bajo la atenta mirada del joven situado a su espalda. Que aprovechó para colarse dentro de la habitación junto al carrito de la comida. Luego se volvió hacia él y le dio una generosa propina, advirtiéndole que no avisara al profesor Wallace. El camarero vio la propina y asintió con un gesto de cabeza. Lo que se trajeran esos entre manos le era indiferente, mientras siguieran siendo tan sumamente generosos.

Raefer levantó la vista cuando la puerta se cerró tras él y vio a Gabriela parada en el centro de la habitación sonriéndole. Temió haberse quedado con la boca abierta. Y entendió perfectamente por qué su hermano tenía a aquella mujer encerrada.

Gabriela se acercó a él todavía sonriendo.

—Hola, soy Gabriela, la prisionera de tu hermano —dijo con una voz extrañamente ronca, y le tendió una mano.

Si solo una hora tuviera

Y Raefer pensó qué cuentas tenía su hermano con Dios para que le enviara un ángel como aquel. Porque Gabriela parecía un ángel, aunque iba vestida con unos simples pantalones vaqueros desgastados, la camiseta del Balliol College y estaba descalza.

Él se acercó y cogió su mano entre las suyas, extrañándose de lo frágil y delicada que parecía.

—¿Por qué dices que eres su prisionera? —preguntó, olvidándose por qué había ido a Praga.

—Es un acuerdo al que llegamos tu hermano y yo hace unos días. Él me está ayudando a superar algo con lo que tengo problemas y cree que dejándome encerrada mientras él no está junto a mí, estoy a salvo.

—¿De qué lo conoces? Nunca me había hablado de ti, de hacerlo seguro que lo recordaría.

—Soy su alumna en este seminario. Nos conocimos aquí.

—Me estás diciendo que mi hermano ha secuestrado a una alumna en la habitación de su hotel. ¿Eres mayor de edad? —inquirió entrecerrando los ojos.

—Claro. Tengo veintiocho años. Y en realidad no me ha secuestrado. Me está ayudando, aunque... supongo que es algo extraño de entender por otra gente. Por supuesto, lo hemos mantenido en secreto.

—Mi hermano no ha hecho nunca nada tan estúpido, ni tan arriesgado. Tiene que ser algo importante.

—Lo es. Bueno, en realidad, creo que ya está empezando a dejar de ser —murmuró ella de forma enigmática, con lo que la curiosidad de Raefer aumentó en varios grados.

—¿Por qué me has hecho venir? ¿Dónde está él?

—Está en sus clases. Volverá, creo —ella miró su reloj—, dentro de una media hora. ¿Te apetece comer algo?

—No me has contestado.

—No, porque el que tiene que contestarte es él.

—Gabrielle, no entiendo nada y estoy empezando a enfadarme —exclamó Raefer.

—Ya lo veo. Estás frunciendo el ceño exactamente igual que tu hermano.
Raefer cambió el gesto y sonrió con suficiencia.
—Vaya. Tienes mucha más facilidad que él para sonreír. Será porque eres actor. Supongo —aseveró Gabriela cogiendo la bandeja entre sus delgados brazos.
Él se acercó rápidamente y le arrebató la bandeja.
—Déjame a mí, por favor —pidió viendo la bandeja tambalearse.
Ambos se sentaron en el sofá del saloncito a comer, y pese a los intentos de Raefer por sonsacar a Gabriela algo de información, no consiguió absolutamente nada, excepto quedarse embobado la mitad del tiempo mirándola.
Y sintió envidia de su hermano.
Por primera vez en toda su vida.

Michael estaba preocupado. Muy preocupado. Nunca había visto a Gabriela tan pálida como esa mañana, excepto la noche fatídica del sábado en la que la rescató de aquel club. ¿Estaría recayendo? ¿Sería algún efecto de la falta de drogas? Parecía tan desvalida en la enorme cama... La llamó varias veces, pero no obtuvo respuesta. Intentó tranquilizarse diciéndose que seguro estaba dormida. Finalmente acabó las clases antes de lo previsto y saltándose las horas de tutoría cogió un taxi y se dirigió al hotel.
Cuando estaba a punto de abrir la puerta escuchó risas dentro y la voz de un hombre. Lo primero que pensó fue en el padre Neri. «¿Ha sido capaz de traerlo a nuestra habitación?». Apretó los puños e intentó calmarse repasando alfabéticamente todos los insultos que conocía. No sirvió de nada. Abrió la puerta, entrando como si fuera una manada de rinocerontes en estampida hacia el salón, que era de donde salían las voces... y las risas. Empujó la delgada madera bruscamente y se quedó con la boca abierta, obligándose a cerrarla ante una sonrisa deslumbrante de Gabriela.
—Hola, Michael.

Si solo una hora tuviera

—Mike —saludó su hermano.
—¿Qué está pasando aquí? —preguntó Michael mirando a uno y a otro, que de repente comenzaron a reír como dos niños—. ¿Y qué ha ocurrido con tu oportuno dolor de cabeza?
—Pues que oportunamente ha desaparecido —dijo ella mirando a su hermano, y Raefer rio de nuevo.
«¿Por qué se ríe tanto con Raefer?», pensó algo compungido. «Conmigo siempre parece ausente, o enfadada, o triste».
Y sintió envidia de su hermano.
Por primera vez en toda su vida.
Gabriela se levantó y se dirigió al baño.
—Os dejo. Sé que tenéis muchas cosas de que hablar.
Cuando la puerta se cerró, Michael solo pronunció dos palabras sujetando fuertemente el maletín entre sus puños.
—Es mía.
Su hermano le contestó con otras dos.
—Lo sé.
Luego se lo pensó mejor y añadió:
—Pero ¿ella lo sabe?
A Michael no le dio tiempo a contestar. Ambos se giraron cuando escucharon a Gabriela en la puerta. Se había puesto una gabardina de piel negra y calzado unos botines de tacón también negros. Cogió su bolso y se despidió.
—Me voy a dar una vuelta. Os dejo solos. Portaos bien.
—¿Adónde vas? —exclamó de repente Michael, negándose a dejarla ir.
—Ya te lo he dicho. Solo voy a dar una vuelta. No volveré tarde.
—Deberías coger una bufanda, o algo que te abrigue más que eso que llevas; hace frío —repuso él intentado retenerla aunque fuera solo un minuto más.
Gabriela puso los ojos en blanco y levantó los brazos antes de salir por la puerta.
—Lo cogeré —contestó sin coger nada y luego añadió descuidadamente—, papá.

* * *

Cuando Gabriela cerró la puerta, Michael se volvió hacia su hermano.

—No quiero ser su padre.

Raefer se rascó el mentón y cabeceó levemente.

—Pues entonces creo que deberás cambiar de táctica, porque la que estás utilizando está claro que está fallando. ¿Se puede saber dónde ha quedado mi famoso hermano conocido por que ninguna mujer se le resiste?

—En Londres, Raefer, creo que se quedó en Londres.

Su hermanó prorrumpió en una fuerte carcajada y le dio unos golpes en la espalda.

—Pero ¿qué te ha hecho esa mujer?

—En realidad, nada. Me odia. Le molesta mi sola presencia y además está enamorada de otro. Lo que no para de resaltar cada vez que hago algún movimiento hacia ella.

—No creo que te odie, ni que le molestes. En realidad, parece apreciarte bastante. Hasta ha conseguido arrastrarme hasta aquí sin explicarme qué demonios estaba ocurriendo.

Michael volvió a la realidad y suspiró fuertemente. Dejó el maletín, se aflojó la corbata atada con un perfecto nudo windsor y sacó su móvil del bolsillo. No tenía por qué esperar más.

—Mira —le dijo a su hermano entregándole el teléfono.

—¡Joder! ¿Este soy yo? Y estoy... ¿estoy haciendo lo que creo que es con Ronan?

—Eso deberías contestarlo tú, no yo. Aunque la fotografía es bastante explícita.

Raefer se sentó de repente en la cama y hundió la cabeza entre las manos. Michel resopló y se sentó junto a él.

—¿Me estás diciendo que tú y él no...?

—No lo sé. ¡Maldita sea! No lo sé. Fue la noche que supe que mamá había muerto, llamé a Ronan y salimos de juerga, bebimos hasta emborracharnos y tomé drogas, ni siquiera recuerdo el qué. Acabamos en un antro a las afueras de Londres. Apenas recuerdo nada, creo que fue algo así como una apuesta, y que también había varias mujeres. Desnudas —aclaró hablando deprisa y nervioso.

—Bueno, no sé lo explícitas que pueden ser el resto de las fotos, Raefer, puedes esperarte cualquier cosa.

—Dios, ¿y qué voy a hacer?

Michel le pasó su brazo por los hombros.

—Para eso te ha hecho venir Gabrielle, para que intentemos solucionarlo. Dan, ya sabes, mi compañero del Balliol College, me pasó esta fotografía antes de venirme aquí. He conseguido paralizar su publicación hasta ahora, pero no me da más plazo. ¿Se te ocurre alguien a quien podamos recurrir? Quizá si hablas con Ronan... ¿Os seguís viendo?

—Sí, es un buen amigo —contestó apesadumbrado Raefer—. ¡Joder! Mike, ¿crees que él...? Nunca me dijo nada y hemos estado saliendo como siempre.

—Es posible que él tampoco lo recuerde, o más bien, que no quiera recordarlo.

—Se acaba de comprometer. La semana pasada estuve en su fiesta de compromiso. Se casa dentro de tres meses con Anne Campbell.

Michael se quedó callado un momento y de repente sonrió.

—¿Anne Campbell? La recuerdo. ¿No está emparentada con...?

Su hermano no lo dejó terminar.

—¡Sí! —exclamó de pronto—. Está emparentada con la familia real. ¿Tú crees que...?

—Estoy seguro de que si alguien tiene la suficiente influencia como para paralizar las fotos de su prometido con otro hombre es ella y su poderosa familia. Creo que va siendo hora de que hables con Ronan.

—Está bien. Haré unas llamadas.

Michael lo dejó mientras iba a ducharse y a cambiarse de ropa. Cuando salió del baño, su hermano tenía algo muy parecido a una sonrisa de triunfo en la cara.

—¿Todo bien?

—Eso creo. Él también parecía algo sorprendido por la foto, aunque creo que sí lo recordaba. Ahora mismo, los teléfonos negros estarán echando humo en la vieja Inglaterra. Solo tenemos que esperar unas horas.

Finalmente solo tuvieron que esperar unos minutos. Michael recibió un mensaje en su móvil de Dan.

Eres un cabronazo. No obstante, me alegro por tu hermano. Me debes una muy gorda. Me has fastidiado una de las mejores exclusivas del año. Por lo menos me cederás la exclusiva de tu boda. No espero menos de ti.

Michael tecleó una rápida respuesta.

Gracias, Dan. Pero siento decirte que yo nunca me casaré.

Antes de guardar el teléfono en el bolsillo escuchó que pitaba otra vez.

Eso decimos todos. Vete preparándote para posar.

Michael esbozó una sonrisa triste, pero no contestó al mensaje.

Se volvió a su hermano, que con gesto inquisitivo estaba esperando una explicación.

—Creo que ya está todo solucionado.

—¡Gracias a Dios!

—También deberías dárselas a Gabrielle, yo no tenía ni idea de cómo encarar el tema.

—Se las daré. Ahora, vamos. Te invito a una cerveza.

—Está bien. Pero antes quiero comentarte algo más.

—¿El qué? —preguntó Raefer enarcando una ceja.

—Esto no hará que vuelvas a caer, ¿no? —Michael lo preguntó sintiendo cómo algo apretaba su garganta fuertemente.

—¿Estás de broma? Llevo cinco años limpio. Además, solo tengo que recordar qué ocurrió la última vez que consumí para que se me quiten todas las ganas de repetir. Imagínate lo que puedo hacer si vuelve a ocurrir, quizás Ronan solo haya sido el principio —contestó sonriendo abiertamente, intentando tranquilizar a su hermano.

Si solo una hora tuviera

—Espero que no, Raefer, ya estoy empezando a ser mayor para estos sobresaltos.

—¿Ah, sí? ¿Y no crees que tú también te has metido en un buen lío al tener secuestrada a una de tus alumnas?

—No es lo que crees.

—Sí lo es. He visto las marcas de sus brazos. ¿Qué le ha ocurrido a Gabrielle?

—No puedo decírtelo. Traicionaría su confianza.

—Lo entiendo. Ya me he dado cuenta de que ella es muy importante para ti. Nunca te había visto así.

—¿Cómo?

—Derrotado.

—No me ha derrotado.

—¿Ah, no?

—No —contestó furioso Michael.

Ahora fue el turno de su hermano de pasarle el brazo por los hombros.

—Vamos, Mike, seguro que con una buena pinta de cerveza checa lo ves todo de otra forma.

Gabriela estaba paseando sin rumbo fijo por el centro histórico de la ciudad. En realidad, no sabía muy bien adónde ir, solo quería darles a Michael y a Raefer el suficiente tiempo como para que aclararan sus problemas. Y además estaba disfrutando de una libertad negada desde hacía más de una semana. Para ella era suficiente. Se acomodó por décima vez el camafeo que le había regalado Michael. No se lo había puesto porque de repente le hubiera entrado el gusto por lo horrendo, sino porque al vestirse con una de sus blusas favoritas, se había dado cuenta de que había perdido el botón que se cerraba justo sobre sus pechos, y como no tenía ningún imperdible a mano, tuvo que recurrir al pesado camafeo, que ahora temía que le estuviera haciendo hasta una pequeña herida en la piel. No obstante, cuando recordaba el rostro tan ilusionado de Michael cuando se lo entregó, no podía reprimir una sonrisa, así que un pequeño corte tampoco significaba mucho. Anduvo unos metros más y se paró en el escaparate de una librería. Sin pensárselo más entró. El segundo sitio donde más cómoda se sentía, después de las bibliotecas, era en las librerías. Y esa, antigua y llena de libros amontonados sobre mesas y estanterías, constituía un pequeño tesoro a explorar. Aspiró el reconfortante aroma a libro viejo, papel, tinta y lomos de cuero desgastados y se sintió completamente feliz.

No sabía el tiempo que llevaba allí cuando le sobresaltó el sonido del teléfono, entonces miró por el escaparate y se percató de que ya había anochecido.

—Hola, Michael, ¿qué tal?

—Bien. Gracias, Gabrielle, si no hubiera sido por ti, yo todavía estaría dándole vueltas al problema.

—No hay de qué. Es lo que hacen los amigos. Además, me alegro de que no te enfadaras.

—Hice la firme promesa de no volver a enfadarme contigo y lo voy a cumplir.

Gabriela rio.

—Michael, no prometas cosas que quizá no estén a tu alcance.

Ella escuchó a Michael refunfuñar y sonrió a su pesar.

—¿Dónde estás?

—En una librería del centro.

—¿Conoces el restaurante italiano por el que pasamos el otro día con tu hermana y Marcos?

—Sí. No está muy lejos.

—¿Te gustaría venir a cenar con nosotros? —pidió, sugirió, ordenó Michael.

—De acuerdo —dijo ella—. Pago el libro que tengo en las manos y voy para allí.

Michael y Raefer se habían sentado en una de las mesas de la esquina del coqueto restaurante italiano, decorado en tonos cla-

Si solo una hora tuviera

ros con dibujos de la Toscana. Las mesas estaban cubiertas por manteles a cuadros rojos y blancos y la única iluminación provenía de las velas, situadas estratégicamente en las mesas y en los pequeños recovecos de las ventanas. Pidieron unos entrantes y un chianti mientras esperaban a Gabriela. Ella llegó a los pocos minutos y se dejó caer frente a ellos con una sonrisa de cansancio.

—Puf —dijo como único saludo.
—¿Una tarde dura? —aventuró Raefer.
—No, ha sido maravillosa. He descubierto una pequeña librería en el centro que quiero volver a explorar cuando tenga un poco más de tiempo —contestó quitándose la gabardina de piel. Entonces Raefer se quedó con la mirada fija en el centro de su pecho, pero no dijo nada.

Les llevaron la carta y todos se concentraron en ella.

Tapados como estaban por las voluminosas cartulinas, Raefer susurró algo a su hermano.

—¿Qué demonios lleva en el centro de la blusa? Es horrible.
—Se lo regalé yo —afirmó él bruscamente.

Raefer sonrió.

—Entonces, puede que no esté todo perdido.

Michael lo fulminó con la mirada sin percatarse de que Gabriela los estaba observando.

—¿Ocurre algo? —preguntó.
—No. Nada. ¿Has comprado algún libro?

Raefer suspiró previéndose una larga discusión académica sobre algún tema que a él no le interesaba en absoluto.

—Sí. Un libro de fotografía. Es precioso. ¿Quieres verlo?
—Sí, claro —asintió Michael. Raefer también prestó una atención inusitada, y cuando Gabriela sacó el libro y les mostró la carátula estuvo a punto de carcajear, pero una patada de su hermano debajo de la mesa hizo que compusiera el gesto.

Gabriela lo abrió en algunas páginas al azar, maravillándose de la intensidad de las fotografías y de su realismo. Se detuvo en una en la que una mujer en avanzado estado de gestación tenía una contracción y se arqueaba con una contorsión imposible sobre una cama de hospital, de lo que parecía un país subdesarrollado.

—Es una oda a la maternidad. Me ha parecido perfecto para regalárselo a mi hermana. A ver si se anima y me hace pronto tía —dijo ella observando otra imagen de una joven india con un bebé en sus brazos, con tal gesto de amor hacia su pequeño arrullado en una manta que daba envidia.

Si hubiera levantado la vista, se habría dado cuenta de que algo no iba bien. Pero estaba demasiado concentrada en las fotografías.

—Quizás alguien te fotografíe también con un bebé en los brazos, un precioso bebé rubio y de ojos del color del ámbar. Sería una bonita imagen —señaló Michael imaginándose la escena.

Al mismo tiempo que Michael estaba hablando, ella había llegado a la última fotografía del libro y la observaba con curiosidad. Era la única que parecía desentonar, una escena en blanco y negro de una mujer rubia de ojos claros, sentada en una silla. Sostenía un bebé en brazos y tenía también en su regazo a otro pequeño de no más de dos años, con el pelo rizado y ojos iguales a los de su madre, que levantaba la cabeza hacia ella con gesto de adoración, y ella a su vez lo miraba a él con tanta dulzura que la sensación traspasaba el papel. Parpadeó notando que algo se le escapaba y volvió las páginas hasta la primera.

Dedicado a mi madre Helen, porque ella lo fue todo, mi principio y mi final.

—¿Qué has dicho, Michael? —Su tono se había vuelto triste de repente.

—¡Oh! Solo mencionaba que sería bonito verte con tu propio hijo en brazos —explicó Michael mirándola con atención.

—¿Cómo se llamaba vuestra madre?

«Lo sabe», aplaudió mentalmente Raefer. «¡Chica lista!».

—Helen.

—Ya veo. De todas formas, la fotografía de la que hablas nunca existirá. Jamás se producirá. Perdonadme, tengo que ir un momento al baño. —Gabriela recogió su bolso y su gabardina, abandonó el libro sobre la mesa y con paso no demasiado firme se dirigió al fondo de la sala y bajó los escalones que la separaban de los aseos, tambaleándose hasta que entró en ellos y cerró la puerta con el pestillo.

Se apoyó con las dos manos en el mármol que sujetaba el lavabo y miró su rostro en el espejo. Y se odió como hacía años que no lo hacía. Bajó la mirada avergonzada de ver su rostro reflejado. Ella debía estar muerta, no él. «¿Por qué me dejaste vivir?». Se inclinó sobre el lavabo y notó un sabor salado en sus labios. Estaba llorando y ni siquiera sabía cuándo había empezado. La oscuridad la rodeaba, el miedo, el dolor y el terror a la soledad. Y un poco más tarde la vergüenza, la pena y la decepción que sintió al saber que seguía viva.

—¿Estás mejor? —preguntó Adriana mientras sujetaba la cabeza de su hermana, que no paraba de vomitar arrodillada en el baño familiar.

—No. —Gabriela se apartó y se secó la cara con una toalla—. Creo que estoy enferma. Debe ser algo que he comido en mal estado.

Adriana tenía solo diecisiete años, pero veía las cosas con más claridad que su hermana en ese momento.

—Gabriela —inquirió titubeando observando el rostro descompuesto de su hermana sentada en el frío suelo de cerámica—, ¿es posible que... que estés embarazada?

Gabriela gimió dándose cuenta por primera vez de que lo que se estaba temiendo podía ser cierto.

—No lo sé. Nosotros...

—¿Utilizabas protección?

—Sí, bueno, casi siempre, pero Piero tenía cuidado. Él lo decía.

—Claro —exclamó su hermana, sabiendo la clase de precaución que tomaba el amante de su hermana, que mucho se temía que eran unos cuantos padrenuestros en italiano.

Gabriela comenzó a llorar en silencio, y eso destrozó a su hermana.

—¿Qué voy a hacer? —preguntó hipando.

—Lo primero, asegurarnos. Espérame en la habitación, voy a bajar a comprar una prueba de embarazo.

Y la prueba dio afirmativa, y Gabriela siguió llorando, y Adriana mascullando tantos insultos como fue capaz.

—Hablaremos con papá y mamá. Ellos sabrán qué hacer —afirmó.

En ese momento escucharon la puerta cerrarse y supieron que su padre volvía del trabajo.

—Vamos, Gabi. Yo estaré contigo. Entre todos encontraremos una solución.

Gabriela se dejó arrastrar hasta la cocina, donde su madre estaba haciendo la cena y su padre aprovechaba un descuido de su mujer para comerse medio plato de tarta que descansaba sobre la encimera de granito negro.

Ambas hermanas se dieron la mano sosteniéndosela con fuerza.

Fue Adriana la que habló primero.

—Papá, mamá, tenemos algo importante que contaros.

—¿Qué es eso tan importante? —Su madre se volvió sonriendo y mudó el rostro al ver el de sus hijas.

—Estoy embarazada —soltó de pronto Gabriela.

A su padre se le cayó el trozo de tarta al suelo y a su madre la espumadera que tenía en la mano, lo que rompió el silencio que se había instalado en la cocina.

—¿Es de ese joven del que nos hablaste que conociste en el curso de postgrado? —preguntó su padre, mirándola con furia contenida.

Gabriela titubeó. Pero terminó afirmando con la cabeza.

—Dime su nombre y dame su teléfono. Llamaré ahora mismo a sus padres.

Si solo una hora tuviera

—No, no puedes hacer eso.

—¿Por qué?

Gabriela calló y frunció los labios. Sintió que su hermana le apretaba más la mano. Su madre parecía estar en estado de shock. Las miraba a ambas sin parpadear.

—Es un sacerdote —confesó finalmente Adriana.

Su madre gritó y comenzó a sollozar sin consuelo, gimiendo y alzando las manos al cielo.

Su padre se acercó temblando y Gabriela lo miró a los ojos. No se esperaba lo que hizo a continuación. Vio volar la mano de su padre abierta hacia su rostro y se quedó quieta cerrando los ojos. Notó el fuerte impacto, que le hizo soltar la mano de su hermana y caer al suelo, a la vez que escuchaba una sola palabra gritando.

—¡Puta!

Adriana intentó acercarse a su hermana. Pero su padre cogió a Gabriela por un brazo y se la llevó a rastras a su habitación.

—No te voy a permitir que te acerques a tu hermana. ¿Así es como yo te he educado? ¿Qué ejemplo le estás dando a tu hermana pequeña?

Adriana gritó desde la cocina:

—¡Ya no soy una niña!

Pero ninguno de los que estaban en la casa prestó atención a sus palabras.

Su madre había corrido tras ellos y seguía llorando, gritando y comenzó a hablar de forma incoherente.

—¿Qué has hecho? ¿Qué has hecho? ¿Seducir a un sacerdote? ¡A un hombre de Dios! Ya sabía yo que nos ibas a traer desgracias tarde o temprano. ¡Qué pensarán nuestros conocidos! ¡Nunca podré caminar con la cabeza alta otra vez! Depositamos nuestra confianza en ti, y mira lo que has hecho. Has traído la deshonra a toda tu familia. Ni siquiera me dejarán seguir participando en las actividades de la parroquia cuando todos lo sepan.

Gabriela intentó levantarse y acercarse a su madre.

—Mamá, perdona. Lo siento. Yo lo amaba. Lo amo.

Ella la empujó con tanta fuerza que Gabriela volvió a caer al suelo.

Su padre resoplaba de un lado para otro sin saber muy bien qué hacer.

—Lárgate de esta casa. Desde este momento dejas de ser nuestra hija. Si ya te consideras lo suficientemente adulta como para hacer lo que has hecho, también lo eres para vivir sola. Recoge tus cosas y vete. No soporto verte ni un minuto más.

—Mamá —sollozó Gabriela levantándose otra vez, y su madre le dio la espalda. Miró a su padre y este hizo lo mismo.

Con gesto cansado recogió algo de ropa y algún artículo de aseo, que metió en una pequeña mochila negra. Adriana la esperaba en la puerta con gesto tenso y preocupado.

—Lo siento, Gabi, no tenía que haber dicho quién era el padre. No pensé que ellos...

—No pasa nada, Adriana. Tranquila, es mi problema, es mi hijo.

—¿Qué vas a hacer?

—Voy a viajar a Praga, buscaré a Piero y él sabrá qué hacer. No me dejará ahora que sabe que vamos a tener un bebé. —Gabriela, pese a su dolor, sonreía. Un bebé, iba a tener un bebé de Piero, un dulce y pequeño ser moreno y de ojos marrones como su padre.

—¿Tienes dinero?

—Lo justo para la ida. Allí ya se ocupará Piero. Él sabrá qué hacer —volvió a afirmar.

Y salió en silencio de su casa. Pese a que la habían golpeado y echado de su hogar, una llama había prendido en su corazón. Él no la dejaría sola, ahora no, porque era la madre de su hijo. Y pronunció la palabra en voz alta, «madre», y le pareció la más bella de todas las palabras escuchadas nunca.

Llegó a Praga al día siguiente, después de haber estado durmiendo en uno de los bancos del aeropuerto, con su pequeña

Si solo una hora tuviera

mochila de lona negra como almohada. Una vez en la bella ciudad, de la que ella no vio nada absolutamente, cogió varios autobuses hasta que llegó a la Univerzita Karlova y se sentó a esperar fuera, en el frío suelo de piedra, a que Piero saliera de sus clases. Tuvo que esperar bajo un intenso frío, pero pese a todo no llovió. Estaba casi desmayada cuando escuchó su nombre. Se giró y lo vio. Y todos sus pesares desaparecieron.

—Piero —murmuró y en ese momento se desmayó.

No recordaba cómo había llegado a su apartamento. Cuando despertó estaba en una cama muy parecida a la que habían compartido en su santuario de Comillas. Él estaba de espaldas a ella mirando por la ventana las gotas de lluvia que se deslizaban por los cristales. El cielo no fue cruel, esperó a que ella estuviera resguardada para destilar toda su furia.

—Piero —pronunció sin apenas voz.

Él se volvió con gesto serio. Demasiado serio. Pero no se acercó a ella.

—¿Qué estás haciendo aquí, Gabriela? Creí habértelo dejado claro. No puede haber nada entre nosotros.

—Pero Piero —sollozó ella—, todo ha cambiado. Ahora sí podemos estar juntos.

—¿Por qué?

—Estoy embarazada —le contestó ella sonriendo—. Vamos a tener un hijo.

El rostro de Piero mostró sorpresa, incredulidad y después desprecio.

Gabriela lo miró sin entender su reacción.

—Nunca me hubiera esperado de ti esta estratagema. ¿Embarazada? ¿No se te ha ocurrido nada más original? No te creo. Nunca pensé que fueras una mentirosa. Lo que estás haciendo demuestra que yo tenía razón al separarme de ti.

Gabriela se incorporó y se sentó en la cama mirándolo con tristeza.

—Piero, es verdad. Yo jamás mentiría con algo así. Es nuestro bebé.

—No te creo. —Él negó con la cabeza.
—Es verdad —lo intentó ella de nuevo.
—Vete, Gabriela, vete y no vuelvas nunca. Lo nuestro fue un error. Jamás debió suceder. No lo compliques más. Sigue con tu vida. Sé feliz. Consigue lo que siempre has deseado.
—Pero... pero... yo solo te quiero a ti.
—A mí no me tendrás nunca, y menos atrayéndome con mentiras. Vamos —exigió levantándola, y le entregó un jersey suyo de deporte—. Póntelo, hace frío. Llamaré a un taxi, todavía estás a tiempo de coger el último vuelo a Madrid.
Ella se revolvió.
—No quiero. No quiero irme. Quiero quedarme contigo.
—No.
—¿Por qué? Dame solo una razón.
—Porque no te amo, y no te creo. Me has decepcionado viniendo a mí trayéndome semejante mentira. Regresa a tu vida en Madrid y olvida que una vez me conociste. —La arrastró hasta la puerta y le dio dinero para el pasaje, ante la mirada desconcertada y perdida de Gabriela.
Y cerró la puerta en sus narices, sin darle tiempo a ella a replicar nada. Gabriela se giró con gesto cansado y salió a la calle, la cruzó y se quedó mirando la ventana del pequeño apartamento de Piero. Veía su sombra, sabía que estaba allí observándola, pero no llegaba a percibir con claridad su rostro. Si lo hubiera conseguido, si hubiera visto siquiera un atisbo del dolor que mostraba el rostro de Piero, quizás la historia hubiera sido diferente.
Se alejó arrastrando los pies y cogió el autobús que la dejaba en el aeropuerto. Allí se encerró en uno de los baños y vomitó bilis que le quemó la garganta con su ardor. Salió tambaleándose y se paró frente a una máquina de refrescos, comprobando si tenía el suficiente dinero como para comprarse una chocolatina.

Cuando llegó a Madrid llamó a su hermana y se lo contó todo. Y desde ese mismo momento Adriana odió a ese sacerdote con tanta intensidad que en ocasiones se despertaba gritando y apretando los puños como si quisiera estrangularlo. Recogió a su hermana en el aeropuerto y le entregó el suficiente dinero para que pudiera alquilar una habitación en una pensión de mala muerte en el barrio de Chueca. Le prometió intentar hablar otra vez con sus padres y la dejó dormida en una habitación que olía a orines y vómitos.

Al día siguiente se saltó las clases del instituto y fue a buscarla. Gabriela seguía en la misma posición. Llevaba varios días sin comer nada y estaba comenzando a parecer un cadáver. Adriana no sabía qué hacer. Solo se le ocurrió una idea para que su hermana lo olvidara todo y empezara una nueva vida. Le habló de una clínica en la que practicaban abortos, ella había sacado del banco lo poco que tenía ahorrado y creía que era suficiente. Gabriela se negó abrazándose a su vientre cada vez más delgado.

—No —murmuró sin apenas voz—. Es mi hijo. Si nadie lo quiere, me tendrá a mí. A su madre.

—Gabi, cariño —su hermana le acarició el pelo—, piénsalo. ¿Cómo vas a cuidarlo? ¿Qué va a ser de él? Si apenas puedes mantenerte tú misma. Él no te quiere, jamás se hará cargo de vuestro hijo. Piensa en él, ¿qué futuro le vas a dar? Va a estar marcado de por vida. Esto arruinará tu vida y la suya.

Soportó dos días más de incertidumbre y dudas, luchando por encontrar un camino digno para su hijo, sin lograrlo, porque todos los que amaban le dieron la espalda. Hasta que una tarde, casi al límite de sus fuerzas y con la mente abotagada por el dolor, se dejó arrastrar hasta la clínica abortiva. Firmó sin leer los papeles en los que declinaba toda la responsabilidad del supuesto «médico» y entró en una sala como cualquier otra. Ni siquiera se dio cuenta de que no era nada parecido a una clínica, de que ni siquiera estaba esterilizada ni contaban con los recursos suficientes. Solo sintió el dolor ardiente y punzante cuando el gancho se introdujo en su vientre y se retorció matando a su hijo. Después se desmayó. No recordó cómo había llegado otra vez a la pensión. Todo era confuso, desconcertante y demasiado doloroso para que su cerebro lo pudiera procesar con claridad. Solo había un único pensamiento consciente en su mente: «Tenía que ser yo, tenía que ser yo la que estuviese muerta y no él, mi hijo, mi hijo». Y se durmió llorando.

La travesti Lola, que nació llamándose Ramón, pero que se cambió el nombre en honor a los dolores que había sufrido después de la operación de cambio de sexo, pasó tambaleándose por el sucio pasillo de la pensión con el único pensamiento de quitarse las plataformas y dormir dos días seguidos. La fiesta de esa noche había sido infernal. No obstante, se detuvo frente a la puerta de la habitación de Gabriela y le pareció escuchar que alguien se quejaba. No le dio mucha importancia, ella estaba acostumbrada a oír de todo en ese lugar, sin embargo parecía que una joven estaba sufriendo, así que llamó a la puerta y al no escuchar respuesta entró.

Se acercó a la cama y se arrodilló frente a la joven rubia y con rostro de ángel que gemía cogiéndose las piernas.

—¿Qué ocurre, querida? —preguntó con voz grave.

Ella abrió los ojos desconcertada, y Lola comprobó que ardía de fiebre. Sus pupilas estaban dilatadas, tenía la cara enrojecida y los labios de una estremecedora tonalidad azul.

—He matado a mi hijo —afirmó el ángel que descansaba en la cama retorciéndose de dolor.

—Tranquila, cielo —susurró ella con voz grave y nasal, y se atrevió a levantar las mantas viendo que toda la cama estaba empapada en sangre carmesí. Contuvo un grito y buscó su teléfono móvil para llamar a emergencias.

—¿Qué hace? —susurró la joven, abriendo los ojos por primera vez con algo de lucidez.

—Voy a llamar a emergencias. Tranquila, estarán aquí en unos minutos —contestó y la volvió a tapar con cuidado.

—No. —Ella intentó incorporarse, pero no pudo y se dejó caer inerte sobre la cama—. No me lo merezco. Debo morir. He matado a mi hijo. Déjeme morir. Por favor.

Si solo una hora tuviera

Lola, que tenía un corazón que no le cabía en el pecho, la cogió en sus brazos y la acunó.

—No, no voy a dejarte morir. Porque aunque ahora lo desees, con el tiempo cambiarás de idea y esto solo será un triste recuerdo. Quedará como una cicatriz en tu corazón, que siempre permanecerá, pero lo superarás. Podrás vivir con ello, porque todos llevamos cicatrices, aunque nunca las mostramos.

Gabriela lloró junto a su pecho y juntas esperaron la ambulancia. Lola se preguntó qué le habría sucedido a esa joven, que parecía educada y de buena familia, para acabar así. Y rezó a su Virgen del Carmen y pidió por el ángel que deseaba morir, y le exigió, porque Lola exigía más que suplicaba, que la salvara. Gabriela se desmayó en sus brazos y Lola pensó que quizá esa vez su Virgen no pudiera hacer mucho, así que modificó su rezo suplicando que la acogiera en su seno.

La ambulancia llegó a los pocos minutos y se hicieron cargo de la situación con eficacia y premura. Lola insistió en acompañarla.

—No puede hacerlo. Solo familiares directos —explicó el técnico.

—¿Es que no ve el parecido, guapo? Es mi hija —exclamó Lola irguiéndose en sus dos metros diez ante el técnico, que no medía más de metro setenta y cinco, poniéndole una enorme manaza en el hombro. Este levantó su mirada y ante la testarudez de la mujer, y la fuerza de su mano, accedió con un leve asentimiento de cabeza.

Y así fue como Gabriela no murió cuando ella tanto lo deseaba, porque siempre hay ángeles en el mundo, aunque se vistan de látex amarillo, calcen plataformas imposibles y lleven pelucas rojas.

Gabriela despertó al día siguiente en una habitación de hospital. No recordaba apenas nada de cómo había llegado allí. Tenía un gotero conectado a su brazo izquierdo. Y en la cama de al lado dormía una anciana conectada a varias máquinas, junto a una mujer de mediana edad que la cogía de la mano.

Al poco rato entró su hermana, que la abrazó y lloró desconsolada en su cuello.

—Gabi, Gabi, me has dado un susto de muerte. Has estado a punto de morir.

Ella no contestó. Una especie de frialdad parecía haberse instaurado en su corazón y se negaba a abandonarla.

Poco después llegaron sus padres. Ambos con idénticas expresiones reprobatorias. Ella alargó la mano hacia su madre, deseando su contacto, su cariño, su consuelo. No tuvo nada de aquello.

—Así que al final lo has hecho. Has matado a tu hijo. Has cometido el pecado más grande que puede cometer una mujer. —Su madre calló tomando aire—. Pero ¿sabes una cosa, Gabriela?, que Dios es justo, y ha visto tu pecado y ha impuesto un justo castigo.

Gabriela la miró sin comprender. Su madre sonrió levemente.

—¿No te lo han dicho? No podrás tener hijos. Nunca.

Adriana se levantó de un salto enfrentándose a su madre.

—Mamá, ¿cómo puedes ser tan cruel?

—¿Quién, yo? Yo no he seducido a un sacerdote, ni me he enfrentado a Dios. Lo ha hecho ella sola, y ahora lo está pagando. Porque Dios castiga a los pecadores. Y ella sin duda lo es.

Gabriela siguió en silencio. No tenía fuerza, ni voz para replicar nada. En el fondo de su corazón sabía que era así. Su madre tenía razón. Había pecado y ahora tenía que recibir su castigo.

—Vivirás toda tu vida lamentándolo, y espero que te sirva de escarmiento. No obstante, tu padre y yo hemos estado hablando. —Se volvió hacia su padre, que estaba callado y miraba únicamente al suelo como si no pudiese enfrentar la mirada de su hija favorita—. Ha llegado estos días a casa una oferta de trabajo a tu nombre, una universidad del norte, por lo visto bastante buena. Quieren que hagas la tesina con ellos y seas becaria. Creemos que

Si solo una hora tuviera

lo mejor que puedes hacer es que lo aceptes. Tu hermana te preparará las maletas. No queremos que vuelvas a casa y nos avergüences a todos. ¡A saber qué estarán pensando y diciendo los vecinos a nuestras espaldas!

Gabriela siguió callada y ellos se fueron. Estuvo ingresada más de diez días. Solo su hermana y Lola, que le llevaba pequeños regalos y le contaba anécdotas graciosas para intentar que sonriera, aunque no lo conseguía, iban todos los días a visitarla.

El día antes de que le dieran el alta, justo a las seis de la mañana, la mujer que dormía a su lado murió. Ella estaba despierta y observó todo el proceso con intensidad, desde los estertores ahogados y dolorosos, hasta la profunda calma que sobrevino después al rostro de la anciana. Y deseó poder ser esa mujer. Y no había dejado de desearlo en esos siete años. La mujer de mediana edad que la acompañaba cogió la mano de su madre y se la llevó al rostro llorando en silencio. Gabriela se levantó lentamente y se acercó a ella. La abrazó y dejó que la mujer llorara sobre su pecho y su vientre vacío por siempre.

Y la mujer que había estado cuidando de su madre hasta su muerte se preguntó por qué un ángel como aquel tenía que ser castigado, cuando ella solo veía bondad por su parte. Y en una silenciosa súplica rezó por que ella fuera feliz algún día, y pidió a su madre, que en ese momento se estaba reuniendo con sus seres queridos en el cielo, que la protegieran en la distancia. Que no la dejaran caer en el abismo que había oscurecido sus ojos hasta dejarlos tan tristes que parecían no tener vida.

Gabriela se secó las lágrimas y se puso la americana de piel apretándose el cinturón como si quisiera partirse por la mitad. Tenía que salir de allí. Deprisa. No podía volver a la mesa. Michael, el cretino, el hombre serio y circunspecto, el egocéntrico profesor, tenía una sensibilidad extraordinaria. Ya sabía que era bueno fotografiando, pero no creyó que fuera un profesional, y mucho menos que hubiera conseguido publicar un libro, pero después de ver esas magníficas y reales imágenes sobre la maternidad, algo le había llegado dentro y se le había clavado como una espina en el centro de su corazón, que empezaba a dolerle mucho. Y si alguna vez pensó que entre ellos pudiera haber algo, ahora ya tenía la completa seguridad de que no sería así. «Me odiará», pensó, «yo maté a mi hijo y él ensalza la maternidad. Somos como lo blanco y lo negro, el cielo y el infierno. Él es el arcángel Miguel y yo soy la personificación del diablo. Tengo que salir de aquí. Rápido». Vio una puerta de madera vieja que no estaba atrancada justo a la derecha de los baños y empujó. Daba a un pequeño callejón lleno de bolsas de basura y, sintiéndose como una de ellas, las esquivó y llegó a lo que parecía una de las calles adyacentes al centro. Y allí comenzó a correr. ¿Hacia dónde? Ni ella misma lo sabía.

—Como te decía, hermanito, no todo está perdido. Nadie en su sano juicio se pondría ese camafeo tan horrible. —Raefer sonrió a su enfurruñado hermano.

—No es horrible, es del siglo XIX, perfecto y único para ella —se volvió a defender Michael.

Raefer rio con ganas.

—Si tú lo dices... De todas formas, ya has visto el libro. ¿Cómo es posible que haya encontrado el libro que publicaste hace dos años en una librería en Praga sin buscarlo y sin saber que es tuyo? Ciertamente, tiene que ser cosa del destino, hermano —contestó Raefer.

Pero Michael no contestó. Estaba preocupado, algo en el gesto de Gabriela, sus ojos que de repente se habían oscurecido y su forma de huir de la mesa había resultado extraño. Incluso su forma de afirmar que jamás tendría un hijo, con tanto dolor reflejado en su rostro.

—¿No crees que está tardando mucho? —preguntó, esperando que su hermano no le contestara afirmativamente. Quizá veía fantasmas donde no los había.

Si solo una hora tuviera

—Es una mujer. Aunque perfecta y única como tú dices, una vez que dicen que van al baño pueden tirarse allí horas —respondió Raefer, pero ni con esas consiguió tranquilizar un poco a su hermano.

—No. No lo entiendes, Raefer, ella no es como las demás. Se ha llevado el abrigo —señaló Michael.

—¿Y? Muchas lo hacen —contestó Raefer mirándolo con ojos extrañados.

Michael se quedó callado un momento y entonces lo comprendió todo.

—¡Joder! ¡Raefer, tengo que encontrarla!

—Pero si está en el baño...

—No, no lo está. Ha huido. Ella es... ella...

Raefer recordó las marcas de cortes en sus brazos y masculló algo desagradable pasándose la mano por el pelo.

—¿Consume? —preguntó simplemente.

—Yo creía que ya lo tenía controlado, pero algo la ha asustado. ¿No has visto su rostro? Tenía miedo y no sé de qué. No sé qué hacer. ¿Crees que habrá buscado un sitio donde...? —Michael notó que el corazón subía de pulsaciones y el chianti fresco y seco se le hizo una bola en el estómago.

—Si me preguntas si conozco algún sitio donde haya podido ir a comprar, lo desconozco, Michael, pero te ayudaré a buscarla. Piensa, ¿dónde crees que puede estar?

Michael no contestó. Simplemente se levantó, dejó un puñado de billetes sobre la mesa y salió del restaurante seguido de su hermano. Fuera se detuvo y observó la gente transitando en la calle tranquila de Praga, preguntándose cómo podía aparentar tanta normalidad cuando su mundo interior se estaba desintegrando. Cogió el teléfono y la llamó. Le dio tono, pero ella no contestó. Con una maldición, se volvió hacia su hermano.

—Nos separaremos. Tú vuelve al hotel, es posible que se haya refugiado allí. Yo buscaré por el centro y preguntaré si alguien la ha visto.

—De acuerdo —afirmó Raefer. Michael siempre se hacía cargo de todas las situaciones, fueran las que fueran, y él estaba dispuesto a seguirlo sin rechistar—. Estamos en contacto —dijo girándose hacia donde estaba el hotel.

Michael recorrió algunas calles, parándose a preguntar en las terrazas todavía abiertas si habían visto a una mujer vestida con una gabardina de cuero negro y rizos rubios pasar por allí. No encontró respuesta afirmativa. Mientras, a cada poco, se paraba y volvía a llamar, sin obtener respuesta.

Gabriela dejó de correr y se detuvo mirando la imagen nocturna de Praga desde el Puente Carlos. Las luces titilaban circundando los pequeños meandros del río Moldava. Hacía mucho frío y no había casi nadie paseando. La imagen era bella y la soledad, una buena compañera. Estaba sin resuello, pero no quería volver al hotel. No quería enfrentarse al desprecio de los ojos azules y francos de Michael. Pensó en llamar a Elena y pedirle que la acogiera en su habitación, en el caso de que esta no estuviera ocupada ya. Abrió el bolso y comprobó todas las llamadas perdidas de Michael. En ese mismo momento el teléfono volvió a vibrar y ella aceptó la llamada. Una vez había sido cobarde. Ahora ya no tenía sentido.

—Michael —dijo simplemente.
—¿Dónde estás? —preguntó él atropelladamente.
—En el Puente Carlos.
—No te muevas —era una orden—, ahora mismo voy para allí.

Michael colgó el teléfono y comenzó a correr. Una idea relumbró de repente en su cerebro asustado: ¿no intentaría tirarse? Apretó el paso y agradeció haber pertenecido al equipo de atletismo de Oxford. Llegó al comienzo del Puente Carlos y observó una figura solitaria situada frente a la estatua de San Juan Nepomuceno. Solo entonces redujo el ritmo y se tranquilizó. Ella parecía estar ausente de todo, tenía el rostro levantado hacia el santo y lo observaba con intensidad. No había nadie alrededor, solo

Si solo una hora tuviera

ella, su ángel rubio y la soledad de la belleza de Praga rodeándolos en forma de esculturas silenciosas sobre el suave rumor del río Moldava, que se estaba cubriendo por la bruma. Caminó hacia ella, que no se giró cuando escuchó que él ya estaba a su lado.

—¿Sabes quién era Juan Nepomuceno? —inquirió ella mirando atentamente el rostro del santo.

—Sí, es el santo patrón de Bohemia. Dicen que era el confesor de Sofía de Baviera y se negó a romper el secreto de confesión de ella, enfadando a Wenceslao IV, por lo que fue condenado a muerte, se le cortó la lengua y lo defenestraron tirándolo al río. Es el patrón del secreto de confesión y la corona con las cinco estrellas significan las estrellas que brillaban la noche de su asesinato —explicó él sin entender demasiado a qué venía la pregunta. Gabriela seguía mirando al santo como si tuviera miedo de volverse hacia él.

—También dicen que es el patrón de la maternidad —murmuró ella con la voz más triste que jamás había escuchado Michael en toda su vida.

Él se mantuvo en silencio. Sabía que lo que le iba a contar Gabriela tenía algo que ver con su libro sobre la maternidad. Con el libro que hizo al año siguiente de la muerte de su madre, en un intento de redimirse por ello. Un año en el que dejó toda su vida apartada para viajar por el mundo y retratar las imágenes más bellas que encontró, reflejando en cada una de ellas el intenso amor de una madre por su hijo. Un tributo a su madre. Un regalo que no le pudo hacer en vida.

—No puedo tener hijos, Michael —exclamó Gabriela finalmente, girándose hacia él.

Michael no se esperaba esa confesión, e intentó que su rostro no mostrara emoción alguna, a la vez que intentaba olvidarse de la imagen que se había formado de ella con un pequeño bebé rubio y de ojos color del ámbar en sus brazos.

—Lo siento, Gabrielle, lo siento mucho.

—No deberías sentirlo, Michael, deberías odiarme, porque yo fui la causante de ello. Ese fue mi castigo por enamorarme de un sacerdote. Yo maté a mi hijo, a nuestro hijo, el de Piero y el mío. Mi madre me lo dijo. Es la condena que Dios me impuso por violar lo más sagrado, le arrebaté a un sacerdote y luego le arrebaté la vida de un ser inocente. Mi hijo.

—Gabrielle... —El tono de Michael era de dolor, no de enfado—. Eras una niña, no debes culparte por lo que hiciste.

—Tenía veintiún años, Michael. Podía haber tomado otra decisión. Pero no pude. O no quise. No podía enfrentarme a la vida sin Piero, el saber que él no me amaba me dejó desolada y perdida y al final tomé la decisión equivocada. Y he estado lamentándolo desde entonces. Siete años de soledad y de culpa. Los cortes en los brazos son por mi hijo, para que él supiera que a mí también me dolía. Que me dolía no tenerlo junto a mí.

Ambos seguían mirándose sobre el Puente Carlos de Praga, en la oscuridad de la noche, amparados por la sombra de San Juan Nepomuceno que se cernía sobre ellos, bajo un intenso frío. Y entonces Michael intentó abrazarla, y Gabriela se apartó un paso haciendo que una pequeña farola la iluminara, dejando ver su rostro asolado por las lágrimas derramadas durante siete largos años y la tristeza infinita de sus ojos. Michael se quedó quieto y en ese momento la amó más que nunca.

—Cuéntamelo. Cuéntame lo que ocurrió, Gabrielle —pidió con voz suave.

Gabriela lo miró a los ojos e inclinó la cabeza esbozando una sonrisa ladeada.

—¿De verdad quieres saberlo, Michael? ¿De verdad quieres saber cómo me convertí en un monstruo?

—Jamás serás un monstruo, Gabrielle. —Le tendió una mano y la dejó quieta, esperando que ella se la cogiera.

Gabriela lo miró, vestido con un pantalón vaquero negro y una cazadora de cuero. Parecía amenazador, como el ángel que llevaba tatuado en la espalda, pero su rostro era dulce y tranquilo. Y ella finalmente se dejó llevar, y contó lo que nunca antes había contado a nadie. Cogió su mano y dejó que él la abrazara. Entre sus brazos aspiró el aroma a cuero y comenzó a hablar, y mientras lo hacía empapó su pecho de lágrimas de dolor contenido y de culpa soportada. Le habló de cómo sus padres la echaron de casa, de cómo voló a Praga a buscar a Piero, de cómo él no la creyó y de cómo había asesinado a su hijo casi muriendo en el intento. No dejó nada oculto, le habló de Lola y de cómo gracias a ella seguía viva, aunque no terminaba de perdonárselo del todo, ya que había deseado estar muerta desde entonces. Y Michael la escuchó en silencio, sin que ella notara ningún cambio de actitud en su cuerpo, aunque este estaba haciendo un considerable esfuerzo de contención, sobre todo en algunos aspectos de la historia. Solo se limitó a ofrecerle el consuelo de sus brazos. Dejó que ella terminara con un pequeño suspiro, pero no la soltó. Siguieron allí abrazados bajo el cielo cubierto de la vieja ciudad, en el lugar que había sido testigo de otra injusticia, durante varios minutos, o varias horas. El tiempo para ellos era relativo.

—¿Me odias? —preguntó finalmente ella.

—Jamás podría odiarte, Gabrielle. Jamás. Nunca lo olvides —contestó con voz grave Michael, apoyando la barbilla en su cabeza rubia.

—Perdóname —susurró ella.

—¿Por qué habría de perdonarte?

—Porque me equivoqué contigo. Te juzgué sin conocerte. Creo que eres una de las personas más íntegras que he conocido en mi vida.

Él rio haciendo que ella rebotara suavemente sobre su pecho.

—Bueno, seguro que hay muchas personas que no opinan lo mismo. Pero gracias, Gabrielle.

—Tú también tienes que perdonarte, Michael. Lola siempre dice que todos llevamos cicatrices en el corazón, pero que debemos aprender a convivir con ellas. Creo que tú y yo debemos aceptar lo que en un momento de nuestras vidas hicimos y por lo que nos culpamos y con ello aprender a ser mejores personas.

«¡Dios mío!», pensó Michael, «me está consolando. ¡A mí! Mi ángel rubio ha olvidado su dolor para consolarme a mí». Y si antes ya la había amado como nunca, ahora sintió que nunca

dejaría de amarla. Y en un acto reflejo la apretó con más fuerza entre sus brazos.
—Michael.
—Ummm...
—Me estás estrangulando —dijo ella levantando su vista hacia él.
—Lo siento —contestó Michael sonriéndole, pero solo aflojó un poco su abrazo. Si por él fuera, se quedaría en esa posición toda su vida si fuera necesario.
—¿Volvemos al hotel?
—Ummm... ¿qué? Sí, claro —murmuró él regresando a la realidad—. ¡Me he olvidado de mi hermano! —añadió buscando el teléfono en uno de sus bolsillos.
Gabriela se apartó un poco, pero él no le soltó la mano. Con la otra tecleó y llamó a Raefer.
—Todo bien. Ella está bien. —Hizo una pausa—. Sí, Raefer, yo mejor que nunca.
Se volvió a Gabriela y de la mano comenzaron a caminar hacia el hotel.

CAPÍTULO 17

Gabriela olvida su pasado y abraza su futuro

—¿Dónde va a dormir tu hermano? —preguntó Gabriela circundando la habitación del ático. Su cárcel, que se había convertido en su refugio en las últimas semanas.
—Le he dado la llave de tu antigua habitación. Espero que no te importe. —Michael se volvió quitándose la cazadora y agradeciendo la calefacción del hotel.
—No. De hecho, considero esta habitación más mía que la que en realidad lo es. —Ella sonrió y lo observó mientras se quitaba también el jersey negro, quedándose con una camiseta gris y los vaqueros.
Se acercó a él deshaciéndose de su gabardina negra. Él la observó entrecerrando los ojos.
—Michael. —Su tono de voz se había vuelto ronco de repente.
—¿Sí? —Él fijó sus ojos en ella.
Ella se puso de puntillas e intentó besarlo en los labios. Él se quedó quieto notando la súbita calidez en sus labios, pero no respondió a su tan deseado beso.
—¿Quieres? —Carraspeó levemente aclarándose la voz—. ¿Quieres acostarte conmigo?
Y Michael no se quedó con la boca abierta, porque ya se temía

la pregunta. Empezaba a conocerla mejor de lo que ella se conocía en realidad.

—No —repuso brevemente observando su rechazo en sus ojos ambarinos.

—¿Por qué? —Ella se recompuso y mostró curiosidad.

—Porque no es ese el tipo de consuelo que necesitas, Gabrielle. Sigues amando a otro hombre. Un hombre que te hizo daño y que a mi parecer se acabó comportando como un cobarde, aunque no soy nadie para juzgarlo a él también. Si me acuesto contigo, será porque tú lo quieras, no porque estés pensando en desahogar tu dolor conmigo. No dejaré que me utilices de esa forma. Por lo menos, no otra vez —afirmó mirándola fijamente y se metió al baño.

Al poco, Gabriela, de pie en medio de la habitación, escuchó el sonido de la ducha y suspirando se cambió de ropa y se puso el camisón. Sin embargo no se acostó, se sentó en la cama y lo esperó. Como a Michael, nadie antes que él la había rechazado y tenía que reconocer que le escocía, al menos un poco, aunque sabía que él tenía razón. Siempre que el dolor y la culpa eran tan palpables que apenas la dejaban respirar acababa recurriendo a otra persona para desahogarse y eso tenía que acabar. Él se lo había hecho entender de una forma clara y directa.

Cuando Michael salió del baño, todavía con el pelo húmedo y vestido solo con unos boxer grises, Gabriela seguía sentada en el borde de la cama con la cabeza sostenida por sus manos y mirando el suelo enmoquetado de la habitación. La observó un instante y suspiró suavemente. No podía... ¿o sí? Ella amaba a otro hombre, se lo había dicho más de una vez. Sin embargo, Michael sintió que aquel era el momento. El momento de que ella olvidara su pasado y abrazara su futuro. Su futuro con él. No lo pensó más.

La cogió de los hombros y la levantó dejándola frente a él. Sin mediar palabra le sacó el camisón por la cabeza y lo arrojó sobre la cama. Vio sin sorpresa lo que ya sospechaba: excepto por una braguita de encaje rosa, ella dormía sin nada más. Tragó saliva y observó su esbelto y delgado cuerpo. Le dolieron las puntas de los dedos por tocar su piel. Pero no era eso lo que quería hacer. No con ella.

Gabriela lo dejó hacer mirándolo con interés. Había dicho que no quería acostarse con ella, ¿qué se proponía?

—Gabrielle —pronunció finalmente él con voz enronquecida—, te voy a hacer el amor. Pero te voy a amar para que a partir de ahora no desees a nadie más que a mí. Para que mis manos y mis labios sean los últimos que toquen tu piel, porque te marcaré. Te marcaré como mía para siempre. ¿Aceptas?

Ella lo miró a los ojos, su mirada oscurecida como el cielo de invierno, casi negra en la penumbra de la habitación y asintió levemente, sintiendo que su cuerpo y su vientre se estremecían de antemano.

Michael pasó un dedo alrededor de su rostro delineándolo. Ella cerró los ojos.

—No, Gabrielle. Abre los ojos. Quiero que me mires. Quiero que veas al hombre que te va a hacer olvidar todo lo anterior. Aquel que va a borrar tu pasado.

Ella obedeció y lo miró con ardor.

Michael siguió la línea sinuosa de su rostro y acarició sus labios, haciendo que Gabriela entreabriera la boca. Michael posó sus labios sobre los de ella, acarició con la lengua el superior, luego se separó levemente, haciendo que ella se inclinara y atrapó el inferior con su boca. Ella emitió un suave gemido.

Entonces él, como si percibiera la señal definitiva, se inclinó sobre ella y la besó como Gabriela estaba esperando. Le obligó a abrir la boca y su lengua curioseó dentro de ella, jugó con la suya y en cada movimiento le mostró lo que estaba a punto de hacerle al resto de su cuerpo. Ella lo supo y le sujetó el pelo de la nuca para que no se apartara. Michael se despegó reticente de su boca y siguió con un dedo la línea de su cuello, notando bajo la piel la sangre que palpitaba al ritmo de su corazón, hasta que se detuvo en la clavícula.

—A partir de hoy solo serás mía, Gabrielle.

Él se inclinó sobre su cuello de improviso y entonces la besó con fuerza, atrapando la vena palpitante y haciendo que ella tuviera que sujetarse a sus hombros para no caer. Notó a Michael succionar y supo que estaba absorbiéndole el dolor acumulado tantos años. Y se dejó hacer, totalmente excitada por su contacto.

Michael notó que Gabriela se tambaleaba y se separó sujetándola por los hombros.

—¿Estás bien?

Ella siguió sin hablar, pero asintió mordiéndose el labio inferior, deseando más, aunque sin atreverse a pedírselo. Michael deslizó las manos por sus brazos y, levantando cada uno, besó las marcas que tenían sus antebrazos, una a una, con delicadeza y fervor. Notó que la piel de Gabriela se estremecía al contacto con una tenue corriente eléctrica.

Sus manos cercaron sus pechos y acarició cada pezón con un dedo, haciendo que ambos se irguieran al contacto y que ella se arqueara levemente buscando más. Rodeó su cintura y agachándose sopló sobre su ombligo, que se retrajo haciendo que Michael sonriera burlonamente. Gabriela lo observó respirando entre jadeos y sintiendo que su cuerpo temblaba mientras él se levantaba de nuevo.

Los dedos de Michael se deslizaron por el hueco de su columna vertebral hasta pararse justo donde esta terminaba. Retrocedió observando su tatuaje destacando sobre la piel brillante, y lo besó con amor. Ella se estremeció otra vez y suspiró suavemente. Y él, con dos dedos justo en la curva de su cadera, deslizó la ropa de encaje que la cubría hasta sus pies, dejándola completamente desnuda. Gabriela jadeó audiblemente, pero siguió en silencio.

—Abre los ojos, Gabrielle. Quiero que me mires en cada momento. Quiero que memorices cada vez que te toco y que te beso.

Ella asintió apenas sin respiración.

Michael notó como ella abría más las piernas sin que él se lo pidiera y sus ojos azules brillaron con anticipación. Subió una mano y pasó rozando su parte más sensible. Ella gimió y se ar-

Si solo una hora tuviera

queó hacia él. Todo su cuerpo temblaba de excitación, de ansia, y él podía notarlo en cada caricia. Pero todavía no estaba preparada. No estaba preparada para olvidar.

—Quiero tocarte —dijo ella con voz entrecortada.

—No.

Abrió la boca para protestar cuando notó la boca de él en su entrepierna, atrapando todo su placer con ese simple gesto, y su protesta se convirtió en un gemido agudo. Gabriela sintió que un dedo se introducía en su interior y giraba con habilidad, haciendo que deseara tenerlo a él dentro de sí. Su boca se había apartado y Michael la observaba con los ojos entrecerrados. Gabriela nunca se había sentido tan excitada como en ese momento, ni tan observada.

—¿Quieres más?

—Sí —casi gritó ella.

—¿Me quieres a mí? Dilo.

—A ti, Michael.

—Ahora me tendrás, Gabrielle. Pero solo ahora. Porque eres mía. Y yo soy tuyo —murmuró tendiéndola sobre la cama.

Michael se deshizo de su boxer y se introdujo en su interior con un solo empujón, llenándola por completo, notando cómo ella todavía se estremecía con los últimos latigazos de excitación en su vientre. Le levantó las piernas e hizo la penetración más profunda, a lo que ella se arqueó y gimió sujetándolo con los brazos. Se apartó levemente observándola. Ella lo miraba con ojos nublados por el deseo. Y empujó de nuevo más fuerte, hasta el límite de sus cuerpos entrelazados. Ella emitió un pequeño grito. Pero él no se separó, se inclinó sobre ella y atrapó un pezón con la boca, succionando y mordiendo, como un eco de sus movimientos en su interior. Ella levantó más las caderas y notó que su cuerpo se contraía bajo el de él aceptándolo, atrapándolo y no dejándolo ir. Y cuando sintió que Gabriela se estremecía y lo sujetaba con fuerza clavándole las uñas en los hombros, él se perdió en su interior con un gruñido muy parecido a un grito de guerra de sus antepasados.

Michael se dejó caer sobre el cuerpo de Gabriela cuidando de no aplastarla con su peso, apoyándose en los codos. La observó con curiosidad. Tenía el rostro enrojecido y los labios casi de un color carmesí. Sus ojos se habían oscurecido y lo miraban fijamente.

—¿Estás bien? —preguntó él.

Ella asintió, todavía sin poder hablar.

Ambos se quedaron quietos mirándose como nunca antes se habían mirado antes. Ya no eran profesor y alumna, carcelero y prisionera, amigo y amiga. Ahora eran amantes.

Y Michael notó que la excitación nacía otra vez entre ellos. Gabriela se movió y ajustó su pequeño cuerpo al de él, y él sintió cómo su miembro crecía dentro de ella llenándola de nuevo.

—¿Puedes... ummm... otra vez? —susurró ella siguiendo el ritmo cadencioso de sus cuerpos, chocando el uno con el otro y sintiendo que el placer aumentaba a cada embestida de él.

—¿Tú qué crees? —sonrió él, levantándole más la piernas. Y entonces empujó con fuerza una sola vez, llegando al límite del contacto.

Ella gritó y se arqueó sin saber si deseaba apartarse o acercarse. Ante otra embestida se dejó llevar simplemente y sintió cómo una oleada de excitación le recorría el cuerpo deslizándose por sus venas, haciendo que el eco del placer bombeara en su cerebro, estallando hasta creer que se estaba rompiendo en mil pedazos. Un momento después él la siguió, amparado por el cuerpo de ella.

Gabriela notó el cuerpo sudoroso de Michael pegado al suyo y aspiró su olor a fresco, seco, ahora algo salado y picante. Notó su cabeza descansando cuidadosamente sobre su cuello, con su pelo grueso y suave haciéndole cosquillas. Escuchó su respiración agitada y el temblor de su corazón como un reflejo del suyo propio mientras ambos acompasaban sus latidos.

—Te amo, Gabrielle —susurró Michael junto a su oído.

Pero ella no contestó.

Finalmente él se separó de ella con cuidado y se tendió a su lado. Se giró y la observó apoyado en un codo, mientras con la otra mano le acariciaba el brazo en círculos. Había esperado al menos alguna palabra de cariño o de amor por su parte, pero Gabriela parecía estar concentrada en algo muy interesante en el techo. Michael frunció el ceño molesto.

—¿En qué piensas? —preguntó finalmente.
—Creo que las leyes de la Física están equivocadas.
—¿Cómo? —inquirió Michael totalmente desconcertado.
—El tamaño de tu ego es directamente proporcional al de tu pene —afirmó ella, y se giró hasta situarse sobre su pecho. En unos instantes se había quedado dormida, ante la mirada estupefacta de Michael, que esa vez sí se había quedado con la boca abierta.

Michael despertó con una sensación extraña, le faltaba algo y no sabía muy bien lo que era. De repente se acordó. Le faltaba ella, no estaba apoyada en su pecho como otros amaneceres. Se giró asustado, temiendo que hubiera huido otra vez de él, y se relajó al ver que se había deslizado a su lado quedando tendida de espaldas y con el rostro dormido girado hacia él. Se incorporó sobre un codo y la miró con intensidad, viendo que ella respiraba pausadamente, totalmente dormida. Cogió uno de sus rizos entre su mano y lo estiró hasta que quedó liso, luego lo soltó observando cómo volvía a su forma original. «Pero ¿qué estoy haciendo?», se preguntó. «Parezco un tonto enamorado». «Eres un tonto enamorado», le dijo su voz interior. Y él, extrañamente, sonrió.

En ese momento ella abrió los ojos, todavía algo adormecida.
—¿Ya es la hora de levantarnos? —preguntó roncamente.
—Si no queremos llegar tarde, sí. Lo es. —Sonrió él observando cómo su rostro se iba despertando levemente. Se inclinó para besarla y ella se giró incorporándose, dándole la espalda.

Se volvió sentada sobre la cama.
—¿Te importa no observarme tan intensamente? Me pones algo nerviosa —dijo suavemente.
—¿Nerviosa? Hemos hecho el amor dos veces, Gabrielle. He

recorrido con mis manos y mis labios todo tu cuerpo desnudo. Varias veces, además —respondió él algo molesto por su repentino recato.

Ella no contestó. Arrancó la sábana de la cama y, tapándose, se dirigió al baño ante la mirada de Michael, que mostraba claramente su incredulidad.

Una vez en el baño, Gabriela se miró en el espejo y comprobó su estado. Tenía rojeces alrededor de los labios y una gran marca en el cuello. Gimió. La había marcado. Él tenía razón. Dejó caer la sábana y vio que todo su cuerpo mostraba pequeños signos de lo sucedido por la noche. Sintió que su vientre se contraía de nuevo al recordar su pasión y su fuerza sobre ella. «¿Qué he hecho?», preguntó a su reflejo en el espejo. Pero esa vez no esperó respuesta. Abrió la puerta del baño y vio a Michael que, desnudo, se había levantado y buscaba algo en la mesilla. Se giró sorprendido. Entrelazaron sus miradas un segundo y él enarcó una ceja en señal de pregunta.

—Tres —afirmó ella simplemente—. No dos. Serán tres.

Se acercó y, poniéndose de puntillas, lo besó. Él la atrapó con sus brazos y la levantó en vilo. La arrastró hasta la pared del armario encastrado y la apoyó contra la superficie de madera. Ella gimió y se apretó más a él.

—Sujétate a mi cuello, Gabrielle —ordenó él. Ella lo hizo y él levantó más sus piernas hasta colocarla en la posición correcta. La besó y se introdujo en su interior sin más preámbulos, empujando con fuerza. Ella gimió y protestó.

—La llave —murmuró contra sus labios.

Él movió la mano detrás de su espalda e intentó apartar la llave del armario. La acabó partiendo y se quedó un momento observando ese objeto extraño de bronce en su mano. Lo tiró al suelo y se concentró solo en ella.

Gabriela intensificó su beso y se movió incitándolo y guiándolo. Apretó las piernas contra su cintura y sintió que iba a desmayarse. La habitación giraba a su alrededor. Las sensaciones se engrandecieron. La superficie rugosa de la madera en su espalda, los golpes de la carne contra la carne, su aroma a fresco y sudor salado y a él. Su olor a él. Le gustaba su olor. Adoraba su olor. Su olor hacía que fuera a desmayarse. Gritó su nombre y se dejó llevar mordiéndole el hombro ante la intensidad de su orgasmo. Él la siguió un momento después, haciendo que ambos volvieran a estremecerse, notando que sus cuerpos desnudos respiraban agitadamente uno junto al otro, juntándose, separándose. Volviéndose a juntar y sin querer separarse de nuevo. Finalmente ella lo miró a los ojos y sonrió. «¿Qué estoy haciendo?», se volvió a preguntar. Pero no quería escuchar la respuesta. Se separó cuidadosamente y en silencio volvió al baño donde en unos instantes Michael escuchó el agua de la ducha correr. Se agachó y cogió la llave de bronce partida apretándola en su puño cerrado.

—¡Joder! —masculló en voz baja—. ¡Me está volviendo loco!

Una vez que ella salió del baño para vestirse, él fue a ducharse. Cuando terminó, Gabriela ya estaba vestida, maquillada y esperando. Se sentó en la cama y observó cómo él se vestía y se hacía el nudo de la corbata sin más ayuda que sus manos tanteando la tela de seda. Se había puesto un traje azul marino con unas finas rayas en un color un poco más oscuro, y camisa blanca. Ella odiaba el color azul marino, le recordaba a los trajes de marinerito de las comuniones, sin embargo tenía que reconocer que a él le quedaba muy bien, hacía que sus ojos brillaran con intensidad. O quizás fuera el sexo compartido. Nunca lo sabría.

—Vamos —dijo levantándose de la cama y cogiendo su maletín.

—Tengo que peinarme —contestó él con una sonrisa.

—No lo hagas. Estás más guapo así. Pareces... no sé... rebelde. Eso me gusta —afirmó ella entrecerrando los ojos y observando el pelo algo revuelto y rizado de él.

Él la observó un momento y finalmente asintió con la cabeza. Llevaba más de quince años usando gomina para domar sus rizos, pero ella no tenía por qué saber que aquella iba a ser la primera vez que no la utilizaría.

Entraron en el ascensor en silencio.

—¿Qué estás pensando, Michael? —preguntó Gabriela, viéndolo apoyado indolentemente como la primera noche sobre la pared contraria.

—Me gustaría hacerte el amor aquí y ahora mismo —contestó él con una gran sonrisa.

Ella puso los ojos en blanco.

—¿Qué tendrán los ascensores? —murmuró para sí misma, pero estaba sonriendo.

Antes de salir, ambos se acercaron a recepción a entregar la llave partida, para solicitar que enviaran un cerrajero y la sustituyeran.

La recepcionista los miró a ambos y Michael se vio obligado a explicar lo sucedido.

—Verá, he intentado abrirlo con demasiada fuerza —flexionó sus grandes manos frente a ella para que lo observara—, y simplemente se ha quebrado.

—Entiendo —contestó la recepcionista—. Esta misma tarde estará solucionado.

Michael y Gabriela salieron a la calle. Había un taxi esperando.

—Michael, no puedo ir contigo. Todos sospecharán.

—No tienen por qué. Saben que compartimos hotel. Pueden pensar simplemente que nos hemos encontrado y que hemos decidido compartir el taxi.

—No, mejor será que yo espere otro. No quiero arriesgarme.

Él se negó.

—Michael, no te pongas terco. Tú eres el profesor. Debes llegar puntual. —Y dándole un pequeño empujón lo instó a que se metiera en el taxi, mientras ella esperaba al siguiente.

La recepcionista los observaba con curiosidad mientras sostenía la llave partida en la mano. Llegó su compañera y la dejó al cargo para ir a la zona de las cocinas. Entró y se paró frente a una pequeña pizarra con varios nombres y fechas.

—Chicos —llamó a todos los que se encontraban allí, camareros, pinches y cocineros—, creo que he ganado la apuesta —dijo y mostró la llave partida sujetándola con dos dedos. Luego señaló el que era su nombre y la fecha que había puesto al lado.

—Eso no dice nada —apostilló el camarero que normalmente les subía la comida.

—¿Ah, no? Han bajado juntos a desayunar, él no tenía el entrecejo fruncido y ella sonreía. Además, ¿me puedes explicar cómo han roto la llave de bronce macizo simplemente girándola? A mí se me ocurren otras opciones —ella enarcó las cejas.

Varios asintieron y todos se imaginaron qué tipo de escenas.

—Quiero mi dinero antes de que acabe el turno —exclamó ella sonriendo y sabiendo que había ganado—. No obstante, me da a mí que estos dos nos van a dar más quebraderos de cabeza el tiempo que les queda de estancia.

Y ahí sí que todos asintieron a la vez.

Gabriela llegó tarde, más de media hora tarde. Llamó suavemente y entró en la sala interrumpiendo la disertación de Michael, que la miró fijamente.

—Lo siento —se disculpó ella—. Me he quedado dormida.

—Procure que no vuelva a suceder, profesora Ruiz de Lizárraga —contestó él con gesto serio.

—¿Dulces sueños *ma petite*? —preguntó el profesor Laroche, solícito.

—No —dijo ella mostrándole toda su blanca dentadura a Michael—. Una pesadilla.

El profesor Wallace dio un respingo y frunció el entrecejo mientras la observaba caminar hasta la última fila, fijándose en cómo se contoneaba su cuerpo bajo su falda de tubo negra, demasiado ajustada en realidad. De hecho, juraría que no llevaba… nada debajo. Y volvió a fruncir el entrecejo todavía más. Y le costó más tiempo del que debería retomar el tema interrumpido.

Gabriela se sentó acomodándose el pañuelo que llevaba tapándole el cuello y sacando unos folios del maletín junto con un bolígrafo.

—¿Con que dormida? ¡Ja! —exclamó en un susurro Elena—. Si mis ojos no me engañan, que no lo hacen, acabo de ver un chupetón tremendo en tu cuello, angelito.

Gabriela se ruborizó intensamente y se concentró en los folios en blanco, sabiendo que Michael también la estaba mirando.

—¿Se puede saber qué te traes entre manos? —volvió a preguntar Elena—. Bueno, en realidad ya me puedo imaginar lo que has tenido entre las manos. Lo que quiero son los detalles. Por cierto, ¿un chupetón? ¿Te has liado con un adolescente? Porque no lo entiendo.

—Elena... —la reprendió suavemente Gabriela.

—Suelta por esa boquita de piñón, nena, que estoy desesperada por saber, y más salida que el pico de una plancha. Ahora que sé que el dichoso profesor tiene alguna por ahí, ando en busca de nuevas experiencias.

Gabriela se removió inquieta en el asiento, sintiendo la mirada de Elena y de Michael fijas en ella.

—Déjalo, Elena. No es nada importante —soltó de repente ella.

—Creo que sí lo es. Así que desembucha quién es el susodicho. ¿No será el profesor Laroche? —preguntó otra vez Elena entrecerrando los ojos.

—¡Elena! ¡Deja de liarme con todos los profesores del seminario! —contestó Gabriela—. Es un... camarero. Un camarero del hotel. No lo conoces.

—¡Ah! ¡Ya! Pero veo que tú sí que lo conoces bien.

—En eso estoy —murmuró Gabriela fijando la vista en Michael, que se había dirigido a la pizarra a escribir algo—. En eso estoy, Elena.

Y Elena, aunque sospechando que había algo más, se calló por fin.

* * *

Si solo una hora tuviera

Terminó la clase y Gabriela se dirigió directamente a la biblioteca. Tenía mucho trabajo atrasado y quería concentrarse únicamente en eso toda la tarde. Pero Michael tenía otros planes. Cuando recogió todo de su mesa salió en su busca, y vio que ella había escapado. Otra vez. Subió a su despacho con la esperanza de que ella fuera a buscarlo, pero pasadas un par de horas se dio cuenta de que eso no iba a suceder, así que salió él a buscarla. Sabía que no había ido con sus compañeros a comer, probablemente hubiera cogido algo de la máquina de refrescos y estuviera en la biblioteca. Masculló en silencio. Se había saltado la comida, como otras veces. Decidió que esa noche la llevaría a cenar a un restaurante en condiciones. Estaba demasiado delgada y esa mañana había tenido la extraña sensación de que ella iba a desmayarse entre sus brazos. Y eso lo asustaba y preocupaba a partes iguales.

Cuando entró en la biblioteca la buscó con la mirada. Aparentemente no había nadie, pero sabía de su gusto por esconderse en los lugares menos visibles, así que se dirigió hacia una esquina cubierta por dos grandes estanterías de libros. Y la vio, sentada en una pequeña mesa, solo iluminada por un flexo que emitía una débil luz, mientras apuntaba algo en un folio con una mano y sujetaba una página de un libro abierto frente a ella. Se acercó de forma sigilosa y se situó a su espalda. Ella no notó su presencia. Michael alargó una mano y apartó su pelo retirándolo del hombro y dejando el cuello descubierto, ahora sin pañuelo alguno. Recorrió con un dedo su largo cuello y dejó la mano en el hombro descubierto.

Gabriela sintió un escalofrío, y la sensación, el lugar y el gesto fueron tan reales que solo pudo pronunciar una palabra algo titubeante.

—¿Piero?

Michael apretó su mano en la clavícula de ella y emitió un hondo suspiro.

—No.

Ella quiso volverse, pero su mano apretaba fuertemente su hombro y no la dejaba moverse.

—Lo siento, Michael —logró decir tristemente.

Él no contestó, la levantó con su solo brazo y la giró, apartando con su pie la silla de madera, que crujió contra el suelo viéndose arrastrada de la compañía de Gabriela.

Ella tenía la mirada fija en el suelo. Él le levantó el rostro con una mano.

—Mírame —exigió con dureza.

Ella elevó los ojos y se mordió un labio en un gesto de dolor.

—Soy yo. Soy Michael Wallace. No vuelvas a confundirme nunca con otro hombre. Porque no te lo perdonaré. Te dije que olvidarías y voy a obligarte a olvidarlo. Vuélvete —ordenó entrecerrando los ojos.

Ella fue a protestar, pero su mirada fría hizo que obedeciera.

Él la inclinó sobre la mesa, y ella quedó tendida sobre los libros abiertos.

Michael bajó las manos por su cintura a lo largo de su falda. Llegó al borde y la fue subiendo con suavidad. Ella emitió un quedo suspiro e intentó girarse, pero una mano que se posicionó sobre el centro de su espalda le impidió el movimiento. De forma involuntaria notó que abría las piernas y se asombró de lo excitada que estaba. Su respiración se volvió agitada y sintió mucho calor. La sangre de sus venas se convirtió en lava ardiente y golpeó en el centro de su vientre. Gimió más fuerte. Y Michael le levantó la falda hasta la cintura de un movimiento certero, comprobando que verdaderamente, excepto las medias hasta medio muslo, no llevaba ropa interior. Introdujo su mano entre la carne suave y caliente de ella y la acarició con presteza. Ella se arqueó y buscó más su contacto. Pero una vez más, como había hecho la noche anterior, Michael primero quería torturarla, quería llevarla al límite, quería hacerle olvidar, quería que dejara de pensar y comenzara a sentir. Se desabrochó el pantalón del traje y dejó su miembro libre y totalmente erecto, que paseó sobre su trasero desnudo, con muda anticipación. Notó cómo ella se sujetaba con fuerza a la mesa y sus nudillos se ponían blancos del esfuerzo por contenerse.

Si solo una hora tuviera

Puso el miembro justo en la abertura de su cuerpo y se inclinó sobre ella susurrándole al oído:
—¿Quién soy, Gabrielle?
—Michael.
—Repítelo.
—Michael. Eres Michael.
—Está bien. No lo vuelvas a olvidar.
Y empujó con toda su fuerza en su interior, haciendo que ella se arqueara ante la intrusión. Michael se sujetó con una mano a la mesa, y la otra la pasó por debajo del cuerpo de Gabriela y le aprisionó la cintura haciendo que la penetración fuera más profunda. Ella comenzó a sentir placer antes siquiera de sentirlo dentro de sí. Se abrió más y lo incitó con su cuerpo, aunque él apenas le permitía moverse. Su intensidad era tan fuerte que la dejaba sin sentido. Sintió los empujones, uno, dos, tres, cuatro... No podía resistirlo más y emitió un gemido entrecortado que se perdió entre los libros que rodeaban su rostro. Aun así Michael siguió torturándola hasta que a ella no le quedaron fuerzas para sentir más, porque todo se había convertido en un remolino de sensaciones, dolor, placer, placer, más placer, dolor otra vez. Y emitió un grito agudo. Y solo entonces él se dejó llevar junto a ella y gruñó a su espalda.
—Soy Michael, Gabrielle. Soy Michael —afirmó jadeando junto a su pelo—. Te amo y conseguiré que tú también me ames a mí.
Ella no contestó, porque apenas podía hablar, y porque no podía prometer algo que todavía no sabía si sentía.
Finalmente él se separó bruscamente y le bajó la falda otra vez mientras se subía el pantalón. Se giró y salió de la biblioteca en silencio, pese a que ella todavía permanecía de espaldas a él, respirando agitadamente y llorando, aunque él nunca llegó a verlo.

La profesora Applewhite escuchó un gemido entrecortado y la voz ronca de un hombre. Levantó la cabeza del libro que estaba leyendo y miró alrededor. Había pensado que estaba sola en la biblioteca, lo que por lo visto no era así.

Se levantó en silencio. Sus pisadas fueron amortiguadas por los zapatos de suela de goma sobre la madera, que apenas crujió sobre su peso, y se quedó paralizada observando la escena.

El profesor Wallace estaba inclinado sobre esa mujer, la profesora española rubia, que tenía la falda levantada hasta la cintura, y estaba desnuda. No llevaba ropa interior. «¡Será descarada!», pensó. Luego vio cómo su profesor adorado mostraba su miembro erecto y lo paseaba por la carne desnuda de ella, acariciándola y mostrándole su fuerza. Gimió sin pretenderlo y abrió los ojos desmesuradamente. Quiso apartar la vista, pero la imagen era demasiado tentadora. Obscena y sugerente. Ella gimió y se abrió más a él. Y la profesora Applewhite pudo ver que su profesor sonreía de forma ladeada y de repente se introducía en ella con ímpetu, haciendo que ella se arqueara sobre la mesa.

La profesora Applewhite se llevó una mano al pecho y sintió cómo su vientre se agitaba confuso. El profesor Wallace empujó una y otra vez sin descanso, y ella siguió los movimientos, con los ojos abiertos como platos, sintiéndose completamente excitada. Se llevó una mano a la entrepierna, que reclamaba su atención como no lo había hecho en años, y comenzó a frotarse rápidamente, a la vez que seguía el ritmo impuesto por su idolatrado profesor con otra mujer.

La profesora rubia intentó levantarse, pero él se lo impidió con una sola mano, y ella deseó estar debajo de esa mano y ser ella la que estuviese tumbada sobre la mesa y recibiendo los empujes del profesor Wallace. Sintió su respiración agitada y gimió mordiéndose los labios. Las gafas se le habían empañado y no podía ver con claridad, pero sentía en su cuerpo todas las sensaciones que ellos estaban sintiendo, sentía calor, mucho calor y un remolino que crecía dentro de ella, hasta que finalmente se apoyó sobre la mesa y emitió un pequeño chillido, a la vez que veía de reojo cómo el profesor Michael Wallace se separaba de su amante y se vestía, abandonando la biblioteca.

Si solo una hora tuviera

Se avergonzó de haber sentido aquello y culpó a la mujer. Aquella mujer era Salomé, conocida por exigir la muerte de San Juan Bautista a su padrastro y enamorado Herodes. Ella no dejaría nunca que semejante pecadora ofreciera la cabeza de su amado profesor Wallace en una bandeja de plata, como había hecho Salomé, antes tendría que pasar sobre su cadáver. Se sentó intentando calmarse y pensando en cómo destruir a esa mujer antes de que Gabriela destruyera lo que ella había llegado a amar, aunque ni siquiera se hubiera dado cuenta de ello.

Gabriela salió un momento después de la biblioteca. Necesitaba respirar aire fresco y aclarar sus ideas. Paseó sin rumbo hasta que paró en una de las terrazas cubiertas de la Plaza de la Ciudad Vieja, junto al reloj astronómico del ayuntamiento. Pidió una cerveza y se encendió un cigarro observando el centro de la plaza, donde grupos de turistas se habían parado siguiendo a sus guías mientras estos explicaban algunos aspectos de la ciudad. No sabía lo que estaba comenzando a sentir y eso la asustaba. No entendía por qué él le decía que la amaba, cuando sabía que ella no podía amar a nadie. Porque se había dado cuenta de que desde que conoció a Piero, no había podido abrir su corazón a nadie más, por más que lo hubiera intentado. Sin embargo, Michael era diferente. Él no buscaba en ella lo que los demás, él la había cuidado y protegido desde el principio, y a ella le asustaba esa sensación. Buscó en su maletín y sacó el libro que llevaba siempre con ella, el *Cantar de los Cantares,* y lo abrió al azar. No tuvo que leer nada, lo recordaba de memoria.

Por las noches busqué en mi lecho al que ama mi alma,
y le dije: «Me levantaré ahora, y rodearé por la ciudad,
por las calles y por las plazas.
Buscaré al que ama mi alma».
Lo busqué y no lo hallé.
Me hallaron los guardas que rondan la ciudad,

y les dije: «¿Habéis visto al que ama mi alma?»
Apenas hube pasado de ellos un poco,
hallé luego al que ama mi alma.
Lo hallé así, y no lo dejé.

«Pero ¿quién es mi amor ahora?», se preguntó Gabriela. Miró el libro y buscó entre las hojas hasta que encontró la fotografía de Piero desgastada en los bordes, que la miraba con intensidad desde sus ojos oscuros, y cerró los ojos, mientras las lágrimas caían por sus mejillas recordando.

—Permíteme amarte —suplicó él susurrando a su oído en la oscura noche, en su habitación escondida de todos.
—Ya me has amado. Varias veces. —Gabriela rio contra su pecho.
—Lo sé, pero necesito expresarlo con palabras, no solo con mi cuerpo. Necesito que lo sepas. Que nunca lo olvides. —Él se giró y buscó algo en la mesilla. Luego le entregó lo que había encontrado.
—¿El Cantar de los Cantares? —preguntó ella leyendo la portada.
—Sí —dijo simplemente él—. Déjame decirte lo que siento, quiero que estas palabras las conserves siempre en tu alma. Aunque yo esté lejos o separado de ti, sabrás que son ciertas:
«He aquí que tú eres hermosa, amiga mía, he aquí que tú eres hermosa;
tus ojos entre tus guedejas como de paloma,
tus labios como hilo de grana,
y tu habla hermosa;
toda tú eres hermosa, amiga mía,
prendiste mi corazón, hermana, esposa mía,
has apresado mi corazón, hermana, esposa mía».
—¿Qué estás intentando decirme, Piero? —preguntó ella emocionada.

Si solo una hora tuviera

—¿No ha quedado claro? Amiga mía, hermana mía —él hizo una pausa—, esposa mía.
—¿Esposa mía?
—Sí. Cuando sea libre. Si tú me aceptas.
Ella levantó una ceja y lo miró sonriendo.
—Siempre me había imaginado que me pedirían en matrimonio arrodillándose ante mí y ofreciéndome un anillo de diamantes.
—Y dime, ¿no te sirven las dulces palabras que te he susurrado y mi amor en ellas implícito? No tengo anillos que ofrecerte, pero cuidaré de ti toda mi vida. Eso sí que está en mi mano. ¿Puedo hacer algo más para convencerte?
—Podrías volver a hacerme el amor —susurró ella mientras observaba su rostro en la penumbra—, y entonces hasta me lo pensaría.
Él se quedó un momento callado y se rascó la barbilla donde asomaba su barba ya rasposa, y acto seguido se lanzó sobre ella haciéndole cosquillas y produciendo que ella se retorciera bajo él. Y pronto las risas dieron paso a los gemidos y suspiros.
—Sí —dijo ella cuando estaban a punto de dormirse—, claro que me casaré contigo, ¿cómo has podido dudarlo si eres el amor de mi vida?

—¿Se encuentra bien, señora? —preguntó una voz grave en inglés con acento checo, a su lado.
Gabriela abrió los ojos y se obligó a enfocar al portador de la voz, uno de los camareros de la terraza.
—Sí —contestó ella carraspeando—. ¿Puede traerme otra Pilsner Urquell, por favor?
—Desde luego —respondió el joven desapareciendo dentro del establecimiento.
«¿Qué sucedió en Roma, Piero?», pensó Gabriela. «¿Qué sucedió para que te alejaras de mí?». Algo que había permanecido oculto en su memoria se dejó ver de repente: «Has recibido

una oferta de una universidad del norte, una de las mejores, te ofrecen un trabajo...», fueron las palabras de su madre en el hospital. Ella no había enviado su currículo a ninguna universidad, y menos a aquella tan importante. Y entonces lo entendió todo, o al menos parte de lo que había sucedido. «Sigue con tu vida, Gabriela, y consigue todo lo que siempre has deseado...», le dijo él cuando ella fue a buscarlo a Praga. ¿Había sido Piero el que había estado dirigiendo su vida desde entonces?, ¿cómo había sido posible? «Yo soy Pigmalión y tú mi Galatea», le había dicho en una ocasión. ¿Por qué ahora siete años después? ¿Qué había sucedido? «Se ha ido a Roma, su tío el obispo está enfermo...», le había informado la odiosa profesora Applewhite. ¿Qué había sucedido durante esos siete años? «Pronto seré libre para estar contigo», le había escrito él no hacía muchos días. ¿Podía ser que por fin pudieran estar juntos? ¿Hasta ese seminario había sido orquestado por él? No lo creía posible, y sin embargo parecía que lo fuera. Pero habían sucedido demasiadas cosas en esos años. ¿Podría él aceptar que hubiera matado a su hijo? ¿Podría perdonarla? Y otra idea se formó en su mente como un destello: «¿Podría perdonarlo yo por dejarme abandonada y no creerme cuando le dije que íbamos a tener un hijo?».

El camarero dejó en la mesa la botella de cerveza y ella dejó de pensar. Le estaba comenzando a doler la cabeza, sentía que todo dejaba de tener sentido a su alrededor, como si hubiera sido una marioneta danzando de mano en mano durante siete años sin poder controlar nada de su vida. Sin embargo, la sensación de estar sobre arenas movedizas ya no la percibía, no sentía que caía por un precipicio sin final, ni que todo se tambaleaba a su alrededor. El sentimiento de terror y soledad que la habían acompañado esos años estaba desapareciendo, y no era a causa de Piero, era por otro hombre, otro hombre que, sabiendo cuáles eran sus pecados, la amaba sin juzgarla. Era por Michael Wallace, un hombre que se esforzaba por que ella olvidara todo su dolor. Y lo estaba consiguiendo. Y por fin Gabriela comenzaba a ver algo de luz al final del túnel.

Si solo una hora tuviera

* * *

Michael salió considerablemente enfadado de la universidad y caminó hasta llegar al hotel. Ni siquiera lo calmaba el que fuera recitando todas y cuantas maldiciones se le ocurrieron. Una y otra vez. Sin descanso. Subió a la habitación y se sentó en la cama sujetándose la cabeza con las manos. Ella seguía amándole. Al padre Piero. Nunca podría olvidarlo. Él jamás lo conseguiría. Solo cuando le hacía el amor sentía que estaba junto a él, en cuerpo y alma, y después esa sensación desaparecía y Gabriela volvía a estar ausente. Estaba perdido. No sabía qué hacer por primera vez en su vida. También era la primera vez en su vida que estaba enamorado, y se preguntó si siempre sería tan complicado, o si ese era su castigo por haber rechazado el amor que le ofrecían otras mujeres. Quizá todas se hubieran unido en un aquelarre y le hubieran lanzado una maldición: amar a la única mujer que no lo amaba a él. Con un gesto de frustración, se pasó la mano por el pelo y decidió hacer lo único que se le ocurrió.

—¿Dígame?

—Adriana, soy Michael. Michael Wallace. De Praga, el profesor...

—Michael. Ya sé quién eres, no hace falta que me digas hasta tu nombramiento como catedrático. ¿Qué ocurre? ¿Le sucede algo a mi hermana?

—No. Ella está bien.

—O sea, que eres tú el que está mal.

—Yo... No sé. ¿Te ha llamado? ¿Has hablado con ella?

—No, ¿por qué tendría que hacerlo? ¿La has vuelto a besar?

—No. He hecho algo peor.

—Te has acostado con ella.

—Sí.

Se escuchó un hondo suspiro proveniente de Adriana. Luego algo tapó el teléfono y oyó con voz amortiguada cómo decía en castellano a Marcos: «Es Michael, se ha acostado con mi hermana». «Felicítalo de mi parte», contestó Marcos. «¿No? Bueno, entonces deja de tapar el teléfono, que seguro que te está escuchando todo».

—¿Qué quieres que haga yo, Michael? —exclamó Adriana, más enfadada con su prometido que con su interlocutor.

—Yo... No lo sé. Solo quiero saber si está bien.

—¿No deberías preguntárselo tú?

—Me llamó Piero —soltó bruscamente él.

Un silencio al otro lado de la línea.

—Está bien. Lo entiendo. Veré lo que puedo hacer. Pero no te prometo nada. Esto es entre ella y tú. De todas formas, si ella se ha entregado a ti es porque le importas. No ha tenido tantas relaciones como la gente cree. En realidad, en muchos aspectos es mucho más inexperta que cualquier mujer de su edad.

—Lo sé. Ya me estoy empezando a dar cuenta. Adriana...

—¿Qué?

—Me lo contó.

Otro silencio más esclarecedor que el anterior.

—Michael, ese hecho solo en sí mismo significa mucho más que el que ella se haya acostado contigo, ¿lo entiendes?

—Sí.

—¿Y a ti te importa?

Michael no dudó en contestar.

—Solo me importa ella. Si no podemos tener hijos, buscaremos la solución cuando llegue el caso.

Adriana suspiró aliviada y algo se aflojó en su interior.

—Michael, no te preocupes demasiado. Solo dale un poco de tiempo. Hablaré con ella.

—Gracias, Adriana.

—No hay de qué. Es mi hermana, si te lo contó ya sabes que yo tuve mucho que ver en lo que hizo, y tampoco me lo puedo perdonar, aunque ella jamás me lo haya reprochado. Gabriela no guarda rencor. No puede hacerlo, supongo que lo lleva en los genes.

—Lo sé. Esa es una de las cosas que hicieron que me enamorara de ella.

Si solo una hora tuviera

Adriana rio.
—Está bien. No quiero saber el resto. Cuídate y cuídala.
—Lo haré.
Michael colgó el teléfono sintiéndose un poco más tranquilo. Se cambió de ropa y salió a dar una vuelta para aclararse las ideas, paseando por la bella ciudad que los acogía durante al menos unas semanas.

Gabriela no llamó a su hermana, sin embargo llamó a otra persona a la que quería tanto como ella.
—Lolita al habla —escuchó Gabriela proveniente de una voz profunda y nasal.
—Lola, ¿no crees que eres un poco mayor para seguir siendo Lolita? —rio Gabriela.
—Hija mía, ¡cuánto tiempo! Y que sepas que la edad está en el interior, no en el DNI, que por cierto guardo en la caja fuerte, por si acaso...
Gabriela volvió a reír.
—¿Cómo estás?
—¿Yo? Estupendamente, como siempre, aquí sentada junto a mi amorcito Fonsi. ¿Y tú, mi amor?
Se escuchó una especie de gruñido proveniente del tal Fonsi.
—Yo... No lo sé.
—¿Qué sucede? ¿Estás en Praga, en uno de esos estudios tuyos o como los llaméis?
—Sí. Pero no es eso. Y se llaman seminarios.
—¿Qué sucede, cielo? —La voz de Lola se había tornado seria de repente.
—Yo... Yo... —Gabriela se aclaró la voz—. Lola, creo que me he enamorado —soltó bruscamente.
Lola ignoró el tono angustiado de Gabriela.
—Pero ¡eso es estupendo! Y dime, ¿y quién es él? ¿En qué lugar se enamoró de ti? —preguntó cantando.
Gabriela volvió a reír y meneó la cabeza.

—Se llama Michael. Es inglés. Es mi profesor.

—¿Un profesor? ¿Inglés? ¡Qué morbo! ¿Ya lo habéis hecho en su despacho? ¿En la clase vacía? ¿En la clase frente a todos los alumnos?

—Lola, para, que te aceleras... Sí, ya nos hemos acostado. Solos. No. En su despacho no. Pero sí en la biblioteca.

—¡Huy, madre! ¡Que me da un sofoco! ¡Fonsi, cariño, acércame el abanico, que esto se pone interesante! Cuéntame, ¿es guapo?

—Sí, es muy guapo. Es alto, delgado pero con músculos donde tiene que tenerlos, ojos azules...

—Fonsi, abanica fuerte...

Se escuchó un gruñido desde el otro lado de la línea y Gabriela se imaginó a la pareja de Lola, Fonsi, abanicando con fruición mientras Lola tenía uno de sus imaginarios sofocos. Ella ya no vivía en la pensión en la que se conocieron ambas, ahora había comprado un apartamento en el centro de Madrid con Fonsi, al que conoció en un programa de televisión, en el que él era cámara.

—Cuéntame más, cielo —pidió Lola.

—¿Conoces a Henry Cavill?

—¿El actor? ¿El que hizo de Conde de Suffolk en *Los Tudor*? ¿El que ha hecho la nueva película de Superman?

—Ehhh... sí, creo que es ese. Bueno, se le parece bastante.

—¡Pero qué envidia te tengo, mala pécora!

Gabriela no pudo reprimir otra carcajada. Y de repente calló y dijo seriamente:

—Lo sabe, Lola, se lo he contado todo. Y eso es lo más extraño. Quiere seguir conmigo.

—Pero cielo, ¿cómo no iba a querer estar contigo? ¿Quieres dejar de culparte de una vez por todas por lo que ocurrió? Eso es algo que ya no se puede cambiar. No pienses que estás sufriendo un castigo, porque Dios no funciona así. No es la Ley del Talmud —se escuchó a Fonsi corrigiéndola «del Talión»—, bueno, de lo que sea, tú ya me has entendido, el ojo por ojo. Ya está. Tú no mereces ningún castigo. No hiciste mal a nadie. Nunca lo has hecho. Quítate esa maldita idea de tu linda cabecita, que piensas demasiado.

—Lo intento, Lola, de verdad que lo intento. Pero es que él también está aquí.

—¿El cura? ¡Ahora sí que me desmayo! ¡Fonsi, tráeme un whiskito, que necesito energía!

—Sí. Me acosté con él. Antes de estar con Michael. Y me dice que todavía me quiere. Pero no es eso lo que me preocupa. Tengo la sensación de que ha estado, de alguna forma que todavía no entiendo, dirigiendo mi vida estos últimos siete años.

Se escucharon hielos tintinear y a Lola dando un largo trago a la bebida.

—¡Pero hija! ¿Cuándo te has convertido en Mata Hari? Esto parece un culebrón venezolano. Y ahora no sabes por cuál decidirte, ¿no? Vaya, es el sueño de todas mujeres y seguro que tú estás lamentándote de tu mala suerte.

—No, no es eso —Gabriela hizo una pausa—. O quizás sí. En realidad, no lo sé. Yo... no puedo olvidarme de Piero, pero sin embargo, cuando cierro los ojos es a Michael a quien veo.

—Pues tú misma te has respondido, cariño, solo tienes que cerrar los ojos.

Gabriela suspiró y supo que había hecho bien en llamar a Lola.

—Gracias.

—No hay de qué, hija. Porque lo sabes, ¿no?

—Sí, yo también te quiero.

Cuando colgó el teléfono, Lola se volvió hacia Fonsi, que estaba sentado junto a ella en el sofá.

—Vámonos a la cama, cielo, que necesito cariño —le sonrió con dulzura.

—Como se te ocurra ponerme la cara de Henry Cavill me largo y te dejo sola —masculló Fonsi, que extrañamente se parecía mucho a Justin Bieber, solo que con quince años más.

—Está bien —concedió Lola—, pero te podré llamar Superman, ¿no?
—Eso sí que puedes hacerlo —contestó él besándola.

Michael estaba paseando sin rumbo fijo cuando llegó a la plaza, y como si un sexto sentido lo avisara, vio a Gabriela sentada en una de las mesas de las terrazas que rodeaban la zona hablando por teléfono y riéndose.

Se paró un momento en el centro, ignorando las miradas de sorpresa y enfado de la gente que pasaba a su alrededor, observándola y preguntándose si él conseguiría hacerla reír así alguna vez. Cuando Gabriela colgó el teléfono emprendió el paso otra vez dirigiéndose hacia ella, como una viruta de hierro atraída por un imán.

—Hola —saludó pasándose la mano por el pelo—. ¿Puedo acompañarte?

Ella levantó la vista y le sonrió con dulzura, lo que hizo que él se relajara y el nudo que tenía en el estómago se deshiciera completamente.

—Claro.

Michael sorteó las mesas y se sentó frente a ella sin saber muy bien qué decir. En ese momento el teléfono de ella sonó. Gabriela comprobó quién era y levantó la vista.

—Es mi hermana, ¿te importa? —preguntó levantándose.
—No, habla con ella. Te espero aquí —afirmó, observando que ella se dirigía dentro de la cafetería.

Gabriela contestó la llamada.

—Hola, Adriana, ¿qué tal?
—Yo bien, ¿y tú? ¿Con quién hablabas? Llevo más de una hora intentando hablar contigo.
—Con Lola.
—¡Ah! —exclamó su hermana entendiéndolo todo—. ¿Qué tal está?
—Como siempre, ¡loca como una cabra!

Si solo una hora tuviera

—Te noto contenta, ¿tienes algo que contarme? —Su hermana fue directa a la yugular.

Gabriela no se ofendió. Conocía perfectamente a Adriana.

—Ummm... algo hay.

—¿Con un profesor inglés quizás?

—¿Tú cómo lo sabes?

—Yo lo sé todo. Tengo ojos mágicos. O por lo menos, eso es lo que le digo a Marcos cuando sale de juerga con sus amigotes.

Gabriela rio. Nunca había conocido una pareja más unida y comprometida que su hermana y Marcos.

—Bueno, ¿y qué tal? —volvió a preguntar su hermana.

—Bien.

—¿Solo bien?

—No. Mejor.

—¿Mejor? A ver si te explicas, Gabi, que nos conocemos.

—Es... intenso. Sería la palabra adecuada.

—Vaya. Me dejas más tranquila. Pensé que ibas a decir... inapropiado.

Ambas rieron como dos chiquillas.

—Ahora estoy con él y me está mirando con el entrecejo fruncido —comentó Gabriela observando a Michael sentado fuera.

—¿Y?

—Me gusta. Me gusta ver cómo, cuando me acerco, su rostro se relaja y me sonríe.

—Está bien. Pues acércate y déjale que te haga feliz. Te lo mereces.

—Gracias. Te quiero.

—Yo no. Ya lo sabes.

Ambas esbozaron idénticas sonrisas cuando colgaron el teléfono.

Antes de que Gabriela hubiera llegado a la mesa, Michael recibió un mensaje en su teléfono: *Ella dice que eres... intenso. Así que tienes mis bendiciones. No lo estropees o te perseguiré hasta el inframundo si fuera necesario.* Michael parpadeó varias veces y luego sonrió. Su cuñada tenía un genio de mil demonios. ¿Su cuñada? Sí, en ese momento decidió que sería su cuñada tarde o temprano.

Gabriela se sentó a la mesa y guardó el libro del *Cantar de los Cantares,* que seguía sobre la mesa. Gesto que no se le escapó a Michael, que volvió a fruncir el ceño sin saber muy bien por qué. Lo único cierto era que ese libro significaba algo importante para ella y para el padre Neri. Sabía que lo había llevado con ella y no se separaba nunca de él. No obstante, decidió olvidarlo y centrarse en el mensaje de Adriana «intenso». Sí, era intenso, y podía serlo mucho más si se lo proponía.
—Lo siento —dijo Michael brevemente.
—¿Por qué? —preguntó Gabriela desconcertada.
—No debí tratarte así en la biblioteca. Estaba enfadado y dolido. No debí hacerlo. Al menos, de esa forma.
—¿Notaste en algún momento que yo te rechazara?
—No.
—Bueno, pues déjame decirte que ahora miraré esa biblioteca con otros ojos. Unos ojos mucho más excitantes.
Michael rio y su mirada destelló con picardía.
—Además, soy yo la que debe disculparse. No debí llamarte Piero, pero me pillaste desprevenida y tu gesto me recordó uno muy parecido a...
—Entiendo. No importa.
Ambos se quedaron unos momentos en silencio, observando la antes concurrida plaza, que poco a poco se iba vaciando de gente. Estaba oscureciendo y nubes cargadas de lluvia se aproximaban por el norte.
—¿No te importa que no pueda tener hijos, Michael? —Gabriela lo miró directamente.
Michael suspiró y le cogió una mano que descansaba sobre la mesa.

Si solo una hora tuviera

—Antes de conocerte a ti, ni siquiera se me había ocurrido la idea de pasar más de un mes con la misma mujer. Tú has vuelto mi vida del revés, hasta tal punto que te mentiría si te dijera que no te he imaginado con un bebé entre tus brazos, un hijo mío. Pero prefiero tenerte a ti, antes que esa imagen como recuerdo en mi mente y mi cama vacía sin que tú estés a mi lado. Algún día, si tú... si yo... si nosotros... ya veremos cómo podríamos solucionarlo.

Gabriela notó cómo lágrimas calientes se deslizaban por sus mejillas sin pretenderlo.

—No llores, mi amor. Por favor, no llores. No puedo soportar tu dolor —afirmó él levantándose para acomodarse a su lado.

Gabriela se apoyó en su hombro y respiró hondamente.

—Lo siento. A veces soy una tonta.

—No. No lo eres —replicó Michael y la besó en la coronilla, dejando que ella se desahogara junto a él, mientras ambos observaban cómo comenzaba a llover fuertemente y el aire se llenaba del olor a tierra mojada y humedad.

Un hombre algo mayor, vestido pobremente, se acercó ofreciéndoles con una suave sonrisa una rosa que llevaba sujeta en una mano. En la otra sujetaba fuertemente un ramo entero. No había vendido ninguna. La noche iba a ser muy larga para él. Michael lo rechazó con un gesto de la mano, volviendo su atención solo a Gabriela, recostada sobre su hombro. El hombre se alejó despacio cojeando.

—¿Estás mejor? —preguntó al cabo de un rato él, viendo que ella tenía la mirada fija en un punto alejado de la plaza.

—No. Mira —dijo señalando al hombre que antes se había acercado a su mesa.

—¿El hombre que vende rosas?

—Sí. Siempre me han dado muchísima pena. Se está mojando, y nadie le compra la mercancía. ¿Ves lo delgado que está? —Gabriela estaba llorando otra vez y parecía no tener consuelo. No podía ver sufrir a nadie, o al menos que ella sintiera que estaban sufriendo.

—Gabrielle, ¿sabes que en realidad son mafias?
—Lo sé, pero ellos son personas, ¿lo sabes tú?
Michael no contestó. Se levantó y salió a la lluvia, empapándose igual que lo hacía el hombre que vendía las rosas. Se acercó corriendo hacia él mientras Gabriela lo observaba desde la mesa. Al poco rato volvió caminando con un ramo de veinticuatro rosas rojas envueltas en celofán y cerradas con hilo de rafia. Gabriela no dejó que se acercara a la mesa. Ella misma se levantó y salió a recibirlo al centro de la plaza, completamente vacía, desde donde los observaban los pocos atrevidos que seguían refugiados en las terrazas cubiertas.

Gabriela se plantó frente a él y lo miró bajo la lluvia sonriendo. Él se encogió de hombros y le ofreció el voluminoso y extraño ramo. Gabriela lo cogió como si le entregaran las joyas de la corona. Se acercó a él, se puso de puntillas y le pasó los brazos por el cuello, besándolo con pasión. Él respondió a su beso y escucharon algunos vítores provenientes de las terrazas cercanas. Ella se separó apenas un instante mientras el agua caía sobre ellos, haciendo que casi no pudiera abrir los ojos.

—Eres un tonto, pero te quiero —murmuró y volvió a atrapar sus labios como si eso fuera lo último que fuera a hacer en su vida.

Michael la abrazó con fuerza y sintió crecer la luz en su interior, y con esa luz brillante la atrapó y la rodeó protegiéndola de todo lo que le había hecho daño hasta ese momento.

Michael y Gabriela volvieron al hotel caminando cogidos de la mano bajo la lluvia que los empapaba sin importarles lo más mínimo. Una vez en la habitación se miraron riéndose sin saber muy bien por qué.

—Voy a ducharme —dijo Gabriela finalmente.
—Está bien. Espero aquí —contestó Michael.
—No. Entra conmigo. Nos ducharemos juntos —propuso ella ladeando la cabeza.
—¿Estás segura? —Michael enarcó las cejas.

Si solo una hora tuviera

—Sí. Pillarás una pulmonía si no te secas antes. Vamos —exigió cogiéndolo de la mano y arrastrándolo dentro del baño.

Se quitaron la ropa tirándola de cualquier forma al suelo, mirándose con intensidad.

—¿Sueles ir desnuda debajo de la ropa normalmente? —preguntó él.

—Solo cuando alguien rompe la llave del armario donde guardo mi ropa interior. Aunque debo reconocer que ha sido... liberador. —Ella rio y entró en la bañera, donde conectó el agua.

Él cogió el champú y enjabonó su pelo, para pasar después al resto de su cuerpo. Ella hizo lo mismo con él, recorriendo su cuerpo como antes se le había negado. Lo hizo volverse y acarició su tatuaje hasta besarlo en el centro, de la misma forma que cuando lo vio por primera vez. Él se giró y la cogió en brazos. Las caricias se intensificaron y alzó sus piernas sobre su cintura, apoyándola contra la pared de cerámica. Ella emitió un pequeño chillido al notar el frío en su espalda y él la besó como respuesta. Jugaron con sus lenguas una y otra vez sin descanso, mientras notaban que la excitación crecía entre ellos. Ella bajó una mano de su cuello y lo guio a su interior húmedo y caliente, expectante y deseoso. Él gimió de forma entrecortada y ajustó su cuerpo al de ella para que lo sintiera completamente en su interior. Gabriela se apretó más a él y se dejó llevar sintiendo cómo una corriente eléctrica la recorría de pies a cabeza. Entonces Michael la apartó levemente de la pared y con una mano recorrió su espalda hasta posarla en su trasero desnudo, lo separó y con cuidado pasó un dedo por su suave carne hasta que lo introdujo con delicadeza pero de forma firme en su circunferencia rosada. Ella se arqueó y se tensó abriendo desmesuradamente los ojos. Él la miró fijamente y supo que nadie antes la había tocado así.

—¿Estás bien? —preguntó suavemente sin apartarse.

Ella asintió.

—¿Quieres que me aparte?

Ella negó con la cabeza.

—Está bien, Gabrielle, quiero que sepas que este será el modo

en el que puedas sentir cómo te poseo completamente, porque jamás te compartiré con otro hombre, ¿entendido?
—Sí —jadeó ella con voz entrecortada.
—¿Quieres que siga?
Ella asintió.
—Si sientes dolor o quieres que pare, dímelo y lo haré.
—No, no pares, Michael. Sigue, por favor. Más fuerte —pidió ella.

Y Michael empujó llenándola completamente, haciendo que los movimientos de su miembro y su dedo se acompasaran mientras ella se arqueaba junto a él jadeando con la cabeza echada hacia atrás y los ojos cerrados. Gabriela sintió que ascendía a un plano superior, nunca antes había sentido como si su cuerpo quisiera desintegrarse y a la vez tirara sobre cada fibra de su piel y sus nervios negándose a ello. El placer era tan intenso y profundo que encadenó uno tras otro pequeñas descargas eléctricas que la estaban dejando sin fuerzas y sin embargo deseando mucho más, hasta que no pudo resistirlo y gritó el nombre de Michael varias veces, inclinándose peligrosamente sobre él, que se tambaleó y tuvo que sujetarse a las cortinas de la ducha, arrancándolas de las arandelas que las sujetaban, cayendo al suelo con un susurro amortiguado oculto entre los gemidos de ambos. Finalmente Gabriela se abrazó a él y enterró el rostro en su cuello, notando su fuerza y sintiendo su corazón latir fuertemente junto al de ella. Michael la acunó un momento más entre sus brazos, sabiendo que si la soltaba ella caería al suelo. Finalmente ella levantó la cabeza y lo miró fijamente.

—Si abro los ojos también te veo a ti —dijo.
—¿Cómo? —preguntó él sin entender.
—No es solo cuando cierro los ojos. Cuando los tengo abiertos solo te veo a ti —repitió ella.

Y él en ese momento lo entendió todo y la abrazó con fuerza besándola otra vez.

Al poco rato Gabriela volvió a hablar.
—Para, Michael, o jamás saldremos de la ducha.

Si solo una hora tuviera

—En realidad no me importa, aquí tengo todo lo que deseo.

Ella rio y él la miró extasiado. La había hecho reír y se sintió orgulloso y quiso abrazarla y besarla otra vez, y tocarla y acariciarla y perderse dentro de ella... Pero Gabriela ya estaba saliendo de la bañera y había recogido la cortina y lo miraba con reprobación.

—Michael, ¿cómo vas a explicar esto mañana?

—Les diré que me resbalé en la bañera y me sujeté tan fuerte que las rompí. En realidad, ha sido algo parecido. —Él se encogió de hombros y le sonrió.

—Nos van a acabar echando del hotel —suspiró ella cogiendo una toalla y saliendo a la habitación.

Él la siguió pensando si no tendría razón.

Pidieron la cena y vieron la televisión hablando animadamente. La tensión entre ellos se había distendido y se sentían cómodos en mutua compañía. Cuando Michael vio que Gabriela no paraba de bostezar la llevó a la cama. Ella se situó como otras noches, apoyando la cabeza en su pecho, y le acarició la suave mata de pelo rizado que crecía entre sus pectorales. Él quería hacerle el amor otra vez, pero ella estaba demasiado cansada, lo notaba incluso en la laxitud de sus miembros, apenas podía mantener los ojos abiertos, sin embargo se negaba a dormirse.

—Me recuerdas a Fitzwilliam Darcy —exclamó ella de repente, haciendo referencia al protagonista de *Orgullo y prejuicio* de Jane Austen.

—¿Ah, sí? ¿Por mi encanto? ¿Mi sinceridad? ¿Mi amabilidad? —respondió Michael orgulloso.

—No, por tu arrogancia y tu orgullo —rio ella suavemente soplando sobre su pecho.

Él se removió inquieto.

—¿Quiere decir eso que tú podrías ser Elizabeth Bennet? También me recuerdas algo a ella —aseguró él haciendo referencia a la protagonista femenina de la novela.

—¿Por mi inteligencia y mi ingenio? —preguntó ella.

—No, por tus prejuicios —rio él. Y ella levantó la cabeza y le bufó, girándose y apartándose de él.

Michel suspiró y sonriendo la atrajo hacia él.

—«Es una verdad universalmente reconocida que un hombre soltero, poseedor de una gran fortuna, necesita una esposa» —murmuró citando la famosa frase con la que da comienzo el libro.

Gabriela se giró sorprendida, pero el rostro de Michael no demostraba ninguna emoción aparte de una cálida mirada en sus ojos azules. Le dio un casto beso en los labios y la acomodó contra su cuerpo.

—Duérmete —le instó suavemente.

Y Gabriela, como si recibiera una callada orden a la que no podía negarse, se quedó dormida soñando con mansiones victorianas y caballeros engreídos que bailaban con damiselas soñadoras y atrevidas como Elizabeth Bennet.

CAPÍTULO 18

Una... curiosa revelación

Al día siguiente, y tras explicar a la recepcionista que de nuevo había otro desperfecto en la habitación, a lo que ella esa vez no pudo disimular la sonrisa, ante el entrecejo fruncido del profesor Wallace y la mirada divertida de Gabriela a ambos, se dirigieron a la Univerzita en taxis diferentes como la última vez.

Gabriela llegó solo unos minutos después, pero a tiempo de comenzar las clases. Le había comentado a Michael durante el desayuno que se proponía estudiar todo el día. Sola. Sin interrupciones. Ante las protestas mudas de él en un rostro enfurruñado, volvió a repetir: sin interrupciones. Estaba bastante atrasada y no quería perder el tiempo. Él lo aceptó, aunque no le gustó la perspectiva de pasarse un día entero sin ella. Habían quedado en cenar juntos en el restaurante del hotel, y Michael se pasó todo el día imaginándose lo que iba a hacerle una vez que subieran a la habitación, con lo que su día estuvo perdido, académicamente hablando. Sin embargo, el de Gabriela fue bastante fructífero; aunque su mente volaba una y otra vez hacia él, consiguió concentrarse a medias y terminar el trabajo propuesto.

Cuando Gabriela entró en el restaurante, él ya estaba sentado a la mesa esperándola.

—Hola, ¿qué tal el día? —preguntó ella dejando el maletín en una silla adyacente.

—Mal. No me gusta estar sin ti —contestó él todavía enfurruñado.

Ella rio y meneó la cabeza.

—Bueno, todavía nos queda toda la noche —afirmó sonriendo, observando cómo a él se le iluminaba el rostro—. Eso si consigo no quedarme dormida durante la cena. Estoy agotada —añadió disimulando un bostezo.

Él no dijo nada, pero examinó con detenimiento su rostro cansado, las profundas marcas violáceas que asomaban bajo sus ojos y se preocupó como ya había hecho otras veces. «Está demasiado delgada», pensó de nuevo, y pidió una abundante cena para ambos. Apenas habían empezado a degustarla cuando una joven vestida con un traje de chaqueta y arrastrando una pequeña maleta de ruedas se presentó a su lado sonriendo ampliamente. Los dos levantaron la vista, Gabriela con curiosidad y Michael francamente horrorizado.

—¡Sorpresa! Hola, cariño, ¿a que no me esperabas? —exclamó la joven inclinándose sobre Michael y plantándole un beso en los labios a medio abrir en una protesta que murió antes de darle tiempo a pensarla.

Gabriela se irguió y se tensó a su lado, y notó la mirada de Michael sobre ella, pero ella no podía apartar la suya de la joven de pelo castaño.

—Soy Amelia Phillips, la novia del profesor Wallace —explicó ella alargando la mano a Gabriela.

Esta, de forma automática, extendió la suya y la apretó débilmente.

—Amelia —murmuró Michael con voz grave—, esto es del todo...

«Inapropiado», pensó Gabriela, creyendo que aquella era la única vez que usaba esa palabra con verdadera propiedad.

—Inapropiado —terminó Michael mirándola con dureza.

—No. No lo es. —La joven no parecía en absoluto intimidada por su mirada fría—. Ayer mismo recibí tu regalo. Es precioso,

Si solo una hora tuviera

pensé que al estar aquí te olvidarías de mi cumpleaños, pero no ha sido así. He supuesto que era un mensaje implícito de que te gustaría que viniera, así que he pedido un par de días libres, y ya ves, ¡aquí estoy!

Michael la miró abriendo los ojos. ¡Maldita fuera! Sí que se había olvidado de su cumpleaños, de hecho se había olvidado de ella completamente. Solo que antes de viajar, en un acto de generosidad, había elegido un regalo en una joyería con el encargo de que se lo enviaran el día de su cumpleaños.

—¿Un regalo? —preguntó Gabriela desestabilizando su cruce de miradas—. ¡Felicidades!

—Sí, mira —indicó ella, inclinándose para que Gabriela pudiera ver los maravillosos y elegantes pendientes de oro blanco y diamantes que llevaba puestos—. Tengo que reconocer que Michael tiene un gusto excelente a la hora de elegir un regalo para una mujer.

—Un gusto exquisito —coincidió Gabriela.

Y Michael supo en ese mismo instante que ella odiaba el camafeo del siglo XIX, por mucho certificado de autenticidad que tuviera.

—Amelia, tenemos que hablar. Ha sucedido... —comenzó Michael.

Gabriela lo interrumpió levantándose, ante lo que él hizo lo mismo y le sujetó el brazo, intentando retenerla. Amelia los miró a ambos entrecerrando los ojos con desconfianza.

—¿Qué ha sucedido, Michael? —inquirió observando con atención a Gabriela.

—Yo no tengo ni idea. Solo soy su alumna, apenas nos conocemos. Os dejo. Seguro que tenéis mucho sobre lo que poneros al día —adujo Gabriela y salió dignamente del restaurante.

Una vez en el exterior del hotel, se detuvo al doblar la esquina y respiró con fuerza. ¿Novia? «Será cretino, mentiroso, picaflores, engreído, embustero...», y siguió así un buen rato pateando el suelo y maldiciendo no tener la facilidad de él en cuestión de insultos y palabras malsonantes. «¡Yo lo mato! ¡Lo-ma-to!», pensó. No, matarlo sería demasiado suave. Y como era profesora especializada en estudios medievales estuvo recreándose en todas y cada una de las torturas que recordaba mientras se fumaba medio paquete de cigarrillos bajo una farola de Praga, que totalmente absorta observaba a la joven rubia con rostro de ángel y ojos realmente maquiavélicos que sonreía entre dientes. Finalmente se decidió por el desmembramiento, sí, esa era la más cruel. Ahora solo necesitaba encontrar cuatro caballos dispuestos a realizar tan desagradable tarea.

Bastante rato después, cansada y claramente enfadada, se dirigió al hotel, decidida a dormir en su habitación y ponerle las cosas claras a Michael al día siguiente. Cuando estaba entrando se tropezó de frente con Amelia, que salía llorando y arrastrando su maleta.

—Lo siento —murmuró la joven de pelo castaño sin reconocerla.

—No te preocupes. ¿Amelia? ¿Qué ha ocurrido? —preguntó Gabriela olvidando su furia por un momento para centrarse en la joven llorosa que tenía ante ella.

Ella levantó la vista y la reconoció. Gabriela retrocedió pensando que iba a emprenderla con ella, sin embargo soltó la maleta y se puso a llorar de forma desconsolada.

—Me ha dejado. Me ha dejado. Yo... yo... no lo puedo entender. Después de su regalo, aunque llevaba sin llamarme desde que llegó aquí... yo creí que... pero no... él me ha dicho que no me ama... ¡no me ama!, ¿te lo puedes creer? ¿Cómo puede alguien regalar unos pendientes de Tiffany a una mujer y después dejarla? Lo odio... ¡lo odio! No... no... lo amo... lo amo —balbuceó y siguió llorando desconsolada.

Gabriela no pudo resistirse a tanto desánimo y la acogió en sus brazos, aunque ella le sobrepasaba más de quince centímetros. Le acarició el pelo en el hall del hotel frente a las miradas de todo el personal que pasaba por allí, claramente interesados en el nuevo drama que tenía lugar frente a ellos.

Si solo una hora tuviera

—Vamos —le instó separándose de ella—, te invito a una cerveza. Seguro que tampoco has cenado.

Ella negó con la cabeza y se dejó llevar por Gabriela.

Llegaron a un restaurante cercano y Gabriela se encargó de pedir algo de cenar y dos cervezas mientras Amelia se dejaba caer en una silla, totalmente alicaída. Comieron el entrante en silencio mientras Gabriela observaba cómo Amelia se bebía la cerveza prácticamente de un sorbo.

—¿No hay nada más fuerte? —inquirió ella.

—Sí, pero no creo que te convenga —sugirió Gabriela.

—Me conviene. Tú no sabes nada de mí —repuso ella enfadada.

Gabriela no se inmutó y pidió al camarero el famoso licor Becherovka. Amelia tomó un chupito y pidió otro, luego otro, y otro y finalmente, al sexto, comenzó a hablar.

—¿De qué conoces a Michael? —preguntó ceceando.

—Soy su alumna, ya te lo dije. Compartimos hotel, y a veces coincidimos en el restaurante. —Gabriela intentó ser cauta, no sabía lo que le podía haber contado el ahora denominado «traidor».

—¿Sabes con quién se ha liado?

—No —respondió Gabriela demasiado rápido.

—Él dice que se ha enamorado. ¡Ya! ¡Como si él supiera lo que es eso! Que lo siente mucho, ¡bah! No sé ni las veces que se ha disculpado. ¡Mentiroso engreído! Seguro que es otra de usar y tirar, para no perder la costumbre.

Gabriela se tensó en su silla sin pretenderlo.

De repente Amelia se quedó callada y comenzó a llorar otra vez. Gabriela le cogió la mano con cariño. Ella se la apretó con mutuo conocimiento.

—Creí que era el definitivo. Cuando lo vi en aquella fiesta, tan guapo, con esmoquin, con esa mirada azul tormentosa y ese hoyuelo tan simpático que se le marca en la mejilla, pensé que nunca lo conseguiría. Y sin embargo, se fijó en mí. Él se acercó a mí. Esa misma noche nos acostamos. Y ¡oh, Dios! ¡Nunca había sentido nada igual! Es genial en la cama, ¿lo sabes?

—No, no lo sé. —Gabriela negó con la cabeza y mintió con los labios.

—Me esforcé desde el primer día, aunque ahora que lo pienso, quizás él estaba demasiado distante, pero lo achaqué a su trabajo. Su trabajo lo absorbe por completo. Pero cuando estábamos en la cama, todo cambiaba. ¿Sabes esa sensación que tienes cuando un hombre te hace sentir como si fueras única y especial?

Gabriela asintió levemente, súbitamente seria.

—Con él era así. Creí que cuando volviera de Praga por fin me iba a pedir que nos casáramos. Y cuando recibí el regalo, lo vi claro, él me amaba. No sé cómo he podido ser tan tonta.

—No eres tonta, Amelia, él es el idiota —aseguró Gabriela de forma sincera.

—Le encantan las mamadas —exclamó de repente Amelia.

Gabriela se atragantó con la cerveza y tosió sin disimulo alguno.

—¿Cómo?

—Lo que más le gusta que le hagan es una *fellatio*. Me lo dijo al poco de conocernos. A mí no es algo que me entusiasme, pero te juro que me convertí en una experta solo para complacerlo. Además, tiene un considerable miembro viril. —Se echó a reír—. Es realmente ¡gigantesco!

Gabriela tuvo la tentación de taparse los oídos con las manos y gritar: «¡Cucurucho, no te escucho! ¡Cucurucho, no te escucho!».

Amelia tomó otro chupito de Becherovka y contuvo una arcada.

—¡Oye! ¡Esto es muy fuerte!

—Ya te lo dije.

El móvil de Gabriela sonó en el bolso y ella lo ignoró.

—¿No lo coges? —preguntó Amelia con ojos nublados.

—No. Es mi exnovio. No quiero hablar con él —explicó Gabriela, sabiendo perfectamente quién era el que llevaba toda la noche llamando.

—¡Ah! ¿Y le gustan las mamadas? Porque yo podría enseñarte algunos trucos —señaló Amelia.

Si solo una hora tuviera

Gabriela cerró los ojos ante la escena que se estaba imaginando.
—No tengo ni idea. En realidad, ya no importa mucho, ¿no crees? —contestó y, viendo que su acompañante estaba a punto de desplomarse sobre la mesa, añadió—: Vamos, te acompaño al hotel.
—No tengo dónde dormir —señaló ella echándose a llorar otra vez.
—Yo sí, te quedarás conmigo —afirmó Gabriela, y la cogió de los brazos levantándola, a la vez que con la otra mano arrastraba su pequeña maleta tras ellas.

Michael estaba muy cabreado. Sí, muy enfadado. Y se sentía un gilipollas. Un completo gilipollas por no haber previsto que Amelia aparecería en Praga. Y sintió miedo, un terror que le recorrió la columna vertebral estrangulándolo sin piedad. Lo había estropeado. Otra vez. Y esa vez la perdería. Definitivamente.

Había arrastrado a Amelia a su habitación para evitar una escena en el restaurante y ella se dejó llevar creyendo que iban a celebrar su reencuentro. En cuanto cerró la puerta tras ellos, ella se inclinó para besarlo y él se apartó. Ni siquiera recordaba cuándo fue la última vez que había rechazado el beso de una mujer. Pero solo pensar que no eran los labios suaves de Gabriela le había impulsado a darle un pequeño empujón de protesta. Y entonces Amelia lo miró sorprendida y dolida un instante. Luego recorrió lentamente la habitación del ático y vio ropa de mujer sobre una silla y signos de que convivía con otra persona que no era un simple compañero de habitación. Y su gesto se tornó en iracundo. Y el de él también. Michael intentó explicárselo, lo mejor que pudo, que no fue demasiado bien, ya que ella no dejaba de gritar y gimotear cosas sin sentido sobre un anillo y una boda en una capilla que él ni siquiera conocía. Se disculpó. No una, sino cien veces. E intentó decirle que se había enamorado. Pero Michael no tenía experiencia en romper con mujeres. Normalmente lo hacía por teléfono, o directamente dejándolas de llamar. Perdiendo el contacto. Y ahora lo tenía que hacer con una novia totalmente enfurecida y rota por el llanto frente a él. Y él no soportaba ver a una mujer llorando, así que la abrazó y le acarició el pelo intentando susurrarle que no quería hacerle daño, que a veces las cosas no suceden como se han planeado. Que había sido todo imprevisto. Pero ella no quería escuchar ese tipo de consuelo. Se separó de él, lo maldijo en inglés, para que él lo entendiera perfectamente, y se fue de la habitación.

Ahora, además de enfadado, sintiéndose un imbécil y asustado, estaba preocupado. Había intentado llamar a Gabriela un millón de veces sin conseguir que ella le cogiera el teléfono y había dejado varios mensajes, a cuál más desesperado, sin reconocerse como el Michael de antes de llegar a Praga. Él nunca suplicaba. A él sí le suplicaban. Tampoco localizó a Amelia. Solo quería saber si estaba bien. Si había encontrado un hotel donde pasar la noche.

Se estaba volviendo loco. Finalmente, y después de volver a intentar contactar con Gabriela por teléfono y de que esta no le contestara, dio un puñetazo a la pared y tiró un cuadro del impacto. Este, al caer, quebró el cristal con el que estaba cubierta la pintura y suspiró al saberse el injusto destinatario de un castigo que solo iba merecido contra el poseedor del maldito puño.

Pasada la medianoche, salió de la habitación y bajó a la que era la habitación de Gabriela. Quizá, solo quizá, ella hubiera regresado y estaría acostada. Allí podría explicarle quién era Amelia y lo que significaba para él. Bueno, en realidad, lo que no significaba para él. A medida que se iba acercando bajando las escaleras cubiertas por una moqueta granate, el miedo comenzó a estrangularlo otra vez. ¿Y si ella se hubiera ido? No, eso no podía ser, tenía todas sus cosas en la habitación. Pero ¿y si hubiese ido a...? No quería pensarlo. Cuando estuvo en el descansillo del primer piso, tenuemente iluminado por las luces de emergencia, se acordó del padre Neri. ¡Joder! ¿Y si estuviera con él? Prácticamente la había empujado a sus brazos. Se lamentó otra vez por ser tan estúpido de no acordarse de Amelia. «Pero ¿qué me está

Si solo una hora tuviera

haciendo Gabriela? Me está volviendo loco», le recordó una voz interior. «Sí», pensó él, «y además cualquier día de estos me provoca un ataque al corazón», le respondió su racionalidad. Agitó la cabeza desechando esas ideas e introdujo la llave de tarjeta, comprobando que la luz se tornaba verde. Empujó levemente la puerta temiéndose ver la habitación vacía y entró. Se quedó parado a un metro de la entrada al ver a dos cuerpos yacer juntos en la cama. Y el miedo que sentía se apoderó de él con tanta fuerza que se tambaleó levemente.

Gabriela estaba de cara a él, podía ver a contraluz su rostro dormido y sus rizos rodeándola. En ese momento el otro cuerpo se agitó en sueños y pronunció una palabra ceceando, pero que se escuchó claramente en el vacío de la habitación:

—¡Cabrón!

Michael se irguió y se tensó, observando la escena. Amelia, en ropa interior, se giró y abrazó a Gabriela como lo hacía él cada noche. Esta acogió su mano como si fuera la de él y contestó entre sueños:

—Tienes razón. ¡Es un maldito cabrón!

Michael se dio la vuelta y en silencio salió de la habitación. Antes de que la puerta se cerrara tras él, le pareció escuchar la voz de Gabriela, ya completamente despierta, pero no se volvió a comprobarlo.

—¡Cretino!

Michael no durmió nada aquella noche. Sus temores de que a ambas les hubiera ocurrido algo se disiparon, pero el terror a que Gabriela lo abandonara tomó su lugar y no lo abandonó en la oscuridad tétrica de la noche en el ático de Praga.

Con las primeras luces del amanecer entró en el baño y se duchó largamente, deseando limpiar su alma con el agua caliente, como estaba haciendo con su cuerpo. Cuando salió desnudo para vestirse pisó uno de los cristales del cuadro que había roto horas antes. Masculló una maldición y se sentó en la cama cogiendo el cristal empapado con un poco de sangre. Y entonces hizo algo que jamás había hecho nunca. Lo apretó con fuerza entre su mano, notando que este rasgaba la piel, que comenzaba a sangrar, y se levantó con decisión dirigiéndose otra vez al baño.

Gabriela entró en la habitación cuando Michael estaba poniéndose la chaqueta del traje. Se volvió sorprendido hacia ella y con cierta expresión de alivio. Gabriela volvía a él. No se había ido. Fue a decirle algo acercándose a ella. Pero ella lo paró con decisión levantando la mano.

—Ni te acerques. Y mucho menos abras la boca —le espetó furiosa.

—Pero... —acertó a decir él—. Has vuelto.

—He vuelto porque tengo todas mis cosas aquí. Las recogeré y volveré a mi habitación.

—Déjame explicarte—suplicó Michael Wallace, que jamás había suplicado en toda su vida.

—No quiero saber nada, Michael. Tú tenías tu vida y yo la mía. Esto solo ha sido... un paréntesis. Se acabaría tarde o temprano. Tú tienes tu vida en Oxford, yo la mía en España. Es mejor que termine antes que después, así los daños colaterales serán menores —explicó Gabriela, asombrada de responder de forma tan calmada, cuando en realidad quería golpearlo con algo contundente y que le hiciera mucho daño. De lo que no se había dado cuenta era de que las palabras podían ser más letales que puñales clavándose en su piel.

—¿Daños colaterales? ¿Crees que esto es una maldita guerra? —abroncó él bruscamente.

—Podrías definirlo así, si quieres. La tregua ha terminado. Tú eres mi profesor y yo tu alumna. Solo quedan unas semanas más y pronto olvidaremos hasta nuestros nombres. —Al decir eso, Michael gimió y ella lo miró extrañada—. Ya no hay ningún motivo para que permanezca aquí. No tengo ningún interés en ser la próxima que despachas cuando encuentres a la siguiente a la que seducir.

Si solo una hora tuviera

«¿Así que es eso?», se preguntó Michael mirándola con los ojos entornados.
—No va a haber ninguna próxima —aseveró él.
Ella lo miró fijamente.
—Eso dices ahora. Pero ¿qué ocurrirá cuando tú vuelvas a Inglaterra y yo a España, eh? Lo nuestro nunca ha tenido futuro y lo sabes. No eres tan idiota. —Michael apretó los puños y Gabriela lo miró desafiante—. Eres solamente un cretino mentiroso y traidor.
—¿Algo más?
—¡Oh, sí, muchas más cosas! Engreído, egocéntrico, estirado, pedante, mujeriego... y un ¡grandísimo cabrón! Y no solo lo pienso yo, ¡que conste!
Michael aguantó la diatriba con bastante calma y estilo. Al menos, exteriormente. Su interior hervía de furia contenida.
—¿Y? —volvió a preguntar él. Pero se arrepintió al instante.
—Esto —dijo ella acercándose e, irguiéndose, le dio tal bofetada en el rostro que él giró la cara del impacto, más asombrado de la fuerza que tenía ella que del acto en sí mismo— por Amelia. —Michael la miró con la furia brillando en sus ojos azules—. Y esto —exclamó asestándole un puñetazo en el estómago que hizo que él se doblara, todavía asombrado de la fuerza de una mujer tan delgada y pequeña— por mí. ¡Que te aproveche!
Gabriela se giró y se digirió al armario para sacar sus cosas. ¡Maldita fuera! le dolía la mano con un calambre que le recorría el brazo hasta el hombro. Golpearlo había sido como darse cabezazos contra una pared de cemento armado.
—Yo que tú no lo haría —expresó él calmadamente, señalando toda la ropa que ella iba tirando sobre la cama.
Gabriela se volvió con expresión airada.
—¿Por qué?
—Luego te costará el doble guardarlo. Yo mismo te la había ordenado —explicó—, por colores —añadió como al descuido, frotándose la parte golpeada de su rostro.
—Pero ¿tú quién te has creído que eres? —le espetó ella con

voz baja y ronca, apretando otra vez el puño y notando el calambre que amenazaba con estallar.

—Si me dejaras explicártelo... de forma civilizada. Sin que vuelvas a atacarme. Por supuesto —afirmó él categóricamente.

—¡Vete a la mierda, estirado inglés! No quiero escuchar más mentiras de tu boca. Me sedujiste prometiéndome cosas imposibles. ¡Cállate de una vez, pomposo engreído!

—Nunca he prometido nada que no fuera a cumplir —siguió diciendo él tranquilamente, lo que hizo que Gabriela se enfureciera todavía más.

—¿Ah, no? ¿Es que acaso Amelia no era tu novia? Pero si hasta me contó que casi estabais prometidos. ¡Por todos los dioses del Olimpo!

—Nunca le dije a Amelia que era mi novia, eso lo entendió ella solita, como tampoco le prometí nada. —Michael se sentó en una esquina de la cama y la miró con interés. El rostro de Gabriela había enrojecido y sus ojos brillaban peligrosamente.

—¿Y qué demonios soy yo para ti? —casi gritó ella.

—Tú eres mía —dijo él simplemente.

—¿Tuya? Pero ¿qué te crees que soy? ¿Una posesión a la que pasear mientras te dure el interés? —exclamó ella—. ¡No soy tuya! ¡No soy de nadie! ¡Nunca lo fui desde... desde...! —La frase murió antes de ser pronunciada.

El rostro de Michael cambió de cordial interés a profundo disgusto.

—¿Del rompebragas? ¿Es a él a quien te refieres? —le espetó Michael, bajando la voz hasta que solo fue un susurro ronco.

Gabriela se acercó a él temblando de indignación.

—No te atrevas a insultarlo en mi presencia. Él tiene algo que tú nunca tendrás. Honor. Él es el hombre más honorable que he conocido nunca.

—Pues ese hombre te abandonó embarazada de él. Yo no veo nada honorable en su actitud —repuso Michael enfrentándole la mirada y levantándose bruscamente de la cama.

Gabriela levantó de nuevo la mano con intención de propi-

Si solo una hora tuviera

narle otra bofetada. Michael le sujetó la muñeca antes de que su mano ni siquiera le rozara el rostro. Y se acercó a ella hasta que sus cabezas solo estuvieron separadas por unos centímetros.

—No te atrevas a volver a golpearme. Nunca más. Los anteriores golpes los he soportado porque creo que me los merecía. Por ti y por Amelia. Pero jamás recibiré un golpe por tu maldito sacerdote. ¡Tenlo claro y no lo olvides! —susurró roncamente.

Gabriela se apartó como si su cercanía le quemara. Se giró y sacó su maleta para guardar la ropa de forma descuidada y atropelladamente. No se percató de las lágrimas que caían furiosas de sus ojos dolidos.

Él se agachó a su lado y la sujetó por los hombros. Ella se quedó completamente rígida.

—No llores. Por favor. No llores. Ya te dije que no podía soportarlo.

—¡No estoy llorando! —contestó ella en un gemido entrecortado. No sabía si lloraba por odiarlo, por amarlo o por desear estar con Piero.

—Sí lo haces. —Él le pasó la mano por la espalda para calmarla.

—¡Déjame! —Ella se apartó—. ¡No estoy llorando! —volvió a mentir—. ¡Estoy enfadada! —Esa vez dijo la verdad.

Él se acercó a ella y Gabriela retrocedió.

—¿Qué haces? —preguntó con voz entrecortada.

—Voy a besarte.

—No. No quiero que me beses.

—Pues lo voy a hacer. Así dejarás de llorar, de estar enfadada y de pensar en quien no tienes que hacerlo —aseguró él acercándola con una sola mano. Ella trastabilló y cayó sobre su duro pecho.

—Ni se te ocurra —murmuró ella entrecerrando los ojos y levantando el rostro.

Él no se molestó en contestar. Atrapó sus labios y ella abrió la boca para protestar. Lo que fue un error, porque le dejó a él el camino libre para saborear el interior de su boca y jugar con su lengua, que se retorcía con la suya igual que el cuerpo de Gabriela entre sus brazos. Estuvieron así unos minutos hasta que la lucha de dos voluntades se convirtió en la lucha para un único fin. Caminaron tropezándose y sin separarse hasta la cama, donde se dejaron caer y enlazaron sus cuerpos. Michael se quitó la chaqueta del traje y la tiró a un lado. Ella se desabotonó la blusa y no le dio tiempo a más, ya que él le deslizó el tirante del sujetador por el hombro y atrapó su pezón, haciendo que ella gimiera y se arqueara buscando más. Michael se desabrochó el pantalón y lo dejó caer, haciendo maniobras para bajarse los boxer lo suficiente para poder poseerla. Le subió la falda y no se paró a observar su ropa interior. La arrancó de un gruñido y hundió su boca en ella. Gabriela se retorció y sujetó su pelo guiándole con las manos. Pero él no necesitaba guía, sabía exactamente qué hacer en cada momento, como si toda su vida hubiese estado entrenando para darle placer a ella. Chupó, succionó y mordisqueó saboreando su humedad y su placer con la boca. Cuando ella se arqueó y gritó su nombre, él subió hasta su boca, la besó y ella sintió su sabor junto con el de él, a la vez que su vientre se llenó con su miembro erecto en las últimas descargas de placer, haciendo que sus músculos presionaran para tenerlo, si eso fuera posible, más dentro de ella, más profundo.

—Más fuerte —gritó.

Y él se guio por su voz, acometiendo un empuje tras otro, con fuerza, sujetándola por la cintura, sabiendo que le iba a dejar marcas. Pero ella tenía los ojos cerrados y solo estaba centrada en sentirlo a él. Solo a él. Levantó las piernas y las pasó por detrás de su espalda, bajó las manos y le sujetó las nalgas desnudas guiándolo en cada acometida. Y él notó que sus músculos se contraían de nuevo y supo que no podría soportarlo más. Bajó la boca y acarició un pezón con la lengua, soplando luego sobre él y observando cómo se empequeñecía y se erguía. Entonces lo mordió sin demasiada fuerza, y ella se retorció gritando bajo él. Su nombre. Varias veces. Y su cuerpo entero lo absorbió, y él se dejó llevar, preguntándose por qué demonios se empeñaban en decir que la mujer era el sexo débil.

Si solo una hora tuviera

Michael se dejó caer sobre ella respirando agitadamente, demasiado agotado como para darse cuenta de su peso.

—¡Joder, Gabrielle! ¡Me estás matando! —exclamó en un susurro junto a su pelo.

—Yo diría que es al contrario. No puedo respirar —contestó ella con voz ahogada.

—Perdona —se disculpó él con una sonrisa, y se giró para quedar tendido a su lado de espaldas, sin preocuparse de arrugar su camisa blanca primorosamente almidonada, ni de tener los pantalones y el boxer amontonados en los tobillos.

Ella lo miró y de repente se incorporó sobre él.

—¡Michael! ¡Estás sangrando! —exclamó mirando su camisa manchada, luego dirigió la mirada a la suya y vio que estaba igual—. ¿Qué ha ocurrido? —Ella alargó la mano para desabotonarla y él se la sujetó por la muñeca.

—Nada. No es nada —masculló observándola intensamente.

—¿Nada? ¡Déjame ver! —exigió ella deshaciéndose de su sujeción. Él le soltó la mano y dejó que ella lo desnudara.

Gabriela vio, una vez que tuvo su pecho desnudo frente a ella, que tenía un apósito de gasa sobre el pectoral izquierdo empapado de sangre. Lo separó con cuidado, temiéndose lo peor. Y... acertó.

—Pero... pero... ¡¿qué demonios es esto?! —preguntó sin poder separar la vista de un corte profundo en forma de G mayúscula.

—Es lo que intentaba explicarte antes. Pero nunca te había visto tan furiosa. Y tan reticente —añadió dejándose mirar y observando atentamente el cambio de facciones en el rostro de Gabriela, que iba de la preocupación a la incredulidad y finalmente al desconcierto—. Me he marcado. Con la inicial de tu nombre. Sobre mi corazón. Es la única forma que conozco de que permanezcas siempre a mi lado, en mi piel.

—¿Estás loco? —inquirió ella mirándolo con estupefacción—. ¿Te lo has hecho tú mismo?

—Sí —contestó Michael obviando su locura—. Anoche di

un puñetazo a la pared y rompí un cuadro. Esta mañana he visto los cristales y he decidido hacerme un tatuaje. Un poco rudimentario, pero más auténtico, ¿no crees?
—Michael... —Ella no sabía qué decir. Por un lado estaba emocionada por su gesto, por otro pensaba que se había vuelto completamente loco. Finalmente ganó su misericordia, e inclinándose sobre la herida la besó. Notó cómo él se estremecía y le cogía la cabeza para levantársela y acercarla a su boca, que besó, sintiendo en su interior el sabor metálico de su sangre uniéndolos más si eso era posible.
—Gabrielle, te amo, ¿es que todavía no te has dado cuenta? —susurró Michael junto a su boca, y volvió a besarla.

A miles de kilómetros de Praga, concretamente en la antigua y luminosa ciudad de Roma, el padre Neri acababa de despertarse. Se giró en la pequeña cama de su celda y notó un dolor sordo en la entrepierna. Había estado soñando con Gabriela y tenía una considerable erección para recordárselo. Cerró los ojos otra vez y se dejó llevar por el sueño, negándose a perderlo a la luz del día:
«—No he traído el biquini —dijo ella mirándolo con interés. La noche era excepcionalmente clara y podían verse todas las estrellas en el cielo. Ella estaba preciosa, sentada sobre una toalla con un corto vestido de lino blanco, refulgiendo en la oscuridad de la playa solitaria, tras el refugio de unas rocas.
—No será necesario. Nos bañaremos desnudos —contestó él deshaciéndose de su ropa. Gabriela lo miró con deseo cuando lo tuvo frente a ella desnudo. No se cansaba de observarlo, cada músculo, cada curva, cada protuberancia, sobre todo una que estaba comenzando a crecer de forma realmente sorpresiva.
Él se dejó observar y dejó que ella venciera la timidez. En muchos aspectos seguía siendo una niña, pero a él le gustaba esa mezcla de sensualidad y castidad que mostraba en cada uno de sus gestos.
—Está bien —claudicó ella desnudándose despacio y de es-

Si solo una hora tuviera

paldas a él, lo que le dio la oportunidad de observar su estupendo trasero. Se acercó cuando estuvo desnuda y la rodeó por la cintura, notando que ella comenzaba a temblar. Pasó su mano de la cintura a la entrepierna y la acarició con suavidad. Ella abrió las piernas y pidió más con ese simple gesto. La giró y sus cuerpos desnudos se rozaron. Él sintió sus pezones erguidos por el frescor de la noche y por la excitación y ella notó su erección presionando sobre el estómago. La tumbó sobre la toalla y la besó. Comenzó por su boca suave y entregada y siguió recorriendo su cuerpo, admirándola, adorándola a la luz de la luna que brillaba en el cielo, como un reflejo pálido de la piel de Gabriela. Cuando vio que estaba preparada se situó sobre ella y le abrió más las piernas con la rodilla. Despacio y con cautela la penetró y comenzó a moverse lentamente, entrando y saliendo, al ritmo que marcaban las olas que lamían la orilla a sus pies. Estuvieron así bastante rato hasta que los jadeos de ella se convirtieron en gemidos entrecortados y a él le costaba hasta respirar. Ella gritó su nombre, amparada por la oscuridad y la soledad de la playa.

—Gabriela, me estás matando —susurró él junto a su pelo enredado, que olía a sal y a nata recién batida.

Ella no contestó y se limitó a mirarlo con adoración.

—Te amo, Piero. Te amo tanto que a veces duele.

—No tiene que doler, *mio amore,* porque soy tuyo. Tuyo para siempre.»

—¡Joder Gabriela! ¡Me estás matando! —exclamó el padre Neri volviendo al presente y sujetando su miembro con fuerza, haciendo que este expulsara con varias embestidas el semen acumulado. Jadeó y esperó a que su corazón se calmara—. Pronto serás mía. Solo mía —susurró a la habitación vacía.

Su tío el obispo Neri había muerto la noche anterior. Por fin era libre de hacer lo que quedó interrumpido siete años atrás. Ese mismo día volvería a Praga a buscarla. Y ella lo estaría esperando.

CAPÍTULO 19

Difícil elección, Gabriela... ¿o no?

Y Michael tuvo que explicar de nuevo, a la ya azorada recepcionista, que había tropezado con el cuadro, que tuvo la mala suerte de caerse y romperse en mil pedazos. Todo ello de forma tranquila y en un educado y académico inglés, para que la joven que lo miraba estupefacta detrás del mostrador lo creyera. Por supuesto, no explicó cómo era que justo al lado del cuadro había una pequeña depresión en el yeso de la pared, debidamente tapizada, que esperaba no la notaran, o que por lo menos la ignoraran.

La joven recepcionista, una vez que la pareja abandonó el hotel, se dirigió al cuarto de mantenimiento para informar del nuevo desperfecto de la habitación del ático, y después al personal de limpieza. Luego, simplemente dejó que el rumor fuera corriendo de boca en boca, hasta que al mediodía, con el cambio de turno, estuvo en conocimiento de todos, que se preguntaban qué demonios hacían esos dos profesores dentro de la habitación. Todos estuvieron de acuerdo en que estudiar no. Eso seguro que no.

Michael estaba feliz. Todavía no sentía que Gabriela era del todo suya, pero sabía que estaba en el buen camino, y eso se demostró en la energía que puso en el desarrollo de la última clase de la semana. Todos lo notaron. Sobre todo Elena.

Si solo una hora tuviera

—Vaya. Parece que está contento nuestro profesor, ¿no? Y tiene cara de bien follado, ¿no crees? —preguntó a una ruborizada Gabriela.

—Pues no lo sé. Quizá sea porque es viernes.

—¡Ja! —contestó Elena como única respuesta—. Por cierto —añadió observándola—, tú también tienes cara de haber pasado una buena noche.

—Yo no diría que buena noche —dijo Gabriela mirándola, luego sonrió—, más bien buena mañana.

—¡Lo sabía! ¿Qué tal tu camarero checo? ¿Promete?

—Promete. Y cumple. Y después de metido no olvida lo prometido —aclaró ella sonriendo todavía más.

—¡Vaya! Pues va a ser una pena. Porque como no lo factures con las maletas, no sé cómo lo vas a arreglar —exclamó Elena haciendo que Gabriela volviera a la realidad.

—Tienes razón. No sé cómo lo vamos a solucionar —murmuró Gabriela súbitamente triste y sabiendo que Elena había dado en el blanco sin pretenderlo.

—Profesora Mendoza, profesora Ruiz de Lizárraga, ¿quieren añadir algún comentario a la explicación? —exigió el profesor Wallace mirándolas con el entrecejo fruncido. Gabriela mostraba una expresión distante y algo disgustada, y eso hacía que su felicidad se estuviera empañando.

—Comentario sí. Pero no sería adecuado a la explicación, así que puede continuar, profesor Wallace —contestó Elena, arrancando sonrisas a casi todos los asistentes, menos por supuesto a la profesora Applewhite, que las miraba como si fueran engendros del demonio y ella la reencarnación de la Santísima Trinidad.

La clase terminó sin más sobresaltos y todos entregaron sus trabajos semanales, que Michael recogió en su maletín. Ahora la tarea de pasarse el fin de semana corrigiendo manuscritos no le parecía tan tediosa, si sabía que ella estaría junto a él. Y lo estaría. Ya no había duda. Si no lo había dejado por lo de Amelia, nada haría que lo abandonara. Pero Michael no sabía que la vida te devuelve cada cosa que haces, y no siempre de la forma en la que la has lanzado.

Al poco rato de estar en su despacho llamaron a la puerta. Michael levantó la cabeza del trabajo que estaba corrigiendo y dio paso en voz alta. Entró Gabriela y él le sonrió ampliamente.

—¿Vienes a terminar lo de esta mañana? —le preguntó sabiendo que tenía que tener una sonrisa estúpida instalada en su rostro.

—Terminarlo, lo hemos terminado, profesor Wallace —afirmó ella, y él frunció el ceño, a lo que ella sonrió—. Pero podríamos mejorarlo. —Él hizo ademán de levantarse—. Esta noche —añadió ella carcajeando.

—Bueno, ¿y qué tienes en mente? —inquirió él, intentando olvidar cómo sería tomarla sobre la mesa de su despacho, en su silla, en la pared, en el suelo...

—Voy a dar un paseo con Elena, luego volveré al hotel y te esperaré, ¿de acuerdo? —sugirió ella.

—Está bien. Pensaré cómo mejorar. —Sonrió él a medias, contando las horas hasta volver a verla.

—Primero hablaremos, Michael.

—¿Cómo? —preguntó él desconcertado. ¿Otra vez? ¿No había quedado todo claro esa mañana?

—Sí. ¿No crees que tenemos que hablar?

—¿De qué? —Él entornó los ojos con desconfianza mientras intentaba dilucidar de qué quería hablar ella.

—De lo que haremos cuando el seminario termine.

—Ah, ya. Eso —masculló él. Quizá decirle que había enviado su currículo para una plaza del próximo trimestre en Oxford no fuera buena idea. Todavía. Primero tenía que convencerla de irse con él a Inglaterra. Y eso iba a ser como poco... difícil.

—Sí. Eso —dijo ella, y se acercó para darle un cariñoso beso en los labios y luego en el corazón, sobre su marca. Salió taconeando del despacho. Y Michael volvió a quedarse con una sonrisa estúpida en su atractivo rostro.

En el pasillo, Gabriela se tropezó con la profesora Applewhite. Últimamente tenía la sensación de que la estaba acosando, y no sabía muy bien por qué.

—¿Todavía por aquí, profesora Ruiz de Lizárraga? —inquirió ella levantándose las gafas para enfocarla mejor.

—Sí. ¿Dónde quiere que esté, profesora Applewhite? —respondió ella a la defensiva. Quizás había escuchado algo de la conversación con Michael y eso no les convenía a ninguno de los dos.

—Creí que ya habría regresado a su casa.

—¿Y por qué, si puede saberse, tengo que regresar a mi casa?

—¡Déjelo! Son tonterías mías. —La profesora Applewhite esbozó una mueca y siguió su camino.

«Tontos son los que dicen tonterías», pensó Gabriela recordando a Forrest Gump, y esa mujer de tonta no tenía un pelo, así que se lo tomó como una advertencia. Pero ¿de qué? Ya empezaba a temerla y seguía sin saber por dónde encajar el siguiente golpe.

Cuando Michael llegó al hall, se tropezó con el padre Neri, que entraba en ese momento en la Univerzita. Se obligó a componer el rostro y lo saludó con una media sonrisa.

—Profesor Wallace. ¿Todavía aquí? —preguntó el padre Neri observando su gesto serio.

—No. Ya me iba. Tengo trabajo por hacer —contestó de forma escueta Michael, apretando el puño alrededor del asa de su maletín con demasiada fuerza.

—¿Sabe si queda algún alumno en la facultad?

—Creo que se han ido todos. ¿Pregunta por alguno en particular?

El padre Neri se quedó callado un momento, presintiendo que algo no iba bien.

—No, por nadie en particular —dijo finalmente, y se despidió en dirección a su despacho.

Michael comenzó a maldecir mentalmente en todos los idiomas, esa vez por orden alfabético empezando por la z, con la intención de relajarse lo suficiente antes de llegar al hotel. Por lo menos ese fin de semana Gabriela sería toda suya.

Cuando entró en la habitación escuchó a Loreena Mckennitt cantando *Never Ending Road* y a Gabriela acompañándola con esa extraña voz ronca que tenía. Era una curiosa mezcla y no pudo por menos que quedarse en la puerta del saloncito observándola mientras ella consultaba algo en el portátil, vestida con su camiseta del Balliol College y pantalones cortos. Por supuesto, iba descalza. Y pensó que no era suficiente con amarla. La palabra amor se quedaba escasa para definir lo que sentía por ella. ¿Adoración tal vez? ¿Una mezcla de las dos?

Ella se volvió interrumpiendo sus pensamientos.

—Hola, ¿ya estás aquí? Has venido pronto —exclamó ella, y Loreena Mckennitt dio paso a Coldplay y su canción *Paradise*. Él se dio cuenta de que estaba escuchando su iPod.

—Sí. ¿Te gusta? —preguntó.

—Me encanta *Never Ending Road*, no puedo quitármela de la cabeza. Y *Paradise* me fascinó desde el principio, siempre que la escucho me emociono. Ahora que estoy contigo es cuando empiezo a entenderla. «*Así que recostada bajo los tormentosos cielos, diría, sé que el sol se prepara para salir...*» —cantó ella. Se levantó y se acercó a él. Lo besó y le dijo:

—Tú eres mi carretera sin final y mi sol que se prepara para salir.

Michael rio y se percató de que, aunque él estaba mucho mejor preparado académicamente hablando que ella, Gabriela era mucho mejor que él en cuanto a sentimientos se refería.

—Veo que tenemos los mismos gustos —afirmó él. Ella lo miró entrecerrando los ojos—, por lo menos musicalmente hablando.

—En realidad la mayoría de las canciones me recuerdan a mi infancia, cuando mi padre ponía el viejo tocadiscos en casa —confesó ella. Era una de las pocas veces que hablaba de su pasado remoto y él la miró con interés. No por ello se sintió algo dolido.

—¿Me estás llamando viejo?

Si solo una hora tuviera

—En realidad ya tienes tu edad, ¿no?

—Dicen que los cuarenta son los nuevos treinta. En realidad tengo solo treinta y siete. Soy bastante joven.

—Sí, claro, entonces yo soy todavía una adolescente, así que ten cuidado, ancianito, que pronto te llega la andropausia.

—¿Qué demonios es eso?

—Oh, ya sabes. —Ella hizo el gesto de su dedo índice indicando cómo algo de su cuerpo pronto iba a deslizarse para mirar solamente al suelo.

Él le llevó la mano a su entrepierna y le demostró que al menos de momento su dedo índice apuntaba firmemente donde tenía que hacerlo. Ella apartó la mano riendo.

—¿Es que siempre estás pensando en lo mismo?

—No, no siempre. Solo cuando te tengo a ti delante.

Ella volvió a reír. Y él se maravilló de su risa. Por fin la hacía reír. Él, el estirado y pomposo inglés, la hacía reír. Y dio gracias al cielo, o a quien tuviera la culpa de ello.

—¿Qué estás viendo? —preguntó inclinándose sobre el ordenador.

—Tus fotos. Son preciosas. Me tienes que explicar cómo consigues este enfoque —pidió ella y Michael se preguntó si había guardado las fotos que les sacó al padre Neri y a ella en Karlovy Vary—. Y también tienes que explicarme por qué me fotografiaste con Piero en Karlovy Vary.

—Ummm —masculló huyendo al baño—, me ducho y te lo cuento —terminó. Pero por supuesto no tenía ninguna intención de explicárselo.

—No huyas, cobarde —replicó ella desde su silla y sonrió. Una vez se cerró la puerta del baño volvió la vista hacia las fotografías, pero no estaba mirando el rostro de Piero, sino el suyo. ¿De verdad parecía tan disgustada? No. Esa no era la expresión. ¿Temerosa? ¿Aterrada? ¿Enamorada? No sabía definirlo y eso era lo que la asustaba. Se preguntó si su rostro habría cambiado estos días. No tenía un espejo a mano, pero suponía que era así. Concentrada, siguió pasando fotografías.

* * *

En la Univerzita, el padre Neri subió a su despacho y se sentó de forma desmadejada en su sillón de cuero. Estaba agotado, después de una semana velando el cuerpo enfermo de su tío y de los funerales. Pero pronto tendría su recompensa. Por fin era libre y necesitaba algo de tiempo para canalizar su libertad y comunicar su cese como sacerdote. Pero primero comprobaría los correos pendientes por si había algo urgente. Pasó por alto la mayoría hasta llegar a uno de Gabriela escrito hacía una semana. A medida que iba leyendo la furia se apoderó de él y supo lo que tenía que hacer. Ahora entendía el gesto del profesor Wallace y su reticencia a hablar de ella.

Piero:
Tenemos que hablar. Hay muchas cosas que no sabes y que quizá nos separen para siempre. Pero antes de todo tienes que saber que yo sigo amándote, que nunca dejé de amarte, aunque lo intenté de muchas maneras. No he podido encontrarme contigo porque el profesor Wallace me mantiene encerrada en la habitación. Literalmente. He estado así toda la semana, y ya no lo soporto más.
Te espero.
Tuya siempre. G.

Michael salió del baño vestido con un pantalón de algodón negro y una camiseta gris de manga corta. Probó a ir descalzo. Y le gustó la sensación de libertad, así que no se puso calcetines. Estaba a punto de ir a buscar a Gabriela al salón cuando llamaron al teléfono de la habitación. Ello de por sí ya era extraño, así que se apresuró a cogerlo. Gabriela, escuchando, se acercó en silencio. Michael asintió una o dos veces, dio las gracias y colgó.

—¿Qué sucede? —preguntó Gabriela cuando él se giró mirándola con gesto serio y preocupado.

—Era el director del hotel. Me informa de que sube acompañado por tres policías y un sacerdote católico, un tal Piero Neri —explicó él con voz átona.

—¿Y qué quieren? —volvió a inquirir ella, sintiendo cómo su corazón se aceleraba y tamborileaba sin orden bajo sus costillas.

—Por lo visto, el padre Neri me acusa de secuestro. No han mencionado agresión, pero estaba implícito —siguió narrando Michael en el mismo tono de voz.

—Pero ¿a quién has secuestrado y agredido? —Ella lo sabía. En su fuero interno lo sabía. Sin embargo, también necesitaba la respuesta.

—A ti.

Ya no les dio tiempo a hablar más. Fuertes golpes sonaron en la puerta y la policía se identificó solicitando entrar en la habitación.

Michael se volvió a Gabriela. Esta se quedó mirándolo fijamente y finalmente se giró y se dirigió al baño.

—Gabrielle —llamó él—, no lo hagas... yo...

—Lo siento, Michael. —Ella se volvió con gesto triste y cerró la puerta tras de sí.

En el baño Gabriela se tuvo que apoyar con las dos manos en la encimera de mármol que sostenía el lavabo para no caerse. Todo se había terminado. Cerró los ojos y visualizó el tan temido precipicio frente a ella, solo tenía que dar un paso y volvería a caer en un vuelo sin final para acabar devorada por las llamas. Escuchó un forcejeo y gritos en checo que no entendió. Luego unos fuertes golpes en la puerta del baño cerrado por dentro con el pestillo. Y la voz de Piero. ¡Oh, la voz de Piero! Venía a salvarla. Por fin todo había terminado.

Abrió los ojos y vio su reflejo en el espejo, sus ojos tristes que volvían a brillar, y esbozó una sonrisa. Cerró otra vez los ojos frente al precipicio y no saltó. Dio un paso atrás y soltó una carcajada. Abrió los ojos y dijo en voz alta:

—Soy libre. Por fin soy libre y todo ha terminado.

El tumulto del exterior iba en aumento y los golpes sobre la puerta habían arreciado. Tomó una decisión. Se desnudó rápidamente y se rodeó con una de las toallas de color amarillo del hotel en torno a su cuerpo. Se miró en el espejo una sola vez más y abrió la puerta con calma.

Uno de los policías que estaba haciendo palanca contra la cerradura cayó de rodillas a sus pies. Ella lo esquivó y salió a la habitación luciendo su mejor sonrisa y sujetándose la toalla junto a su cuerpo.

—¿Qué está ocurriendo? —preguntó a nadie en particular con gesto decidido.

Michael la miró con tristeza. Tenía un golpe en el rostro y la ceja le sangraba. Además, estaba esposado, pero por lo visto se había negado a sentarse y permanecía de pie como una estatua de sal. Piero la miró con alivio y luego, observándola más detenidamente, con incredulidad. Los tres policías, incluyendo el que ya se había levantado, junto con el director del hotel la miraban de arriba abajo sin saber muy bien qué decir.

—¿Alguien me puede contestar, por favor? —inquirió ella de nuevo con voz más firme.

El policía de más rango tomó la palabra.

—¿Es usted Gabriela Andrade? —preguntó en inglés, consultando el nombre en una pequeña libreta que tenía entre las manos.

—Lo soy.

—Verá, se nos ha informado por —se giró para dirigirse a Piero— el padre Neri que usted ha solicitado su ayuda, dado que le ha informado de que el señor Michael Wallace, aquí presente, la tenía retenida sin su consentimiento en esta habitación. ¿Es eso cierto?

—No. No lo es —afirmó ella ciñéndose a una respuesta breve y directa.

Michael entreabrió el ojo y la miró fijamente. Piero fue a protestar, pero una mano levantada del policía se lo impidió.

—Señorita Andrade, se nos ha presentado como prueba un correo electrónico que envió al padre Neri suplicando su ayuda.

Si solo una hora tuviera

¿Está diciendo que mintió? —El policía, un hombre robusto y casi calvo la observó con detenimiento.

«¡Mierda!», pensó Gabriela. «¡Así que ha sido eso!».

—Sí, mentí —contestó ella mintiendo otra vez.

—¿Podría explicarlo?

—Verá, Michael y yo tuvimos una discusión la semana pasada y yo estaba bastante enfadada con él, así que recurrí a la amistad que me une al padre Neri. Quizá mis palabras se malinterpretaron.

—Cito textualmente: «El profesor Wallace me mantiene encerrada en su habitación. Literalmente. He estado así toda la semana y ya no lo soporto más». Creo que solo cabe una interpretación y esa es que usted ha estado secuestrada en contra de su voluntad. Verá, no debe tener miedo. Ahora que estamos nosotros aquí, no debe temer. La ayudaremos. Tenemos asistencia para este tipo de delitos y, si el acusado ha abusado de usted, puede presentar cargos. Le repito. Ya no tiene que tener miedo. —El hombre intentó suavizar su tono, pero siguió sonando igual de amenazador.

—No tengo miedo de Michael. Él y yo somos... —paró un momento sin saber qué decir exactamente— estamos juntos. ¿Ve algo en mí que le genere algún tipo de duda sobre si me ha hecho daño?

—Sí, estoy viendo una marca en el cuello bastante visible. Además, hemos interrogado al personal del hotel y nos han informado de que durante una semana tenían orden de no dejarla salir bajo ningún concepto. Órdenes del señor Wallace. Se le subía la comida, pero no salió al exterior en todos esos días. ¿Es cierto?

Gabriela tragó saliva y se esforzó por sonreír.

—Es cierto, pero no me tenía secuestrada. Era un trato. Nosotros teníamos un trato.

—¿Qué tipo de trato?

—Uno que solo nos concierne a nosotros —contestó Gabriela preguntándose si el policía no estaría pensando que ella estaba bajo los efectos del síndrome de Estocolmo, por cómo defendía a su secuestrador.

—Creo que ahora implica a más gente. Así que debería explicarlo.

Michael la miró y le suplicó silencio con la mirada. No quería que ella se descubriera, que dijera por qué había acabado en la habitación del ático encerrada. Prefería sacrificarse él.

—¡Déjenla! —exclamó de repente Michael—. ¡Déjenla en paz! Lo admito, lo hice. Yo la mantuve encerrada. Ella no hizo nada. Todo fue idea mía. Pero, por favor, ¡déjenla de una maldita vez!

Gabriela lo miró lanzándole dardos con los ojos ambarinos. Él ni se inmutó. Y habló antes de que el policía lo cogiera por el brazo y se lo llevara de su lado.

—No quiero explicarlo. Como ya le he dicho, Michael y yo estamos juntos. Somos pareja, yo me mudé a su habitación dándole mi consentimiento. Y no compartimos solo habitación, también cama. Si es eso lo que quiere saber.

Gabriela escuchó una maldición que provenía de Michael y una especie de gruñido de Piero, pero no quiso mirar ni a uno ni a otro.

—Soy adulta. No tengo por qué dar explicaciones a nadie sobre mi vida privada. El mensaje que envié al padre Neri, le repito que ha sido mal interpretado. Y por favor, exijo que le quiten las esposas a Michael, no tienen ningún motivo para tenerlo así.

—Lo tenemos, intentó agredir al padre Neri y mis dos hombres tuvieron que intervenir.

Gabriela levantó la mirada y vio el rostro de Piero limpio y sin mácula y luego giró su vista hacia Michael, que casi no podía abrir el ojo, y la sangre le goteaba por la camiseta sin que él en ningún momento se quejara. Y lo tuvo claro. Se dirigió al que había sido su amor durante tantos años y suspiró fuertemente.

—Lo elijo a él. Elijo a Michael, Piero. Lo siento, han pasado muchos años y demasiadas cosas. Lamento lo que te puse en el mensaje. Pero todo ha cambiado desde entonces. Yo he cambiado.

Si solo una hora tuviera

El policía observó el intercambio de miradas entre el sacerdote y la joven rubia y por fin entendió de qué iba toda la historia. Cerró la libreta y se volvió a uno de sus subordinados.

—Suéltelo —le dijo en checo, o Gabriela entendió que fue esa la orden, ya que procedieron a desposar a Michael, que se frotó las muñecas como limpiándose la marca dejada por el metal—. Está bien, señorita Andrade, nos vamos. No obstante, le dejo mi tarjeta —le entregó una pequeña tarjeta de cartulina blanca con varios teléfonos—, por si cambia de opinión —añadió mirándola fijamente.

—No cambiaré —finalizó ella de forma terca cogiendo la tarjeta. El inspector enarcó las cejas y la miró por última vez sacudiendo la cabeza.

—Mi *Madonna* —exclamó Piero desde la puerta mirándola con un intenso dolor en sus ojos oscuros.

Gabriela cerró los ojos y no quiso mirar más. Ya no podía seguir viendo en su mente esos ojos si quería seguir viviendo. Había elegido a otro hombre. Un hombre que la había salvado de sus pesadillas, que la había llevado a la luz. No podía mirar a Piero porque tenía miedo de sentir otra vez lo que sintió siete años atrás, y ahora no podía permitírselo. Solo abrió los ojos cuando escuchó que la puerta se había cerrado y que solo estaban Michael y ella en la habitación.

Michael se había sentado en la cama y se sujetaba la cabeza con las dos manos. Ella corrió y se arrodilló frente a él. Puso su mano en el hombro y notó un fuerte estremecimiento acompañado de un hondo sollozo, que sonaba como el gruñido de un eco perdido en una caverna oscura. Y supo que Michael estaba llorando. Eso le rompió el corazón.

—Michael. Lo siento. Lo siento mucho. Sé que debí intervenir antes —dijo con voz trémula—. Debí impedir que te golpearan. Lo siento.

Él levantó la cabeza y la miró con solo un ojo abierto. Su rostro estaba arrasado por las lágrimas mezcladas con la sangre que manaba de su ceja.

—¿Crees que lloro porque me han golpeado? ¿De verdad crees eso? A lo largo de mi vida he recibido golpes mucho más fuertes, y jamás he llorado. De hecho, no recuerdo ni cuándo fue la última vez que derramé lágrimas. Probablemente tú ni hubieras nacido —aseguró con voz firme.

—¿Entonces...? —Ella lo miró sin comprender.

Él la sujetó por los hombros y la obligó a mirarlo directamente.

—¿Es verdad, Gabrielle? Dilo.

—¿El qué?

—¿Me eliges a mí?

Y ella lo entendió todo y sonrió de forma sincera.

—Te elijo a ti, Michael. Solo a ti.

Él la atrajo hacia su boca y la besó con fiereza y pasión. Ella se revolvió.

—Déjame que te cure, déjame por lo menos que te limpie la herida —suplicó con voz suave.

—No. Ya habrá tiempo después —contestó él levantándose y cogiéndola en brazos.

La depositó con cuidado en la cama y se deshizo de su ropa, deprisa y sin miramientos. Se inclinó sobre ella y le arrancó la toalla. Se dio cuenta de que ella todavía llevaba ropa interior y de un solo tirón la rompió tirándola a un lado.

Ella enarcó una ceja y lo reprendió.

—Michael, ya van dos. Vas a acabar con toda mi reserva de tangas.

—No me importa. Te compraré cien. No, doscientos. Los que tú quieras —afirmó mirando el tanga que mostraba a un Dumbo sonriente en tonos azulados—. ¡Joder! ¿Ese es Dumbo? ¿Y dónde tengo que ir para comprarte algo así? ¿A una tienda Disney?

—¿No eres tan egocéntricamente inteligente? Ya se te ocurrirá algo —contestó ella rodeándolo con las piernas y atrayéndolo a su cuerpo.

Él sonrió maquiavélicamente, abrió solo un ojo y se lanzó sin preámbulos sobre su boca, jugando con sus labios, mordisqueándolos y lamiéndolos, hasta que ella introdujo la lengua en su boca y lo saboreó igual que hacía él con ella, demostrándole con cada lazo lo que estaba haciendo con el resto de su cuerpo.

Las caricias se intensificaron y ambos querían abarcar con sus manos la totalidad del cuerpo del otro. Gabriela deslizó sus manos por la ancha espalda de Michael, recorriendo la suave línea de la columna vertebral y acarició las suaves depresiones del lateral de sus nalgas tensas. Él jadeó y le abrió las piernas para colocarse en posición. De una sola embestida la penetró profundamente. Ella se arqueó ante la sorpresa y el dolor, y gimió. Michael se quedó quieto un momento respirando agitadamente, hasta que ella se acostumbró a tenerlo en su interior y comenzó a moverse incitándolo. Él renovó los esfuerzos y volvió a empujar con más fuerza. Ella movió sus dedos tanteando su trasero y los deslizó en la abertura de sus nalgas, acariciando suavemente. Él parecía ajeno a todo. Solo estaba concentrado en ella, cuando de repente paró y la miró fijamente. Gabriela apretó con más firmeza sobre el lugar y dejó allí el dedo.

—Gabrielle...

—¿Te gusta? —susurró ella.

—Yo... ¡Joder! —exclamó cuando ella apretó con más firmeza.

—Creo que sí. Noto cómo tiemblas dentro de mí. Y me gusta. Me gusta mucho.

—Gabrielle. —Él lo intentó de nuevo con voz entrecortada, sintiendo algo que no había sentido nunca, una especie de calambre que se conectaba con su pene haciendo que este creciera todavía más—. Eso es territorio inexplorado.

—Bueno, pues entonces a partir de ahora tendrás que llamarme doctor Livingstone, supongo —contestó ella riendo, haciendo que Michael gimiera profundamente.

Él no contestó. No podía. Sabía que no podría aguantar mucho más tiempo, así que salió de ella y volvió a entrar con fuerza friccionando una y otra vez hasta que sintió que Gabriela se estremecía bajo él y gemía entrecortadamente, a la vez que intentaba mantenerlo dentro de ella más tiempo. Él empujó con fuerza una última vez sujetándola por la cintura, que todavía tenía marcas de aquella mañana, y se dejó llevar, con un quejido hondo.

Se apoyó sobre sus manos y la miró.

—Eso ha sido del todo...

—Como digas inapropiado, te doy —afirmó ella.

—Iba a decir increíble. —Sonrió él—. De todas formas, pegas como una nenaza. —La miró con suficiencia.

—¿Ah, sí? —preguntó ella enarcando los ojos—. Pues deja que te informe que muerdo y araño mucho mejor.

Él la miró con sorpresa sin esperarse el siguiente movimiento de ella. Gabriela pasó sus brazos por detrás de su cuello y lo obligó a dejarse caer sobre su cuerpo. Lo sujetó con las piernas y le mordió en el hombro fuertemente. A la vez que presionaba su pene, que seguía dentro de ella, notando cómo iba creciendo otra vez. Michael le pasó un brazo por detrás de la espalda y la incorporó, mientras él hacía fuerza con sus pies para sentarse sobre sus piernas dobladas. Todo ello sin salir de su cuerpo. No podía. No podía separarse de ella. La cogió por la cintura y la levantó una y otra vez sobre su miembro erecto. Ella le acompañó en los movimientos sujetándose a su espalda y besándolo con pasión. Ambos jugaron con la doble unión de sus cuerpos jadeantes y sudorosos, con el rítmico corcoveo del amor y la conexión de sus almas además del chocar de carne contra carne. Gabriela sintió cómo llegaba al subespacio, donde no había más que placer, y una pizca de dolor, pero el placer se superponía una y otra vez haciendo que pequeñas descargas de adrenalina la mantuvieran alerta y expectante, hasta que su vientre se retorció y su sangre golpeó con fuerza en todas sus extremidades. Se sujetó a la espalda de él y arañó con fuerza, viéndose arrastrada por un placer que no había sentido hasta ese momento. Y gritó. Gritó varias veces. Su nombre. Y solo entonces el tan nombrado Michael la llenó por completo y la abrazó con fuerza para que ambos no

Si solo una hora tuviera

cayeran sobre la cama. Estuvieron unos momentos entrelazados, como si se trataran de la mismísima estatua de *El beso* de Rodin, hasta que se calmaron lo suficiente como para mirarse a los ojos.

—Tengo que darte la razón —dijo él.

—¿Umm? —murmuró ella todavía sin aterrizar del todo.

—Aunque pegas como una nenaza, tus dientes y tus uñas son temibles. Seguro que el arcángel está protestando por las heridas —replicó él, pero sonreía de forma satisfecha. Nunca había llegado a ese nivel de conexión con una mujer y todavía se asombraba cada vez que sus cuerpos se tocaban.

—Te diría que lo siento. Pero no es así —rebatió ella enarcando una ceja—. Ya sabes —siguió diciendo recurriendo a una amenaza pronunciada por él no hacía mucho tiempo—, no me desafíes, o puede que no te guste el resultado.

Él rio y ella con él.

—Me gusta el resultado, puedes desahogarte cuanto quieras en mi cuerpo. Estoy para servirla, señora. —Michael se inclinó peligrosamente hacia delante, haciendo que ambos se tambalearan. La volvió a sujetar con fuerza y la miró a los ojos.

—Te amo —dijo él.

—Te amo —susurró ella, y al confesarlo por fin, se sintió completamente liberada y en paz.

Cuando solo la oscuridad los rodeaba, Gabriela despertó apoyada sobre el pecho de Michael y se relajó viendo cómo respiraba tranquilamente. Se deslizó fuera de la cama y se dirigió al baño a por un vaso de agua. A medio camino pisó algo cortante y dio un pequeño grito. Antes de que se hubiera agachado a ver lo que era, él ya había encendido la pequeña luz sobre la cama y se había incorporado a punto de levantarse.

—¿Qué ocurre? —preguntó preocupado.

—¿Has vuelto a romper el cristal del cuadro, Michael? —Gabriela lo miró con un trozo de cristal en la mano.

—No fui yo —contestó él encogiéndose de hombros—. Esta

vez tengo excusa, me empujaron contra él. ¿Te has cortado? —siguió diciendo mientras se levantaba.

—No. Tranquilo —respondió ella y observó el cristal en su mano. Luego se volvió hacia él y se acercó. Él la observó con curiosidad.

Gabriela le tendió el cristal para que él lo cogiera.

—Márcame —dijo simplemente.

—¿Cómo? —masculló él algo despistado.

—Márcame como has hecho tú en tu pecho.

Él miró el pecho de Gabriela desnudo y sin marca alguna y negó con la cabeza.

—No. No haré tal cosa. No te haré daño.

—Hazlo, Michael —ordenó ofreciéndole el antebrazo—. No dolerá. No dolerá demasiado. Lo sé. Y yo también quiero llevarte siempre conmigo.

Él valoró las opciones y, aunque algo reticente, finalmente sujetó su delgado antebrazo y rasgó su piel marcándola con una M mayúscula. Presionó con su mano la herida para que dejara de sangrar, ante la intensa mirada de Gabriela, que no había respirado en todo el proceso.

Ella levantó la mirada y sonrió.

—Bésame.

Y él ya no dudó, y procedió a acceder a sus deseos con toda la intensidad que su amor y su cuerpo le ofrecían.

Gabriela volvió a despertar cuando ya era de día. Se giró en la cama y vio que estaba vacía, aunque escuchó el sonido del agua correr en el baño. Sonrió y se sintió dolorida aunque feliz. De hecho, era una sensación tan extraña que su cuerpo casi flotaba en la habitación.

Michael salió del baño vestido con ropa de deporte y la observó. Gabriela tenía los ojos cerrados y estaba tendida de espaldas. Por su respiración supo que estaba despierta y sonreía como si ella conociera un secreto oculto a todos los demás. Se acercó

Si solo una hora tuviera

silenciosamente y la besó. Ella abrió los ojos de golpe y amplió su sonrisa. Luego lo observó y preguntó:

—¿Vas a alguna parte?

—Había pensado salir a correr un poco. Estabas tan dormida que no he querido despertarte.

Ella vio su rostro limpio, y su ojo, que aunque algo entrecerrado tenía mucho mejor aspecto esa mañana.

—¿No es suficiente el ejercicio que hemos practicado durante toda la noche?

Él rio.

—No te preocupes por eso. Estaré en forma otra vez dentro de una hora. Tal vez dos.

—Prepotente —suspiró ella poniendo los ojos en blanco.

—No. Realista sería lo apropiado —sugirió él con gesto terco.

Ella carcajeó y se giró para incorporarse.

—¿Adónde vas?

—Te acompañaré. A mí también me vendrá bien algo de ejercicio extra.

—¿Corres normalmente? —preguntó él enarcando la única ceja que podía con gesto de sorpresa.

—Sí. Lo hago. —Ella ignoró su gesto de duda y siguió—. Aunque yo siempre te imaginé practicando el esgrima. Es más de tu estilo.

—¿Esgrima? Jamás lo he hecho. No me interesa en absoluto. Aunque practico tiro.

—¿Ah, sí? —inquirió ella interesada mientras se levantaba de la cama y Michael recorría con la mirada su cuerpo desnudo—. Yo también.

Michael abrió la boca sorprendido. Estaba claro que su vida junto a Gabriela le iba a dejar muchas más veces en evidencia.

—¿Qué? —acertó a preguntar.

—Bueno, mi padre lo practicaba y desde pequeñas tanto a Adriana como a mí nos llevaba al campo de tiro. Ambas nos acabamos aficionando y cuando tuvimos la suficiente edad nos federamos. En palabras de mi padre: «Si un día, jovencitas, algún

depravado se propasa, no intentéis defenderos, sacad vuestras armas y disparad». —Gabriela sonrió recordando.
—¿Cómo? —Michael la miraba completamente incrédulo.
Gabriela se giró y se quedó frente a él totalmente desnuda. Levantó las manos.
—Tranquilo, Michael, mi licencia de armas caducó hace tiempo. Y la pistola sigue en España, así que estoy totalmente desarmada.
—Yo no lo afirmaría tan categóricamente, pero si tú lo dices... —respondió no muy convencido él, rascándose la barbilla recién afeitada.
Ella rio otra vez y se vistió con unas mallas y una sudadera con cremallera. Se ajustó los cordones de las deportivas y se recogió el pelo en una coleta de caballo haciendo que los rizos cayeran en cascada hasta su nuca. Michael observó todo el proceso callado y claramente perdido en sus movimientos y en su rostro. Estaba realmente bella, todavía conservaba algo de rubor en las mejillas, y el pelo apartado de su rostro le daba todavía más la apariencia de un ángel que se hubiera deslizado del cielo perdiendo sus alas. Despertó del ensueño cuando ella abría la puerta.
—Vamos —urgió mirándolo con extrañeza.
—Sí, sí, claro —murmuró él siguiéndola.
Decidieron caminar un rato hasta llegar al parque en el que habían pasado una mañana no muy lejana en el tiempo. Estaba a campo abierto, lo que les daba la posibilidad de rodearlo sin dificultad. Michael no quería que ella se cansara. Todavía no estaba muy seguro de que ella pudiera siquiera seguirle el ritmo, así que comenzó a trote junto a ella, observándola con cuidado. Al poco rato se relajó, ella parecía estar perfectamente. Gabriela se giró hacia él y comprendió que se estaba retrayendo por ella, así que le dio un pequeño empujón y le instó a que fuera por delante. Él accedió. Gabriela le siguió un momento y de repente se detuvo. Algo no iba bien, su cuerpo no le respondía como otras veces. Respiró profundamente y casi se ahogó. Abrió las piernas y agachó la cabeza apoyándose con las manos en las rodillas, buscando

Si solo una hora tuviera

un aire que no le llegaba a los pulmones. Se tambaleó y sintió como si la desconectaran de la red eléctrica, perdiendo fuerza por instantes. Creyó que tal vez para ella sí que hubiera sido suficiente el ejercicio de la noche anterior. Fue su último pensamiento consciente antes de que dejara de escuchar los sonidos que la rodeaban. Exclamó suavemente «Michael» y cayó al suelo.

Michael no la escuchó, pero sintió que algo ocurría. Se volvió para comprobar si ella lo seguía y vio un pequeño grupo de gente que se arremolinaba junto a un cuerpo tendido. Gabriela. Corrió hacia ella. Y los latidos de su corazón se aceleraron, no por el esfuerzo, sino por el miedo. Llegó en segundos y se arrodilló junto a ella. Apartó sin demasiada delicadeza a un joven que la estaba sujetando y la cogió en brazos.

—Gabrielle, Gabrielle —susurró dándole pequeños golpes en el rostro. Maldijo en silencio no haber llevado algo de agua con él. ¡Joder!, parecía un maldito principiante.

Alguien le leyó el pensamiento y le entregó un paño empapado, que él puso sobre su frente. Eso pareció reanimarla y abrió lentamente los ojos.

—Michael —susurró—. ¿Qué ha ocurrido?

—Te has desmayado —aclaró él algo más aliviado.

—¿Quién? ¿Yo? —inquirió Gabriela extrañada, intentando incorporarse.

—Sí, tú. Cuidado —dijo él, sosteniéndola entre sus brazos—. ¿Te duele algo?

—La cabeza —contestó ella sujetándosela con las manos—. Me duele la cabeza. —Notaba un dolor lacerante en un costado, y le costaba respirar con normalidad.

Michael masculló en varios idiomas. Estaba realmente asustado. Si Gabriela normalmente estaba pálida, ahora había perdido todo su color y parecía que le costara abrir los ojos del todo. ¡Maldita sea! No debió dejar que lo acompañara. Era demasiado delicada, demasiado frágil. La cogió en brazos, dando las gracias a los que se habían acercado, se alejó de allí y la llevó al hotel, con la clara intención de avisar a un médico.

Gabriela notó cómo la izaban pero no protestó. Estaba demasiado cansada como para decir algo. Se volvió a desmayar, o quizá se quedó dormida. Nunca lo sabría. Cuando despertó estaba tendida en la cama de la habitación del ático con el rostro de Michael muy cerca del suyo y claramente preocupado.

—Voy a llamar a un médico.

—¿Qué? No. No hace falta. Solo estoy un poco cansada. Y me duele la cabeza, solo eso.

Michael la miró sin creérselo. ¿Un poco cansada? Recordó cómo antes ya la había dejado postrada en la cama un dolor de cabeza similar, y aunque ese día creyó que era inventado, ahora no estaba del todo seguro. Y sintió miedo. Mucho miedo a perderla.

—De verdad, Michael —volvió a decir ella—, solo necesito dormir un poco. Tengo tanto sueño... Y antes de que acabara la frase, ya se había quedado dormida.

Michael pasó toda la mañana sentado en una silla a su lado, corrigiendo trabajos de alumnos y observándola dormir tranquila. A medida que transcurrían las horas iba encontrándose un poco más calmado. Gabriela había recuperado su color y solo parecía un poco cansada.

Cerca del mediodía ella abrió los ojos.

—Tengo hambre —fue lo único que dijo. Michael sonrió y encargó la comida.

Ambos comieron sentados en el sillón frente al televisor. Y Michael sintió cómo se deshacía el nudo de su estómago. Ella parecía estar como siempre, hasta comía con más ansia que otras veces. Sí, Gabriela tenía razón. Solo había sido un sobreesfuerzo.

Después de comer ella se dio una ducha y decidió acostarse otra vez. Realmente estaba cansada y somnolienta. Tampoco le extrañaba, la noche anterior la habían pasado casi toda en vela.

—Siento ser una compañía tan aburrida —se disculpó ella arrebujándose en el nórdico.

Michael sonrió aliviado.

Si solo una hora tuviera

—No importa. Corregiré los trabajos que me quedan y luego ya recuperaremos el tiempo perdido.
—Está bien. Ponme buena nota.
—Eso dependerá de si se la merece, profesora Ruiz de Lizárraga —contestó él, pero ella ya había vuelto a dormirse.

Michael estuvo cerca de dos horas velando su sueño y finalmente, viendo que se encontraba bien, aunque extrañamente afectada por la mosca tse-tse, ya que parecía no poder despertarse, decidió salir a hacer unas compras. Le dejó una nota por si ella despertaba antes de que regresase y el móvil junto a la cama.

Salió al exterior y se subió la cremallera de su chaqueta de cuero. Comenzaba a hacer frío, un viento helador recorría las callejuelas haciendo que todos apresuraran el paso. Él sabía perfectamente dónde dirigirse. Volvió una vez más a la famosa calle Parizska.

Entró en la joyería más lujosa de la ciudad con seguridad y luciendo una sonrisa en su rostro golpeado. Una dependienta joven se acercó a él mientras lo veía observar el expositor.

—¿Puedo ayudarle?
—Sí. Quiero un anillo de compromiso. De platino. Y diamantes. No. Un diamante.
—Está bien, ahora le traigo el muestrario. —La dependienta sonrió ante el entusiasmo del hombre, que parecía haber recibido un puñetazo no hacía mucho tiempo.

Michael observó con detenimiento los anillos y se decidió por uno que tenía engarzado un diamante en talla ovalada de cinco quilates con un delicado color rosado. Era perfecto. Sencillo, elegante y hacía juego con el color de su piel.

—¿Quiere que grabemos algo en el interior? —preguntó la empleada una vez que calcularon aproximadamente el tamaño de la circunferencia, que ella apuntó en la hoja del pedido.

Michael dudó solo un momento.
—Si solo una hora tuviera —dijo con voz firme.
La dependienta lo miró con extrañeza pero anotó la frase.
—Ella lo entenderá. Estoy seguro —aclaró él recordando la frase de Otelo: «Si solo una hora de amor tuviera y esa fuera mi

última hora tan solo para amar sobre esta Tierra. Para ti toda mi hora sería».

Después de acordar que lo recogería el martes siguiente, se dirigió a un centro comercial, el Solovansky Dum. Concretamente a la planta de lencería. Allí sí que necesitó verdaderamente ayuda. Estaba llena de mujeres, jóvenes y no tan jóvenes, recorriendo los expositores y comprobando la textura de las prendas, mientras algunos hombres cargados de bolsas esperaban en los laterales con cara de pocos amigos. Michael se dirigió directamente a una de las mesas. La dependienta, una mujer mayor y cuidadosamente maquillada, con el pelo recogido en un pequeño moño, se acercó presurosa.

—¿Desea algo?

—Sí, quiero un conjunto rosa para mi mujer. De encaje.

—¿Rosa palo? ¿Salmón? ¿Nude? ¿Crema?

—¿Cómo dice? —exclamó Michael. Que él supiera, el color rosa era rosa y punto. No había más discusión.

La dependienta, entendiendo su confusión, se alejó un momento y se acercó con cuatro modelos para que viera la diferencia.

Michael los observó con cuidado y se decidió por uno señalándolo con el dedo.

—Este. Pero el sujetador tiene que ser una talla más. Y el tanga más pequeño —señaló.

—¿Nude entonces? —preguntó la dependienta retirando los demás y yendo a cambiar las tallas.

«¿Qué demonios es el nude?», se preguntó Michael otra vez.

La dependienta volvió y extendió el conjunto frente a él.

—¿Está seguro de la talla? No se corresponden.

—¿Usted qué cree? Es mi mujer —respondió él algo molesto.

La dependienta sonrió pero no contestó. Se limitó a envolverlo en papel de seda y guardarlo en la caja correspondiente. Entonces Michael vio un corpiño negro con ligueros colgado a su espalda y sonrió con malicia imaginándose a Gabriela con él.

Si solo una hora tuviera

—¿Algo más? —inquirió solícita la mujer.
—Sí. Quiero ese corpiño negro. Todo el conjunto, ¿es posible?

—Sí, por supuesto —dijo ella, alegrándose de la comisión que iba a conseguir esa tarde, porque Michael no se conformó con eso, además compró otro conjunto en seda color vino, que él siempre había creído que era marrón oscuro, y dos camisones de satén, uno violeta, que él siempre había pensado que era morado, y otro en bronce, que él hubiera jurado que era marrón claro.

Con varias bolsas, una nueva rama cromática en su haber y una sonrisa de satisfacción anticipada, recorrió el centro comercial buscando dónde encontrar ropa interior de dibujitos absurdos. Tenía su dignidad. Eso sí que no lo iba a preguntar. Si lo encontraba por sí mismo, de acuerdo, si no la acompañaría a ella, y averiguaría dónde se compraba tan extraña ropa.

Finalmente entró en una tienda de accesorios juveniles en la que vio un expositor al fondo de la pared cubierto por ropa interior de colores chillones. Con algo de sorpresa e ignorando las miradas que las adolescentes, madres y dependientas le dirigían con estupor, se centró en diseccionar tan variada oferta. Eligió varios tangas, uno de mariposas de colores, otro de mariquitas, otro con manzanas rojas y... con uno cubierto de dibujos de una gata con una flor en la oreja no supo qué hacer, así que se volvió a una jovencita que estaba a su lado.

—¿Esto es de Disney? —preguntó bruscamente.

Ella lo miró arrugando la nariz y otra amiga acudió en su ayuda.

—No. Es Hello Kitty. Es japonesa.
—Pero es un dibujo animado, ¿no?
—No. Hello Kitty es ¡mucho más que eso! —respondió la adolescente, completamente indignada.

Michael observó los dibujos y sonrió. Para él todos eran más o menos iguales, en realidad solo estaba pensando en cómo quitárselo a Gabriela. Lo cogió y en el último momento se giró y eligió otro con un estampado escocés. Ese sí que era perfecto. ¡Y hacía juego con sus calcetines! Lamentablemente, no encontró ninguno de Dumbo, ni de Heidi.

Con una sonrisa y apresurando el paso, se dirigió al hotel. Estaba anocheciendo y esperaba que Gabriela ya se hubiese despertado y pudiera empezar a probarse todo lo que había elegido para ella. Entró en la habitación y vio que todo estaba quieto y en silencio. Ella seguía bajo el edredón; solo se veía su coronilla rubia. Michael se acercó despacio y se asomó con cuidado. Gabriela seguía dormida y respirando tranquilamente. No había restos de dolor en su rostro, sino simplemente la mejillas algo enrojecidas y el pelo revuelto. No quiso despertarla. Rompió su nota y se encerró en el salón a seguir corrigiendo trabajos, no sin antes dejarle todas las bolsas al pie de la cama, para que fuera lo primero que viera ella al despertar.

Estaba tan concentrado repasando uno de los trabajos que pegó un respingo cuando Gabriela abrió la puerta claramente emocionada y con el tanga de Hello Kitty en la mano.

—Es precioso. Me encanta —exclamó ella vestida como siempre con su camiseta del Balliol College.

Él enarcó la ceja y sonrió.

—De todo lo que te he comprado, ¿es ese el que más te gusta?

Ella se acercó a él y se quitó la camiseta. Debajo llevaba el conjunto color nude. ¡A saber qué color era ese! Pero a su piel le iba de maravilla.

—No. Este es mi preferido —susurró y se sentó sobre él besándolo. Él se olvidó del trabajo que tenía en las manos y lo arrugó sin ningún cuidado.

—¿De quién es?

—¿El qué? —preguntó él desabotonando el sujetador a la vez que le deslizaba con los dientes el tirante por un hombro.

—El trabajo.

—Oh, el trabajo. Ya. Es de la profesora Applewhite. Tremendamente aburrido y pedante.

—Lo sé. Igual que ella. Pero ¿todavía más pedante que tú? —

Si solo una hora tuviera

Ella arrugó la nariz contra su cuello aspirando su aroma y estremeciéndose ante el contacto.

—Sí. Todavía más pedante —señaló él atrapando un pezón con la boca.

—Eso no es posible —gimió Gabriela, y quiso recordar algo que tenía que comentarle sobre tan odiosa profesora, pero se le olvidó al instante al centrarse en lo que realmente importaba. Se deshizo de su abrazo y se arrodilló frente a él.

—¿Qué haces? —inquirió Michael sorprendido entrecerrando los ojos.

—Ahora lo sabrás. —Sonrió ella mirándole de forma traviesa con un rizo cayéndole sobre la frente. Le arrastró el pantalón de deporte y el boxer dejándolo desnudo de cintura para abajo y tiró de sus piernas para recostarlo en el sillón. Él se dejó hacer con una súbita excitación, anticipándose a lo que ya se imaginaba.

Ella observó un momento su miembro erecto y se preguntó cómo demonios iba a caberle todo eso en la boca, pero no quiso mostrar miedo ni inexperiencia, así que lo cogió con una mano y lo acarició. Michael echó la cabeza hacia atrás y gimió. Eso le dio el empuje necesario a Gabriela, que sin pensarlo más lo atrapó en su boca y succionó con fuerza. Michael apretó los puños a sus costados y se removió inquieto. Gabriela siguió chupando y pasando la lengua y los labios a los costados mientras acariciaba con una mano los pesados testículos, escuchando los jadeos de él. Besó la punta y pasó la lengua por la fina hendidura notando el sabor de su semen salado y esbozó una pequeña sonrisa. Lo estaba consiguiendo. Y sabiéndose triunfadora reanudó sus esfuerzos por complacerle, excitándose viéndole solamente el rostro a Michael, que respiraba con esfuerzo con los labios semiabiertos. Abrió la boca y mordisqueó levemente, notando cómo crecía todavía más por sus caricias, hasta que él de repente se incorporó y la izó sobre él, apartándole el tanga y penetrándola con fuerza. Ella gimió ante el cambio de postura y se tambaleó levemente. Él la sujetó con fuerza y profundizó en su empuje, mientras con una mano la acariciaba en el punto en el que sus cuerpos se habían unido. Supo por su respuesta que ella estaba dispuesta para él. Gabriela se arqueó y gimió roncamente inclinándose después sobre su pecho, buscando un punto de apoyo, mientras él se perdía en su interior con fuertes acometidas. Ambos gimieron al unísono cuando alcanzaron la cima del placer compartido. Gabriela se dejó caer sobre su pecho y aspiró su aroma sintiéndose plena y relajada, escuchando el agitado martillear del corazón de Michael bajo su rostro, con su inicial marcada para siempre.

Un poco después Michael abrió los ojos, temiendo que ella se hubiera quedado dormida sobre él de lo quieta que estaba. Ella, percibiendo su movimiento, se incorporó y lo miró sonriendo. Él la besó y acarició su rostro con un dedo. Y preguntó algo de lo que se iba a arrepentir siempre.

—A riesgo de ser indiscreto... ¡Ejem! ¿Dónde demonios has aprendido a hacer eso?

Gabriela siguió mirándolo con dulzura, luego se inclinó otra vez sobre él y lo abrazó. Michael notó que su corazón se aceleraba otra vez y se imaginó sin pretenderlo a ella con el padre Neri.

—Tienes el grato honor de ser el primero, Michael —suspiró ella.

Y el corazón de él se saltó un latido, luego dos y después comenzó a latir con más fuerza. Y dando gracias, no sabiendo muy bien por qué, esbozó una sonrisa lobuna, que ella no pudo ver.

—Aunque he tenido una buena profesora —añadió ella al descuido.

—¿Quién? —inquirió Michael, sin saber que esa era precisamente la pregunta que no tenía que haber hecho.

—Amelia. Me explicó con todo detalle lo que te gusta. Por lo que veo, tenía razón —explicó ella todavía contra su pecho.

Y él se abstuvo de comentar nada más. Por si acaso.

CAPÍTULO 20

Confesiones pasadas, futuro complicado y una gran decisión

El domingo ambos se despertaron tarde, habían pasado otra noche descubriendo su amor y disfrutando de sus cuerpos. Cuando pidieron el desayuno, subió una de las recepcionistas y le entregó a Gabriela un burofax de la universidad donde trabajaba. Ella lo recogió algo desconcertada y firmó donde le señalaba.

Mientras Michael llevaba la bandeja al salón, ella se sentó en la cama a leerlo. Él se acercó al ver su rostro súbitamente serio.

—¿Algo importante? —preguntó sentándose junto a ella.

—Sí. Me comunican mi despido con fecha de efectos de hoy mismo, así como me informan de que ya no se hacen cargo de los gastos generados por el seminario. —Gabriela habló con voz trémula y titubeante.

—¿Gastos? —inquirió él sin darse verdadera cuenta del problema y viendo una sola imagen en su mente, la de Gabriela dejando Praga antes de tiempo—. Yo me haré cargo de todos —afirmó con seguridad.

Ella lo miró gravemente.

—Me han despedido, Michael, ¿es que no te das cuenta? Me

he quedado sin trabajo. Y ni siquiera sé el porqué. Solo dice que es una decisión tomada por la Junta Directiva.

—Déjame ver —exigió él cogiéndole el papel de las manos. Lo leyó mientras ella se levantaba y paseaba con la mirada perdida de un lado a otro de la habitación.

—No sé qué puede haber sucedido. No lo entiendo —exclamó ella girándose hacia él.

—Yo tampoco. Pero no te preocupes demasiado. Lo intentaremos solucionar. Ahora, desayunemos. Es mejor que lo pensemos con calma —dijo él levantándose y llevándosela de la mano al salón.

Le preparó el café como a ella le gustaba, viendo que se sentaba en la silla del escritorio y conectaba el ordenador. Estaba nerviosa. Muy nerviosa. Lo notaba en cómo le temblaban las manos, y ni siquiera había tomado un sorbo del café, que emitía un agradable olor, depositado sobre la mesa de madera. Él desayunó mientras la dejaba calmarse un poco.

—¿Hay algo en tu correo? —inquirió con gesto serio.

—Nada —contestó ella.

—¿No puedes llamar a alguien para que te informe?

—Es domingo. No hay nadie. De hecho, desde las tres de la tarde del viernes no habrá habido nadie. No lo entiendo —añadió en un susurro entrecortado, y se retorció las manos de forma desesperada.

Michael se levantó, le puso las manos sobre los hombros y se agachó para besarle la nuca, notando lo tensa que estaba ella.

—Gabrielle.

—¿Qué?

—¿No estarás pensando en...?

—¿Drogarme? ¿Es eso lo que quieres decir, Michael? —Ella se giró enfadada—. Deja de pensar que a cada momento voy a salir corriendo a buscar coca. Eso se terminó. ¿Es que te he dado algún motivo estas semanas para que pensaras lo contrario?

Él no se inmutó por su enfado. Estaba acostumbrado. Y ella le había contado que solo consumía cuando se veía realmente

Si solo una hora tuviera

perdida. Y ahora lo estaba. Comprobó la diferencia. Antes siempre había estado sola. Ahora lo tenía a él. Y se relajó.

Se separó de ella dándole espacio y se sentó otra vez en el sillón. Tenía que distraerla como fuera. Y no se le ocurrió otra forma.

—¿Cómo empezó todo? —preguntó suavemente.

—¿Qué? ¿Quieres que te cuente por qué empecé a drogarme? No creo que quieras saberlo.

—Sí quiero, y creo que tú necesitas contarlo. Sacarlo al exterior, terminar de expulsarlo de tu cuerpo.

—Michael, odio que me analices —contestó ella con voz cansada.

—No te analizo. Te quiero. Y quiero saber qué ocurrió realmente para poder ayudarte.

Ella dejó de observarlo y cogió la taza de café. Bebió un sorbo y dejó la mirada perdida en la ventana, sobre la que golpeaban fuertemente gotas de lluvia helada.

—Está bien. Te lo contaré —dijo de forma calmada—. Pero después me odiarás por ello.

—No. No te odiaré.

Gabriela cerró los ojos recordando la época más oscura de su vida, la que había estado envuelta en tinieblas y luces extrañas brillantes que se solapaban unas a otras creando un calidoscopio de terror.

—Ya te dije que había recibido una oferta de trabajo de una universidad del norte de España, cosa que todavía no me explico, ya que yo no solicité nada. —Calló un momento, eso no se lo diría a él, eso tenía que solucionarlo con el que creía responsable, Piero—. Ya no tenía la asignación de mis padres, y el salario ni siquiera me llegaba para pasar el mes, así que alquilé una habitación compartida con otros dos estudiantes. Un chico, Alberto, y una chica, Aída. Además, conseguí un trabajo a tiempo parcial en una cafetería para conseguir algo más de dinero. Fue una época horrible, tenía fuertes y constantes pesadillas por la noche y no conseguía dormir nada. Las clases, los exámenes y los trabajos se me acumulaban en el escritorio de la habitación sin que pudiese coger un simple libro y concentrarme en leerlo. Me quedaban unas pocas asignaturas para terminar la carrera, y el trabajo de ayudante del profesor titular me quitaba muchísimo más tiempo del que yo imaginaba. Me convertí en algo parecido a un fantasma, dejé de comer, de dormir y de sentir. Ya no era nada. Era una nada que se movía mecánicamente sin saber muy bien qué hacer a cada momento. Estaba perdida y desconcertada, a la vez que me daba perfecta cuenta de que iba a perder una de las mejores oportunidades de mi vida. Una noche, en la que tuve una pesadilla terrible y salí a las cuatro de la mañana a ver la tele —ella dio un largo suspiro y miró a Michael, que la observaba atentamente—, donde te puedo asegurar que a esas horas es horrible todo lo que ponen, llegó Alberto de una de sus fiestas. Yo no entendía cómo podía estar tan fresco después de pasarse casi todas las noches saliendo. Se lo pregunté y él me enseñó una pequeña bolsita de plástico llena de polvo blanco. Yo ni siquiera sabía lo que era. Se sentó a mi lado y preparó una raya utilizando la tarjeta de crédito. «Tómala», me dijo, «esto es lo único que me ayuda a seguir vivo». Yo no estaba muy segura de si quería seguir viva, pero sí que necesitaba algo para que no terminaran expulsándome de la universidad, así que sin pensármelo más, y sin saber muy bien qué hacer, aspiré con fuerza por la nariz. Al instante noté el escozor y estornudé fuertemente. Recuerdo que Alberto se rio a mi lado. Y también recuerdo la sensación que se fue apoderando de mi cuerpo, el cansancio desapareció y de repente estaba animada y con ganas de hacer un montón de cosas, tantas, que se acumulaban en mi cerebro súbitamente reanimado sin que me diera tiempo a procesarlas del todo. Aquella noche la pasé en vela estudiando y haciendo parte de los trabajos pendientes. Y funcionó.

Gabriela dejó la taza de café en la mesa y subió las piernas cruzándolas sobre la silla. Michael siguió en silencio, permitiéndole explicarse.

—Durante varios días estuve bien, pero pronto regresaron las pesadillas, el insomnio y el cansancio acumulado, así que recurrí otra vez a Alberto. Se convirtió en mi camello. Dejé de comer para gastar lo poco que me quedaba en comprarle coca para so-

Si solo una hora tuviera

brevivir. Antes de que llegaran las Navidades había adelantado los trabajos, había comenzado el primer borrador de mi tesis y había aumentado las horas en la cafetería, pero seguía sin llegarme el dinero. Entonces entró en acción Aída.

—¿Qué tenía que ver ella en todo aquello? —preguntó Michael con los ojos entrecerrados.

—Ella tenía dinero. Ni siquiera sé por qué se molestaba en compartir apartamento, cuando podía alquilar uno ella sola. Un día que estaba trabajando en el ordenador entró en la habitación y se sentó en la cama, situada detrás de mí pegada a la pared. No dijo nada. Normalmente no nos relacionábamos mucho. Apenas nos veíamos. Yo me froté el cuello con gesto cansado y noté que se levantaba. Se acercó a mí y puso las manos en mis hombros, masajeándomelos junto con la nuca. Yo gemí de placer y me giré para darle las gracias. Supongo que debí verlo venir por la expresión de su cara, pero ni siquiera lo imaginé.

Michael se removió inquieto en el sofá y cruzó los brazos.

—Me dijo que me sentara en la cama, que podía hacerme un masaje en la espalda con más comodidad. Me quité la camiseta y me quedé en sujetador. No percibí nada que me pareciera extraño. Me tumbé y ella se sentó sobre mí, comenzó a frotarme la espalda con tanta habilidad que estuve a punto de quedarme dormida, y entonces noté que me desabrochaba el sujetador. Me incorporé murmurando una protesta y ella me acalló, cuando me giré, besándome. Me quedé paralizada. Nunca había besado a otra mujer. Se separó unos centímetros y me acarició el rostro con una mano. «Eres tan dulce», dijo simplemente. Yo la miré sin entender nada. Y ella volvió a besarme.

—¿Y? —Michael había terminado por levantarse y se había apoyado contra la pared con expresión indolente. No tenía que haber preguntado. Ahora se estaba dando cuenta.

—Le correspondí el beso. No sabía muy bien por qué. Pero sus labios eran suaves, y sus manos cálidas seguían acariciando mi cuerpo. Me quitó el sujetador y rozó mis pezones con los dedos. Yo gemí y deseé más. No entendía qué me estaba sucediendo. Quizá fuera la abstinencia, la soledad o la necesidad de recibir algo de cariño. Me desnudó por completo, pero ella siguió vestida. No la toqué en ningún momento, ni ella me lo pidió. Me hizo el amor con la boca y con las manos. Y yo grité de placer, para luego odiarme por haberlo hecho. Me dejó jadeando y excitada en la cama, y salió en silencio de la habitación.

—Esa es la mujer de la que me hablaste, con la que habías tenido una relación que duró varios meses —aseveró Michael, y se sentó de nuevo poniéndose un cojín sobre las piernas. La imagen de Gabriela en brazos de aquella mujer le asaltaba la mente colándose por el resto de sus extremidades hasta llegar a la que más atención suplicaba.

—Sí. Aunque yo tampoco lo llamaría relación. Pronto se me acabó el dinero y, sabiendo que la única de los tres que tenía era ella, le pedí prestados cien euros. Ella me los dio a condición de que me volviera a acostar con ella. —Gabriela bajó la voz avergonzada—. Y lo hice. Necesitaba el dinero para la coca, sin ella no podía seguir el ritmo de trabajo porque me era imposible dormir por las noches. Me convertí en su puta.

Gabriela miró fijamente a Michael, pero este ni pestañeó. No quería dejarle ver lo que de verdad sentía. Quería abrazarla y consolarla, pero ella necesitaba deshacerse de su pasado de una vez por todas. Y él se temía que lo peor estaba por llegar.

—Pero ¿se le llama prostitución cuando realmente disfrutas de lo que estás haciendo? Porque yo lo hacía, su forma de tocarme tan suave, tan diferente a Piero... Poco a poco nuestra relación fue profundizando, y yo me atreví a acariciar su cuerpo, tímidamente al principio, imitándola a ella, hasta que acabábamos entrelazadas desnudas en la pequeña cama de mi habitación. Te mentiría si te dijera que fue por dinero. Fue porque la deseaba y ella me deseaba a mí. Cuando estaba con ella no había pesadillas, el fuego que ardía en mi mente torturándome se trasladaba a mi cuerpo, y por unos instantes era libre. Estuvimos así todo lo que quedaba de curso. Terminé la carrera, mis profesores me felicitaron y presenté el borrador de la tesis completo. Ni yo misma me

Si solo una hora tuviera

lo creía. Era como si otra persona se hubiera apoderado de mi cuerpo. No era la misma que un año antes. Había dejado de ser la estudiante Gabriela Andrade para convertirme en la profesora Ruiz de Lizárraga. Había dejado de ser una niña para convertirme en una mujer. Aunque seguía igual de perdida que al principio, por lo menos una capa de indiferencia me cubría y lo ocultaba a los demás.

Michael sintió unas tremendas ganas de golpear la pared fuertemente, pero se contuvo. Ella había cerrado los ojos y estaba concentrada en la narración.

—Ese verano, como seguía sin poder volver a casa, de la que me habían exiliado, Aída me propuso viajar con ella a Ibiza. Ella iba a trabajar de relaciones públicas de una conocida discoteca y buscaban camareras. ¿Conoces Ibiza?

—Sí. He estado un par de veces. —La voz de Michael sonó extrañamente ronca, pero ella ni se percató.

—Allí comencé a ganar bastante dinero. Por lo visto, se me daba bien el trabajo y al poco tiempo me asignaron la sala VIP, donde conocí a Akram.

—¿Un moro? —exclamó Michael soportando las ganas que tenía de gritar «¡Un infiel seduciendo a mi ángel!», porque ya se había imaginado lo que había sucedido.

—Un árabe saudita. Cuando acabábamos el turno de madrugada solía invitarnos a su yate, a Aída y a mí. Con él probé por primera vez el hachís. Nos sentábamos en el salón y fumábamos mientras bebíamos champán y comíamos fruta, riéndonos sin parar. Había comenzado una espiral que no podía parar. Entonces, una noche, en la que estaba demasiado colocada para saber qué estaba sucediendo realmente, me llevó a su habitación. Recuerdo que tenía una cama redonda con un edredón blanco y cojines rojo sangre y un gran espejo en el techo. Me desnudó y nos acostamos. Cuando terminó yo miré a mi izquierda y vi a Aída desnuda, observándonos a nuestro lado. Y recuerdo que me reí. Todo me parecía absurdo y a la vez muy excitante. Ya no era la incauta enamorada de un sacerdote a la que habían abandonado, era algo muy diferente, alguien extraño que se estaba apoderando fuertemente de mi alma, y que no dejaba que mi dolor fluyera al exterior.

Gabriela suspiró fuertemente y luego tomó aire.

—Una noche cualquiera Akram me puso de rodillas sobre la cama y me penetró por detrás, hasta que ambos nos dejamos llevar. Estaba completamente ida, todo me daba vueltas, si levantaba la cabeza, me marearía y acabaría desmayada, sin embargo no quería parar. No me di cuenta del cambio de peso, ni de la intensidad del hombre que me sujetaba. Cuando terminó me giré y vi que no era Akram, era uno de sus amigos, que ni siquiera sabía que estaba allí. Me había entregado a un hombre que ni siquiera conocía. Y lo peor de todo es que no estaba ni mínimamente asombrada. —Gabriela exhaló un suave suspiro.

Michael la miró intensamente.

—¿Sabes lo más curioso de todo? Akram significa «el más generoso». —Ella rio amargamente y se pasó la mano por la frente. Michael hizo un amago de acercarse, pero ella volvió a cerrar los ojos recordando—. Después de aquello tendí la mano a Aída y la acerqué a mi cuerpo desnudo. Quería que me tocara, que me hiciera estremecer, que se llevara mis demonios, y ambos hombres se sentaron a observar cómo hacíamos el amor. No recuerdo apenas nada, solo sensaciones extrañas que de repente y sin previo aviso vuelven a mi mente. Es como si mi cerebro después de aquella noche encerrara los recuerdos bajo llave, demasiado asustado para dejarlos libres. Cuando Aída se separó de mí, me levanté tambaleándome y recuerdo que Akram intentó sujetarme, pero yo necesitaba salir de allí, huir lo antes posible. Me vestí como pude y salí al frescor del puerto, trastabillando sobre la pasarela que unía el barco con el muelle. Corrí unos metros y me quedé parada viendo mi reflejo en el agua oscura que lamía la roca, y pensé lo fácil que sería acabar con todo. Solo tenía que saltar y pronto toda esa locura, todas las pesadillas, el recuerdo de Piero, de mi hijo muerto, desparecerían. Un hombre se acercó por detrás y me cogió de los hombros: «Apártese, joven», dijo, «o se caerá». Yo ni lo miré, empecé a correr y no paré hasta llegar al apartamento que

Si solo una hora tuviera

compartía con Aída. Hice las maletas, llamé a un taxi y cogí el primer avión que salía con destino a la Península.

—¿Qué sucedió allí? —preguntó Michael respirando agitadamente.

—Me encerré en el apartamento vacío con un montón de botellas de vodka barato y me emborraché hasta casi morir en el intento. Recuerdo que no podía dormir, que paseaba de un lado a otro golpeándome con las paredes. Recuerdo los temblores y las pesadillas que volvieron de golpe, haciéndose reales. Ahora ya no solo tenía que arrepentirme de una cosa, sino de muchas. Estaba abrumada, nerviosa, angustiada y no paraba de beber, como si eso pudiese hacerme olvidar. Recuerdo que creí ver sombras con las que hablaba sin entender lo que me respondían, me rodeaban asfixiándome, ahogándome. Apenas podía respirar con normalidad. Me estaba matando. Pero, desde luego, de una forma lenta y macabra. Entonces, en un extraño momento de lucidez, llamé a Lola. Solo le dije una palabra: «Lola». Pero ella lo entendió todo. Llegó aquella misma noche y me abrazó. Me llevó a la ducha y me metió dentro hasta que por lo menos estuve limpia por fuera. Luego recogió el apartamento y me arrastró hasta su coche. Viajamos a Madrid, y me ingresó en una clínica de desintoxicación. ¿Te puedes creer que yo creía que eso solo existía en las películas americanas? Por lo visto, es más común de lo que suponía. Ella pagó toda la estancia. Estuve sesenta días. ¿Quieres que siga o ya es suficiente?

—Sigue —ordenó Michael. Él ya había pasado por eso con su hermano y prefería ser el que cargase con una parte de los recuerdos de ella, si eso contribuía a que su aflicción mejorara.

—No volví a esa universidad. Había demasiados recuerdos. Pedí un traslado a otra en una provincia cercana y me lo concedieron. Cambié el número de móvil y no volví a ver a Aída ni a Alberto nunca más. Estuve tres años limpia. Trabajé con ahínco y me hice un nombre dentro de la comunidad académica. Fue cuando empecé a viajar dando conferencias y conociendo a otra gente. Sin embargo, las pesadillas siguieron, aunque conseguía controlarlas solo con mi fuerza de voluntad. Hasta aquella maldita Navidad.

Gabriela bebió el último sorbo de café y tragó lentamente.

—Mis padres solo me invitaban a pasar con ellos la Nochebuena. Era una forma de guardar las apariencias con mi familia. Nadie sabía concretamente qué había sucedido años antes. Seguro que te estás preguntando por qué accedía a ir, cuando no me permitían otro contacto con ellos. —Ella se silenció y lo miró y Michael asintió con la cabeza; él jamás habría vuelto a su casa si le hubieran hecho lo mismo—. Era una forma de saber si ellos estaban bien. Soy su hija, siempre lo seré, y me gustaba saber que por lo menos una noche al año yo lo era para ellos. Entonces, en los postres, mi hermana anunció a bombo y platillo que se casaba. Yo me alegré por ella y le felicité, pero fui la única. Mis padres se pusieron como locos, expusieron toda clase de inconvenientes, que solo tenía veintiún años, que era una cría, que no sabía lo que estaba haciendo. Todo ello ante la mirada estupefacta de mi único tío, con el que mi madre apenas se hablaba. Entonces mi madre soltó la bomba: «¿No estarás embarazada como... como... esa?». Todos se volvieron a mirarme murmurando. Yo quise mimetizarme con la silla tapizada de cuero negro, pero no lo conseguí. Y dejé de ser su hija para convertirme en «esa». Y mi madre siguió hablando sin importarle que se enterara todo el mundo, cuando había sido la primera en mantenerlo oculto esos años: «Será del chico con el que estás saliendo, ¿no? No será de... esa... esa... ¡Dios mío! Todavía estoy pidiendo perdón a Dios por lo que hizo». Yo me giré disgustada y la miré: «¿Perdón por qué, mamá?». Ella me fulminó con la mirada: «Por ser una pecadora contra Dios y la Iglesia y una asesina. Porque fue eso lo que hiciste. Ni siquiera fuiste capaz de cargar con tu culpa, te deshiciste de ella como si nada importara. Nada excepto tú. Nunca creí que pudieras ser tan egoísta». Todos los de la mesa comenzaron a hablar en voz alta y a la vez. Yo me levanté en silencio y salí de la casa. Nadie escuchó a mi hermana decir que tanto Marcos como ella querían esperar unos años a que ella terminara la carrera y encontrara un trabajo antes de casarse. Y que, por supuesto, no estaba embarazada.

Si solo una hora tuviera

Gabriela se quedó momentáneamente callada. Empezaba a sentirse muy cansada y le dolía la cabeza otra vez. Aun así tomó aire y contó el final de su historia.

—No sabía adónde ir, así que vagabundeé de bar en bar hasta que un hombre se acercó a mí. Yo no le quise hacer mucho caso, se ofreció a invitarme e insistió bastante en permanecer a mi lado. Yo cada vez estaba más angustiada. Y de repente él dijo: «¿Qué es lo que puedo ofrecerte que aceptes?» Yo iba a contestarle que largarse sería muy buena idea. Sin embargo dije: «Creo que necesito recibir un castigo». «¿Un castigo?», preguntó él extrañado. «Sí», dije yo, «porque soy una pecadora y una asesina». Y comencé a reírme de forma desesperada. Creo que pensó que estaba loca. Pero me arrastró con él hasta un local que no conocía. Todo estaba oscuro y a la vez excitante, había cuerpos desnudos alrededor, practicando sexo. Yo había bebido bastante y no podía ver las cosas con total claridad. Me llevó a una sala privada y me ofreció una raya de coca.

»Te juro que intenté resistirme, pero la sensación de sentir la liberación otra vez fue más fuerte que mi voluntad y aspiré con fuerza, sintiendo que todos los músculos que tenía agarrotados se relajaban, y sonreí por primera vez en toda la noche. Dejé que me desnudara y me inclinara sobre una especie de potro acolchado donde pude apoyar la cabeza. Me dejé llevar. Al primer latigazo me tensé y quise levantarme, pero su mano sobre mi espalda me lo impidió. Me castigó y golpeó hasta que yo grité dejándome llevar con cada golpe y cada caricia posterior. No estaba allí realmente, era como si flotara alrededor de la habitación observando todo. Recuerdo que me giró y mi espalda y mi trasero dolorido gimieron con el contacto del cuero del potro. Cuando terminó, me ayudó a vestirme y me llevó al hotel. No me tocó, ni siquiera me dio un beso de despedida. Y nunca lo volví a ver. Al día siguiente regresé a mi apartamento y concerté cita con el terapeuta. Los golpes me dolieron semanas, pero en cierto modo me calmaron, era como si mi alma necesitara ser castigada, y que alguien me golpeara me ayudó de alguna manera que todavía no comprendo. Estuve limpia hasta que llegué aquí. El resto ya lo sabes.

Michael se acercó y levantándola de la silla la abrazó.

—Te amo, ¿lo sabes?

—No lo entiendo. ¿Por qué me amas si sabes que todo lo que me rodea es oscuridad y que acabaré dañándote como a todos los que han estado a mi lado estos años?

—¿Por qué dices eso? No veo nada malo en ti. Solo una joven que estaba perdida y se dejó llevar por la desesperación. No haces daño a los que te rodean, solo te haces daño a ti misma, y eso es lo que todavía no has comprendido.

Ella levantó los ojos hacia él, vio su mirada clara y dulce y supo que decía la verdad. Que era ella la que había estado haciéndose daño y castigándose una y otra vez, sin reparar en nada más.

—Las segundas oportunidades existen, Gabrielle. No debes huir de ellas. Tu pasado siempre estará contigo, igual que el mío, pero ambos debemos superarlo y convivir con los recuerdos, hasta que estos acaben desapareciendo con la nueva vida que construyamos —pronunció él suavemente, besándola en la frente—. No me importa lo que hayas hecho antes de conocerme, solo me importa lo que hagas a partir de ahora. Porque, a partir de este momento, solo estarás conmigo, y yo te protegeré y velaré tus pesadillas si fuera necesario. Te cuidaré toda mi vida, si me dejas.

—Michael, no sabes lo que estás diciendo —suspiró ella contra su pecho.

—Sí lo sé. Lo sé perfectamente. Nunca dudes de mis palabras, ni de mis actos. Nunca dudes de mí, porque no lo permitiré.

Gabriela no contestó. No podía. La intensidad de sus palabras se clavaba en su corazón herido haciendo que este sanara sus heridas. Y sintió que las cicatrices lentamente iban desapareciendo. Y por fin creyó en la esperanza. En la esperanza de una nueva vida. De repente recordó su despido y gimió contra él.

—¿Qué voy a hacer ahora, Michael? Ya no tengo ni trabajo —dijo totalmente exhausta. El hablar, el sacar a la luz lo que la atormentaba la había dejado laxa, pero también tremendamente cansada.

Michael pensó que era buena idea comentarle lo del posible trabajo en Oxford, y así lo hizo.

—Bueno, quizá sea este el momento en el que te plantees cambiar tu vida definitivamente. He enviado tu currículo con una carta de recomendación a Oxford. Espero una respuesta uno de estos días.

Gabriela se apartó de él bruscamente. Sabía que él confiaba en su capacidad como profesora, pero ella también sabía que distaba mucho de estar a su altura.

—¿Estás loco? ¿Oxford? Ni siquiera se plantearán contratarme, y menos sabiendo que me han despedido de mi último trabajo.

—Eso no tiene por qué ser un impedimento. Tu currículo es excelente. Y yo te he avalado personalmente. Mi criterio tiene bastante peso —contestó él sin entender por qué ella se enfadaba tanto.

—Pero... pero... —A ella no se le ocurría con qué protestar—. ¿No hay ninguna norma sobre confraternización o algo así?

—Serías mi esposa, no mi amante. No debería haber problemas.

Y entonces fue el turno de Gabriela de quedarse con la boca abierta.

—¿Tu esposa?

—Sí —respondió Michael. No había pretendido pedírselo así, pero las circunstancias apremiaban.

—¿Y cuándo será eso?

—Cuando tú pongas la fecha. Espero que pronto, está empezando a hacer frío y no me gustaría que mis pelotas se congelaran bajo el kilt.

—¿Kilt? —Gabriela estaba cada vez más desconcertada.

—Sí, es el traje tradicional de las Highlands. Se lo prometí a mi madre. Ella era escocesa, ¿recuerdas?

—Sí, lo recuerdo, pero no —dijo ella—. Eso sí que no.

—¿Cómo? —exclamó él algo desconcertado mirándola fijamente—. ¿Me estás rechazando?
—Por supuesto.
—¿Por qué? —inquirió él, claramente molesto.
—Porque... porque... no puedo casarme. ¡Con nadie!
—¿Se te ha olvidado mencionar que ya estás casada con alguien?
—No es eso, ¡maldita sea! Es que yo... tú... nosotros... yo... yo no puedo casarme. No quiero casarme. No me gusta la idea del matrimonio. No me gustan las bodas —contestó totalmente aterrada ante la situación.

Michael estaba cada vez más cabreado.
—Todas las mujeres quieren casarse.
—Pues yo no soy como todas las mujeres. Mira que eres pedante.
—Entonces, ¿qué se supone qué vamos a hacer a partir de ahora? —Él obvió el insulto y la miró entrecerrando los ojos peligrosamente.
—¿No podemos seguir así? —sugirió ella suavemente.
—¿Cómo? ¿Encerrados en la habitación del ático de un hotel de Praga? Supongo que habrás pensado que yo tengo que volver a mi trabajo algún día no muy lejano.
—¡Claro! —le espetó ella enfadándose a su vez—. Y como yo oportunamente me he quedado sin el mío, no tengo más remedio que seguirte, ¿no? Ni siquiera me gusta tu maldito país. Allí no tengo nada.
—Me tendrías a mí, ¿es que no soy suficiente para ti?
«No, Michael», quiso decir ella, «soy yo la que no soy suficiente para ti». Sin embargo, se quedó en silencio y se giró para ir al baño, donde se encerró con el pestillo, mientras sentía la mirada de él fija en su espalda.

Una vez dentro del habitáculo, que ya se había convertido en una segunda residencia, Gabriela se frotó los ojos buscando desesperadamente una solución. ¿Matrimonio? ¿Kilt? ¿Highlands? La cabeza le daba vueltas y estaba agotada. Si ni siquiera sabía qué religión profesaba él. Y además le había mentido de una forma absurda e infantil. Sí que había querido casarse. Al menos una vez, pero no con él. Incluso había imaginado su vestido de novia y la capilla en la que transcurriría la ceremonia. Durante años su fantasía había tenido un rostro. Un rostro moreno y de ojos negros jurándole amor eterno ante Dios y ante los hombres. Hasta que dejó de soñar y abrió los ojos a la realidad. Eso jamás ocurriría. Y se dio cuenta con pasmosa claridad de que ninguna de sus dos proposiciones de matrimonio habían sido como ella hubiera deseado. Se rio de lo absurdo de la situación. Porque en el fondo veía que él tenía razón. Si quería seguir con él, tendría que seguirlo a su odioso país.

Finalmente se dio un largo baño y escuchó que la puerta de la habitación se abría y se cerraba de golpe. Michael se había ido. Y no le extrañaba. Estaba comenzando a hundirse otra vez, desesperada por encontrar algún sentido a su vida. Salió con calma y se vistió con ropa deportiva. Sentía frío y mucho cansancio. Tampoco podía entender por qué últimamente estaba tan cansada. Se dirigió al salón con la sana intención de esperarle e intentar explicarle por qué no podían casarse.

Abrió la puerta y miró sorprendida a Michael, que seguía sentado en el sofá. Lo único que había cambiado era que sobre la mesita del centro había una botella de Lagavulin mediada, y un vaso casi vacío en las manos de él. Michael levantó la mirada algo turbia cuando ella entró, y la observó con detenimiento.

—Creí que te habías ido —dijo Gabriela fijando su mirada triste en él.

—No huyo de los problemas. Ni de los rechazos. Además, esta es mi habitación —repuso él tercamente.

—¿Estás borracho?

—Hace falta mucho más que media botella de whisky para emborracharme, Gabrielle, aunque cuando esta se acabe pediré otra. No te quepa duda.

—Lo siento —murmuró ella todavía de pie, sin saber muy bien qué hacer.

—¿Que lo sientes? Permíteme dudarlo.
—Sí, lo siento.
—¿Y qué sientes exactamente, Gabrielle? ¿Haberme mentido? ¿Haberme dejado creer que yo te importaba algo más que unos polvos de consolación? Sigues siendo una niña, una maldita niña inconsciente y consentida. Juegas con los sentimientos de los demás sin que eso te importe una mierda. ¿Crees que me has asustado contándome tu pasado? Pues deja de creerlo, porque no es tan impresionante como tú piensas.
—Michael, cállate, por favor. Me haces daño —suplicó Gabriela con voz estrangulada.
Él la ignoró, ni siquiera estaba mirándola, y continuó su diatriba.
—¿Qué es lo que realmente pretendías contándome tu pasado? ¿Alejarme de ti? Pues no lo has conseguido. ¿Qué has hecho en realidad? Te enamoraste de un sacerdote, te quedaste embarazada y abortaste. Otras muchas lo han hecho y por ello no juegan con su dolor para atraer nuevas víctimas que acumular. Porque eso es lo que haces, atraes a otras personas para luego hacerles daño y volverte a culpar por ello. Vives en una espiral de dolor, regodeándote en ella. ¿Que te enganchaste a la coca durante un tiempo? Vaya novedad, si yo te contara mi vida, mis años de estudiante, cuando participé en cada una de las fiestas y juergas a cuál más escandalosa que la anterior... entonces sí que saldrías corriendo. Porque lo que tú me has contado no es nada con todo lo que yo cargo sobre mis espaldas, y sin embargo no presumo de ello, no me escondo de ello, no me avergüenzo de lo que hice ni de lo que soy. Tú sí lo haces. ¿Crees que me voy a escandalizar porque mantuvieras una relación con una mujer? ¿Que te folló un puto moro? Pues me alegro si lo disfrutaste. ¿Que dejaras que un desconocido te azotara? Eso no lo entiendo. Pero recuerda que yo mismo te saqué de un antro así no hace mucho. Eres verdaderamente brillante como académica, pero totalmente ilusa para tu vida real. Solo sé que disfrutas con destruirte, y con destruir todo lo bueno que puede hacerte feliz —exclamó Michael con tono contenido.

Si solo una hora tuviera

Gabriela gimió y cerró los ojos. Solo entonces él la miró con fiereza, y cambió el gesto incorporándose. Ella temblaba apoyada contra la pared, rodeándose el cuerpo con los brazos, como si con ese simple gesto se estuviera dando fuerza para sujetarse y no caer.

—No lo entiendes, Michael. No lo entiendes —murmuró casi sin voz.

—Sí, lo entiendo. Puedo ser un pedante, creído, egocéntrico y un millón de adjetivos más que seguro me aplicarás, pero no soy un idiota. Sé que sigues amando a tu maldito sacerdote, porque dejaste de vivir en el momento en el que él te abandonó y te niegas a continuar tu vida, porque crees que no merece la pena si él no está a tu lado. ¿Me equivoco?

—Sí —afirmó ella mirándolo fijamente.

—¿Puedes explicármelo entonces? —Michael se sirvió más whisky en el vaso y se volvió a recostar en el sofá, bebiendo casi todo el contenido de un solo sorbo.

—¡No soy lo suficientemente buena para ti! —gritó ella de repente.

—¿Cómo? —Michael se incorporó de un salto, derramando parte del líquido ambarino en la moqueta azulada de la habitación.

—¡No lo soy! Crees que estás enamorado de mí, pero cuando pase un tiempo y la realidad se instale en nuestras vidas, y la habitación del ático de Praga desaparezca, te aburrirás, como te has aburrido de otras antes. No estoy a tu altura, solo soy una simple profesora española, nada más. Mi familia es de clase media, yo fui a una universidad pública, y tú... tú... eres... ¡Ya sabes lo que eres! Nuestra vida en común sería un desastre. Soy una mujer herida. Rota. Ni siquiera puedo darte lo que más deseas. Un hijo. Y pronto te darás cuenta de que todo ha sido un error. Y no podría soportarlo. No podría soportar, Michael, que tú también me abandonaras como hizo Piero. Eso me destruiría definitivamente.

Él fue a hablar, pero ella fue más rápida.

—No puedo permitirme hacerte daño, que pierdas la oportunidad de estar con alguien que verdaderamente te merezca. Te amo, Michael, y aunque sé que mis recuerdos me torturarán siempre, no puedo permitir que tú cargues también con eso.

Michael se había acercado a ella y la había cercado en la pared, apoyando las manos a ambos lados sobre ella. Respiraba agitadamente y tenía una expresión peligrosa en sus ojos azules.

—Mírame —exigió broncamente.

Gabriela se obligó a levantar el rostro y lo miró con tanta tristeza que él se estremeció y apretó los puños.

—Jamás te atrevas a decir que no eres lo suficientemente buena para mí. Ni siquiera te atrevas a pensarlo. Aunque odio a cada hombre o mujer que te haya recorrido con sus manos antes que yo, estoy dispuesto a olvidarlo. Ya te lo dije. He conocido a cientos de mujeres antes que tú, y con ninguna quise pasar más de un mes. Te amo. Te lo he dicho muchas veces, aunque tú te empeñes en no creerme. Cuando lo digo, lo siento de verdad, no son palabras vacías en una cama contigo abrazada a mí. Yo jamás me arrepiento de lo que digo, ni de lo que hago. Llevo días pensando en cómo abordar el tema de nuestro futuro, aunque desde el primer momento supe que no podría separarme de ti, estuvieras donde estuvieses. Si quieres regresar a España, te seguiré e intentaré acomodarme a lo que tú desees. Me importa una mierda dar clase en Oxford o en cualquier otro sitio mientras tú estés conmigo. O vivir en una habitación en un ático el resto de mi vida, si es eso lo que tú deseas.

—Michael, yo no puedo ofrecerte nada. Ni siquiera un hijo, ¿es eso de verdad lo que quieres?

—Te quiero a ti. Solo a ti. Empieza a grabarlo en tu mente, porque creo que se te olvida con mucha facilidad. Y empieza a cambiar de idea con respecto al matrimonio.

Ella fue a exclamar algo y él la silenció con un beso en los labios. Apretó con fuerza y saboreó lentamente la carne suave y cálida. No había dulzura, ni ternura. Solo pasión e ira duramente contenida. Luego se separó bruscamente.

—Si tengo que amordazarte, secuestrarte, emborracharte, o lo que sea necesario, lo haré. Pero te juro, Gabrielle, que acabarás

Si solo una hora tuviera

casada conmigo, y pasarás a ser la señora Wallace me cueste lo que me cueste. De todas formas, ya tengo casi pendiente sobre mí un delito de secuestro, puede que al fin tenga que darle la razón a los policías —mencionó con indiferencia.

Gabriela abrió los ojos y fue a protestar, pero en realidad no se le ocurrió nada que decir.

—Sé que él te lo pidió y que tú aceptaste. Lo leo en tu rostro y en tus ojos. Porque tus ojos son el espejo de tu alma y ya no puedes esconderme nada. Y eso me duele, me duele más que cualquier cosa que me hayas confesado, porque en el fondo sé que siempre quedará un pequeño hueco para él en tu corazón, que nunca podrás desprenderte del padre Neri del todo. Y aun así estoy dispuesto a estar contigo para siempre. Me aceptes o no. No tienes elección, Gabrielle. Solo hay una respuesta posible. Y es sí.

Ella suspiró y bajó la cabeza. Michael aspiró fuertemente y esperó lo que le parecieron horas hasta que ella volvió a levantar la cabeza y lo miró.

—Sí —pronunció casi sin voz.

—Está bien —contestó él con un suspiro entrecortado y todo su cuerpo en tensión. La cogió en brazos y la llevó a la cama. La tumbó con cuidado y comenzó a desvestirla.

—¿Qué haces? —Ella se incorporó a medias.

—¿De verdad quieres que te lo explique? Podría hacerlo, pero sería muy tedioso. Francamente, prefiero practicarlo. Voy a hacerte el amor, y no seremos tres en la cama, no habrá nadie más. Solo tú y yo. Solo Gabrielle y Michael.

Y Gabriela dejó de pensar y comenzó a sentir. Por primera vez en siete años. Recordó la escultura de Psique y Cupido con las alas extendidas sobre ella y supo que estaba a salvo. Con él. Con su arcángel Miguel, el jefe de los ejércitos de Dios, el traedor de luz. Y por fin, su alma y su corazón se unieron para sentir a un único hombre, con el que, aunque no había habido anillo de diamantes ni rodilla hincada en el suelo, iba a pasar el resto de su vida.

CAPÍTULO 21

La verdad y la traición

El lunes ambos se vistieron en silencio. Tenían mucho que solucionar y muy poco tiempo.
—Vete a mi despacho —instó Michael entregándole la llave—. Desde allí podrás llamar con tranquilidad y enterarte por fin de qué es lo que ha sucedido para que te despidieran. No obstante, si me necesitas baja a buscarme al aula. Yo, cuando termine las clases, subiré e intentaré hablar con algunos colegas a ver si puedo solucionar algo. ¿De acuerdo?
Gabriela asintió cogiendo la llave y dejándose guiar por él. Por un lado estaba deseando saber qué había ocurrido, y por otro estaba temiéndolo. No obstante, ella tampoco huía de los problemas. Bueno, no de los académicos, por lo menos.
Una vez en la Univerzita se separaron en el hall y cada uno siguió su camino. Gabriela subió al primer piso sintiendo cada golpe de su tacón en el suelo de mármol como si estuviera anunciando su llegada a un destino que no le apetecía en absoluto. Se encerró en el despacho de Michael y comprobó la hora, cogió el teléfono y llamó directamente al despacho del Decano. Le cogió su secretaria.
—Lorea, buenos días, soy la profesora Ruiz de Lizárraga. ¿Está Augusto? —preguntó ella con voz formal y extrañamente calmada.

Si solo una hora tuviera

—Buenos días, profesora Ruiz de Lizárraga. Espere, voy a comprobar si está en su despacho —contestó la fiel secretaria, dándole a entender a Gabriela que el Decano posiblemente no iba a ponerse al teléfono.

Gabriela esperó unos minutos escuchando la odiosa melodía de espera del teléfono, hasta que Lorea volvió a hablar.

—Lo siento, Don Augusto no se encuentra en el despacho —dijo firmemente.

«¡Y una mierda!», pensó Gabriela.

—Dígale que si no se pone al teléfono le contaré todo a su mujer —exclamó Gabriela en un arranque de furia.

Lorea masculló algo ininteligible y la volvió a dejar en espera. No fueron más que unos segundos.

—¿Qué demonios le tienes que contar tú a mi mujer, Gabriela? —La voz del Decano casi gritando la obligó a apartar un poco el teléfono de la oreja.

—Nada, pero tenía que conseguir que te pusieras al teléfono. ¿Me puedes explicar qué ha sucedido? Ayer recibí un burofax en el que amablemente me comunican mi despido, aunque supongo que tú ya lo sabes, porque lleva tu firma impresa.

—Ha sido una decisión de la junta. Yo no he tenido nada que ver. Créeme que he intentado disculparte, pero las acusaciones eran demasiado graves. Ya conoces cómo funciona esto. Y ya sabes lo que has hecho.

—No. No lo sé, por eso te lo estoy preguntando a ti.

—Esta semana todos los miembros de la junta recibieron una carta junto con unas fotografías tuyas.

—¿Y? —preguntó Gabriela sin entender absolutamente nada.

—En la carta se les explicaba que mantienes una relación con un sacerdote, el sobrino de un obispo de Roma, nada menos. Las fotografías no dejaban lugar a dudas. Yo también las he visto. Esta es una universidad católica, ¿qué demonios esperabas? ¿Que te felicitáramos por tu conquista?

Gabriela perdió todo el color de su cara y comenzó a temblar.

—¿Qué dice la carta? ¿Y de cuándo son esas fotografías?
—La carta la escribe una tal profesora Applewhite, de St. Andrews. En ella explica que el profesor Wallace le había enviado las fotografías de referencia, que por cierto son actuales, si no me equivoco, porque creo reconocer la ciudad, Karlovy Vary, para que hiciera uso de ellas como mejor le pareciese. Por lo visto, el tal profesor Wallace estaba bastante molesto con tu actitud, así que le encargó a ella que comunicara a la junta directiva tu comportamiento disoluto, para que ellos decidieran qué hacer. Por supuesto, la decisión fue unánime. Te hemos recogido tus objetos personales del despacho y los hemos enviado con un mensajero a tu domicilio. El finiquito ya debe estar ingresado en tu cuenta. No obstante, puedes reclamar contra el despido, pero yo no te lo aconsejaría. Sabes que haciendo eso te cerrarías todas las puertas definitivamente. Esta vez ni tu padrino podrá salvarte.
—¿Padrino? —musitó ella.
—Sí, Gabriela. Has demostrado que vales mucho, pero entrar en el mundo académico como lo hiciste tú solo puedes hacerlo cuando alguien te avala.
—¿Quién fue?
—No lo sé. Solo sé que era alguien muy poderoso. Un ángel de la guarda.
Pero Gabriela ya no escuchaba, había dejado de respirar en cuanto escuchó el nombre de Michael. Y sintió que iba a desmayarse. Casi no oyó el resto de la explicación de su Decano, como si la voz se estuviese perdiendo en las tinieblas.
—Está bien. Lo entiendo —dijo ella y colgó el teléfono.
Se apoyó en la mesa y dejó caer la cabeza. ¿Cómo había sido capaz de hacerle eso? «Me dijo que me amaba. ¿Cómo puedes amar a una persona y destruir su futuro de esta forma?». Comenzó a llorar con profundos sollozos. Temblaba y se abrazaba a su cuerpo balanceándose sobre la silla. La profesora Applewhite, ¡será cobarde! Ni siquiera lo hizo él directamente, recurrió a la maldita y odiosa profesora. Ahora entendía las insinuaciones de ella y su malvada sonrisa. Lo había conseguido. No. Los dos

Si solo una hora tuviera

lo habían conseguido. Le habían quitado lo único que había logrado en la vida. Su trabajo. Todo por lo que había luchado esos años, tirado a la basura por unas malditas fotografías que nunca debieron ser sacadas a la luz.

Y Gabriela quiso odiar a Michael, pero no pudo. Su dolor era tan intenso que cubría cualquier otra sensación. Se levantó de la silla con un único pensamiento. «Tengo que salir de aquí, tengo que alejarme de él. Me ha mentido todo este tiempo. He sido una completa idiota. Otra vez». Y salió del despacho secándose las lágrimas con la mano, para ir a tropezarse con el otro protagonista de las susodichas fotografías.

—Gabriela, ¿estás bien?

Ella levantó la cabeza y miró al hombre moreno y de ojos oscuros que la sujetaba por los hombros con gesto preocupado.

—Piero —suspiró echándose a llorar otra vez.

—Ven —instó él, y la cogió de la mano para llevarla unos metros más adelante, donde abrió su despacho y la introdujo dentro—. Siéntate —le ordenó con voz suave señalando la silla frente a su mesa. Él se apoyó en ella y estiró las piernas cruzando los brazos, no sabiendo si abrazarla, consolarla o simplemente esperar a que se calmara lo suficiente para explicar lo sucedido.

—Me ha traicionado. Me ha vendido como Judas —murmuró ella con voz entrecortada, abrazándose otra vez al temer caerse de la silla.

—¿Qué ha hecho? —preguntó Piero levantándose, sabiendo perfectamente a quién se refería ella.

—Envió unas fotografías que nos sacó a ti y a mí besándonos en Karlovy Vary a la profesora Applewhite con el encargo de que se las hiciera llegar a la junta directiva de mi universidad. Me han despedido. Con efecto inmediato. Ni siquiera me permiten recoger mis cosas del despacho —explicó ella mirando al suelo.

Piero masculló algo muy desagradable en silencio y se arrodilló junto a ella.

—Creí que me amaba —susurró ella al suelo marmóreo.

«Yo también», pensó Piero. De verdad que lo había creído.

Pero por lo visto se había equivocado, y él pocas veces se equivocaba juzgando a las personas.

—Es posible que todo esto también te salpique a ti, Piero —siguió diciendo ella con la mirada baja.

—A mí ya no me importa lo que pueda sucederme, Gabriela.

—¿Por qué? —Ella levantó la cabeza y lo miró fijamente con los ojos arrasados en lágrimas.

—Porque el viernes perdí lo único que verdaderamente me importaba. A ti.

—¿Cómo puedes decir tal cosa? —Gabriela se incorporó haciendo que él se pusiera de pie—. Tú me perdiste hace siete años. No. Más bien yo te perdí a ti, ¿es que no lo recuerdas? Me dijiste que no me amabas, que siguiera con mi vida. Me abandonaste y me dejaste sola y embarazada.

—No estabas embarazada. No podía ser. Nosotros tomamos precauciones.

Ella rio amargamente y se levantó enfrentándose a él.

—Sí, lo estaba. Lo estaba, Piero. De ti. Llevaba en mi vientre un hijo tuyo y tú me arrojaste a la calle.

Él la miró sorprendido y se pasó la mano por el pelo, y entonces recordó.

—La playa. Fue la noche que pasamos en la playa. Yo... yo no te creí. ¡Por todos los demonios! Estaba tan preocupado porque no te ocurriera nada que solo pensaba en alejarte de mí para protegerte. ¡Dios mío, perdóname por lo que hice! ¡Gabriela, perdóname, por favor! —suplicó él sujetándola por los brazos.

Ella se zafó de su abrazo y se separó de él. Su rostro se había vuelto pétreo y distante.

—¿Protegerme? ¿Qué sucedió en Roma, Piero? Creo que después de siete años por lo menos tengo derecho a saber eso —exigió ella.

—Mi tío era obispo en Roma, era un hombre poderoso, le expliqué que quería la secularización y no me lo permitió. Yo lo desafié y él me mostró toda una serie de documentos sobre ti. Sabía toda la historia, desde el principio. Me exigió que me apartara de ti a cambio de no destruir tu futuro. Y yo acepté. Preferí salvarte a ti, y condenarme yo —explicó él con dolor en su mirada.

Ella lo miraba sin terminar de creérselo del todo.

—Pero te protegí, intenté protegerte todo este tiempo. Velé por ti en la distancia. Vi cómo te convertías en lo que siempre deseaste. Ya te dije que yo era Pigmalión y tú mi Galatea.

Gabriela rio con carcajadas amargas.

—Sí, pero la historia no terminó como debería. Tú me creaste como hizo Pigmalión con Galatea y cuando cobré vida, en vez de acogerme junto a ti, cogiste el martillo y me golpeaste hasta hacerme mil pedazos, destruyendo todo lo que me importaba. Porque yo lo hubiera dado todo por estar junto a ti y junto a nuestro hijo. Todo. Mi vida y, sobre todo, mi futuro.

—No habrías podido seguir estudiando, preparándote. A mí se me habría negado un trabajo. No habríamos tenido nada —intentó disculparse él.

—Nos habríamos tenido a nosotros y a nuestro hijo, ¿es que no era suficiente? —Gabriela lo miraba comprendiendo todo de golpe, y la realidad la arrasó dejándola asolada y con el alma rota.

—No todo está perdido, Gabriela. Sigues teniéndome si me quieres. Era eso lo que quería decirte desde el principio. Mi tío murió la semana pasada, y por fin somos libres para estar juntos. Te amo. Te he amado siempre, desde la distancia. Incluso acudí a un par de conferencias que diste, una en Poitiers y otra en Florencia. Me escondí en las últimas filas amándote en silencio. Intenté desde un principio que lo tuvieras todo, moví todos los hilos que pude para conseguirte el mejor trabajo.

—Tú fuiste mi ángel de la guarda —exclamó con estupor.

—Puedes llamarme así si lo deseas.

—¡Maldito seas, Piero! ¿Cómo pudiste…? —Gabriela estaba tan indignada que no encontraba las palabras suficientes—. Fui tu marioneta durante siete años. Y dices que me amas. No sabes nada del amor.

—Sí, lo sé. Lo sé todo. Sé lo que es amarte cada día sin poder tenerte a mi lado. Y, sobre todo, sé lo que es sufrir por amor.

—¿Sufrir por amor? No sabes nada más que lo que has oído o se ha publicado sobre mis trabajos en estos años. Pero desconoces por completo cómo fue mi vida real. Todo lo que hice después de que me abandonaras. Todo lo que hice porque me abandonaras.

—¿Nuestro hijo? —preguntó Piero con voz estrangulada—. Es eso, ¿verdad?

Ella lo miró con tristeza.

—Sí, es eso. Maté a nuestro hijo, en aras de un futuro académico brillante. Pero ¿no era eso en realidad lo que querías?

—Mi *Madonna*. —Él se acercó a ella.

—¡No me llames así! No lo soporto.

—Intenta pensar con claridad. Ahora los dos somos libres, estamos a tiempo de reanudar nuestras vidas juntos, estos siete años han sido un largo paréntesis. Pero ahora podremos casarnos y tener otros hijos —arreció él con intensidad.

—No. Eso es del todo imposible —contestó ella amargamente—. Después del aborto ya no puedo tener hijos. Ni tuyos, ni de nadie.

Él respiró fuertemente y se mesó el cabello algo encanecido sin dejar de mirarla. Su corazón estalló en un dolor insoportable, y supo todo lo que ella había estado guardando en su alma esos siete años.

—Gabriela, lo siento, lo siento tanto que no puedo expresarlo con palabras. Llevaré toda mi vida esa carga conmigo. Pero eso no cambia lo que siento por ti, te amo. Siempre te he amado y sé que tú me amas también. Puedo sentirlo. —Alargó la mano y le acarició el rostro.

Gabriela gimió, pero no se apartó.

—Solo dime que no me has amado. Dímelo y me apartaré de ti.

—Piero, siempre te amé, aunque me abandonaras. Yo siempre te amé. Nunca dejé de amarte, ni un solo instante durante este tiempo —suspiró ella con voz entrecortada.

Él se acercó a ella y lentamente se inclinó sobre su boca y la

Si solo una hora tuviera

besó. Ella no rechazó la caricia, dejó que sus labios se posaran sobre los de ella y los abrió para dejarle paso a su interior. Él la abrazó e intensificó el beso, atrayéndola hacia su cuerpo con pasión. Entonces ella cerró los ojos y vio a Michael, no a Piero. Y, apoyando sus manos sobre el pecho de él se apartó con la respiración agitada.

—No. Ya es demasiado tarde. Han ocurrido demasiadas cosas. Todo ha cambiado. Ya no soy la mujer que conocías. Ahora amo a otro hombre, aunque él me haya traicionado. No puedo evitarlo. Lo amo a él. Lo elegí a él. Lo siento, Piero, pero nuestro momento ya pasó, desapareció aquella noche lluviosa en Praga, y nunca debió regresar.

Gabriela se giró y se dirigió a la puerta. Sujetó la manilla con fuerza y luego se volvió. Corrió hacia él y lo besó en la mejilla, lo miró un momento y acarició su rostro. Él intentó atrapar su mano, pero ella fue más rápida. Abrió la puerta y corrió escaleras abajo. Miró la clase y vio que estaba vacía. Salió al exterior de la Univerzita y caminó bajo el frío cielo de otoño hasta el hotel.

Michael estaba preocupado y distraído. La clase se tornó aburrida y larga. Y todos lo notaron. Él solo quería terminar y ver cómo estaba Gabriela. Finalmente cerró el portátil antes de tiempo y finalizó la clase. Todos respiraron aliviados. Incluso él. Subió corriendo las escaleras hasta su despacho, pero este estaba vacío. Salió al pasillo y comprobó su teléfono. No tenía llamadas perdidas. Escuchó voces provenientes del despacho del padre Neri y se dirigió allí, con la sensación de que algo maligno lo rodeaba. Antes de llamar escuchó la voz de Gabriela:

—Piero, siempre te amé, aunque me abandonaras. Yo siempre te amé. Nunca dejé de amarte, ni un solo instante durante este tiempo.

Michael se tensó y abrió lentamente la puerta, para ver por la delgada abertura que ella y su maldito sacerdote se estaban besando. Cerró en silencio y salió de la Univerzita sintiéndose utilizado, humillado y muy, muy enfadado. Pero no maldijo, no pronunció ninguno de sus imaginativos insultos en todos los idiomas que conocía. No tenía fuerzas suficientes. Solo entró en el primer bar abierto que vio y pidió un whisky, luego otro y otro más, hasta que por fin pudo respirar con algo de normalidad. Ella había elegido. Pero no a él. Y se sentó en un banco junto a la barra y pidió otro whisky. Esa vez sí que quería emborracharse. Hasta morir si fuera necesario.

Gabriela esperó en la habitación del ático del hotel de Praga toda la tarde sentada en la cama. No sabía qué hacer ni qué decir cuando Michael regresara. Ya lo pensaría cuando lo tuviera frente a ella. Le había llamado mil veces, y mil veces había saltado el contestador. «¡Cobarde!», pensó. «Sabe que me he enterado y es incapaz de venir a enfrentarse a mí». Entonces, al anochecer, su móvil vibró recibiendo un mensaje. Ella lo abrió con esperanza, pero solo era de Elena.
Hola, cielo, ¿dónde te has metido esta mañana?
Gabriela no contestó. El móvil volvió a señalar otro mensaje.
Tengo algo importante que contarte. Por fin, y casi cuando ya había perdido la esperanza, estoy gritando: «Oh, profesor, mi profesor». Lo conseguí. Y déjame decirte que ha sido la mejor experiencia de mi vida. Te llamo luego y te cuento los detalles.
Gabriela leyó el mensaje y su corazón se paralizó. Recordó que Michael había alabado el atractivo de Elena y lo comprendió todo. No tuvo fuerzas ni para llorar. Se levantó en silencio, hizo la maleta y llamó a un taxi para que la llevara al aeropuerto Ruzyne. En la puerta del hotel miró por última vez la ventana del ático. La habitación que había odiado, la que había sido su cárcel, luego su escondite y después su refugio. El lugar donde conoció el amor. El lugar donde lo había perdido de nuevo. En el aeropuerto compró un billete para el primer vuelo que salía a Madrid y abandonó Praga en la misma situación que siete años antes. Sí, exactamente igual que siete años antes, lo único diferente era que

Si solo una hora tuviera

esa vez tenía el dinero suficiente para comprar una chocolatina. Algo que en ese momento ni siquiera le apetecía.

Antes de que despegara el avión y tuviera que apagar el teléfono, envió un escueto mensaje a su hermana informándole de la hora en la que su vuelo aterrizaba en Madrid. Luego cerró los ojos y no quiso pensar más. Estaba agotada y al instante se quedó dormida.

Cuando salió atravesando las puertas de cristal opacas de Barajas, caminó ante la mirada de los que esperaban a los recién aterrizados. Incluso un joven había llevado un ramo de flores. Sus ojos se emocionaron y recorrió los rostros tras las vallas metálicas. Vio a su hermana y corrió hacia ella. Se abrazaron y solo entonces dejó que las lágrimas se deslizaran por sus mejillas.

Adriana se asustó al ver el rostro de Gabriela, tenía profundas ojeras y parecía realmente destrozada. No obstante, no preguntó nada hasta que la tuvo instalada en el sofá de su piso de Madrid.

—¿Qué ha ocurrido? —inquirió sentándose junto a ella.

Gabriela se volvió con gesto triste, y su hermana vio que sus ojos, que habían comenzado a brillar, se habían apagado otra vez. Y, temiéndose lo peor, escuchó con paciencia chasqueando la lengua de vez en cuando la traición de Michael y la separación de Piero. Y como aquella lejana noche siete años atrás, odió a un hombre, tanto, que deseó matarlo.

Cuando Gabriela terminó de hablar, la abrazó y acarició su espalda como solían hacer cuando eran pequeñas, y ella se quedó dormida en sus brazos. La apartó y la dejó tendida sobre unos cojines, la tapó con una manta y se levantó a buscar su teléfono móvil. Escribió un solo mensaje.

Juro que te mataré. Si algún día te tengo frente a mí, no dudaré en disparar. Estás avisado. ¡Cabrón!

Michael despertó en la habitación vacía del hotel al escuchar el sonido de su teléfono pitar. Se giró e intentó incorporarse. No pudo. Se dejó caer otra vez sobre la cama sujetándose la cabeza con ambas manos. ¡Joder! No recordaba haber tenido una resaca así desde sus tiempos de estudiante. Volvió a incorporase y la habitación giró a su alrededor y el techo se acercó peligrosamente a su rostro. Corrió al baño y vomitó todo el contenido de su estómago. Luego se sentó apoyándose en la bañera y recordó por qué estaba en ese estado. Y volvió a vomitar. Y esa vez no era por el whisky. Cuando se recuperó lo suficiente para poder levantarse sin caerse al suelo, se acercó al teléfono y comprobó quién le había mandado el mensaje con algo de esperanza, que se desvaneció al ver que no era de Gabriela, sino de su hermana. Luego abrió los ojos con incredulidad y volvió a leer el mensaje sin entender nada. Marcó el número de Adriana y ella no contestó. Lo intentó varias veces y finalmente se rindió y le envió un mensaje.

¿No te parece suficiente que ella me haya abandonado por el padre Neri que también me quieres asesinar?

Adriana no escuchó el teléfono. Su hermana se acababa de despertar y estaba levantándose.

—¿Adónde crees que vas? —le espetó con demasiado ímpetu.

Gabriela se giró sorprendida.

—A buscar un hotel.

—De eso nada. Te quedarás aquí.

—Pero ¿no os habéis trasladado ya? No quiero ser un estorbo.

—No. Solo venimos algunos días y los fines de semana. Y tú no eres un estorbo. Eres mi hermana. Dormirás en la habitación de invitados. Ya verás qué bonita la han dejado. —Y Adriana, diciendo eso, arrastró a Gabriela hasta una habitación decorada como si se encontrara en la mismísima Provenza francesa, en tonos blancos y rosados, con una cama individual en el centro de forja con dos mesillas altas a los lados y un armario en madera capeada a un lado.

—Es muy bonita —alabó Gabriela.

Si solo una hora tuviera

—Toda tuya —señaló Adriana—. Tengo que ir a trabajar. Te veo esta tarde.

—De acuerdo —contestó Gabriela sin fuerzas, y se dejó caer en la cama, quedándose otra vez dormida.

Cuando estaba en su despacho de la oficina bancaria, Adriana comprobó su teléfono y leyó el mensaje de Michael varias veces, totalmente confundida. «Pero ¡este tío es tonto! No, ¡lo siguiente!», pensó. Y tecleó rápidamente la respuesta.

¿Con Piero? Pero ¿eres idiota? Está conmigo en Madrid.

Michael notó que el teléfono le vibraba en el bolsillo del pantalón y de forma disimulada consultó el mensaje, ya que estaba en medio de una clase. Cuando lo leyó, apretó de tal forma el móvil que casi lo rompió. «¿En Madrid? ¿Qué hace en Madrid?». Y con algo de esperanza: «¿No está con el padre Neri?». Como el día anterior, finalizó la clase cuando faltaba más de una hora para que terminase y subió directamente a su despacho. Se encerró con llave y llamó a Adriana. Esa vez ella contestó al primer tono.

—Adriana... yo...

—¡Cállate y escucha! No quiero que me vuelvas a llamar. No quiero que intentes ponerte en contacto con Gabriela. Le has destrozado la vida. Eres un maldito traidor y un... Bueno, ya sabes lo que eres y lo que has hecho. ¡Déjanos en paz! ¡A las dos! Ella no quiere saber nada de ti. Te odia. Te desprecia y no quiere volver a verte —gritó ella a través del teléfono, con tanta intensidad que Michael tuvo que separarse un poco el teléfono de su oreja. Todavía le dolía la cabeza y su voz resonó como un trueno infernal.

—Pero —protestó él enérgicamente— ¿me puedes explicar qué demonios se supone que he hecho?

Adriana respiró fuertemente deseando tenerlo frente a él para poder estrangularlo. Encima tenía la osadía de mostrarse ofendido.

—Ya lo sabes. Enviaste las fotografías que hiciste de Piero y ella a la universidad donde trabaja, por eso la han despedido. Y encima, ¡so cobarde!, lo hiciste escudándote en una tal profesora Applewhite. No obstante, ella se cuidó mucho de señalar que eran tus instrucciones —respondió atropelladamente Adriana. Y dicho lo cual, colgó el teléfono.

Michael fue a replicar sin percatarse de que ella había colgado. Escuchó el silencio de su teléfono y se quedó mirándolo como si fuera la primera vez en su vida que viese un instrumento como aquel.

«¿Que yo he hecho qué?», pensó. ¿Cómo pueden pensar que haría algo así? Y una idea cobró vida en su mente. Conectó el ordenador y comprobó los mensajes enviados. Revisó otra vez el que había mandado hacía varias semanas a Gabriela con las fotografías. Ahora que lo pensaba con calma, ella jamás le había dicho nada de aquello. Incluso una vez le preguntó por qué los había fotografiado, como si desconociese esas fotos. Llamó a su secretaria en Oxford y le ordenó que le enviase un correo con las direcciones electrónicas de los asistentes al seminario. Y la secretaria escuchó en silencio la orden de su jefe y se temió el despido. Algo había ocurrido. Ella sabía que había tenido un error al transcribir las direcciones, pero no le pareció importante en su momento, así que lo ignoró primero y después lo olvidó. Ahora lo recordó de golpe y supo por su tono de voz que la iba a despedir. Con mano trémula envió las direcciones correctas. Michael escuchó el aviso del correo y lo abrió. Y entonces sí que maldijo en todos los idiomas que conocía. Había enviado el mensaje a la maldita profesora Applewhite. Cerró el ordenador de golpe y pidió un taxi que lo llevara al hotel donde se hospedaba la temida profesora.

Entró en el hall y se dirigió a la cafetería. Se encontró con Elena y compuso una sonrisa. Le preguntó por la profesora Applewhite y ella le informó de que había abandonado el seminario y el hotel esa misma tarde, que algo la había reclamado desde St. Andrews. «Sí, la culpa y los remordimientos», pensó Michael. Pero ahí se equivocaba, porque la profesora maldita no sentía ningún remordimiento por lo que había hecho, pero sí se temía la furia de su profesor adorado cuando lo vio esa mañana en clase y supo que lo que se había propuesto por fin había dado resultados. Porque la audacia se esconde muchas veces tras la cobardía.

Michael declinó con amabilidad el ofrecimiento de Elena de quedarse con ella tomando una cerveza y se dirigió caminando hacia la joyería a recoger el anillo de compromiso de Gabriela, luego llegó al hotel y pensó en su siguiente maniobra. Tenía que quedarse unos días más hasta que terminara el seminario y así le daba un cierto margen a Gabriela para calmarse y a él para poder solucionar el error que había cometido. Luego iría a buscarla y se la llevaría a Inglaterra, aunque tuviera que amordazarla y esconderla en una maleta. Ya vería cómo. De momento comenzó escribiendo un solo mensaje a Adriana.

Lo siento mucho. Ahora sé lo que sucedió en realidad. Fue un error imperdonable. Intentaré solucionarlo y recuperar el trabajo de Gabriela.

Adriana llegó tarde del trabajo, cansada y furiosa, pero compuso el rostro cuando entró en su casa y vio a Gabriela. Suspiró fuertemente y escuchó su móvil pitar dentro del bolso. Lo cogió y leyó el mensaje de Michael. «¿Un error? ¿Cómo puede ser un error?». Decidió ignorarlo, fue a su habitación, se cambió de ropa y salió para acompañar a su hermana que seguía exactamente igual que cuando la había dejado hacía unos minutos. Se quedó parada a su espalda observándola y finalmente tomó una decisión. Volvió a su habitación, se sentó en la cama y con gran fuerza de voluntad llamó a Michael.

—Explícame ahora mismo cuál ha sido ese error imperdonable. Y espero que tu explicación sea lo suficientemente convincente —le espetó Adriana en cuanto escuchó tono al otro lado de la línea. Y Michael se lo explicó todo, sin dejarse nada en el tintero.

—¡Maldita sea, Michael! Para ser catedrático en Oxford eres

bastante estúpido —exclamó Adriana cuando terminó de escuchar.

—Lo sé —afirmó él mortificándose—, pero tengo intención de recuperarla. ¿Crees... crees...? Yo la vi besándose con el padre Neri.

—Sí lo creo. Aunque me tenga que morder la lengua al decirlo, lo creo. No sé por qué besó a Piero, creo que estaban despidiéndose. Él ha estado muy presente en su vida estos siete años, y ella lo descubrió todo antes de abandonar Praga. Pero en realidad sé que te quiere a ti, porque la acabo de dejar en el sofá viendo *Orgullo y prejuicio* en el televisor rodeada de pañuelos mojados, vestida con una camiseta del Balliol College, que supongo es tuya, y exclamando sin consuelo algo sobre un tal Fitzwilliam Darcy. ¿Quién es? —suspiró Adriana.

—Él soy yo —contestó Michael, sonriendo por primera vez en varios días—. Soy yo —repitió por si acaso no había quedado claro—, y ella es Elizabeth Bennet —añadió todavía sonriendo.

—Nunca entenderé a los eruditos —volvió a suspirar Adriana—. Venga, cuéntame qué has pensado.

Michael le explicó lo que había estado discurriendo, y entre ambos trazaron un plan para que por fin Gabriela encontrara la felicidad súbitamente perdida.

Adriana salió un rato después para encontrarse a Gabriela otra vez dormida en el sofá. «Pero ¿qué le ocurre?», pensó; nunca la había visto tan cansada. Preparó la cena mientras la dejaba descansar. La despertó y ambas cenaron evitando en todo momento comentar nada acerca de lo sucedido en Praga. Adriana porque había prometido no contarlo y Gabriela porque le dolía demasiado.

Gabriela despertó a medianoche. Tenía una pesadilla. Se giró en la cama llorando y abrazándose las piernas, recordando lo que había perdido. Extrañaba la habitación y la cama. Y, sobre todo, el consuelo del cuerpo de Michael a su lado. Se encontraba francamente mal. Se levantó tambaleante a buscar un vaso de agua y se mareó. No le dio tiempo a decir nada antes de caer desmayada, golpeándose contra el armario capeado en madera blanca.

Si solo una hora tuviera

Adriana escuchó el estruendo y despertó sobresaltada. Miró la hora en el despertador. Todavía no eran ni las dos de la mañana. Se giró acomodándose de nuevo y abrió los ojos de golpe. ¡Gabriela! Se levantó de un salto y voló a su habitación. Dio la luz y la vio tendida a los pies de la cama, rodeada de un pequeño charco de sangre. Se agachó aterrorizada e intentó girarla. Ella no reaccionó. Respiraba de forma agitada, pero sus ojos no se abrían. Corrió a su habitación y llamó a una ambulancia. Se vistió deprisa mientras esperaba y en el camino al hospital, sentada junto al técnico, rezó como hacía mucho tiempo que no lo hacía: «¡Por favor, Dios! ¡Otra vez no! ¡Otra vez no!».

Michael recibió una llamada de Adriana la tarde siguiente, cuando estaba en su despacho. Contestó con una sonrisa.
—Hola, ¿cómo estáis?
—Mal. Muy mal —contestó Adriana con voz estrangulada—. Cambio de planes, Michael. No vengas cuando finalice el seminario. Gabriela está en el hospital. Está muy enferma.
—Ahora mismo hago las maletas y busco el primer vuelo que...
—¡No! —respondió con más energía ella—. ¡No vengas! ¡Te lo prohíbo yo y también los médicos! Necesita reposo absoluto y nada puede alterarla. Y créeme si te digo que tú eres uno de los que más la iba a importunar. Recuerda que ella no sabe qué sucedió realmente.
—¿Qué le ocurre? —exclamó Michael apretando los puños y sintiendo que algo lo ahogaba, impidiéndole respirar con normalidad.
Adriana se quedó un momento en silencio y él creyó escuchar un pequeño sollozo.
—Un virus —dijo con voz trémula—, se ha traído un virus como recuerdo de Praga. Los médicos dicen que los días siguientes son cruciales.
—¿Un virus? —preguntó él sin comprender. Y entonces re-

cordó que ella se había desmayado y se quejaba continuamente de dolor de cabeza—. Es su cabeza, ¿verdad? —insinuó temiéndose lo peor.

—¿Su cabeza? —Ahora era Adriana la que no comprendía nada—. No, no lo es. Pero está mal, Michael, muy mal.

—¿Qué puedo hacer? —inquirió él, sorprendiéndose de que su voz sonara tan firme.

—Rezar. Solo reza, lo que sepas y a quien creas. Solo eso. Te mantendré informado. Pero, por favor, no intentes ponerte en contacto con ella. —Y con un largo suspiro, colgó el teléfono.

Michael fijó su mirada en la pared frente a él, completamente aterrorizado. La iba a perder. Esa vez sin remedio. Si moría y él no estaba junto a ella no podría perdonárselo nunca. Esa sería la única carga que no podría soportar. ¿Rezar? Y Michael, que no había rezado en su vida, que se consideraba muy por encima de todo lo relacionado con cualquier tipo de religión, comenzó una letanía incoherente llena de súplicas a un Dios en el que por mucho que le pesase, no creía.

Salió poco después del despacho y en el hall se tropezó con la única persona que quería evitar a toda costa los últimos días en Praga.

—Profesor Wallace —saludó con voz hosca Piero.

—Padre Neri. —Michael levantó la cabeza inclinada y lo miró.

Piero lo observó con cautela y comprobó su rostro cansado y sus ojos, que reflejaban un miedo desconocido. Incluso si se fijaba con más atención, hasta le pareció que temblaba un poco.

—¿Qué sucede? —preguntó deseando pegarle un puñetazo en su atractivo rostro como recompensa por lo que le había hecho a Gabriela.

—Gabriela está en el hospital. Muy enferma. —Michael, al decirlo, suspiró y sus temores cobraron vida.

Piero se tensó y respiró agitadamente.

—¿Qué le ocurre?

—No lo sé. Algo malo —explicó brevemente Michael y lo

Si solo una hora tuviera

miró fijamente al alzacuellos—. ¿Sabe rezar? —inquirió algo apurado.

—¿Que si se rezar? Soy sacerdote, ¿usted qué cree? —respondió molesto Piero.

—Pues si tiene línea directa con Dios, hable con Él y pídale por Gabriela. Ahora ambos es lo único que podemos hacer —dijo girándose y desapareciendo en la fría tarde checa.

Piero apretó los puños en la soledad del hall y tragó saliva. Y solo hizo una única súplica. «Señor, me la has arrebatado a mí, no se la quites también a él. Eso no sería justo». Y se volvió para dirigirse a la pequeña capilla, donde se arrodilló y expió sus pecados entregándose al Altísimo en contraprestación a la vida de Gabriela.

Michael caminó sin rumbo fijo durante parte de la tarde. Finalmente paró frente a la pequeña iglesia de Santa María de la Victoria y San Antonio de Padua, en el barrio de Malá Strana. Entró ignorando a los numerosos turistas y miró a su derecha, donde estaba el Niño Jesús de Praga, una imagen en cera del Niño Dios en su etapa infantil, con gesto amable y lleno de gracia, que las leyendas atribuían su pertenencia a Santa Teresa de Jesús. Y recordó que era famoso por sus milagros. Y él necesitaba un milagro. Estuvo un momento observando fijamente el dulce rostro de la imagen y luego se dirigió a uno de los bancos cercanos al altar. Dejó su maletín y se sentó. Y comenzó a rezar, a pedir, y a suplicar perdón ofreciéndole a Dios su vida a cambio de la de Gabriela, amparado en la súbita tranquilidad que le ofrecía ese pequeño refugio místico.

—Joven.

Michael notó unos pequeños golpes en su hombro y levantó la cabeza hacia el hombre que estaba a su lado. El sacerdote, ataviado con un pantalón negro y camisa de igual color bajo una chaqueta gris sencilla de punto, lo miró con gesto amable en su rostro ajado por la edad.

—¿Sí? —preguntó Michael.
—Vamos a cerrar. Es muy tarde. Debería volver a casa.
—No puedo irme —respondió él, súbitamente asustado—. No he rezado lo suficiente.
—Joven, lleva aquí más de cuatro horas. Cualquiera, hasta Dios, lo consideraría suficiente.
—No lo es. Mi mujer está enferma y necesita un milagro —explicó Michael, sintiendo a su alrededor una extraña calma, como si no fuera realmente él el que estuviera pronunciando esas palabras.

El sacerdote suspiró y meneó la cabeza. Muchos eran los que acudían buscando un milagro, y no todos lo encontraban.

—¿Está embarazada su mujer?
—¿Cómo? No, no lo está, ¿por qué? —inquirió extrañado Michael.
—Porque el Niño Dios es el protector de las mujeres encinta, ¿no lo sabía?
—No, yo... no. Ni siquiera soy católico. Ni siquiera conozco una oración conveniente —añadió completamente abatido.

El sacerdote sujetó a Michael por el brazo instándole a que se levantara. Lo dirigió hacia la puerta y, cogiendo una pequeña cartulina de la imagen tan venerada, se la entregó.

—Tome. Dios está en todas partes. No es necesario que acuda a la iglesia para solicitar su auxilio. Aquí tiene la oración que busca. Deseo que su mujer mejore. Rezaré por ella —dijo despidiéndolo.

—Gracias —contestó Michael sujetando con fuerza la diminuta cartulina que le había entregado el sacerdote.

Cuando salió ya había oscurecido, y se tuvo que acercar a una farola para leer con claridad. Se olvidó de todas y cuantas maldiciones conocía en todos los idiomas imaginables y comenzó a orar, leyendo una y otra vez mientras caminaba hacia el hotel las palabras escritas en la hoja:

Oh, Niño Jesús, yo recurro a Ti y te ruego por la intercesión de tu Santa Madre para que me asistas en esta necesidad. Por fa-

Si solo una hora tuviera

vor, salva a *Gabriela, porque creo firmemente que tu divinidad me puede socorrer.*

Y siguió así una y otra vez hasta que llegó a la habitación, ahora demasiado vacía, del ático.

Michael abandonó Praga al término de aquella semana. Cuando estaba esperando el taxi en la puerta del hotel echó una última mirada a la ventana del ático. Su habitación, su refugio, su escondite y donde encontró el amor por primera vez en su vida. Y suspiró con fuerza. «La recuperaré», se dijo firmemente. «La recuperaré, aunque sea lo último que haga en esta vida». Había llamado todas las noches a Adriana y esta le había informado que de momento el peligro había pasado, aunque Gabriela seguía ingresada y debía estar así varias semanas más. No terminaba de entenderlo, pero Adriana cada vez que intentaba sonsacarle algo se cerraba más en banda. Lo único que le decía era que los médicos habían prohibido que tuviera cualquier sobresalto, que Gabriela necesitaba tranquilidad. Bien, él se la iba a dar, pero solo porque necesitaba solucionar un asunto muy importante en Inglaterra. Cuando lo hiciera y por fin pudiera redimirse ante ella, iría a buscarla.

En el aeropuerto se sentó en el mismo banco que siete años atrás y fijó su mirada en la máquina de refrescos, recordando con melancolía cuándo fue la primera vez que vio a su ángel. Y sintió que si no hubiera sido tan... tan... él, quizás la historia se hubiera desarrollado de otra forma. Comprobó el panel de salidas y respiró con resignación. Siete años perdidos, siete años sin ella. «Pero la recuperaré», volvió a repetirse dándose fuerza con esas simples palabras.

Cuando aterrizó en Londres se dirigió directamente a Oxford. Entró en el Balliol College, subió las escaleras hasta la puerta de su despacho y se paró frente a su secretaria. Esta lo miró con miedo en los ojos y se levantó presta a atenderle. «¿Qué ha ocurrido en Praga?», se preguntó esta. «El profesor Wallace parece cambiado, ya no luce esa expresión de desprecio permanente, como si todo a su alrededor fuera algo que tuviese que soportar con hastío». Michael la miró con fijeza.

—A mi despacho. Ahora mismo —ordenó, porque aunque su rostro había cambiado, sus formas seguían siendo casi... casi las mismas.

Su secretaria le siguió en silencio y supo que la siguiente palabra que iba a escuchar sería «Despedida». Pero se equivocó, porque, en realidad, Michael sí que había cambiado... al menos un poco.

—Su novio se dedica a algo relacionado con la seguridad, ¿no es así? —preguntó Michael sentándose en su sillón de cuero e instándole a ella con un gesto que se sentara frente a él.

Ella intentó ocultar la sorpresa en su rostro. Ni siquiera sabía que el egocéntrico profesor, que no prestaba atención a nada más que a su persona, supiera que tenía novio.

—Sí —dijo ella—, tiene una pequeña empresa de seguridad privada.

—¿Podría actuar como detective?

—Creo que sí —afirmó ella de nuevo—. Tendría que preguntárselo. ¿Por qué?

—Necesito toda la información que pueda reunir de una persona. Hasta su marca de ropa interior, ¿me ha entendido? Todo ello con la debida discreción, por supuesto.

—Claro. Lo entiendo. Déjeme que lo llame —dijo ella levantándose y dirigiéndose a la puerta. Se paró sujetando la manilla y se volvió—. ¿No va a despedirme?

Michael suspiró y se pasó la mano por el pelo con gesto cansado.

—No.

—¿Por qué?

—Porque todos cometemos errores. Yo el primero.

Y la secretaria salió del despacho de su jefe, creyendo que este había sido claramente abducido por algún extraterrestre benevolente y generoso.

Si solo una hora tuviera

***

Una semana después Michael conducía su Jaguar en dirección a St. Andrews. En el asiento del copiloto descansaba un dossier completo de la profesora Applewhite cubierto por una carpeta de cartón marrón. Lo había estudiado y memorizado al completo. Y sabía qué hacer. No tenía ninguna duda.

—¡Profesor Wallace! —exclamó sorprendida la profesora cuando Michael entró en su despacho, atestado y cubierto de arriba abajo por legajos y libros antiguos. Pero Michael ni siquiera dirigió una mirada en derredor. Solo se concentró en su objetivo.

—Profesora Applewhite. Creo que tenemos una conversación pendiente —dijo sentándose frente a ella.

Y ella sí que rodeó su despacho con la mirada, buscando una salida. Su adorado profesor tenía un gesto adusto y el entrecejo fruncido. Y la miraba con furia, con mucha furia en sus bellos ojos azules.

—Usted dirá —comentó ella armándose de un valor que no tenía.

—Lo que ha hecho es imperdonable. Es usted una persona miserable y cobarde. Ha conseguido destruir la carrera de una brillante académica, una colega suya, una compañera, y en el camino me ha llenado de mierda a mí también.

—Hice lo correcto. Usted mismo me lo indicó en su correo electrónico —se defendió ella con voz aguda.

—No sé en qué planeta considerará usted que eso es lo correcto. Pero desde luego en este no. Se lo aseguro. ¿Es que no se dio cuenta de que ese correo, esas fotografías, no iban dirigidas a usted? Lo dudo mucho. Pero yo, estúpidamente, le di la mano de cartas ganadora para que extendiera su maldad. Por qué lo hizo no lo entendí hasta hace unos días, cuando me informaron de algo de su pasado que se ha cuidado mucho de mantener escondido.

Ella se tensó ligeramente tras la silla y Michael sonrió malévolamente y disfrutando mucho con ello además.

—No sé a qué se refiere —dijo ella inclinándose otra vez sobre la mesa.

—Sí que lo sabe. ¿Recuerda al padre Mckee? —Michael observó el gesto ahora asustado de ella—. Oh, estoy seguro de que sí. Fue el sacerdote de su parroquia cuando estudiaba en el instituto. Su confesor —él hizo una pausa y la miró con fijeza a los ojos oscuros y sibilinos tras las gafas—, su enamorado... Pero solo en una dirección, ¿no es así? Usted estaba enamorada de él, pero él no de usted. Algo que me parece del todo comprensible, por cierto. Fue todo un escándalo que los vecinos recuerdan perfectamente. Como no lo pudo conseguir, lo acusó de violarla en medio de una misa, un domingo de... —Michael consultó una fecha en el dossier— mil novecientos setenta y siete.

Ella gimió y sujetó con fuerza los papeles que tenía sobre el escritorio. Michael la ignoró y prosiguió su discurso.

—Pero todo cayó por su propio peso, ¿no es así? Nadie la creyó y su familia la envió a Edimburgo con una anciana tía suya, y el padre Mckee, aunque era inocente, no pudo soportar la presión y pidió un traslado. ¿Sabe dónde está ahora?

Ella negó con la cabeza.

—Vive en Londres, en una residencia seminarista. Tuve una conversación muy interesante con él ayer mismo. Y déjeme decirle que no guarda muy buenos recuerdos de usted. Me atrevería a decir que, aunque es un hombre piadoso, la desprecia. Opinión que comparto. ¿Le gustaría que todo esto saliera a la luz? Me temo que la universidad no sería tan benevolente con usted como lo fue su sacerdote.

—¿Qué es lo que quiere? —exclamó ella bruscamente con la respiración agitada, a punto de sufrir uno de sus imaginarios ahogos.

—Quiero que escriba una carta de disculpa a la universidad de la profesora Ruiz de Lizárraga. En ella explicará que se equivocó, que todo fue un error. Por supuesto, incluirá una disculpa hacia mi persona. Y pedirá la reincorporación de ella a su puesto de trabajo.

—Lo haré —concedió ella apretando los dientes fuertemente.

—Oh, no he terminado. También quiero que redacte una carta de dimisión. Como comprenderá, yo también tengo mis reparos en que alguien como usted imparta clase a jóvenes universitarios. Si no lo hace, informaré a sus superiores de todo. Ya me conoce. Sabe quién soy, y conoce la influencia que tengo. No le conviene contrariarme.

Ella sufrió por primera vez en su vida un ahogo verdadero y así lo reflejó en su rostro. Michael la miró sin inmutarse. La verdad, lo estaba disfrutando, aunque no quería que un súbito ataque al corazón le quitara parte de su entretenimiento.

—¿Se encuentra bien?

—No —replicó ella—, esto es del todo...

—¿Inapropiado? —sugirió él con una sonrisa—. Se equivoca. Es totalmente apropiado. Ahora, comience a escribir.

—Me llevará toda la tarde —se excusó ella deseando que ese hombre, antes tan idolatrado, se fuera de su despacho y de su vida para siempre.

—No se preocupe. Tengo todo el tiempo del mundo —contestó Michael y se arrellanó en el sillón esperando con una maquiavélica sonrisa y un brillo peligroso en sus ojos tormentosos. Sin importarle en absoluto arrugarse su traje de Armani.

CAPÍTULO 22

El que espera... desespera

—¿Cuándo vas a devolverme el teléfono, Adriana? —exclamó Gabriela incorporándose al ver a su hermana entrar en la habitación—. Ya llevo un mes aquí, creo que tengo derecho, por lo menos, a estar algo comunicada con el mundo exterior.

Adriana la miró sonriendo. Su hermana había mejorado mucho. Había ganado algo de peso y lucía un agradable tono rosado en sus mejillas.

—Está bien —concedió ella—. Lo llevo en el bolso. Lo he llevado todo este tiempo. Solo he intentado protegerte.

—No soy una niña indefensa. Estoy harta de que todos lo penséis —repuso enfadada Gabriela, cogiendo el teléfono que le entregaba su hermana.

—Lo sé, pero nos has tenido muy preocupados. A todos —remarcó Adriana.

—¿Todos? —preguntó con esperanza Gabriela.

—Sí, papá y mamá también. Solo que no se atreven a venir por si los rechazas.

Gabriela suspiró. En realidad estaba pensando en Michael, pero claro, se olvidaba de que él ya no se acordaba de ella, para centrarse... no sé... en alguna de sus otras conquistas, como por ejemplo Elena.

Si solo una hora tuviera

—Yo nunca los rechazaré. Ellos deberían saberlo.
—Se lo diré. Seguro que se alegran.
—Pueden venir cuando quieran. Esto es tremendamente aburrido. La única que pone algo de chispa es Lola.
—¿Y yo?
—Tú no cuentas. Eres mi hermana.

Adriana rio. Sabía que Gabriela estaba deseando saber si Michael había preguntado por ella. Llamaba todos los días. Pero eso todavía tendría que esperar un poco. Él le había asegurado que faltaba poco para que todo se solucionara, y aunque su hermana había mejorado mucho, todavía tenía que permanecer por lo menos tres semanas más en el hospital.

Conversaron un rato y cuando Adriana se fue, Gabriela se concentró en su teléfono y comprobó llamadas y mensajes anteriores. Conocía perfectamente a su hermana y sabía que había sido muy capaz de borrar lo que no le interesase que ella conociese. Aun así había algunos de Elena. Entrecerró los ojos y dudó si abrirlos o no. Por fin pudo más la curiosidad que la prudencia y leyó con incredulidad y enfado.

Angelito, ¿se puede saber por qué no contestas a mis llamadas? Desde que te fuiste de Praga de forma tan misteriosa es todo más aburrido, aunque desde luego yo tengo con lo que entretenerme.

Gabriela masculló algo bastante desagradable, pero siguió leyendo mensajes.

¿Dónde te has metido? He llamado a tu universidad y me han dicho que ya no trabajas allí. ¿Ocurre algo? Estoy empezando a preocuparme.

Gabriela pasó al siguiente.

Estoy en una nube. ¡Me caso! ¿Te lo puedes creer? Se arrodilló y me entregó un anillo con un diamante del tamaño de la Catedral de Burgos. Oh, profesor, mi profesor. Cógeme el teléfono y te lo cuento todo.

Gabriela sintió que una mano invisible la estrangulaba. ¿Que Elena se casaba? «¿Cómo ha sido capaz? Si solo ha pasado un mes y ya me ha reemplazado, y encima por una de mis amigas».

Y como recordaba todos y cada uno de los insultos de Michael en varios idiomas, los recitó con calma frente a la pantalla del teléfono. Ella, que jamás decía una palabra malsonante, solo porque ni siquiera sabía cómo hacerlo con el suficiente ímpetu para que sonara realmente mal.

Había un último mensaje.

Me voy a Francia, nos casaremos allí. Fíjate, yo, que no sé una palabra en francés, aunque el beso francés se me da muy bien... Será en primavera. Espero que asistas. Bueno, eso si consigo localizarte.

«¿En Francia? ¿Qué pintan Michael y Elena en Francia?». Y entonces decidió por fin llamarla.

—Hola, angelito, ¿dónde te has escondido todo este tiempo? ¿En algún paraíso que no quieres confesar?

—Estoy en el hospital, Elena. Llevo aquí un mes.

—¿Qué sucede? ¿Estás bien? —Elena tornó su tono normalmente alegre en preocupado.

—Sí, ya lo estoy. Aunque me quedaré aquí un tiempo más. No es nada importante.

—Ah, bueno —replicó Elena, dándose perfecta cuenta de que Gabriela no quería explicar nada.

—Solo llamaba para felicitarte. —Gabriela habló deprisa y casi atragantándose—. Espero que Michael y tú seáis muy felices juntos.

—¿El profesor Wallace? ¿Es que eres tonta? Me caso con François.

—¿El profesor Laroche? —exclamó Gabriela, sintiendo que su corazón volvía a latir con el ritmo correcto.

—Pues claro, ¿crees que no sabía que entre el profesorcito inglés y tú había algo? ¡Mira que intentar hacerme creer que te habías ligado a un camarero! Debes pensar que soy una principiante. Déjame decirte que para engañar primero tienes que saber cómo hacerlo. Y tú, angelito, no sabes. Y por cierto, el profesor Wallace tampoco. Todos sabíamos que había algo entre vosotros. ¿Dónde está? Me imagino que a tu lado.

Gabriela intentó asimilar tanta información en unos segundos.

Si solo una hora tuviera

—No. Está en Oxford, supongo. No lo sé. No he vuelto a saber nada de él desde que regresé a Madrid.
—Vaya, lo siento. Creí que ibais en serio.
—Yo también. Me equivoqué. Ya da lo mismo. De todas formas, me alegro mucho por ti. Y espero estar recuperada para asistir a tu boda, si todavía quieres que vaya.
—¡Por supuesto! ¡Cómo no lo iba a querer! Yo casándome. Todavía no me lo creo.
—Por cierto, ¿no estaba él casado?
—Separado. Estaba... casi separado.
—O sea, que tú lo acabaste de separar.
—Exacto, para juntarlo a mí.
—Mira que eres...
—No soy nada. El amor es lo que tiene.
—¿Y qué tiene? Si puede saberse.
—Que no se puede evitar.

Gabriela rio a su pesar. Conversaron un rato más y se despidieron con la promesa de seguir en contacto. Y Gabriela esa noche durmió un poco más tranquila. Aunque seguía sin entender cómo Michael pudo traicionarla y hacer que perdiera su trabajo.

Al día siguiente, a la hora convenida, Adriana recibió la acostumbrada llamada de Michael.
—¿Cómo está?
—Mejor. Más tranquila. ¿Sabes que había creído que te casabas con Elena?
—¿Con la profesora Mendoza? Pero ¿cómo ha podido pensar eso si me voy a casar con ella? —Michael estaba horrorizado y en su lógica masculina no entendía cómo ella había podido pensar algo así. Si un hombre se prometía con una mujer estaba claro que no lo podía estar con otra.
—Creo que los dos tenéis mucho que hablar. Por lo visto, antes de abandonar Praga le llegó un mensaje de Elena y ella entendió que habías ido a buscar... digamos... su consuelo.

—Busqué consuelo... pero en una botella de whisky, que no es lo mismo. Jamás estaría con otra mujer. Jamás estaré con otra que no sea ella —aseveró Michael.
Adriana rio.
—¿Cómo va lo de su trabajo?
—Creo que bastante bien. He hablado personalmente con el Decano de su universidad, y espero una respuesta pronto.
—Me alegro.
—Yo también.
—¿Sabes una cosa, Michael?
—¿Qué?
—Creo que me vas a gustar mucho como cuñado. Eso si no lo fastidias otra vez.
—No lo haré, lo prometo —contestó Michael sin recordar las veces que ya lo había prometido. Bueno, alguna vez tenía que ser la definitiva, ¿no?

Dos semanas después, Gabriela se sentía como un animal encerrado en un zoológico. En una estrecha jaula que cada vez se hacía más y más diminuta. Tenía prohibido hasta levantarse de la cama. Estaba aburrida, muy aburrida. Se había cansado de leer, de ver la televisión y de dormir. Así que se conectó a Internet y buscó al azar algo que la entretuviera. Leyó en un diario que había tenido lugar en Londres una entrega de premios y vio el nombre de Raefer Wallace como uno de los premiados a mejor actor dramático. Buscó más información con una sonrisa en el rostro. Cambió la búsqueda a páginas inglesas y se detuvo en una de una revista del corazón. Había un pequeño reportaje y un video con imágenes. Manteniendo la sonrisa, lo seleccionó y esperó ver a Raefer recibiendo el premio. En su lugar contempló una pequeña entrevista que le hacía una periodista justo a la entrada, sobre la alfombra roja. Raefer estaba espectacular, lucía como nadie el esmoquin negro y sonreía con satisfacción mientras contestaba amablemente a las preguntas que le hacían. Entonces Gabriela se fijó en una pareja que pasaba justo detrás de él cogidos por el brazo, y abrió los ojos y se acercó más a la pantalla que reposaba sobre sus piernas. ¡No podía ser! Michael caminaba despacio con el brazo doblado sobre su pecho, en el que se apoyaba una mujer altísima, casi como él, muy delgada, morena con el pelo largo y suelto a la espalda y un rostro eslavo de ojos rasgados verdes. En un pequeño instante la cámara de vídeo se desplazó a la pareja y mostró cómo él se paraba y se giraba hacia su acompañante, inclinándose para escuchar algo que ella decía. Luego él levantó la cabeza y rio.

Y Gabriela quiso morir.

Estaba condenadamente... sexy. Vestía esmoquin, como su hermano, y llevaba el pelo más largo. Se lo había intentado domar, pero aun así había algún rizo rebelde que se escapaba de forma descuidada, dándole una apariencia traviesa. Y examinó sus ojos azules oscuros brillando ante los focos que lo iluminaban. Y también observó cómo el resto de la gente que se agolpaba tras las vallas de contención lo admiraba igual que lo estaba haciendo ella.

Y Gabriela quiso morir.

Otra vez.

Entonces escuchó el último comentario de la periodista con una imagen de la pareja entrelazada: «El joven y prometedor actor Raefer Wallace ha venido acompañado de su hermano, el conde de Wintersdale, y su novia, la modelo rusa Tanya Vólkov».

Y esa vez Gabriela, si hubiese podido fulminarse ella misma con un rayo, lo hubiera hecho.

Retiró el ordenador a un lado y se reclinó sobre la almohada. Alargó el brazo derecho y pasó un dedo siguiendo la silueta de la inicial marcada. Ya había curado, era solo otra línea blanca en su piel castigada. La diferencia era que esta estaba hecha con trazo firme y recto y se destacaba claramente, distinguiéndose de los desgarros realizados por ella en un intento de castigarse. Sintió que lágrimas cálidas se deslizaban por sus mejillas, perdiéndose en las prístinas sábanas. «¿Cómo has podido hacerlo, Michael?», se preguntó por milésima vez, acariciando su inicial grabada en su piel por siempre.

Adriana entró junto con Marcos una hora después en la habitación y se quedó parada en la puerta mirando fijamente a su hermana, que estaba sentada en la cama con el ordenador abierto sobre sus piernas cruzadas y lloraba desconsolada, rodeada de un millar de pañuelos de papel arrugados que descansaban descuidadamente sobre la cama y el suelo.

—¿Qué ha sucedido, Gabi? —preguntó acercándose temerosa.

—Mira —le contestó hipando Gabriela, y le mostró una imagen ampliada en toda la pantalla. Adriana observó con detenimiento la fotografía de una modelo en ropa interior, pero no dijo nada—. ¿A que... a que... es... ella es... muy guapa? —Gabriela estalló en un sollozo y cogió otro pañuelo para secarse las lágrimas.

Adriana siguió en silencio, observando cómo su compañera de habitación había tenido la deferencia de correr la cortina, dándoles un poco de intimidad. Y no contestó, porque supo al instante que era una pregunta trampa, algo que por supuesto Marcos, como hombre, no comprendió. Y él sí que habló.

—¡Joder! ¿Esa no es la modelo rusa que...? —dijo acercándose a examinar la imagen—. Sí... esa... la del desfile de los ángeles de... no recuerdo el nombre.

Adriana resopló audiblemente y Gabriela comenzó a llorar con más fuerza.

—Tú —exclamó mirando a su futuro marido—. ¿Qué narices sabes sobre los ángeles de Victoria's Secret si puede saberse?

Marcos se incorporó, miró a la una y a la otra y se alejó un paso temeroso.

—¿Yo? Nada, por supuesto. Si lo sabía, ya se me ha olvidado —aseguró observando el gesto adusto de su futura esposa y el rostro desconsolado de su futura cuñada—. Por completo —añadió—, lo he olvidado por completo. No hay nada más que tú en

Si solo una hora tuviera

mi mente —siguió diciendo mirando a Adriana. Esta no contestó y cruzó los brazos sobre su pecho en señal de enfado. Él se pasó la mano por el pelo y, aclarándose la voz, dijo finalmente—: Te espero en la cafetería, cariño. —Se inclinó sobre ella para darle un beso y Adriana se separó y lo miró furiosa. Él hizo el gesto de rendición con las manos y desapareció raudo y veloz en dirección a la cafetería del hospital, en busca del consuelo de una cerveza bien fría y la agradable conversación con el camarero, que de tantas visitas al hospital, se habían hecho tan amigos que estaba a punto de invitarlo a su boda.

—¡Hormonas! —masculló en voz alta dentro del ascensor, y una pareja de ancianos lo miró con gesto incrédulo. Él les sonrió, pero no añadió nada más. Cuando entró en la cafetería buscó al camarero de siempre y se acercó a él, que seguro sí recordaba quién era la famosa modelo rusa.

—¿Ves? —exclamó de nuevo Gabriela cuando Marcos abandonó la habitación—. Te lo había dicho. Es preciosa.

—Bueno, ¿y qué? —concedió finalmente su hermana, sentándose en una silla a su lado. No entendía por qué ahora a su hermana le preocupaba tanto la belleza de una modelo rusa.

—Que... que... yo... yo soy horrible a su lado —gimoteó Gabriela—. Mírame, con este pelo rizado. —Se cogió un rizo y lo estiró—, y ella con ese pelo liso y moreno tan bonito. —Cogió entre sus dedos un mechón de pelo de su hermana y lo acarició—, como el tuyo. Y... y... es tan alta —dijo hipando—, y... y... tan delgada... Y yo estoy tan... gorda —añadió cogiéndose un imaginario trozo de piel de su brazo—. Y... ¡mira qué ojos tan bonitos! ¡Verdes! Y yo soy tan poca cosa a su lado... —Gabriela lloraba desconsolada y cogió tres pañuelos a la vez acercándoselos a su nariz, que goteaba.

Adriana puso los ojos en blanco y suspiró. Como todas las mujeres, si Gabriela había deseado tener el pelo liso, ella había envidiado el de ella, rizado y rubio.

—No eres horrible, Gabi, solo distinta. No os parecéis en nada. ¿Me puedes explicar por qué te afecta tanto? No lo entiendo.

—Porque... porque... ¡está con Michael! —aulló Gabriela haciendo que una cabeza se asomara tímidamente tras la cortina de la otra cama.

Adriana masculló un insulto en voz baja. Tenía que haber un error. Michael no podía haber hecho una cosa así.

—No debería importarte. Tú misma dijiste que lo odiabas. Que no querías volver a verlo. Que no soportarías incluso tenerlo en tu presencia —contestó Adriana—. Creo recordar que esas fueron tus palabras exactas.

—Y lo odio —aseveró Gabriela súbitamente seria y con los ojos muy abiertos—. ¡Lo odio! Ya no estoy enamorada de él. Es historia —añadió y siguió llorando.

—¡Ja! —exclamó su hermana—. Pues para no estar enamorada de él, estás haciendo una perfecta imitación de ello.

Gabriela apartó un pañuelo de su rostro y la miró enfadada.

—No es cierto.

—Lo es. Además, ¿cómo sabes que está con él? —inquirió con curiosidad Adriana. Su hermana a veces pecaba de una imaginación desbordante, y lo sabía.

—Mira —le contestó Gabriela abriendo una ventana en la pantalla del ordenador y mostrándole el vídeo de la entrega de premios.

Adriana lo contempló en silencio y también escuchó el comentario de la periodista y vio a Michael con aquella modelo colgada del brazo. Y si en ese momento hubiera tenido el poder de fulminarlo con un rayo, lo habría hecho. Sin duda.

—¡Maldita sea! Tiene que ser un error —masculló Adriana en voz baja. Aunque lo estaba viendo con sus propios ojos, no llegaba a comprenderlo del todo.

—No... no lo es. A las pruebas me remito... Me ha olvidado... Me ha cambiado... por... por... ¡Mírala! ¡Es preciosa! Yo no tengo nada que hacer a su lado. —Y Gabriela siguió hipando y gimoteando.

Si solo una hora tuviera

Adriana no sabía qué hacer para consolarla. Solo quería salir de allí, llegar a casa y cuando recuperara algo de calma llamar a Michael y exigirle una explicación. Otra vez.

En ese momento entró Lola, vestida con un abrigo de visón hasta los tobillos y cubierta por tantas joyas que parecía un árbol de Navidad.

—¿Qué está ocurriendo aquí? —preguntó con voz grave y nasal, haciendo que Gabriela recrudeciera su llanto. Miró a Adriana y le guiñó un ojo—. Mira, cielito, si estás intentando quitarme el puesto de reina del drama, vete olvidándote de ello, ¡qué más quisieras!

Y con ese simple comentario, arrancó una sonrisa a Gabriela, que un poco más tranquila le explicó lo sucedido, a lo que Lola escuchó con atención chasqueando la lengua a cada poco. Ella también sabía lo preocupado que estaba Michael por ella y no lo entendía del todo. No obstante, Gabriela se desahogó y, cuando terminó, era capaz de completar una frase sin acabar llorando. Adriana se levantó cansada y comentó que tenía que irse.

—No te preocupes. Yo me encargo de todo —la tranquilizó Lola, y luego añadió en voz baja—: Esta noche me llamas y me cuentas qué te ha dicho él.

Adriana asintió y miró a su hermana, pero esta se había vuelto a concentrar en la imagen del ordenador y ya no les prestaba atención. Respiró algo aliviada y se despidió con un beso en su coronilla rubia.

—¡Hormonas! —exclamó en voz alta cuando bajaba en el ascensor al encuentro de Marcos, haciendo que una mujer con una niña pequeña cogida de su mano la miraran con algo de reprobación. Ella sonrió y no pronunció nada más. Entró en la cafetería y buscó a Marcos con la mirada. También necesitaba una cerveza fría.

Cuando Lola se despidió, dejando a Gabriela bastante más calmada, esta se arrellanó en la cama y observó la oscuridad del exterior a través de la ventana. El otoño se estaba terminando y aunque solo eran las ocho de la tarde, las tinieblas habían inundado la habitación. Cogió su móvil y lo sujetó con fuerza en su pequeña mano. «¿Debería llamar a Raefer?», se preguntó. Sabía lo que le había costado llegar donde estaba y se merecía su felicitación. No lo pensó más y buscó su número.

Raefer escuchó el timbre de su teléfono, que estaba depositado sobre una pequeña mesa junto al sofá de su salón, en su apartamento de Londres. Se sentó y lo cogió, mientras su hermano se dirigía, para darle algo de intimidad, en busca de cervezas a la cocina. Miró la pantalla y abrió los ojos sorprendido.

—Hola, Gabrielle, ¿cómo estás? —preguntó con voz alegre observando cómo su hermano se había quedado paralizado en la puerta del salón sujetando dos cervezas en sus manos. Le hizo un gesto con el dedo sobre los labios en señal de silencio y conectó el altavoz. Luego depositó el teléfono en la mesa del centro.

—Bien, gracias, ¿y tú? —Se escuchó la extraña voz ronca de Gabriela a través del teléfono, y Raefer sonrió mirando a su hermano, que seguía paralizado observando el pequeño instrumento como si fuera la lámpara de Aladino y en cualquier momento ella fuera a materializarse a su lado.

—Muy bien —contestó escuetamente Raefer. Sabía que ella estaba en el hospital, pero eso era algo que Gabriela no debía conocer por el momento.

Michael, por fin, se sentó en un sillón de cuero negro frente a su hermano, aferrándose a las cervezas como si fueran un salvavidas, y se inclinó peligrosamente sobre el teléfono respirando entrecortadamente. Raefer se levantó y le arrancó una de las cervezas, rescatándola del suplicio de las manos fuertemente apretadas a su cuello de cristal.

—Yo... yo solo llamaba porque he visto que has ganado un premio y quería... quería felicitarte. Solo eso. Me alegro mucho por ti. —Pudieron oír un pequeño suspiro a través de la línea. Y Michael gimió calladamente.

Si solo una hora tuviera

—Gracias. Fue increíble. No creía que pudiera ganar. Todavía estoy en una nube —explicó Raefer, mirando ahora con preocupación a su hermano, que había fruncido el ceño y observaba intensamente el teléfono siguiendo una línea imaginaria sobre su pecho que a él le pareció una G mayúscula.

—Te lo mereces. Ya he visto la entrevista que te hicieron en la alfombra roja. Se te ve muy bien —añadió Gabriela, esperando alguna información de Michael.

—Ah, la entrevista. Sí, claro —comentó Raefer comprendiendo el verdadero propósito de la llamada—. Acudí con mi hermano, ¿lo viste también?

Hubo un pequeño silencio al otro lado de la línea y Michael miró furioso a su hermano.

—Sí, lo he visto —contestó finalmente Gabriela con voz no demasiado firme a su pesar—. ¿Está bien? —añadió como al descuido.

—Oh, muy bien. Tanya y él se llevan de maravilla.

—¿Tanya? —La voz de Gabriela sonó estrangulada y Michael apretó los dientes, ante la sonrisa de Raefer.

—Sí, la mujer que lo acompañaba —aclaró Raefer.

—Ya, entiendo. ¿Puedo hacerte una pregunta?

—Claro.

—¿Desde... desde cuándo es Michael el conde de Wintersdale?

Michael puso los ojos en blanco y se guardó un fuerte resoplido que no brotó de su pecho.

—Desde que nació. Es un título heredado por parte de madre. Honorífico, pero conde al fin y al cabo. Aunque a él no le gusta demasiado que se lo recuerden. —Raefer estaba sonriendo de oreja a oreja.

—Ah —dijo simplemente Gabriela.

—Por cierto, dentro de dos semanas estrenan mi nueva película, ¿te apetecería venir? Será una fiesta bastante divertida, y Londres está muy bonito en Navidad —sugirió Raefer compadeciéndose de su hermano.

—Lo siento no puedo. Los médicos me han prohibido viajar en avión —se disculpó Gabriela demasiado deprisa.

—¿Médicos? ¿Estás enferma? —preguntó Raefer. Y Michael sujetó con demasiada fuerza la cerveza en la mano. ¿Que le habían prohibido montar en avión? ¿Por qué? ¿Qué le ocurría realmente a su ángel? Su voz parecía tranquila, no obstante él seguía profundamente preocupado.

—No, no es nada importante. Pasará dentro de algún tiempo —respondió Gabriela, lamentándose de haber dado tanta información.

—Lo siento. Cuídate mucho entonces. Espero verte pronto —dijo Raefer ahora con tono preocupado.

—No creo que eso suceda, pero me alegro por tu éxito. Te veré en los cines. Y espero que seas muy feliz —murmuró despidiéndose Gabriela—. Y... y... Michael también —añadió atropelladamente y colgó el teléfono.

Michael miró a su hermano con relámpagos destellando en sus ojos tormentosos.

—¡Maldito seas, Raefer! Ahora mismo te daría un puñetazo. ¿Cómo has podido insinuar que Tanya era mi pareja? —abroncó Michael levantándose de golpe.

—Ten cuidado, hermanito —contestó Raefer levantándose a su vez y poniéndose justo frente a él—. Ahora estoy sobrio y no te será tan fácil arrojarme al suelo. Además, tenía que añadir algo de emoción a esta historia, ¿no crees?

Michael fijó una mirada dura en su hermano y le recordó a Dionisos, el dios griego de la diversión, y temió que esa emoción de la que hablaba le trajera consecuencias no deseadas. De repente se sintió muy cansado y se sentó de golpe en el sillón cerrando los ojos.

—¡Joder, no lo soporto! —masculló con voz ronca—. No soporto estar tan lejos de ella. Me duele el corazón —añadió—. ¿El corazón puede doler?

—Sí —contestó su hermano—, cuando está roto. —Y bebió de su cerveza observando calladamente a su hermano mayor.

Si solo una hora tuviera

Una vez en Praga le dijo que lo había visto derrotado, aunque no lo pensaba de verdad. Ahora empezaba a creerlo y deseaba más que nada que todo se solucionase por fin.

Unos minutos después sonó el teléfono de Michael. Este abrió los ojos y se lo sacó del pantalón.

—¡Lo que faltaba! —exclamó fuertemente.

—¿Es Gabrielle? —preguntó su hermano, interesado.

—Su hermana —contestó Michael, observando como Raefer ponía los ojos en blanco y miraba al techo.

—¡Estás jodido! —dijo.

—Lo estoy —respondió con cansancio Michael, y presionó la tecla aceptando la llamada.

—Pero ¿se puede saber qué pasa contigo, Michael? Me prometiste que no lo ibas a estropear y acabo de verte esta misma tarde paseándote con una modelo rusa en una alfombra roja —gritó Adriana por teléfono. Había intentado calmarse, pero no lo había conseguido. Al menos, no del todo.

Michael se apartó un poco el teléfono de la oreja ante el ímpetu de su futura cuñada.

—No es lo que crees —explicó tranquilamente.

—Pues suelta por esa boquita de piñón que tienes, guapo. Porque las imágenes no mienten.

—Tanya es la novia de mi hermano. Ellos llevan poco tiempo juntos, y no quieren que la prensa los acose. Yo actué como pantalla, distrayendo la atención sobre ellos.

Adriana respiró un poco más tranquila.

—¿Y no se te había ocurrido pensar que Gabriela podía ver las imágenes y pensar lo que todos?

—No, la verdad es que no lo pensé. ¿Por qué iba a hacerlo? Ella es ajena a todo este mundillo del espectáculo. Además, acaba de llamar a Raefer y no parecía muy afectada —explotó Michael.

—¿Que no parecía afectada? Mira que eres tonto de remate. Se ha pasado toda la tarde llorando porque dice que no es lo suficientemente buena para ti, comparándose una y otra vez con

esa maldita modelo —aulló Adriana sin amedrentarse ante el tono de él.
　—¿Que no es lo suficientemente buena para mí? ¿Cómo puede creer eso? Ella es perfecta, en todos los sentidos. Tanya no le llega a la suela de los zapatos aunque quisiera —dijo sintiendo que una llama de esperanza se encendía en su corazón roto. Raefer lo miró con furia ante el insulto a su novia. Michael lo ignoró, Gabriela era su ángel, por mucho que Tanya fuera una modelo famosa. No había comparación posible.
　—Está bien, Michael. Te creo. Pero, por favor, deja de fastidiarla una y otra vez.
　—Dejaré de fastidiarla cuando la vea. No entiendo por qué me dices que no puedo ir a verla. Así podré explicarle todo yo mismo.
　Adriana se asustó.
　—No puedes, Michael, de verdad. Ella necesita muchísima tranquilidad. Si vienes y tú... si ella lo... si empeora por tu causa no te lo perdonará en la vida. Estoy segura. Hazme caso, ya solo quedan unas semanas. Ten paciencia, por favor —suplicó Adriana.
　Michael suspiró resignado. Si al final todo resultaba una farsa, su cuñada no encontraría un solo lugar en el mundo donde esconderse de él por tenerlo apartado de Gabriela.
　—Está bien. Solo unas semanas más.
　—Por cierto, ¿puedo hacerte una pregunta?
　—Claro, ¿de qué se trata?
　—¿Desde cuándo eres el conde de Wintersdale?
　Y ambos hermanos pusieron los ojos en blanco.
　Unos minutos después, Raefer se levantó a buscar otra cerveza a la cocina y, entregándosela a Michael, que seguía con gesto preocupado, hizo una pregunta rascándose la barbilla.
　—Mike.
　—¿Qué?
　—¿No has pensado que quizá Gabrielle esté embarazada? Al comentar que no le permitían viajar en avión he recordado a la

Si solo una hora tuviera

mujer de Hugh. Ella pasó un embarazo muy difícil por los gemelos. Estuvo en reposo casi los nueve meses y los médicos dijeron que nada de preocupaciones, viajes, y jodiendo de paso a Hugh, nada de sexo. Supongo que vosotros tomasteis precauciones, pero ya sabes, todo puede fallar.

Michael lo miró con infinita tristeza en sus ojos azules, que se tornaron oscuros de repente.

—No. Eso seguro que no.

—¿Por qué estás tan seguro? —preguntó Raefer, observando el rostro serio de su hermano.

—Ella no puede tener hijos.

—Vaya, lo siento. No sabía... yo... lo siento. Tú siempre has querido... ya sabes.

—No importa, Raefer. No me importa, de verdad. Solo la quiero a ella. Lo demás ya no importa.

Y Raefer calló y no dijo más, por una simple razón: no se podía romper un corazón cuando ya estaba roto.

A Gabriela le dieron el alta en el hospital el treinta y uno de diciembre por la mañana, aunque tenía que seguir con la medicación y el reposo. Pero por lo menos estaría en su casa.

Su hermana y Marcos la ayudaron a instalarse y la invitaron a la cena de esa noche, en casa de los padres de él. Ella se negó. Se sentía todavía demasiado cansada y no tenía ánimos suficientes para enfrentarse con otra gente que no fuera la que la había rodeado esas últimas semanas. Lola la visitó esa tarde con Fonsi para desearle feliz año y le prometió que volvería dos o tres días después, cuando se le pasara la resaca correspondiente, para contarle las novedades y cotilleos. Ella sonrió y les deseó buena noche.

Cuando se quedó sola, se tumbó en el sofá y se dispuso a pasar una larga noche viendo los especiales de fin de año en la televisión, imaginándose cómo Michael iba a pasar aquella noche. Seguro que estaría invitado a alguna fiesta elegante y acudiría acompañado de la estupenda y bellísima modelo. Acarició una vez más su inicial en el brazo y suspiró con dolor. Por lo menos, pensó con algo de alegría, ya no estaba en el hospital.

Michael soportó a duras penas la cena con sus amigos hasta que, poco antes de las doce, todos abandonaron el apartamento, dirigiéndose a una fiesta organizada en una conocida discoteca por la productora de su hermano. Él no tenía ánimos para asistir a ninguna fiesta. Se puso ropa cómoda, se sentó en el sofá y se dispuso a ver los programas especiales en la televisión, acariciándose de forma descuidada la marca con la inicial de Gabriela en su pecho.

A las doce y un minuto el teléfono de Gabriela comenzó a pitar, llenándose de mensajes de felicitación. Ella se incorporó, se dispuso a leerlos y a contestarlos uno por uno. Hasta que llegó al que no se esperaba.
Solo he pedido un deseo para este año que comienza. Tu felicidad.
Y comenzó a llorar calladamente. Apretó fuertemente la inicial de Michael en su brazo, pero no contestó al mensaje.

Poco a poco Gabriela fue recobrando la normalidad en su vida. Salía todas las mañanas a dar un pequeño paseo y pasaba mucho tiempo leyendo y descansando, procurando no acordarse de Michael, aunque cuando se acostaba en su cama vacía lo añoraba más que nunca. Y a mediados de enero recibió una llamada que no se esperaba.
—Gabriela, ¿cómo estás? Soy Augusto.
—Lo sé —contestó ella fríamente—, he reconocido el número. Recuerda que trabajé allí varios años. ¿Qué quieres?
—Ofrecerte una disculpa.

Si solo una hora tuviera

—¿Cómo?
—La junta directiva ha reflexionado y ha considerado que eres un valor que la universidad no debe perder. Te ofrecen un nuevo trabajo.
—¿Un nuevo trabajo? —preguntó ella—. Verás, ya estoy un poco mayor para hacer de becaria.
—Serías directora del departamento. Es lo que querías, ¿no?
—¿Por qué ahora? —inquirió ella sin comprometerse.
—Porque hace unas semanas nos llegó una carta de la profesora Applewhite a todos los integrantes de la dirección explicando el error que habíamos cometido, y exigiéndonos que lo remediásemos. La burocracia es lenta, y más cuando nos presionan desde diversos ámbitos.
—¿Qué ámbitos? —preguntó ella sin entender nada.
—¿Es que no sabes las amistades que te rodean, Gabriela?
—Pues ahora mismo no —contestó ella desconcertada, y la única visión que apareció en su mente fue la de Lola, y claro, ella seguro que no tenía nada que ver en todo aquello.
—El profesor Wallace tuvo una interesante conversación conmigo y con varios miembros de la junta, o mejor debería decir, el conde de Wintersdale, como se presentó él. Nos explicó qué había sucedido y te avaló como profesora. Por si eso no había dejado suficientemente impresionados a todos, poco después recibimos la visita del obispo Neri, que fue tu profesor, y... ejem, si creo recordar bien, era el hombre al que besabas en las fotografías. Prácticamente nos obligó a volver a contratarte. Te puedo asegurar que al viejo don Jacinto Gómez de Padua, que lleva más años que nadie en la junta y ha sufrido una Guerra Civil y una Mundial, casi se le cae la dentadura cuando lo vio.
Gabriela estaba claramente... enfadada... muy enfadada.
—¿Me estás intentando decir que me ofreces el puesto de directora de departamento porque alguien os lo ha ordenado?
—No. Te lo ofrezco porque lo hemos valorado, y todos pensamos que eres una buena profesora, que quizás hayas tenido algunos problemillas en el pasado, pero como académica eres real-

mente brillante, y la universidad no quiere perderte. Y yo también lo creo, Gabriela. De verdad.
—Gracias, pero no. Renuncio —exclamó ella.
—¿Cómo?
—Lo que has oído. Si tan buena soy, intentaré encontrar trabajo en otra universidad. Por mí misma, sin tener a nadie detrás guardándome las espaldas.
—Pero ¡esta es una de las mejores universidades de España!
—Lo sé, pero también hay otras, aunque no sean igual de buenas. No quiero regresar. Allí ya no me queda nada. Gracias, pero te repito que no acepto. —Y colgó el teléfono, y deseó colgar también a Michael y a Piero, pero eso de momento era imposible.

Luego se quedó pensativa y entrecerró los ojos. ¿Obispo Neri? Bueno, todos habían seguido con sus vidas, ¿no?

Augusto, decano de la facultad, envió un comunicado a ambos interesados en la contratación de Gabriela informándoles de la renuncia de esta. Y ambos hombres, uno en la soleada Roma y el otro en el lluvioso Londres, exclamaron lo mismo en diferentes idiomas:
—¡Será cabezota!
Y luego sonrieron. Sabían que estaba mejor. Mucho mejor. Y respiraron más tranquilos.

Pocos días después Adriana estaba hablando con Michael, había dejado el móvil sobre la mesilla de su habitación y conectado el altavoz mientras se cambiaba.
—¿Lo tienes todo?
—Sí.
—La invitación, el plano que te envié, las indicaciones... ¿todo?
—Sí. Todo —replicó él algo molesto porque dudara de él.
—¿El billete de avión? ¿El anillo?

Si solo una hora tuviera

—Todo. Incluso voy a llevar la tiara rusa.
—¡Joder! Me había olvidado de la tiara. ¿Se la vas a dar?
—Siempre fue de ella —dijo Michael con una sonrisa. Ya solo quedaban unos días más y la vería por fin—. La llevo como refuerzo.
—¿Como refuerzo?
—Sí, por si el anillo no es suficiente.
—Pero ¿es que todavía no conoces a mi hermana? Ella no quiere anillos, ni tiaras, ni condes... te quiere a ti. Solo a ti.

Michael sintió que con esas palabras toda la angustia que había vivido las últimas semanas se deshacía como la nieve en primavera.

—Y yo solo la quiero a ella.

Adriana sonrió mientras guardaba su ropa en el armario.

—Como la fastidies esta vez, juro que te corto las pelotas.
—Eso no le gustaría a tu hermana, creo que les tiene bastante aprecio.

Adriana rio fuertemente.

—Lo creo. ¿Has pensado qué le vas a decir cuando la veas? Sospecho que te vas a sorprender. Ha cambiado... bastante.

Michael entrecerró los ojos sin entender del todo el comentario.

—¿«Te quiero» te parece suficiente?
—Me parece perfecto. Un beso —dijo todavía sonriendo y colgó el teléfono.

Gabriela había regresado antes de tiempo de uno de sus pequeños paseos. Ese día estaba especialmente cansada y con ganas de cenar pronto y acostarse. Al entrar en el piso escuchó voces en el dormitorio de su hermana y creyó que estaba con Marcos. Tenía que buscarse pronto un piso, ya había estado mirando y creía haber encontrado un apartamento no muy lejos de allí, que podía pagar mientras encontrara otro trabajo. De repente se quedó parada en el pasillo. Había reconocido la voz. No era Marcos.

Era Michael. Reconocería su voz aunque la escuchara mezclada entre un millar. Y escuchó las últimas frases:
—¿Te quiero te parece suficiente?
—Me parece perfecto. Un beso.
Su hermana salió al poco rato de la habitación y tropezó con ella, que seguía parada en medio del pasillo.
—¿Ya has llegado?
—Sí —contestó ella mirándola con intensidad.
—¿Ocurre algo? ¿Te encuentras bien?
—Solo un poco cansada.
—Prepararé la cena y a la cama, ¿te parece?
—He dejado lasaña de este mediodía. No es necesario.
—Entonces me daré una ducha, ¿me esperas?
—Claro.
Cuando Adriana cerró la puerta del baño, Gabriela corrió a la habitación de su hermana. Cerró la puerta con cuidado y circundó la habitación con la mirada buscando algo concreto, que estaba sobre la mesilla. Cogió el teléfono y comprobó la última llamada. Michael. No se había equivocado. Como un caballero medieval defendiendo a su dama, marcó rellamada.
—¿Te quiero no te parece suficiente? —exclamó Michael con voz alegre.
—¿Que si no me parece suficiente? Serás capullo. ¡Crápula engreído! ¡Canalla! ¿No te parece suficiente haberme roto el corazón que también quieres fastidiarle la vida a mi hermana?
—Gabrielle. —La voz de Michael sonó algo indecisa.
—Sí, la misma. ¿Cómo te atreves? ¿Con mi hermana? Después de todo lo que has hecho. Solo te voy a decir una cosa: como vuelvas a intentar acercarte a ella, o contactes con ella de algún modo, juro que cortaré en pedacitos tu querido y egocéntrico pene. ¡Y disfrutaré mucho en el proceso! —Y diciendo lo cual colgó el teléfono y salió de la habitación para calentar la cena, cuidando mucho que su hermana no se diera cuenta del estado de agitación en el que se encontraba.
¿Cómo había sido capaz? Después de todo lo que había he-

cho. «No lo entiendo», pensó desesperada. «¿Desde cuándo está Adriana con Michael?». En ningún momento dudó de la integridad de su hermana, toda... toda la culpa era únicamente del pedante profesor inglés que había tenido la desgracia de conocer en Praga.

Cenaron en un silencio que se tornó incómodo. Adriana sabía que le sucedía algo a su hermana, pero no acertaba a averiguar qué era. Cuando estaban recogiendo, Gabriela por fin se volvió hacia ella.

—¿Quieres a Marcos?
—¿Cómo?
—Ya me has oído.
—Claro que lo quiero. Me voy a casar con él, ¿recuerdas?
—Yo sí. Solo espero que lo recuerdes tú. —Gabriela se acercó y le acarició una mejilla—. No lo pierdas. Es un buen hombre. No destruyas lo que habéis construido juntos.
—No tengo intención de hacerlo. ¿Se puede saber qué sucede?
—Nada. Solo quiero que no cometas los mismos errores que tu hermana mayor. Sé que debí ser un ejemplo para ti, pero también fallé en eso. Lo siento —dijo Gabriela dándole un beso y saliendo de la cocina.

Adriana se quedó un momento en la cocina, claramente desconcertada. Luego se giró, suspiró y se fue a acostar. Ella también estaba cansada, el trabajo, los preparativos de la boda, la preocupación por su hermana. Todo le estaba pasando una factura muy cara. Cuando estuvo acostada y conectó el despertador se fijó en el móvil y una idea le destelló en el cerebro como un relámpago. ¿Y si...? No, no podía haberles escuchado. Pero... estaba claro que su hermana estaba preocupada. Masculló una maldición y comprobó las llamadas. ¡Maldita fuera! Había llamado a Michael. Pulsó la tecla de rellamada y esperó impaciente a que él contestara.

—¿Adriana? —preguntó Michael sin estar del todo seguro.
—La misma. ¿Has hablado con Gabi?

—Sí, por lo visto cree que intento seducirte. También me ha dicho que cortará en pedacitos mis partes íntimas si me acerco a ti de cualquier modo. Créeme si te digo que mi pene se está sintiendo claramente amenazado por las hermanas Andrade.

Adriana rio a su pesar.

—Por lo menos no ha escuchado el resto de la conversación, así que eso me deja más tranquila.

—¿Más tranquila? Pues ni yo, ni mi pene, dormiremos mucho esta noche. Te lo puedo asegurar.

—Vamos, Michael. Tú, un hombre tan grande, intimidado por mi delicada hermana. No me lo puedo creer.

—La he visto enfadada, y es como una de las Furias.

—Lo sé. Así que ya sabes lo que te conviene.

—¿El qué me conviene?

—No enfadarla —rio Adriana y colgó el teléfono.

¿Michael y ella? «Pero ¿en qué está pensando mi hermana?». Se durmió todavía con la sonrisa en la boca.

Gabriela no durmió mucho aquella noche, dándole vueltas constantemente a la misma cuestión: «¿Adriana y Michael? No me lo puedo creer. ¿Pero es que no va a ser nada fácil?». «Pues no, querida Gabriela, porque lo mejor está por llegar», le susurró una voz que ella no llegó a escuchar.

CAPÍTULO 23

Sí... lo mejor está por llegar

—Despierta, dormilona. Hoy es tu gran día —susurró Adriana soplando en la oreja de su hermana. Esta se giró abriendo los ojos y sonrió.
—No, ¡hoy sí que es tu gran día! ¡Te casas! ¿Es que no lo recuerdas? —dijo Gabriela—. Aunque todavía no entiendo por qué has decidido casarte un seis de febrero, en pleno invierno, con lo bonitas que son las bodas en primavera.
Su hermana suspiró.
—Ya te he explicado que Marcos y yo también queremos casarnos por el rito Balinés el día de los enamorados, allí estaremos calentitos y cómodos, disfrutando de nuestra larga y merecida luna de miel —explicó ella por centésima vez—. Además, quería que mi boda coincidiera con tu cumpleaños, porque aunque tú no lo sepas todavía —le acarició el rostro—, hoy también es tu gran día.
—Sí, claro —contestó Gabriela levantándose— soy un año más vieja.
Adriana rio y una mirada divertida brilló en sus ojos. Si ella supiera...
—Vamos —tiró de ella con fuerza—, tenemos una hora para desayunar y prepararnos antes de que lleguen la peluquera y la esteticista.

Gabriela la siguió preguntándose a qué demonios se referiría su hermana, pero lo olvidó pronto viéndose inmersa en la vorágine de preparativos de última hora.

—Estás preciosa —exclamó Adriana viendo a su hermana vestida, peinada y maquillada un par de horas más tarde.

Y Gabriela comenzó a llorar.

—No es cierto, estoy gorda y fea —dijo girándose ante la mirada de su hermana y de las dos jóvenes que las estaban ayudando a prepararse—. Y soy un año más vieja —señaló para el conocimiento de todas.

Su hermana puso los ojos en blanco y rio.

—Las hormonas, eso son las hormonas —afirmó la peluquera—. A mí me pasó lo mismo, todo el día para arriba y para abajo, como en una montaña rusa.

Y todas asintieron menos Gabriela, que se miraba en el espejo viéndose gorda y fea. Y más vieja.

Llamaron a la puerta y abrió Gabriela, dejando que prepararan a su hermana. Se encontró con un joven que venía a entregar un ramo de flores. Ella lo cogió y firmó la entrega.

—¿Quién era? —preguntó Adriana frente al espejo.

—Te envían un ramo de flores —contestó Gabriela entregándoselo.

Adriana leyó el nombre de la tarjeta y un pequeño escalofrío le recorrió la espalda.

—No es para mí. Yo no soy G. Andrade.

Gabriela lo cogió extrañada y se fijó con más atención en el ramo. Rosas blancas rodeadas de margaritas silvestres. Contó las rosas. Ocho. Y supo de quién era. Gimió en voz alta y su hermana, en ese instante, supo también quién le había enviado las flores.

Gabriela abrió la tarjeta y leyó con la respiración agitada.

Ocho rosas, una por cada año que he pasado amándote. P.

—¿De quién son? —inquirió Adriana sabiendo la respuesta, pero Gabriela no contestó. Se había dirigido hacia la ventana y miraba con gesto concentrado al exterior, como buscando algo.

—¿De quién son? —repitió su hermana en voz más alta, de-

Si solo una hora tuviera

jando que la peluquera le trenzara el pelo para hacerle un complicado moño en la cabeza.

Gabriela se volvió a mirarla con gesto ausente.

—De nadie importante —murmuró finalmente.

Adriana masculló en silencio y maldijo al que había enviado las flores. ¡Maldita fuera! No había contado con ese imprevisto. Todo estaba planeado al milímetro y de repente tenía que hacer su aparición estelar Piero. ¡Lo que faltaba! Como diría su madre: ¡éramos pocos y parió la abuela!

Terminaron de adecentar a Adriana, que no dejaba de observar a su hermana, súbitamente triste y ajena a todo.

—Ya está —exclamó levantándose—. ¿Qué te parece?

Gabriela se giró y la miró con dulzura.

—Tú sí que estás preciosa —afirmó contemplando a su hermana vestida de novia, y comenzó a llorar otra vez—. ¿Puedo abrazarte?

—Claro, tonta. —Y Adriana abrió los brazos para recibirla.

La peluquera y la esteticista aprovecharon el momento, que ya habían vivido en otras ocasiones con otras personas, para despedirse y salieron en silencio por la puerta.

Gabriela se separó con cuidado de no estropear ni el vestido, ni el maquillaje, ni el complicado peinado y la observó otra vez con atención.

—Mi hermanita se casa —dijo sonriendo—. Siempre creí que iba a ser yo la primera.

—Pues serás la segunda, por una vez —rio su hermana.

—Yo no me casaré nunca —aseveró ella súbitamente seria.

—Oh, sí que lo harás. No tengo la menor duda —rebatió Adriana sin dejar de sonreír, se volvió y cogió un pequeño paquete envuelto y se lo entregó.

—¿Tu regalo? —preguntó Gabriela—. No tenías por qué, ya has hecho demasiado.

—No, no es mío. El mío vendrá después. —Ella la miró extrañada, pero su hermana no dijo nada más—. Venga, ¡ábrelo!

Gabriela abrió el paquete desgarrando el papel brillante que lo cubría para encontrarse con un libro. Un libro de fotografías. Reconoció al instante la técnica del fotógrafo.

—Michael —dijo suspirando.

—Sí, Michael. Creo que necesitas que él te explique lo que sucedió realmente. Ya sabes que no se acostó con Elena, y yo te puedo decir que el asunto de tu trabajo fue un malentendido. Un maldito malentendido, que él intentó remediar. También debes saber que Tanya no es su pareja, es la novia de su hermano. Pero todo esto te lo explicará él mejor que yo. Y tú también debes explicarle un par de cosas. Bastante importantes —señaló Adriana.

—Yo... —A Gabriela le temblaba la voz y no entendía muy bien por qué.

—Sí, tú.

—Está bien. Cuando termine la boda, quizá mañana o pasado lo llamaré y hablaré con él —aventuró finalmente—. Entonces, ¿él y tú no...?

—Claro que no, no entiendo cómo pudiste siquiera pensarlo. Michael y yo hemos estado en contacto todo este tiempo. Todos los días ha llamado preguntando cómo te encontrabas. Y te puedo asegurar que para él ha sido angustioso permanecer alejado de ti. No entendía nada y estaba muy asustado.

Los ojos de Gabriela se llenaron de lágrimas y abrió el libro ojeándolo. Era un monográfico de Praga, en él estaban reflejados todos y cada uno de los rincones que habían visitado. Su vida esas semanas recogida en un libro de fotografías. La última era una de ella, dormida plácidamente en la enorme cama de la habitación del ático. Se sorprendió al ver su rostro con una expresión de extraña calma y paz. Desconocía cuándo se la había sacado. Y tampoco recordaba haber dado su consentimiento a que se publicara.

—Yo no he aceptado la publicación de mi fotografía —indicó mirando a su hermana.

—Lo sé. Lo hice yo. Se me da muy bien falsificar tu firma —dijo sin ningún remordimiento—. No me mires así, que no me arrepiento de nada. Lee lo que pone al comienzo —señaló.

Si solo una hora tuviera

Y Gabriela abrió la primera página, completamente en blanco, con un texto escrito a pluma, con la elegante caligrafía de Michael.

Siempre que abro un libro por primera vez lo que más atrae mi atención es comprobar a quién agradece o dedica el autor su obra. Son personas importantes, personas que contribuyeron de alguna manera al desarrollo del manuscrito que tengo en las manos. Y me gusta saber que tras esas páginas hay alguien real, rodeado de gente a la que considera tan importante como para dedicarles el esfuerzo de su creación. Este libro lo comencé perdido, aunque no sabía que estuviera así, porque realmente, hasta que encontré lo que llevaba toda mi vida buscando, no supe lo que era vivir sin alma. En Praga encontré mi corazón, encontré mi alma, encontré mi vida. En Praga la encontré a ella. La que es todo para mí. La única. Para ella, para mi marca tatuada con sangre en mi pecho, la que llevaré siempre y ha sido mi consuelo este tiempo de separación. Porque ella lo sabe. Sabe que es mía, y que siempre lo será, porque también es portadora de mi marca hecha con infinito amor. El amor que siento por ella. Mi G.

Gabriela no pudo contener más las lágrimas y su hermana la abrazó, olvidándose de su vestido, de su maquillaje y de su complicado peinado.

—¿Por qué? —preguntó Gabriela en un susurro.

—Porque te mereces ser feliz. Solo por eso —contestó su hermana.

En ese momento sonó el timbre de la puerta. Su padre y el chófer venían a buscarlas para llevarlas a la ermita que acogería la ceremonia. Ambas se recompusieron y salieron a la calle.

Gabriela levantó los ojos al cielo y respiró profundamente. Luego se giró con una sensación extraña, sintiendo una mirada sobre su cuerpo. No vio a nadie y se introdujo en el coche, en el asiento junto al conductor, creyendo que había sido solo su imaginación traicionándola de nuevo.

Piero, vestido con unos pantalones vaqueros oscuros y una

cazadora negra, como un hombre cualquiera, aunque ahora era el obispo Neri, estaba escondido tras una marquesina observando cómo Gabriela salía de casa junto a su hermana. Entrecerró los ojos y fijó su vista, suspirando entrecortadamente al verla tan bella. Ella se giró como buscando a alguien y él se retrajo un poco, escondiéndose de su vista. Memorizó una vez más sus dulces rasgos en su mente y recorrió el cuerpo de ella con la mirada. Y entonces sonrió. Cuando el Rolls Royce arrancó, miró al cielo y comenzó a creer que los milagros de verdad existían.

Después de más de una hora de trayecto, llegaron a la pequeña ermita escondida entre las montañas de la sierra madrileña. El lugar elegido por Adriana y Marcos para celebrar la ceremonia de su boda. Era un día de invierno luminoso. El sol, aunque no ofrecía calor, alumbraba el espacio creando una atmósfera llena de vida alrededor de ellos. Todos los invitados ya estaban dentro esperando. El padrino corrió a su encuentro y ayudó a su hija a salir del coche. Gabriela salió detrás de ellos y vio cómo un claramente emocionado Marcos y una claramente llorosa madre de Marcos recibían a su hermana. Sonrió. Era un bonito día para celebrar una boda. Se situó detrás de su hermana y se concentró en su cometido: no dejar que la cola y el velo se enredaran antes de llegar al altar.

Entraron a la ermita acompañados por el *Ave María* de Schubert cantado por una soprano con voz vibrante y un tenue piano de fondo. Gabriela caminó tras su hermana y a medio camino se inclinó para acomodar el velo en la posición correcta. Cuando lo recompuso, se irguió y se quedó completamente inmóvil en medio del pasillo, rodeada por todos los invitados, pero ella solo miraba a uno.

Un hombre de pie en la tercera fila, junto al pasillo.

Un hombre alto, que resaltaba sobre todos los demás, ataviado con un esmoquin negro.

Un hombre de pelo ondulado color castaño oscuro, y unos ojos azules igual que el cielo de invierno que los cubría.

Y el resto del mundo desapareció y solo quedaron ellos dos

Si solo una hora tuviera

entrelazando sus miradas. La del hombre con el entrecejo fruncido la observaba con intensidad, y solo cuando sus ojos se encontraron sonrió, haciendo que su rostro mostrara toda la felicidad que sentía.

Michael creyó que el corazón le iba a estallar en el pecho. Gabriela nunca había estado más bella. Llevaba el pelo recogido como si se tratara de una diosa griega, con algunos rizos rodeando su rostro de ángel. Su vestido anudado solo a un hombro, color cereza, le daba un tono rosado a sus mejillas. Recorrió con la mirada su cuerpo, perfectamente delineado por la gasa de su vestido hasta los pies, por los que asomaban tímidamente unos zapatos de salón negros con ribetes dorados.

Y volvió a subir la vista.

Y se quedó paralizado.

Y abrió la boca como para decir algo, pero no tenía palabras.

Y Gabriela lo volvió a sorprender, dejándolo una vez más con la boca abierta.

Los novios habían llegado al altar y el sacerdote, ataviado con la casulla blanca y la estola ceremonial, estaba pronunciando las primeras palabras.

—Familia, amigos, estamos aquí reunidos para acompañar a los novios en la celebración del sacramento del matrimonio...

—¡Joder! —exclamó finalmente Michael en voz demasiado alta.

Eso rompió el hechizo e hizo que Gabriela se deslizara sobre la alfombra hasta llegar a su puesto en la primera fila.

El sacerdote carraspeó algo molesto.

—Joven, creo que se ha adelantado algo a la ceremonia que tendrá hoy lugar —dijo reprendiendo a Michael.

Pero aunque todas las miradas estaban fijas en él, y escuchó algunas risas disimuladas, Michael estaba claramente fuera de allí. No se dio cuenta de nada. Se sentó un poco más tarde que los demás y se pasó ambas manos por el pelo, percatándose de que le temblaban ligeramente.

Mentalmente recorrió de nuevo el cuerpo de Gabriela hasta

llegar a su cintura, donde, como si de un bando se tratara, señalaba el lugar en el que fijar su mirada y su pensamiento. Y suspiró fuertemente buscando algo de aire. Ella estaba... estaba... Ni siquiera su mente se atrevía a pensarlo. Pero no, era cierto, ella estaba embarazada. Y miró al Cristo clavado en la cruz detrás del altar y dio gracias. Y creyó. Porque los milagros, a veces, existen. Y siguió buscando aire en sus pulmones de repente cerrados. Iba a ser padre. Un hijo. Un hijo. «Voy a tener un hijo». Y si alguna vez creyó que no podía amar más a Gabriela, se equivocó, porque el pecho le estaba a punto de estallar de tanto amor acumulado.

—¡Un hijo! —exclamó en voz alta, haciendo que todas las miradas se girasen, incluida la de los novios y el sacerdote, que meneó la cabeza, ahora sí disgustado de verdad.

—Sí, un hijo, o más. Joven, ha vuelto a adelantarse un poco en el tiempo, ¿no cree? Todavía no hemos llegado a los votos. Pero si cree que debe añadir algún apunte, este es el momento —exigió el sacerdote, arrancando risas a todos los presentes.

Pero Michael seguía ajeno a todo y todos. Solo cuando el silencio lo rodeó, levantó la vista y asintió con la cabeza a una pregunta muda en la mirada del sacerdote.

—¿Eso es un sí o un no? Decídase, hombre, o no terminaremos nunca —exclamó el sacerdote.

—¿Sí? —preguntó Michael algo confuso.

Adriana se giró hacia él negando con la cabeza.

—No... no —consiguió decir Michael con voz no demasiado firme.

—Bien. Entonces, continuemos —dijo el sacerdote, observándolo de reojo por si osaba interrumpir de nuevo.

Si en la tercera fila había un hombre afectado, en la primera había una mujer más afectada todavía. Y enfadada. Gabriela observaba a su hermana con total descaro, pero esta no se giró ni una sola vez hacia ella. «¿Cómo ha sido capaz de hacerlo venir?». Estaba tan aturdida que ni siquiera podía pensar con claridad. Se había concentrado los meses anteriores en intentar olvidar a Michael y luchar por la vida de su hijo. No tenía planeado que aquello fuera a desarrollarse así. Sí que tenía claro que él debía saberlo, pero esperaba tener algo más de tiempo para prepararse. Y ahora tenía algo de miedo. ¿Estaría enfadado él? ¡Por todos los dioses del Olimpo, seguro que sí!

—¿Es ese el hombre que te ha dejado embarazada? —preguntó su madre junto a ella en un susurro disimulado, que no fue disimulado para nadie.

—No me ha dejado embarazada, madre, yo también he tenido bastante que ver, créeme. —Gabriela estaba tan preocupada que no le importó incomodar a su madre un poco más.

—Ya me imagino. No soy tonta. Te casarás con él, ¿no?

—No —respondió ella con firmeza. «¿No?», se preguntó a sí misma. ¿Y por qué no? Bah, solo quería contrariar a su madre. Y punto.

Entonces, su hermana, que lo había escuchado todo, aprovechando una canción de la soprano, se giró e hizo una declaración, haciendo que todos los presentes la escucharan:

—Y además es conde.

Michael, que seguía perdido en sus dulces pensamientos, levantó la cabeza cuando sintió todas las miradas fijas en su persona. «¿He vuelto a decir algo en voz alta?», se preguntó no entendiendo el porqué de tanto interés. Y prestó atención a la conversación que tenía lugar en la primera fila de bancos.

Gabriela gimió.

—¿Conde? ¿De los de verdad? —inquirió su madre.

—No, de los de mentira —replicó Adriana. Y Marcos le propinó un pequeño pellizco en el brazo.

—¿Me estás diciendo que estás embarazada de un conde y que no te vas a casar con él? Pero ¿cómo te he educado? —preguntó su madre de nuevo.

—Pues muy mal. Está claro —respondió Gabriela hastiada y deseando que todo acabara de una vez.

—No seas descarada —reprobó su madre.

—Soy mucho más que eso. —Y Gabriela entrecerró los ojos desafiando a su madre en un duelo de miradas.

—Igual ni siquiera te invita a la boda, ¿no lo has pensado, mamá? —intervino Adriana.

Y su madre, que ya se imaginaba impresa en las páginas de sociedad de las revistas del corazón, a las que era tan aficionada, sufrió un espasmo.

—¿No serás capaz? —Miró a su hija mayor.

—No, mamá. Claro que no. Cómo no te voy a invitar si eres mi madre. En el caso de que haya boda —afirmó Gabriela con un leve gesto de dulzura en su mirada.

—Y me imagino que seré la madrina. ¡Dios mío! Cuando lo cuente en el barrio no se lo van a creer. Mi hija con un conde. Y eso que ya creíamos que Adriana hacía un buen matrimonio. Todas me envidiarán. —Se mordió un labio con una expresión de anhelo anticipándose a los comentarios que escucharía.

—No, mamá, eso no. —Gabriela era buena persona, pero también tenía su dignidad.

—¿Cómo dices?

—Vendrás a mi boda, pero no serás la madrina.

—¿Y quién lo va a ser sino tu madre?

—Mi otra madre.

—Tú no tienes más que una.

—En eso te equivocas. Tú me diste la vida, pero hubo otra persona que me salvó más de una vez. Ella se lo merece más que tú.

—¿Y quién es esa mujer?

—Lola —dijo Gabriela con una gran sonrisa, dándose cuenta por primera vez de que estaba planeando una boda y todavía no la habían pedido en matrimonio.

Y Lola, que estaba sentada detrás de ellas, con una mantilla que la hacía parecer un gigante, se echó a llorar emocionada sin importarle estropear su exagerado maquillaje.

—¡Una hija! —exclamó con voz grave y nasal, sobresaltando de nuevo al sacerdote, que la miró con los ojos entrecerrados.

—Sí, señora, una hija, también puede ser, pero un poco más adelante, ¿no cree? —Volvió a fijar la vista y carraspeó—. ¿Señora?

—Lo creo, señor cura. —Lola hizo una pausa y preguntó—: ¿Cura?

—Por supuesto.

—Bueno, es que no me había quedado muy claro.

Gabriela estalló en carcajadas, y todos se callaron súbitamente absorbidos por esa risa cristalina que llenó la pequeña ermita de felicidad.

—Ella es mía. Es mi ángel —pronunció Michael al hombre que tenía sentado a su lado sin poder reprimirse.

—Y usted, ¿quién es? —preguntó él.

—Yo soy el conde —respondió Michael con una sonrisa deslumbrante.

Cuando la ceremonia más interrumpida y rocambolesca que recordaba el sacerdote finalizó, los invitados se desperdigaron. Michael se levantó y buscó con la mirada a Gabriela, pero no la encontró. Estaba claro. Había huido. Otra vez. Con gesto hosco salió de la ermita y se metió en su coche alquilado. Como no quería resultar demasiado ostentoso, había elegido un Porche Cayenne, el mejor automóvil que tenían, pero obviamente no era su Jaguar. Es que había cosas que jamás cambiarían. Programó el GPS y se dirigió al hotel donde se celebraría el convite.

Gabriela, antes de que el sacerdote dijera «Y la paz sea con vosotros», huyó por la puerta de la sacristía y se escondió en el Rolls Royce ante la mirada incrédula del chófer. Se sentó en el cómodo asiento de piel y abrazó su vientre hinchado, buscando la fuerza que necesitaba para enfrentarse a Michael, en su hijo.

—Tu padre ha venido, ha venido a buscarnos —dijo susurrando. Y el pequeño bebé le dio una patada en reconocimiento. Luego se removió inquieto notando el nerviosismo de su madre, lo que no contribuyó en nada a calmar a esta.

Cuando llegaron al restaurante, donde les esperaban todos

los invitados sentados a las mesas, después de la larga sesión de fotos en la que las hermanas Andrade no habían tenido tiempo de hablar, Gabriela aprovechó un descuido del fotógrafo para hacer una pregunta.

—¿No me habrás sentado con él?
—Pues claro que lo he hecho.
—Traidora.
—Soy tu hermana.
—Sí, una hermana traidora.

Pero Adriana rio y Marcos rezó para que todo aquel drama acabara bien.

Michael fue uno de los primeros en llegar al restaurante, conversó con algunos invitados educadamente y cuando se anunció que los novios iban a entrar, tomó asiento en su mesa. Y miró asombrado a sus acompañantes, reconociendo que su cuñada, además de un genio de mil demonios, tenía un curioso sentido del humor.

Gabriela entró después de los novios y vio a Michael sentado en una mesa redonda a la derecha de la mesa principal. Rodeado por Elena y François y por Lola y Fonsi. Y tuvo que reconocer que su hermana, además de traidora, tenía una mente maquiavélica. Se sentó justo frente a él. Lola y Fonsi se habían situado rodeando a Michael.

—Gabrielle —intentó decir Michael una vez que se levantó, brindó y aplaudió la llegada de los novios, sin entender muy bien cómo se desarrollaba una boda española.

—No es el momento, Michael. Ahora no —exclamó ella sin mirarlo.

Él frunció el ceño y fijó sus ojos en ella, que lo ignoraba deliberadamente.

—Así que tú eres el famoso profesor, y conde —dijo una voz a su izquierda. Él se giró y enfocó su mirada en aquella mujer con mantilla que era tan alta como él, demasiado maquillada y demasiado adornada para su exquisito gusto. Resultando hasta algo vulgar. Y le cayó bien al instante, conociendo todo lo que había hecho por Gabriela en el pasado.

Si solo una hora tuviera

—Michael Wallace —saludó extendiendo su mano.

Pero Lola no le cogió la mano, sin embargo le sujetó ambos lados de la cara con sus grandes manos y le plantó un beso en los labios, dejándoselos marcados de un profundo rojo carmesí. Él abrió los ojos sorprendido y fue a replicar algo, pero no le dio tiempo.

—Eres mucho más guapo en la realidad que en mis fantasías —susurró Lola, y procedió a comprobar que los músculos de él fueran reales. Apretó su bíceps y palpó su estómago plano, y luego, ¡Dios mediante!, metió la mano bajo la silla y le pellizcó el trasero.

—Pero ¡qué demonios! —exclamó Michael—. Gabrielle, tu madre adoptiva me está metiendo mano.

Gabriela levantó la vista por primera vez del plato y lo miró.

—¿Y bien? La tienes a tu lado, ¡díselo tú mismo! No querrás que te haga de mensajera, ¿no?

Michael, molesto, miró a Lola, y esta sin inmutarse frunció los labios y le lanzó un beso, dejándolo todavía más desconcertado. Entonces recurrió a su otro lado e increpó a Fonsi.

—¿No es su pareja?

—Lo soy, sí —afirmó este tranquilamente.

—¿Y no puede hacer algo?

—Mírela, ¿cree que puedo?

Michael se giró a Lola, y esta le guiñó un ojo. Michael abrió la boca y luego la cerró, frunciendo todavía más el ceño.

Gabriela rio y lo miró divertida acudiendo en su ayuda.

—Es solo fachada.

—¿Qué tiene que ver una casa en todo esto? —preguntó sin entender la expresión.

—Me refiero a que es solo apariencia, solo te está probando, jugando contigo, a ver cómo respondes.

—¿Y cómo debo responder?

—Siendo tú mismo.

Y Michael se preguntó si tenía que ser el estirado y pedante profesor, el inglés enamorado de Gabriela o el conde de Wintersdale.

—¡Joder! Esta comida va a ser muy larga.

—Sí, ocho platos —dijo Lola.
—Y el postre. No te olvides, cariño —añadió Fonsi.
—¡Mierda! —exclamó Michael viéndose en una encerrona.
—Sí, una deliciosa boda de ocho platos, que presiento que va a acabar con fuegos artificiales —interrumpió Elena guiñándole un ojo a François.
—Mientras no acabe a tiros... —apostilló aquel.
—Y además conde, mira qué calladito se lo tenía el famoso profesor de Oxford —continuó Elena.
—Le viene al pelo la interpretación de Henry Cavill como conde de Suffolk —añadió Lola—, si es que a veces la realidad supera a la ficción.
—Michael es mucho más guapo que ese actor —murmuró Gabriela, que hasta ese momento había permanecido completamente ruborizada mirando únicamente su plato.
Un silencio previo a las carcajadas que resonaron atrayendo la atención de las mesas de alrededor, hizo que por fin levantara la vista, maldiciendo haber pronunciado aquello en voz alta.
—¡Por favor! —intervino Michael, enarcando una ceja divertido en auxilio de Gabriela—. Esto resulta del todo...
—¡Inapropiado! —exclamaron todos al unísono con otro golpe de risas.
Michael masculló algo muy desagradable en voz baja y frunció los labios.
—¡Saquen la kriptonita de sus bolsos, señoras, que Superman comienza a enfurecerse! —aulló François perdiendo toda la inhibición francesa.
Elena aplaudió a la vez que intentaba secarse las lágrimas con la servilleta de hilo.
Michael, que había recibido una cuidada educación en Eton y posteriormente en Oxford University, que había viajado por todo el mundo y se había codeado con lo más floreado de la sociedad, observó atentamente la mesa y se obligó a permanecer en silencio para sobrevivir a la larga cena. Y mientras, no dejó de observar a Gabriela ni un solo instante, memorizando todos y cada

Si solo una hora tuviera

uno de los cambios en su rostro con una sonrisa de satisfacción en la cara.

Cuando estaban sirviendo el café y las copas, Lola habló dirigiéndose a él.

—Es un niño.

—¿Qué? —exclamó Michael, preguntándose cómo esa mujer podía haberle adivinado el pensamiento.

—Digo que es un niño.

—¿Entiendo que ya puedo volver a hablar sin que me amenacen con arrojarme kriptonita o se burlen descaradamente de mi título nobiliario?

—Claro, tonto, si nadie te ha mandado callar. Gabriela solo ha estado intentando ganar tiempo para tener el valor suficiente para enfrentarse a ti. Mírala bien, está asustada. Me recuerda a Campanilla, como si de repente le fueran a aparecer unas alas en la espalda y pudiera salir volando de aquí, repartiendo polvo de hadas sobre todos nosotros. Porque es eso lo que hace, aunque ella no lo sepa. Nos cubre con su dulzura suavemente, como si cada uno de nosotros fuera mejor persona cada vez que estamos a su lado. Lo ha pasado muy mal, estos meses en el hospital han sido horribles. Y solo decía una y otra vez: «Si lo pierdo, él nunca me lo perdonará». Nunca le importó lo que ella pudiera sufrir. Se obligó a cuidarse y estuvo prácticamente inmovilizada semanas, ¿sabes lo que es eso?

—Me lo puedo imaginar —contestó Michael pensando en lo duro que habría sido para Gabriela, que odiaba estar encerrada.

—Sí, ya lo sé. Ella odia estar encerrada.

Michael esa vez la miró sorprendido.

—¿Cómo sabe lo que estoy pensando?

—Porque tengo telequinesia —dijo Lola ceceando debido a la botella y media de vino que había literalmente engullido durante la comida.

—Telepatía, cariño —la corrigió Fonsi.

—Lo que sea. Tú ya me has entendido —contestó mirando a Michael—. También sé que solo te importaba que ella estuviera bien.

Michael asintió levemente preguntándose si aquella mujer tan extraña de verdad tenía poderes ocultos.

—Es por tu rostro —le dijo Fonsi a su derecha—. Tu cara muestra en cada momento lo que sientes y piensas.

—¿Y usted cómo sabe...?

—Soy cámara, llevo muchos años observando los rostros de la gente —murmuró simplemente como única explicación.

Y Michael, que toda su vida había creído que ocultaba sus sentimientos bajo una capa de estudiada frialdad, se dio por fin cuenta de que ante Gabriela estaba desnudo. Y francamente, no le importó.

—Deberías tener un poco más de tacto con ella —aconsejó Lola.

—¿Por qué? —preguntó Michael.

—Porque su carácter está gravemente afectado por las hormonas. Tan pronto llora como ríe, como te grita que te vayas, para luego comenzar a llorar otra vez.

—La verdad, me parece un comportamiento normal en una mujer —señaló él.

—Michael, ¿con qué clase de mujeres te has relacionado hasta ahora? —inquirió Lola mirándolo con indignación.

—Con las que no debía. Me temo —afirmó contrito. Y eso hizo que Lola riera. ¡Madre mía! ¡Pobre incauto! No sabía la que se le venía encima.

Las luces se apagaron y una música lejana comenzó a sonar desde la pista de baile. Los invitados se levantaron y en pequeños grupos se dirigieron hacia allí.

—Vamos, campeón. Es tu turno —lo animó Lola apartando la silla y haciendo que Michael se levantara con ella.

Michael de repente se sintió tan nervioso como un adolescente. Llevaba años dando clases y conferencias por todo el mundo, pero era demasiado poca preparación para lo que iba a hacer ahora. Se lo jugaba todo a un número. Esperaba que fuera el ganador.

Cuando todos los invitados, incluida Gabriela, que había pro-

Si solo una hora tuviera

metido a su hermana que estaría para verla en el vals y luego se iría, estuvieron en la sala de baile, el discjockey bajó las luces, instó a todos a que hicieran un círculo y luego dirigió un foco de luz blanca sobre el centro. Gabriela, totalmente despistada, se asomaba detrás de Lola intentando ver a su hermana y Marcos, cuando Loreena Mckennitt comenzó a cantar *Never Ending Road*, y ella... se giró para salir huyendo de allí. Pero Lola, que ya lo preveía, fue más rápida que ella y la sujetó del brazo empujándola hacia Michael. Este la recogió y cuando sus manos se juntaron una corriente de electricidad los recorrió a ambos, que se quedaron mirándose fijamente unos instantes. Lola volvió a reaccionar, y de nuevo empujó a Gabriela y le dio un golpe a Michael en el hombro para que espabilara. Michael sujetó con fuerza la mano de Gabriela y la llevó hasta el centro del salón, bajo la única iluminación del foco.

—Tranquilo, Michael, que yo te cubro la huida —exclamó Marcos—. Si fuera necesario —añadió.

Gabriela se giró hacia la voz, sin distinguir ningún rostro en concreto.

—¿Y quién me la cubre a mí? —preguntó sintiéndose traicionada por todos.

—¡A ti nadie! —le contestó un coro de voces, entre las que reconoció a Lola, Fonsi, Elena, François, Adriana y Marcos.

—¿Qué está ocurriendo? —inquirió Gabriela en un susurro entrecortado, mirando en derredor para buscar una salida. Luego fijó la vista en el único rostro que percibía con claridad, el de Michael frente a ella.

—Lo que debía haber sucedido hace meses en Praga. Verás, he preparado un pequeño discurso que...

—¡¿Un discurso?! —exclamó de repente Adriana, que por supuesto estaba en primera fila para no perderse nada—. ¡Por Dios, Michael, que esto no es un atril!

Michael se giró algo molesto por la interrupción y prosiguió ante la mirada incrédula de Gabriela.

—Esto es del todo...

—Inapropiado —dijo Gabriela.
—Inapropiado —exclamó Adriana.
—Inapropiado —añadió Elena.
—Inapropiado —rio Lola y estalló en carcajadas.
Michael estaba cada vez más disgustado y frunció el ceño.
—¡Anda, ya ha vuelto a fruncir el ceño! —soltó Adriana.
Michael decidió ignorarlas a todas, o no acabaría nunca.
—Iba a decir imprevisto, no inapropiado. El discurso que tenía preparado —se oyeron bufidos por parte de algunos invitados— ya no tiene lugar porque las circunstancias han cambiado.

Gabriela deseaba que se la tragara la tierra, que en ese momento una profunda grieta se abriera en el suelo de mármol negro del salón y ella cayera hasta perderse en el infinito. Y entonces Michael se arrodilló. Vio que llevaba unos esclarecedores y divertidos calcetines a cuadros escoceses. Recordó cuando le comentó que solo se los ponía para que le dieran suerte. Y gimió en voz alta tambaleándose levemente. Michael la miró extrañado desde su postura de inferioridad frente a ella. Y decidió no esperar más. A ese paso acabaría colgado como el vídeo más visto en YouTube.

—Déjame ser el padre de tu hijo —exclamó, y puso ambas manos sobre el vientre henchido de Gabriela.

Esta sostuvo la respiración y se tensó, sin embargo el contacto de sus grandes manos, que abarcaban toda la redondez de su cintura, la tranquilizó de inmediato.

—Ya eres el padre de mi hijo —le contestó dulcemente.

—Entonces —él levantó su mirada hacia ella y sonrió—, ¿me permites amarte para siempre?

—Yo... claro. No puedo impedírtelo, ¿no? —repuso ella algo desconcertada.

—No. No puedes, porque es contigo con quien he decidido pasar el resto de mi vida —afirmó él todavía de rodillas.

—¿Qué? —exclamó Gabriela, respirando como si le faltara el aire.

—Yo soy tu carretera sin final —pronunció Michael.

—Y un terrible pedante —contestó ella.

Si solo una hora tuviera

—Soy tu sol que se prepara para salir —siguió él ignorándola.
—Y un gran egocéntrico —contestó ella con más fuerza.
—Soy tu arcángel Miguel —suspiró Michael contra su vientre.
—¡¿Otro cura?! —gritó la madre de Gabriela, que lo observaba todo con estupor—. ¡Dios mío! Me va a dar un ataque. En Inglaterra se pueden casar los curas, ¿no?
—Sí, porque son pastores —le aclaró Fonsi a su lado.
—¿De ovejas? —inquirió la madre de Gabriela, claramente confundida.
—¡Queréis callaros, por favor! —gritó Adriana histérica—. Vamos, Michael continúa. Pero no tardes mucho, ¿eh?, que la canción se termina.
—No te preocupes, Michael, que yo me hago cargo de la situación —aseguró Marcos, que le hizo una seña al discjockey y este, en respuesta, levantó el pulgar asintiendo, preguntándose cómo era que nadie se había dado cuenta de que era la cuarta vez que sonaba la misma canción.
Y Michael, con mirada peligrosamente enfadada y Gabriela con mirada huidiza, volvieron a centrarse el uno en el otro.
—Soy tu hacedor de luz —dijo cambiando su gesto y mirando con arrobo a Gabriela.
—Pretencioso —contestó ella entrecerrando los ojos.
—Soy tu salvador. El que te ha hecho olvidar tu dolor —repuso él.
—Y un sabiondo, engolado, cargante y sobre todo pomposo —respondió ella recuperando poco a poco la firmeza.
—¿Cuándo viene lo de quieres casarte conmigo? Estoy algo confundida, ¿qué pretende este hombre? Si parece el debate de la nación —exclamó Lola interrumpiéndolos y arrancando risas a los presentes, que inmortalizaban tan curiosa pedida de mano con sus teléfonos móviles.
Pero Gabriela y Michael ya no escuchaban a nadie más. Estaban ellos dos solos en medio de una multitud, aunque totalmente aislados, como si una burbuja de jabón con colores caleidoscópicos los cubriera.

Michael se levantó y sacó una pequeña caja de terciopelo negro del bolsillo interior de su chaqueta y la abrió frente a ella.

Gabriela miró el anillo de platino con el diamante en color rosáceo y sus ojos se llenaron de lágrimas.

—Di que sí, Gabrielle. Esta vez no te permitiré otra respuesta —susurró Michael solo para ella.

—¿A qué pregunta? —contestó ella mirándolo a los ojos azules, súbitamente oscurecidos por la intensidad del momento.

—¿Quieres casarte conmigo?

Y Gabriela no dudó.

—Sí, quiero.

Todos aplaudieron mientras Michael la cogía entre sus brazos para besarla con pasión. Juntaron sus labios y entrelazaron sus lenguas, con un ansia largamente reprimida los últimos meses. Escucharon jalear a los invitados y se separaron a regañadientes, claramente alterados.

Gabriela cogió el anillo y leyó la inscripción antes de que Michael se lo pusiera en el dedo. Sonrió y lágrimas de felicidad se deslizaron por sus ojos. Y Michael supo que lo sabía.

—«Si solo una hora de amor tuviera y esa fuera mi última hora, tan solo para amar sobre esta tierra. Para ti toda mi hora sería» —murmuró ella susurrando a Otelo de Shakespeare.

—Te amo —dijo Michael inclinándose sobre ella—. No dejaré que vuelvas a huir de mí nunca más, ¿entendido?

Ella asintió levemente y las luces del salón se iluminaron mientras sonaban los primeros acordes del *Vals de las mariposas*.

—¿Bailas, futura señora Wallace? —preguntó Michael tendiéndole la mano.

Gabriela se la cogió y giraron a través de la pista, dejando asombrados a casi todos los invitados, que salvo un pasodoble o un chotis, no sabían bailar otra cosa. Pero claro, el ser un conde inglés también tiene sus requisitos, y uno de ellos era el baile de salón, por supuesto. Y Gabriela cerró los ojos y se dejó llevar por él sintiéndose como una mariposa en un hermoso jardín de rosas, acunada por la hermosa melodía.

Si solo una hora tuviera

Cuando terminó la canción, Michael se inclinó sobre ella y le susurró al oído:

—¿Quieres subir a mi habitación?

—¿Cómo dices? —preguntó Gabriela en voz alta, sin recordar cómo lo había abordado ella la primera vez que se vieron.

Michael enarcó una ceja y la miró con gesto divertido. Le sujetó la mano y tiró de ella fuera de la pista.

—Vamos, hoy es tu noche de suerte. No te cobraré nada.

Gabriela se dejó arrastrar ante el gesto burlón y provocador de su futuro marido. Y, por supuesto, condenadamente sexy.

Pararon frente al ascensor de puertas doradas en el hall del hotel y se miraron sonriendo.

—¡Felicidades! —dijo él besándola de pronto.

Gabriela lo apartó suavemente.

—Lo siento —se disculpó contrita—, me había olvidado de que hoy también es tu cumpleaños. Si yo hubiera sabido que... bueno, te hubiera comprado... algún regalo.

—No necesito regalos, Gabrielle, todo lo que deseo ya lo he conseguido —afirmó él mirándola con intensidad.

En ese momento se abrieron las puertas y ambos entraron al ascensor cubierto por espejos. Cuando se cerraron las puertas, Michael la empujó con suavidad contra una de las paredes y se situó frente a ella.

—¿Qué habitación has reservado? —preguntó Gabriela mirándolo con deseo apenas contenido.

—La del ático, por supuesto —contestó él, acercándose todavía más a ella. Luego se giró y pulsó el botón de parada, haciendo que con un pequeño crujido el ascensor se detuviera a medio camino.

—¿Qué te propones, Michael? —inquirió ella reprobándolo con su voz y alentándolo con su gesto.

—¿Tú qué crees?

—Conseguirás que nos echen del hotel.

—No lo creo, si no lo hicieron en Praga, dudo que lo hagan aquí. —Y sin decir más levantó su rostro con una mano y la besó profundamente. Recorrió con su mano el cuerpo de ella, subiendo su vestido hasta que lo tuvo arrugado a la altura de la cintura. Tanteó con un dedo y sonrió.

—¿Hello Kitty?

—No. Cuadros escoceses —aclaró ella con la respiración agitada.

Michael rio junto a su cabeza.

—Lo sabía —dijo y sus dedos curiosos se internaron en su carne trémula y ansiosa.

Gabriela separó levemente las piernas y gimió suavemente ante su contacto. Sintió que ardía, que se quemaba, que estallaría fundiéndose entre sus brazos.

—Eres tan suave... —susurró él sin detener sus caricias.

—Y tú tan duro... —murmuró ella atrapando su miembro con su pequeña mano, haciendo que Michael se estremeciera con el contacto.

Michael siguió acariciando e introdujo un dedo, haciéndolo girar en el interior de ella, torturándola sin piedad.

—¿Podemos...? —preguntó algo preocupado.

—Sí —contestó ella entre pequeños jadeos—. Ya no hay peligro. No pares. Ahora no.

Él obedeció y volvió a besarla. Gabriela se tensó atrapando su mano y se dejó caer gimiendo sobre su pecho.

—¿Ya? —inquirió él mirándola sorprendido—. Si apenas...

—Son las hormonas —explicó ella levantando la vista hacia él—. ¿No te han hablado de ellas?

—Sí, pero no habían señalado este aspecto en concreto. ¿Te apetece que yo... esto...?

—Me apetece siempre. A todas horas —informó ella.

Michael esbozó tal sonrisa de triunfo que hizo que los ojos de Gabriela brillaran peligrosamente, en la tenue oscuridad del ascensor, con un gesto de enfado terrible. Y él recordó la advertencia de Lola, e hizo lo que mejor sabía, besarla para que olvidara el enfado.

En ese momento, una voz se escuchó por el pequeño altavoz de seguridad del ascensor:

Si solo una hora tuviera

—El técnico al habla. ¿Qué ha sucedido?
—Mierda —masculló Michael—, he apretado por error el botón de parada.
—Bueno, pues ahora lo desbloqueo yo desde la central. Tranquilícese.
—No estoy nervioso.
—Por si acaso.
Gabriela rio carcajeándose del gesto frustrado de Michael. Y en un instante el ascensor comenzó a subir otra vez.

Y el técnico, una vez que hubo desbloqueado el ascensor, se arrellanó en la silla dispuesto a seguir durmiendo, esperando no tener más interrupciones, justo cuando entraba un compañero.
—¿Qué ha sucedido?
—Nada, otros follando en el ascensor. Me pregunto qué tendrán los ascensores...
—Lo mismo que los baños de los aviones.
—¿El qué?
—Mucho sexo acumulado entre sus paredes.
Y ambos rieron a carcajadas.

Gabriela seguía riéndose cuando entraron a la habitación, más del gesto adusto de Michael que de la situación en sí misma, pero se le borró la sonrisa al ver la mirada tan intensa de él. Y sus hombros se estremecieron levemente. Se dejó abrazar y desnudar por sus manos hábiles, mientras ella hacía lo mismo con él.
Cuando ambos quedaron desnudos frente a frente, él se arrodilló y posó su mejilla en el vientre de ella. Luego lo besó, sintiendo que este se tensaba ante su contacto y se levantó.
—¿Estás segura de que no os haré daño?
—Lo estoy. Tú jamás nos harás daño, Michael —dijo atrayéndolo hacia ella.
La tendió sobre la cama y se colocó sobre ella acariciando con

ternura cada centímetro de su piel, haciendo que Gabriela se estremeciera de placer. Circundó sus pechos, asombrándose de su tersura y de la extraordinaria sensibilidad de sus pezones, que besó suavemente haciendo que ella gimiera ante ese leve contacto. Bajó con la boca recorriendo su cuerpo hasta el vientre, que besó con fervor y admiración. Introdujo la lengua en la carne rosada entre las piernas de ella, saboreándola, disfrutando de su reacción, de sus temblores.

—Michael, por favor.

—Por favor, ¿qué?

—Más, quiero más.

Y él la izó situando sus manos sobre las pequeñas depresiones redondeadas situadas al final de su espalda y la penetró con deliberada lentitud. Gabriela se arqueó ante la intrusión e intentó sujetarse a él. Michael paró observándola respirar agitadamente bajo él, sometida, expectante, deseosa. Su rostro estaba arrebolado y se mordía un labio gimiendo entrecortadamente.

—No pares, Michael.

Él siguió su empuje con la misma lentitud hasta que estuvo dentro de ella y se sintió atrapado por su cuerpo. Se quedó quieto, apenas sin poder respirar. Pero ella comenzó a mover las caderas incitándolo, seduciéndolo, impidiéndole escapar. Y él se rindió. Juntos fundieron sus cuerpos y sus almas entrelazándolas ansiosas por el contacto. Gritaron sus nombres sin importarles nada más. Solo estaban ellos. Solo ellos y su amor nuevamente descubierto.

—Te amo —dijo él atrayéndola a su lado justo antes de dormirse.

—Lo sé —contestó ella, apoyando el rostro en su pecho, como si ese fuera su lugar en el mundo.

Michael despertó sintiendo que algo se agitaba a su costado. Abrió los ojos y observó a Gabriela completamente quieta abrazada a él. Tenía su cabeza apoyada en el pecho, una mano lo circundaba y una pierna entrelazada entre las suyas, como si quisiera impedir que él se escapara durante la noche. Sonrió y volvió a sentir que algo se movía junto a él. Bajó la vista hacia el vientre de ella, que le rozaba la cadera, y comprendió que ese algo era su hijo moviéndose en su interior. Fue apenas un roce, un levísimo roce, como las alas de una mariposa sobre su piel. Pero él lo sintió. Y por primera vez en su vida, Michael Wallace, que no creía en nada ni en nadie, supo lo que era sentirse en el paraíso, y conoció la felicidad. La verdadera felicidad.

Al amanecer su teléfono vibró despertándolos a ambos. Sin querer despegarse de ella, alargó una mano hasta la mesilla y lo cogió. Tenía un mensaje, lo abrió y masculló entre dientes mientras lo leía.

Me debes una exclusiva. Dime la fecha y la hora y mandaré a un equipo. Por supuesto, espero ser uno de los invitados. Dan.

«¿Cómo se ha enterado tan pronto?», se preguntó. Y entonces recordó a la única persona que lo sabía, y tecleó un rápido mensaje a su hermano.

Eres un traidor.

Su hermano le respondió al instante, enviándole una imagen de una cara sacándole la lengua y un enlace a un vídeo de YouTube, el cual se había convertido en el más visto en Inglaterra.

—¿Qué sucede? —preguntó Gabriela adormilada.

Michael respiró buscando aire y se armó de valor.

—Mi amor...

—¿Sí? —Ella se había incorporado sobre un codo dejando caer la sábana hasta su cintura. Michael no pudo evitarlo y sus ojos volaron sobre sus pechos henchidos y se quedaron fijos allí.

—¿Te acuerdas de Dan, mi amigo redactor?

—Sí —contestó ella mirándolo fijamente—. Michael, mis ojos están un poco más arriba —señaló enarcando una ceja. Él parpadeó y enfocó su rostro.

—Claro, claro, y son igual de hermosos —señaló.

—¿Qué has hecho ahora? —exclamó Gabriela con un brillo peligroso en sus alabados ojos, incorporándose hasta quedar sentada sobre la cama.

—Verás... umm... ¿recuerdas el favor que me hizo retrasando la publicación de las fotos de mi hermano?

—Sí, lo recuerdo. Deja de dar tantos rodeos, que me temo lo peor.

—¿Te importaría que nos hicieran unas cuantas fotografías el día de nuestra boda?

—Bueno, es lo normal, ¿no? Todo el mundo lleva un fotógrafo ese día.

—En realidad sería... para su publicación en los tabloides ingleses.

—¿Cómo? —barbotó ella ahora súbitamente asustada.

—Yo... se lo prometí, le dije que le daría la exclusiva de mi boda.

—¿Cómo pudiste hacer eso?

—En ese momento no pensaba casarme —confirmó Michael—. Nunca —añadió. Y vio el gesto de Gabriela y se temió lo peor. Sin embargo, las hormonas alteradas de ella le dieron una tregua.

—A Lola le encantará la noticia —dijo recostándose otra vez y cerrando los ojos.

Michael la miró dudando y ella abrió los ojos.

—¿No te vas a enfadar? —preguntó.

—Bueno, ahora se me ocurren unas cuantas cosas para hacerte, pero no sé si debería calificarlas como castigo, aunque pueden incluir mordiscos y arañazos —señaló con un brillo divertido en su mirada.

Michael se inclinó sobre ella olvidándose del teléfono y también de que tenía que explicarle que había un vídeo suyo circulando por la red.

—Pues ven a mí y muérdeme.

Y ella hizo lo ordenado arrancando un gruñido de él, que pronto se convirtió en un juego de jadeos y suspiros.

Si solo una hora tuviera

Un poco después, aprovechando que Michael estaba dándose una ducha y lamiéndose las heridas sufridas por su ataque, Gabriela se levantó y se dirigió a los grandes ventanales de la habitación del ático. No escuchó que él se acercaba hasta que sintió sus brazos rodeándola.

—¿Cómo ha podido ocurrir? —preguntó Michael, posando sus manos sobre el vientre de ella.

—¿Necesitas una clase de anatomía?

Él sonrió y le dio un beso en la coronilla.

—Gabrielle... —la amonestó suavemente.

—No lo sé. De verdad que no lo sé. Ni los médicos me lo pudieron explicar con claridad. Solo sé que sucedió. Un milagro. Nuestro pequeño milagro —contestó posando sus pequeñas manos sobre las de él.

—Estuve muy preocupado. Creí que te perdía. Y no podía hacer nada. Me sentía inútil y perdido lejos de ti —explicó él mirando su reflejo en el cristal.

—Ahora lo sé. Estamos juntos, para siempre si tú quieres —dijo ella—. ¿Estás seguro de que sigues queriendo casarte conmigo? —añadió temblando levemente ante la proximidad de su cuerpo desnudo, tan fuerte, tan viril, tan excitante.

—Claro que sí, ¿por qué lo preguntas?

—Porque tú... yo... no tenemos nada en común. Ni siquiera tengo trabajo, ni casa, y un pasado terrible —señaló súbitamente asustada.

Él rio.

—¿Un pasado terrible? Esto no es una novela victoriana, mi amor, es la vida real. Tu vida, la mía y la de nuestro hijo. Conozco todos tus secretos y heridas. Y no me dan miedo.

—Michael, eres conde, un erudito de Oxford... y yo... yo soy...

—Tú eres mía. Es lo único que importa —dijo girándola para besarla en los labios.

Gabriela, mientras él la giraba para tenerla de frente, observó por última vez el cielo de Madrid desperezándose ante un nuevo día, un día igual de luminoso que el anterior. Por fin supo que su carretera sin final tenía un destino. Él. Y se sintió a salvo. Porque a partir de ese momento en la vida de Gabriela ya no habría sombras ni oscuridad.

Pocos días más tarde, Michael observaba con atención cada reacción de Gabriela mientras ambos recorrían de la mano la antigua ciudad medieval de Oxford, conocida por el nombre de la ciudad de las agujas de ensueño, gracias a la estructura vertical que poseían los edificios universitarios. El cielo gris competía en belleza con el color de las piedras de la universidad. Tenía miedo de que ella reaccionara de forma negativa y decidiera regresar a España. Se lamentó porque aquel no fuera uno de los pocos días soleados de la ciudad, eso hubiera ayudado, al menos un poco.

Pasearon por la orilla del río y llegaron a Broad Street, donde le mostró la estructura imponente del Balliol College, su despacho y la pequeña residencia que tenía allí, como uno de los integrantes de la congregación y erudito universitario. Pero ella de lo que verdaderamente se enamoró fue de la biblioteca más conocida, la Bodleiana, con su estructura medieval perfectamente conservada.

—¿Podré investigar aquí? —fue la única pregunta que hizo.

—No creo que sea un problema conseguirte el acceso —contestó él sonriendo por primera vez en todo el día—. ¿Te gusta?

Gabriela circundó la enorme biblioteca y aspiró el olor a historia entre sus paredes.

—Me siento en casa. Es como si hubiera regresado a mi hogar. Mi lugar en el mundo, ¿te parece extraño? —dijo ella girándose hacia él.

—Me parece perfecto —sonrió de nuevo Michael—. Vámonos o acabaré tumbándote sobre una mesa vacía —añadió en un susurro, inclinándose sobre ella y entrecerrando los ojos con lujuria.

—Oh, profesor, mi profesor —exclamó ella riendo y le siguió por los pasillos de piedra.

Si solo una hora tuviera

* * *

Pocos días después empezaron a preparar el enlace y la luna de miel. Él le había ofrecido el mundo para comenzar su matrimonio, y ella, sorprendiéndolo de nuevo, había puesto el dedo sobre el pequeño país de Inglaterra.

—Escocia —decidió.

—¿Escocia? ¿Estás segura? ¿Por qué? —preguntó él.

—Porque quiero conocer tus orígenes. Quiero visitar la tumba de tu madre y decirle que su hijo está a salvo, que es feliz.

—¿Cómo sabes que mi madre está enterrada allí? —inquirió suspicaz. Muy poca gente sabía que él había ordenado su traslado al pequeño cementerio del pueblo de las Highlands que la vio nacer.

—Porque sé cómo la amabas. Y sé que tú querías que volviese a su hogar, donde fue realmente feliz. Ella nunca perteneció a Inglaterra. Simplemente lo supuse, ¿me equivoco?

—No —Michael negó con la cabeza asombrado—, tú nunca te equivocas. Y dime, Gabrielle, ¿dónde perteneces tú?

—Te pertenezco a ti. Solo a ti —contestó ella y lo besó con dulzura.

—Está bien —dijo él apartándose a regañadientes de su boca—. Mandaré preparar el castillo.

—¿Castillo? —exclamó Gabriela abriendo los ojos—. ¿Se te ha olvidado mencionar que tenías un castillo?

—Bueno —respondió él algo abrumado—, supuse que lo sabías. Hay varios reportajes sobre él en la red. Está abierto al público los meses de verano.

—Yo... no lo sabía. —Gabriela parecía apesadumbrada y asombrada a la vez.

—¿No has investigado nada sobre mí? ¿No has leído ninguno de mis libros? —inquirió él con algo de fiereza en su tono de voz.

—Yo... —Gabriela puso un gesto contrito—. En realidad, no. ¿Los libros de fotografía cuentan?

—No. No cuentan. Me siento... me siento... insultado —

masculló él ante sus palabras, que fueron como una bofetada a su orgullo.

—Yo no me preocuparía. Deberías ir acostumbrándote —respondió ella con la mirada perdida, dejando a Michael con la boca abierta. ¡Un castillo! Siglos de historia acumulados entre las paredes de piedra de su otro hogar. No lo podía creer. Estaba claramente emocionada.

—Bueno, por lo menos está claro que no te casarás conmigo por mi dinero —aseveró finalmente Michael, observando con intensidad el gesto ausente de ella.

—¿Dinero? La cartera está en mi bolso. Si necesitas algo, cógelo —contestó ella completamente despistada, maquinando cómo podría dedicarse a investigar y recorrer cada recoveco del misterioso lugar.

Michael la miró con los ojos abiertos y se rascó la barbilla pensativo.

—¿Tienes caballos? —preguntó ella de pronto, sacándolo de sus sombrías elucubraciones.

—¿Qué? Sí, claro, pero tú no puedes cabalgar estando embarazada —señaló.

—Pero tú sí, y yo nunca te quitaría ese placer. —Gabriela sonrió dulcemente, con demasiada dulzura.

—¿Estás intentando deshacerte de mí en nuestra luna de miel, Gabrielle? —le espetó él indignado.

—¿Tienes biblioteca? —Ella ni siquiera escuchó el comentario de él.

—Sí —contestó furioso Michael—, con una gran colección de libros. Privada. No acceden las visitas.

Ella sonrió de forma seductora y lo miró entrecerrando los ojos.

—Estoy deseando llegar a mi destino —indicó ella.

—Nuestro destino. No lo olvides. No pienso separarme de ti ni un solo instante —apostilló Michael.

—¿Ni un solo... pequeñísimo instante? —inquirió ella, acercándose seductoramente a él.

Si solo una hora tuviera

—Ni uno —volvió a remarcar Michael—. Sobre todo en la biblioteca. —Y una sonrisa decadente le iluminó el rostro.

Dos meses más tarde se casaron en una sencilla ceremonia en la capilla Brasenose de Oxford, y posaron a la salida de la iglesia ante los fotógrafos reunidos. Michael ataviado con el traje típico escocés y Gabriela luciendo una tiara rusa sujetándole el velo. Junto a ellos estaban los padrinos, Raefer igual que su hermano, en clara solidaridad hacia él, y Lola, con un traje rosa fucsia con botones dorados, haciendo juego con todas las joyas que tintineaban cada vez que se movía. Era un curioso grupo. Y así lo señaló toda la prensa amarilla, sin ningún tipo de pudor ni recato en sus reseñas.

Durante la comida, Adriana se acercó a su recién estrenado cuñado, algo achispada, y se inclinó sobre él.

—Dime, Michael, ¿cuándo piensas gritar: «Y no nos quitarán la libertad»? ¿En los postres? —preguntó con voz ronca.

Michael frunció el ceño y la miró furioso. Marcos vio el peligro y se acercó para arrastrar a su mujer a su mesa.

—Tranquilo, Michael —susurró Gabriela a su lado, y él no pudo por menos que mirarla con adoración. Verdaderamente parecía un ángel, ataviada con un sencillo vestido de encaje que no disimulaba su embarazo, del que ambos estaban claramente orgullosos, y luciendo el pelo recogido bajo la tiara de diamantes—. Tienes que entender que para nosotros resulta... cuanto menos curioso. Aunque yo te encuentro rematadamente sexy.

Michael sintió cómo la mano de Gabriela se deslizaba bajo su falda hasta alcanzar su objetivo. Pegó un respingo y se quedó inmóvil.

—Gabrielle... —la reprendió sin mucho ímpetu.

—Ummm —murmuró ella apretando más fuerte.

—¡Joder!

—¿Qué sucede? —preguntó Lola desde el otro extremo de la mesa—. ¿Has notado una corriente de aire en los bajos, querido?

Gabriela rio a carcajadas ante el gesto adusto de su marido.

Se giró para observarlo atentamente, nunca se cansaba de mirarlo. Su pelo pulcramente peinado al comienzo del día lucía completamente desordenado de tantas veces como él se había pasado la mano por la cabeza. Pero a Gabriela le gustaba mucho más así. Con la mano que tenía libre le acarició el rostro ligeramente áspero y lo obligó a que la mirara. Posó sus ojos en los azules de él y se vio reflejada en su tormentosa mirada. Se inclinó y aspiró su olor.

—Te necesito —le dijo susurrando.

—¿Ahora? —preguntó él enarcando una ceja.

—Ahora —afirmó ella respirando agitadamente y con las mejillas sonrojadas.

Ambos se levantaron con la excusa de confirmar algo con el responsable del restaurante, aunque por supuesto no engañaron a nadie. No llegaron a los postres.

A la mañana siguiente, Michael salió desnudo del baño de la habitación nupcial del hotel secándose el pelo con una pequeña toalla. Tenían todo preparado para iniciar su viaje.

Se paró un momento frente a la enorme cama y la observó detenidamente. Nunca se cansaba de mirarla, como si tuviese un imán que atrajera constantemente su atención. Estaba sentada, rodeada de un montón de periódicos. Ella levantó la vista y le sonrió con candidez, su mirada se oscureció levemente y se mordió un labio. Él contuvo la respiración. Los últimos meses habían sido tremendamente excitantes, Gabriela no se cansaba nunca de él, y él nunca de ella, pero también terriblemente agotadores. Las hormonas, se dijo, son las hormonas. Pero ahí se equivocaba. Era el amor, solo el amor.

—Eres tan... tentador... —dijo ella recorriendo con la mirada su cuerpo, haciendo que su miembro respondiera irguiéndose ante el escrutinio, con lo que ella se mordió nuevamente el labio y emitió un quedo suspiro, a la vez que su mano escondía algo bajo uno de los periódicos.

Si solo una hora tuviera

Él se acercó lentamente con una sonrisa de suficiencia en su atractivo rostro y se inclinó para besarla. La saboreó lentamente. Chocolate y menta.

—¿Otra vez? —preguntó sacando una tableta de chocolate escondida bajo una enorme hoja abierta. Gabriela, además de un intenso deseo sexual, había desarrollado una curiosa admiración hacia el chocolate relleno de menta. Algo que lo sorprendía, ya que creía que ella odiaba todo lo dulce.

—Lo necesito —aseguró arrebatándole la tableta y apretándola contra su pecho como si fuera una preciada joya—. Lo necesitamos, tu hijo y yo —añadió.

—Mi amor, ya sabes lo que ha dicho el médico, solo una onza o dos por día —dijo él de forma serena, mirando la tableta mediada.

—Bah, ¡qué sabrá el médico! ¿Ves lo contento que se pone cuando como chocolate? —exclamó ella poniendo la mano de Michael sobre su vientre, que recibió una rotunda patada.

—¿Me ha pegado una patada? —inquirió él acariciando la redondez tirante con ternura.

—Creo que ha sido un cabezazo. Seguramente será tan terco y pedante como su padre. Pero ¡qué le voy a hacer! —suspiró ella.

Michael rio y le arrebató la tableta, levantándose para esconderla nuevamente. «¿Cómo habrá conseguido traerla?», se preguntó. Él llevaba dos meses descubriendo todos los pequeños escondites, robándole tabletas de chocolate y llevándolas a su despacho, para apartarlas de ella.

—En tu maleta —dijo ella.

—¿Qué? —preguntó él girándose.

—La escondí en tu maleta. Sabía que ibas a registrar la mía, pero como eres tan egocéntrico, nunca se te ocurriría registrar la tuya.

—¿Cómo sabes lo que estoy pensando?

—Siempre he sabido lo que pensabas, Michael, solo tengo que mirarte a la cara. Desde luego, aunque sé que la mayoría de los agentes de inteligencia surgen de la Universidad de Oxford, en la que se aprende a escuchar sin ser visto y a hablar sin ser escuchado, estoy segura de que tú no lo eres. A mí jamás podrás ocultarme nada.

Y Michael tomó nota mental de informar al Servicio de Inteligencia Inglés. Por lo visto, estaba perdiendo facultades.

—¡Por todos los dioses del Olimpo! —exclamó ella entrecerrando los ojos—. ¿No serás también un espía?

—¿Yo? —expuso tranquilamente—. Solo soy un humilde profesor inglés —añadió mintiendo con los labios y ocultando la verdad con sus ojos.

—Profesor puede, pero humilde... —señaló ella haciendo que Michael riera.

Ella lo observó un instante más, pero no dijo nada. Su atención voló otra vez a los tabloides ingleses.

—¿Has visto esta?

Michael observó la fotografía y enarcó una ceja.

—¿Está haciendo lo que creo que está haciendo?

—Pues sí, creo que Lola está comprobando si Raefer llevaba ropa interior debajo del kilt. Lo que no sé es si lo habrá averiguado —rio ella.

—Pero eso resulta del todo... —y Michael se calló.

—Dilo —exigió ella entrecerrando los ojos.

—No —repuso él.

—Dilo.

—No —repitió él.

—Dilo. Me encanta oírtelo decir. Mi cursi, prepotente y estirado profesor inglés. Dilo —ordenó ella de nuevo.

—Inapropiado, inapropiado, inapropiado —susurró él contra sus labios. Y ella sintió su cálido aliento y se estremeció con anticipación a lo que iba a suceder.

EPÍLOGO

—Creo que mi ahijado se acaba de comer una hormiga —señaló Raefer, cómodamente sentado en el césped del jardín de la casa de su hermano y su cuñada.
—Ummm —replicó Michael algo distraído recostado sobre la hierba leyendo un periódico—. Es una gran fuente de proteínas —destacó.
Raefer movió la cabeza con aire resignado y se inclinó sobre su sobrino de dos años, que escarbaba el suelo en busca de otra fuente de proteínas que llevarse a la boca.
Había sido un día extrañamente soleado, y ambos hermanos estaban disfrutando de un agradable descanso, en el jardín de la casa que Michael compró cuando abandonó definitivamente la soltería, para desconsuelo de varias mujeres que se lamentaron durante meses de la extraña y repentina noticia de su enlace. No obstante, el cielo estaba cambiando, el viento atraía nubes grisáceas con velocidad, haciendo que se oscureciera el ambiente.
Una pequeña luz se encendió en la ventana del despacho de Gabriela en el piso superior. Raefer miró a su hermano, que había dejado caer el periódico y observaba a su mujer a través de los cristales, mientras esta se sentaba a leer algo en la mesa de madera. Su rostro había cambiado, su mirada tranquila y atenta se había transformado en peligrosa y ahora tenía todo el aspecto de un depredador en busca de su presa. Raefer notó que Michael se aco-

modaba el pantalón vaquero con un gesto inconsciente y emitió un fuerte suspiro.

—Hermanito, que ya no tienes veinte años —dijo sonriendo con picardía.

—Ummm —respondió él levantándose de un salto—. ¿Te importa ocuparte del pequeño Michael un rato?

—Claro, claro. Tómate tu tiempo —contestó él despidiéndolo con un gesto de la mano.

Raefer observó a su hermano desaparecer tras las puertas acristaladas que daban paso al jardín y se giró a tiempo de evitar que su sobrino se llevara a la boca un puñado de hierba que acababa de arrancar.

—Trae aquí, pequeño monstruo —exigió arrebatándole el trofeo.

Su sobrino lo miró con los ojos azules abiertos y frunció el ceño en un gesto igual de terco que su padre.

—Capullo —exclamó con voz aguda.

—¿Quién te ha enseñado esa palabra? —le preguntó su tío inclinándose más sobre él.

—Papá —dijo el pequeño monstruo, señalando con su mano regordeta al hombre que acababa de desaparecer.

Raefer puso los ojos en blanco. Su cuñada se iba a enfadar muchísimo cuando se enterara, si no lo sabía ya. Levantó la cabeza y observó el rostro de Gabriela concentrado. Suspiró levemente. Había roto con Tanya hacía más de un año y él había vuelto a convertirse de nuevo en uno de los solteros de oro de Inglaterra. No le hacía ninguna gracia. Finalmente su hermano tenía razón, Tanya no le llegaba a Gabriela a la suela de los zapatos y, por mucho que se esforzaron, sus caminos acabaron separándose. Recordó con nostalgia cuándo fue la primera vez que la vio, parada en el centro de una habitación en el ático de un hotel de Praga, vestida solo con unos vaqueros desgastados y la camiseta del Balliol College, con el pelo revuelto y una gran sonrisa: «Soy la prisionera de tu hermano», le había dicho con esa extraña voz ronca que tenía. Y Raefer volvió a envidiar a su her-

Si solo una hora tuviera

mano mayor, preguntándose si él algún día encontraría una mujer como aquella.

—¡Maldito cabronazo! —exclamó en voz alta.

Y su sobrino, digno descendiente del apellido Wallace, y con la extraordinaria habilidad que tienen los niños para memorizar aquello que no se pretende, abrió su boca y asintió con la cabeza.

—Cabronazo —repitió en voz alta, y rio mostrando toda su pequeña dentadura.

Gabriela había despertado de la pequeña siesta inquieta. Había tenido un sueño que no recordaba del todo, pero que le impulsó a sentarse en su escritorio y a abrir el único cajón que tenía llave. Sacó lo que guardaba allí, debidamente escondido de todos. Cogió con ternura el pequeño ejemplar del *Cantar de los Cantares* y lo abrió desplegando ante su vista la fotografía de un Piero mucho más joven que la miraba con amor tras sus ojos oscuros. La acarició con un dedo y suspiró. Cerró el libro de golpe y rebuscó en el cajón, había tres rosas blancas pulcramente secas y conservadas en el tiempo. Todos los años por su cumpleaños recibía un ramo de rosas blancas rodeadas de margaritas silvestres, cada año una rosa más, y cada año venía sin tarjeta. Cogió la revista *Time*, guardada junto a las flores, y leyó una vez más la portada: *Los hombres del Papa*. En el centro de la página, estaba Piero posando con el atuendo morado de obispo y sonriendo a la cámara. Su pelo estaba cubriéndose de canas, pero resultaba igual de atractivo. Pasó las páginas hasta llegar a su entrevista y leyó despacio, aunque ya la había memorizado, hasta llegar al punto de inflexión de la misma.

—*Dígame, Ilustrísima, ¿ha estado alguna vez enamorado?*
—*Solo de mi Madonna.*

Gabriela suspiró y se quedó con la mirada perdida un instante, recordándolo. Porque jamás lo olvidaría. Con Piero había descubierto lo que era amar y perder. Con Piero había amado con la pasión inconsciente de una niña. Con Michael había recuperado el amor. Lo amaba como mujer, con la misma pasión, pero sin la desesperación que la había rodeado con Piero. Con Michael había encontrado su alma, su otro yo, su hogar y la felicidad. Dirigió una última mirada al rostro de Piero y cerró el cajón. Era su secreto, el único que tenía. El único que debía permanecer oculto a todos.

Michael entró en la casa y subió las escaleras de mármol descalzo, sin emitir un solo ruido que delatara su presencia. Sabía lo que estaba haciendo Gabriela. Había descubierto su secreto poco después de casarse. Y por extraño que pareciese, lo entendía. Sabía que el corazón es pequeño, pero que caben muchas personas. Y una de esas personas siempre sería Piero, aunque estuviesen destinadas a estar separadas. No se puede olvidar el primer amor. En eso él tenía suerte, porque su primer amor había sido Gabriela. Estaba completamente seguro de que ella lo amaba a él. Nunca había dudado de su amor y de su fidelidad. Y nunca lo haría. Lo eligió a él cuando pudo tener a Piero. Y no estaba celoso, bueno, no demasiado. Solo algo molesto. Pero jamás se lo haría ver.

Entró en su pequeño despacho decorado con sencillez, como era ella, estanterías con libros, el pequeño escritorio y un cuadro iluminado por una pequeña luz, se trataba de una fotografía de la escultura marmórea en fondo negro de Antonio Cánova, *Psique reanimada por el beso del amor*.

La observó un momento mientras ella componía el gesto. Volvía a estar embarazada. Otro milagro. Pero esa vez él estaba realmente asustado, había vivido los primeros meses de ingreso en el hospital junto a ella, y también había estado presente en el parto del pequeño Michael, que no resultó ser tan pequeño. Nunca había sufrido tanto por nadie. Pero tenía que ser fuerte, por ella, por su hijo y por el que estaba por venir. Esa vez era una niña, y esperaba que fuera una niña de rizos rubios con los ojos color ámbar de su madre. Habían sido tíos hacía ocho me-

Si solo una hora tuviera

ses y él, cada vez que veía a su sobrina, se quedaba más asombrado.

—¿Cómo es posible que su sobrina se parezca más a ella que su propio hijo? —le preguntó a Adriana una vez, inclinándose sobre la pequeña con los rizos rubios y los ojos del extraño color de su tía.

—La genética, Michael. ¡Cómo se nota que eres de letras! —le replicó ella acunando a su hija.

—Espero que no resulte como su tía —señaló Marcos con una sonrisa trémula en su rostro.

—¡Bah! Yo no me preocuparía. Sé manejarla —aclaró Adriana.

—Holaaaa. Estoy aquí, ¿os acordáis? —exclamó Gabriela de pronto sorprendiendo a todos, mientras sostenía a su hijo en los brazos.

Sin embargo, la genética le tenía preparada otra pequeña sorpresa a Michael. La pequeña Elizabeth Wallace nació un precioso amanecer de otoño, con el pelo castaño oscuro rizado y los mismos ojos azules del tono de un cielo de invierno que tenía su padre. Llevándole la contraria a su padre desde el mismo momento en que llegó a este mundo. Por supuesto, para algo era hija de su madre.

—Michael, ¿sucede algo? —preguntó Gabriela sacándolo de su ensoñación.

—Solo venía a ver cómo te encontrabas —contestó él mirándola intensamente. Nunca se cansaba de mirarla. Nunca se cansaba de desearla.

—¿Solo eso? —inquirió ella levantándose y acercándose a él.

—Ummm... —dijo él sacando una pequeña cinta de satén negro del bolsillo trasero de su pantalón vaquero.

—¿Piensas atarme? —suspiró ella junto a él, temblando levemente de excitación.

—No. Tus manos me gustan mucho sobre mi cuerpo —repuso él.

—¿Solo mis manos?

—También tu boca —afirmó Michael inclinándose sobre ella y besándola. La saboreó con lentitud, describiendo círculos con su lengua, rozándola y excitándola. Gabriela se puso de puntillas y sujetó su pelo con las manos arreciando el beso, pero él se apartó levemente.

—¿Chocolate y naranja? Pero ¡si siempre lo has odiado! —exclamó sorprendido.

—Al contrario. Me encanta —afirmó ella sin ningún tipo de pudor.

«¡Maldita sea!», masculló Michael en silencio, frunciendo el ceño. ¡Otra vez en busca de escondites!

—¿Qué piensas hacer con la cinta? —suspiró ella ignorando su entrecejo fruncido.

—Taparte los ojos —dijo él recobrando la mirada de deseo.

—¿Para qué?

—Para que me sientas. Solo a mí —respondió recordando lo que ella había estado mirando solo unos momentos antes.

—Siempre te siento a ti, Michael. Nunca lo dudes —respondió ella mirándolo fijamente.

—Aunque ahora que lo pienso, siempre cierras los ojos cuando te hago el amor. Quizá no sea necesaria ninguna venda —comentó él pasándose la mano por la mejilla rasposa, y una imagen le brotó súbitamente en el cerebro—. ¿No cerrarás los ojos para pensar en otra persona que no sea yo?

—¿En quién?

—Ayer parecías muy interesada en la nueva película de Henry Cavill.

Gabriela rio a carcajadas llenando de alegría el pequeño despacho, ante el gesto contrito que había puesto su marido.

—¿Y para qué iba a querer a Henry Cavill cuando tengo a Michael Wallace?

—¿Seguro?

—Seguro —contestó ella llevándose la mano derecha detrás de la espalda y cruzando dos dedos. Bueno, quizá lo hubiera hecho una o dos veces...

Si solo una hora tuviera

Michael vio su gesto y no pudo por menos que sonreír. Había cosas que nunca cambiarían. Sin previo aviso, la cogió en brazos ante las protestas mezcladas con las risas de ambos y la llevó a su dormitorio. La depositó con sumo cuidado sobre la cama y le deslizó el camisón de seda por los hombros, hasta destapar sus pechos. Se colocó sobre ella y los besó y acarició con dulzura y pasión.

Gabriela se estremeció y una corriente de electricidad recorrió todo su cuerpo. Le quitó la camiseta a Michael y le hizo darse la vuelta.

—¿Qué...?

—Quiero verlo. Quiero ver a mi arcángel —exigió, y deslizó sus manos por el contorno de la imagen, besándola en el centro.

Michael gimió levemente y se giró después del beso, para centrarse solo en ella.

—¿Me amas? —preguntó Gabriela.

—Amarte es mi privilegio —le contestó él atrapando sus labios de nuevo.

A miles de kilómetros de allí, en un pequeño despacho del Vaticano, un hombre miraba por la ventana cómo la lluvia caía golpeando los cristales con furia. Cerró los ojos con gesto cansado y se pasó la mano por el pelo, mesándoselo. Se giró y abrió su portátil. Se sentó en el cómodo sillón de cuero y comprobó los mensajes recibidos. Sonrió cuando llegó a uno que esperaba desde hacía días.

Piero:
Gabriela está ya recuperada. Hemos vuelto a casa. El médico dice que todo va bien y ella está mucho más tranquila. Por cierto, esta vez es una niña. Estoy seguro de que será un bebé de rizos rubios y ojos iguales a los de su madre.
Saludos cordiales,
Michael Wallace

Había un archivo adjunto, una fotografía de Gabriela tendida en una cama con el pequeño Michael apoyado sobre su pecho. Ambas cabezas estaban giradas mirándose con atención, a pocos centímetros de distancia. La de Gabriela con una sonrisa dulce y la de su hijo con fijeza, memorizando los rasgos de su madre. El amor que surgía de la imagen resultaba hasta doloroso.

Y Piero susurró una pequeña oración de agradecimiento. Los milagros sucedían. Más de una vez.

Michael y él habían iniciado una curiosa relación de amistad una vez que se separaron en Praga para continuar con sus vidas. Michael sabía que él estaba muy preocupado por la salud de Gabriela y prometió informarle de cómo se encontrara ella, y él le prometió velarla en la distancia. Ella había elegido. Había elegido a otro. Pero no la culpaba, jamás podría culparla de nada.

Abrió el pequeño cajón de su escritorio cerrado con llave y cogió un puñado de fotografías acumuladas durante todos esos años. Las repasó una y otra vez hasta que anocheció por completo y tuvo que encender una pequeña luz para iluminarse. Y paró en su preferida. Una joven Gabriela lo miraba desde el papel impreso con los rizos revueltos y una sonrisa pícara en sus ojos del color de la miel. Una mirada de amor dirigida al que había sacado la fotografía. Y recordó.

—¿Me amas? —le había preguntado ella girando su rostro hacia él en su pequeño refugio, que fue su escondite hacía tantos años.

Y él la acercó más a su cuerpo desnudo y le dio un beso en la boca saboreando sus dulces labios una vez más.

—¿Cómo podría no amarte? —respondió.

NOTA DE LA AUTORA

Si solo una hora tuviera es una obra de ficción. No obstante, los escenarios donde transcurre son reales, no así los personajes. Respecto a la Universidad de Comillas, en Cantabria, no ofrece cursos de postgrado a estudiantes de otras universidades españolas, sino que en la actualidad es la sede de la Fundación Comillas y del Centro Internacional de Estudios Superiores de Español. Sin embargo, el entorno de esa pequeña villa pesquera me resultó tan atrayente que no pude resistirme a relatar la historia de Piero y Gabriela en ese lugar.

AGRADECIMIENTOS

A Myriam, a la cual dedico este libro, y debiera dedicar todos, ya que gracias a ella Caroline March existe, porque ella fue la artífice de que pasara de escribir mails demasiado largos a novelas. Porque no solo te admiro, también te quiero.

A Elena, porque ella le dio título. Porque se implicó desde el principio, cogió el manuscrito, lo leyó, lo analizó y me entregó un extenso resumen con su opinión. Porque espero que nuestras conversaciones no tengan nunca final. Porque, en ocasiones, para comprender a una persona, solo hace falta una mirada.

A Marta por tus comentarios aclaratorios a altas horas de la madrugada, por las risas al comentar algún aspecto del libro y tu inagotable entusiasmo en promocionar a «tu amiga escritora». No cambies nunca.

A Lourdes, porque eres mi mujer sabia, porque una noche mirando las Perseidas pediste un deseo para mí, y yo pedí otro: no perderte.

A Lourdes madre y Mercedes, porque siempre se prestan a ser correctoras y primeras lectoras de mis novelas. Gracias.

A Marian, por su inestimable ayuda con las RRSS, por ser mi amiga pese a los años y las circunstancias y porque aunque pasemos mucho tiempo sin hablar, siempre hablamos. A Estela, por estar tan lejos y a la vez tan cerca. A Nerea, por tus whatsapps llenos de emoticonos explicando lo que te hacen sentir mis libros. A Eugenia y Rosi, porque sin vosotras no se cerraría el círculo.

A Noe, por tu insistencia en que siga escribiendo, por tus mensajes de apoyo y de amistad.

A Bea, porque sé que, si tiendo mi mano, estarás ahí para cogerla.

A Domi, Ana, Nuria y Elena, porque sois mucho más que «las mamis del cole».

A Sara y Cristina, mis excompañeras, porque nunca dejaron de serlo.

A mi madrina, por ofrecerme calificativos de «estrambótica», por seguir mi afición desde el principio sin sorprenderse, con un: «Yo ya lo sabía».

A mis padres, por ayudarme a cumplir mi sueño, por apoyarme de forma incondicional y porque sin vosotros no hubiera sido posible.

Siempre a ti, que no me permites dedicarte ninguna novela porque dices que ya te dedico mi vida entera.

A Feli Ramos Cerezo, mi incombustible amiga y compañera escritora. Porque me ofreció su cariño, su admiración y su apoyo desde el principio. Y sabe que ella tiene el mío.

A las Lector@s de Caroline March, y a aquellos que me siguen en las redes sociales, porque cada día, desde que empecé esta aventura, habéis estado ahí. ¡Gracias de corazón!

Y a mi editora, María Eugenia Rivera, por sus sabias palabras y consejos, por creer en mí desde el principio.

Últimos títulos publicados en Top Novel

Vacaciones al amor – ISABEL KEATS
Afterburn/Aftershock – SYLVIA DAY
Las reglas del juego – ANNA CASANOVAS
Luz de luna – ROBYN CARR
Cautivar a un dragón – LIS HALEY
Damas y libertinos – STEPHANIE LAURENS
Spanish lady – CLAUDIA VELASCO
Mi alma gemela (Mo anam cara) – CAROLINE MARCH
Corazones errantes – SUSAN WIGGS
Cuando no se olvida – ANNA CASANOVAS
Luces de invierno – ROBYN CARR
Nada más verte/Nunca es tarde – ISABEL KEATS
Amor en cadena – LORRAINE COCÓ
Una rosa en la batalla – BRENDA JOYCE
Tormenta inminente – LORI FOSTER
Las dos historias de Eloisse – CLAUDIA VELASCO
Una casa junto al mar – SUSAN WIGGS
El camino más largo – DIANA PALMER
Un lugar escondido – ROBYN CARR
Te quiero, baby – ISABEL KEATS
Carlos, Paula y compañía – FERNANDO ALCALÁ
En tierra de fuego – MAYELEN FOULER
En busca de una dama – LAURA LEE GUHRKE
Vanderbilt Avenue – ANNA CASANOVAS
Regalo de boda – CARA CONNELLY
La dama del paso – MARISA SICILIA

www.ingramcontent.com/pod-product-compliance
Lightning Source LLC
LaVergne TN
LVHW030331070526
838199LV00067B/6233